新中国 70 年 70 部
长篇小说典藏

新中国70年70部
长篇小说典藏

# 上海的早晨

## 三

周而复 —— 著

学习出版社
人民文学出版社

一

　　朱瑞芳坐在自己卧房的沙发里,柔和的电灯的光芒照着她忧虑的脸庞,两道淡淡的眉毛蹙在一起,凝神听徐义德叙述朱延年被捕的经过,生怕落下一句半句。当她听到朱延年在大会上给抓了去,不禁失声叫道,"哎哟,当着那么多人的面抓去,叫延年今后怎么有脸见人啊!他连家也没顾上回去,一点物事没带,在牢里拿啥衣服替换呢!"徐义德简简单单说完了。她不满意地质问道:

　　"你当时为啥不给他想想办法?"

　　"延年犯了法,大家要求政府抓他,我有啥办法呀!"

　　"你啊,"她生气地说,"你这个铁算盘,自己的事办得可精明,别人的事就没有办法啦!"

　　"不能这么说。"

　　"怎么说?"朱瑞芳两只眼睛可怕地盯着徐义德。

　　"怎么……"徐义德给她一逼,一时倒说不下去了,想了一阵,才半吞半吐地说,"不是不想办法,是没办法啊。"

　　"你整天和那些场面上的人往来,这点办法也没有?我才不信你的鬼话哩。"

　　"我要有办法,当时为啥不肯帮忙呢?"他叹了一口气,无可奈何地说,"唉,我正在想办法……"

　　林宛芝坐在小圆桌子旁边的椅子上,一直没有喷声,听徐义德说"正在想办法",她兀自一惊,徐义德自己的事刚过,别为了朱延年又牵连上,忍不住问道:"正在想办法?这样一来,会不会牵连到

1

你头上？"

她向坐在朱瑞芳右边的大太太望了一眼，暗示她要注意这桩事体。大太太轻轻点了点头，没有说话。徐义德懂得林宛芝的一片好心。他的面孔绷得紧紧的，十分严峻，显出进退两难的样子。他用眼角暗暗斜视了朱瑞芳一眼，窥探她的动静。

朱瑞芳把面孔一板，瞪了林宛芝一眼，气呼呼地说：

"哪能会牵连？朱延年的账绝对记不到徐义德的名下。朱延年他有天大的罪恶，他自己承担，我担保他不会连累到别人身上！"提到朱延年这位宝贝兄弟，在朱瑞芳心中就引起两种完全不同的感情：一种是恨他，到处给朱家丢脸，做出许许多多的不名誉的事体。他自己弄得身败名裂不算，还要扯到别人身上，叫她在徐家抬不起头来；特别是在林宛芝和大太太这些人跟前，她更没有面子。她有时气得要和他断绝往来。但一想到他是自己的亲兄弟，一笔写不下两个朱字，父亲生前也特别喜欢他，临终辰光还再三嘱咐，叫她不要忘记照顾这个小弟弟。朱暮堂出了事以后，她很少回无锡乡下去了，朱家在上海的人，除了她，就数朱延年了。他要不来，她还想念他哩。她梦想把他扶植起来，给她争口气。福佑复业了，生意很发达，朱延年三个字在上海滩上又红了起来。她心中自然暗暗欢喜，提到朱延年，她说话的声音也比往常高了。谁知道还没到三年，朱延年又垮了，而且比上次还垮得厉害——人都给抓进去了。不管怎么样，她总得先把人弄出来。徐义德回来，提到朱延年的事，她就把他拉到自己的房间来，大太太和林宛芝也跟了进去，一同听他谈。徐义德给她一逼，好容易才表示在想办法，林宛芝立刻提了意见，她恨不得过去打林宛芝两记耳光。可是林宛芝是徐义德心上人，打狗看主面，碰她不得。她驳斥了林宛芝多余的担心，使劲往沙发上一靠，眼光落在徐义德的身上。

徐义德没有吭气。

大太太开口了：

"宛芝的话也有道理,这年月,还是小心一点好,多一事不如少一事,义德自己厂里的事还没有料理完,哪里有心思管朱延年呢?插手进去,也不是三言两语讲得清楚,啥人了解朱延年他做了哪些坏事体呢?……"

朱瑞芳听大太太的话,越说越不对头,看吊在卧房当中的鹅黄色的电灯想了想,不能让大太太和林宛芝联合对付她,马上拦腰打断大太太的话：

"你哪能晓得朱延年做了坏事体呢?解放后,他变好啦,一心一意做生意,一早就进店里,很晚才回家,态度比从前好,笑脸迎人,说话也比过去老实。他花了许多心血,把福佑药房复业,生意一天天做大,来往的客户有好几百,政府机关干部到上海办货,都要找朱延年,他要是做了坏事体,会有这许多人找他吗?别人不了解,我这个做姐姐的还不清楚?"

大太太给她这么一说,倒有些相信了,凝神听她讲。林宛芝叫朱瑞芳驳斥了一顿,心中不服,大太太接上去说了一阵,她心里稍为得到一点安慰,觉得道理自在人心,不管怎么的,总要给义德设身处地想一想。他自己的事已经弄得不可开交了,怎么忍心叫他再去沾别人的边?大太太的话等于替她说了,左手放在小圆桌子上默默地托着下巴,没有吱声。她听完朱瑞芳这一番歪道理,等了一会,大太太不但没有吭气,而且还有点同意的神情,她再也忍不住了,不能看着徐义德惹火烧身。她有力地反问道：

"那他为啥吃官司?政府抓错了人吗?"

朱瑞芳冷笑一声,说：

"不要那么死心塌地相信政府。我听义德说,这次'五反',政府想捞一票,大大进一笔钞票。朱延年他是精明人,当然不肯随便塞钞票,政府怎么会不抓他哩!义德,你说,是不是?"

徐义德用右手按着额角头，眼睛微微闭着，像是有无限忧愁。对她们三个人吵来吵去，他没有兴趣，似听不听。朱瑞芳这么一说，他再也不能置身事外，叹息了一声，说：

"提那些做啥？"

"不是你亲自对我说的么？政府想捞一票。"

"那是过去别人对我讲的，不是我讲的。"

"还不是一样吗？"

他望了一下窗外深蓝色天空的星光，回忆地说："事实不是这样，许多人坦白数字很大，政府主动降下来很多，不是想捞一票。……"

他想到马慕韩那次在厂里对他说的话。马慕韩在市里交代，从二百一十三亿三千六百万一次加码到六百三十五亿四千八百万，增产节约委员会的工作同志当场指出解放以前的违法所得一概不追究，马上除掉了四百二十二亿一千二百万。四百二十多亿，这不是个小数目呀！政府要是想捞一票，这不是大好机会吗！过去认为政府要想捞一票，以后看看却完全不像。

朱瑞芳见他没说下去，接上去说：

"不是要钞票，为啥把延年抓进去？可怜他没有过几天好日子，又吃了官司，"她说到这儿，激动得眼眶润湿，忍不住掉下几滴眼泪，用手绢拭了拭，恳求地望着他，说，"你无论如何要给他想想办法，我只有这个弟弟，政府要多少钞票，我去想办法。"

她以为他不肯帮忙主要是怕出钱。她盘算数目可能不大，从银行里取点存款就可以了。林宛芝见她哭鼻子，有意低下头去，看压在玻璃圆桌面下边的绣着红牡丹花的桌毯，心里想，为了弟弟就不顾男人了，一沾上边，万一有事，谁帮徐义德的忙呢？为了义德，她无论如何不能让他去管那些闲事。过去朱延年借点钱，那倒无所谓，现在要他自己出面活动，千万要不得。林宛芝不禁脱口说出：

"这个……"

朱瑞芳心里想:徐义德也不是你林宛芝一个人的男人,难道给朱延年帮个忙还要你同意才行吗？她打断林宛芝的话,质问道：

"这个怎么样？"

"要……考虑……"

"哟,考虑,这不关你的事,"朱瑞芳把嘴一撇,说,"至亲郎舅,出了事当然要救,有啥考虑!"

"这种事倒是要好好考虑一下！"大太太开口了。

"早考虑过了,没啥关系。义德托人说说情,我看就八九不离十了。义德,你现在去活动活动,好哦？"

林宛芝看徐义德站了起来,心里发慌了,想过去拦住他,幸好他没有向房门走去,而是向窗口走来。她的眼光又安详地落在玻璃桌面上。

"你们不要吵了,让我头脑清醒一下,好不好？"他迎着窗口站着,给一阵阵晚来的凉风吹着面孔,他考虑给福佑药房担保的透支户头问题。在他看来,这倒是一件大事,比营救朱延年重要,朱延年反正出事了,自己作孽自己受罪,怨不得别人。给朱延年担保的那个透支户头,得赶快想办法,不然,他要受损失的。这关系他切身利害,不能马虎。半响,他回过头来怨天尤人地说,"一天忙到晚,连回到家里来都不能清静一会。"

"啥人同你吵哪？"朱瑞芳也站了起来,信口说道,"窗口倒是清凉……"

她一边说着,一边慢慢走近徐义德身边,低声地说：

"你给我去,义德。"

她说话低得林宛芝她们听不见,但口气十分坚决,非强迫他去不可。他眼睛一动,暗暗对朱瑞芳点点头,自言自语地说：

"哦,对了,"他对她们说,"你们坐一会吧,我到楼下有点事去。"

朱瑞芳以为他去给朱延年想办法;林宛芝认为他怕朱瑞芳再纠缠下去,托词离开;大太太则感到他真是个忙人,回到家里来,屁股还没有坐热,又有事体了。

徐义德匆匆走下楼去,并没有出去,径自到书房,把门关好,拿起电话听筒,拨了号码,那边马上传过来熟悉的金懋廉的口音:

"德公吗?这么晚打电话来,有啥吩咐?"

徐义德告诉他朱延年被捕的消息。那边说:

"市面上早传开了,西药业震动很大,不过大家觉得朱延年太不像话了,工商联也没法替他说情。附近里弄传遍了这消息,认为政府做得对,大快人心。"

"是呀,是呀,"徐义德并不要和金懋廉谈这些,但又没法打断他,等他说了一阵,立刻接上说,"朱延年既然抓进去,我想福佑不会维持下去了,在你们行里开的透支户头,沪江不再担保了。"

那边没有声音,等了一会,才说:

"好的好的,明天一早我就通知行里。"

"请你千万不要忘记!"

"一句闲话!"

徐义德放下电话听筒,斜靠在长沙发上,盯着《纨扇仕女图》,在比较哪一个最漂亮。看了一阵,眼睛感到有点发涩,他就闭上眼睛,在静静地养神。

二

　　朱延年被捕的那天晚上，福佑药房的仓库给法院贴上了封条。店里职工成立了物资保管委员会，童进担任了主任委员，副主任委员是叶积善。童进立刻感到两个肩膀上沉重的分量，他从来没有挑过这样的重担，但受了众人的委托，得好好挑起。他带着全店职工，漏夜大致清查了留在店里的药品和仪器，一一上了锁。他兴奋得一宿没有阖眼。

　　第二天大家起来很晚。童进洗完脸，身上还是感到十分疲乏，准备吃了饭，再打一个盹，走到营业部那里一看，栏杆外边挤满了人，要找福佑的负责人，你一言我一语，吵吵嚷嚷，像是煮开了锅。为首的那个穿着深灰布人民装，帽子戴得很高，是苏北行署卫生处派来调查张科长材料的李福才。他听说朱延年被捕了，今天一早就到福佑来找人。叶积善对李福才说：

　　"朱延年给抓进去了，我们店里没有负责人。"

　　"没有负责人？"李福才把脸一沉，"哼"了一声，气愤愤地说，"这话啥人相信！"

　　"你不相信也没有办法，就是没有负责人。"

　　"真的没有负责人！"李福才还是不相信，盯着叶积善说，"那就找你！"

　　站在李福才身后的人听叶积善说店里没有负责人，心里非常失望，感到老是站在那里等候交涉对象，不如回去把情形说清楚，另外想办法，省得浪费时间，两条腿站酸了也是白搭。但一听到李福才说是要找叶积善,大家又兴奋起来,眼光也盯着叶积善。

叶积善生怕朱延年的事体沾到他身上,承担不起,慌忙撇清道:

"我是店里的伙计,找我——没用!"

"你们谁负责?"李福才想起卫生处昨天来的信,有点急了,口气缓和一些,说,"不找你,你说,找谁呢?"

"朱延年。"叶积善毫不犹豫地说。

"他不是给抓进去了吗?"站在李福才背后的一个年轻小伙子说。

"是的,关在公安局。"

"黄仲林同志呢?"李福才焦急的眼光又盯着叶积善了。

"他在区增产节约委员会。"

李福才给叶积善一说,想起黄仲林不是店里的人,找到也没用,还是抓牢叶积善:

"不管怎么说,你总是福佑的人,今天我就找你!"

"找我?"叶积善一个劲摇头,说,"灯草拐杖——做不了主。"

李福才想起福佑的事办不好,哪能回去交待?他再也忍耐不住了,大声说道:

"非找你不可!"

叶积善拔起脚来想走,一把给李福才抓住脉门,说:

"谈清楚了再走!"

叶积善的面孔变得雪白,不知道怎么应付才好。童进走了出来,问清了情况,对李福才说:

"我们成立了物资保管委员会,我是主任委员,他是副主任委员……"

李福才打断童进的话,指着叶积善说:

"你就是副主任委员,还说店里没有负责人!"

"我们只保管物资。"叶积善解释道,"别的不管,李同志。"

"物资不是福佑药房的?福佑的物资你管,福佑的债务就不管?天下有这样便宜的事!"

叶积善被质问得没有话说。

童进笑了笑,说:

"李同志不要生气,有话好好讲。有啥事体找我好了。我们确实只保管物资,店里的债务我们无权处理,连物资我们也不能随便动。我们的责任只是保管。"

"那我们的事体哪能办法?"李福才大失所望。

"张科长的材料,五反工作队不是都告诉你了吗?"

"不是这个,"李福才的手伸到灰布人民装的左边胸袋里,掏出一封信来,说,"处里来信,张科长已经彻底坦白了,根据收到的药品计算,福佑还有九千多万款子的药没有配,处里叫我把款子要回去,或者把药带回去。"

"这个,"童进想了想,说,"现在不行。"

李福才焦急地把信放到童进的手里:

"你看看,快点把这笔账结了,我好回去。"

"我们物资保管委员会做不了主。朱延年抓进去以后,法院把仓库封了,所有福佑往来的债务,要等法院处理。"

"要等法院处理?"李福才追问道,"你说福佑能偿还所有的债务吗?"

"偿还所有的债务?"童进摇摇头。他昨天和叶积善大致估计了一下,心中有了底,在考虑要不要告诉大家。

"这很难说,"叶积善看童进挺身而出,把事体都拉到身上来,怕将来不好办,借着童进在考虑的机会,连忙从侧面推出去,说,"你最好去问法院。"

"你们不晓得,法院会知道?告诉我一下,也好向处里汇报情况,和你们没关系。"

童进决定把真实情况告诉大家:

"毛估一下:福佑欠了二十多亿头寸,店里存货不过十亿左右,客户欠福佑的大概有一两百家,可是数目不大,有的客户发票开出去,转到客户往来账上,实际上没有把货色发到客户手里。这种虚账不能算欠福佑的货款。也有客户发的货,数量不足,质量不好,货色不符,要收回对方的账款,当然也困难。总之一句话,福佑的资产少,负债多,不可能偿还所有的债务。"

李福才希望童进他们摊开福佑的底牌,等底牌摊开,又使他掉下失望的深渊了。他冷了半截,两只眼睛对着童进,半晌说不出一句话来。他身后那些来讨债的人,脸上也露出无可奈何的表情。他深深叹息了一声,说:

"非等法院处理不可?"

童进点点头。

李福才觉得站在那里和童进他们打交道不能解决问题,不如先写个书面汇报寄回处里去,等候上级的指示再说。他拿定了主意,说:

"明天再谈吧,法院有消息,请你们随时告诉我。"

"好的,"叶积善说。

其他讨债的人用不着再交涉了,跟着李福才后面,陆陆续续地走了。大家差不多快走完了,童进看到一个解放军匆匆走过来,他慌忙走上去,一把抓住那个军人的右手,紧紧地握着,兴奋地叫道:

"你啥辰光来的?"

"前天到的。"

店里的人都围到栏杆那边去,伸过手去和军人握手。童进请他到栏杆里面来坐下,夏世富旋即泡上一杯浓茶,叶积善紧紧靠着他旁边站着,夏世富没有跟进来,倚着栏杆,望着童进在和他谈话:

"王士深同志呢？怎么没来？"

"他，"那军人想起头一次和王士深一道走进福佑的热烈情景，低下了头，没有往下说。

童进预感到出了事，看他悲哀的面容，不好再问下去，心里却又非常挂念。

"他，"那军人抬起头来，望了大家一眼，怀念地说，"在朝鲜牺牲了！"

戴俊杰和王士深虽在后勤工作，但在朝鲜战场上，后方也常常会变成前方。一天戴俊杰和王士深两个人骑着马到军部去，走在路边上，两匹马忽然都停了下来，竖起耳朵，伸长脖子，向对面那山头上嘶叫，前蹄不停地刨着泥土。戴俊杰很有经验，知道一定有情况，他朝对面山上一看：果然有四个美国兵，低着头，抱着卡宾枪，在晒太阳。他知道一定是昨天晚上叫志愿军打垮了的散兵。他按捺下心中的高兴，低低地告诉王士深。两个人都下了马，隐藏到路边树林里，心里非常焦急，他们身边没有武器。两人交头接耳商量了一下，偷偷地跑到对面山坡的土坎子前面。四个美国兵在土坎子那边坐着。他们每人拣了两块石头，戴俊杰首先突然跳到土坎子那边，站在敌人面前，高声叫道："站起来，不准动！"四个美国兵真的站起来了，浑身发抖。戴俊杰和王士深要去拿枪，有个美国兵发现他们两个人没有枪，退让一步，端起枪来，要打他们两个人。王士深立刻举起手里的石头砸过去。那个美国兵看他手里的黑东西，不知道是什么厉害的武器，吓得放下了枪。他们过去缴获了四条卡宾枪，身上背一条，手上拿一条。有了枪，他们不要石头了，随便扔在地上。那四个美国兵看见黑东西掉在地上，吓得抱着头朝土坎子底下滚去。他们举起卡宾枪，对着四个美国兵。王士深说："站住！不要逃走！"四个美国兵"咔"的一声，乖乖地立正站在土坎子下面，两只手很熟练地高高举起。戴俊杰说："放下手，跟我们走，不杀你！"四个美国兵在胸前画了个十字，同时说："谢谢上帝！"他们从土坎子下面走出来，王士深身后忽然中了一枪，应声倒下。戴俊杰连忙转过身子，端起卡宾枪，向枪声方向扫去，隐藏在土坎子旁边放冷枪的另一个美国兵给打死了。戴俊杰端着枪，押着四个美国俘虏送到附近军部。当时军部派医疗队赶到王士深的身边，他早已停止了呼吸。第二天把他埋葬了，长眠在朝鲜战斗的土地上。

戴俊杰给大家叙述了王士深的英勇捉俘虏的故事，童进顿时想起王士深讲的注岩里的无名英雄，露出敬佩的神情，无限沉痛地说：

"太可惜了！"

"是呀，王士深是个好同志……"

戴俊杰惦念着亲密的战友，感到和王士深到福佑来办货仿佛是昨天的事，好像王士深就在店里，现在大家围着他正像那次围着他们一样，可是王士深已不在他的身边了，讲的也不是注岩里的故事，而是王士深的。他的声音有点喑哑，说不下去。店里的职工们也为这突然的噩耗震惊，哀痛得一时说不出话来。童进默默地注视着戴俊杰，从他那身军服上好像又看到了王士深。他痛惜丧失了一位志愿军同志。

店里静悄悄的。首先打破沉默的是叶积善。他说：

"戴同志，你晓得朱延年出事了吗？"

"刚才听童进对大家说了。我见店里的人多，挤不进来，就站在门外边等着。这次组织上派我到上海来采购，要我顺便把福佑的货催回去，想不到朱延年出事了！"

童进知道欠志愿军的货品至少也有一亿多款子，咬着牙齿，愤愤地说：

"朱延年这个没心肝的东西！"

"我们上了朱延年的当了！"戴俊杰望着墙壁上那些贺幛贺

匾说。

"不要紧,"童进说,"戴同志,我们一定给你想办法,说啥也不能让志愿军同志吃亏……"

"你们有啥办法?"戴俊杰想起早一会在门口听童进对大家报告的困难情况。

"我们可以告诉法院,"童进说,"要他们首先偿还你们的债务……"

"不,别的债户会有意见的。我把朱延年的情况打个报告给组织。等候法院统一处理好了。"

"那太对不起你了。"童进抱歉地说。

"现在只好这么办了,也不能怪你们。"戴俊杰站了起来,留下他在上海的地址,说,"我在上海还要待一阵子,法院有消息,请你马上告诉我一声。"

童进一边送他,一边说:

"好的,一定忘不了!"

大家一直把戴俊杰送到楼梯口那儿,望着他的背影消逝在楼梯下面,才不舍地回到店里来。童进准备去吃早饭,突然有一个人气咻咻地跑到他面前,自称是信通银行派来的,要找夏世富,夏世富走在童进前面,从那个人口音里早知道是谁,身子一闪,溜进经理室去了。童进要叶积善把夏世富找来见那个人。他径自吃早饭去了。

童进匆匆吃了两碗稀饭,刚放下筷子,夏世富一头钻进来了,上气不接下气地对童进说:

"不好了,又出了事!"

童进见他神色慌里慌张,顿时紧张地站了起来,问:

"啥事体这样慌张?"

"信通银行停止透支户头,那笔质押借款又出了毛病……"

"啥毛病?"童进惊诧地问,"是不是那笔一亿五千万的质押借

13

款？不是用S.T抵押的吗？有啥毛病？"

夏世富不禁笑了，知道童进还蒙在鼓里，但又怕别人知道，矜持地说：

"金懋廉听说朱延年出了事，就叫人查和福佑往来的账，质押借款的货物都打开来看，他们说那五桶S.T是假的，里面是氯化钾……"

童进大吃一惊，圆睁着两只眼睛，说：

"竟有这样的事体？"

夏世富见童进面孔变色，暗暗发慌，生怕连累到自己头上，半吞半吐地说：

"是呀，我也觉得奇怪……"

夏世富的头低了下去，惭愧地望着地上。童进发觉他神色有异，便问道：

"是不是有这样的事？"

"这个，这个……"

夏世富结结巴巴地说不下去，越发引起童进的怀疑。他追问道：

"你说呀，是不是有这样的事，朱延年做的坏事体，同你也没有关系，怕啥！"

"不怕，不怕，"夏世富的脸色发青，说话很不自然，"是的，一点也不怕。"

"说啊！"

夏世富见童进一再催促，心头更加恐慌，一时答不上来，支支吾吾地问：

"说啥呀！"

童进料想这件事一定和夏世富有关，打破他的顾虑说：

"就是你经手的也没关系，是朱延年要你办的，责任该由朱延年负。现在你还不说出来,那就有责任了。"

"你这话,对,"夏世富定了定神,说,"是有这么一回事,五桶氯化钾,贴的 S.T 商标……"

"信通银行的人怎么说?"

"金懋廉派人来查问这桩事体。"

"那你告诉他就是了。"

夏世富把舌头一伸,弯着背说:

"这个罪可不小呀!能说出来吗?"

"朱延年做的坏事体,我们不应该代他隐瞒,不管多大的罪,做了的事,都应该承认。"童进因为昨天夜里没有睡觉,眼睛布满了血丝,但讲话还是很有力量。

"说出去信通要追还押款的。"夏世富对童进说,"要不要再考虑一下?"

"不必再考虑,押款当然要追还的。这是朱延年做的坏事体。"童进想起朱延年的坏事,大家揭发的越来越多,应该叫马丽琳来应付。他说,"你去和信通的人说明白好了,有事,我负责。"

"好的。"夏世富抬起头来,腰也直了。他想起刚才信通银行那个人的话,又补了一句,"他们要追还福佑所有的欠款,还要到法院去告哩!"

"我打电话把马丽琳叫来,要他们等候消息好了。"童进忘记身上的疲乏,也不想打盹了,惦记料理店里的事要紧。他希望把每一件事都办好,不能辜负组织和群众对他的信任和委托。

夏世富走出去,童进立刻打电话给马丽琳。马丽琳不肯来,要童进到她家去说。他想了想,决定和叶积善一道去。

他们两个人走出经理室,抬头一看:栏杆外边又站满了黑压压的人群,在叽叽喳喳地叫嚷,要讨还朱延年的欠债。童进留下叶积善和大家谈。他和夏世富找马丽琳去了。

## 三

　　朱延年被捕的惊人消息是夏世富告诉马丽琳的。她不相信这是事实。夏世富说他亲眼看见的，又不容许她怀疑。她抓住电话听筒，愣得一句话也说不出来了。夏世富等了很久，没有听见她说什么，就把电话挂断。她听见"咔"的一声，才从惊愕的梦幻一般的境地里清醒过来，想起应该问他朱延年关在啥地方，但已经来不及了。她马上挂电话找夏世富，才知道关在公安局。她放下电话，穿上平跟皮鞋，橐橐地下了楼，雇了一辆三轮，连价钱也来不及讲，说了一句公安局，就催三轮车夫快蹬。三轮车夫一边加快速度蹬，一边回过头来问她是总局还是分局。她说是四马路总局，三轮车飞一般地在柏油路上奔驰而去。

　　到了总局，她打听不到朱延年的任何消息，因为案情复杂，暂时不能接见。她失望地走了出来，顺着子街，漫无目的地徘徊。到了河南路口，南来北往的各种车辆堵住去路，她这才想起不能这样走下去，应该想办法救朱延年。她想起了徐义德和朱瑞芳，打电话去，那边是林宛芝接的，回答两个人都不在家。她现在去也是白跑。她在上海没有亲戚，朋友大半是舞女和大班，过去往来的客人，早就断了关系，就是在百乐门舞厅结识的那些姊妹，也很少往来了。她不管这些，上门找她们去，也许有一丝希望哩。比较熟悉的几个姊妹，她都找了，也见到了，但她们不是摇摇头，就是耸耸肩，同情地叹息一声两声。对这样重大的事，她们全表示没有办法。她在马路上彷徨，认为最有希望的还是朱瑞芳。徐义德是上海滩上的红人,这点事还没有办法吗?她径自上徐公馆去了。朱瑞芳不在家,徐义德不在家,连林宛芝也不在家,等了很久,不见他们回来。老王说,不知道他们啥辰光回来。夜已深了,家里还有事,只好回来了。他们回来,她要老王打电话告诉她。

她回到家里,斜躺在床上,左胳膊垫着枕头,右手托着微微发青的脸庞,两眼盯着淡绿色的衣橱,仿佛在寻找啥,啥也没有找到,失望地愣着,心中感到无边的空虚。

往事潮水般的涌上她的心头。她想起第一次在百乐门舞厅遇见朱延年,真是一个能说会道的俊秀男子,豪爽,阔绰;在以后的往来中,更发现他有事业心,有手腕,有魄力,正如严律师所谈的是工商界不可多得的人才。她觉得把自己终身委托给这样的男子是幸福的,那天晚上便决定答应留他在这间房子里过夜。婚后的生活是愉快的。她虽然把自己的私蓄拿一些出来给他用,但正像他说的一样:福佑药房一天一天发达,现在不仅仅在上海西药界闻名,连全国各地西药界也知道上海有家福佑药房了。她能在事业上对他有些帮助,他不但非常感激,并且将来福佑药房不只是他朱延年一个人的企业,而是朱延年和马丽琳共同的企业了。他们两人结婚没有多久,马丽琳首先拿出五千万元存到福佑的户头里,作为她初步的投资。这五千万元,第二天就给福佑支付了到期的支票。过了没有两个月,朱延年说香港到了一批押汇货色,要付三千万现款才好起货。马丽琳不懂得押汇,只听他说这批货色可以赚很多钞票,她又拿出三十两金子给他。他答应这批货色抛出去就还她。不知道这是一批啥货色,朱延年永远也抛不出去。她虽然收不回来那三十两金子,经他再三怂恿,同意算做投资。她做了将近十年舞女,手头积蓄的一些现款,都慢慢转到他手里去了。她得到唯一安慰的是他经常给她带来福佑生意越做越大的喜讯。她当然并不完全相信,侧面从夏世富那里了解了解,再到徐公馆朱瑞芳那里探听探听,又不得不叫她相信。有时连徐义德的口气也不同了,赞扬朱延年做生意确实有一套办法。福佑生意做开了,它的前途谁也没法估计会有多大。

在她希望的峰巅,五反运动展开了。朱延年的脾气变得乖戾,有时非常暴躁。那天晚上她没有能够引诱上童进,朱延年骂了她,又打了她。她开始发现他变成另外一个人,但旋即又原谅了他:男子在紧急的时刻,发点脾气也是难免的。她想起过去一直对她很好,从来没有打她骂她,更增加原谅他的理由。她盼望他早一点过了"五反"这一关。他保险自己没有问题,顶多拿一笔钞票给政府就没事了。现在出了事,连人也回不来了。

她的眼光从淡绿色的衣橱移到淡绿色的小圆桌上,玛瑙色玻璃瓶里插着一支萎谢了的白玫瑰,一片一片花瓣落在紫红的丝绒桌毡上,枝头上剩下没有几朵花了。她懒得去收拾,也懒得去看,一心怀念着朱延年。

一直守候到深夜,她听见门外叫卖赤豆汤的过去了,面包和五香茶叶蛋的叫卖声也消逝了,岑寂的夜上海,再也听不到声音,老王始终没有打电话来。她迷迷糊糊地睡着了。

在梦中,她猛的听见清脆的铃声,立刻惊醒,睁开惺忪的睡眼,望着电话机,果然是电话铃响了。她以为是徐义德的,或者是朱瑞芳的,一听口音,却是童进,不但没有一个字提到朱延年的消息,而且要她去店里应付债户。她懒洋洋地说没有工夫,要谈,请童进他们来。挂上电话,她才发现太阳已经照到床前,快中午了。她睡得太晚,身子虽然疲倦,但是勉强支持,霍地从床上跳了下来。她在房间里走来走去,寻思徐义德为啥没有电话来。她想,也许徐义德知道了,正在设法,没有一个眉目,当然不能打电话来,怕给她增加忧虑。凭徐义德在上海工商界的地位,一定有办法的。

童进来了。她无精打采地下了楼,走进客堂,坐在进门左边那

张太师椅上。童进和夏世富坐在她对面的太师椅上。她看见夏世富也来了,好像会给她带来希望。她问夏世富:

"朱经理有消息吗?"

"消息,有……"夏世富说到这里,用眼睛向童进斜视了一下。童进过去在夏世富的眼睛里不占重要的位置,因为他是朱经理面前的红人,只听朱延年的。别人的意见他根本不听,小小的童进不在他的眼里。现在朱延年被捕了,童进是物资保管委员会的主任委员,得听童进的话。他不知道该不该把朱经理的消息告诉马丽琳,刚露了点风,就连忙煞住了。

马丽琳从他的眼光里已经察觉出一点苗头,会意地转过来问童进。

"关在公安局看守所。听说今天要转到法院去了。等送到法院,你可以去看他……"童进说。

"好的,"她说,"我和他结婚以后,他没有一天不回来的。昨天我整整一夜没有闭眼睛。他在监牢里,也一定睡不着。天气虽说暖和了,可是他一点换洗的衣服也没有带去,被也没有一床……"

"这些,你放心,里头会管的。"

"里面的物事龌龊……"

"现在的监牢和过去的不同,一点也不龌龊。"

她给童进这么一说,一时说不上话来了。夏世富给她打了圆场,说:

"现在的监牢的确和过去的不同,里面管理得很好。将来你去看他,也可以送点衣服进去。"

马丽琳还想说下去,童进怕耽搁时间,打断她的话,把店里各方面讨债的情形给她叙述了一番,要她到店里去一趟。她紧紧闭着嘴,很久没有说一句话。夏世富不知道怎么说是好,望着观音菩萨面前小香炉里袅袅升起的乳白色的烟发愣。等了一会,她还没

有开口,夏世富觉得自己非说两句不行,因为童进在路上给他说好了,两人一同劝她。他轻描淡写地说:

"你有空,还是去一趟好。"

"这些人,真没良心,人家出了事,还逼着讨债。"她心里仍然惦记着朱延年,说,"我没辰光去,别理他们。"

童进听她口气坚决,心中很不舒服。福佑药房是朱延年开的,和她脱不了干系。朱延年给抓进去,她不出面哪能行呢?他按捺下心中不满,冷静地劝说:

"福佑欠了债,人家当然要来讨,也不能怪别人。"

"早不讨迟不讨,朱延年一出事,就都来讨了,真不够朋友。"她向客堂外边的门撇一撇嘴,好像讨债的人就在门外,有意讲给他们听似的。

"唉,这些人也是的……"夏世富答了一句。

"经理不出事,那些人还有个指望。"童进不同意她的看法,也反对夏世富随便附和。他说,"经理抓进去,外边传开了,谁也怕债务清偿不了,当然都抢着上门来讨。福佑负债的数字不小,也不能怪人家逼得紧……"

"不怪就不怪,谈这些也没有用,反正我不去。"

"不去不好吧?"童进望着她。

"我不去,"她丝毫没有改变主意,她知道去了面对面不好应付,不出面好留个余地。她有把握地说,"请你告诉他们,等朱经理出来,欠他们的债全部还清。"

"那数字可不小呀!"

夏世富同意童进的意见,伸伸舌头,说:

"很大!"

"不管多大数目,只要人出来,一定还——经理有的是钱。"她从太师椅上站了起来,对他们两人挥挥手说,"你们放心好了。"

她虽然有点要送客的意思,童进却还稳稳坐在那里没动。见她很笃定,他越发有点急了:

"现在福佑是资不抵债……"

"啥资不资?"她听不懂。

夏世富站起来,走到她面前,微笑地解释道:

"就是说,福佑欠人家的债超过自己的资产,把福佑都抵给人家也还不清债务。"

"我不信。"她把头一甩,望着客堂当中挂的那幅《东海日出图》,回想朱延年过去在客堂里和她谈的福佑资本雄厚的兴旺景气,像东海日出一般。

夏世富放下笑脸,站在她的侧面,低低地说:

"这方面,童进同志晓得的比我们清楚。他是我们福佑的会计主任啊。"

"我早晓得他是会计主任。"她依然凝视着《东海日出图》,说,"经理的账他全了解吗?"

"全了解。银行里往来的账和客户往来的账都在他手里。"

"不在他手里的账,他晓得哦?"她微微转过头来,望了夏世富一眼,说,"有些存款放在银行里,他不让人知道。"

"哦!"童进大吃一惊,顿时如同坠在迷茫茫的雾里一样,有点莫名其妙了。他自言自语地说:"会有这样的事吗?我为啥不晓得?"

"你不晓得的事体多哩!放心好了,告诉他们等经理出来,一定归还。"

夏世富一时也摸不着头脑,惊异地问:

"经理能出来吗?"

他心里想:如果经理能出来,那福佑的情形又完全不同了,他可以像从前那样活跃了。她肯定地说:

21

"当然能出来,徐总经理会想办法的。"

"就是沪江纱厂的徐义德总经理吗?"夏世富的声音忽然高了,眉头也扬了起来。

"唔。"她很有把握地点点头。

"怕没那么容易。"童进怀疑地说。

"啥人讲的?"她睁大两只眼睛,质问童进。他没吭气。她充满了信心,说:"只要徐总经理一说,再花点钞票,一定会很快出来的。"

童进笑了两声,正要说话,电话铃叮叮地响了。马丽琳脸上立刻漾开笑纹,得意高声地说道:

"一定是徐总经理的电话,你们等一会,告诉你们好消息。"

她走出客堂,没有一会,就回来了,脸上的笑容消逝了,声音也低沉了:

"是你的电话,童进。"

童进接完电话回来,告诉她是叶积善打来的,现在店里又挤满了讨债的人,吵吵嚷嚷要见老板娘,尤其是老正兴饭馆的伙计,坐在店里非要讨清八十三万七千三百元的饭菜钱不走。这是最近朱延年请了两次客欠的。叶积善要童进从马丽琳这里带点现款去还债。

她伸出两只空手来,冷笑了一声,说:

"我哪里有钱!"

"刚才叶积善说的,大户还好办,最厉害的是小户,数目不大,吵得最凶,叫得最高,看样子,今天不付,是过不了门的。"

"一共有多少?"

"大概有两三百万。"

"开张支票,到银行去取好了。"

童进还没有开口,夏世富抢先说了:

"这辰光福佑的支票,哪家银行肯兑现?今天就发现好几处退票。"

"和福佑往来的,不是有个银行经理叫……"她想了半晌,才记起朱延年告诉她的那个名字,说,"叫金懋廉的,福佑和他们往来有专用支票。我听朱经理说的,福佑开出多少钱的支票,他们也付。"

童进点点头:

"是有这一家,朱经理一出事,人家马上停止透支了。刚才告诉你的,那笔信通银行一亿五千万的假药质押借款,就是金懋廉经手的。人家讨债还来不及,肯再付现款给你?那不是把钞票往水里扔!"

"金懋廉就是信通银行的……"朱延年和很多银行往来,她闹不清哪个经理是哪家银行的。她说:"那好办,金懋廉那方面是沪江担的保,我今天找徐总经理去,顺便说一声,要金懋廉再帮朱延年一次忙,等他人出来,一道还他。"

"恐怕不行。"

"徐义德和朱延年是郎舅,一定行。"她低下头来,看见自己身上穿的那套灰华达呢的衣裤,说,"我得换身衣服去,你们等我消息好了。"

"在啥地方等?"夏世富问。他相信:她去了一定有办法。

"回店里等好了。"她向客堂的后门走去。

"在这里等好了。"童进了解那些小户很难应付。

她走到后门那里,回过头来,说:

"也好。"

# 四

  马丽琳满怀希望走进徐公馆,大太太和林宛芝面对面坐在客厅里沙发上,眼光都朝大门那个方向注视,在盼望徐义德回来。大门外的脚步声给她们带来了希望,走进来的却是马丽琳。林宛芝马上很不自然地低了头,仿佛没有看见她似的。大太太站了起来迎上去说:

  "真是稀客,好久不见了。"自从五反运动以后,徐家的亲戚朋友很少往来,今天见了她,显得格外亲热。

  "这一阵穷忙,"马丽琳走进来说,"老想来看你们,一直没有辰光来,昨天来了,你们不在家;今天碰到你们真高兴。"

  林宛芝这时不得不勉强站了起来,可是她没有走上去,站在沙发旁边望了马丽琳一眼。

  马丽琳坐在大太太的右边,正和林宛芝面对面。她深深叹息了一声,对大太太说:

  "延年出了事……"

  "听说了,"大太太说,"现在怎么样了?"

  "现在,唉,现在还没有消息,"马丽琳低下了头,眼睛有点红润,想起童进的话,说,"听说在公安局看守所里,最近要转到法院去……"

  "你去看他没有?"大太太关心地问。

  "看他?——我去了,碰了一鼻子灰,人家说案情复杂,暂时不能接见。"

大太太"哦"了一声,没有说下去。客厅里静静的,客厅外边一丝声音也没有。马丽琳想了半响,她抬起头来,用着恳求的眼光望着林宛芝：

"托你们的事,姊夫晓得哦?"

林宛芝冷冷地答了一句：

"他早晓得了。"

"在想办法吗?"

"他呀,"林宛芝文不对题地说,"整天忙得很,在家里屁股都坐不热,今天到现在还没给他照过面哩。"

马丽琳一听林宛芝简简单单的回答,就冷了半截,但又不完全相信她的话,进一步问道：

"他在想办法?"

"唔。"林宛芝含含糊糊地应了一声,说,"不信,你当面问他好了。"

"哦,谢谢你。"马丽琳抱歉地说。

林宛芝嘴上虽然这么说,又怕马丽琳真的亲自纠缠着徐义德,于是又说：

"厂里'五反',留下了一大堆的事体,可忙哩……"

"啊!"马丽琳的眼光惊慌地从林宛芝的身上移开,向客厅里的钢琴和墙上的字画望去,又向书房那个方向望了一下,都没看见朱瑞芳。丢下林宛芝,转过来对大太太说：

"延年的事,希望你们多帮忙。"

"能帮忙,一定帮忙。救人一命,胜造七级浮屠。"

马丽琳像是吃了安心丸,心里非常舒服。她连忙借着这个难得的机会拉到朱瑞芳的身上说：

"他姐姐倒是很关心他的,姐姐出去了?"

"大概在楼上。"

马丽琳想上楼去找她,又觉得立刻就走怕冷淡了她们两位,犹豫地"唔"了一声。林宛芝待在客厅里早就腻烦,想甩起膀子走开,又不好意思,闷声不响坐在那里。等马丽琳问到朱瑞芳,林宛芝接上去说:

"上楼看看你姐姐,她很关心你哩。"

马丽琳站了起来,勉强答道:

"是啊,我要看她去。"她迈开迟疑的步子,向楼梯走去。

马丽琳在客厅里盼望姐姐的辰光,朱瑞芳在楼上卧房里气得面孔铁青。徐守仁手里拿着一把小手枪,正对着妈妈的胸膛,威风凛凛地大声喊叫:

"拿钞票来!"

朱瑞芳虽然再三再四地苦劝过徐守仁,他也曾约束了一个短短的时期,老老实实在家里待着,但过去那种放荡不羁的生活,不时又诱惑地在他脑海中出现,像个幽灵似的纠缠着他,不断地向他召唤。妈妈不注意他的辰光,或者家里人都出去了,他就偷偷地溜了出去。到溜冰场去站一会,脚痒痒的,他真想下去显一显身手。他想到妈妈的规劝,怕给家里发觉,赶紧回家,不露痕迹地蹲在书房里,听听收音机。老王他们知道了,也不敢对二太太说。徐守仁事先关照过了,谁敢泄露?头一两回,不但家里人没有发觉,连外边的朋友,像楼文龙那些人,也没有发觉;后来终于叫楼文龙看见了,一把抓住他,要他下场。他不肯。但是站在溜冰场旁边,哪里容得他做主,楼文龙和几个人过来,三拖两拖,给他绑上冰鞋,顺着人流,在水门汀上轰轰地溜开了。他身上没有带钱,楼文龙拍拍胸脯说:

"别怕,算兄弟我的,我做东。"

真的不用他花一个钱,溜了冰以后,吃得饱饱的,喝得醉醺醺的,回到家里,倒在床上就睡觉了。

第二天下午,他又溜出去了。楼文龙带他到"五层楼"去玩;请了三次客以后,向他开口了:

"老弟,"楼文龙指着自己胸脯,把大拇指一跷,说,"怎么老是吃我的,我喝西北风?你是有名的小开,也该拿点钞票出来,大家花花!"

徐守仁给他一提,确实感到有些惭愧,脸蛋儿红红的,眼睛一转动,打定了主意,昂着头说:

"一句闲话,明朝会。"

第二天果然是徐守仁大请客。他向妈妈要了一笔钱。钱一到徐守仁的手,仿佛是水一般,很快就流走了。他现在已经完全恢复过去的浪荡生活,一天不出去,那日子就怎么也过不下去。她对他唯一的办法,便是在钱上面控制他。没有钱,出去也没有用。他从家里偷点物事去变卖吧,那比过去要困难得多;妈妈值钱的物事都上了锁。林宛芝她们的值钱物事也看管得紧,很难找到机会下手。徐守仁最有把握的办法,还是向妈妈伸手。妈妈不给,他一个劲要,最后总是妈妈让步,当然数目方面是不会完全满足他的。今天,他换了一个崭新的办法,活像一个土匪似的,用枪对着妈妈。

妈妈吓得连忙后退了一步,她想不到自己的儿子变到这步田地,惊愕地圆睁着两只眼睛:

"你发疯吗?"

"没有。"他的态度非常镇静,口气十分自然。

"那,那你快把枪放下!"她望着他右手的黑乌乌的小手枪,脸色有点发青了。

"拿钞票来!"他伸出手去。

"有这样的事吗?儿子拿枪对着妈妈。你越是这样威胁,"她把眼睛一瞪,说,"越不给你钱。"

"你给不给?"

他走上一步,枪口就对着她的胸膛。

"你,你……"她两只眼睛鼓得大大的,仿佛要从眼眶里跳出来似的,把胸脯一挺,说:"你打死我好了,就是不给你!"

她估计这样一来,他可能让步了。出乎她的意料之外,他不但没有丝毫让步,而且态度更加坚决,把右手伸出来,大声地说:

"真的不给?"

"真的不给!"她咬着牙,气愤地说。

"我开枪了……"

她听了这话,立刻闪开身子,靠在墙角上,脸上肌肉绷得很紧,面孔完全变得铁青了,不禁失口大声叫道,声音有些颤抖:

"老王,救……"

叫到"救"字,她住嘴了,"命"没有叫出来。她怕上上下下的人都听见,这些丑事叫大太太和林宛芝她们知道,传扬出去,自己没脸见人。刚才要制服徐守仁的想法倏地消逝得干干净净。她做母亲的尊严虽然没有改变,可是口气却温和得多了,声音也低了,流露出祈求的神情,说:

"要钱,好好要,我没听说儿子拿着枪逼妈妈要钱的。"

"你不给么。"他站在那里兀自不动,不服气地说。

"过去给你的钱还少吗?给你多少,你就花多少,没一个底。给你钱可以的,你要听我的话:不要到外边去胡闹。"

他知道妈妈已经答应给他钱了,心里笃定。他装出很乖的样子,小声地说:

"我听你的话就是了。"

妈妈听到这句话满意了,脸上的肌肉也放松了一些,问他:

"要多少呢?"

"两百万。"

"为啥要这么多?不行。"

"答应不答应?"

他的口气又硬了,声音也高了,右手把手枪对着妈妈动了动。她没有办法,只好屈服了。

"那你要省着花。"

"唔。"他点了点头。

他从妈妈手里接过两百万元的钞票,马上把手枪往沙发上一扔,数了数钞票,就放到小裤脚管西装裤子屁股后面的口袋里去。在他数钞票的辰光,妈妈偷偷地走到沙发旁边,敏捷地把手枪拿过来。她想把它收藏起来,别让他在外边闹出人命案子来,也不给他弄来威胁自己。等她把手枪拿到手之后,她愣住了,生气地问他:

"这是啥枪?"

"木头的。"他笑了笑,轻松地说。

她刚才太紧张,没有看清楚,便信以为真,吓得讲话的声音都有些颤抖了。给他一说,她再仔细一看:果然是木头做的,又和真的一模一样。她又气又好笑,胆子大了,走到他面前,气呼呼地质问:

"你从哪里弄来这个假枪?"

"从……"他差点照实说出是楼文龙给他的,怕妈妈追问,便改口说,"从外面买来的。"

"你为啥要用假枪吓你妈妈?"

"和你闹着白相的。"他挤一挤眼睛,耸耸肩膀,说。

"性命交关的事体也好闹着白相?"她生气地把手枪往地上一扔,说,"简直是没上没下!"

他弯下腰来,捡起手枪,擦擦干净,得意地吹着口哨,想走了。妈妈叫住了他:

"站住,你以后还这样胡闹吗?"

"不啦,不啦。"他轻率地摇摇头。

"给了你钱,不准出去胡作非为,今天给我好好在家里念书。"

"OK。"他把手一扬。

她跟他一道走出卧房的门,怕他再溜出去。他见妈妈跟着走,有意把脚步放慢,留在妈妈的背后,走一步停一步。妈妈在楼梯那里遇见了马丽琳,他缩回去了,没有跟着下楼来。马丽琳迎上去,亲热地搀着朱瑞芳的手,一同走进了客厅。朱瑞芳问她:

"你啥辰光来的?"

"刚来一歇,……"

"我还不晓得你来了哩。老王没有告诉我,累你等了。"

"没啥,和她们谈了一会。"

马丽琳的眼光对着大太太和林宛芝。朱瑞芳见她们两个人静静地坐在那里,心里盘算刚才在楼上大声叫唤,不知道她们听见了没有,看林宛芝一脸得意的神情,仿佛是听见了,可是大太太脸上没有特别的表情,又好像没有听见。她故作不知地把马丽琳拉在自己身边坐下,说:

"我正想去看你,打听打听延年的事,恰巧你来了,那再好也没有了。"

朱瑞芳看到马丽琳就想起弟弟,心里一阵难过,差点要流出眼泪来,用手绢拭了拭眼角,忍受着阵阵难过,想打听朱延年究竟为啥给抓进去,看到大太太和林宛芝在旁边,便没有问。只是说:

"他有消息吗?"

马丽琳黯然地摇摇头:

"到现在还没有见过面呢……"

"哦……"朱瑞芳茫茫然向客厅四面望望,像是在寻找朱延年的影踪,看了一阵,啥也没有找到,失望地深深叹息了一声。

"这回要靠姊夫帮忙了。"马丽琳说。

"那还用说。"

30

林宛芝的眼光立刻注视着朱瑞芳。徐守仁站在楼梯上,窥见妈妈在客厅里和舅母谈心,他悄悄下了楼,闪的一下,溜了出去,谁也没有看见他。

马丽琳的脸上漾开了笑纹,充满信心地说:

"只要姊夫肯帮忙,就十拿九稳了。"

"也不能这么说,要看进行得怎么样。"朱瑞芳怕伤马丽琳的心,又补了一句,"当然希望能成功。"

马丽琳认为这是姐姐客气。她知道,在舞场里,只要大班一句话,没有事体办不通的。她乐观地说:

"一定行的。"

大太太把两只手放在胸前,轻轻摇了摇头,说:

"难说啊,这会的事体。"

马丽琳觉得大太太的话里有因,怀疑地问:

"姊夫出去给延年活动,有消息吗?"

"他一早出去,到现在还没有回来,不晓得活动得怎么样。"朱瑞芳说。

"哦,"马丽琳稍为定心了一点,原来大太太的话没有根据。她关心地问,"姊夫今天回来吃晚饭吗?"

"出去的辰光,讲回来吃晚饭的。"朱瑞芳说,"大概该回来了。"

林宛芝插上来说:

"他的事很难讲,说回来吃饭,常常不回来。谁晓得他今天啥辰光回来。"

朱瑞芳肯定地说:

"他给我说,今天一定回来吃饭的……"

林宛芝立刻打断朱瑞芳的话,说:

"他也给我说,今天可能不回来吃饭,说晚上还有事体哩。"

"啊!"大太太莫名其妙了。她不知道究竟谁说的对了,看马丽

31

琳很急,同情地说,"你等着吧,他反正要回来的。"

马丽琳稳稳坐在那里决心要等徐义德回来。门外传来汽车的喇叭声,接着徐义德走了进来。朱瑞芳得意地迎上去,说:

"你再不回来,客人要走了。"

徐义德的眼光正注视着林宛芝,看她脸上没有一丝笑容,料想家里一定又有不愉快的事体发生了,没有看见还有客人在,信口问道:

"谁?"

马丽琳终于等到了徐义德,兴奋地说:

"我正要走,你回来了,好极哪。"

"请坐,请坐,"徐义德让马丽琳坐下,他自己坐到靠墙的沙发上,说,"这两天厂里忙,回来总是晚了。要是晓得你来,该提早回来。你们为啥不打个电话到厂里来?"

朱瑞芳很高兴听到他这些话,有意冲着林宛芝说:

"唉,刚才倒忘记了。"

林宛芝把头转过去,不愿意听朱瑞芳的话。马丽琳说:

"怎么好耽误你的事,我多等一会没有关系。"她见姊夫这样热心的关怀,就直截了当地问,"延年的事,有点眉目吗?"

"延年的事,"徐义德望着垩白的屋顶,想了一阵,说,"正在进行。眉目,还难说。"

"只要姊夫想办法,一定没有问题。"

"这个,这个,"徐义德未置可否,说,"唔……"

马丽琳见徐义德答应了,信心更足,问:

"姊夫,你说,这两天会有消息吗?"

"这很难说……"

马丽琳没有得到肯定的答复,忧戚地深深叹了一口气,哭咽咽地说:

"我昨天整整一宿没有阖眼,延年这一辈子从来没有吃过这样的苦头,一想到他关在监牢里,我就心酸,啥事体也做不下去,连饭也不想吃。他的那些朋友,我也不大熟悉,现在只有靠你了,姊夫。"

她用手绢擦着润湿的眼睛。朱瑞芳的眼睛也有点润湿了,对徐义德说:

"义德,你不帮忙,再也没有别的路子可走了。"

徐义德听她们两个人哭泣一般的声音,他没有别的话好讲,只是安慰道:

"帮忙,一定帮忙!"

林宛芝见徐义德满口答应,大声叫道:

"老王,老王!"

老王应声走进了客厅。林宛芝生气地质问道:

"老爷回来这么久了,为啥不泡茶来?你不晓得老爷累了一天,也该喝杯茶休息休息。"

"正要泡茶,"老王识相地退了出去。

老王走出去没有一会工夫,就送来一杯清香扑鼻的绿茶。徐义德捧着茶杯细细地品着,有意避开马丽琳的眼光。

马丽琳不怕徐义德和林宛芝的冷淡,想起童进谈的店里债户情形,忍不住提了出来:

"姊夫,还有桩事体……"

"啥事体?"徐义德警惕地问。

"就是信通银行的那笔质押借款……"

徐义德已经从金懋廉那里知道这笔假药质押借款的事,但他摆出完全不知道这回事的神情,问:

"既然是质押借款,那么,一定有货物押在银行里,有啥问题呢?"

"货物是假的,给银行查出来了。"

"哦?这笔款子有多少钱?"他认真地问。

"听店里伙计说,是一亿五,信通银行派人到店里去,逼着追还,不然要告到法院去。可怜延年一件事还没完,怎么经得起又发生这样的事呢?"

朱瑞芳兀自吃了一惊。她不满意马丽琳把弟弟的丑事当着林宛芝她们的面说出来。她沉着地帮了一句腔:

"那是啊!"

"金懋廉和姊夫是好朋友,老交情,希望姊夫给他说一声,不要到法院去告,等延年出来,还他就是了。"

"唉,这事难啊,"徐义德叹了一口气,蹙着眉头说,"你不晓得,银行里朋友只认钞票不认人,他们吃惯别人的,怎么肯吃亏?"

马丽琳愣了一阵,央求道:

"能不能请求他们缓两天,我们想想办法看,说不定这一两天延年出来,事体就好办了。"

"说,当然可以给他说,就是怕人家不答应。"

马丽琳听了这话,像是满天乌云中忽然出现了一丝金黄色的阳光,巴结地说:

"只要姊夫出面去说,我看,人家不会不答应的。金懋廉不买朱延年的账,难道还不给姊夫一个面子?"

"义德,"朱瑞芳插进来说,"金懋廉这个人情落得做。朱延年已经关在监牢里,他告到法院去,也还不了钱,何必这样逼人呢!"

"照我看,"徐义德心中笃定,不慌不忙地说,"让他告到法院也没啥了不起。常言说得好,虱多不痒,债多不愁。福佑欠的债也不止信通一家,干脆让大家去告,也增加不了延年多少罪过……"

林宛芝马上附和:

"这个道理对,让他们告去,怕啥!反正出了事,求人情也没有用处。"

马丽琳心中乱得像麻似的,没有注意林宛芝话里的话,听徐义德提到福佑欠的债,不止信通一家,顿时想到那些小户,逼得不能过门,顺口接上去说:

"姊夫讲的倒也是的,福佑的债户确是不少……"

"是呀,是呀……"徐义德怕她再拉扯到别的问题上,低头喝了一口茶,一边含含糊糊地应了两声。

"大户倒好办,最麻烦的是那些小户,今天一早就到店里去,等着要钱,不给不走。"马丽琳说到这里,用着恳求的声音说,"这个非还不行,今天店里的伙计到我家里来商量,想了一个办法……"

"啥办法?"朱瑞芳关心地问。

"还是信通银行,福佑和他们往来有专用支票,可以透支款子。想透支一点钱,还还零星债户。银行一块钱也不肯透支。这个户头是姊夫担保的,绝对少不了他们的。这桩事体,请姊夫和金懋廉说一声。"

"这个吗……"

徐义德抬起头来,很久很久没有说下去,他用肥胖的食指轻轻敲着淡蓝色的瓷茶杯,仿佛在领受绿茶的香味,不胜感慨地说:

"银行界的朋友最难交不过了。刚才不是告诉你,他们只认钞票,不认人吗?延年出了事,就一块钱也不肯透支,实在是不讲交情,太不够朋友了。我这个保也不顶事,简直叫人生气,以后别给他们往来。"

"姊夫,你可以不可以……"

马丽琳不知趣地讲下去,想向姊夫借点钱。徐义德不等她说完,立刻打断她的话,怨天尤人地叹息了一声,说:

"家家有本难念的经。大有大难,小有小难。沪江厂要退补四十多亿,还没有个眉目哩。"

35

他看了看手表说：

"哎哟，时间到了，今天晚上余静同志约我谈话哩。"

徐义德讲完话，不等马丽琳开口，迅速站了起来，走到客厅，大声叫道：

"老王，快准备车子。"

# 五

勇复基手里拿着一张信通银行的支票走进工会办公室,他看见大家围着钟佩文在谈话,立刻退到门外站着,对赵得宝说:

"你们有事体,我等会来。"

"有啥事体?"赵得宝走过来问他。

"没啥,没啥,"勇复基一再弯着身子谦让地说,"你们谈好了,我,我等会再来。"

大家回过头来望着他。谭招弟看见他怯生生的样子,忍不住笑出声来,说:

"怕啥,有事体进来说好了。"

勇复基给她说得有点不好意思,但也不敢冒昧径自跑进去,他仍然站在门口没动,向大家望了一眼,说:

"可以进来吗?"

"当然可以,"赵得宝向他招手,说,"来吧来吧,啥事体?"

勇复基走到赵得宝面前,一字一句慢慢地说:

"今天厂里需要点头寸,想到银行里取一亿元,请你打个图章。"他说完话把支票送到赵得宝手里。

赵得宝拿着支票朝勇复基浑身上下打量一番,有点莫名其妙,怀疑地问他:

"是不是跑错了地方?"

"没有,没有。"勇复基慌忙摇头。

"我看你跑错了,"赵得宝说,"开支票,打图章是梅厂长的事,该找他去呀。"

"是他叫我来的。"

勇复基这句话引起大家的注意,钟佩文盯着支票,惊奇地问:

"他叫你来的?"

"可不是么,他说资方要接受工人阶级的领导和监督……"

"这话一点也不错啊。"谭招弟插上去说。

"赵得宝同志,快点打吧,"勇复基央求道,"等着头寸用哩。"

"这桩事体,"赵得宝没有把握,他扶着余静的办公桌角说,"等余静同志下午来了再说。"

"等不及啊,上午等着要,快点打吧。"

"打就打吧,"谭招弟对赵得宝说,"工人阶级是要领导的。"

赵得宝给勇复基逼得没有办法,加上谭招弟一怂恿,只好在支票上打了个工会图章。勇复基拿着支票满意地走了出去。谭招弟脸上漾开了兴奋而又得意的笑纹,对大家说:

"这才像个样子么。过去人家讲国家是工人阶级领导的,我就看不出来。我觉得厂是老板领导的,那辰光,老板神气活现,指手画脚,听老板的命令,东跑西走。'五反'以后,才认识到真是由我们工人阶级领导的,酸辣汤不把支票拿到工会来打图章哪能行呢?以后我们当主人了,事事要过问。"

谭招弟转过脸来对赵得宝说:"老赵,你是我们的头,领导要有气魄,胆子放大些,干吧,别怕!"

"不是我胆子小,这个事体大,我拿不准,等余静同志回来还要商量商量。"

梅佐贤看到勇复基拿来的支票,上面盖着工会鲜红的图章,嘴上立刻浮着微笑,马上把这消息告诉了徐义德。徐义德在电话里给他谈了一阵。他连连称是,挂了电话,在办公室又踱了一阵方步,打开办公桌的抽屉,拿了两张航空纸,很有把握地咳嗽了一声,

38

带着勇复基下楼,向工会办公室走去。

刚才在工会办公室的人还没有走散,并且多了一个秦妈妈,她来找余静的。

梅佐贤走进来,向每一个同志都点头打了招呼,恭恭敬敬地说:"正好,你们都在,有点小事体,要向工会请示。"

谭招弟见梅厂长这个谦虚神情,心里舒畅了,以为梅厂长和往常不一样了。她心里想:工人阶级真正有了领导权啦。赵得宝对梅厂长却是另一种看法,感到他矫揉造作,很不自然,便直截了当对他说:

"别客气,有啥事体,说吧。"

梅佐贤顿时感到身上给刺痛了似的,长长脸庞上的笑容迅速地消逝了,不敢再说客气话,语调却仍然很迟缓,显得十分老练,而又沉着:

"总经理觉得我们厂里缺勤率太高,影响生产,最近想出了一个鼓励的办法,来解决这方面问题,曾和少数职工交换过意见,认为切实可行。总经理要我向工会请示以后,再办……"梅厂长把手里的航空纸递给赵得宝,说:

"就是这个沪江纱厂升工办法草案,请你先看看,再谈。"

梅厂长见谭招弟她们向赵得宝跟前靠去,他马上把手里另外一份递给谭招弟,说:

"这个办法和工人同志关系太大了,这里还有一份,请你们看,也请你们指示指示。"

谭招弟好奇地接过来,交给钟佩文。秦妈妈她们都走到钟佩文身边,听他念:

> 为了克服过去缺勤率太高现象,鼓励职工积极参加生产,特订出升工办法如下:
>
> 一、半个月不请假者(病假不在内),升一个半工;

二、一个月不请假者，升三工；

三、半年不请假者，升二十四工；

四、一年不请假者，升七十二工。

上述办法，经劳资双方协商同意后，立即生效，认真实行。

谭招弟听完了，一对眼睛还是出神地盯着那张薄薄的航空纸。她心里想：这个办法多好呀，一年不请假，可以多拿两个多号头的工资哩。总经理和厂长这回真的转变啦，给工人动脑筋哪。

梅佐贤等大家看完了，他歪过头去，征求赵得宝意见：

"怎么样？赵同志。"

"这个……"赵得宝毫无思想准备，他摸不清为啥资方突然提出这个办法，而且还和少数职工交换过意见，是啥意图呢？他望着那张纸发愣，没有说下去。

梅佐贤事先确实和少数职工交换过意见，并且得到职工的拥护，比如说现在站在梅佐贤右后方的勇复基吧，他看了这个办法以后，心里十分拥护。他交出徐义德的暗账之后，心里忐忑不安，怎么也定不下来，既不敢接近资方，怕丧失立场；又不敢接近劳方，怕总经理不满。反过来，他也不敢疏远双方。尤其是想到每月暗贴没有了，账面上也不能耍花招，单靠那点薪水，维持目前每月的开销是困难的。他要想法增加一点收入。他的收支总要想法轧平的，正如他对劳资双方的关系一样，也要轧平的。前天梅佐贤找他谈起这件事，心里自然满意极了，这样今后增加收入，可以弥补弥补家用。但他不知道能不能实现，只表示没有意见。梅佐贤见赵得宝没有说下去，别的人也没有做声，他暗示地望了勇复基一眼。勇复基马上低下头去，退后了一步。梅佐贤看局面有点僵，旋即抓住勇复基，说：

"你不是赞成这个办法吗？把你的意见说给大家听听。"

勇复基不得不抬起头来，站在原来地方，望了赵得宝一眼，见他嘴紧紧闭着,皱着眉头在想,摸不清他的意见是赞成还是反对。勇复基站在梅佐贤和赵得宝之间,很难说话,更糟糕的是又不得不说话。他后悔不该跟梅厂长一道再到工会来。现在来了,却没有办法走开了。他只得吞吞吐吐地说:

"这个办法,哎,是的,这个办法倒不错。赵同志,你说呢?"

赵得宝没料到勇复基把问题推到他身上,没有正面回答勇复基,却说:

"大家谈谈吧。"

"赵同志的话对极了,"梅佐贤笑嘻嘻地扫了大家一眼,和蔼地说,"请各位工人同志指教指教。"

谭招弟头一个开口了:

"只要厂方认真实行,我们工人当然不反对,可不要说话不算话,别实行了两天,又不实行了。"

"那不会,那不会,"梅佐贤再三声明,说,"经过'五反',资方一定讲信用,说办就办。只要工会同意,绝对实行到底。"

"只要讲信用,就好了。"

梅佐贤向谭招弟拍胸脯,保证道:

"我们办厂的人,特别要讲信用,这一点,请你放心好了。"他的眼光扫到钟佩文身上,说"小钟同志,你的意见呢?你是文教委员,这事体要劳神多在工人同志当中宣传宣传哩。"

"我?"钟佩文愣住了。

"是的,请你发表高见。"

"高见,我没有。"钟佩文微笑地说,"低见倒有一点……"

"啥意见都很好。"梅佐贤一步也不放松。

"这当然也是一个办法,"钟佩文想起今天在车间看到的标语,说,"工人也有这个要求。"

赵得宝吃了一惊,问道:

"工人有啥要求？"

"要求增加工资。"

"啊！"赵得宝问自己：谁提出这个要求？

"今天在筒摇间里，我看到几条新标语，"钟佩文用右手食指敲了敲太阳穴，回忆地说，"是一首打油诗：生产先搞好，福利慢慢叫，讲来又说去，一套老油条。诗写得不错，不晓得是那个写的。谭招弟，你晓得哦？"

谭招弟给他一问，脸上立刻飘浮起两朵红云，她愣了一下，说：

"啥人晓得。"

这首诗是陶阿毛鼓动筒摇间工人的集体创作，昨天夜里在班上凑的，最后一句是谭招弟想起来的。陶阿毛对她表示十分敬佩，认为她想得好，写得好，可以贴到墙上让大家看看，也反映一下工人的要求。谭招弟给他捧得热呼呼的，真的贴到墙上，今天一早便在车间传开了。

"你是筒摇间的传声筒，"钟佩文不放过她，顶了她一句，说，"你会不晓得！"

"不晓得，就是不晓得，"谭招弟怕他纠缠下去，加了一句，"少噜苏！"

梅佐贤插上来打圆场，说：

"不管谁写的，反正工人有这个要求。我们也早听说了，工人想增加工资。我们这个升工办法，也是满足工人的要求。你们说，这个办法好吗？"

钟佩文很想顶谭招弟几句，可是想到她天不怕地不怕，有事当面开销，别在酸辣汤面前给自己下不了台，他忍下了这口气。谭招弟顶回钟佩文，想起陶阿毛对她说升工好的理由，劲头更足，兴致勃勃地说：

"当然好啦，升工，啥人不愿意？"

"是呀,"梅佐贤顺着她说,"我晓得没人反对的。"

勇复基心里稍为安定了,因为谭招弟她们也赞成。梅佐贤等了一歇,见没有人说话,进一步催赵得宝:

"没人反对,那就算劳资双方同意,明天实行吧。"

赵得宝望了望大家,没有回答梅佐贤,在考虑这个问题怎么处理。秦妈妈一直没开口,她在想:为啥酸辣汤提出升工办法?急着逼工会同意,这里头有啥花招?得小心点。资本家不会有好心肠的。她走上一步,对梅佐贤说:

"你不能武断说没人反对。虽说工人要求加工资,可是,哪种加法,要讨论讨论。升工办法,我还是头一回听说哩,也要讨论讨论。"秦妈妈一边说,赵得宝一边暗暗点头。等她说完了,他主意也拿定了,接上去说:

"这桩事体不能决定,等余静同志回来再谈吧。"

梅佐贤一听到"余静"两个字,他心里就冷了半截,可是还不服输,仍然想争取争取:

"这桩事体,我看也没啥。我们酝酿好久了,征求职工们的意见,没有不同意的。给工人同志谋福利是桩好事么。你是工会副主席,当然赞成给工人谋福利。这点小事体还不能做主吗?不必等余静同志,你同意了,我们马上就实行,工人福利啊,越早做越好。"

"好事体,也得想想再做。不管怎么样,等余静同志回来再说。"赵得宝的口吻很坚决。

"这样好,梅厂长。"秦妈妈说。

谭招弟盯了赵得宝一眼,心里说:真是灯草拐杖——做不了主。这点事体也怕!她立刻又给他想出了理由:这是工人升工办法,没提工会干部,所以他不关心,也不赞成。她怕这事给赵得宝弄吹了,想了一个主意,说:

"先试行好了，没人赞成就作废。"

她料到大家一定赞成。梅佐贤的脸上又闪上了笑意，鼓着掌说：

"这个办法妙，赵同志就这么办吧。"

他拔起脚来想走，赵得宝止住了他，把升工办法草案递过去，说：

"这是一桩大事体，我个人做不了主，等余静同志回来讨论讨论再说。"

梅佐贤脸上的笑意，迅速消逝了。钟佩文给谭招弟顶得好久没有开口，现在正好给他一个机会。他高声地说：

"办事总有一个组织嘛，不能凭个人的意见要办就办。我赞成老赵意见，等余静同志回来再谈。"

他讲完了，得意地注视了谭招弟一眼。梅佐贤看事体现在无论如何办不成了，不露痕迹地改口说：

"本来想给工人办点工资福利的事，工会早同意了，工人可以早点得到些帮助。既然工会方面不急，等余静同志回来商量商量也好，想得周到点，办起来更好。那么，这个留给你，余静同志一回来，就通知我，我马上过来，一道商量。"

梅佐贤把升工办法草案又递给赵得宝，不等赵得宝答话，迅速地走了。

# 六

郭鹏想起昨天晚上梅佐贤谈的升工办法,实在是太美妙了。"五反"以后,徐义德真的变了,主动提出办法给职工升工,一年不缺勤,凭空多发七十二天工资,这笔开销不小呀!他要是收到这七十二天的工资,派啥用场呢?好消息来得那么突然,使他来不及准备。他想添点衣服,逢到节日和假期换上,到人跟前才像个样子。接着,他觉得买些家具,比方说,一套沙发,每天用得着,下班回去坐坐,比较实惠。但旋即又发现还是衣服重要,一旦提升他当工程师,穿那一身蓝布人民装出去,太不成体统。算来算去,增加七十二天的工资竟然不够了。要是升七十二工,再提拔到工程师的岗位,双喜临门就好了。韩云程不走,他的工程师的位置是没有指望的。两者比较起来,倒是升工有把握,只要工会一同意,马上就实现了。对工人谋福利的事,料想工会没有不同意的。他猜想今天可能会有好消息来,等了半天没有音讯,借着到库房去的机会,想到工会去转一下。他刚走出去,就碰见陶阿毛,两个人边走边谈,还没有走到工会办公室门口,远远望见勇复基和谭招弟走来了。

"勇主任,从工会里来?"

"是呀!"

郭鹏知道勇复基无事不登三宝殿,一定是谈升工办法。过两天要发工资,怕是到工会计算工人升工的工资。说不定这个月就开始升工哩。恰巧这个月他一天也没有缺勤,以后得保持不缺勤的纪录,满了一年,便升七十二工啊。他迎上去说:

"是谈升工办法吗?"

"咦,"勇复基惊奇地望着他,说,"你哪能晓得?"

"这是关系职工生活的大事体呀,试验室里早传开了,谁不希望多增加点工资?谁不想日子过得舒服点?谁不盼望早点实行升工办法?傻瓜见了钱,也要眼开花。车间里那首打油诗,说出了职工心里的话。"

"哪首打油诗?"谭招弟一听到打油诗,心里噗咚噗咚跳。

"你在筒摇间不晓得吗?"郭鹏像一位热情奔放的大诗人,咳了一声,高声朗诵,"生产先搞好,福利慢慢叫,讲来又说去,一套老油条。这首诗音调铿锵,琅琅上口,写得确实不错。"

"这是啥诗? 不过是顺口溜罢了。"谭招弟不好意思,低下头来。

"打油诗也好,顺口溜也好,说出我们心里的话,就是好诗。"郭鹏说。

"郭主任认为是好诗,一定就是好诗。"陶阿毛附和说。

"你就是想要钞票!"谭招弟望着郭鹏说。

"不是我想要钞票,是资方奖励我们的钞票,为啥要拒绝?你不要吗?"郭鹏困惑不解。

"我不要。"

"这倒是新鲜的事体,有人不要钞票。大概你的钞票花不完吧?"

"唔。"

郭鹏想起陶阿毛告诉他的另外一首诗,说道:

"我再背诵一首诗你听听:五反结合生产,生产结合钞票,钞票结合积极,工资搞好了,生产就提高! 这话说得一点不错! ……"

"你从啥地方听来的?"谭招弟一听,脸刷的一下白了,好像突然下了一层霜。

"还是筒摇间传出来的……"

"谁?"

"自然有人。你为啥那么紧张?"

"紧张?"谭招弟发觉自己神态不对,慢慢镇定下来。这五句诗是陶阿毛一再暗示她,又旁敲侧击地鼓励她编的。本来要贴出来,她事后想想,认为思想不对头,有人不赞成,就没写出来。现在郭鹏一提,仿佛给人揭露了隐私,怕有人说出来,对她不利。她喘了一口气,说,"我才不紧张哩。你说是谁传出来的?"

"听说是徐小妹。"郭鹏听陶阿毛说是徐小妹传出来。

"你们筒摇间的人都会作诗。"

勇复基说了这句话,无意之中刺了谭招弟。她脸红脖子粗,急着问:

"啥人讲的?"她以为是陶阿毛说出去的。

"除了你,现在不是又多了一个徐小妹吗?"

"这算啥诗?你别胡说白道!"

勇复基见她气势汹汹,不敢和她顶撞,生怕吵起来,连忙打了退堂鼓:

"就算我没说,你别生那么大的气,好不好?"

"这才算话!"

郭鹏却不在乎:

"不管是不是诗,这五句话的意思却不错,真是至理名言。"

"你赞成吗?"

"当然赞成,特别是最后那两句:工资搞好了,生产就提高。这是千真万确,一点也不错。"郭鹏反问她一句,"你不赞成吗?"

"我啊,生产都忙不过来,哪有工夫想这些事体!"

"你真了不起!"郭鹏伸出大拇指来,在她面前晃了一晃。

"你不是赞成升工办法吗?"勇复基一心想实行升工办法,可以贴补一些家用。他见郭鹏很积极,是一个好机会,大家多提意见,事情便有苗头了。一想到七十二个工,他也顾不得谭招弟的脾气了,大胆地提醒她一句。

"我啥辰光赞成的?"谭招弟问。

"你不是主张试行吗?"

"我们小萝卜头赞成派啥用场?"刚才赵得宝没有接受她的意见,她闷着一肚子气,不好意思在郭鹏面前发泄,也不愿出人头地争升工,把气憋在肚子里,给勇复基一提,就再也忍不住了。她气生生地说,"别人不赞成!"

"别人?"陶阿毛听出话音来了,追问道,"这么好的事体,居然有人不赞成?谁?"

谭招弟没有吱声。勇复基站在谭招弟右后方,伸出手来暗暗向她一指,郭鹏会意地挑逗她:

"为啥不敢讲?"

"啥人说我不敢讲?"

"你向来敢作敢为,我们都佩服你,这次为啥不讲呢?"

"还有啥人,就是老赵。"

"赵得宝吗?他是工会副主席,应该为我们职工谋福利,这样好的事体,过去罢工斗争也争取不到,现在资方送上门来,他还不赞成?我不相信。"

"你问勇主任。"谭招弟向她右后方努一努嘴。

"真的吗?"

勇复基点了点头。郭鹏惊诧的眼光对着他们两个人,皱起眉头,问谭招弟:

"这是啥工会?这是啥工会副主席?这是啥工人代表?"

"是呀,你问得对啊。"谭招弟觉得郭鹏的话有道理,越想越生气,顺着他说,"工会,不给工人谋福利,不接受升工办法,算个啥工会？我真想不通。"

"我也想不通：徐义德再坏，他还想到工人升工；赵得宝再好，连这个也想不到。工会不为我们职工谋福利就算了，资本家送上门的好事，不应该不赞成！"郭鹏见谭招弟给他说动了，进一步挑拨道，"大概因为没有工会干部的升工办法，老赵不赞成。"

"是呀！"谭招弟赞成郭鹏意见。

"加上一条，工会干部也包括在内。"陶阿毛衷心盼望早一点实行升工办法，巴不得大家都赞成，事体就好办了。不料赵得宝从中作梗。他想不出赵得宝为啥不赞成，给郭鹏一提醒，才恍然大悟。他马上出了个主意。

"这个办法妙。"郭鹏拍手赞成，心里想梅佐贤虽然精明，可没想到这一层，照顾了广大职工，把工会干部忘记了。这怎么行呢？他对她说，"这么一来，工会该赞成了吧？"

她愣了一下：她是筒摇间的挡车工，郭鹏怎么拿她当工会干部看？她说：

"我不是赵得宝肚里的蛔虫，啥人晓得他赞成不赞成呢？"

"再不赞成，他不怕工人闹事吗？"

"工人闹事？斗老赵？"她听了这一句话，好生奇怪。解放前摆平的紧张斗争的情景顿时在她眼帘出现了。她问自己：能够像斗资本家一样的斗工会干部吗？无论如何不行。她摇摇头，说，"有话好好给工会说，老赵是老好人，只要把道理摆出来，他不会不赞成的。啥人的道理对，跟啥人走。"

"话虽这么说，道理明摆着，他就是不赞成，你有啥办法？"郭鹏见谭招弟口气不对，又不甘心退却，改口说，"当然不是斗老赵，他是我们领导，哪能斗他？我是说，这事对职工的切身利益关系太大了，厂里的人大部分都晓得了，工会不赞成，怕不好办……"

"你是说——"她盯着郭鹏问。

49

"三人是个众字。柴多火焰高,人多声音大。只要大家心齐,各个车间里的人都同意,那辰光,工会再不同意,我看老赵下不了台。"

"郭主任说得对。"勇复基说:"我们那里没有人不赞成的。"

"这话有道理。"陶阿毛点点头。

"你们筒摇间呢?"郭鹏问。

"只有少数人晓得这件事……"

"你去问问大家,"郭鹏不露声色地说,"我想没人不赞成的。"

"我想也是的。"她点点头。

"大家都赞成,"郭鹏说,"工会一定要赞成的。"

"是呀,"谭招弟扬起眉头,觉得升工办法有了希望,兴高采烈地说,"我到车间给大家讲去!"

# 七

赵得宝把升工办法草案的事详详细细地给余静说了。谭招弟紧紧站在余静旁边,只等她一点头,准备到车间报喜去了。余静既没有点头,也没有摇头,走到她自己办公桌面前坐下,困惑地说:

"这桩事体,好古怪!梅厂长为啥忽然要给工人升工?"

"这倒是有原因的。"钟佩文自命熟悉厂里各方面的情形,肯定地说,"最近工人要求增加工资。我在筒摇间看到要求增加工资的标语,写得不错,简直是诗,可以上黑板报哩!"

"这儿是工会办公室,不是黑板报编辑部。小钟,你三句话不离本行,怎么又谈起黑板报来了呢?"赵得宝要梅佐贤等余静回来再谈升工办法。梅佐贤不管三七二十一把升工办法草案塞在他手里,使得他像是赤手空拳捧住了一盆火,放没放处,搁没搁处。他不知道自己这样处理对不对。谭招弟一个劲要试行,越发叫他放心不下,感到没有把握,一心盼望余静回来商量。他把事情经过告诉了余静,肩胛轻松了,可是这事还没有了,等待余静拿个主意,生怕给钟佩文把话题岔开,接着说,"还是谈正经的。"

"过去工人要求增加工资,梅厂长为啥总是推三推四呢?"余静一边说一边想,"我看,问题没那么简单。"

"是呀,"秦妈妈说,"我也奇怪。"

"这有啥奇怪?"谭招弟急于想让余静同意升工办法,她解释道,"经过'五反',资本家转变啦。现在工人提出的要求,他有几个脑袋,敢不答应?"

"你把徐义德看得太简单了,工人一要求,他就答应,有这样的好事体!一年不缺勤,凭空升七十二个工,他为了啥?"

余静没有问住谭招弟,她顺口答道:

"为了不缺勤呀!"

"除了升工,没有别的办法了吗?徐义德为啥要给每一个工人多发两个多月的工资呢?"

"余静同志,不是我说你,徐义德做坏事,我们反对;徐义德做好事,我们又不赞成。不是叫人为难吗?"

"招弟,你忘记'五反'辰光揭露的那些事了。我们上够了徐义德的当,得到很多教训。资本家的话,不能轻易相信,要仔细想想。"

"他把升工办法草案都拿出来了,难道是假的吗?怕他赖掉吗?"

"不是假的。"

"那是真的?"谭招弟从心里高兴起来,以为有希望了。

"也不是真的。"

"不是假的,又不是真的,支部书记可把我给说糊涂了。"谭招弟望了望赵得宝和秦妈妈,说,"你们说,是不是?"

赵得宝没有吱声。秦妈妈只是微微笑了笑,她等余静回答。余静没有马上回答,谭招弟急了:

"我看这个草案不是假的,工会同意了,看酸辣汤哪能办?"

"他照办?"秦妈妈问。

"那很好。"谭招弟毫不含糊地说。

"不照办呢?"

"我们斗他!"

"斗他?"赵得宝看了谭招弟一眼。

"不怕他是孙悟空,翻不过如来佛的手掌心。"谭招弟伸出右手来,加重她的语气说,"是他自己拿出草案来的,说话不算话,不斗倒他,我们工人不放他过去!"

"你说的倒有理。"赵得宝望着她。

"没理的话,我不说。"

"酸辣汤完全听你的?"秦妈妈有点怀疑。

"不听也得听!"谭招弟越说越有把握。

在谭招弟她们一来一往的谈论中,余静坐在办公桌前面,深深陷入沉思里。往事一幕又一幕在她脑海里出现,特别是一九四八年初冬那次罢工,为了要求按期发工资发现钞,花了多大的力气,大家摆平了,几次三番交涉,徐义德才勉强答应。没有多久,外甥打灯笼——照旧(舅),不是过期,就是又发本票。要想从徐义德身上多拿一张钞票,比糠里榨油还要难上十倍。为啥他现在这么慷慨呢?是不是他身上的钞票太多了,花不完了,大发慈悲,要分点给工人呢?他这号子人,从来没有嫌钞票多过。他的欲望是个永远填不满的大坑,钞票越多越好。解放这几年来,他违法所得有四十二亿多。啥地方能剥削工人刮钞票,他没有不挖空心思刮的。现在为啥把钞票往工人的荷包里塞?天下有这样的好事,凭空给工人升七十二工?徐义德钞票多,为啥不退补违法所得四十二亿多款子呢?一提到退补的事,他就设法闪开,要末就哭穷。有钞票不退补,反而要塞给工人,这里头一定有花样经。余静越想越觉得不对头,仿佛她已经走到徐义德设下的阴谋陷阱的边缘,再前进一步就要掉下去了。她在陷阱的边缘稳稳地站住了,注视那深邃得好像一眼望不到底的陷阱。她静静听秦妈妈和谭招弟谈。秦妈妈问:

"资本家那么老实?"

"'五反'过后,哪个资本家敢不老实?调皮的话,他不怕再来一次'五反'?"谭招弟显得浑身是劲。

"你说得倒轻巧!"秦妈妈不以为然。她凭着在沪江纱厂挡车多年的经验,猜想梅佐贤这帮人不会这么老实。她说,"这里头有鬼把戏。"

"有啥鬼把戏?"谭招弟不服气,说,"人家拿出钞票来升工,有啥不好?只要余静同志一点头,我保险工人举起双手赞成!"

"你和全厂的工人都商量过了吗?"余静插上来问。

"这倒没有。"谭招弟气鼓鼓的,给余静一问,泄了气似的,连讲话的声音也低沉了。

"你们还记得吗?过去我们要求增加工资,梅厂长总是说啥集体合同的规定呀,厂方没有利润,勉强维持,不能增加工资呀……为啥现在主动提出升工办法呢?"余静沉思的眼光望着大家,说,"秦妈妈说得对,这里头一定有鬼把戏。要升工,事先不和工会商量,就把草案打印出来,在职工当中传开了。没有鬼把戏,为啥要这样做呢?"

谭招弟觉得余静的话也有道理,但还想不通是啥原因。

余静出神地凝思了一阵之后,肯定地说:

"这是徐义德的大阴谋!"

她这一句话吸引了每一个人的注意,都围到她办公桌的周围,眼光注视着她,连谭招弟也不得不凝神谛听。余静没有马上说出来,她指着敞开的办公室的门,对钟佩文低声地说:

"先把门关起来!"

钟佩文迅速关好了门,扶在桌子角上的右胳臂放在桌面上,右手托着自己的下巴,静静地听余静说:

"一定是徐义德想分化工人和工会的关系,要是我们答应了,别的厂哪能办?是不是也照样增加工资?全上海的工人都增加工资?目前不可能,也不应该。老赵晓得的,区委讲过,上总办事处①

---

① 上总办事处指上海总工会长宁区办事处。

也传达了,工人的工资福利要在提高生产的基础上逐步提高。生产长一尺,福利长一寸。大家想想,现在生产的情形,该不该提高?"她喘了一口气,把声音放得更低,说,"我们不同意呢?工人一定反对我们,特别是那些经济观点浓厚的工人,更要反对我们,工会就很被动。徐义德这一手,厉害极哪,工会同意也好,不同意也好,反正被动。"

大家给余静这番话说得大吃一惊,哑口无言,想不到徐义德玩的是这一套鬼把戏。谭招弟尤其心中难过,脸上发热,感到余静讲的"那些经济观点浓厚的工人"就是指的她。她不完全心服,但也说不出反对的理由。她望着余静,一句话也说不出来了。秦妈妈一边点头,一边说:

"余静分析得对,徐义德这个老狐狸肚里不会有好心眼的。我听了升工办法就奇怪,可是想得没那么远,也没有那么周到。"

"老赵刚才没有表示态度,做得对,你们想想,这桩事体哪能对付呢?"余静对大家说。

"工会不同意好了。"谭招弟赌气说。

"那工人会反对我们的。"赵得宝说。

谭招弟对于升工办法的希望还不完全甘心放弃,听了余静的分析,又不好再开口,赵得宝这句话给了她一个机会,又想起郭鹏说的那些话,紧接上去说:

"老赵说得对,工人会反对我们。说不定工人晓得这桩事体,不满意工会,会闹事的。"

"闹事?"钟佩文感到她说得很奇怪,"你说得倒新鲜,工人不斗资本家,反而要斗工会?天下有这样的怪事?"

"大家议论纷纷,说啥资本家再坏,还想到工人升工;工会再好,连升工也不同意。工会不代表工人利益,工人要闹,有啥办法!"谭招弟认为升工的事又有点希望了。

"你的意思是要余静同志同意?"

谭招弟闪开钟佩文尖锐的质问,婉转地说:

"这不是我的意思。我是说,工会不同意,怕职工不答应。"

"能同意吗?"余静认为问题越来越复杂了。

"不能。"秦妈妈首先反对。

"不能。"赵得宝摇摇头。

钟佩文把肩膀一耸:

"不能同意,又不能不同意,进退两难,哪能办法?"

钟佩文发觉谭招弟坚持要工会同意升工办法草案也有一定的理由,秦妈妈坚决反对,余静似乎也没有说死,这问题难于决定了。他望着谭招弟。她的期望的眼光对着秦妈妈,好像只要秦妈妈一赞成,余静就可以同意了。秦妈妈正注视着余静,盼望她拿个主意。余静心里想徐义德真棘手,把一本难念的经掼在工会面前。她想拿起电话来向区委报告请示,但杨健熟悉的声音马上在她耳际回旋:你看哪能办法?杨健和区委负责同志照例要先征求提问题的人的意见。她不能不经过分析研究,就把这本难念的经送到区委负责同志面前。她凝神望着窗户外面,不断有工人走过,住在单人宿舍里的夜班工人已经起来了。她从那些热情亲切的面影上得到了启示,好像也得到了力量。她对赵得宝他们说:

"我们现在分头到车间里去摸思想情况,然后开党支部扩大会议,吸收少数工人代表参加,专门讨论这桩事体。……"

# 八

徐义德在电话里告诉梅佐贤,趁余静不在厂里的辰光,赶紧把升工办法抛出去,要赵得宝代表工会点头,马上就办,越快越好。他放下听筒,等待梅佐贤报告好消息。许久没有消息来,他怕错过机会,办不成,决定亲自到厂里去一趟。他脱下西装,换上那套灰布人民装,连皮鞋也换了,穿上浅圆口黑布鞋。林宛芝看他从头到脚换了行头,知道他要到厂里去了。下了楼,走出去,既不坐自己的汽车,也不搭公共汽车,却叫了一辆三轮,简简单单地说了一句:"长宁路,沪江纱厂,快!"

三轮车夫飞也似的向长宁路那个方向蹬去。

今天的天气特别晴朗,灿烂的阳光抚摩着绿色的田野、黑色住房和红色的工厂。湛蓝色的天空上没有一丝儿白云,矗立在天空的高大的烟囱不断冒出一团一团的黑色的烟,灰色的烟,黄色的烟和白色的烟雾,袅袅地向西边飘飘荡荡,像是各种颜色的云彩,慢慢消逝在远方。

徐义德坐在车上,眼睛跟着朵朵煤烟向无边无际的天空望去。他想起了"五反"退补的事,多少年来,他用了各种剥削办法,好容易积累了一些资金,现在四十二个亿就要像煤烟一样的在他手中消逝,实在肉痛。他要想法不让它从手中飞去。

三轮车夫顺着那条漫长的长宁路飞快地蹬去,快到周家嘴了,他回过头来,问到了没有。徐义德给他一问,从焦虑的沉思里跳出来,凝神向马路四周一看,已经到了周家嘴渡口,他叫车子掉过头来往回走。

沪江纱厂建成后,徐义德不大到厂里来,来的辰光总是坐汽车,只要对司机说一声:到厂里去,他便到了厂里。坐三轮到厂里来,是极难得的事,他竟然找不到自己的厂了。车夫走一段,问一段。在一排工厂那里,徐义德看到有一家大门上挂着一块白底黑字的大招牌:上海沪江纱厂。他高兴地大声说:

"到了。"

他付了车钱,一跨进黑铁大门,"五反"时的情景立刻闪上他的眼帘,自然而然地低下了头。给职工揭发了那么多五毒,他没有脸见人。

门房看见走进来一个人,穿一身布人民装,垂头丧气,面孔看不清楚,样子有点陌生,追上来问道:

"喂,你找谁?"

徐义德低着头加紧步子走去。

门房急了,高声叫道:

"喂,你这人怎么不懂规矩?找人要填会客单子。这是工厂,不要乱闯!"

徐义德仍然不理,走得更快。门房越发急了,追赶上去,气生生地说:

"站住!找谁?"

徐义德回过头来,把眼睛一睖,门房顿时弯下腰去,笑嘻嘻地说:

"是你——总经理,我还以为是别人哩。你好。"

徐义德不满地"唔"了一声。

门房连忙转身就走。

徐义德加快步子向楼上走去。

在楼上厂长办公室里,梅佐贤几乎是用恳求的口吻,低低地对韩工程师说：

"云程，我请你再想想，好不好？"

"我想了好久了……"

韩云程不愿意再想。他确实想了好久。早在沪江纱厂五反工作检查总结大会以前，他就感到在厂里的地位很难处了：一边是资本家，一边是工人，必须要依靠一边，不可能超然于两边之外，最后他选择了依靠工人的道路。归队以后，他遇到每一个工人，就像是严寒的冬天坐在火炉旁边似的，从心里感到温暖。不管认识不认识他，见了面，都紧紧握他的手。他感动得眼眶潮润，不知道说啥是好。他代表职员在总结大会上发言，亲自在全厂职工面前宣布："我代表全体职员表示：一定和资产阶级划清界限，在工会的领导下，做好工作，搞好生产。"讲完了，他心里非常舒畅，到处想法和资产阶级划清界限，见了徐义德和梅佐贤他们就离得远远的，话也不讲。韩云程要么不答应人家，答应人家的事体，他一定要办到。他曾向钟佩文表示，准备加入工会，但想起自己在"沪江"还有点股子，在劳资协商会议上，又是以资方代表的身份参加的，哪能好参加工会呢？他想了三天，决定找梅佐贤，要把"沪江"那点股子退掉，劳资协商会议上的资方代表也不当了。梅佐贤以为他不过这么说说罢了，看他态度很认真，而且十分坚决，就告诉他要请示总经理。徐义德不同意。梅佐贤把这桩事体拖了下来。韩云程等得不耐烦了，觉得这个尴尬的地位很难处：一边欢迎他，一边不放；同时又想到假如真的参加了工会，那么，一天到晚要开会，担心研究业务的时间会受影响。他找到一个出路：到学校去教书，这样可以跳出这个尴尬的地位，摆脱了烦恼。学校教书纵然不成功，但也可以到别的厂去，专做工程师的工作。"有了数理化，到处都不怕。"单凭他的学问和技术，不愁没有一碗饭吃。他于是决心向行政上提出辞职。今天亲自把辞职书送给梅佐贤。梅佐贤见了辞职书大吃一惊,他想不到韩云程有这份决心。他看了一遍,确是他亲笔写的,站在自己面前的又确实是他,一点也不容怀疑。梅佐贤望了他一眼,笑着说:

"何必这样呢?"

"这样,对我好些。"

"你说,总经理会答应吗?"

"会答应的。"

"厂里没有工程师行吗?"

"你们可以另外找一个。"

"哪有这么容易。"

"提拔郭鹏也可以。"

"他还不够格。"

"我听说,行政上准备提拔他。"

梅佐贤松了一口气,说:

"哦,这个么,不过是说说罢了。你放心好了,郭鹏不会抢你的位子,行政上也没有意思辞你。"

韩云程慌忙说:

"不是这个意思,不是这个意思。我辞职,完全是我自己的事体,和郭鹏一点关系也没有。"

"坐下来,慢慢谈。"

"不,试验室里还有事体哩。"

"你和总经理这么多年的交情,舍得走吗?"

"这个,也是没有办法的事体呀!"

梅佐贤窥探出他的心有点儿动了,进一步打动他:

"你在厂里工作了多年,人头熟,机器熟,关系好,大家都喜欢你,你忍心走吗?"

韩云程站在他面前,慢慢低下了头,想起了厂,想起了试验室,想起了同事们,倒有些留恋了。他说不出话来。梅佐贤就叫他再想想。

半晌,他恳求梅佐贤说:

"你还是让我走吧。"

"不,我做不了主,要问总经理。"

他知道徐义德不会轻易放他的,但只要梅佐贤同意了,事情就有点苗头。他说:

"你可以做主的。"

"你别把我捧得太高。"梅佐贤耸一耸肩膀,稀松平常地笑了笑,想把韩云程辞职的事冲淡。

"我考虑了很久才提出来的。"韩云程一本正经地说。

"我晓得你办事慎重,考虑周到,不会随便提的。"

"那就答应我吧。"

"不过这一次考虑还不够周到,"梅佐贤把辞职书送到韩云程面前,说,"你回去再考虑考虑吧。"

韩云程举起双手想推回去,徐义德跨进了厂长办公室,看见那情景,随随便便搭了一句:

"你们两人客气啥?"

韩云程一听徐义德的口音,他掉头就走,跨出门口,回过来,对梅佐贤说:

"我等你的消息。"

梅佐贤把刚才经过说了一番。徐义德若无其事,说:

"不干?很好哇。"

"这,这,"梅佐贤急得有点口吃,说,"这不行啊,没有工程师,怎么好开工?"

"那就不开工。"

"不开工哪能行?"梅佐贤的眼睛睁得大大的。

"有啥不行？"

"行吗？"

"当然行。我也不想干哩。"徐义德认为沪江纱厂是一个沉重的负担，紧紧压在他的两肩，想甩也甩不掉。要没有这爿厂，他哪能会受"五反"这个罪！现在又要退补四十二个亿，一提起这个数字，他就肉痛，仿佛千千万万个犀利无比的针头扎在他的心上。他希望这爿厂弄得越乱越好，越糟越妙。

"总经理，你也不想干吗？"梅佐贤两只眼睛木愣木愣地盯着他。

"唔，关门大吉最好。"

"妙，妙，妙极了。"

徐义德对韩云程辞职并不放在心上。他关心的是升工办法。他问：

"赵得宝答应了吗？"

梅佐贤给总经理这句话问住了，他心里想：他给总经理办事以来，从未失败过，这一回却丢了脸。但丑媳妇总要见公婆的，便把交涉的情形叙述了一遍，最后抱歉地说：

"说来说去，只怪我没有能力，没有给总经理把这桩事体办好。"接着，他愁眉苦脸地说，"唉，'五反'以后，办事确实不容易啊。"

梅佐贤暗中望着徐义德的脸色，等待总经理的训斥。徐义德不但没有板起面孔，相反的，脸上却露出胜利的喜色，而且说：

"这桩事体办得很好啊，佐贤。"

梅佐贤完全陷入困惑的境地了。他以为这是总经理用最客气的语句来表示最大的愤怒，但他脸上的表情又不像是说反话。他含含糊糊地"唔"了一声。

"你去交涉，两种结果，我都估计到了。"徐义德一屁股坐到长沙发上去,把声音放低,得意洋洋地说,"工会要是同意升工办法呢,我们马上照办,一传出去,整个棉纺界会震动的。沪江实行升工办法,别的厂能不实行?棉纺这么做,别的行业怎么办?我们私营厂这么做,国营厂又怎么样?上海这么做,别的省市怎么办?这么一来,政府就很被动了。"

"每个工人多发两个多月的工资,实行起来,这一笔开销可不小啊!"

"开销不小?厂里反正只是这些资金,我把'五反'退补四十二亿款子拖着,足够开销多发的工资,用不着从我口袋里掏钞票——羊毛出在羊身上,发啥愁?"

"我没有总经理想的这么周到。"

"所以我说,工会同意了,马上就办;工会不同意呢,那也好;可见得给工人真正谋福利的是我徐义德。工人要求增加工资,我提出升工办法,既满足了工人的要求,又解决了出勤率的问题。工会不答应,我没法办到,不能怪我,工人一定反对工会。我一张钞票不花,做到名利双收,你说不好吗?"

梅佐贤现在完全清楚了。他装出早就知道,不露声色地说:

"这当然是绝妙的好办法。"他惋惜地说,"不过……赵得宝既没有拒绝,也没有同意,所以我说没有办好。"

"也算办好了。"徐义德接着又说,"当然,能够实行最好。"

"是的。"梅佐贤不再惋惜,顺着他说。

"你对郭鹏、陶阿毛谈了,他们又对职员和工人说了,很好很好。这桩事体传得越广越好。本来,我想再打电话告诉你,直接找一些工人谈谈更好,后来一想,由郭鹏、陶阿毛出面,特别是陶阿毛出面比我们亲自出马好,现在我们不方便讲,不然,人家又要说我们猖狂进攻了。"

梅佐贤完全了解徐义德赞扬的意思了。他紧接上去讲:

"我特地等工会里有工人的时候进去的,我还把勇复基带去,从他的嘴里也可以把这桩事体传开……"

"是的,知道的人越多越好。"徐义德点点头,说,"杨部长在厂里把我斗得好苦,逼得我没有二话说。他走了,我才松了一口气。这一回,眼看工会束手无策了。"

他骄傲地哈哈大笑了,自以为胜利在望了,工人再不会说徐某人不好了吧?也不能说徐某人消极了吧?但梅佐贤还不放心,提醒徐义德:

"不过,总经理,工会的力量也不能低估,余静那家伙变得比过去厉害了,连汤阿英也领导工人和我们斗争,'五反'以后,她们的气焰不小呀!"

"这个,我晓得,只要杨部长不在,事体就好办了。余静那家伙,不管怎么样,总是个黄毛丫头,人也忠厚,没有经验,她懂得啥?你说,佐贤,我们主动给工人增加工资,有啥不好呢?"

"这个,当然很好。"

"工会说,余静啥辰光回来?"徐义德急于想把这桩事体办了,他好回去。

"赵得宝说,她一回来,就告诉我。"

"这回要和余静来个闪击战,越快越好,不要给她有思考时间。只要一实行,我们马上在棉纺业传开,然后再向其它行业放风,立刻轰动上海。那辰光,余静她们后悔就来不及了。"

"总经理这一着实在太妙了!"

"'五反'我吃够了苦头,这回该让我出口气了。我今天就在厂里等余静回来,"徐义德抹上灰布人民装的袖子,看了手表,正好十二点,他站起来说,"到饭堂里去吧。"

梅佐贤知道总经理从来不和工人一道吃饭的,为啥今天忽然要到饭堂去呢?他抬头望了总经理一眼,看见那身灰布人民装,心里明白了。

　　下了楼,徐义德见许多工人向饭堂走去,他有意把头微微低下,隐藏内心的喜悦,默默地随着大家一同走去。

# 九

　　饭堂里热烘烘的,黑压压一片人群。徐义德一走进去,就感觉到大家的眼光都在看他,交头接耳,好像在叽叽喳喳地议论他。他寻找空位子,正好靠墙边有一张空桌子,上面摆好了三菜一汤,一个人也没有。他对梅佐贤说:

"就坐这儿吧。"

　　他们两人坐下去,因为人不够,不好吃,等待再来六个人。徐义德低着头,望着面前的菜:红烧带鱼,素炒鸡毛菜,咸菜炒黄豆芽和豆腐汤,闻着那股油腥味,他肚子就饱了。但他硬着头皮坐在那里让大家知道徐总经理和工人一道吃饭了。

　　梅佐贤趁人没齐,他向四面八方巡视了一下,看到韩云程、郭鹏和勇复基坐在左边邻近的一张桌子上吃饭,便碰碰徐义德肥胖的手指,小声地说:

"你看,他们在隔壁吃饭,就是不理我们……"

　　徐义德顺着他说的方向望去,他们果然在隔壁桌上吃饭,而且韩云程和他坐的正是面对面。他注视了一下,想和韩云程打招呼,那边大概已经察觉,旋即把头低了下去,装作没有看见,只顾大口大口地吃饭。徐义德不经心地说:

"不理就不理吧。"

"这情形快一个礼拜了。"

"送厂务日记和报表来,也不讲话吗?"

"没到上班的辰光,他们就把厂务日记和报表啥的,塞在我桌子的玻璃板下面。有事体找他们，不是说没有空，就是说出去了，给你一个不照面。在路上碰到，老远就避开了。"

"那好呀。"

"你看，总经理，事体就是这样难办，我这个厂长是当不下去了……"

"你也要辞职？"

"不是这个意思，我不过这么说……"

梅佐贤说了一半，忽然停下，徐义德感到奇怪，抬头一看：余静和赵得宝他们走来了。他站了起来，向余静招招手：

"这边坐吧！"

"好的，好的。"

余静、赵得宝和钟佩文他们都坐了下来，凑齐了一桌，大家拿了碗去装饭。梅佐贤拿了徐义德的碗，想代他装一碗来，立刻叫徐义德止住了：

"我自己来。"

梅佐贤吃了一口饭，想起徐义德说的闪击战，他把升工办法向余静提了出来：

"升工办法，你看，哪能？"

余静没有料到在饭堂里碰到徐义德和梅佐贤，更没有料到梅佐贤立即端出这个问题来，叫她措手不及。她一边吃饭，一边思索怎样应付这次突然袭击，慢吞吞地说：

"这是桩大事体呀，另外找时间谈吧。"

"现在谈谈不好吗？"

"现在？"余静捧着手里的饭碗，用筷子指着菜说，"不是要吃饭吗？"

"吃饭，唔，是的，"梅佐贤吞了一口饭，眉头一耸，想了想，说，"最近厂里事体忙，大家难得碰在一道，现在徐总经理也在，边吃边谈不好吗?"

"升工办法这桩事体关系很大,要开会讨论才好。"

"开会?"徐义德见余静再三推托,又提到开会讨论,让余静研究来研究去,事体可能就吹了。他忍不住插进来说,"我们当面谈了,也等于开会了。"

"我是说我们工会要开会。"

"工会要开会?"梅佐贤感到奇怪,说,"对工人有好处的事体,也要开会?"

"不管有没有好处,这样大的事体,你们问到工会,工会需要开会讨论。"

"你们两位主席都在,我倒觉得你们完全可以代表工会了。"梅佐贤为了讨好徐义德,一个劲逼余静。

"这样大的事体,不开会讨论透,统一大家的思想,哪能行呢?"余静望着赵得宝,说,"你看,是哦?"

"当然要开会,"赵得宝说,"要听听工人的意见。"

"工人要求增加工资,想来工会比我们晓得得清楚。升工办法可以满足工人的要求,工人不会不赞成的。"梅佐贤心里很有把握。

"那倒不一定。"钟佩文想起秦妈妈的话。

余静看出苗头:梅佐贤逼她马上表态,想立刻实行,分明是按徐义德的意图办事。徐义德虽然讲话不多,却有斤两,梅佐贤不过是传声筒。她不想和梅佐贤纠缠下去,转过脸来,斩钉截铁地对徐义德说:

"不管哪能讲,工会不开会,我不能代表工会表示任何意见。"

余静虽然把门关死了,徐义德并不灰心,狡猾地笑了笑,表面上仿佛赞成她的意见,暗中却逼紧一步:

"工会没开会,当然不好代表工会发表意见……"

钟佩文打断徐义德的话,插上来对梅佐贤说:

"是哦?"

梅佐贤知道徐义德还有话要说,对于钟佩文的质问不放在心上,他很笃定,不露神色地听徐义德说下去:

"不过,你们两位是工会主席,余静同志又是党的领导,先谈谈个人的看法总可以吧?如果升工办法有啥不妥的地方,提出来,我们好修改。我过去对工人福利关心得不够,这是不对的,现在想给工人谋些福利,快点实行,所以希望早点听到你们两位的意见。"

徐义德比狐狸还要狡猾,表面上批评自己,实际上是指责余静,而且逼着余静表态,丝毫也不放松;话讲得委婉,客气,态度却十分坚决,好像不谈出个眉目,誓不罢休。他逼余静摊牌。他料想这一着余静再也没有办法回手了,脸上隐隐露出得意的笑容,仿佛欣赏自己的才干,又好像是庆幸将要获得的胜利。余静不上他的圈套,寸步不让,反而问他:

"你的意见呢?"

"职工都赞成,就等工会一句话。我看,快点办的好。"徐义德坚决地说。

"不必等工会,"余静果断地对徐义德说,"徐总经理决定好了。"

徐义德听余静的话,暗暗吃了一惊,没想到余静不含糊,把问题推到他身上来了,叫他措手不及。他吞下嘴里的饭说:

"我们要接受国营经济和工人阶级的领导,升工是大事体,关系全厂职工福利,我们不能做主,一定要工会决定才行。工会说行,我们就办,工会说不行,我们就不办。"

梅佐贤在一旁打边鼓说:

"只等余同志点头,我们马上就办。"

"我个人意见,"余静沉着地说,"请徐总经理决定,这是资方三权[①]以内的事,用不着问工会。"

---

[①] 三权系人权、财权和管理权。

三权?徐义德听到这两个字心头一愣:余静不但把升工办法推回来,连其它的事也不问,完全推给资方,自己想的那一套办法完全用不上了吗?他不相信。厂方开的支票,上面就有工会的图章,啥资方"三权"呢,都没有了。他决定把这件事提出来,"将"余静一"军":

"三权是三权,无论如何,我们要接受工人阶级的领导,接受党的领导。升工是大事体,工会不表示意见,我们不敢随便决定。比方说,向银行里开支票取款,工会盖了章,我们就胆大点。"

余静一听话不对头,其中有文章,连忙问赵得宝:

"工会在支票上盖过章吗?"

"是的,"赵得宝解释地说,"勇复基拿来,说梅厂长讲的,一定请工会盖个章,等着钱用。我再三不肯,给他逼得没办法,才盖了章。"

徐义德的脸上露出了笑容。余静知道赵得宝上了徐义德的当,严肃地对梅佐贤说:

"为啥要勇复基到工会来盖章?你们自己不实行三权,还要耍手段,把责任推到工会头上?工会也没有提出要在支票上盖章,哪能怪工会呢?徐总经理,梅厂长,希望你们以后对工会不要耍手段,行政方面的三权,工会概不过问。"余静又语义深长地对赵得宝说:"你们以后要特别注意。"

梅佐贤的脸刷的红了。但他嘴上却在辩解:

"我,我没有叫勇复基来逼你们,也不是耍手段,不是这个意思……"

徐义德脸上得意的笑容消逝了,但一点也不惊慌,态度非常自然,轻描淡写地说:

"这绝对不是耍手段,余静同志,你千万别误会。一切的事体,我们都要争取工人阶级的领导,这样资方可以少犯错误。啥三权不三权,那倒无所谓,重要的是'五反'以后,再不接受工人阶级的领导,那就不应该了。嘻嘻。"

"接受工人阶级领导,也不是事事问工会啊!"钟佩文说。

"小钟这个话对,"余静说,"工会不代替行政决定事体,升工办法请徐总经理决定好了。你们有啥困难不能解决,只要工会办到的,我们可以协助。"

梅佐贤看余静把谈论升工办法的门关紧了,他不知道该不该进一步提,当时没有表示态度,等待徐义德的意见。徐义德见风头不对,不如趁早收篷,等待将来有机会再说。他不露痕迹地转了弯,说:

"我们决定也好,梅厂长,你明天到劳动局去请示,要是政府方面没意见,我们就试行。"

梅佐贤暗暗钦佩徐义德的妙计,应道:

"好,明天一早就去。"

另一方面,徐义德还是紧紧抓住余静,说:

"工会愿意帮助我们解决困难,太叫我感动了。"他指着隔壁韩云程那张桌子,说,"现在资方代理人都不理我们了,韩工程师干脆提出来要辞职,坚决不干。请余静同志给我们想想办法,劝劝他。"

韩云程望见徐义德和余静在谈论,他避免卷进去,很快吃完了饭,把碗筷送到木盆里去,悄悄地走开了。饭堂里黑压压人群陆陆续续走了,剩下一片桌子,上面碗筷狼藉,管理饭堂的人正在收拾。

"韩工程师啥辰光提出辞职的?"赵得宝问。

"今天早上,"梅佐贤发现说的时间不准确,更正说,"就是开饭以前。"

"这个问题可以协助你解决。"余静果断地说。

"那太好了,"徐义德点点头,笑嘻嘻地说,"感谢工人阶级的帮助,余静同志。"

71

"不用谢,这是我们的工作。"余静说,"还有啥困难吗?"

余静答应得这么痛快,并且还要帮助解决别的困难,有点出乎徐义德的意外。因为事先没有准备,他一时提不出别的困难。他夹了一块红烧带鱼,好像在仔细地吃,其实是碰了碰,一心在想。钟佩文看徐义德老是吃鱼,不说话,他催促道:

"有啥问题提出来吧,余静同志和赵得宝同志都在这里,好解决,别等余静同志不在,又叫人来逼着马上解决困难。"

梅佐贤听钟佩文这些带刺的话,他无从辩解,哭笑不得。徐义德放下没吃完的带鱼,望着梅佐贤,说:

"你看,还有啥困难?"

"困难嘛,"梅佐贤深深叹息了一声,对着那碗豆腐汤凝神注视了一阵,说,"多得很哪。"

"说吧,"余静说,"一个个提出来好了。"

梅佐贤立刻说道:

"比方说下个月的生产计划吧,到现在还没订,工会不出来领导,我看是订不出来了。"

"这个也可以帮助你解决。"余静想到最近厂里职工的思想情况,这困难非资方所能解决了的,需要工会出面。他对徐义德说,"这确实是一个大问题,工会也考虑到了,最近开个劳资协商会议来解决,好不好?"

"好倒是好……"

余静看徐义德皱起眉头,没有说下去,知道其中有原因,便问他:

"不能解决问题吗?"

"怕不容易。"

徐义德没把原因说出来,梅佐贤却猜到了,他代徐义德讲:

"生产计划都订不出来,开会派啥用场?"

"哦,"余静应了一声,会意地说,"这个容易,工会协助你们订出生产计划草案,然后再开会讨论。"

"那太好了。"徐义德的眉头舒展开了,心里在想:升工办法给余静挡了回来,生产计划也没难倒余静,总得想一个办法叫余静为难。他看到饭堂里还有几桌工人在吃饭,有意大声说,"关于改善工人福利和卫生方面,也要订一个计划。过去,我们在这方面太不注意了。"

"福利和卫生问题,可以放在第二步解决,目前最重要的是生产,先把生产搞好再说。"

徐义德放下筷子,虚伪地露出钦佩的神情,对余静说:

"工人阶级的确伟大,啥问题都看得远,抓住主要的,把生产放在第一位,我实在太感动了。我对生产的信心更高了。我一定要在工人阶级领导之下,把生产搞好,来报答党和工人阶级的恩情!"

十

　　老王从书房里捧了一个盆景走到东客厅外边的阳台上,谨慎地站在徐义德左侧面,弯着腰,小声地问:
　　"老爷,放在啥地方?"
　　徐义德坐在红漆皮靠背椅上,正望着绿茵茵的草地出神,漫不经心地吩咐道:
　　"就放在桌上吧,让它晒晒太阳。"
　　老王轻轻把盆景放在徐义德身旁那张红色的小方桌上。他侍候盆景像侍候老爷一样的小心,生怕有啥差错。等老王走了,徐义德回过头去,向着坐在他斜对面的林宛芝说:
　　"你看,这盆景真不错,简直是一幅画。"
　　林宛芝仔细欣赏徐义德从淮海中路争艳花店买来的心爱的盆景:在一棵小小的碧绿的松树下,是一座小山,山麓有一座古老的暗红色的四角亭,一个白发老人佝偻着背,手里拿着一个钓竿,坐在江边静静地垂钓。老人右边不远的地方,有两只白鹤,悄悄地站着,仿佛在陪伴老人钓鱼。她点点头,说:
　　"这玩意倒不错。"
　　"是呀,盆景这玩意历史很久了,据说宋朝皇帝就喜欢盆栽,清朝康熙皇帝也很喜欢盆景,他还作了咏御制盆景榴花的诗哩。"说到这里,他出神地歪着头想了想。他最近在家里闲着没事,研究盆景消磨时光,自己也想创作一点,卖弄风雅,出点风头,苦于肚里没有一点诗情画意,虽然想了构图,只是拼拼凑凑,徒有亭台山水,不成个格局,庸俗得惊人,一直拿不出来。他对平声仄声分别不清楚,也不懂诗,有关盆景的诗歌和制作方法却死记了一些,作为谈话辰光装潢门面。他说,"我念给你听:小树枝头一点红,嫣然六月杂荷风;攒青叶里珊瑚朵,疑是移银金碧丛。从康熙皇帝这四句诗里就可以了解盆景妙处无穷。别看不起小小盆景,虽然是用各种树木和竹子等等做为主体,配上广东石湾的陶质人物,舟船,桥梁,茅屋和亭、台、楼、阁,不但大小比例必须正确,而且要有诗情画意,才能算是盆景中的上品。"

"盆景这一门,还有这许多的讲究?"

"这一门的学问可多哩。要想做好盆景,一定要有文学艺术修养,懂得绘画,也要知道一些诗词歌赋,不然做出来的盆景便庸俗不堪。我也准备制作点盆景,还没有想好。早两天我看到一个水石盆景:长江万里图,就是模仿……"说到这里,他忘记了这是模仿宋代大画家范宽的《长江万里图》制作出来的,想了半晌,仍然没有想出是谁来,便含含糊糊地说,"模仿一个大画家的长江万里图制作的,气势磅礴,风景壮丽,是水石盆景中的精品。"

幸好林宛芝是外行,没有深究,免得他出丑。她指桌上的盆景问:

"这个呢?"

"这叫做严子陵钓台。"

"就是富春江边的那个严子陵钓台吗?"

"对啦,你喜欢这个地方吗?"

"去白相白相,倒蛮新鲜。"她羡慕地说。

"在这样地方住下去好哦?"

"住一辈子?"

徐义德点点头。她说:

"那太寂寞了。"

徐义德长长叹息一声。林宛芝莫名其妙,指着松树下的小亭子,笑着问他:

"你真的想在这里住一辈子吗?"

"谁跟你说假话!过去我到公司里,到厂里,有一种温暖的感觉,仿佛是回到自己的家里一样;现在变了,我去了,冷冷清清的,心里很难受,想起办厂辰光那种兴旺气象,更叫我受不了。我是无厂一身轻,从此不操心。"

"厂不是你的吗?"

"我的?"他望着她身上那件鹅黄色的轧哔丁旗袍,想起她了解外边的事太少了,应该叫她晓得一些事体,将来好准备。他说,"你晓得'五反'反出我四十二亿多,政府和工会等我的退补计划。我来个缓兵之计,到现在还没有着手订,但终究要订的。退补四十二亿多,沪江这爿厂还有吗?到了厂里,很多事体我也管不了哪,都要靠工会,我落得清闲清闲。我们两个人,找个山明水秀的地方住住,享享晚年的清福,不好吗?"

"那当然好,"她心里却说:他会离开上海吗?他会离开大的和二的吗?大的不说,朱瑞芳会肯吗?她顺着他说,"你去,我一定陪你去。"

"不嫌寂寞吗?"

"有你,我就不寂寞。"

"一言为定,要讲信用。"

他抓住她的手,站了起来,好像马上就要去似的。一阵电话铃叮叮地响过,老王从客厅里走了出来,紧站在客厅门口,低声地说:

"梅厂长来电话,他说总经理三天没到公司里去了,也没到厂里去了,有些事要当面向你请示,工会赵得宝也有事和你商量,说是一个什么计划……"

最近徐义德自己不接电话,不是老王接,就是林宛芝接。凡是公司里和厂里来电话,都说出去了,避而不理。如果是工商界的,或者是亲戚朋友的,等问清楚了,他才亲自去接。他一听到厂里的电话,他的眉头就自然而然地皱到一起去了,不耐烦地说:

"告诉他,我身体不舒服,有啥事体,他全权处理好了。"

"他说要向你请示,问你的意见。"

"告诉他:我啥意见也没有。"

"是,是。"

老王懂事地退到东客厅,掉转身子,刚要走去,给徐义德叫住了:

"老王,聚宝斋李老板这两天来过吗?"

"打上次叫他不要来,就再没来了。"

"这种人真不会做生意,叫他不来就不来,那古董卖给谁呢?"

"老爷说得对,他心眼儿太不灵活,怎么做好生意? 要不要现在叫他来?"

"打电话要他送点精品来看看。"

"是。"

徐义德挽着林宛芝的手,在草地上走去,两个人站在中央,向四面眺望。他认为花园很大,有点辽阔空疏的感觉,指着东边玻璃花房,对她说:

"花儿匠到啥地方去哪? 怎么没看见他?"

"上街买花籽去了。"

"哦,"他指着没有遮拦的一片草地说,"花园里就是缺少花,满眼一片绿,太单调了,应该多种点花,调剂调剂。"

"是呀,我早就给他讲了,花房里的花也太少了。你看,种啥花呢?"

"种点月季花怎么样?"

"月季花?"她对于花木不大熟悉,不知道种月季花好不好。

77

"这是一种四季开花的蔷薇,颜色艳丽,香气馥郁,有红的、黄的、白的和紫的很多种;容易栽培,花期很长,经济实惠……"

"那我们就种月季吧,种它一大片,又香又好看,真不错。"

"不过,要经常侍候她,种的时候,排水要好,不然根子要腐烂的,穴底可以放点骨粉和草木灰当肥料,覆土灌水要充分,好保持水分。发芽的辰光,要把枯枝、弱枝切除;花谢了,要修整一次,再施些肥……"他从花儿匠那里打听来的一点知识,全部搬了出来,像个园艺专家似的,慢慢地讲给她听。

"这么麻烦,花儿匠一个人忙不过来呀!种别的花吧,省事点。"

"不,还是种月季好,昨天我和他谈了,我可以帮他忙。"

"你?"她摇摇头,不相信他的话,说,"别讲风凉话了,整天忙得人影子也看不见,你有工夫在家里种花?"

"当然有。"

"公司里厂里不去了吗?"

"我去做啥?"他刚才的闲情逸致的神情,给她这么一问,顿时消逝,不由地生气了,说,"现在厂里的事管不了哪,一退补,厂也不是我的哪,反正把这些企业折腾完了就没事啦。我去也等于不去,不如不去,乐得在家里享点清福,再去操那份心做啥?闲在家里没事,还没有时间种花吗?"

"这个,"她见他满脸怒容,不好违拗他,只好顺着他说,"种点花也好,——种一辈子吗?"

他指着红色小四方桌上的盆景说:

"刚才不是给你约好了,到那些山明水秀的地方去住住,你忘了吗?"

"没有。"她知道他说的是风凉话,不会真的实现的,信口应道,"那我跟你学种花,一道动手……"

"对,这才是我的好伴侣。"

老王领着聚宝斋李老板走到花园里来了。李老板一见了徐义德,老远就拱拱手,笑嘻嘻地大声叫道:

"徐总经理,徐太太,你们好。"

徐义德和林宛芝迎过来,李老板接着又说:

"好久没到府上来了,徐总经理又发福了,嘻嘻。"

"这一向生意好吗?"徐义德随便问了一句。

"别提了,生意清淡得不行,这几个月来简直没做生意。'三反''五反',谁买古董? 倒是有人卖的,可是买主少得很。连你这样的老主顾,也很久没有照顾小号了。"

"你不来,我到啥地方去买?"

李老板想起上次叫老王骂走的狼狈情形,仿佛就是昨天的事。但他不敢提起,只是抱歉地说:

"怕你忙,没敢来打扰你。"

"不找你,大概不会来的呢?"

"哪里的话,哪里的话。这两天我正打算送点精品来给你看看,恰巧老王的电话来了。像你这样的老主顾,我一辈子也不会忘记的。"

徐义德刚才在草地站久了,有点累。他坐到椅子上休息。李老板从东客厅里拎出一个深灰色的包袱,放在红色小四方桌上,征求徐义德意见:

"徐总经理,就在这里看吧。"

徐义德点点头,要他坐下来歇一会。他兴致勃勃、精神十足,说:

"我不累,先打开给你看看……"

徐义德见他打开包袱,取出一个不等边的三角形的古物,靠近当中角顶那儿有一个小小的洞眼。徐义德不知道这玩意叫啥名

字,又不好意思问他。他轻轻放在桌子上,赞赏不已地说:

"这是最近刚收到的商代永余磬,精极了,徐总经理,你是行家,一看就晓得了。"

徐义德的眼睛盯着古磬仔细看,自己并不是行家,也不懂商代永余磬,但给他一捧,又不好露出外行的样子,却又未便十分赞赏,怕是赝品,只是对他说:

"这个磬,唔,我晓得。"

李老板进一步赞扬道:

"徐总经理了解这是安阳殷墟出土的,故宫的货色,《双剑誃古器物图录》中曾提到过它。这种编磬一共出土只有二十三个,十七个叶怀特那个美国人盗运到美国去了,中国留下来六个。这个六个当中的一个,可以说是稀世之宝。我真喜爱,别人出多少钱我也不卖,因为徐总经理喜爱,特地让给你。"

徐义德听他说得那么名贵,有这样精品放在书房里,工商界朋友看到一定赞赏不已。他心里痒痒的,确实想把它留下,可不知道价钱怎么样。他不立刻问价钱,征求林宛芝的意见:

"你看怎么样?"

林宛芝对古代物事没有兴趣。她欣赏和爱慕的是现代物质文明。她也不好扫徐义德的兴,摇摇头说:

"我是擀面杖吹火——一窍不通。"

徐义德不好再问下去,眼光对着古磬,默默地一句话不说。聚宝斋李老板知道徐义德的老脾气:等他开价。他便委婉地说:

"货色虽然是精品,价钱倒很便宜,因为我收进的不贵,老主顾,不能多赚钱。"

"多少呢?"徐义德很自然地问。

"这个数。"他伸出一只手指来。

徐义德以为是十万块钱,决定买下,但还想杀杀他的价,皱起

了眉头,显出在考虑的神情,说:

"十万块钱不能说贵,可是也不便宜呀!……"

李老板没等徐义德说完,慌忙插上去说:

"不,是一百万。"

徐义德一听这数字,眉头皱到一块去了,马上改口:

"一百万,也不能说贵。不过,这样的稀世之宝,要你让我,有点说不过去呀。我看,你还是留着吧。"

"只要徐总经理喜欢,价钱倒好说,多一点少一点没关系,你看着给就是了。"李老板知道徐义德的脾气,古董不论真假,钱多了不行。他希望早点把这个假古董售出。

徐义德心里盘算:开价一百万,总不能出十万八万啊。何况这古磬是真是假,自己也看不出来,但从价格上看:不像真的。如果是真的,一百万太便宜了;要是假的呢,连十万也太贵了啊。他没有鉴别能力,也不承认自己是外行,便指着林宛芝对他说:

"她的兴趣不大,你留着吧。最近有好字画没有?"

"字画?有,有有。"他一边把假古磬小心收起,一边取出一幅画来,眉飞色舞地大声说,"这也是精品。你喜欢扬州八怪,恰巧我昨天收进一幅郑板桥的竹子,你看。"

他把画轴交给徐义德,自己慢慢走去,一幅竹子在徐义德的眼前展开了。徐义德对于扬州这个隋唐以来极其繁华的都市是非常向往的,乾隆年间八怪的画更是酷爱,尤其是"得罪罢官"的郑板桥的画,见到了就不忍放下,因为他不"曾馆于工商家","索吾画,偏不画,不索我画,偏要画",所以他的画特别可贵,几乎见了一幅,徐义德就要买一幅,仿佛也替当时的盐商出口气似的。徐义德凝神地欣赏手中这幅墨竹,看过来又看过去。他喃喃自语:

"确是郑板桥的手笔。"

"徐总经理的眼光真高,一看就看出来了。这幅竹子是郑板桥

81

的得意之作。你看,笔墨气韵,画风放逸,多好。我的见识浅,像这样好的竹子,不瞒徐总经理说,还是头一回见到哩。"

林宛芝听他们两个人一来一往在称赞这幅画,她也像是行家一样,在看这幅画,可是她看不出它好在啥地方。

徐义德怕他把这幅捧得太高,索价就一定昂贵,就暗中杀一杀他的价:

"我倒看过几幅,比这幅更好。这幅么,在郑板桥的竹子当中,不过是中等货色。"

"那当然,徐总经理见多识广,"李老板看出徐义德想买下来的样子,希望售价高一点,进一步说,"不过,就我看过的来说,这是最最好的一幅。"

徐义德心中已决定买下,不再和他评论高低,直接问道:

"你多少钱收进来的?"

"二十三万收进的……"李老板早想好了。

徐义德不等他说完,立刻打断,说:

"那太贵了。"

徐义德有意把手里的画卷了一卷。可是没有吓住他。他完全摸熟了徐义德的脾气,站在那里,纹风不动,不慌不忙,笑嘻嘻地说:

"总经理了解郑板桥的润例:大幅六两,中幅四两,画竹多于买竹钱,纸高六尺价三千。别的不说,单凭这装池裱工,就要好几万。二十三万收进来,一点也不贵。本来要徐总经理赏两个车钱,嫌贵,那就照原价让给你吧。"

"也太贵了。"

"总经理看,给多少呢?"

"我看,"徐义德又望了一眼竹子,忖度了一下,说,"十万块钱了不起哪!"

李老板把舌头一伸：

"目前的行市，再便宜，十万块，怎么的也收不到。我不能赔本让给你，徐总经理，你高抬贵手，再加点。"

"我看，十万也太贵了。"徐义德下狠心再逼他一下，又卷了卷画，要退还给他，兴趣淡然地说，"板桥的竹子，我家里已经收藏了好多幅了，这幅并不太好，你带回去吧。"

李老板见苗头不对，十万块还要往下跌，心想徐义德好厉害，真会杀价。他咬紧牙关，急转直下，说：

"十万就十万，赔本让给你，徐总经理。"

徐义德开了价不好收回，可是还想压低一些，开玩笑地说：

"那怎么行啊？我不能叫你赔本。"

"老主顾嚜，不算啥。"他迅速走过去，帮助徐义德把画卷起，放在桌子上。他怕徐义德不要，因为十万块卖出，已经有了七万的利润，相当满足了。其实，他不知道今天徐义德的心情，即便再多一点，也不在乎的，花点钱，徐义德就舒畅一些。要是像往常那样，就是三万，徐义德也不一定要的。他转过去，对林宛芝说，"最近我收到一些好翡翠镯头，赶明朝送过来，给你看看……"

林宛芝随随便便"唔"了一声。

老王匆匆走了出来，站在徐义德旁边，弯着腰，低着头，小心地说：

"厂里又来电话，赵得宝要找你谈生产计划，请你去一趟……"

"告诉他，我出去了，"徐义德发觉这说法不妥，旋即更正道："就说我到医院去了。"

"是，是。"

李老板见他们谈话的声音低而短促，料想有紧要的事体，知趣地说：

"你们忙吧，我走了。"他把深灰布包袱扎紧，提起来向东客厅走去。

徐义德对老王说：

"付十万块钱给他。"

李老板回过头来，向徐义德鞠了鞠躬：

"谢谢徐总经理，改天见。"

林宛芝问徐义德老王说啥。徐义德怒气冲冲地说：

"厂里要讨论啥生产计划！生产不生产同我毫无关系。叫工会去管吧，我就是不去。"

"你是总经理，工会找你谈生产计划，你不去，人家不会说你消极吗？"

"消极就消极，"徐义德毫不掩饰地说，"现在生产多少棉纱，有多少利润，同我毫无关系，全要退补给政府，我积极不起来……"

"义德，你不能这么说，让工会晓得了，要斗争你的。"

"我不是阿木林，对工会不会说这些话的。"

她见他满脸怒容，不好再劝他去，改了话题，说：

"你不是说今天有个宴会吗？你去不去？"

"冯永祥请客，哪能好不去？"

"你不到厂里去，倒出去吃饭！厂里人晓得，不好吧？"

"厂里人不会晓得的，吃饭的都是资方。"

## 十一

南京路上有轨电车一辆紧接着一辆开过去,空中的电车线不时爆发出绿闪闪的火花,霓虹电管的光芒像燃烧着的火焰,照着熙熙攘攘的人群,潮水一般的涌来涌去。叮叮的电车铃声和乱哄哄的人声混成一片。徐义德的汽车随着人群慢慢开到新雅粤菜馆,他跳下车子,走进去,里面广东腊味的香气扑鼻而来;上了楼,各色各样的酒菜香味不断地飘送过来。他很熟练地走到三楼靠东边的一个房间,穿着白长衫的服务员打起白布门帘,请他进去。站在里面迎接他的是冯永祥。徐义德一边和他握手,一边说:

"这地方倒比较清静……"

"闹中取静,嗨嗨……"

徐义德走进去,一眼望见潘信诚坐在圆桌对面,连忙过去握着潘信诚的手:

"信老,你早来了。"

"刚来一会,"五反运动以后,潘信诚第一次出来参加这样的宴会,见了徐义德,马上想到朱延年,不禁感慨万端,意味深长地说,"好久不见了,你好。"

"你好,"徐义德会意地说,"真的,好久不见了。"

他们两个人的感慨立刻传染了大家。宋其文抹一抹胡须说:

"我们好像有多少年不见面了,简直如同隔世,仔细一想又没有隔多少时间。这是怎么一回事呀?"

"这个啊,"唐仲笙紧坐在潘信诚隔壁,他半边身子斜靠着窗口,懒懒散散地说,"想起来也很简单,好不容易才过了'五反'这个关,当然显得日子长了啊。"

柳惠光听到唐仲笙说"好不容易才过了'五反'这个关",他的面孔立刻绷得紧紧的,好像动过手术的人,见大夫给别的病人开刀,自己就感到悸痛一样。他轻轻叹息一声,露出余惊犹存的神情,吞吞吐吐地说:

"过这关,真不易,诸位过一关,我,我可是过了……五关……"

"哦!"冯永祥顿时接上去,笑着说,"你老兄,了不起啊,过了五关,那么,一定斩了六将,老蔡阳的人头呢?关云长。"

柳惠光的面孔红得像关云长一样了。他羞怯地说:

"阿永,我对京剧是外行,没有你的天才,别拿我开玩笑啊。"

"啥人同你开玩笑?"冯永祥忍住笑。

徐义德想从柳惠光那里了解一些朱延年的情形,插上来关心地问他:

"你们新药业怎么要过五关?"

"不是新药业,是说我自己。"

江菊霞坐在柳惠光旁边,喝了一口茶,轻轻拭了拭红殷殷的嘴唇,帮助徐义德说:

"为啥要过五关,说给大家听听。"

冯永祥立刻把两只手举了起来,大声地说:

"我双手赞成。"

大家用渴望的眼光望着柳惠光。他定了定神,右手慢慢抚摩着胸口,顺了顺气,又叹息了一声,才慢腾腾地说:

"这次'五反'互助互评是我生平第一次最困难的事体,自小学到现在,从来没有遇到过这种难题目。'五反'开始,我毫不关心,认为没啥了不起。市增产节约委员会送来通知,要我到市里交代,我也莫名其妙。店里情形不了解,怎么交代?心里一横,到市里去看看再说。小组会上,听别人报的违法数字很大,心里想,怎么这些人违法这样重!别人问我:大概是什么户?我说,我呒啥,没有违法的地方。我是基本守法户。这种说法,自己还以为很客气的。我私下问组长怎么交代,组长就是我们仲笙兄,本来是老朋友啊,可是,这会板起面孔,翻脸不认人,说是要我自己负责。弄得我昏头昏脑,茫茫然,不知所措,这是头一关。"

"这叫做麻痹模糊关。"冯永祥伸出右手的食指指着柳惠光说,"那么,第二关呢?"

"第二关,"柳惠光焦虑地摇摇头,声调低沉,说,"大组突然点名要我坦白,我真急了,坦白啥呢?勉强在会上交代了一些,大家认为是鸡毛蒜皮,很不满意,大组一轰,轰得我六神无主,浑浑沌沌,更加糊涂起来。回到家里,儿女也变了样,个个向我进攻,连我的内人也要我彻底坦白。到店里,职员不和我谈话,他们啥也不说。到了小组,大家批评我是老油条。我这时觉得很落伍,一个人很孤立,走投无路,痛苦极了。……"

江菊霞不等柳惠光说完,抢在冯永祥前面,笑了笑,说:

"这叫做紧张害怕关。"

柳惠光点点头。冯永祥向江菊霞逗趣地瞪了一眼:

"怎么,我请你来吃饭,你倒抢了我的生意。"

"好,"江菊霞毫不让步,她指着柳惠光对冯永祥说,"由你统购包销。"

潘宏福站在爸爸背后,指着冯永祥说:

"阿永,你垄断市场?"

潘信诚两只眼睛微微闭着,在聚精会神听柳惠光过五关的故事,不料宏福从中插嘴,他怕得罪冯永祥,暗中代儿子把话收了回来:

"那当然,他是东道么。"

87

"不，"冯永祥谦虚地说，"我可以开放点自由市场。惠光兄，说吧。"

"后来组里的工作同志启发我，店里的职工帮助我，才彻底认识自己的五毒罪行，慢慢把问题交代清楚，又到区里坦白了一次……"

唐仲笙因为刚才柳惠光"将"了他一"军"，不好解释，一直默默没有发言，谈到这里，给了他一个机会，插上来说：

"可别忘了，还有我的帮助。"

"对，"柳惠光说，"还有你。"

"这一关——"唐仲笙笑着对冯永祥说，"叫做轻松愉快关，是不是？"

"是，一百个是。"冯永祥的头在空中绕了一个圈。

"这一关是各位扶我过的，不是自己走的。"柳惠光补充道，"谢谢仲笙兄，你也扶了我一把。"

"这不算啥，"徐义德回想起自己在厂里铜匠车间那晚的情景，说，"大家都一样，过关总要有人帮助的。"

"收到评户通知书，"柳惠光的眉头开朗一些，指着胸脯说，"我这颗心才算定下来。"

"这也算一关？"冯永祥侧着身子问他，"那么，这一关叫做笃定泰山关。"

"笃定泰山？这么说，也可以。"柳惠光勉强同意。

徐义德见他不说下去，屈指一算，问他：

"一共只有四关，怎么说五关？"

"铁算盘真了不起，马上就算出来了。"

这是潘信诚的赞美声。他紧接着嗨嗨笑了笑。江菊霞指着柳惠光说：

"还有一关呢？"

"唉……"柳惠光长叹了一声,半晌,才又说下去,"过了第三关,自己保证的话,要全部实行。想来想去,很不容易,不晓得前途怎么样。所以现在心里非常沉重……"

"这个,"徐义德同情地望了望柳惠光,觉得自己也有这样的感觉,退补确是一个很大的问题。自己说了的话不好推翻;完全实现吧,又不甘心。他现在也是进退两难,心情随着沉重起来,没有说下去。

房间里静悄悄的,没有一个人说话,只听见马路上时时传进来的乱哄哄的人声和清脆的电车铃声,随着这铃声是电车压在轧道上发出的轰轰的响声,好像房间都给震动起来了。冯永祥一见不妙,他眉头一皱,打破了沉默,说:

"这是心情沉重关,大家都有同感。诸位说,是不是?"

他的眼光向大家一扫,大家不约而同地向他点点头。他接着说:

"我们工商界好像是害了梅毒,表面上看看,蛮漂亮,没啥;进了医院,给医生一检查,乖乖,你有病,我也有病,大家都有病,给政府抓住了小辫子,不得不低下头来治疗。治好了又怎么样?对前途发生了怀疑,心情自然沉重,这也难免的。但不能这样下去,总得想个办法,打破这个局面才好呀!诸位明公以为如何?"

他像是变戏法打场子的小丑,向四面八方的观众拱拱手,征求意见。潘信诚心里很欣赏阿永的妙喻和精辟的分析,但这个问题太大,而且政府的意图一时还摸不清楚。他避开阿永征求意见的视线,微微低下了头,眼皮搭拉下来,闭目养养神,领领大家的行情。江菊霞和潘信诚有同感,这问题事先既没有准备,一时又想不出好主意;同时,认为冯永祥不给她先商量,有意抢先表现自己,给她不好看。她红着脸,向冯永祥撇一撇嘴,生气地责备他:

"啥比喻不好用,要提这个,也不看看有女客在,讲话不干不净……"

冯永祥马上一躬到底,赔罪道:

"啊哟哟,对不起,忘记这里有位千金小姐,小生这厢有礼了!"

江菊霞噗哧一声笑了。大家也跟着哈哈大笑。只有冯永祥忍住笑,慢慢伸直了腰,还没有坐下,门外服务员叫道:

"有客!"

走进来的是马慕韩和金懋廉,他们向大家拱拱手。马慕韩抱歉地说:

"对不起,让诸位久等了。"

"主客么,"徐义德暗示地扫了大家一眼,讽刺地说,"我们岂敢不等!"

马慕韩沉着应战:

"主客不是我,是信老。"

"我啊,不过是叨陪末座,"潘信诚睁开眼睛,对着马慕韩说,"主客是你和史步云。"

"别再谦虚了,大家都是主客。"冯永祥招呼马慕韩坐下。

"我可不是主客,不领你这份人情。"江菊霞说完话,把嘴一撇,暗暗望了徐义德一眼。

徐义德和唐仲笙他们异口同声地附和她的意见:

"对,对。"

明天上海工商界的代表要到北京去出席全国工商业联合会筹备会议,冯永祥特地在这里欢送一些代表。史步云临时有事,昨天先去北京了。冯永祥数一数人,齐了,一边通知准备上菜,一边把过五关的故事扼要地告诉了马慕韩和金懋廉。马慕韩今天收到评户通知书,从两个半提升到基本守法户,又当上了全国工商业联合会筹备会议的上海代表,"五反"当中郁积的重重忧虑,已经一扫而空了,现在心里充满的是希望的阳光。他同意工商界"五反"是过

关的看法,但不赞成柳惠光的分析,更反对他对前途过分的悲观失望。他笑着对柳惠光说:

"前途么,倒是个大问题,不过,我的看法,和你有点不同。"

"请指教,"柳惠光向来钦佩马慕韩,一听他不同意,慌忙让步,谴责自己说,"我这个人确实有点糊里糊涂,看不清问题……"

"我觉得'五反'运动对我们工商界的教育很大,不说别人,就拿我来讲吧。我在'五反'运动中的思想发展,好比波浪起伏;开始的辰光,诚心拥护;群众发动以后,惊涛骇浪,如船无舵;'五反'结束,像是风平浪静,舍舟登岸,柳暗花明,找到了方向,才了解斗争的意义。正如阿永说的一样,进了医院,一检查,大家都有病。有病,治好呢,还是不治好?不进医院,面子上光彩些,可是到后来,成了不治之症,要治也就难了。比方说义德兄的郎舅朱延年,在座都熟悉,现在怎么样?我看他的病是很难治了。再不来'五反',一定会出更多的朱延年。'五反'运动教育之深,真是'从所未有,永矢不忘'。"他说到这儿,看了徐义德一下。

徐义德并不在乎他敲了自己一记,面部没有表情。马慕韩接着说,"'五反'以前,我们工商界没有全国性的组织,最近要召开全国工商业联合会的筹备会议,我看,不像要消灭民族资产阶级的样子,我们还是有前途的。只要对经营有信心,大家都有前途的。"

金懋廉同意他的看法:

"慕韩兄分析得对,从政府最近一系列的措施看,工商界还是大有可为。政府大量收购商品,一些行业的工缴也提高了;不久以前,开了土产交流大会,市场开始活泼,银根也松动了;最近又要成立工商界的全国性组织,诚如慕韩兄说的一样:'山穷水尽疑无路,柳暗花明又一村'了。现在只等大家积极地干了。"

信通银行因为工商界经营的积极性不高,营业上受了很大影响,特别是和信通往来最多的这些工商界巨头们,如果不积极干起来，那信通的营业绝对不会有起色的。他衷心希望他们干起来。今天参加宴会以前，特地去拜访了马慕韩，希望他出来给工商界的巨头们打打气。

潘信诚完全不同意马慕韩的看法，认为他少不更事，阅历不深，吃了政府的一点甜头，就得意起来，未免过于乐观了。但他并没有把心里的话透露出来。潘宏福站他后面，给马慕韩和金懋廉说得有些心痒痒的，马上说道：

"慕韩兄的看法倒新鲜……"

说到这里，他的咖啡色条子西装上衣的下摆给爸爸暗暗拉了一下，他就懂事地没有说下去。唐仲笙也不同意马慕韩的见解，他站起来接着潘宏福的话说：

"新鲜倒新鲜，就恐怕不派用场。"

马慕韩迅速地回敬唐仲笙一句：

"智多星的看法当然比我高明，我倒愿意听听你的高见。"

唐仲笙想了想，喝了一口茶，不慌不忙地说：

"对经营我很有信心，办起事来我也有恒心，可是对前途呀，我很担心。我深深感到卷烟工业有生产过剩的趋势，私营工业怕难以维持。去年十月份销往本外埠最高量是六万九千箱，公私比例是百分之五十五对百分之四十五。今年四月私营厂销往本外埠共只九千多箱，可见公营销量比例大增，私营卖不动了。过去颐中烟草公司开工不足，现在颐中改为上海烟草公司，至少也要保本自给。私营厂总共只有一万二千工人，而颐中一家呢，就有七千五百个工人，中华厂有二千工人。估计上海全部工人和机器每天工作十小时，每月以二十六天计算，就可以出十万多箱，生产量超过市场上销售量很多。卷烟业客观上存在过剩现象，一般同业都认为不是经营信心问题，而是客观事实问题。纵然工商界政治上有前途，拿我们卷烟业来说，经营上也没有前途。"

徐义德赞成唐仲笙的分析,他首先响应:

"这确实是个大问题。"

马慕韩丝毫不让步,想把徐义德顶回去。他说:

"我并不否认卷烟业的困难情况,但只是暂时的,农民购买力一提高,市场必然要扩大的,而且也不是所有的行业都是这样,你倒说说棉纺业看。"

徐义德灵活地把身子一闪,用手指着江菊霞,对马慕韩说:

"你倒忘记她在这里吗?棉纺业的行情她比我熟悉。"

"那么,江大姐说吧。"马慕韩盘算等待另外的机会再对付徐义德。

江菊霞有意先退一步:

"慕韩老弟对棉纺业的行情,了如指掌,何必要我说呢?"她等待马慕韩表示态度,果然马慕韩再一次邀请她说。她望了望桌子上的酒杯,调羹和筷子,然后才谦虚地说:"慕韩老弟要我说,我不敢不遵命,说错了,请慕韩老弟指正!"

"啊哟,我的天!"冯永祥大喝一声,引起满座注意。他晃了晃脑袋,催促道,"别再扭扭捏捏,快说吧,这样,我可没有那个耐性子等了。"

"好,遵命遵命,"江菊霞打开身边紫色手提皮包,取出一块水红色的印花纱手绢拭了拭嘴角,慢腾腾地说,"棉纺业倒不错,我看比'五反'以前好。别的不说,拿工缴来讲,过去二十支纱二百六十单位,一般有三十单位左右的利润;以目前调整的工缴计算,可以得到利润五十到七十单位。要是以一万枚锭子来算,完全可以保证股息八厘的支付。这次政府主动调整工缴,出乎棉纺业的意料之外,大家都很高兴。"

"是哦?"马慕韩虽然没有望着唐仲笙,但他这话显然是问唐仲笙的。江菊霞给他提供了有利的证明,越发显得他眼光锐利,看问题正确,高人一等。他进一步对唐仲笙说,"不能用一个行业来判断上海工商界的情况。"

唐仲笙并不低头:

"难道棉纺业就可以代表整个工商界的情况吗?"

这一"军""将"得可不轻,马慕韩差点给顶回去,想了想,说:

"当然棉纺业不能代表整个工商界的情况,我也没有这个意思。不过呢,棉纺业在上海工业方面占了很大的比重,从棉纺业大概可以看出工商界的趋势。这一点,恐怕也不好否认。"他得意地冷笑一声,说,"就棉纺业而说,调整了工缴,又收到评户通知书,大家差不多都升了一级,我个人也从两个半提到基本守法户,可谓'名利双收'。凭良心讲,政府待我们工商界不错。"

唐仲笙仍然不让步:

"名利双收,最多也只是少数人,多数人并不如此。"他自己被评为二个半,没有提升,心中十分不满;听到棉纺业差不多都提了一级,更加不满。马慕韩收到基本守法户的通知书,使得他不满的情绪里夹杂上一些酸溜溜的味道,讽刺道,"我们卷烟小行业不能和棉纺业比,更不能和你老兄比,像你这样得天独厚的人物,就是在棉纺业也不多见的。德公,你说是不是?"

徐义德知道唐仲笙想分化马慕韩的力量,寻找友军。他当然愿意和他同盟,却又不便得罪马慕韩,独出心裁地想了一个妙句:

"慕韩兄是我们棉纺界的天之骄子!"

江菊霞很欣赏这句话,徐义德既表示同意唐仲笙的意见,又捧了马慕韩。她爱慕地望了徐义德一眼,同时助长徐义德和唐仲笙的攻势说:

"英文叫做安琪儿。"

冯永祥跷起右手的大拇指,在江菊霞面前晃了晃:

"密斯玛丽江,英文刮刮叫,真不愧是沪江大学的高材生!"

他望了大家一眼,显耀自己的英文也不错。江菊霞立刻瞪了他一眼:

"你又来了,阿永!你再这样,我就不吃你的饭了。"

冯永祥正在想怎么回答,服务员捧着一大盘红腻腻的腊味拼盘进来,放在桌子当中,接着又把两瓶烫得热腾腾的加饭黄酒放在冯永祥面前。冯永祥让大家就位,把一瓶酒送到对面的潘宏福手里,说:

"老弟,那边请你代劳。"

他自己首先拿起江菊霞面前的酒杯,斟了满满一杯,恭恭敬敬送到她的面前,放下笑脸,说:

"你不能走,你一走,大家想你,饭都吃不下去了。"

江菊霞霍地站了起来,绷紧了脸,指着冯永祥的鼻子说:

"你再说,我马上就走!"

"好,好好,不说,不说。"冯永祥给自己斟满了一杯,向她举了起来,忽然很严肃地说,"算我不是,敬你一杯,赔个罪。"

"我不喝。"她站着说。

"那么,请坐下。"冯永祥按着她的肩膀,等她坐下,说,"我先饮为敬,就看你的了。"

他真的一口喝干,用空杯子对着她。

"饶你一次。"她也干了杯。

"阿永,别忘了主客。"

冯永祥点头谢谢唐仲笙的提醒,说:

"不会的。来,大家敬信老和慕韩兄一杯。"

潘信诚首先站了起来,微笑地说:

"不敢当,不敢当。"

大家碰杯,都干了。马慕韩刚才给唐仲笙和徐义德联合进攻了一次,没等他还手,叫一盘腊味拼盘给打断了。他等大家坐下,

轻轻敲了徐义德一记:

"要说我是天之骄子的话,那么德公也是安琪儿,沪江的工缴绝不会比兴盛少拿了一个单位,工缴调整大家都有一份。"

"可是沪江哪方面也赶不上兴盛,鄙人也不能和你老兄相比啊!"

徐义德这么一顶,马慕韩一时来不及回手,紧绷着脸,在冷静思考。房间里的空气突然紧张起来了。冯永祥马上用双手向马慕韩和徐义德一按,说:

"你们两位少讲两句,也让大家讲讲,好不好?"

"我没有禁止大家发言啊!"马慕韩说,"好,现在听听各位的意见……"

"各业情况不同,"潘宏福首先插进去说,"花纱布公司华达呢的工缴就低,丝织工业大小厂成本不同,而工缴一律,小厂代花纱布公司加工灯芯绒利润很少,一般工缴只够成本,累积资金就有困难了。面粉工业的新工缴,到现在还没有公布,目前是暂行工缴。别的厂我不了解,拿我们庆丰厂来说,生产计划就有影响。特别是上粮公司加工,有时临时分配任务,要求太急,甚至早上交麦,晚上就要粉,或者要在三十六小时完成加工任务,在生产计划上和财务计划上都有很大困难。现在许多行业资金都短绌。别的不提,就说毛纺织工业吧,各厂积存的滞销品在一千亿左右,物资交流大会上,我弟弟说,原来计划推销四百亿,结果只销了四十亿,眼睁睁看着货变不了钱。政府不协助推销滞销品,很难维持再生产。最好政府能贷点款,私营行庄帮点忙更好。"

他一口气说完了。金懋廉会意地接上去说:

"私营行庄帮忙,没问题,特别是在座各位,有啥需要,信通一定帮忙。人民银行存放款利息降低,使得我们私营行庄开放贷款利润不大;不过呢,只要帮助几爿厂,资金宽裕了,和这些厂有业务关系的厂商也可以随着松动;反过来对我们行庄也是有好处的。……"

冯永祥笑着打断他的话,对他说:

"你的算盘真精,连我们的铁算盘也比不过你。"

徐义德忍不住搭了一句:

"那当然,我怎么能和懋廉兄比,他打的是大算盘,我打的是小算盘啊!"

唐仲笙心头郁郁不乐,贷款引不起他的兴趣,无精打采地说:

"贷款很好,就怕有些厂商没有胃口。资金短绌固然是困难,市场怕是个更大的困难!"

马慕韩针锋相对地说:

"有路总得走,走一步是一步,困难也只能一个个解决。我倒赞成懋廉兄的意见。"

"我不是不赞成,"唐仲笙希望马慕韩去北京开会,能把他们的困难反映给中央,忍不住一再强调困难,更不惜和马慕韩顶来顶去。他说,"就是赞成了,解决不了问题,至少不能解决我们卷烟工业的问题。"

冯永祥一见情势不妙,有点剑拔弩张的样子,他慌忙站了起来,像是对大家发表讲演,语调却是京剧道白腔:

"诸位明公,且听小的说个明白。我看目前工商界,好有一比,好比那水面浮了一层油,上面是油呀,下面是水;脸上蛮积极,心里却消沉。诸位明公,我说的对也不对?"

第一个赞成他意见的是徐义德。他回想起自己最近进沪江厂的心情,慢慢流露出不满的情绪:

"是啊!老实说,我就是这样。最近厂里党和工会老是催我订生产计划,我就是没有兴趣。他们要尊重我的三权,我对三权也没有兴趣。过去三权的后果是赚钱,今天三权的结果是三责,也就是

97

三个包袱,越早攒掉越好。过去权与利相连,现在是权与责相连。所以我很担心,怎么也发生不了兴趣。"

"妙喻,妙喻!"唐仲笙一边吃了一块葱油鸡,一边独自喝了一口加饭黄酒,好像庆祝自己意见得到更多人的支持,笑嘻嘻地说,"阿永看问题确是高人一等。"

马慕韩暗中受了唐仲笙一记,正待还击,见到大家倾向唐仲笙的意见,暂时没有开口。

服务员送进来一大盘烟鲳鱼,这是潘信诚心爱的广东名菜,冯永祥为了讨潘信诚的欢喜,特地点的。他夹了一块,蘸了一些黄油送到潘信诚面前的碟子里。潘信诚边吃边看了看大家,心里不同意马慕韩对工商界过于乐观的估计。要是在平时,他绝不计较,但这次不同,马慕韩要出席北京的会议,马慕韩的看法实际上就代表上海工商界的看法。他自己虽然也是代表,但因为身体不大好,不准备去。上海工商界的情况要通过史步云和马慕韩这些头面人物反映,棉纺业的情况,更要靠马慕韩了。他不露痕迹地把大家的意见归纳了一下,长长叹息了一声,慢吞吞地说:

"大家说的一些情况,倒确是很重要的。比如说吧,这里边牵涉到公私关系问题,劳资关系问题,资金和原料问题,利润问题……固然各行各业的情况不同,有好有坏,大小厂商困难不一,不过呢,都有些问题,政府不想法解决,对生产不能说没有丝毫影响。"

"信老说得对,信老说得对。"大家异口同声地说。

潘信诚眯着满是皱纹的眼睛微微地笑了。他站了起来,举着杯说:

"这烟鲳鱼倒不错,我们大家来干一杯。"

大家立即站了起来,马慕韩跟着站了起来,也举着杯,和大家的杯子碰了碰。

十二




冯永祥一坐到卡座里,马上就微愠地质问林宛芝:

"好久不见,连电话也不愿接的样子,大概把我给忘记了。"

"你说啥话,"她坐在他对面,把深咖啡色的手提皮包放在身旁,看了他一眼,说,"别冤枉人。"

"谁冤枉你?"他指着她说,"那你为啥不让我到你那里去呢?"

林宛芝感到冯永祥对她越来越放肆了,不单单是讲话瞎七搭八,而且是动手动脚,叫她防不胜防。要是不严肃对他呢,他步步进攻;等到她板起面孔生他的气呢,他却嬉皮笑脸,叫她哭笑不得,抹不下这个脸来。她讨厌他。他拼命追她,像块狗皮膏药,贴得紧紧的,撕不下来。"五反"的辰光,她不敢得罪他,徐义德的事,还希望他帮个忙哩。等徐义德一过关,她觉得不能和他再这样下去,不然也对不住徐义德,万一传开出去,对自己的名声不好。同时,平常徐义德的言语之间,流露出来,好像知道她和冯永祥有啥关系。她追问下去,徐义德又总是岔开。她不得不特别小心,千方百计地回避冯永祥。冯永祥呢,像是水银渗地,无孔不入,总找机会牢牢地盯住她。他今天接连给她打了三个电话,她怕他电话不断打来,不如见一次面,把事体谈谈清爽,免得他再纠缠下去。他刚才提出这个问题,叫她难以回答。她看到桌子上空空的,便把话题岔开,招呼服务员过来,自己要了一杯可可,问冯永祥:

"你还是来杯咖啡?"

"你给我要好了。你要啥,我喝啥。"

她给他要了杯咖啡,问他:

"你现在还是每天喝咖啡吗?"

"当然喝,比过去喝得更多。"

"刺激性东西喝多了不好,以后还是少喝一点。"

"那个好说,"他把话题很快拉回来,说,"为啥最近不让我到你那里去呢?"

"这个,"她一时还是答不上来,说,"很久不见了,谈点别的不好?"

"不,我要先谈这个。老实讲,今天约你出来,就是要谈这个。"

"现在家里和过去不同了,去了不方便。"

"难道说搬了家吗?去了有啥不方便?"

她愣了一下,望了望邻近座位,没人,就低声地说:

"真的,现在家里和过去不同了。大的二的都不大出去,义德也常在家里,厂里不大去,公司里也不大去了。你说,来了,方便吗?"

"那我可以叫义德出来。"

"他最近啥地方也不去,态度消沉得很,尽在家里种花玩古董。"

"昨天我不是叫他出来了,在新雅吃了饭,很晚才回去。今天又出来了,刚才一道在北火车站欢送马慕韩他们上北京去开会,听他说要上棉纺公司去,所以打电话叫你出来。不是吹牛的话,我冯永祥有的是办法。只要你不老躲着我。"

"谁躲你。"她发觉这两天徐义德老是出来的原因了,想不到冯永祥的办法这么多又这么厉害。她说,"义德倒好办,大的二的最难缠了,我感到最近她们两人老是注意我。"

"注意你?"他还不放松,但态度稍为缓和一些了,说,"你自己别疑神疑鬼就成了。"

"不,你不晓得,她们确实在注意我。我下楼,她们也下楼;我回房间,她们也回房间;我出来,她们老是盯着问到啥地方去,几点钟回来,等着开饭。从来没有这样关心过我,最近这样关心,你说怪不怪?"

"她们要关心,让她们关心好了。见怪不怪,就没事了。"

"不,得提防她们一点。有啥把柄抓在她们手里,我在徐家就站不住了。阿永,你听我的话,我们不要往来了。这样下去,也不像话。"她放小声音,说,"希望你原谅我的苦衷。"

他摇摇头,说:

"就算大的二的整天盯住你,难道你就六亲不认,断绝亲戚朋友的关系吗?我有事找徐义德也不行吗?"

他这几句话把她问得哑口无言。她没有办法,只好哀求道:

"不要逼我,好不好?"

"谁逼你……"

他的话开了个头,服务员捧着一杯咖啡和一杯可可走过来了。他向服务员又要了一杯斧头牌白兰地,喝了一口,剩下来的全倒在浓郁的咖啡里,一边用小勺子搅着,一边接下去说:

"想看看你,这算是逼你吗?我不晓得别人心里怎么样,我每天都想看到你,只要有一天看不到你,那日子就没法过。你说,我这样,咖啡怎么会不越喝越多?"

"这样不好的。"

"我晓得不好,但是我没有办法。我忘记不了你。我不了解你怎么样,恐怕早把我放在脑壳背后了。"

"你不要这样,替我想想么,也替你自己想想,我们这样下去好不好?"

她无意把真情流露出来,像是一盆冰冷的泉水向他头上浇下,叫他清醒过来。他有意退后一步,说:

"那我们从此不往来好了,"他用手对着卡座里的长方桌子从中间划开,说,"一刀两断,好哦?"

她心里想"五反"运动的力量真大,他也变了。原来,她认为冯永祥不会答应她的要求的,现在他答应得这么快又这样突然,真叫她忍不住高兴。很长时间来,她心头一个难解的疙瘩,终于很容易解开了,心里明朗而又爽快,见了大的二的不必防着了,和徐义德在一道也不必内疚了,更不必整天忧虑和冯永祥的事体怎么了结了。只是有一点,她担心冯永祥受了受不了这个打击。他自己提出来了,想来是不会受不了的。她喝了一口可可,不敢正面望着他,低着头,两只手在不断揉弄着雪白纱手绢,鼓励他:

"这样好。"

"好极了。"他气得说不出话来,表面上却很平静。等了一会,他又说,"你家我以后再也不去了。"

"为啥?"

"不为啥。"他态度非常镇静,毫不在乎地说。

"你也不和义德往来了吗?"

他见她老是低着头,就狠狠地逼她:

"当然。"

她想起徐义德再三再四告诉过她的话,许多事要靠冯永祥帮忙,别人请冯永祥也请不到,冯永祥来了千万不能得罪。冯永祥不和徐义德往来,那徐义德有许多事要找冯永祥帮忙怎么办呢?冯永祥忽然和徐义德断绝了往来,那不叫外边的人猜疑吗?别人一追,打破沙锅问到底,岂不要泄露出去吗?她希望他不再纠缠住她,但是和徐义德要保持往来。冯永祥狡猾地说:

"我要避避嫌疑,别叫你为难。"

"和义德往来往来也没啥。"

"那现在为啥不可以往来呢?最近为啥不让我到你家去呢?"

她没有话说了。她想事体不能那么理想,两头顾不上,就顾一头吧。她抬起头来,怯生生地说:

"不往来也好。"

说完话,她避开他锐利的质问的眼光,又低下头去了。他看出她下了决心,真的要一刀两断了。他挺起胸脯,把披在额角上的一绺头发往后一甩,说:

"你别怕,好汉做事好汉当。有啥事体,我冯永祥一人承担,绝不连累到你身上。"

"你说这话是啥意思?"

"我做了对徐义德不起的事,我找他说清楚,承认错误,上法院,坐监牢,我一个人去!"

她猛可地抬起头来,惊愕地圆睁着两只眼睛,注视着他,张开嘴只说了"你,你……"就再也说不下去了。她想不到他会这样威胁她,吓得她的心噗咚噗咚地跳动。半晌,她稍为平静了一点,才接着说下去:

"你,你无论如何不能,不能……"

"为啥不能?"他严峻的眼光直逼视她,说,"一切责任完全由我个人负担。"

"你一说出去,我,我就整个完哪。……"

她再也说不下去,急得眼眶润湿,用手绢捂着眼睛,几乎把半个脸蛋儿都遮住了。她噗咚一声,靠到卡座的角落上,失去了主宰,不知道该怎么样是好了。要不是在咖啡馆里,她真想哭个痛快。现在,她只好压抑着激动的感情,低低地哭泣着。

在她身后的柜台那儿,留声机正在放着约翰·施特劳斯的"春之声"圆舞曲,那生动的节奏和优美的旋律在空中飘荡。冯永祥用右手跟着节奏轻轻拍着自己的右腿,脑袋晃来晃去,欣赏这流畅轻快的曲子。他的眼睛不断地注视着她,等了好久,她还是嘤嘤地哭着。他小声小气地说：

"看你急的那个样子，我不找他说好了。你放心，我绝不对任何人提起。"

她的哭声停了，可是手绢还蒙在脸上。他抓过她的左手，一边安抚着，一边说：

"有话好好说好了，哭啥。我总是为你着想的。你要我怎么样，我就怎么样。我宁可牺牲自己，也不能叫你有一丝一毫的损害。宛芝，你对我说。"

她不知道怎么说是好。他拿过她的手绢，拭去她眼眶上的泪痕，没等他拭完，她抢过手绢给自己揩了，坐正了，低声地说：

"你真的听我的话吗？"

"谁还骗你。"

"暂时不往来，行不行？"

他特别注意到"暂时"这两个字，知道她已经改变了主意。他装出一副可怜相，哀求地说：

"希望这个时间不要太长。即使暂时见不到你，我每天一定到你们家墙外边走走，这该可以吧？"

她的心软了，说出了她的困难：

"会引起别人注意。"

"我找徐义德有啥关系？"

"你老是在义德出去的辰光来，久了，人家会不猜疑？我看，老王那个精灵鬼心里就有点数。"

"那我有办法。"他说到这儿，特地不说下去，观看一下她的态度。

"啥办法？"

"你一个人待在家里也闷得慌，你不是给我说过，想学点京剧，我教你京剧好了。给你上课，人家该没闲言闲语了吧？"

她想这倒是个办法,但这么一来,冯永祥经常要上徐家来了,更和他断不了往来。她不想这么做。拒绝吗?她想起刚才他那几句有力的话,在她心中震荡,她无法不理他。她说:

"学京剧做啥?义德一定不赞成。"

"只要你同意,就行了,"他拍着胸脯说,"我保险,他一定赞成。那两个老东西肯学的话,我也教!"

她没有吭气。他知道她已经答应了,不再追问下去。

"春之声"已经奏完,换上了一张片子,是"维也纳森林的故事",也是约翰·施特劳斯的圆舞曲,那热烈、动人的旋律震动林宛芝和冯永祥的心弦。

她看看表:快六点了,说:

"该回去了。"

"好,我送你回去。"

"不,我一人回去。"她向卡座外边巡视了一下,幸好很清静,喝咖啡的人大半走了,吃晚饭的人还没来,马路上电车铃声不断传来,正是机关工作人员下班的辰光。她怕出门遇见熟人,说,"让我先走,你等会儿再走!"

"行。"他会意地说。

她跨出"家"咖啡馆,走了一段路,想起来时的决心,现在完全改变了,仿佛是一个掉下泥沼的人,越是想拔起来,却越陷越深。徐义德的影子在她面前晃来晃去。她仔细想想,这样下去不好,心一横,她掉回头,又走进了"家"咖啡馆,想恳求冯永祥原谅她,暂时连京剧也不要教,这样慢慢割断,以后好完全不往来。她走到刚才的卡座那里,冯永祥已经走了。她怅惘地站在那里,两腿好像无力迈动了。服务员过来,问她是不是丢了物事,她边看边说:

"是的,我的手提包丢在这里了。"

"不是在你手上吗?"对方指着她的手说。

她低下头来,看见抓在左手的咖啡色皮包,忍不住失声笑了:"我这个人真糊涂。"

她旋即悻悻地走了出去。

## 十三

叶月芳送了一杯茶放在余静面前,看了看手表,六点欠五分。她微微一笑,圆圆的脸上,两边腮巴露出两个笑涡,低声地说:

"五分钟之内一定散会。"

"你哪能晓得?"

她乌黑的眼睛机灵地一动,仿佛透过墙壁,穿过花园,可以看到中共长宁区委会议室一样,很有把握地说:

"杨部长掌握会议很守时,准时开会,准时散会。他解决问题简单扼要,利利索索,从来不拖泥带水的,讲话也不重复。他做报告,我给他做记录,誊清就是一篇出色的文章,一句多余的话也没有。"

"他到我们厂里开会也是这样。"

"对啦,你比我了解杨部长。"

"我?"余静忽然沉下了脸,她以为叶月芳想到别的方面去了,严肃地说道,"你说错了,秘书最了解首长。"

"你们是亲戚啊!"

"总不如你,"余静嘴角上露出了笑意,说,"你们天天在一块儿工作。"

"了解杨部长不大容易。他负责许多工作,办公室以外,他还忙区政协的工作,区里民主党派和工商界的工作,还参加社会活动,有些我就不大了解。"

"当然,了解一个人不容易的,像杨部长这样的人,更不容易……"

"为啥?"杨健匆匆从外边走了进来,手里拿着笔记本子和几件公文,脸上露出处理完一桩事体的愉快神情,笑着说,"难道我是三头六臂?"

余静看表,恰巧六点,岔开话题,对叶月芳说:

"你估计得真准。"

"不是我估计得准,是杨部长准。"叶月芳叙述她们刚才谈话的内容,说,"余静同志等你好久了。"

"对不起,刚散会。"

"没啥。"余静关怀地问,"宝珍最近好一些吗?"

"昨天到医院去看她,好倒是好一些,不过,医生说,这个病不容易治。"

"心脏病确实不容易治。过两天我也想去看看她。"

"你厂里已经够忙了,不要再为这些事操心了。"杨健说,"余妈妈身体好吗?"

"最近闹肚子,消化不良,身子发软。"

"找医生看看呀。上了年纪的人和机器一样,老了,要经常修理,注意保养。"

"到医院看了,吃了一点中药,老没好,厂里事体忙,家里的事体就顾不上了。过两天,我打算再陪她到医院去一趟。"

"那好。最近厂里怎么样?"

余静扼要地把厂里的情形说了一遍,然后说:

"徐义德很消极,满嘴是困难,啥加工呀,原料呀,资金呀;韩云程和徐义德他们不搭界,坚决要辞职;工人当中少数人有过左情绪,像谭招弟她们;这三块哪能也捏不拢来。厂里的生产计划到现在也没订,连请徐义德两次,他躲在家里,不肯到厂里来。工人的生产热情很高,有力无处使。"

"问题不小啊?"

"可不是!所以,找你求救兵来了。"

"求救兵?我不是解放军,哪儿来的兵?"

"不要开玩笑了,快给我出个点子吧。"

"区委的指示你记得吗?"

"当然记得。"她想了想,说,"'五反'结束以后,要巩固胜利,及时地把'五反'的热情转到以生产为中心的建设工作上去,组织群众,团结资本家,搞好生产。"

"这就是你要的救兵。"

"做起来可不容易。资本家倒好办,只要尊重他三权,给他一点利润,解决他一些困难,他一定会积极起来的。资本家哪个不要钞票?有了钞票,他一定积极。"

"你这个分析完全对。市委在这方面早就有了安排,"他打开手里那个黑漆布的笔记本,对她说,"工商业目前的呆滞现象是暂时的,上海已经成立了加工订货委员会,大力开展加工、订货、收购、贷款的工作,加上工人阶级的生产积极性空前提高,大部分厂商的困难解决了。到六月底止,政府通过加工、订货、收购、贷款等方式,照顾了九十九个行业,有一万六千六百三十三户。大厂带动小厂,行业带动行业,私营工业产品产量一般都有增加,以今年上半年和去年同期相比,棉纱增加百分之三十二;棉布增加百分之四十六;面粉增加百分之六十七;电解铜增加百分之二百一十六,市场交易活跃了。五月里召开那个物资交流大会,成交金额十七点四三一亿,上海代表购进工业产品六点四四八亿,私营厂商占百分之五十四;销出工业品五点五四四亿,私营厂商占百分之四十六。市场上商品成交量也大大增加了。"

杨健一边看笔记本一边说,余静掏出自己的笔记本边听边记。他合上笔记本,站起来,接着说:

"人民银行为了减低厂商成本,鼓励厂商经营的积极性,把对私营企业存款利率降低百分之二十到五十,又举办了一千万元以下的小额放款,使许许多多的小厂商得到了周转资金。总之一句话,工商界的暂时困难,市里早给解决了,徐义德的困难当然也解决了。你说得对,资本家见了钞票,积极性就来了。少数人消极,只是暂时现象,徐义德慢慢会积极起来的。"

"工人方面也好办,阶级觉悟大大提高了,生产的热情很高。尊重资本家三权,最初有些工人想不通,给他们反复说明,根据中央指示现在要利用、限制、改造民族资产阶级分子,消灭资产阶级的五毒。资本家洗清五毒,改过自新,我们就要团结他们搞好生产。徐义德不要三权,搞升工办法草案,企图分化工会和工人,就是掼纱帽,不能上他的当。工人想想也对,心里的疙瘩就解开了。杨部长,我这个说法对哦?"

"你说得对,做得也对。党的政策现在要消灭的是资产阶级的五毒,不是民族资产阶级。民族资产阶级将来是要消灭的。那辰光,阶级消灭,个人存在。但民族资产阶级分子是不甘心的。徐义德和我们斗升工办法草案,不仅仅是分化工会和工人,而且想搞垮企业,带动其它行业'将'政府的'军',这是一个毒辣的阴谋。你们没有上他的当,他又拿到劳动局去,也碰了钉子,揭露了他的阴谋,批评了他,从此他不好再提了。"

"最难搞的是韩工程师和郭鹏,特别是韩工程师,他坚决不愿再和徐义德往来,生产计划没法做。工会给他谈了,要他订,你猜怎么样?他订是订了,一清早,徐义德和梅佐贤还没来上班,把生产计划压在梅佐贤的玻璃板下,给你来个不照面。徐义德、梅佐贤找他,他也不去。徐义德他们正好顺水推舟,乐得不订生产计划,把责任推到韩工程师身上。这两天,连梅佐贤也闹着不肯当代理人了。我想不通他为啥要这样,一定是掉花枪。"

杨健赞赏地点点头，说：

"徐义德把所有的困难都推到你面前来了，冷眼看你能不能克服这些困难，想和你较量较量。"

"多大的困难也吓不倒我，我有组织。"

"对，区委解决不了，有市委，上面还有党中央哩。你打算哪能解决这些困难呢？"

"打算？"她爽快地说道，"打算倒是有一个，不晓得行不行。我想最近召集资方代理人和高级职员开个座谈会，谈谈心，听听大家的意见，打通打通思想。再给韩工程师个别谈谈，这方面谈妥了，问题就好办了。工人那方面，和老赵下车间摸摸情况，估计没有大问题，有，也好谈通。各方面都谈好，最后给徐义德谈，他不好再推三推四，有啥困难，工会协助他解决。资金不够，工会可以给他向人民银行说说，贷点款。那辰光，他再也没啥好推了，准备好了，就开个劳资协商会议，订好生产计划，大家一齐干。"

"这个办法妙呀！"

"不，"余静有点儿不好意思，低着头说，"你说，行吗？希望你指点指点。"

"我没啥指示，你了解具体情况，研究党的方针政策很仔细，又肯开动脑筋，掌握得很好，就这么办吧。"他很高兴听到她的精辟的意见。她处理事体比过去老练周密得多了，而且有办法。他兴奋地加了一句，"以后我要到厂里来，学习学习你们的经验。"

"我们有啥经验好学，你别笑话人。"

"刚才的办法就是很好的经验：厂里问题主要是徐义德态度消极，表面上却把责任推到别人身上。市里把工商界总的问题解决了，你在厂里又把徐义德的问题解决了，先团结绝大多数的职工，打通资方代理人和高级职员的思想，再把徐义德提出的困难一一解决，使他没有任何借口，只好和大家一同搞好生产。这不是很好

111

的经验吗?"

"要说是经验,那是向你学来的。"

他站了起来,伸出双手,问:

"我啥辰光告诉你这个经验?"

"真的,"她也站了起来,说,"'五反'的辰光,你不是说过,要先形成'五反'统一战线,孤立徐义德,他才会坦白吗?"

他想起当时在沪江纱厂开会的情景,暗暗地笑了,但他还是说:

"你发展了,所有权是你的。"

她摇摇头,但也不和他争下去,只是说:

"'五反'以后,你为啥不到我们厂里来了?有空,希望你常到我们厂里来帮助工作,好继续向你学习。"

"最近区里忙,空一点,一定来。"说到这儿,他想起了一件事,说,"刚才我们开会讨论在私营厂进行民主改革工作,要成立训练班,调各厂的人来学习。你们厂里要派两个人来学习,然后回去准备民改。"

"等我回去给老赵他们商量一下,再把名单送过来。"

十四

在试验室里,韩云程手里拿着电话听筒,大声地说:

"对不起,我实在没空,等下了班再说吧。"

那边没有再说啥。他挂上听筒,旋即伏在桌子上,在写今天的试验记录,摆出忙得不可开交的架势。

他自从把辞职书留给了梅佐贤,真的在外边找起工作来了。学校里一时不要教员,他转向工厂方面接头,也没有眉目,但他下了决心,即使找不到事,回家去,一年两年的生活不愁对付。他在等待徐义德和梅佐贤的消息。那天看见徐义德和梅佐贤在一桌子吃饭,他匆匆忙忙吃了两口饭,就慌慌张张溜出了饭堂,生怕当着大家的面,徐义德给他说啥,使他不好回答。直到第二天上班,他的心情才恢复平静。在班上工作没两个钟头,忽然余静找他谈话。他还以为是谈生产上的事哩,见了面,谈的却是他辞职的问题。他表示:无论如何要辞职,不愿给资本家服务,沪江纱厂的事再也不能干下去了。余静的话他也不听,一个劲要走。余静本来要打通他的思想,却叫他沾上,反过来请求余静帮帮他的忙,想说服她,给徐义德说说,让他辞职。话说不进去,也不能勉强,就向杨健汇报,商量办法去了。刚才那个电话是钟佩文打来的,约韩云程到厂长办公室一同去谈谈。他料到一定是关于他辞职的事,推托没工夫,不去。

一眨眼的工夫,钟佩文自己走进了试验室,悄悄走到韩云程身旁,见他在写试验记录,轻轻拍拍他的肩膀,说:

"原来是忙这个,我们的工程师放下笔来吧……"

韩云程听到钟佩文的声音暗自一惊,慌忙按着试验记录,说:

"还有事体哩!"

"还有啥事体?"

韩云程回答不上来。钟佩文拉着他的手,说:

"天大的事,等会再做,现在先同我走,余静同志等你哩。"

韩云程收起试验记录,放在抽屉里,跟着钟佩文走到厂长办公室。余静和梅佐贤在谈:

"首先,你自己要积极起来。你不做资方代理人,"她指着走进去的韩云程说,"他不做工程师,啥人做呢?"

"这个,"梅佐贤说了两个字就停了下来。他眉头一皱,显出一副为难的样子,说:"余静同志,你不晓得,我这个地位尴尬呀,资不资,劳不劳,徐义德把责任推到我头上,工人又和我划清了界线,我成了夹心饼干,还不如做一个职工好。"

韩云程坐在沙发上,出神地盯着梅佐贤,他感到:怎么连梅佐贤也要辞职了。

"你的地位并不尴尬啊,你是资方代理人,就是企业中的资本家代表,徐总经理信任你,把责任交给你,也没啥不方便啊。"

"我要和徐义德划清界限,哪能再代表资本家呢?"

"划清界限,就不能当厂长吗?"余静问梅佐贤。

"可不是。"梅佐贤理直气壮地说。

"这是两回事。资方代理人和资本家要划清的是五毒的界限。只要徐总经理遵守《共同纲领》,合法经营,不犯五毒,你为啥不能代表呢?"

"这个,唉!"梅佐贤望望韩云程,又望望在韩云程旁边的郭鹏。他想从他们那里得到一些支援。可是他们都紧闭着嘴,一句话也不答腔。他说,"你的道理很对,就是办起来不容易。比方说吧,工会尊重资方三权,自然很好,徐义德要我代表他行使管理权,这和工人监督生产就有冲突了。"

"工人监督生产,不让资本家再犯五毒,有问题,拿到劳资协商会议上解决,不影响资本家的管理权,也不妨碍你去行使。"

梅佐贤的眉头皱得更紧,仿佛忧虑重重,感慨万端地说:

"不管哪能讲,代表资本家不是好事,我这样混下去,没有前途的。"说完了,他叹息了一声。

钟佩文好几次要说话,因为余静句句话都打中梅佐贤的要害,他就没开腔。现在看到梅佐贤愁眉苦脸,充满了悲观失望的情绪,他再也忍不住了,接上去说:

"为啥没有前途?市里首长曾经说过,到了社会主义,只要资本家和资方代理人拥护党和社会主义,走社会主义道路,政府和人民都欢迎他们,会给他们事做的。这些话,我还在黑板报上写过,你不晓得吗?"

"哪能不晓得?你编的黑板报我每期都看,市里首长的话,更是特别注意。"

"那你为啥说没有前途呢?忽然提出要辞职,有别的原因吗?"

钟佩文这番话把梅佐贤说得目瞪口呆。

梅佐贤并不是真心要辞资方代理人的职务,而是出于徐义德的授意,给余静点颜色看。余静没有给吓倒,不慌不忙在处理。他的目的已经达到,借着这个机会,立刻下台阶,向余静说:

"余静同志,过去,有些道理我不懂,今天听你讲了这些道理,给我很大启发,我还有啥话好说呢?你要我做啥,我就做啥。"

"不,"余静更正说,"你也要听徐总经理的正确意见办事。你是他的代理人啊!"

"是的,应该听徐总经理的正确意见办事。"他放下笑脸说,"不过,我们都要接受党和工人阶级的领导哩。"

"当然要接受党和工人阶级的领导。"余静点了点头,转过来对着韩云程和郭鹏,抱歉地说:

"对不起,叫你们等了一会。"

"不要紧,"郭鹏的屁股坐在沙发边上,两只手拘谨地放在自己的膝盖上,恭敬地注视着余静和梅佐贤。他没有正式向徐义德提出辞职,也没有对工会干部露过口风,就是在试验室里工作没有劲头。余静考虑到现在找梅佐贤和韩云程谈,不如把他也带上,道理讲讲清楚,省得另生枝节。他起先听梅佐贤说不想干了,倒真的吃了一惊,梅佐贤曾经告诉过他,要提拔他当工程师哩。他走了,这个位子不是要落空了吗?他提心吊胆地听着梅佐贤和余静对谈,不料梅佐贤急转直下表示了态度,他才放下心。梅佐贤既然不走,韩云程又决心辞职,他暗自喜欢,看来工程师这个职位十拿九稳了。只要韩云程一离开厂,大概他的新职务就要发表了。今天余静把他找来和韩云程一道谈,如果韩云程态度不变,说不定现在就有好消息哩。他满面春风地说,"你谈的这些话,对我也有好处。"

钟佩文对郭鹏说,又像是对余静汇报他找韩云程的情形:

"你有啥意见也可以谈谈。韩工程师在试验室里写试验记录,给我拉了来,把问题谈谈清爽,好努力工作。"

韩云程坐在沙发上,边听边想。他有一肚子理由,希望余静同意他辞职,但听到余静那番话,自己认为理由不充分了。他在寻找别的理由。

办公室悄悄的,没有谁吭声。梅佐贤现在轻松了,他要讲的话都讲了,要达到的目的达到了。他转过来劝韩云程:

"有啥想不开的事体,说出来吧,余静同志会帮助解决的。"

韩云程想说,但又不愿当着梅佐贤的面说。他的嘴唇动了动,又紧紧闭上了。

"别扭扭捏捏的,"钟佩文对着韩云程说,"有啥闲话,说好了,闷在肚子里,会烂肠子的。"

韩云程没理会钟佩文幽默的语调,犹豫了一下,慢慢地说:

"我和梅厂长不同,我已经归了队啊!"

"这倒是的。"郭鹏附和着说。

"这个没人否认。"钟佩文笑着说。

"我和徐义德划清界限,站稳了立场,哪能再和他共事呢?我也不是不肯团结他,现在没法再团结他了。"

"非破裂不可吗?"

韩云程给钟佩文这么一问,连忙辩解:

"也不是这个意思。"

"那么就团结。"

"没有这么简单。"

"有多复杂呢?"

"很难讲。"

韩云程感到钟佩文的话简短有力,好像很有道理,仔细想想,又觉得道理不多,不能说服他,可是又驳不倒钟佩文。正如他过去在学校里见到别人算的几何题目,答案是对的,演算的公式仿佛不那么准确,不能叫他信服。他就把面孔对着余静,想听听她的意见。

"你认为团结徐总经理有啥困难!?"

韩云程感到余静和钟佩文究竟不同,在细心听她的意见,可能把她说动。他说:

"困难,有啊。就说划清界限吧,既然说出口的话,就要做得彻底。我不能嘴上说的一套,做的又是一套。工作下去,就得和他往来,便模糊了界限。"

"韩工程师这种认真的精神,大家一向佩服。"郭鹏说。

"还有呢?"余静问。

"别的没啥。"韩云程的眼睛转到郭鹏身上,认为他帮忙讲两句很有力量。郭鹏体会他处境困难,赞成他辞职的。他说,"郭主任恐怕也有些意见,他晓得我们的困难。"

郭鹏皱起眉头,想了想,半吞半吐地说:

"这个吗,是的,韩工程师有困难,我也感到……"郭鹏说到这里停住了,咳嗽了一声,才说下去,"困难,是呀,困难,韩工程师地位难处,我和韩工程师一样,也有同感。"

他含含糊糊地说完了,立刻注视着梅佐贤的表情,幸好没有异样。余静进一步对韩云程说:

"有啥意见就说出来,大家商量商量,好解决。"

韩云程认为当着大家的面已经说得够多了,不愿再谈,又不愿说绝。他说:

"主要就是这些。"

"次要的也可以谈谈。"钟佩文抓住他这句话不放过去。

"没啥,就是这些。"

余静没有再追问,她说:

"韩工程师要彻底划清界限,当然很好。你的阶级觉悟提高了,我们很欢迎。站稳立场,划清界限是一回事,团结他生产又是一回事,并不矛盾。划清界限是划清思想上的界限,不是说不能往来了,不能在一道吃饭了,不能在一道工作了,这些都可以。只要立场站得稳,不帮资本家做坏事,不让他犯五毒,为啥不可以团结他呢?团结他是为了生产呀!也不是旁的事情。和资本家往来当中,注意这些,就没有啥困难了。"

韩云程听余静讲的话有道理,心里却扭不过来,待了一会,说:

"不管怎么说,道理我也懂,就是感情转不过弯来。余静同志,'五反'辰光,我和徐义德已经撕破了脸皮,再团结他,不难为情吗?人要脸,树要皮。脸皮撕破了,再团结就不行了啊!"他一个劲摇头,加重他的语气,表示他的决心。

"'五反'斗争,撕破脸皮,是因为他有五毒,他消除了五毒,就团结他,搞生产,这是正大光明的事体,有啥难为情呢?"

钟佩文接上余静的话说:

"也不是大姑娘,怕啥难为情?这是为了生产的大事体呀!不团结他,不生产,倒反而不难为情了吗?"

韩云程给问得哑口无言,他的自尊心好像受了损害,余静是党支部书记,说他两句还可以;钟佩文不过是文教委员,也一句一句说他,他忍受不了。他固执地说:

"可是我话说出口了,辞职书也交了,一言既出,驷马难追。凡事要讲到做到。"

"韩工程师这种精神令人十分敬佩。"郭鹏说。

"你这样认真当然很好,"余静鼓励韩云程,说,"可是,讲错了的,也一定要做吗?"

"这个……"韩云程口吃了,他没想到这个最可靠的理由也不成立。

"徐总经理没有答应呀,你辞职也不能算数啊!"余静转过去对梅佐贤说,"梅厂长,你说是哦?"

梅厂长马上点点头,说:

"韩工程师,你在我们厂里多年了,厂里机器你都熟悉,我们还是一同共事的好。余静同志又这么说:别提辞职的事体了,徐总经理不会同意你的。"

郭鹏一看情势不妙,迅速改口说:

"韩工程师,你可不能走啊,我还要跟你学习技术哩。你不是说要培养我吗?"

"大家欢迎你,韩工程师,你好意思走吗?不怕难为情吗?"

韩云程给钟佩文一说,不禁噗哧笑了。他没有正面表示同意,但从他的话里流露出首肯的意思了：

"我看不大清主要的和次要的，常常固执一个方面，以为正确。这次给余静同志一指点，又发现我的看法不对了，希望余静同志以后要对我加强领导。……"

"这没有问题。有事我们大家商量着办。"余静说，"梅厂长，你看，劳资协商会议啥辰光开呢？"

"这个礼拜一定开。"

"那把生产计划准备一下，好不好？"

"马上就动手，"梅佐贤向韩云程和郭鹏招招手，说，"来，干吧。"

韩云程犹犹豫豫地坐在沙发那里没动。郭鹏一脸不高兴，他失望地望着韩云程，心里唠叨：讲辞职，怎么又不辞了呢？还说啥讲到做到哩。梅佐贤见他们两人没动，便催促他们过来，他们两人才慢慢站了起来。

余静对梅佐贤他们三个人说：

"你们研究吧，我找车间工会主席他们谈谈，准备准备出席会议的劳方代表去。"

十五

汤阿英细心地把一小包一小包中药打开,倒在药罐里,放了两饭碗冷水,搁到煤球炉上煮。一霎眼的工夫,药罐咕噜咕噜地响了,冒出蒸气,一股浓烈的苦味飘荡在客堂间,飘进余大妈的卧房。她闻到药味,惊异地叫道:

"阿英,你还没有走吗?"

汤阿英下了夜班,想起余大妈这两天身子不舒服,她没有直接回家,上余大妈家里去了。昨天晚上厂里有事,余静没有回来。今天一早,余大妈浑身无力,心里发慌,躺在床上起不来,正愁着没人给小强烧早饭。她想挣扎起来,刚勉强坐起,头一发晕,满眼是金星闪闪,无可奈何地叹了口气,又躺下了。她躺在床上琢磨,要小强煮点稀饭吃,可是煤球炉子还没有生哩!汤阿英走到她的床边,抓住余大妈的手,关怀地问道:

"今天好些吗?"

"闹肚子,吃不下东西,人虚弱点,刚才想起来,浑身没劲,又躺下了。"

"吃药了吗?"

"昨天余静陪我去看了中医,抓了两剂药,吃了一剂,心里舒坦些。"

"还有一剂呢?"

"在客堂间桌子上。"

"我给你煮去……"汤阿英站了起来。

"不,你该上班了,别耽误了生产。"

"这礼拜我做夜班……"

"你刚下夜班,熬了一夜,该回去睡觉了。"

"做惯了夜班,也没啥……"

小强站在床前,听她们俩人一问一答,心里有点焦急了:他等着吃了早饭,好去上学,迟了,要误功课的啊!他用小手的食指指着自己的嘴,叫了一声奶奶。余大妈懂得他的意思,说:

"我给你一点钱,自己买点吃吧。"

"我要吃稀饭。"小强把身子一摇。

"明天奶奶给你煮稀饭吃。"

小强站在床前不吭气,低着头。余大妈耐心地劝他:

"今天随便买点吃,快去上学。"

小强站在床前没有动。汤阿英一把抓住他的小手,说:

"跟我来,我给你煮。"

汤阿英把小强带到客堂间,马上生了煤球炉子,煮了稀饭,切了一点咸菜,又切了一个咸鸭蛋,招呼他吃饱了。他背上书包,走到卧房门口,叫了一声"奶奶",说:

"我上学去了。"

汤阿英送走了小强,回到客堂间,又悄悄地给余大妈煮药。余大妈躺在床上,以为汤阿英和小强都走了。她闻到药味,便叫汤阿英。汤阿英在客堂间应了一声,说:

"我在煮药哩!"

"这孩子,不听我的话,快回去吧!"余大妈在卧房里焦急地说。

"煮好药就回去。"

"待一会儿,等我自己起来煮吧。"

"早吃药,早好。"

"你熬了一夜,再不回去睡觉,别累坏了身子。"

"不要紧,你放心吧。"汤阿英一边答话,一边巡视了一下客堂间,看见一堆脏衣服泡在木盆里,大概昨天余大妈打算洗的,因为身子不舒服,就沤在那里了。她走过去,蹲在木盆旁边,不声不响地把这些衣服洗了,用清水过了两遍,晾在竹竿上。她擦干了手,又去倒了药,端着走进卧房,坐在床边,轻声地对余大妈说:

"药煮好了。"

"你还不走?"

"你吃完了药,我一定走。"

"唉,你们这些年轻人,总不听老人的话,非要照你们的意见办事不成!好,好,我马上吃,你马上走!"

汤阿英端着一碗深黄色的苦药送到余大妈面前,在半道上,又缩了回来,说:

"烫,等一会再吃。"

"你先走吧,等药凉一点,我自己吃好了。"

"不,你让我陪你一会。"汤阿英用嘴吹着那碗热腾腾的药汤。

"我听余静说,你们快搬家了吧?"

"过两天就搬。漕阳新村好是好,可是草棚棚这儿熟人多,真舍不得离开你们。你们要是和我们一同搬过去就好了。"

"本来厂里分了房子给余静,她不肯搬。"

"为啥?"

"她说我们现在住的地方也不错,应该让那些房子差的人家先搬,便让给秦妈妈了。"

"怪不得哩!原来讨论的辰光,没有秦妈妈的,后来秦妈妈又有了。你不说,我还不晓得是余静同志让出来的哩!"

漕阳新村工人住宅造好之后,沪江纱厂也摊到四户。工会生活委员布置,让各个车间展开讨论和评选,到处张贴了标语:"一人住新村,全厂都光荣。"汤阿英由于工作积极,祖孙三代住在一间草棚棚里,下雨天漏得不好住人,分配给她家一组。余静也分配到一组,但是她无论如何不肯要。因为细纱间工人多,这一组也交给细纱间,经过讨论,这一组便分给秦妈妈了。

"余静这孩子做得对,秦妈妈早就该搬家了。"

"秦妈妈确实该搬家,她的草棚棚一下雨就漏水,蹲不下去。你们也应该搬到新村去住。"

"现在不忙,等草棚棚里的人搬完了,那辰光,我们再搬也不迟。"余大妈望着汤阿英说,"你们物事收拾好了吗?"

"还没有哩。"

"把药给我……"

"烫啊!"汤阿英不断用嘴吹碗里腾腾的热气。

"搁在这里,凉一会吃。你回去收拾吧。"

"不忙……"

"我病倒了,你们搬家,不能帮你们忙,不该再耽误你的事啊!"

"余静同志在厂里忙工作,你病了,我照顾一下,也是应该的。"

余大妈感激地望着汤阿英手里那碗药汤,热气已经少了,她不好意思要汤阿英再等下去,而汤阿英又不肯走,便勉强坐了起来,端过那碗药,送到嘴边,想快点吃掉。汤阿英对她摇摇手:

"别烫着,再凉一会儿。"

"太凉了不好,"余大妈一口一口吃着药,吃完了,把碗交给汤阿英,说,"这该放心了吧?快回去吧!"

"你躺下睡一会,我就走。"

余大妈躺下去,有意闭上眼睛,好让她快走。汤阿英走到客堂间,倒了碗里剩下的药渣,把它洗了,顺便把小强刚才吃早饭的碗筷也洗了,封了煤球炉子,扫了客堂间,一切都收拾得妥妥当当。她悄悄走进卧房,余大妈真的睡着了,发出轻微的舒适的鼾声。她这才放心,悄悄离开了。

汤阿英回到自己的草棚棚,巧珠奶奶已经等待不耐烦了。汤阿英做夜班,早该回来了,为啥这么晚才回家,到啥地方去了？巧珠奶奶阴沉着脸,忍住一肚子的气,等待机会,随时要爆发的样子。汤阿英没有注意,她看巧珠头上的辫子没打紧,下巴那儿有油迹没有揩掉,便对巧珠奶奶说：

"你看,巧珠今天辫子没打好,脸也没有洗干净,到学校里去,叫人家笑话。"

"你为啥不早回来给她收拾？"

"你在家里,没有帮她打辫子吗？"

"你说得倒轻巧,"巧珠奶奶有点忍不住了,"你们只晓得嘴一动,手一指,事体就办了；可晓得我在家里多忙啊,刚给她做了早饭吃了,哪有闲工夫给她打辫子？"

"我也没有闲着。"

"你不看看,家里的事体,全靠我一个人,忙了这个,又忙那个,我没有三只手啊！人家放工,就抢着回家,帮助料理家务事。不像你,这么晚才回来,还要闲言闲语的,怪张三怪李四！"

巧珠奶奶说话的声音越来越高,火气也越来越大,只要汤阿英再顶撞她一句两句,一场争吵便要爆发了。汤阿英听巧珠奶奶口气不对,见形势不妙,便忍住了。她觉得巧珠奶奶在家里的确忙,也够辛苦的。她和张学海每天上工,家里杂务事的重担全靠巧珠奶奶一个人挑,就是有些事体没有注意,也不能怪巧珠奶奶。她自己年轻力壮,应该早点回来相帮巧珠奶奶,体贴巧珠奶奶一些。这些鸡毛蒜皮的小事,争吵起来,大家不开心,会影响生产和学习,更重要的是大人这样争吵,巧珠不跟着学吗？常言说得好：要树长得直,树秧子栽下去就要育；要孩子好,养下来就要教。从小就应该培养巧珠的好习惯,不能让巧珠在家里学坏了。她让巧珠奶奶一步,抱歉地说：

"你说得对,这一阵厂里忙,我回来得晚,帮助你不够,怪我不好。"汤阿英拉过巧珠,拆了辫子,给她重新打过。

"这才像话啊!"巧珠奶奶一肚子气忍住了。

"忙不过来,有些事,你留着,等我回来做。"汤阿英给巧珠打好辫子,又倒水给巧珠洗脸。

巧珠奶奶肚里的气慢慢消了,望见巧珠的脸洗干净了,心里也高兴了,帮助巧珠收拾好书本和铅笔啥的,指着巧珠的小鼻子说:

"你自己也要学会打好辫子,别老依赖大人!"

"今天是我自己打的啊!"

"松了,晓得哦?小鬼头。"巧珠奶奶拍了拍她的脊背,高高兴兴地说,"快去上学吧。"

巧珠一蹦一跳走了。汤阿英对巧珠奶奶说:

"以后我有啥不对的地方,你批评我好了。"

"比品,啥比品?"巧珠奶奶诧异地问道。

"你讲我好了!"

"讲你,你不对的地方,当然要讲你。"巧珠奶奶振振有词地说,想起阿英做了夜班,还没有睡觉,她说,"快去睡觉吧。"

"不,我帮你收拾东西,准备搬家哩。"

"这些事,你放心好了,我来收拾。"

"你一人忙不过来……"

"快去睡吧,累坏了身子,上不了工,误了生产,这是大事体啊!"

汤阿英躺在床上睡了。巧珠奶奶细心地收拾草棚棚里的物件。

汤阿英睡了一觉醒来,已是黄昏时分。她想起余大妈该吃二遍药了,小强回来也该吃晚饭了。她自己饭也没吃,就到余大妈家去张罗,给他们做了饭,煮了药,又把晾的衣服收拾好,大人小孩都安顿好了,才回到自己的草棚棚里来。

第三天早上,轮到汤阿英休息,她帮助巧珠奶奶收拾物事,准备搬家了。

巧珠奶奶觑着眼睛对草棚棚仔细地东张西望:放在地上的板凳椅子的都集中在一块了,碗筷和锅铲铁勺啥的也扎好了,衣服、袜子和布头包在一道了,挂在墙上的什物全取下来了……她心里想:她家里的物事数过来的几件,但一搬家,却觉得草棚棚里的物事不少,生怕丢了这样忘了那样,仿佛东西多得带不完似的。张学海看见放在锅铲、铁勺一道的破脸盆,拣了起来,说:

"脸盆这么破了,带去做啥呢?"

汤阿英看到那个脸盆,里面的黄嫩嫩的菊花图案几乎看不见了,有的地方破了一个窟窿,是她用棉花塞住,勉强用到现在。从这个脸盆,她想到从前用它接水的情景,不禁恋恋不舍地说道:

"还是带上吧。"

"带上,"张学海把脸盆拿过来,抽掉棉花,指给汤阿英看:阳光从窟窿里透过来了,说,"这么大一个洞,还能用吗?"

"塞上棉花不是照样用吗?"

"到新村买个新的,省得带来带去,麻烦,又不顶用。"

"你有钱买新的,可是这个旧的,你有多少钱也买不到。"

"这是宝贝?"张学海笑着说。

"对啦,这是宝贝。"汤阿英无限感慨,回忆地说,"我一看到它,就想起我们过去的穷日子来了。那辰光,草棚棚外边下大雨,里面下小雨;外边不下了,里面还下;墙根长绿草,棚里养青蛙;全靠这脸盆接雨水,也靠这脸盆把淹到棚里来的水倒出去,这不是宝贝吗?"

"你说的也有理。"

"把它带到新村,就是不能用,做个纪念也是好的,常常看看它,不会忘记过去受的苦难。"

"我懂了,你别再说了。"

"就带上吧。"巧珠奶奶说。

汤阿英从张学海手里拿过脸盆来,用棉花把窟窿堵住,把锅铲铁勺放在里面,像是对待贵重物品似的,轻轻地放在地上。张学海看见巧珠奶奶和汤阿英把破破烂烂都收拾起来,脸盆带上虽有道理,可是还有不少物事不一定带走,带过去也没有用场。他指着马桶对巧珠奶奶说:

"这个也带上?"

"你光吃饭不拉屎了吗?"巧珠奶奶好生奇怪。

"那边有厕所。"

"有厕所?"巧珠奶奶怀疑的眼光对着汤阿英。

汤阿英点点头。张学海说:

"带去没用场。"

"不是钱买的吗?"

"当然是钱买的。"

"丢下?"巧珠奶奶说。

汤阿英认为带去用处确实不大,丢下也太可惜了,眼睛一动,看到草棚棚外边的邻舍,便说:

"这样好了,住在草棚棚里的人还是有用的,送给斜对面刘阿姨吧。她们想买个大点的马桶,一直没钱买,送给刘阿姨再合适也没有了。"

巧珠奶奶和张学海都不反对,汤阿英提着马桶到刘阿姨家去了。

汤阿英回来,张学海帮着巧珠奶奶把东西都收拾得差不多了。巧珠插不上手,走来,走去,东摸摸,西碰碰,不断地向草棚棚望来望去。她在这草棚棚里长大的,临走了,也流露出留恋的心情。但

一想到要搬到新房子去住,又盼望早点搬过去。她乖乖地靠在奶奶身上,得意地一摇一摇。巧珠奶奶抚摩她的头,和蔼地说:

"别摇,我头晕……"

巧珠奶奶的话没讲完,弄堂口传来了咚咚锵的锣鼓声。汤阿英走到门口,望了一下,对张学海和巧珠奶奶说:

"他们来了,快去迎他们。"

工会今天特地借了厂里的卡车,组织几个人,带着锣鼓,帮助工人搬家。这条弄堂太狭,卡车开不进来,赵得宝率领大家敲着锣打着鼓,欢天喜地走进来。汤阿英跑上去,用两只手紧紧握住赵得宝的右手,感激地说:

"老赵,你自己也来了,谢谢你们。"

"工人住新村是件大喜事,我该来道喜。余静同志要不是上区委开会,她也要来的。"

"哎哟,她的事体多,不能惊动她。"

汤阿英简单地答了一句,赶紧和别人去握手。她在赵得宝身后,发现韩工程师手里拿着个小锣,她连忙过去给他握手,惊喜地说:

"怎么,你也来了?"

"奇怪吗?我不能来?"

"不奇怪……"

汤阿英给韩云程一问,一时说不下去了,幸亏站在他旁边的郭彩娣代她接过去说:

"你头一回给我们工人搬家,当然有点奇怪,多来几次,人家就不奇怪了。"

她这几句话把韩云程说得脸通红,不好回她的嘴,不得不支支吾吾地说:

"是呀,是呀……"

129

钟佩文从他身后走过来,给他解了围,笑着说:

"韩工程师可积极哩,今天八点钟还没到,就来工会集合了。他同我说,以后工会有啥活动,他要经常参加。今天他头一回敲小锣,以后要成为我们报喜队的健将了。"

韩云程不好意思地微微低着头,说:

"我不会敲锣鼓点子,是文教委员教我的,不对的地方,请指点指点。"

他抱歉地向大家望了一眼,希望大家原谅他这个新手。钟佩文鼓励他:

"不错,不错。"

那边巧珠奶奶和赵得宝唠唠叨叨地说个不完:

"哎哟,老赵,惊动你们,我真过意不去。昨天关照学海、阿英跟你们说,不要来了,我们家里东西不多,叫两个三轮就搬家了。怎么,你们还是来了,一定是学海他们没有告诉你们,我待会可要讲他们……"

赵得宝怕巧珠奶奶真的去批评他们,连忙解释:

"不,阿英跟我们说了,这是我们工会的一点小意思,不算啥,你别记在心上……"

巧珠奶奶望着这么多人,发痴发呆一般笑个不停,一边说:

"这怎么好啊,这怎么好啊,你们都是忙人,还来帮我们搬家!工会分配了新房子,又来帮着搬家,真是太周到了,太周到了……"

秦妈妈听着锣鼓声也走出来了。秦妈妈家里早已收拾好,就等卡车来搬动。她看到巧珠奶奶一个劲和赵得宝说话,弄得大家都站在那里聊开了,把搬家这件事给忘了。她走过去,站在巧珠奶奶旁边,指着暖洋洋的太阳说:

"不早了,快搬吧!"

她这句话提醒了大家。赵得宝接着大声叫道:

"动手搬吧,分两头,一部分给秦妈妈搬,一部分人跟我来……"

巧珠奶奶和张学海把大家迎了进去。巧珠奶奶向桌子上一看,马上抱歉地说:

"这怎么好哇,上次来报喜,连茶也没喝一杯就走了;这次来搬家,干脆,连茶杯也没有了,都叫学海给扎好了。阿英,你到余大妈家里借几个杯子,我烧点水给大家喝。"

汤阿英刚迈开两步,就叫钟佩文拦住了:

"别去,我们不渴。"

"水总得喝一口,现成的炉子,点起火来,你们歇一会,喘口气,就烧好了。"

韩云程对赵得宝说:

"还是搬吧?老赵。"

"好的,大家动手搬吧。"

赵得宝首先提起一只木箱子,钟佩文过去捐上铺盖卷,郭彩娣左手拎起炉子,右手抱着一堆碗,韩云程见笨重东西都叫他们拿了,自己赶紧抓住两条板凳,跟在他们屁股后头走出了草棚棚。巧珠奶奶望着大家那股热情劲头,乐得格格地笑了:

"这些年轻人真棒,像自家人一样,说一声搬,都叫他们搬走了,我们自己空着手走吗?"

"我们只好拿点零碎东西了。"

赵得宝最后上了卡车,把后面那根铁链子扣上。钟佩文和韩工程师他们又打起锣鼓。卡车里充满着欢乐的咚咚锵的音乐和恣情谈笑声,飞快地向漕阳新村驶去。

十六

"快走吧,看你们哪里像年轻人,落在我老太婆的后面了。"

巧珠奶奶搀着巧珠,走到楼梯口,见张学海和汤阿英还没有走出房门,便催促他们。张学海听到奶奶的叫唤声,低低地劝汤阿英:

"娘等着哩,快走吧。"

他们两人赶到门口,只见一轮落日照红了半个天空,把房屋后边的一排柳树也映得发紫了。和他们房屋平行的,是一排排两层楼的新房,中间是一条广阔的走道,对面玻璃窗前也和他们房屋一样,种着一排柳树。他们从柳树中走出来,巧珠看见前面是一片如茵的草地,她飞一般跑到上面,一屁股坐在上面,像睡在床上似的,就地打了一个滚,身上沾了几根嫩绿的草。汤阿英走过去,把她拉了起来,掸去她身上的草,一边说:

"看你野的,不像个女孩子了!"

巧珠低着头,直望着草地,羡慕地说:

"躺在这上面软绵绵的,毛茸茸的,好玩极哪。"

巧珠奶奶指着她的小鼻子,说:

"这么好的草地,别在上面乱蹦乱跳。刚搬来,踩坏了草,叫人家笑话。"

巧珠跟奶奶走到大路,那条马路宽极了,巧珠奶奶对张学海说:

"看见这样大马路,心里真舒畅,比我们原先那条弄堂要大好几倍哩！"

张学海目测了一下马路的宽度,回忆到草棚的那条狭仄的弄堂,用手比了比,说:

"起码也有四倍,唔,我看,足足有五倍!"

汤阿英指着马路两边新栽的树木,补充说:

"还有这两边的树哩!"

"真是个好地方呀!"巧珠奶奶赞赏地说。

她们顺着大路左边走去,经过一片辽阔的空地,巧珠奶奶远远望见一座大建筑物,红墙黑瓦,矮墙后面有一根旗杆矗立在晚霞里,五星红旗在空中呼啦啦飘扬。红旗下面是一片操场,绿色的秋千架和滑梯,触目地呈现在人们的眼前。操场后面是一排整整齐齐的平房,红色的油漆门,雪亮的玻璃窗,闪闪发着落日的反光。

巧珠奶奶走到这座大建筑物门口站了下来,好奇地向里面张望。张学海和汤阿英两个人并肩走着谈着,走到大建筑物那里,巧珠奶奶和巧珠还在那里张望,问汤阿英:

"这是啥地方?"

"这是漕阳新村小学,"汤阿英说。

"你昨天说的,巧珠要转到这里读书,就是这个小学吗?"巧珠奶奶住在草棚棚,不常到外边走动,头一回看到这样好的小学。

"就是这个。"张学海说。

"那多好哇,这么漂亮的学堂。"巧珠奶奶搀着巧珠走进去,说,"我带你去看看。"

巧珠一走进小学,像是回到家里一样的熟悉,她跑到操场的秋千上,一上一下荡起来了。她荡秋千的本事可不小,没荡了一会儿,人就荡到半空中,好像飞起来一样。巧珠奶奶看见了,吓得心怦怦跳,赶紧跑过去,想拉住秋千,小声叫道:

"快下来,快下来,别摔了。"

巧珠见奶奶要拉住秋千,她在半空正玩得非常痛快,不想下来,又怕秋千叫奶奶拉住。她在秋千上焦急地说:

"别拉,别拉,等我自己下来。"

"快下来。"

巧珠荡慢了,秋千渐渐停下,她跳下来,抱住奶奶的身子,兴奋地说:

"这个秋千真好!"

巧珠奶奶指着她红润的小脸蛋说:

"下次不准荡得这么高,危险,晓得哦?"

巧珠点点头。

她们顺着操场旁边的那排整整齐齐的平房看过去:校长室,教员室,教室,阅览室……阅览室里有不少小朋友在看小人书,巧珠走到那里又不想走了,奶奶也兴致勃勃地站在那里看,汤阿英过去拉着巧珠的手,说:

"快断黑了,走吧。"

大家走出了学校,暮色从四面八方聚拢来,房屋,柳树和草地什么的都仿佛要溶解在暮色里,模模糊糊看不清楚了,只有路边的河流微微闪着亮晶晶的光芒。幢幢的人影在路上闪来闪去。整个新村,只有合作社那里的电灯光亮最强,也只有那里的人声最高。从那里,播送出丁是娥唱的沪剧,愉快的音乐飘荡在天空,激动人们的心扉。一眨眼的工夫,新村的路灯亮了。外边开进来一辆又一辆的公共汽车,把劳动了一天的工人们从工厂送到他们的新居来。

巧珠奶奶变得和巧珠一样了:这边望望,那边瞧瞧,像是又走进了一个新奇的世界,灯光和暮色把新村送进迷离变幻的奇境,茫茫一片,看不远,望不透,使人感到如同走进一座无穷丰富的奇妙的新兴城市。走到自家门口,巧珠奶奶站下来,又向四面看看,才带着巧珠慢腾腾地走上楼。

汤阿英和张学海早坐在靠窗口的板凳上休息了。汤阿英喝了口水,喘了一口气,说:

"这个地方真大,绕了一个圈子,腿都酸了。"

"只是个小圈子!"张学海说,"还没有走完哩!"

巧珠奶奶跨进房内,笑嘻嘻地接上来说:

"哪里像个住宅,简直是个大花园么。我这辈子连做梦也没见过这样好地方,现在却住进来了。……"

汤阿英想起上海刚解放那一年,奶奶整天唠唠叨叨个不完,怨天尤人脾气不好,看啥都不顺眼,她便说:

"现在日子好不好?"

"这个日子还不好?"巧珠奶奶认为汤阿英常常往外边跑,看的好物事多了,眼光越来越大了,住进这样房子还问好不好,用着责备的口吻对她说,"你还想过啥好日子?人心不足蛇吞象,我们能在这里住上一辈子,就不错啦。"

汤阿英听出她话里的意思,没有正面回答她的话,却说:

"你从前不是说,谁来了,还不是一样做工,工钿还是那些,日子哪能会好呢?"

"你的记性倒真好!"巧珠奶奶望了汤阿英一眼。

"奶奶忘记了吗?"

"过去的事,提他做啥?"

"怕你忘哪!"

"哼,看你嘴利的!"巧珠奶奶不服输,但也不好赖账,想了想,说,"那辰光,我不了解共产党的事,你们为啥不给我说。你们呐,只晓得回家睡觉,起来上班,外边世道变了也不告诉我。幸亏我有我的老伴,余大妈常到我家里来谈谈,我到余大妈家去,碰上余静,她也常给我讲这讲那。我晓得共产党是穷人党,是给我们穷人办

135

事体的。共产党一来,世道就变啦,穷人有面子了,做工也光荣啦,钞票值钱哪,日子好过啦。不是共产党毛主席,我们还不是住一辈子草棚棚,谁会给我们盖这样的好房子?连电灯都装好了,想得真周到。"

她指着吊在屋子当中的电灯,满意地笑了。张学海听了她这一番话,也笑了,对汤阿英说:

"娘晓得的事体可不少哩,过去,我们和娘谈的也实在太少了。"

没等汤阿英答话,余静和秦妈妈走了进来。余静朝新房上下左右看了一下,对巧珠奶奶说:

"都安顿好了吗?"

"大致安顿好了。住在这样好的房子里,今后刮风下雨再也不用愁了。"巧珠奶奶眯起眼睛满意地望了一下崭新的房子,新粉的白墙,新油的绿窗,新装的电灯,照得满屋亮堂堂的喜洋洋的。她闻着油漆和石灰的气味,心里十分喜悦,感激地说,"谢谢你,余静同志,分配给我们这样的好房子。"

"不用谢我,这是组织上分配的。"余静说。

"也是经过你的手分配的。"

"也不是,是大家讨论评选的。"

"你总是这样客气。"

"不是我客气,事实是这样的。"余静望着新房子,想起过去的穷苦生活和革命斗争,回忆地说,"讲起来,全靠党和毛主席领导我们斗争,才有今天幸福的生活。"

"我们有今天这样好的生活,是无数革命先烈的血汗换来的。"秦妈妈补充说。

"革命先烈?"巧珠奶奶愣着两只眼睛,困惑不解,工人新村和革命先烈有啥关系呢?

余静点点头,从她深蓝布的上衣口袋里,掏出一个笔记本,打开看了一看那些熟悉的尊敬的名字,激动地说:

"秦妈妈说得对!不说旁人,就说我们工人吧,邓中夏,刘华,顾正红他们领导工人斗争,抛头颅,洒热血,牺牲了不知多少人,才换来革命的胜利。新中国建立了,工人当家做主了,才盖这些工人新村来。要不解放,我们工人还不是住一辈子的草棚棚吗?"

汤阿英以崇敬的心情听余静提到那些革命先烈的名字,顾正红的英勇事迹她曾经听秦妈妈讲过,邓中夏和刘华的斗争历史就不大清楚了。她赞成余静和秦妈妈的意见:

"没有过去革命斗争,就没有现在的幸福生活。"

"阿英这两句话说得好!"余静对巧珠奶奶说,"我们要常常想想过去的生活。"

汤阿英把刚才同巧珠奶奶谈的话告诉了余静和秦妈妈。秦妈妈指着余静手里的笔记本说:

"你们晓得她这个本本里记的是啥?"

"首长报告记录,"张学海说,"厂里工会的大事……"

"这些都有。"秦妈妈说,"头一两页特别重要,那上面抄了许许多多的革命烈士的名字,刚才讲的邓中夏,刘华,顾正红都有,这里面还有袁国强烈士的名字哩。她经常看这些名字。有辰光,她也拿给我看。一看到这些烈士的名字,我们心里痛得像刀剜的一样。余静说,要让这些烈士的名字永远活在我们的心里。他们流血牺牲,为的是啥?还不是为了实现革命的理想,为了共产主义,为了我们的子孙万代。他们死了,我们活着的人,就应该实现他们的遗志。我一想到余静同志说的这些,浑身都有劲道了!"

"你把我的秘密暴露了。"余静看了秦妈妈一眼。她抄下这些革命先烈的名字,特别是袁国强的名字,从来没有和旁人提起,只是有一次告诉了秦妈妈。

"要阿英他们给你保密好了。"

"我们一定保密!"汤阿英说。

"这也不是秘密。"余静的脸上露出两个笑涡,又打开笔记本,念道,"毛主席说:中国共产党和中国人民并没有被吓倒,被征服,被杀绝。他们从地下爬起来,揩干净身上的血迹,掩埋好同伴的尸体,他们又继续战斗了。"她接着说,"我对这一段话体会特别深。革命每一次的胜利都不是轻易得来的,经过无数次的斗争,失败;再斗争,失败;又继续斗争,最后取得胜利。牺牲了无数先烈的鲜血才换来今天的胜利。革命先烈为了革命,不惜流血牺牲,我们活着的人,应该把自己的力量献给革命事业。"

汤阿英听了余静这一番富有革命热情的激动人心的话,十分感动,使她想起了过去阴暗的生活,过去阴暗的农村,过去阴暗的中国,现在住进这么好的漕阳新村,越发觉得可贵了,胜利的果实得来不易啊!她感动得眼睛有点红润了,忍住盈眶的热泪说:

"我们现在生活比过去好了,不能忘记过去,也不能忘记还有很多人住在草棚棚里啊!"

"对!中国工人阶级胜利了,世界上还有许许多多的工人、农民和劳动人民受剥削受压迫哩!"汤阿英的话触动了余静内心深处的丰富感情,忍不住从深蓝布上衣口袋里,又掏出一个本本,但不是笔记本,而是一本世界地图。她严肃而又激动地说,"这是国强的遗物。全国解放以前,他特别关心报上的消息,哪个城市解放了,他就在中国地图上做一个记号,大片大片城市解放了,地图上的记号越来越多了。他说,等到上海解放,他要把上海和整个中国地图涂红!上海解放前夕,他给国民党反动派杀害了,家里留下了这本地图。上海解放了,全国解放了,我根据他的意思,把整个中国的地图都用红墨水涂红了。中国解放了,世界上还有很多国家没有解放哩;我们解放了,世界上还有千千万万劳动人民没有解放哩;我们当家做主了,他们还当奴隶哩!帝国主义一天不消灭,世界上劳动人民不能完全解放,我们自己也不能算彻底解放啊!天下工人是一家,我们解放了,就应该支持他们,解放全世界。这是共产党员的理想,也是我们应尽的责任。国强牺牲以后,我经常把这本世界地图带在身边,学国强那样,哪一个国家解放了,我就在地图上绘一面红旗,希望有一天,我亲眼看见红旗插遍世界!"

"这一天一定会来的。"秦妈妈说。

"这要靠我们和各国人民的斗争了。"余静说,"中国共产党成立的辰光,只有十几个人,就靠这十几个人不断发展,解放了全国!现在中国解放了,解放全世界更有办法了!我经常把世界地图带在身边,就是要让自己不要忘记世界上的劳苦人民啊!"

"这名单和地图是余静同志身上的两件宝!"秦妈妈说。

"这可是宝贝啊,有多少钱也买不到哟!"汤阿英听余静娓娓谈来,像一股清澈见底的涓涓细流,无孔不入地灌溉她的心田,轻轻拨动她感情的琴弦,发出动人的旋律,永远使人不能忘记这些名言!经余静一说,她更相信自己刚才对巧珠奶奶说的话。她对巧珠奶奶说,"你听见余静同志说的话吗?"

"我也不是聋子!"巧珠奶奶知道汤阿英想用余静的话压她,心中有些不满。

"我是好意……"汤阿英想解释。

"我也不是恶意!"

"有话慢慢讲,"秦妈妈见婆媳两个人讲话不投机,连忙劝解,"余静同志说的道理很重要啊!"

"余静同志讲的话,我句句听得进。"巧珠奶奶对余静讲的那些话,不完全懂,有些人的名字也不大知道,但她看出余静伟大的胸怀和崇高的理想,深深敬佩余静。余静究竟是厂里的支部书记,又是工会主席,办大事的人,比秦妈妈高明得多了。汤阿英和她们比起来差得远了。可是阿英却瞧不起她这个老太婆,想借余静的话训她哩,怎不叫人生气啊!她指着阿英说,"不像你,只晓得家里的事,没想到旁人,也没想到世界大事!"

"我哪能和余静同志比呢?差一大截子哩!"汤阿英的口气缓和一些了。

"站在家门口,要看到天安门;站在天安门,要看到整个世界!"余静说,"革命先辈为我们打下了江山,奠定了基础,我们不能坐享其成,不能认为中国革命成功了,就不努力干了。革命胜利了,只是万里长征的第一步,有许多革命事业要我们去做哩。推翻了旧中国,还要改造旧中国,建设新中国,我们的责任大着哩!别的不讲,就拿我们沪江厂来说吧,五反运动取得了胜利,徐义德消极了,躺下了,对生产不积极不关心,团结他搞好生产,就不是一件容易的事体啊!"

"是呀,多亏余静同志操心,领导他们!"巧珠奶奶指着张学海和汤阿英对余静说。

"不,我靠他们才能做好工作。没有他们,我啥事体也做不成啊!"余静转过来,对汤阿英说,"最近要开劳资协商会议,晓得哦?"

"不晓得。"

"你是细纱间的劳方代表,要收集一些工人的意见,好带到劳资协商会议上去反映。"

"劳资协商会议啥辰光开?"

"这一两天就要开了。"

"我要参加劳资协商会议……"汤阿英想起昨天收到爹的信,说弟弟生病了,希望她和学海回无锡去看看。本想把家安排好了,她就请假和学海一道去,现在要开劳资协商会议,这两天就去不成了。她惦念弟弟的病,可是又不好开口,犹犹豫豫地没有说下去。

余静见她谈到要开劳资协商会议就说不下去了,以为她对参

加劳资协商会议有什么意见,便问:

"车间选你当劳方代表,开劳资协商会议,你当然要参加呀!你有意见吗?"

"我没啥意见,劳方代表当然要参加会议。"

"刚才为什么不说下去呢? 有啥顾虑吗?"余静以为汤阿英第一次当劳方代表,没有经验,可能有什么想法。

"没啥顾虑,"她没法不谈出内心对弟弟的关怀,讲了收到汤富海来信的情况和自己打算这一两天请假回去,然后说,"等开完劳资协商会议再讲吧。"

"阿贵得了啥病?"秦妈妈关心地说,"阿贵这孩子身体蛮结棍,怎么也生病了,真想不到。"

"身体结棍的人小病就顶过去了,顶不过去的病,看来不轻。"

"爹信上只讲阿贵得了病,没说是啥病……"汤阿英焦虑地想:弟弟身体那么好,为啥忽然生了病,真叫人放心不下。

"恐怕病不轻,怕你们知道了着急,就没告诉你们。"

汤阿英听了秦妈妈的解释,越发叫她放心不下,恨不能马上就回到弟弟身边,想方设法把弟弟的病快点治好。余静也为阿贵担心,她对汤阿英说:

"那你明天就请假回去,这次劳资协商会议不用参加了。"

"我是细纱间的劳方代表,头一次会议哪能好不参加?"

"你弟弟病了,——我可以给细纱间解释解释。"秦妈妈也主张她早点回去。

"那不行,我是细纱间的劳方代表,劳资协商会议一定要参加。这是厂里的大事体,我不能辜负细纱间姊妹的委托。"

"阿贵有病也不是小事体呀,——人命关天啊!"

汤阿英觉得秦妈妈的话也有道理,她在想一个两全其美的办法,说:

"这样好了,要学海请假先去,我开完协商会再去。"

"好哦?"秦妈妈认为这倒是一个办法。

但是张学海腼腆地摇摇头:

"我没有上汤家去过,也不知道汤家的门朝东还是朝西?我一个人不去,要去,和阿英一道去!"

"男子汉大丈夫,一个人到丈人家去还不好意思吗?"巧珠奶奶刚才和汤阿英顶撞了两句,一直没吭声;阿贵生病,她也十分关心,让学海先去无锡看看,倒也是个法子。

张学海嘟着嘴,没有吱声,那脸色告诉大家:他一个人无论如何不先去无锡。

汤阿英紧紧闭着坚毅的嘴角,虽然没说话,但表示她高低要参加完了劳资协商会议以后才去无锡。秦妈妈不但了解她和学海的脾气,也洞察她和学海现在的心思,再说下去,不一定能够改变这两个人的决心,便用商量的口吻对余静说:

"学海一个人不肯先去,阿英又一定要参加会议,是不是等劳资协商会议一完,让他们两人请假一道去?"

余静不得不退后一步,勉强答应道:

"只好这样了。"

汤阿英见余静满足她的要求,霍地站了起来:

"那我马上到细纱间收集意见去!"

"不忙,等上班辰光再收集。"余静一把拉住汤阿英的手,让她坐在自己身旁,说,"我们再谈谈,待会,一同到厂里去……"

## 十七

汤阿英摘下头上的帽子,匆匆忙忙换了衣服,回到细纱间张小玲那条弄堂里,望见张小玲还在按部就班地扫弄堂里的花衣,奇怪地问道:

"时间快到了,还不走?"

张小玲看了看手表,不慌不忙地说:

"还有一刻钟哩。"

"应该早点去,迟到了叫人家笑话。"

汤阿英见了细纱间的姊妹们就问有啥意见,牢牢记在心里,准备带到劳资协商会议上去。劳资协商会议今天下午三点钟开会。她,在弄堂里巡回,简直没有停过,仿佛时间也会和她的脚步一样加快起来。走到车头,她老是向正对面的墙头望去,红灯老是不亮。她心里虽说这么急,手头的生活做得可是不马虎,一边接头,一边做清洁工作,把接班的工作准备得好好的。红灯终于亮了。她换好衣服来找张小玲,没想到张小玲还在做清洁工作。

"迟不了,积极分子。"张小玲抬起头来,笑着对她说。

"你笑话我吗?"汤阿英撇了撇嘴,不服气地说,"姊妹们看得起我,选我当代表,迟到了不好。"

张小玲见她认真起来,不再和她开玩笑,严肃地说:

"你对。我把地扫好了就去。"

汤阿英抢过张小玲的扫帚,把张小玲往弄堂外边一推,说:

"我帮你扫。你换衣服去!"

张小玲工作认真,下班以前,总把弄堂收拾得干干净净的,细纱间的人没有一个不喜欢接她的班的。她走到弄堂口,回过头来,说:

"可要打扫干净,别急着开会,马马虎虎,鬼画符。"

"放心吧,快去换衣服。"

汤阿英把弄堂收拾干净,和张小玲一同跨出车间。汤阿英想起余静和赵得宝讲工人阶级要领导民族资产阶级,她肩胛就感到沉重的分量,现在要监督资本家不犯五毒哩。

她看看快到办公室门口了,拉了张小玲的衣服下摆的角,问张小玲今天劳资协商会议要讨论哪些内容。张小玲说:

"今天谈的,就是上次工会干部扩大会议上讲的那些内容,中心是讨论生产问题。"

她们两个人走进办公室楼下的会议室,张小玲坐在里面靠墙那一排椅子上,汤阿英紧紧坐在她的旁边。会议室里已经坐满了人。

梅佐贤代表厂方报告了下半月的生产计划,征求大家的意见。这个生产计划事先在劳资碰头会上交换过意见,做了一些修正,双方意见大体一致了。会上提出来,要正式通过。余静问徐义德:

"有啥补充吗?"

徐义德本来不想出席今天的会,生产不生产,认为和他毫无关系;不生产,关门大吉,那才好哩。这一阵,他一心想念富春江,要是林宛芝真心诚意和他一同去,住在严子陵钓台那样风景秀丽的地方,每天无事钓钓鱼,倒也逍遥自在。但大太太和二太太永远留在上海也不是一个办法,何况她们不肯,尤其是二太太态度很坚决,哪怕天涯海角,一定要和他在一道。上海滩上繁华的生活,他也舍不得离开。住在上海郊区吧,又太近,真是左右为难。他心里烦闷,想让梅佐贤代表他出席今天的会议。梅佐贤一听这话,心里噗咚噗咚地跳,万一劳资协商会议上临时发生枝节,徐义德不在,他负不了这个责任。他不好在徐义德面前暴露自己的考虑,眼睛一动,劝徐义德还是亲自出席的好,否则人家会说总经理态度消极哩。徐义德赞赏梅佐贤的才干,一语道破了他内心的秘密。他叹了一口气,说,"那就去一趟吧,不过是聋子的耳朵——摆个样子。生产计划我可不报告,一切由你代表。"梅佐贤见徐义德答应出席,他拍拍胸脯,一切由他办,显得十分勇敢。徐义德一进厂,看到车间和仓库,感到物是人非,好不伤心。路过车间大门,见工人进进出出,立刻想到"五反"的场面,怵目惊心,浑身吓丝丝的,把头一甩,迅速走进办公大楼,跨进会议室。他发现大家的眼光都注视着他,心里想:你们看吧,尽量地看吧,再过一阵,就再也看不到徐义德了。他希望快开会,快散会,快离开这个劳什子的厂。不能在富春江住,先到杭州去白相白相也好,一离开上海,心里就舒畅了,换换空气,见不到熟人,也别再到厂里来。过去,这个厂曾经给他生产了许许多多的利润,工厂一天天扩大,银行的存款随之一天天多了起来,在他面前展开辉煌灿烂的前途。现在这个厂,他以为不会再给他生产利润了,还要退补四十二亿多款子,不如让工人把厂吃光了拉倒。说不定啥辰光再来个运动,又要退补,他要这个厂做啥呢?这个厂变成一个沉重的包袱了啊!他根本没有注意别人在讲啥,余静问他有啥补充,兀自一惊,不知道是怎么一回事,看见梅佐贤手里拿着生产计划的草案,才慢慢想起今天会议的议题,等了一会,说:

"没啥补充。"

他希望早点散会,江菊霞在家里等他的电话。今天是一个绝妙的机会,他真的到厂里开会,迟点回去,家里那三位太太不会怀疑他的。他感到刚才回答得太简单,别露了马脚,摆出很关心生产计划的样子,又补充了两句:

145

"韩工程师,你看,还有啥意见吗?"

"这个,"韩云程没有思想准备。他参加制订生产计划总是拉着赵得宝一道谈的。他怕直接和徐义德、梅佐贤往来,闹得不清不楚的,将来发生事情说不明白。他以为今天不过形式上通过一下,没想到还要讨论。他随口答道,"可以研究研究。"

"又要研究研究了。"这是钟佩文的声音,他说完了,得意地望了大家一眼。

"快说吧,韩工程师,这不是试纺的辰光,要研究啥!"

汤阿英细心听大家的发言,一有机会就插上来。她讲话不转弯抹角,心里想啥,就讲啥。韩云程听了钟佩文的话已经很不舒服了,经汤阿英点破,他的脸立刻绯红,辩解地说:

"研究也不是坏事体呀?生产计划我亲自参加制订的,赵得宝同志了解这个情形。我的意见都在里面了,"他指着放在梅佐贤面前的生产计划书说,"现在要我提新的意见,不研究不好乱说啊。"

赵得宝点头同意他的意见。

余静知道韩云程的脾气,怕钟佩文和汤阿英同他争执起来,她插上来说:

"韩工程师一时想不出意见,就等一会,有意见再说。"

韩云程紧接着说:

"有意见一定说。"

张小玲一听这话很灵活,插上来,给韩工程师敲敲定,说:

"不要等一会没有意见了,这是我们厂里的生产大事,对每一个人都有关系哩。你是工程师啊,修订生产计划,要多提意见啊。"

"一定说,一定说。"韩云程不再模棱两可了,谦虚地说,"生产计划,我当然有责任。不过,这计划,没有工人同志的力量,单靠我们在试验室里订,也订不完整。至于讲技术方面的事,郭主任也很熟悉,请他先谈谈。"

今天徐总经理亲自出席劳资协商会议,正是表现能力的机会。郭鹏早就想讲话,可惜没人问他。韩云程往他身上一推,便毫不客气地站起来,说：

"这个计划么,我和韩工程师一道参加制订的。照我个人看呢,觉得不错,比过去的,高明得多了。'五反'以前,严格地讲,我们厂里的生产就没有计划,现在和过去不同了,徐总经理和梅厂长亲自领导我们订计划,真是大大的进步……"

张小玲打断他的话,问：

"你对计划本身有意见吗？"

"草拟计划的辰光,我有许多意见都讲了。这个计划,我个人认为很好很好,没啥意见。"

郭鹏坐了下去,生怕徐义德和梅佐贤没有听见,歪过头讨好地朝他们那边望了一眼。梅佐贤脸上露出得意的神色,一方面欣赏郭鹏的赞美,另一方面因为表现出梅佐贤在郭鹏身上下了功夫的成绩。

汤阿英和张小玲嘀咕了两句,然后大声地说：

"你们没意见,我倒有个意见。"

徐义德奇怪细纱间的挡车工对生产计划能有啥意见呀！继而一想：汤阿英当劳方代表,怎么肯不发言哩！嘻嘻！

余静看到会场上的人交头接耳地在开"小会",没有注意汤阿英要发言,她要汤阿英站起来说。喊喊喳喳的声音没有了,大家望着汤阿英。郭鹏轻蔑地望了汤阿英一眼,觉得她太不识相,在座的总经理、厂长、工程师都没有意见,一个细纱间小小的挡车工居然有意见,简直是目中无人,胆大妄为。他注意听她说啥：

"我们细纱车间还有两千锭子没开,搁在那里多可惜啊！要不要放在生产计划里,叫两千锭子转动起来。"

余静看徐义德心不在焉的神情,知道他对今天的会没有兴趣,

出席是迫不得已的。她有意不点破他,遇有机会,就请他发言,使他没法躲闪。她指着汤阿英对徐义德说:

"她提的这个意见很重要,我倒忘记了。"

"这个么,我倒是想到的,"徐义德坐着,露出不值一谈的神情,现在的锭子能够转动已经不错了,还要开两千锭子,真是无事找事,多此一举。他摇摇头说,"现在没法解决,是哦,梅厂长。"

"是的,是的。"梅佐贤向徐义德哈腰点头,说,"一点不错,没法解决,现在前纺供应后纺已经很紧张,再把锭子开足,后纺更吃不饱了。何况人工也不够,开足了,要到外边去招工人,没有那么合适的。"

"完全不能解决吗?"余静用怀疑的眼光望着梅佐贤,然后转过来,征询大家的意见。

郑兴发马上拍胸脯说:

"只要花衣供应得上,我们清花间没有问题。"他回想过去的情形,说,"沪江刚开办的辰光,锭子是开足的,清花间可以供应棉卷,现在为啥不可以?清花间,我负责。别的车间,那就要看大家的了。"他说得太快,有点吃力,不断地咳嗽。他的肺病还没有好。

钢丝车间的戴海旺说没问题,粗纱间的吴二嫂说她可以打保票,剩下来的就是细纱间的挡车工了。梅佐贤认为这是一个没法解决的难题。汤阿英提出这个问题,一定是工会授意,想出梅佐贤的洋相。梅佐贤不能在徐义德面前丢这个脸。厂里大小事体,徐义德都交给他办,他不能承认没想到这两千锭子。他对余静说:

"我早想到这个问题,就是因为人工不够,没有提出来。余静同志,锭子开足,工会方面能解决人工问题吗?"

余静可没有给他难倒,也不慌张,慢腾腾地说:

"这事要厂方解决,工会当然可以帮忙。你打算怎么样?徐总经理。"

"我打算？开足，当然是好事，可是得先有工人。"

余静知道徐义德"将"她的"军"。她并不在乎，沉着地说："大家想想办法。"

她的话虽然这么说，可是眼光却对着汤阿英和张小玲。她们两个是细纱间的劳方代表，这事得要她们想法子，可是又不好公开要她们讲，那一来，责任就推到她们身上，叫徐义德在一旁看笑话了。

汤阿英果断地说：

"有工人，是不是就开足？"

徐义德态度轻松，立即答道：

"这还能开玩笑吗？在劳资协商会议上讲的话，当然算数。只要对生产有利的事，我没有不赞成的。做总经理的总希望把生产搞好，把锭子开足。"

"你对生产积极，我是晓得的。"余静语义双关地说。

徐义德一听这话，耳朵有点发烧，他沉住气对大家说：

"余静同志最了解我了，我无时无刻不关心厂里的生产。"

"总经理回到家里也惦记厂里的事，很晚了，还打电话问我厂里的生产情形哩，嗨嗨。"梅佐贤说完了，得意地笑了两声。

"你想介绍几个女工进厂呢？"徐义德赶紧把话题拉回，问汤阿英。

"用不着介绍女工，只要资方积极生产，厂里开足锭子，我们细纱间的姊妹们放长木棍，调整一下班次，挡车没有问题。也不要增加工资。"

"一个工人不增加，挡车没有问题？"梅佐贤圆睁着两只眼睛望着汤阿英，他的舌头差一点伸了出来。

"当然没问题。大家说出的话都要算数。"张小玲说。

她注视着徐义德。徐义德的脸上露出惊异的神情。他没有料到汤阿英会想出这个主意,而且连工资也不要增加,工人这样的生产热情使他惊奇,使他感动。他想起自己这一阵子的消极态度和工人不计报酬的生产热情成了一个强烈的对照。他像一个耍赖调皮的孩子,"五反"以后,躺在地上不起来,一边哭一边叫,要这个要那个。政府和工会就像是慈母对待子女,几乎是要啥就给啥。资方代理人和高级职员要辞职吗?余静帮助给解决了。没有周转资金吗?早几天,工会出面向人民银行交涉,给沪江借了两亿的信用贷款。生产计划没法订吗?赵得宝和韩工程师一道来和他商量。现在,为了要开足锭子,工人自动放长木棍。他还有啥闲话讲呢?一股暖流在他身上流动,他感激地站了起来,说:

"工人同志这样热爱生产,太使我感动了。'五反'以后,梅厂长办事束手束脚,不大敢管事;我呢,对花司的加工订货也不大敢接受。因为厂长不敢管事,工程师要辞职,没有他们,成品就很难合规格,将来退货吃不消,吃批评还在其次。现在看到工人同志这样积极热情,我啥顾虑也没有了。余静同志,两千锭子一定开足。"

"只要你积极生产,有困难,工会一定支持你,帮你解决。"余静说。

"我一向积极生产,这是没有问题的。"徐义德精神焕发,主动问道,"大家对生产计划还有意见吗?"

大家继续提意见,韩云程也提了点意见,修正补充了生产计划,全体一致通过了。勇复基提出最近厂里的资金问题,常常周转不灵,不能老是靠人民银行贷款过日子,希望大家想个办法。他其实是要徐义德想办法,但他怕得罪了总经理。自从他交出了黑账,心里有个疙瘩,处处防备徐义德对他打击报复,许多事不敢直接和徐义德讲,不是通过梅佐贤,就是当着大家的面提,好像这样才有个靠山。凭他了解和在沪江担任会计的经验来说,徐义德手里从来不缺头寸的,沪江资金是充裕的,但近来的情形,和往常不一样了。他知道其中有鬼，可是又不敢告诉工会，更不敢当着徐义德的面戳穿。不过，资金短绌，支付不出，总要找到他的头上。他本来不想在今天的会上提出，看到刚才徐义德讲话很激动，趁着他这股热劲，顺便提出来。

韩云程支持他这个意见，说：

"这也是我们厂里的一个大问题，因为资金不足，影响生产计划的完成。单订了生产计划，资金没有保证，执行起来也有困难。"

赵得宝同意他的看法：

"勇复基同志提出这个问题很好，制订生产计划的辰光，韩工程师就提过了，现在要想办法解决才好。"

"勇复基是我们沪江的老会计，我们厂里的一本账就在他肚里。他一定有办法。"郑兴发说。

"办法倒是有一个，"勇复基避开徐义德的眼光，他不敢在总经理身上出主意，想了另外一个法子，说，"不晓得行得通行不通？"

徐义德的眼睛一直暗暗盯着勇复基，怕他在自己身上打主意。

"说出来，大家评评。"赵得宝说，"三个臭皮匠，抵个诸葛亮。"

"我想，从每个月盈余中拨一部分作为生产预备金，不晓得可以不可以？"

徐义德松了一口气，首先赞成：

"当然可以，拨个百分之三十，我看没有问题。余静同志，你说，是哦？"

余静完全同意。会议确定从下个月开始积累。郑兴发从今天会议上才知道厂里原来资金还有困难，他想起仓库里老是堆得满满的，为啥不可以拿出去换点钱呢？他站了起来，说：

"工务上好好计算一下，我们厂里每个月需要的物料多少，仓库里要不要存那么多？棉纱要不要存那么多？能减少一点，资金不是多了吗？"

郭鹏一听见"工务上"三个字根根神经都紧张了,刚才汤阿英的意见虽说和他有关系,但是大家都有份;没想到小小汤阿英想的比工程师和工务主任还周到,真是出人意料之外。郑兴发是老工人,技术高,情况熟,更不可轻视。他生怕郑兴发戳他的蹩脚,凝神地一字不漏地听郑兴发说。经郑兴发一提醒,郭鹏伸出手来,兴冲冲地说:

"对,郑师傅这个意见很好,是一个合理化建议。我最近也在想这个问题。"

"算得上合理化建议吗?"郑兴发谦虚地问。

韩云程钦佩工人想得周到,他对这一方面的问题从来没有动过脑筋。他点头说:

"当然是个合理化建议。"

郭鹏给他做了注解:

"这联系到我们厂的管理制度问题,物料的存量,过去是多了一点,我们总怕需要的辰光不够用,其实,现在给花司加工,物料没有问题,大大可以减少积压,便利资金周转。棉纱库存也多了一点,过去怕每月完成不了任务,好抵上。会后,我计算一下,最近就可以减少存量。"

"那好呀!"勇复基得到意外的收获,情不自禁,欢呼道。

"这个办法好吗?"余静问徐义德。

徐义德的眼光正停留在郑兴发的身上。他感到坐在左侧的郑兴发是另外一个郑兴发,而不是在厂里做了二十年工的郑兴发,因为过去的郑兴发从来没有像现在这样关心沪江的生产呀!工人这样关心生产,沪江的前途还是大有可为,利润是很有把握的。他的眼睛闪出了得意的光芒,心情激动,兴奋地说:

"当然好!过去我认为这些制度只能在国营企业里实行,今天工人同志主动提出,真是教育了我。今后我一定要在党和工人阶级领导之下,紧紧依靠工人,搞好生产。"

## 十八

夏亚宾坐在X光器械部那间小房子里,望着挂在墙角落的一架透视机出神。他的眼光仿佛比X光厉害,要透过透视机似的。他看了足足有半个钟头,没有发现新奇的物事,眼光慢慢从透视机移过来,望着垩白的墙壁,望着靠墙的两张小沙发,望着写字台上香港寄来的X光器械产品的图样和英文说明书,望着窗外的马路和栉比的房屋,感慨地摇摇头,喃喃地说:

"待不久了,待不久了。"

他心里非常烦躁,好像是一堆乱丝,理不出一个头绪来。他再也不能安静地坐在那张转椅上;霍地站了起来,在房间里踱着方步。房间太小,他走了三两步,不是碰到房门,就是碰到窗户。他心里闷得慌,站在窗口,把窗户打开;嘈杂的人声和车辆的声音顿时从外边涌进来,充满了小小的房间。他伸出头去一看:马路上的行人匆匆忙忙走来走去,每个人都似乎有很多事体要去做,有的甚至不是在走路,好像在跑步,去赶办一件紧急的事体。他越发感到自己闲得发慌。他砰的一声把窗门关上。

朱延年被捕,对夏亚宾来说,真是个晴天霹雳。他总以为福佑大有可为,前途远大,没想到朱延年会给抓进去,更没想到朱延年欠下一屁股的债。远大的前途,像是晴朗的天气,忽然乌云四起,一阵狂风暴雨,迷迷茫茫,一丝阳光也看不见了。他虽然每天照例上班,可是两手空闲,无事可做,只是翻翻报纸,看看广告,踱踱方步,聊聊闲天。

门外传来清脆的敲门声。这声音给他带来了希望。他盼望忽然会发现意想不到的奇迹。他舒展眉头，猛可地站了起来。开了门，走进来的是叶积善和夏世富。夏世富见他关紧门就有点稀奇，进门见他一脸心思的样子，更觉得古怪，便半开玩笑地问他：

"怎么样，我们的 X 光专家，关起门来，想设计新的 X 光器械吗？"

"外勤部长真有风趣，现在还同我开玩笑。"

"开玩笑还要规定时间吗？"

"不是这个意思……"说到这里，夏亚宾说不下去了，他深深叹息了一声，说，"现在是啥辰光！"

他这句感慨的话句引起叶积善的忧愁和同情。叶积善接过去说：

"是呀！"

他和夏世富蹲在外面烦闷得很，原来想进来找夏亚宾聊聊天，散散心，没料到给夏亚宾两句话一说，忧愁像潮水一般的在心头泛滥了。夏亚宾见他没说下去，便又说：

"福佑这个局面维持不下去啊！仓库给封了，营业停止了，客户往来断绝了，债户天天逼上门，积善，你这个副主任委员，物资能保管到啥辰光？……"

夏世富听到这里，脸上的笑容消逝了。从福佑目前的情况，使他想到坐在监牢里的朱延年，又想到自己。他近来的心像是悬在半空，白天一看见穿军装的和警察制服的，心里立刻紧张起来，朱延年被捕的情景迅速闪现在眼前。晚上睡觉，听到打门的声音稍微急一点，他的心就跳得厉害，好像有人来抓他似的。甚至听到电话铃声，他也有点心跳，以为是来查问他给朱延年经手的事。他站在叶积善旁边，闷声不响。

叶积善一屁股坐在靠墙的小沙发上，说：

"能保管到啥辰光,就保管到啥辰光。"

"本来福佑的业务蛮好,真够得上说'蒸蒸日上'这四个字,只怪童进不好,弄到这步田地!"夏亚宾埋怨地说。

"怎么怪到他头上去了?"叶积善不解地问。

"不怪他,怪啥人?"夏亚宾越想越有理由,因此也越气愤,说,"是他把大家的饭碗打碎的。"

"你越说越奇怪了,"叶积善困惑了,说,"这和他有啥关系?"

"哪能没有关系?"夏亚宾咬着下嘴唇,流露出对童进的不满,说,"他不去检举,政府不清楚,朱经理不会被捕,福佑的生意一定越做越大,不会关门,我们的职业就不会成问题。世富,你说是不是?"

夏世富同意夏亚宾的意见,不仅福佑现在狼狈的情况由于童进的检举,就是他自己现在日夜不安的生活又何尝不是由于童进的检举呢?他恨透了童进,但是他不敢表露出来,而且还要靠近童进。因为童进参加店里"五反"工作,黄仲林听童进的话。现在又是物资保管委员会的主任,掌握了大权,自己的命运就完全操在他的手心里啊。他走到窗口,眼光望着马路上的人影,支支吾吾说:

"积善,你说,是哦?你懂得比我多,你说,怎么样?"

"我看,和童进没有关系。"

"有关系呀,哪能说没有关系,"夏亚宾对叶积善摇摇头,不同意他的说法,"是他检举的。"

"童进不检举,政府还是会晓得的。常言说得好,若要人不知,除非己莫为。朱经理做了那许多坏事,政府会不晓得?朱经理害了客户,又害了我们,他要是规规矩矩做生意,福佑不会出事,我们也不会受牵连。"

"这个,"夏亚宾对事物的看法,以自己的利害关系为原则。他眼睛一动,强词夺理地说,"做坏事当然不好,但那是他自己的事,与我们没有关系。童进一检举,经理给抓去,关门大吉,这倒和我们有关系了。"

"怎么能够只顾自己,不管别人呢?这是个人主义!你不怪做坏事的朱延年,为啥反而怪童进呢?我们有义务检举坏人坏事,童进做得完全对!"

"童进做得对,"夏亚宾见叶积善理直气壮,不敢再辩解,却还不心服,无可奈何地说,"对是对,福佑关了门,我们到啥地方去?回到家里啃老米饭吗?吃不了两个月,就要当净卖绝。难道去蹬三轮,还是待在上海孵豆芽?"

"你和我们不同,——你有技术,在上海滩上不愁找不到一碗饭吃。"夏世富羡慕地说。

"那也不一定。"夏亚宾摇摇头。

"福佑关门,我们可以到别的药房去。"叶积善想到了出路。

"到别的药房去?"夏亚宾耸了耸肩膀,说,"谁要我们?"

童进推门走进来了,劈口问道:

"原来你们都在这里,有啥事体?"

他们三个人相互看看,谁也没吭气。夏亚宾忍住心中的不满,放下笑脸,说:

"没啥事体,随便聊聊天。"

"外边讨债的又来了不少,马丽琳还没有来,真急死人!你们出来,帮忙应付应付。"

"好的。"夏世富首先应道,走了过来。

叶积善和童进他们一同走出去,夏亚宾走到门口,对童进说:

"我还有点事,你们先走一步。"

童进点点头。夏亚宾对他的背影撇一撇嘴,独自喃喃地说:

"都是你,没事找事。好好的福佑,叫你闹得大家的饭碗不保,还叫我去应付应付!我可没那份心情!"

夏亚宾把房门关紧,燃起一支烟,叼在嘴角上,斜靠在转椅上,把两只腿放在写字台上,一会转过来,一会又转过去。

童进让叶积善和夏世富去应付讨债的,他自己到经理室打电话催马丽琳快点来。

马丽琳那天在徐公馆里碰了钉子,心里一直想不通。她认为徐义德太势利眼,连亲郎舅出了事,找他帮点忙,门关得那样紧,只是空口答应给朱延年想办法。天晓得徐义德想的啥办法,真不讲情义。她心里一面挂念着朱延年,一面还得要给福佑想办法还那些火烧眉毛的小户的债。

今天上午,她独自坐在卧房里,想起那些小户的债不还,福佑的日子过不去,打开衣橱,从里面取出一个红木首饰箱子,开了锁,拿出一副金镯头,金光闪闪,沉甸甸的,放在桌子上看来看去,心里有点舍不得,把金镯头收起。她锁好箱子,送到衣橱去,但想到清早叶积善打来的电话,老正兴饭馆的菜钱,今天再不能推延不付了。她从衣橱前面退回来,心里想:延年出了事,小户的债吵得福佑日夜不安,她蹲在家里也不得清静,一会电话来,一会伙计来,不如代延年付了一些小债,也是给延年办点事,将来他出来了,让他知道马丽琳是怎样帮他维持的。不能叫那些小户指着鼻子骂朱延年,虽说骂朱延年,她听到也是心痛的。她决心把镯头再拿出来,用手绢包好,悄悄地跑到浙江路一家当铺里当了一百二十万元回来,顺便给朱延年买了一点沙汀鱼油焖笋的罐头和点心啥的。回到家里吃了午饭,还没有放下筷子,童进的电话来了。她告诉童进马上就去。

马丽琳一走到福佑药房的营业部,只见栏杆那里围满了人。她在人背后听到叶积善嘶哑的口音,对面前人群叽叽哇哇地恳求说:

"你们等一会,好不好?"

马丽琳一见那许多人,心里就噗咚噗咚地跳,慌忙悄悄溜过,

走进经理室。童进坐在里面,对电话听筒说:

"要马丽琳听电话……"

"别打电话,我来了。"马丽琳放低了声音,说。

童进放下听筒,喘了一口气,说:

"你再不来,外边要闹翻了天哪!"

"我晓得了。"

"那很好,"童进让马丽琳坐在写字台前面的椅子上,满怀希望地问她,"带了多少钱来呢?"

"延年一点钱没有留下来,我想法子当了一点东西,好不容易才弄到一百万,"她从手提黑皮包里取出一百万元,递给他。

童进望着那两扎票子,心里盘算:那许多小户的债,这点钱怎么够?他没有接过钞票,摇了摇头,说:

"这点钱,给哪家也不好办!"

"你计算计算,凑合着对付过去。"

"至少也得两百五十万,少了不行。"

"先付给老正兴饭馆不行吗?我刚才听到,也是这家吵的最凶。"

"付给他一家,别的小户不要闹得更凶吗?"

"哪一家也不付?"

"一家也不付?老正兴就不答应,你听……"

外面吵闹的声音越来越高,里面还掺杂着拍桌子打巴掌的声音,气势汹汹,要闯进来似的。童进接着说:

"不付,今天就过不去。"

她默默地没有吭声,心里可是跳动得厉害。童进怕她不信,说:

"要末,你自己出面谈一谈,要是他们答应,你一百万带回去也可以。"

"这个,"她心跳得更厉害了,说,"你们不行,我一个妇道人家,更不行,还是你想想办法吧。延年以后出来,他会重重谢你的。先付一点,慢慢想想办法。"

童进认真地考虑了一下,站了起来,说:

"你等一等,我试试看。"

他拿了一百万元到外边去了。过了大约半个小时,外边那些讨债的人陆陆续续地走了。童进高兴地走回来,跟在他后面一同进来的是叶积善、夏世富和夏亚宾他们。马丽琳微笑地迎上去说:

"解决了吗?"

"总算暂时解决了。……"

童进出去,首先把老正兴那个青年伙计带到 X 光器械部,付了他八十三万七千三百元,一个不少,他当然满意地走了。剩下十六万多块钱,也都付给了几万块钱的小户,然后给大家说明福佑的真实情况,只要收到钱,一定一一归还,大数目暂时付不出的,也列到账上,等候法院处理。吵闹得最凶的人走了,大家见真的没有钱,也就陆续散去了。童进把处理经过告诉了她,说:

"那些没有付的小户,还是一个问题啊!"

马丽琳脸上的笑容消逝了,无可奈何地叹息了一声,说:

"唉,只好慢慢再想办法了。延年一出来,这些事就好办了。一切偏劳你们了,我要到提篮桥看看延年去……"

她提起放在写字台上的罐头,准备走了。童进说:

"你好容易到店里来一趟,是不是和店里的职工见见面,谈一谈?"

"不早了,快两点了。迟了,怕不接见,店里好办,我改天再来。"

夏亚宾所关心的自己职业问题现在还没有一个眉目,见了马丽琳仿佛看到一丝希望,听她说"延年一出来,这些事就好办了",

心情也开朗了,福佑药房还没走上绝路,说不定将来柳暗花明又一村。他对朱延年神通广大这一点又增加新的希望和新的信心。他想从她嘴里多知道一点福佑的真实情况,也挽留她,说:

"大家很关心福佑的前途,能和大家见面谈谈,可以安定安定人心。"

"时间来不及啊!"她走了两步,焦急地说。

"就是少讲两句也好。"夏亚宾抓住这个机会不放。

童进在店里只是暂时维持,现在啥事体都找到他头上,有些他并不知道,也不能做主。马丽琳代表资方和大家谈一谈,不仅对于店里职工的情绪会有帮助,对他自己进行工作也有帮助。可是她要看朱延年去,过了时间确实不行,便改口说:

"那么,改天来,一定和大家谈一谈。"

她点头同意,向经理室门外走去。店里的人听说老板娘来了,很快传开去,大家都拥到栏杆那边来看了。见她匆匆从里面走出来,不约而同地奇怪地问道:

"怎么刚来了,就走?"

大家围着她,不让走。经过童进解释,大家才让开一条路,她刚跨出去,叶积善从后面追了上来,气喘喘地急着说:

"啊哟,忘记告诉你了,水费、电费、电话费明天到期……"

他把水电费单子送过去。她没有接,望着单子愣住了,心里说:又是几十万!她皱着眉头,低低地说:

"好吧,再想办法。"

叶积善手里拿着单子抖了抖,说:

"这玩意欠不得的,非付不可。过期不付,公司里咔嚓一剪,就没有水电了。"

"童进,你给我想点办法,我先去看延年,回来我们再联系。"

她急急忙忙从人群中走了。

## 十九

朱延年从黄浦区五反运动坦白检举大会上给逮捕了,押上停在门口的红色囚车,警笛发出尖锐的呜呜的响声。囚车转到南京路上,朝西急驶而去,像一阵风似的卷过人群。

朱延年昏昏沉沉地坐在囚车里面的座位上。一眨眼的工夫,他到了公安局看守所,检查过身上的物件,摘下身上的皮裤带,就给送进了单人号子。他坐在水门汀的地上,听见号子门哗啷一声锁上,看守的脚步声慢慢地远去,才睁开眼睛仔细看一看周围的环境。透过一根根圆圆的木柱看见号子侧面是墙壁,外头是一个狭长的天井,对面也是号子,里面也坐着几个人,可是看不大清楚。

过了一会,他的头脑慢慢冷静下来,仔细看看自己,又仔细看看号子,仿佛现在才发现给关进了监牢。他心里非常不服气,认为做了一辈子商人,都是这样发展起来的,过去不算犯法,为啥现在算犯法呢?人不为己,天诛地灭。哪个商人不是将本求利呢?利,当然越多越好,更何况他白手起家,不想一些办法怎么会发达呢?现在是共产党的天下,共产党要这么办,他没有办法。可是马慕韩和徐义德为啥要跟着共产党走一道瞎哄哄呢?马慕韩为了表现自己,向来个人英雄主义很厉害,在众人面前冒尖,要出人头地,还情有可原。但徐义德说不过去呀!不管怎么说,朱延年终究是徐义德的舅子啊!不看僧面看佛面,即使朱延年拉过徐义德的饥荒,对朱延年有啥过不去的地方,也要给朱瑞芳一个面子啊!为啥要在别人危急的时刻,落井下石,一点不顾及亲戚关系,无情无义,太不讲做人的道德了。他早就听人家说徐义德无义缺德,他过去不大相信,至少徐义德对朱延年不是这样,即使对他有啥不满的地方,最后也都是伸手帮他一把,参加星二聚餐会更是徐义德主动介绍的,有的辰光,甚至还问他有啥事体要徐义德的帮助。他企业办得兴旺,手头宽裕,在西药界十分活跃,人也吃香,谁不想和朱延年往来往来。徐义德是姐夫,更要拉拢他,扩大徐义德在工商界的势力和影响。他呢,也确实能在这方面贡献他的本事,到处给徐义德吹嘘吹嘘。他指望通过姐夫和星二聚餐会能在工商界爬到更高的地位,充实福佑的政治资本和经济资本。没想到他的梦想还没有实现,五反运动来了,本来团结一致的工商界,就土崩瓦解了。星二聚餐会一解散,他就看出苗头不对了。但大家心照不宣,肚里有一个共同的想法:后会有期。可是对他来说,这个"后会"遥遥"无期"了。是徐义德当他最紧要的关头,来这一手,叫他感叹人情淡薄,世风日下,徐义德的确是无义缺德。他暂时咽下这口气,等待将来出去和徐义德算这一笔账,至少也要在姐姐面前好好告徐义德一状。他想着想着,慢慢闭上眼睛睡着了。

过了没有几天,朱延年从看守所给解到了提篮桥监狱里,仍然是一个人在一个号子里,不同的是他的号子左右都有号子相连,正对面也是一排,不过中间隔着三丈来宽的空间,上面盖一层坚固的铁丝网,四周是走道。在他上面的两层楼上,也是同样的水门汀建筑,因此,只要有一个看守在最上面一层楼的走道上巡视,那么,每一个号子的动静,透过每一层空疏的铁丝网,都可以看得清清楚楚。

他这个号子可以住三个人,另外两个铺位空着。他坐在迎面的铁栏杆旁边,面孔却对着里面的石灰墙,头微微低着。

他在睡梦中,给一个老年的看守叫醒了。他揉揉惺忪的睡眼,吃惊地望着外边:

"段振立同志,有啥事体?"

段振立是个老看守,在这里工作快二十年了。他熟悉每一个犯人的情形,也了解每一个犯人的特点。他从朱延年吃惊的眼里,察觉他的罪行一定不轻,到里面以后,在号子里表面很安静,实际上有一肚子心事。他一边打开铁锁,一边若无其事地说:

"传讯。"

段振立把朱延年带到审讯室。

审讯室是一间小小的房间,里边陈设简单,只有一张方桌,三条板凳,桌子上方坐着两个人,一个是讯问人,聂性初,穿了一身灰布人民装,看上去有四十上下年纪,其实不过三十刚出头,可是革命严峻的斗争在他的额头和眼角留下了痕迹,深深的皱纹和饱经风霜的皮肤就显得苍老了。他是法院刑庭的审判员,坐在他左边的青年是笔录人,叫马继平。聂性初叫朱延年坐在他们正对面的板凳上,问道:

"从一九四九年解放后,你做了哪些违法的事体?"

朱延年坐在板凳上,看了聂性初和马继平一眼,见房间里没有别人,看守站在门外,他放心了。特别是从聂性初的举止上看出来是老区干部,对上海西药界的情况一定不熟悉,而聂性初身旁的录事年纪又轻,更不放在他眼里。等聂性初开口问他,他立即低下了头,显得十分驯服而又有些胆怯的神情,想了一下,慢吞吞地说:

"我是一个守法的商人,没有做违法的事体。我在解放以前,就和解放区有往来,冒着生命的危险和解放区做生意,送药品和医疗器械,有一次国民党反动派差一点把我抓了去……"

"我不是问你这个。你和解放区的往来,我很清楚。我问你解放以后做了哪些违法的事体……"

朱延年心头一愣:自己和解放区往来的事,他很清楚?难道他当时在解放区管这方面的事体吗?朱延年说:

"是的,我马上就要谈到解放以后的事情……"

"不要绕弯子,谈吧。"

"解放以后,解放以后,"朱延年重复着这句话,皱起眉头,回忆地说,"解放以后,我规规矩矩做生意呀!"

"你一点违法的事体也没有做?"

聂性初两道锐利的眼光注视着朱延年。朱延年若无其事,沉着地说:

"也不能这么讲。"

"那么,"聂性初单刀直入,问,"你做了哪些违法的事体呢?"

"我记得,我没有做违法的事体,不过,福佑店里人多嘴杂,说不定做了一些违法的事体,当然,我要负责,可是我不清楚。"

"你是说福佑药房别的人可能做了一些违法的事体,你自己没有做违法的事体,是这个意思吗?"

"这个,唔,是的。"

"我现在并不是问福佑药房的店员,问的是你自己。你自己一点违法的事体也没有做?"

"这个,当然,也难讲,"朱延年吞吞吐吐地说,"我实在没有做违法的事体。……"

聂性初打断他的话,插上去说:

"自己做的自己清楚。你行贿哪些干部?用啥方式行贿?老老实实地讲。"

"我讲话最老实不过了,我们生意人最讲究信用老实,骗人骗不到底的,更不能欺骗你。你明察秋毫,比我们知道的事体多,了解得清楚……"

"你别给我讲这些,你说事实!"

"是的,应该说事实。"朱延年一句一句地慢慢说,"对干部么,交际应酬确实有的,比方说请吃顿饭呀,看个戏的,这也是我们交易场中常有的事体,福佑想做生意,这些应酬也难免。"

"只是吃饭看戏吗?"

"往来多了,一回生二回熟,有了交情,送点礼物这些事也是有的。这是我们的旧习惯,一时还没有改变过来,有意行贿干部,那还说不上。"

"你行贿哪些干部?"

"要说这也算行贿,那可就多了,大小干部到我们店里来,少不了有些交际应酬,姓名一时也记不清了。如果这些交际应酬也算违法,那我们福佑确是做了不少违法的事体了。不过呢,在旧社会里却不算啥,我们没有改。现在晓得了,以后再不犯就是了。"

"你别把事体说得太轻松了,"聂性初冷笑了一声,说,"不是一般的交际应酬,你是行贿,腐蚀国家干部。听说福佑药房是干部思想改造所,你就是所长,干部到了你们药房,你都有办法把他改造过来,是吗?"

"绝对没有的事,这是外边人造谣。我可以对天发誓,我朱延年是新民主主义的进步工商业家,向来就是跟解放区共产党走的,我受了共产党许多教育,我爱护干部比爱护那爿药房还要忠心,要不是共产党解放了上海,我福佑药房吃尽了国民党反动派的亏,不会复业的,就是复业,生意也不会做得这么大的。水有源树有根,共产党人民政府待我这么好,你说,我会腐蚀国家干部吗?绝对没有的事。你不信,你可以到福佑去调查,我可以用我的脑袋担保,绝对没有的事!……"

朱延年一口气说下去,越说越快,笔录人没法记录了。马继平干脆停下来,用自来水笔止住他:

"你慢慢讲。"

"我说的句句是老实话。"朱延年喘了一口气,放慢了语调说。

"你大概以为我们是小孩子……"聂性初微微一笑,说。

"绝对没有这个想法,我可以发誓……"

"用不着发誓,说老实话就行了。"

"我说的是老实话……"

"你还要欺骗?"聂性初把脸一沉,有意暂时放下这个问题,转到别的方面,问道,"这样好了,你先说说暴利部分。"

朱延年看到聂性初面孔变色,心里确实吃了一惊,担心今天混不过去了。一听到问他暴利部分,心里稍为开朗一些,因为这个方面即使获得许多利润也不要紧,因为人民政府没有规定利润多少,再多也可以说不是有意违法。他认真地想了一阵,很严肃地说:

"暴利最大的部分是仪器方面,大约在一倍以上,也有两倍的,这是极个别的。三年来,大概有八九亿的营业额,最多的是 X 光部分。一般冷门货售出,暴利也不错,张科长那边多一点,前后有两亿光景。"

"你没有外汇,X 光仪器这些东西怎么进口的?"

朱延年惊奇聂性初对西药界的行情也蛮熟悉,一句话就问到节骨眼上。他知道套点外汇,最大的罪名不过是违反国家金融法令,但进口医疗器械是政府允许的。他料想不承认下来不行,这方面承认下来更好掩饰别方面的违法事体。他考虑妥当,一五一十地说:

"我有个朋友在香港,从前在上海言明:如果我们要向香港进货,把款子汇到广州行庄就可以了。我们要买啥物事,直接向香港的朋友接洽。他把货寄到广州,由广州几家运输行开发票给福佑,转运到上海,货款由广州划过去,外汇就套过来了。"

"前后一共套了多少外汇?"

朱延年默默计算了一下,说:

"起码在十亿以上。"他说出这个数字又后悔,觉得太多了,却又收不回来,便接上去说,"不过,我们自己从来没有上过腰包,为了国家和人民的需要,——国内 X 光仪器很缺,外贸当局鼓励我们设法多进口。"

"你套外汇也要外贸局负责吗?"

"不是这个意思……"

"是啥意思?"聂性初说,"讲话要老实些,自己犯法,不要推到别人身上。"

朱延年的面孔一阵红一阵白,他不得不把头低了下去,生怕聂性初发现。聂性初的眼光对着他:

"你造了多少假药?"

"假药?"朱延年抬起头来,接连摇头否认,"从来没有过,从来没有过。"

"从来没有过?"聂性初怀疑地问他,"为啥客户检举你呢?"

朱延年听到检举两个字不禁一愣,但旋即摆出一副受冤枉的神情,委屈地说:

"客户要这么说,我有啥办法呢?请求庭上彻底调查这桩事体,有些客户可能对福佑有意见,把坏事都推到我身上,这也不好吧?"

"你意思是说,客户冤枉你吗?人家还有物证哩。"

"物证,那很好,很好,可以化验。"朱延年咬紧牙关,死不认账,不动声色地说,"有些药发出去过时了,这情形不能说绝对没有。过时的药,会沉淀,这是大家晓得的。伙计不小心,发点过时的药,哪家药房也难免。"

"福佑卖的都是真药?人家化验出来也不算数?"

朱延年顿时想起发给张科长复方龙胆酊那些假药,不好把话说死,马上给自己又找出了理由:

"这个么,当然,也难说,因为福佑生意做得大,来往客户多,和福佑往来的药厂也多,有些小药厂,设备不全,也会有些药不合药典规定,只要提出是哪一批货,查查账,看是向哪家药厂进的货,可以掉换。"

"你自己不是也有个药厂吗?你们厂里制的药都合乎药典规定吗?"

"我们厂里的药当然都合乎药典规定,一点也没有错,这一点,我完全可以担保。"

"如果查出假药呢?"

"我情愿加倍处分。病人吃药为了救病,我们福佑就是为人民服务的,绝对不会做出这样伤天害理的事体。如果这一点起码的道德也没有,怎么配称做新民主主义时代的商人?"

"漂亮话少讲一点,还是说老实话的好。"

"你说的对极了,我一贯主张说老实话的。漂亮话欺骗不了人,更欺骗不了你。骗人结果只是骗自己……"

"你这也是漂亮话!"

"我这……"朱延年望望自己,好像在寻找刚才说的哪一句是漂亮话,半晌,他说,"我讲的句句是老实话。"

"可是,你不肯讲你违法的事体。"

"我一向是守法的商人,实在没有违法的事体。"

"套汇是合法的吗?"

"我们做生意买卖人,对政策法令没有研究,办事可能有疏忽,一时不小心,也不能说没有违法的事。"

"那把你做的违法的事一一讲出来吧。"

"我都讲了。"

"一点也没有了吗?"

"真的一点也没有了。"朱延年愁眉苦脸,希望博得聂性初的同情。

聂性初瞪了他一眼:

"这话恐怕连你自己也不会相信,讲给我听有啥用处呢?你回去,好好想一想。"

朱延年在审讯笔录上面打了手印,随着看守回到了号子。

接连几天没有传讯,也没有任何消息,朱延年蹲在号子忐忑不安。他最初以为法官可能相信他的供词,大概没有事了,在等待释放,顶多交一个铺保就行了。继而一想:不像,从法庭的口吻里听得出,对于他的供词是不相信的,怎么会释放呢?再想起自己所做所为,法院会轻易判决无罪吗?许久没有消息,倒反而加重他的忧虑了。他无精打采地坐在地上,垂头丧气,闭目养神,心噗咚噗咚地急剧地跳动。

在他焦急中,忽然听到有人叫唤:

"朱延年!"

他抬头一看:是段振立,马上站起来,笑嘻嘻地问:

"传讯吗?"

"不是的。"

朱延年的脸色顿时变得苍白。他问自己:难道没有审问完,就判决执行吗?死亡的阴影立刻闪现在他的眼前。他的腿有点发软,仿佛站不直,用手扶着铁栏杆,两只眼睛恐惧地望着段振立:

"啥……事……体?"

段振立看出他惊慌的神情,开了铁门,放下笑脸,说:

"好事体,接见,你老婆来看你了。"

## 二十

马丽琳从福佑药房赶到提篮桥监狱,已是下午两点钟了。她办好接见手续,坐在接见室里静静地等候。她向接见室里四面望去:垩白的墙壁空空的,没有一点陈设,只是左右两边靠墙放着两张长长的靠背椅,从窗口射进来的阳光,照在地板上,很干净。这间接见室靠上面墙上有个一尺见方的小小的窗口,法警在门外水门汀的走道上有规律地走来走去。

她从小在上海长大,各方面也相当熟悉,这地方却很陌生。她感到森严和新奇,小心翼翼地坐在靠背椅上,不敢随便移动一步。她奇怪朱延年为啥还不出来呢?难道说生病了吗?朱延年一辈子娇生惯养,做惯了大老板,饭来张口,衣来伸手,吃得好,穿得美,哪里吃过这样的苦头?她想象中的朱延年一定是面黄肌瘦,两眼下凹,颧骨凸出,腮巴子上的肉都掉下去了,浑身大概是有气无力,一定是躺在床上起不来了。她恨不能马上走进去,在他床边看看他,给他做点好吃的,但看到墙上的小小窗口,没法走进去。她轻轻叹息了一声,低下头来,看着身旁的罐头,想起这罐头待一会儿要给朱延年,用手抚摩着它,好像她肚子里说不尽的千言万语,都要它带给朱延年。

刚才带她到接见室的那个法警走了进来,对她说:

"准备接见。"

她站了起来,手里提着罐头,以为要到里面去。法警领她走到当中墙壁的窗口那里,她向里面一望:窗口那边是一个三尺来宽的走道,两边墙壁对着墙壁,对面墙上也有一个一尺见方的小小的窗口,遥遥相对。走道左边,站着一个法警,态度非常安详。过了一会儿,对面小小的窗口出现了一张熟悉的面孔,眼睛里充满了兴奋和渴望的光芒。他面孔虽然显得有点苍老,但腮巴子上的肌肉却比过去丰满。她连忙靠近窗口上的铁栏杆,面孔紧紧贴在上面,惊喜地叫道:

"延年!"

她怀念的亲人,终于见到了。叫了一声以后,她头脑里乱哄哄的,不知道该说啥是好,只是两只眼睛盯着他望,恨不能伸过手去,和他拥抱。

他站在窗口那边,见到她稍微憔悴的面庞,心里得到无上的安慰。早一会儿段振立告诉他马丽琳来接见,沉重的心情开朗一些了。他一个人闷在号子里啥也不知道,接见,他多少可以了解一些外边的情况,同时,还可以把狱中的情形透露给她,叫她替自己奔走。他一路上在想用啥词句巧妙地暗示她。他见她激动得说不出话来,要珍惜这宝贵的机会,不能让它轻易地过去,连忙接上去说:

"家里好吗?"

她努力使自己安静下来,头脑慢慢清醒了。她微微点了点头,说:

"家里好,很好。"她的声音有点呜咽,"里面好吗?"

"里面?好,很好。刚进来,生活有些不习惯,过了几天就好了,吃得下,睡得着。你看,我胖了不是?"

"是胖了。"她心里得了一点宽慰,凝视着他胖胖的腮巴子,又不知道说啥是好了。

他借着这个话头,说:

"我没有心事。你晓得,我从来没有做过亏心事,一向守法做生意,同行中都了解的。现在有点误会,但慢慢大家都会清楚的。

我这个人脾气不好,得罪过人,难免有人对我过不去,不过人民政府会弄得一清二楚的。我在里面很安心,心宽,体就胖了。"

"是呀,你身体好,我就放心了。"

他看见走道左边的看守,在留神听他们谈话,怕引起看守的注意,把话题稍稍岔开一点,冲淡一下,说:

"不要挂念我,在家里好好过日子。"

"只要你在里面好,家里的事你放心。"

"我在里面过得很好。现在人民政府管理的监狱和过去完全不同了:每天放两次风,可以出来走动走动。里面有图书馆,有歌咏队,可以唱歌看书,我还看到《解放日报》哩。"

"这太好了。"

"我在里面天天学习,还有人给我们上课讲话哩。这里有工厂,有不少难友每天做工。我将来也争取做工,这样对身体更好了。"

她感到奇怪,监狱里有这些活动,那和外边有啥不同呢?她惊异的眼光望着他:

"你一辈子也没有离开过家,从前都是我照顾你,现在我不能服侍你,你一个人能这样注意身体,那再好也没有了。"

"是呀,"他见走道左边那个看守低着头,仿佛在望地上东西,没有注意他们谈话,于是马上转了话题,说,"最近看见姐姐吗?"

"看见过。"

"他们好吗?"

"他们……"她不敢把徐义德的态度告诉他,怕引起他的愤怒和痛苦,意味深长地说:"他们当然很好。"

从她说话的口吻里,他感觉出不好的苗头,忍住心头的不满。现在要靠众人帮忙,特别是姐姐姐夫帮忙,不能不在他们面前低头,哪能计较这些?他说:

"你在家一定也闷得慌,可以常到姐姐家走走,有啥心事,给姐姐谈谈。我么,只有这一个亲姐姐;姐姐呢,也只有我这一个亲弟弟。我晓得,她是很关心我的。你告诉她,就说我在里面很想念她,也很想念姐夫。"

"好,我一定告诉姐姐。"

"告诉姐姐她们,我没有做啥坏事,我不久会出来的。我多么想看到姐夫呀。我也不指望别的,希望姐姐不要把我这个弟弟忘记了。妈妈临死的辰光,还抓住姐姐的手,再三嘱咐她要照顾我这个弟弟。我年纪虽小,可是记得清清楚楚的。只要姐姐姐夫关心我,搭救我一下,我一辈子也不会忘记他们的啊!"

他说到后来声音有点低沉了。他的话一句一句打动她脆弱的心弦,听到后来。她心弦要断了似的难受。她鼻子一酸,眼眶有点润湿,竭力忍下心里的痛楚,安慰他说:

"你在里面安心好了,我一定把话带到。"

他自己心里也很难受,看到她站在小小的窗口那边,近在咫尺,就是不能在一道。从对面窗口望出去,是接见室的房门,房门外边蔚蓝的天空,远方的白云自由自在地飘荡,一片又一片地在空中飘过。三五只麻雀从上空飞过,一边张开小小的翅膀飞翔,一边欢快地啁啾着,多么开心啊!他的心也随着小鸟飞向辽阔的天空了。半晌,门外那个法警迈着规律的步子,迟缓地走过来,然后又慢慢走过去。他这才意识到自己站在窗口这边,深深感到失去自由的孤寂了。他忧愁地默默不语。她也黯然,说不出话来,两个人默默相对。

站在走道上的看守,忽然听不到声音了,奇怪地抬起头来,向两边窗口望了望。凭他丰富的经验,接见的人谈话永远谈不完的,怎么他们两个人不说话呢?他说道:

"有话快讲,时间快到了。"

她在沉默中给看守的话惊醒,连忙想想还有啥闲话要讲。走进接见室以前,她有说不完的千言万语,见了他就忘得干干净净。她不知道要说啥,慢慢想起了一些,又不知道该怎么说。她一举手,发现左手紧紧拿着沉重的罐头。心里吓了一跳,差点把它忘记了。她把罐头举到窗口给朱延年看,说:

"给你带来一点罐头和水果……"

他一看见罐头和水果,口水好像立刻要从嘴里流出来了。他多么希望有点好吃的物事啊。他一个劲儿点头:

"好,好,太好了。"

"你还要啥?"

"不要啥,有点吃的就很好了。"

"要钱用吗?"

"不要……"他旋即想起他被捕时身上没有钱,能够有点钱放在身上那也是好的,改口说,"你带钱来了吗?留下一点也好。"

她当了金镯头,付给童进他们一百万还小户债,买了点罐头,凑了五十万带来,怕他在里面要钱用。她打开手提皮包,拿出来,说:

"不多,五十万,先用着再说。你要,我以后再给你设法送来。"她恨不能把罐头和钱亲自交给他,最好能打开罐头看他一口一口吃下去,可是两个窗口之间隔着可恶的走道,两个人只是望得见,可没法接触,更没法把东西当面交给他,无可奈何地叹了一口气,把罐头和钞票提到窗口向对面窗口晃了一晃,让他看了一下。她说,"等一歇我把这些物事交给看守,请他送给你,好哦?"

"好的。"他感激地说,"家里的事体累你了,——我现在完全靠你了。"

"你放心好了。"她问,"还要啥吗?"

"我啥也不要了,我只是想姐姐和姐夫。"他不放心童进那些

174

人,说道,"我还关心小童他们,他们帮助我维持这爿店,将来我出去一定不亏待他们。多年的老同仁了,他们也不会对我不起的。告诉店里同事,我在里面很好,以后出去,还要用他们,一同改变作风,把福佑办好。"

"好……"

他的话没有说完,站在走道上的那个看守说:

"时间到了。"

"丽琳……"

朱延年轻轻叫了一声,面影就慢慢从窗口移去。马丽琳的眼眶汪着泪水,视线有点模糊,盯着渐渐消逝了的他的背影,她忍不住大叫两声:

"延年,延年……"

她的眼泪再也忍不住了,簌簌地落下,终于幽幽地哭泣了。

## 二十一

火车一过了苏州车站,汤阿英的心就怦怦跳动,眼睛一个劲儿注视着窗外:一片绿油油的田野直连到天边,稻子长得十分饱满,望不到尽头,不时出现一丛丛苍翠的大树和黑瓦白墙的农舍,才把视线缩短。田野上纵横交错的大小河流,如同无数又长又大的玻璃组成,在下午炙人的阳光下反射着闪闪的亮光。她望着在眼前迅速出现又很快过去的河流,心里想:一定有一条通到太湖的。幼年的记忆在她的脑海里展开了,她曾经和爸爸一道从无锡车站旁边的那条河上船,一直开到太湖。她的心顺着河流到了浩浩淼淼的太湖,到了熟悉的梅村镇,到了温暖的家里,看到了亲爱的爸爸和生病的弟弟。她希望见到弟弟的时候,弟弟的病已经好了。她脸上闪着快慰的微笑,沉浸在甜蜜的欢聚里。

张学海坐在她对面,搂着巧珠,两个人在听车厢广播沪剧《白毛女》,筱爱琴正在唱《西厢》初更调:

黄家狼心把我害,多亏二婶救我往外逃;在山洞,一年多,熬辛吃苦到今朝。等侬大春早回来,血债我要讨,替我喜儿冤仇报。……

他很喜欢听沪剧,特别是丁是娥和筱爱琴唱的。筱爱琴充满了仇恨和愤怒的歌声深深地感动了他。巧珠虽然不大懂,但是她也给这优美的唱腔吸引了。

汤阿英歪头对着窗外,眼睛虽然仍旧望着田野,但给筱爱琴的富有感情的声调吸去了注意。她想起白毛女当年受苦受难的情

形,自己虽不是白毛女,可是也有类似白毛女的遭遇。她想起悲惨的往事,不禁蹙着眉头。她听到大春唱道:

> 喜儿休要伤心哭,报仇时候已来到,外边世道已经变,天翻地覆你还不知晓。当年大叔讲红军,红军已来到,穷人翻身到今朝,代替你喜儿把仇来报。……

她的眉头随着一句句唱词逐渐展开了。

沪剧播送完了,车厢里静下来,只听见旅客细碎的谈话声和轮子在铁轨上发出的咔隆咔隆的有节奏的音响。

汤阿英指着行李架上的藤手提包,对张学海说:

"那个,你给我弟弟。"

"不是你买的吗?"他想起里面汤阿英买的泰康饼干和冰糖。

"是我买的,算你送的。"

"也不是我买的,"他摇摇头,说,"你买你送,不好骗人的。"

"小舅子生病,姐夫好空着手去看吗?"她望了他一眼。

"你为啥早不说!"他想送点东西也好,可是晚了,便说,"到无锡买点吧。"

"本地货,不稀罕。"

"这可难住了我。"

"就算你送的也没关系,别算得那么清爽,夫妻也不是外人。"

他给她说得没有话讲了,反问道:

"那你就不送点了吗?"

"哦?"她没想到这一层,给他一问,愣住了。她因为上次爹到上海,女婿和丈人不怎么亲热,看上去爹有点不大高兴。张学海是古板人,心里踏实,不会给爹谈谈这个说说那个,显得有点疏远。这次回家,特地给他代买了东西送弟弟,忘记自己也该买点了。她说,"自己的姐姐,送不送没关系。"

"姐夫就是外人?"

177

"外人当然不是,"她说,"不过和姐姐总归差一点,隔层肚皮么。"

"隔层肚皮隔层山。"他笑着说。

"那就看你的心了。"

"好,好,我送。"他怕她不高兴,想了一个法子,说,"这样好了,算我们两人送的。"

"这也好,"她满心欢喜,指着他说,"想不到你想出这个好主意来。"

"你有本领,我也不推扳。"

两个人都笑了。巧珠刚才听妈妈和爸爸谈话,有时绷着脸,她心里吓丝丝的,没敢吱声。他们笑了,她也跟着笑了,两只小手用力鼓掌哩。

说话之间,火车进了无锡站。汤阿英挽着巧珠随着人群走去,张学海提着藤子手提包跟在后边。汤阿英走过天桥,想起那夜离开无锡到上海的情景,偷偷摸摸地藏在角落里,等火车进站,悄悄地低着头上车,头上仿佛有沉重的东西压着,抬不起来,连天空也好像忽然低了。现在她站在天桥上,昂着头,挺着胸膛,深深吐了一口气,浑身轻松,天空也比那夜高多了。

走出车站,他们搭上公共汽车,顺着护城河,在开元路上急驶。巧珠好奇地望着窗外广阔的马路和矗立在右边远方的两座高山。她指着高山说:

"妈妈,这是啥?"

汤阿英还没有答,张学海摸着巧珠的头说:

"这么大了,连山也不晓得!"

汤阿英不同意他的谴责,说:

"她自小在上海长大,从来没有看过山,哪能会晓得?"

"你说得对,别说巧珠,连我也没有看过哩。"张学海给她一提醒,不禁笑了。

"这是锡山,"汤阿英指着另外一座山对巧珠说,"那是惠山,上次外公给你的那个泥娃娃,就是在惠山下面买的。"

"妈妈也给我买一个。"

"听话,妈妈就给你买。"

公共汽车从梅园过去不久,到了站头,汤阿英他们下了车,向梅村镇走去。

村子里成年的人都下地去了,只有一些小孩子在村子里玩耍,不大能劳动的老人蹲在屋子里看家。孩子们不认识汤阿英他们,好奇地盯着他们望。汤阿英在右首一座灰砖高墙的大门面前站了下来,抬头仔细望了一下,对张学海说:

"到了。"

大门开着,汤阿英朝里面一望:不见一个人影,也没有人声。她走上白玉石的台阶,抬头看见客厅上端红底金字大横匾上面"礼规义矩"四个字,仍然和过去一样,只是它两旁的水红色的泥金对子颜色暗淡了,上联"螽羽歌风凤毛济美"中的"济美"两字不见了,大概给风撕破了,下联有几个字分了家,用纸糊着。一堂红木家具不见了,只剩了一张大八仙桌子还放在当中。五开间的大厅给隔开了,一明四暗,当中算是客堂,四家共用。这些物事她很熟悉。她站在台阶上,想起第一天跨进朱家的情景,不禁打了一个寒噤。她爹就在这个天井里,给朱老虎抛了笆斗,弄得死去活来,差一点送了老命。回到家里,爹整整在床上躺了半个月,动弹不得,只靠阿贵一个人递茶送水。伤还没养好,朱老虎又在病人头上动脑筋,让汤富海租种下甸乡四亩六分山坡地,要照五亩算,一年忙下来,落得个两手空空。爹累得背也有些驼了,到现在身上还有条条伤痕哩。她回过头去,又看了天井一眼,仿佛看到爹装在笆斗里,给奚福、何贵抛来抛去……

179

张学海看她站在台阶上发呆,等了一会儿,还在东张西望,奇怪地问道:

"你找啥?"

"不找啥。"

"为啥不走啊?"

她信口"哦"了一声,走上台阶,跨过门槛,进了客堂,没有看到一个人。她向四面望望,没有人影,就向屋里高声叫了一声"爹!"。

右边房子里蓦地跳出一个青年,上身穿着一件白布褂子,当中一排布扣子松开,下边穿着一件粗蓝布裤子,裤脚反卷到膝盖上头,粗壮的小腿和结实的胸膛都露在外边,像是铁打的一般。他剪的是平顶头,头发乌而发亮,额门开阔,两眼奕奕有神。他定睛一看,马上欢天喜地大声喝道:

"姐姐,你们啥辰光来的?"

汤阿贵一把抓住姐姐的手,高兴得一个劲直抖。

"刚刚到。"汤阿英朝他浑身上下端详,见他长得那么结实,心里惊喜交集,竟然说不出话来了,只是一个劲地看他,仿佛不认识他似的。她心里好生奇怪,爹不是说阿贵生病了吗?为啥一点也看不出生病的样子呢?

阿贵见姐姐望着他不说话,兀自一惊,是不是他身上有什么不合适的地方?他也向自己身上看了一眼,没有发现什么不妥当的地方,便笑着说:

"我是阿贵,你不认识吗?姐姐。"

"你长得这么高了,要在马路上碰到,真的会不认识的。"汤阿英关怀地说出心里的疑问,"你不是生病了吗?看样子,身体蛮好啊!"

"我……"汤阿贵想起爹写信给姐姐说他有病的事,连忙点头,说,"是呀,我生病了!"

"怎么忽然得病了？"

张学海不等汤阿贵回答，紧接着问：

"你生了啥病？"

"唉，我这个病啊，可不轻哩，"汤阿贵一边想一边说，"伤风感冒，发高烧，头上滚烫，浑身发热，……"

"是受凉了吧？"汤阿英走上去，抚摩弟弟的胳膊，是不是还发烧，凭她手的感觉，体温是正常的。

"大概是吧。"

"现在完全好了吗？"张学海问。

"好了。"

"完全好了吗？"汤阿英不放心地问。

"完全……好了……"汤阿贵怕姐姐一直问下去，使他答不上话来，有意把话岔开，"姐夫，你头一回来，为啥不捎个信来，我也好到车站上接你们。"

"走得仓促，没来得及。"

"你不是病了吗？怎么能到车站上接我们？"

"我，我是病了，"汤阿贵慌忙对姐姐解释，"可是，我，我现在好了呀！"

"我们离开上海的辰光，不知道你好了啊，哪能好写信要你来接？"

"我不能接，爹可以接你们啊。你们到里面去坐吧。"汤阿贵过去挽着巧珠往屋里走，对汤阿英说，"巧珠长得真漂亮啊！"

"这丫头长得倒不错。"汤阿英说。

"小海呢？"阿贵想起姐姐早些时生的男孩。

"留在上海，给他奶奶做伴了。"汤阿英对巧珠说："给你讲的话忘记了吗？"

"舅舅。"巧珠马上叫道。

汤阿贵猛地把她抱起,亲热地吻了吻她的细嫩红润的小腮巴子。她紧紧搂住舅舅宽厚的肩膀。

"爹呢?"汤阿英进了屋仍然没有看到爹,急着问。

"他现在是互助组的组长,可忙哩。早一会儿还念叨你们哩。"阿贵放下巧珠,说,"你们歇一会儿,我叫他去。"

不等她们回话,他身子一闪,飞一般的走了。

张学海望着玻璃外边广阔的天井和大厅高大的屋顶,愤愤不平地说:

"农民整天在田里干活,风里来雨里去,住破房子。地主啥活也不干,蹲在家里,住这么好的房子,真会享福。"

"后面还有花园哩!"

"哦!还有花园,倒要见识见识,看他怎么浪费的。"

汤阿英一走进这座房子,她就想到一个地方去看看,一时抽不开身,见他要去看花园,便用手向大厅后面一指,说:

"朝后面一直走,天井左边有个园门,进去就是花园,你带巧珠去白相。"

巧珠一听说到花园去,妈妈也不要了,抓住爸爸的手,一蹦一跳地向后面走去。

汤阿英仔细向大厅四面看看:就是在那张八仙红木桌子旁边,她挨了朱老虎他老婆不知多少次的鸡毛掸帚,那噼噼啪啪的响声好像还萦绕在她的耳边。他老婆一边打人一边吼叫的声音也好像清晰得听得见。有时朱老虎还从旁帮助,鸡毛掸帚和棍子雨点子似的朝她身上落下,打得她身上青一块紫一块的。她一见那张大八仙红木桌子,好像身后又有人打来,浑身痛楚。她的脚步慢慢向大厅后边移去。

大厅后面又是一个广阔的天井,右边有一道小门,正对左边通向花园的园门。小门外边,是一条阴森森的火巷,两边是又厚又高的青灰墙,显得天空比别的地方高。火巷的墙脚长满了碧莹莹的苔藓。她一走进去,凉风飕飕,寒气浸浸,一股腐烂的潮湿的气味迎面扑来。这条火巷很久没有人走动了,过去,在太阳还没有升起,或者镇上的灯火完全熄灭的辰光,她都要走过这条阴森森的火巷,开始一天的劳动,要不,拖着疲乏的身子回到牛房旁边的小屋子去睡觉。

火巷的尽头转出去,就是牛房。牛房旁边有三间砖瓦平房,一明两暗。原先一明一暗堆着喂牲口的草料,另外一间小屋子就是汤阿英的卧房。这间小屋子还和当年一样,不过墙有些倾斜,两扇木门半掩着。墙脚和道上都长着绿茸茸的什草。时间虽还早,天空也很晴朗,可是这里照不到阳光,在高大火巷旁边,显得阴暗苍凉。汤阿英一见到这间小屋,便愣住了。她多么希望看到这间小屋,一见到这间小屋,她就低下了头,生怕有人看见似的。她回过头去,四处张望,没有一个人影,牛房里空荡荡的,火巷里也没有脚步声。她稍为放心一点了。

她推开门,跨进去,里面更加阴暗,一股霉湿的气味向鼻子扑来。她直奔旁边那间卧房,熟悉地打开窗户。她清清楚楚看到靠墙那里一副木板床,上面墙角那里结了一个很大的蜘蛛网。蜘蛛在网上肆无忌惮地走来走去。她注视着那副木板床,慢慢陷入惨痛的往事里:一天夜里,满天乌云,伸手不见五指,哗哗地下着倾盆大雨。她累了一天,疲劳极了,两条腿好像不是自己的,好容易走过火巷,一步步挨到牛房,走进那间小屋,点燃了煤油灯,孤孤单单蹲在屋里,四面墙壁阴森森的,有点怕人。她熄了灯,倒在床上。一个可怕的声音在她耳边响起:你生是朱家的人,死是朱家的鬼。我要你生,你就生;我要你死,你就不敢活……她不敢再往下想,可是那些事仿佛就在眼前,好像是刚刚发生,又不容她不想。她浑身汗毛凛凛,忽然感到头昏眼花,好像天旋地转,使她站立不稳,差点要晕倒在地上,幸好一只手扶着墙壁,慢慢站稳了。她像是苔藓和杂草,任人践踏,这一条命差一点就埋葬在这间小屋子里啊!多亏爹拿定了主意,让她逃出虎口。娘把她带到上海,秦妈妈介绍她做厂,她活了下来,今天才能够回到镇上,走过火巷,看到卧房。如果无锡不解放,她这一辈子休想回家,也永远见不到家里人了。她愤怒的两眼炯炯地盯着木床,盯着墙壁,盯着小屋,盯着窗户,外面是晴朗的天空。她噙着嘴,胜利地笑了。

她紧紧咬着下嘴唇,复仇的火焰在胸中燃烧。她恨不能抓住朱暮堂,亲自打他一个痛快,不能发泄积郁在胸中多少年月的仇恨。想到朱暮堂早已被捕伏法,人不能再死第二次,她激怒的心情才逐渐平静下来。

她回到大厅,张学海和巧珠已在那里等她了。张学海问她到啥地方去了,她说:"随便看看,"把他支吾过去。接着汤富海和阿贵从地里回来了。汤富海见了汤阿英,不满地瞪了她一眼:

"你怎么还有工夫回来?我以为你把阿贵的病忘了!"

"爹,我一接到你的信,就打算请假回来看阿贵,正巧碰上厂里要开劳资协商会议……"

他不让女儿解释,拦腰打断她的话:

"我晓得,又是'三反'啦,'五反'啦……别给我上政治课。我在家里也不闲着。这些事体,我全晓得。"

张学海从旁帮助汤阿英说话:

"她是细纱间的劳方代表,不好请假……"

没等张学海把话说完,汤富海气生生地说:

"怪不得哩,当了代表,大人物啦,把弟弟忘了,连这个穷家也不要了!"

"一开完会,就买了火车票,现在不是来了吗?"

"不告诉你弟弟生病,你会来吗?"汤富海虽然表面生气,可是内心里得意,这一着成功了。

"阿贵怎么忽然生病呢?"汤阿英觉得刚才弟弟没有把病情讲清楚,关心地问。

"还不是想你们的呗!"

"想我们会发烧?"汤阿英从爹信口回答里看到了漏洞,回忆刚才弟弟支支吾吾的答复,再看看弟弟魁梧结实的身体,不像刚刚生病的样子,恍然大悟地说,"阿贵没病,骗我的吧?爹!"

汤富海没有回答。

汤阿贵忍不住噗哧一声笑了。这笑声更证实汤阿英的猜想,她问弟弟:

"你没病,是哦?"

汤阿贵笑而不答。

"他整天想你这个姐姐,想得饭都吃不下了,觉也睡不好了,怎么没病?"汤富海代儿子回答,"上海,大地方哪;花花世界,住在那里多好,不告诉你阿贵生病,你会想起我们这个穷乡村吗?"

"爹,你别说了……"阿贵向爹招呼。

"我憋了一肚子气,你不让我说,难道要憋死我吗?"

"不是这个意思……"

阿贵去叫爹,他听说女婿来了,头一回上门,赶紧收拾收拾和阿贵一同来了。一进门又忍不住生女儿的气,把女婿扔在一边。阿贵走上一步,提醒爹:

"你还没和姐夫打招呼哩!"

他这才放下笑脸,对张学海说:

"你们一路辛苦了,快坐下。"

"不累,不累。"张学海尴尬地站在那里。

阿贵想起早一会儿爹说姐姐,姐夫冷落在一边的狼狈样子,忍不住暗暗笑了。爹气还没消,说:

185

"笑啥?姐夫来了这半天,也不晓得倒杯水喝?这么大了,还像个孩子!"

阿贵不声不响地走进屋子里去了。一会儿,他提了一把灰色瓦罐子,拿了三个饭碗,舀了三碗冷开水,分送到姐夫、姐姐和爹面前。姐姐又一次望了姐夫一眼,向放在红木八仙桌上的礼品撅一撅嘴。张学海把饼干和冰糖送到丈人手里,笑着说:

"这是我和阿英的一点小意思……"

他接下礼品,哈哈大笑道:

"只要你们来了,比啥礼物都好。带这些玩意儿做啥,留着给巧珠吧。"

"这是学海的一点心意。"她从旁补充了一句。

他右手拿着礼品,流露出兴奋和惭愧的神情,说:

"我日夜都盼望你们来啊!……"

他拿了一块饼干送到巧珠面前。她两只小眼睛滴溜溜地向娘看。汤阿英微笑地说:

"收下吧,给外公敬个礼。"

巧珠高高举起右手,敬了一个少先队的队礼。汤富海眯起老花的眼睛对外孙女仔细一看,一块鲜红的领巾挂在她的胸前,忍不住嘻着嘴笑了:

"当上少先队啦,我的好孙女!"

"这个丫头早就想参加少先队了,今年总算称了她的心。头一天戴红领巾还不会打,在镜子面前一边看一边学,可高兴哩!"

"谁说的?"巧珠扭了一扭身子,歪着头,忸怩地看了娘一眼。

"你不承认吗?"阿英脸上显出得意的笑容,夸耀地说:"看你戴上红领巾,我心里也乐滋滋的。过去你娘在乡下,一个穷孩子,连饭也吃不饱,哪里有钱念书?只好眼巴巴地看着朱筱堂这些公子少爷念书,自己没有份。现在你可幸福了,从小就念书,没耽误过一天,又戴上红领巾,不愁吃,不愁穿,和我小的辰光比起来,一个天上,一个地下啊!"

"是呀,你娘说的对,她从小都没念过书,斗大的字认识不到一石,更没戴过红领巾。"汤富海指着阿英和阿贵对巧珠说,"你现在念了书,又戴上了红领巾,可不容易啊。这红领巾要好好保护着。"

"这丫头对红领巾倒很爱惜。她晓得红领巾是祖国旗子的一角,不让一点龌龊物事沾在上面,经常洗得干干净净的,折叠得整整齐齐,平时藏在书包里,出来才戴上。"阿英看着那一尘不染的红领巾心里乐极了,就好像自己戴上一般。

"记住外公的话。"张学海说。

巧珠低着头,望着耀眼的红领巾,轻轻地点了点头。

## 二十二

饭后,汤富海的话像是惠山上的泉水,无休无止地潺潺地流着:

"学海,我们这会儿的日子可好过哪!从前我们是九年三熟,帽子籴米,罐头里烧粥,现在是九年十熟,锅子里烧饭,罐头里烧肉。吃得好,住得也好。"他指着大厅高高的横梁说,"你们看,这房子多结实,再也不愁风雨了。"

张学海随着丈人的指点,认真地从横梁看下来,看到一人抱不过来的暗红色大圆柱子,惊叹地说:

"这柱子真好,我在上海从来没看见过。这样的房子,住多少年也不会坏呀!"

"说的是啊,朱老虎想得可周到,花了不知道多少钞票,盖了这样的好房子,梦想世世代代住下去哩!"

汤阿英把嘴一努,说:

"他哪来的钞票?还不是农民流血流汗,被他剥削去的。"

汤富海惊奇地望了女儿一眼:觉得她虽然在上海做工,可是农村的事体还没有忘记,满意地点了点头,说:

"你说的对,我亲眼看朱半天刮地皮起家的。别的人家不说,就拿我家来讲吧,我只欠朱半天两石租子,七算八算,没有几年光景,就变成一百一十多石租了……"

汤富海一见了人就要诉说他被朱暮堂压榨的痛苦,而且一开了头,就没有一个完。阿贵不知道听了多少遍了,他可以一句不漏

地讲述一遍。他怕爹滔滔不绝地说下去,便提醒他:

"那些事体,姐夫晓得……"

"我说话,"汤富海瞪了阿贵一眼,说,"你少插嘴。带巧珠到俱乐部看小人书去!"

"天黑了……"

"那你就在旁边听,少开口!"

汤阿贵嘟着嘴把上衣扣子一个个扣起。

汤阿英怕爹说个不完,更担心他说豁了边,把一些不该说的事体也说出来,想打断爹的话,又怕爹发脾气,幸亏张学海插上来说:

"朱老虎的老婆和她儿子呢?"

"他们么,你说巧不巧,分配住在我们房子里,管制劳动。"

在汤富海原先住的房子里,朱筱堂已经躺到靠墙的木板床上,准备睡觉了。他母亲坐在煤油灯下,正在给他补裤子。一眨眼的工夫,他发出酣适的鼾声。她一边补着,一边叫道:

"筱堂,哪能又睡着哪?"

他蒙蒙眬眬地忽然听见有人叫他的名字,大吃一惊,迅速地坐了起来,傻头傻脑地向阴暗的小屋子看来看去。她回过头去,看他这般神情,诧异地问:

"你找啥?"

"好像有人叫我,我以为出了啥事体。"他自从父亲被捕处死以后,总担心自己也会发生意外,有谁敲一下门,或者门外有人走快一点,他身上都惊慌地渗出冷汗来。

"傻孩子,是我叫你。"

"吓了我一跳。"他抹去额角的汗珠。

"你一倒在床上,就睡着了。"

"劳动一天,浑身筋骨酸痛,就想睡觉。"

"你啥辰光受过这个罪?饭来张嘴,衣来伸手,还要说好说歹,

189

挑肥拣瘦。"她叹息了一声,又说,"别讲你啦,就说你祖先,哪一辈子人也没有吃过这苦头,只怪你命不好,早出世不会受这个罪,晚出世也不会受这个罪……"

他揉一揉眼睛,仔细想一想母亲这一番责备里充满了爱护和关怀的话,提出了不同的意见:

"不能说我的命不好,——哪一家地主的儿子不劳动?农民都劳动哩!"

"这,也对。"她改口说,"农民劳动那是命里注定的。他们是贱胚,该吃苦的。不是这些泥腿子,你爹也不至于……""死"字没有说出来,她热泪从眼眶里流出来了。一会儿,她拭去泪水,悄悄地站了起来,走到儿子的床边,咬牙切齿地责问他:

"你爹死了多少天了?"她再三叮咛儿子一辈子也不要忘记这一天。她自己每天暗中计算朱暮堂死去的天数。每隔一些日子,她总要问儿子。

他这一阵子在地里干活,弄得筋疲力尽,啥也没有想,老是惦念怎样才可以偷点懒,不出工,保养身体。有次装病,叫人发觉了,他只好勉强上地里去。他默默计算了一下,没有把握地说:

"四百二十天?"

她见儿子回答不对,冷冷地说:

"你再想想看?"

他皱起眉头,凝神一想,更正说:

"四百二十五天?"

"这才对啊。你就是这样糊里糊涂地活下去,听那些泥腿子指挥下地劳动,不给你爹报仇了吗?"

"啥人讲的?"他睁大了眼睛,辩解地说,"现在我们只好对共产党低头,忍痛一时。君子报仇,十年不晚。我表面上听那些泥腿子的话,心里却一天也没有忘记报仇啊!"

"你天天下地做活,就算是给你爹报仇了吗?"她的兄弟也是恶霸地主,作恶多端,谋害了好几条人命,比朱暮堂的罪恶还大,同样给镇压了。她对共产党和人民政府有着刻骨的仇恨。解放后,人们看不到她脸上一丝微笑,听不到她一点笑声,老是阴沉着脸,阴谋害村干部和积极分子。像汤富海那样揭露朱暮堂罪恶的积极分子,更是她眼中钉。她以为没有这些人,上头不会知道,丈夫不会丧命的。

"我没有这么说,"他急得脸发红。煤油灯光虽然不大亮,但娘隐隐约约看见他焦急的神情。他说,"下地干活,不是你劝我去的吗?"

他开头确实不愿去,怕身子吃不消。村里分了一份土地给他,要本人劳动,不准雇工。他也雇不起工了。娘考虑到不应付应付不行,就劝他去,同时也借这个机会了解了解村里的情形,找到适当的时机,好下手。她说:

"是我叫你去的。你不去,那些穷泥腿子不答应。晓得哦?我没叫你拼命干活,你不会磨洋工吗?"

"别人劳动,比我还起劲哩!"他说,"干部不在的辰光,我就尽量偷懒。"

"你就这样劳动一辈子吗?"

"谁愿意吃这苦头。"

"不会想想办法吗?"她想起过去谣传蒋介石要回来过八月中秋,以后,就没有下文了,村里也没人谈起了。他们母子俩搬到这个小屋子里来,如同关在瓮里,外边啥事体也不知道。她说,"最近听到啥消息吗?"

他皱起眉头,望着黑乌乌的屋顶,仔细在记忆里搜索,半晌,啥也没有想起,失望地说:

"啥消息也没听到。"

"见了人不会打听打听吗?"

"找谁打听?"他悲哀地叹息了一声,说,"天下变了,不比从前了,啥人见地主打招呼?"

"奚福、何贵他们呢?"

"他们分了地,劳动好,工作积极,参加了农会,现在又是互助组的组员了,见了我,头抬得高高的,眼睛也不眨一下。"

"苏账房呢?"

"好久没有见到了,"他回想上次啥辰光见到的,过了一会儿,说,"哦,想起来了,有三个礼拜了,我和大家从地里回到村子里来,看见一个人,背影好像是他,一闪,就不见了。他怕见到我。"

"这些忘恩负义的人,"她咬着下嘴唇,仿佛要咬苏沛霖这些人一口,说,"我们养活他们一辈子,有吃有穿。这会我们背时了,就理也不理了,连夜里也不来报个信了,真没心肝!不说来看看我们,见了面连招呼也不打一个,说得过去吗?"

"地主变成臭狗屎了,谁也不愿意沾边。我进进出出,心里真不好受……"他说到后来,声音有点喑哑,感到无限的孤独和凄凉,话也说不下去了。

"你别伤心,孩子,我们不会倒霉一辈子,苦尽甜来,总有一天,我们也要翻身的。"

"那当然。共产党在中国占不长的。共产党一下台,地主阶级就自由了,可以享福了。"他给母亲几句话说得兴奋起来,那个在心上常常浮现的梦想又出现了。他把声音压得很低,忧虑地说,"就是在乡下太闷人了,啥消息也听不到。报纸上尽登他们的话,那边的情况一点也不晓得。第三次世界大战要是打起来,我们就可以出头了。"

"蒋介石不会失败到底的,他有美国做后台哩。我看,他们迟早要动手的。你还是到上海去一趟,你姑爹在上海人头熟,消息灵通,一定会晓得很多事体的。"

"别提了,上次要去,给他回绝了。人家是大资本家,在上海正走红运,怎么愿意理我这个地主的儿子!"他坐在床上把肩膀一耸,轻蔑地一笑。

"那时'五反',也不能怪你姑爹,当然要小心点。现在'五反'不是过去了吗?退一步说,他不理你,你姑妈不理你吗?一笔写不下两个朱字。"

"我不去,"他要和姑爹争一口气,不愿再去求他,嘟着嘴说,"要末,你去。"

"我这个年纪,怎么走得动?那边的世道也摸不清,去了也白搭,还是你去吧。"

他对姑爹的气没有消,又不好拒绝娘的意见,愣在那里,不言语。屋子里悄悄的,煤油灯的油快干了,灯芯上烧出几朵小花,发出吱吱的音响。光线暗了,屋子里更加阴暗。他们母子两个盘腿坐在床上,面孔的表情虽看不大清楚,但两个人都感到大家内心的焦急和忧虑。她了解儿子那股别扭脾气,凡事要顺着他,一说僵了,就不大容易扭过来。她没再说下去,只听见从太湖那边吹过来的夜风,一阵阵在窗户外面呼啸着,好像暴风雨快来了。

他一边听着外边的湖风,一边暗自思忖:要想得到那边的消息,最好到上海去,徐义德一定知道很多消息。他不愿在姑爹面前低头,娘又要他去,这就使他为难了。他出了一个难题给娘:

"要末,姑爹来信叫我去,否则,我宁可死在乡下,再也不跨徐家的门。"

"看你这脾气,"娘见他松了口,有了转机,眼睛一动,想了一个巧妙的主意,说,"我写信给你姑妈,叫她写信来,你向村干部请个假,这该请动你的大驾吧?"

他没有吭气。她认为儿子一到上海,见了姑爹,就有办法了。

她高兴地说：

"你叔叔还欠我们五十两金子没有还,你到了上海,可以顺便讨回来。"

"他关在牢里,怎么会还债呢？"

"听说他这几年生意做得很发达,手里有的是钱。他在牢里,你婶婶可没在牢里。"

"她会还吗！"

"亲兄弟明算账,欠债还钱,她敢不还！我们现在落难了,手头拮据,请她帮个忙,还不行吗？"

"我一定去。"

"见到你姑妈,也希望她帮个忙,弄点钱回来,好对付这个穷日子。"

"那没有问题。"

"等老蒋回来,你爹的仇报了,田地房产回到我们手里,那辰光再还你姑妈。"

"那辰光,她们需要钱,我们可以帮助。"他咬牙切齿地说,"汤富海在大会上把爹骂得一钱不值,不是他穷积极,爹不会死的。老蒋一回来,我要亲手砍死汤富海这些泥腿子,把血淋淋的人头挂在村里示众,叫他们晓得我的厉害！"

"还有村干部……"

"这还用说！现在让他们住在我们房子里开开洋荤,他们住不长的。古人说得好:天地之间,物各有之,苟非我之所有,虽一毫而莫取。鸠占鹊巢是暂时的,将来一定要物归原主,把鸠统统撵走。那辰光,哼,看我朱筱堂的……"

在朱暮堂大厅里,汤富海叙说完朱家母子情形以后,汤阿贵扬起眉头,得意地说：

"现在那家伙可老实了,一切得听我们的。我们叫他东,他就不敢西。我们叫他下地干活,他就不敢躺在家里享福。"

"真是那么听话?"汤阿英知道朱筱堂从小娇生惯养,天不怕地不怕,爹娘对他百依百顺。他要吃龙肉,朱老虎会下海给他找。他脾气大得谁都不敢惹,人们背地里叫他小老虎。她就经常挨他的骂。她对弟弟那样放心,有点怀疑,说,"我看不见得。小老虎的脾气才坏哩。"

"姐姐,现在世道变了,穷人坐了江山,小老虎有多大本事,就算他是孙悟空吧,也翻不过如来佛的手掌心。脾气再坏,有我们管着,他敢怎么样?"

"不过,也要防他一手。"她想杨部长在厂里讲的话,说,"他们同我们不是一个阶级,失败是不得已的。他们不会认输的。我们还要提高警惕,防止他们进攻。"

"你姐姐说得对,对这号子人,要防他一手。"汤富海觉得她说的话有道理,看了阿贵一眼。

阿贵板起面孔,不满地说:"刚回到乡下来,就训起人来了!我也没讲不要提高警惕。"

张学海在一旁凑趣地搭上来:

"在上海,你姐姐也教训我哩,老说我这个不懂,那个不懂,有时,干脆叫我在家带孩子,她开会去了。"他怕她生气,慌忙又把话拉回来,说,"不过,她是青年团员,常常和党团支部的人来往,确实比我懂得多。"

他讨好地向她笑了一笑。她接着说:

"叫你在家带了几天孩子?男的带天把孩子就不可以?一定要妇女带?是谁订的规矩?现在男女平等了,谁都可以带。"

"看她嘴利的?"张学海找不出反对理由。

汤富海发现女儿懂得很多,能说会道,心里早按捺不住欢喜,给女婿一提,便再也忍不住了:

"是呀,这会,青年比我们老一辈的进步得多了。男的也好,女的也好,他们脑筋灵活,一说就通,记性也好,见过的事,听过的话,就再也忘记不了。我们不行了。学海,我看,有辰光,也要听听他们的。"

汤阿贵在旁边见爹称赞姐姐,赶紧插上来说:

"那还用说,现在青年啥事体都带头,起先锋作用。在地里干活,春耕也好,秋收也好,哪次不是我们青年在头里?"

爹的眼睛朝阿贵一瞪:

"瞧你,翘起尾巴来了!啥事体都是青年,青年,我们老头子不干活,看你们毛头小伙子,能成啥气候?别的不说,就讲庄稼活吧,没有我指点你,单凭你那点牛力气,顶个屁用!不是互助组领导,你们能起先锋作用?"

阿贵嘟着嘴,满脸不高兴。

巧珠伏在桌子上睡着了。汤阿英去给她披上一件衣裳,叫醒她,说:

"上床好好睡去!"

张学海在一边沉默着,见阿英把巧珠搀到床边,他连忙说道:

"不早了,我们睡觉吧。"

大厅后面的鸡窝那里,发出清脆的啼鸣声,已经是深夜了,雄鸡在呼唤着黎明。

阿贵打了一个哈欠,眼皮有点搭拉下来。汤富海却精神抖擞,越说越有劲道,满是皱纹的脸上没有一点疲乏的神情,兴致勃勃地对女婿女儿说:

"今年全村农民十个有六个参加了互助组,工人老大哥又给我们送来了抽水机,今年一定比去年打的粮食还要多。互助组的人全响应政府的号召,多种棉花多打粮食,支援工业建设,加强工农联盟。我们今后的生活更要好哪!你们累了,就先睡吧。赶明天早起,我带你们到村里去看看我们的互助组!"

# 二十三

老王手里拿着一封信,十分慎重,像是拿着一份非常机密的公文。他走到朱瑞芳卧房门口,轻轻敲了一下,听到里面"嗯"了一声,便小心翼翼地走进去,把信送上,赔着笑脸说:

"太太,无锡家里托人给捎了信来。"

他知道这一阵子二太太很关心无锡家乡的事,只要《解放日报》上有无锡的消息,她都要看来看去,仿佛从那些新闻里可以发现新奇的东西。早些日子,她私下和老王谈,想要他到无锡乡下去看一看,因为徐义德坚决反对,没有去成。徐义德怕"五反"未完,再加上朱暮堂啥事体,就纠缠不清了。今天老王收到这封信,便悄悄亲自送上来,知道一定会讨二太太的欢心。他把信送过去,远远站在房门口,注视她的表情。

她接过信,心头陡然一愣:朱暮堂的面影顿时在她面前出现,仿佛在她耳边呢呢喃喃地倾吐自己的悲痛,诉说家人的贫困。她想起那次委婉拒绝朱筱堂到上海来,直到现在还觉得过意不去。她内疚地皱起眉头,抱歉地把信封看来看去,好像要求寄信的人谅解她不得已的苦衷。她慢慢拆开信,一个字一个字看下去,眉头随着展开了,脸上露出微笑,心想这次有机会补救了。她仰起头来,发现老王还站在门口,兴奋地说:

"舅少爷要到上海来……"

"啥辰光来?我到车站接他去——他多年没到上海来哩!"

她屈着手指默默计算,点了点头说:

"可不是，快五年啦。"

"上海解放以后就没来过……"老王回忆地说，"现在上海变了样子，舅少爷来，怕不认识了。"

"是呀，天下变哪！"她意味深长地说了一句，又不满地重复道，"天下变哪！"

她想念朱筱堂母子俩，不知道他们在乡下生活得怎么样，听说地主家属苦得很，希望把他们两个人接到上海来，过几天舒服日子，亲自听听他们的苦情。她压抑不住内心的激动，信口问老王：

"无锡每天有几趟车到上海？"

"有的是，隔两三个钟头就有一班。"

"那好，现在就复他们的信。"她看着手表，扬起了眉毛说，"现在才四点钟，马上发出去，他们明天一早就可以收到了。明天赶不上车，后天一定可以到上海了。"

她伏在桌子上，提起笔来沙沙地写了一封充满热情的短信，交给老王：

"你马上给我送到衡山路邮政局去发，这样快一点。"

"好，"老王接过信来，望着信封想了想，低声建议道，"要不要先给老爷说一声？"

她一听见老王好心的建议，便一屁股坐在沙发里，久久说不出一句话来，两道眉头紧紧锁在一道了。她觉得老王究竟经验丰富，比自己细致多了。事先不商量，就把信发出去，义德万一有困难，反而把事情弄僵了。她把信收回来，说：

"也好，等他回来再发吧。"

"还有吩咐吗？"

她摇摇头。他退出去，刚走了两步，又回过头来，站在门外边轻轻地说：

"差一点忘记了，看我糊涂的，冯先生来了，等你下去教戏哩！"

"我不学，——老了，还学吹鼓手！"她把头一甩。

他愣在那里，想起刚才林宛芝的吩咐，慢腾腾地说：

"三太太讲，等你下去一道学哩！"

"人家不是来教我们的，不过要我们做陪客，何必去碍手碍脚？"

老王见她满脸怒容，眉毛倒竖，不好再说下去，可是也不敢得罪三太太。他嘻着嘴，不置可否地"嗨嗨"两声。

她蓦地站了起来，嘟着嘴，说：

"男人装女人，我看见那副腔调就恶心，一听就要呕出来。你告诉她们，我对京剧没兴趣，我不学，别等我。冯先生有事，可以早点走……"

"是呀，京剧有啥好学？别说你啦，太太，我看了也不顺眼，堂堂男子汉，学女人怪腔怪调，成啥体统！"

老王这几句话说到她的心上。她紧闭着嘴，微微点点头。他乘着这机会，一躬腰，掉头走了。

她的眼光从门口慢慢移到沙发上，看到那一封要发未发的信，凝神一想：这次要是徐义德再反对朱筱堂来，那么，以后朱筱堂来的机会更少了。她这次一定要劝徐义德答应，万一不行，就得要林宛芝在旁边说几句好话。心上人一开口，徐义德十有九会同意的。现在要拉林宛芝一把，得罪不得。对冯永祥那家伙，要忍耐一下才好。她躺在沙发上，大声叫道：

"老王，老王！"

老王正要下楼，听见叫唤，三步并做两步，跑回来，站在门口，笑嘻嘻地问：

"有啥吩咐？"

"唉，"她深深叹了一口气，说，"反正待在屋子里没事，人家既然来了，下去消遣消遣也好。"

"京剧这玩意,解解闷倒也不错。"老王立刻改过口来。

"你告诉她,我待一会儿就来。"

他迅速到楼下去报告。她懒散地站了起来,打了一个呵欠,自言自语地说:

"唉,京剧,真没意思!还不是借机会和那骚货胡缠!"

她把信放在枕头底下,对着衣橱上面的玻璃镜子,拉拉平旗袍上的皱褶,慢慢走出去。

冯永祥从林宛芝那里知道:朱瑞芳对学戏没兴趣,坚决反对继续再学京剧,怂恿大太太也反对。林宛芝想学,可是在大太太和二太太的面前不好赞成。她劝冯永祥暂时不要再来教京剧了,别触霉头。冯永祥哪里肯听,只有教戏,他才好时常到徐公馆来,不要他教戏,分明是要他和林宛芝断绝往来么。他坚决不干。他以为林宛芝想把他甩掉,但没有点破,留心观察她的神色。他说他有把握引起朱瑞芳学戏的兴趣。朱瑞芳一有兴趣,大太太便不在话下,一定赞成,林宛芝更没有问题了。林宛芝给他说得无话可讲,只好同意他今天来再教一次试试。他准备拿出浑身的本事,凭他三寸不烂之舌要挽回这个不妙的局势。今后能不能再和林宛芝时常往来,就看今天了。老王上楼请朱瑞芳,很久没有消息,冯永祥感到事情不妙,林宛芝说朱瑞芳坚决反对继续学京剧,大概是真的。朱瑞芳不下楼,他等于碰了钉子。他有点沉不住气了,眼睛向门外窥视,楼梯那边老没有人影子。他指着楼梯,向林宛芝望了一眼,要她上楼亲自去请。她暗暗摇摇手,向大太太努一努嘴,很严肃地低下头去。他知道因为大太太坐在旁边,她暗示他举止注意些,别太放肆了。他没有法想,自己也不好随便上楼去请,叹了一口气,眼巴巴地盯着楼梯,他忽然看见朱瑞芳下来,像是看见仙女下凡,霍地站了起来,高兴地迎了上去,指着靠墙的那一溜长沙发巴结地说:

"这边坐。就等你一个人了。"

"哎哟,"她皮笑肉不笑,说,"别折死我啦,我这个一瓶子装不满,——半瓶子醋,学不成呀!"

"哪里的话,哪里的话。像你这样的高材,我很少见过。不管啥戏,只要教你一遍,你就记住了。你的记性真是刮刮叫!一点不含糊!不是我恭维你,你只要坚持学下去,将来一定超过我。你说是不是?"

他的眼光转到大太太身上。大太太靠在沙发上,睁一眼闭一眼,在养神。她对于冯永祥到家里来教京剧,既不赞成,也不反对。她对京剧没有兴趣,所以不赞成,但冯永祥一来,屋子里就热闹起来,比一个人闲得发慌要好得多,看他出点洋相,听他唱一段两段,逗个趣,乐一乐,一天半天很容易就混过去了,这也不坏。因此她并不反对。他表面上特别尊重她,她也乐于和他接近。她听他问自己,两只眼睛便完全睁开:

"是呀,瑞芳可精哩,谁也比不上她!"

"你就比我强,"朱瑞芳顺着冯永祥指的方向,坐在大太太旁边,说,"听了评弹回来,我就记不住那么一大堆的话,你记得可清楚,一句不漏地讲给大家听。"

大太太眯着眼睛谦虚地说:

"那是从小听惯了的关系。现在说的新书,我就记不清了。"

冯永祥没料到刚才恭维二太太一番话竟没照顾到大太太,眼睛一转动,立刻说道:

"你们是八仙过海,各显神通。每个人的本领都很高强,小弟是五体投地佩服!"

他真的弯下腰去,头差点磕到地上。他抬起头来,暗中向林宛芝注视了一眼,那眼光说:你的才能我尤其佩服!他伸直了腰,站在三位太太面前,洋洋得意地搓着手,右脚在地毯上摆来摆去,歪

201

着脑袋,说:

"闲言少叙,言归正传。我们现在来学点戏,好不好?"

"好啊!"

林宛芝听朱瑞芳满口应承,心中好生奇怪。冯永祥来教戏,朱瑞芳一直反对的,不但自己不肯学,并且也不赞成林宛芝学。朱瑞芳并且和大太太联合起来反对。大太太给徐义德一说就不吭声了,朱瑞芳看徐义德拼命要和冯永祥拉关系,好在工商界巨头当中活动,她也不好再说啥了。但冯永祥每次来,她总是不积极的,有时抹不过面子,勉强应付一下。最近朱瑞芳透出风声,坚决反对继续学京剧。今天老王上楼去请了很久没下来。林宛芝估计大概不会下来了,没想到不仅下来,而且很积极,这就叫她丈二和尚摸不着头脑了。她惊奇的眼光注视着朱瑞芳。朱瑞芳问:

"今天学点啥?"

"来段新的? 还是把《宝莲灯》复习一下?"冯永祥等待朱瑞芳的答复。

"来段新的也不错啊。"大太太虽然参加学京剧,她自己可是不唱不做。她最有兴趣的是冯永祥每教一出戏的那一段剧情介绍,仿佛听一段评弹一样的过瘾。

林宛芝为了讨大太太的欢喜,应声说道:

"新的也好。"

冯永祥并不表示态度。他知道徐公馆里重要人物除了林宛芝,就要数到朱瑞芳。她是实力派,连徐义德有时也不得不让她三分。今天学京剧,她更是重要人物。他望着朱瑞芳:

"你看呢?"

"先复习一下,再学新的。贪多嚼不烂。学多了记不住。"

"那也好,先复习旧的,再学习新的。"林宛芝只要朱瑞芳肯一道学京剧,新旧并不计较。

"那么就开始吧,"冯永祥完全懂得林宛芝的用意。他今天特别在朱瑞芳身上下功夫,对她说,"你先唱给我听听。"

"我!"朱瑞芳睁大了眼睛,吃惊地说,"这两天没吊嗓子,唱不出来。她先唱吧。"

她撅一撅嘴,指着林宛芝。林宛芝摇摇头,说:

"不,还是先教你。昨天上午我还听见你在房子里唱的哩。"

"那不过是随便哼哼罢了,先教你,我等会再说。"

"别客气了,"大太太有点儿不耐烦,说,"把时间都给耽误了。"

冯永祥顺水推舟,说:

"恭敬不如从命,嘻嘻,你就先唱吧。"

林宛芝脸上浮着两朵红云,羞涩地说:

"还没学会哩!"她用水绿色的纱手帕捂着嘴,生怕不小心唱出来似的。

"没关系,大家都在学么。"冯永祥暗中看了她一眼,催促她唱。

她喝口绿茶,提高嗓子唱道:

"忽听得二姣儿一声请,后堂内来了我王氏桂英。站立在屏风后侧耳细听——他父子因何故大放悲声?……"

她一口气还要唱下去,半路上给冯永祥打断了,说:

"等一等。……"他话到嘴边,想指出她唱得不对的地方,又咽下去,停了停,改口说,"前面二簧倒板和回龙唱的确实不错,比上回进步多了。……"

"可是后面二簧慢板唱得还是不行!"林宛芝不等他说下去,自己先说了。

"你说得对,"他怕影响她的积极性,同时在大太太二太太面前也不好过于指责她,转弯抹角地表达出自己的意见,"比上回也有进步,不过么,能注意改进一下,那会唱得更好!"

"你照直说吧。唱这一段老是别扭。"

他对她们三个人说：

"二簧慢板的声调，比西皮还要耐人寻味些。它在一句唱词里，每一个字，在一板三眼中，都要使腔。比方说，'站立在屏风后侧耳细听'这一句，个个字都要使腔，要费好多时间，唱的辰光不能性急。"他马上用右手拍着左手，打着板眼，把这一句唱给大家听，说，"这还算是好唱的，你们还没听过《文昭关》哩。"

"《文昭关》怎么唱法？"林宛芝学了京剧以后，兴趣一天比一天浓了。

"《文昭关》里，伍子胥唱的那句一轮明月照窗前，单是那个'一'字，照老路子唱，要唱出十三个小腔来，行家叫做'十三一'。"

"那太难了。"朱瑞芳说，"我们不学那出戏。"

"还是学《宝莲灯》吧，这出戏情节动人。"大太太希望快把《宝莲灯》学会，好听新戏。

"好的，"他点点头，指着林宛芝，说，"你再唱一遍。"

林宛芝又唱了一遍"站立在屏风后侧耳细听"，冯永祥一听简直不像二簧慢板，相差太远。但他却笑嘻嘻表示满意，很客气地说：

"如果再唱慢一点，那就更妙了。"

林宛芝知道他给自己留面子，嘟着嘴，抱怨地说：

"这出戏太难了。"

冯永祥高高兴兴地教戏，没注意到林宛芝的情绪。他能不能和她继续接近，就看今天，她嫌困难不学，那两位太太当然更没有兴趣学了。这样真的要断绝往来了。他灵机一动，眼睛向上一翻，接上去说：

"你讲的真对。本来么，京剧的唱调有西皮二簧之分。西皮高亢，乐多于哀；二簧低沉，悲多于欢。因为生行的唱腔怕高，旦行的唱腔怕低，内行的人说：男怕西皮，女怕二簧。你现在能唱得这样，已经很不错了。很多人唱的比你差得远去了。"

"别给我高帽子戴。二簧慢板再也不敢领教了。"林宛芝摇摇手说。

"也好,你休息一会儿。"他怕事情弄僵,慌忙给她留下余地,转过头来对朱瑞芳说,"你唱一段给我听,怎么样?"

"她唱不好,我更不行了。我的舌头硬了,怎么能唱二簧呢?"朱瑞芳把头一摆,怕唱得不如林宛芝,在冯永祥面前丢脸。

"那么,练习练习白口。"他见势不妙,马上转弯。

朱瑞芳以为白口容易,爽快地答道:

"那倒可以。"

"我取刘彦昌,先开个头,你接上来,……"他唱完"去到秦府把命擎",便要朱瑞芳跟上来。

"老爷可记得三圣母送红灯之故?"

他一听,仿佛是小学生背书,一点韵味也没有。但他不露声色,和她对白完了,把头在空中一摇,摆出十分欣赏的神情:

"不错!"

朱瑞芳眉宇间微微露出得意的神色,望了林宛芝一眼,仿佛说:我要是学起来并不比你差啊!冯永祥歪着脑袋,好像回味她一段道白,实际上是想既要指出她努力的地方,又要引起她的兴趣,半晌,才说:

"说起念白的分量,并不比唱功轻。因为唱时场面上有胡琴衬托,多多少少有一点借劲。念白就不同了,不单是没有一些靠傍,并且对调门的要求,比唱要高出一个字。所以,嘴里必须讲究,每一个字张口和收尾,都要尖团字和四声严格划分。"

朱瑞芳不了解冯永祥讲的这一番大道理,并不问,让他滔滔不绝地说。大太太可忍不住,问道:

"京剧有这么多花样经? 也不是吃螃蟹,有啥尖呀团的分别?"

"哈哈,京剧花样经可不少啊。"他显出很神秘的样子,表示自己学问渊博,得意地摇摇头,说,"用舌头抵着牙齿发音,叫做尖,上司的司就是尖字;用舌头卷起发音,叫做团,比方说,师傅的师,就是团字。要是念颠倒了,可刺耳朵。"

他讲完了这一段,看见林宛芝眼光里露出惊奇和钦佩,索性进一步显示他的才华,说:

"白口还有韵白和京白的分别。韵白是走的中州韵,吐字的声音和唱的字韵要相同,不能马马虎虎。京白就是纯粹的北京话,听起来和韵白就完全不同了。在声调方面要有一定的基础,才能从嘴里发出韵味隽永的念白。发音要清楚,念白就是讲话,字音不清,念起来人家就不懂了。……"

"白口也有这许多的麻烦?"朱瑞芳忍不住瞪着眼睛问。

"可不是!千金念白四两唱。我刚才说的念白的分量,比唱工重,就是这个意思。"

"怪不得我的白口怎么学不好哩!"朱瑞芳现在感到白口实在不容易,后悔刚才答应他练习白口,本来想在林宛芝前面显一显身手,比一个高下,这么一来,有点儿泄气了,可是又不好马上打退堂鼓。冯永祥这一番高论,她倒听得进。正是因为困难,她有了这样的成绩就了不起哪。她希望他说得更困难一些,那么,就显得她更高明了。她顺着他的口气问:"是不是《宝莲灯》的念白更不容易?"

"对,对,你简直是天才,真是天上少有,地下绝无!"他伸出大拇指在她面前晃了晃,赞叹不已地说,"了不起,了不起!你说你对京剧是外行,未免太谦虚了,差点连我都叫你骗了!"

朱瑞芳随便说了这么一句,引起他这么一大堆的赞美之词,使她莫名其妙,脸上热辣辣的,可又不好露出马脚,轻盈地笑了笑,叫别人摸不透她是内行还是外行。这一来,他更加得意洋洋,找到一个机会巴结她:

"有人说《宝莲灯》这出戏的说白十分平稳,没有《一捧雪》里莫成的独白悲切苍凉,也没有《八大锤》里王佐说书的宛转细腻,更没有《借赵云》这出戏里对口紧凑,不松不懈。其实不然。《宝莲灯》的难处,主要在拗口上。这出戏兜过来兜过去的绕口对白,一不小心,就出岔子。行家说:宁唱《四盘山》,莫念《宝莲灯》。从这两句话里,就可以知道这出戏的艰难了。"

"是呀!"朱瑞芳显出早就知道的神情。

林宛芝刚才那一段二簧慢板没唱好,有一肚子气没消,觉得在那两位太太面前献了丑;加上冯永祥对朱瑞芳肉麻的恭维,她更感到羞愧了。她紧绷着脸,不满意地说:

"啥戏不好教?要教《宝莲灯》!这出戏,念白不容易,唱功也困难,不是有意叫人为难吗?"

她看了朱瑞芳一眼,意思说:你别忘记,男怕西皮,女怕二簧这两句话。这出戏唱的并不比念白容易。

"本来么,我也不准备教这出戏,因为她喜欢这出戏的剧情,"他指着大太太说,"府上又有李盛藻和雪艳琴的唱片,我不在,你们也可以自己学。"

"剧情好是好,太难也没意思。"

朱瑞芳不同意林宛芝这个意见,她深知道林宛芝对于冯永祥教京剧的兴趣是很浓的,这么说,不过是讲给她和大太太听的。她提出不同意见:

"难也有难的好处,学了《宝莲灯》,以后学别的戏就更容易了。"

"你的意见对极了。我想你对京剧早就有研究了。"冯永祥脸上露出钦佩的神情。

"过去也多少了解一点。"朱瑞芳谦虚地说。

"果然给我猜着了!"他拍了一下手掌,说。

"京剧这玩意容易叫人入迷,只要学了一两出,像是抽烟似的,再也丢不开了,嘴里老要哼哼。"

"哦,"林宛芝注视着朱瑞芳,仿佛不相信这些话是从朱瑞芳嘴里说出来的,而且道出了她自己的心思。她认为是挖苦自己,慌忙撇清:

"我可没有入迷。"

朱瑞芳没有在意林宛芝的心情,她对冯永祥说:

"你教得得法,不像科班出身的人,教得枯燥无味。你有说有笑,引人入胜,真是一位好老师。"

冯永祥曲着背,说:

"承蒙过奖,不胜感激之至!不过,像你这样的高才,我是没有资格教你的。"

"你太客气了。像你这样的老师请也请不到,能跟你学戏,太好了,就怕我学不好。"

"只要你愿意学,我一定教,而且保证你学好。"他拍了拍胸脯。

"就怕浪费你的时间。"

"你别担心这个,只要你学,我随时都可以来。"

林宛芝困惑地望着朱瑞芳,觉得冯永祥真有两手,三说两说,居然说动了朱瑞芳,更奇怪的是朱瑞芳过来一把挽住她的手和她站在一起,说:

"别忘了,这里还有一个学生哩!"

她见朱瑞芳和她忽然像亲姐妹一样的亲热,心上有一股温暖的激流荡漾,感到舒服而又愉快。

## 二十四

徐义德匆匆忙忙从外边赶回来,走进客厅,连衣服也来不及脱,见了老王,劈口便问:

"冯先生走了没有?"

"没有,还在喝咖啡。"

"那好……"他的心定了。

老王紧紧跟在他后面,小声小气地问:

"要不要喝点咖啡?"

"我刚喝过。冯先生喝完,请他到书房里来。我先去洗洗手,歇一会……"他一边思索问题,一边迈开迟缓的步子,向书房走去。

他刚才在总管理处想起到北京出席全国工商业联合会筹备委员会的上海代表们昨天已经回来了,可是他到现在还没有听到一些风声,心中十分纳闷。他留恋起星二聚餐会来了,如果保存下来,不等北京会议结束,他心中早就一明二白。他想到马慕韩家去一趟,摸摸底,觉得在一些问题上和他有过不少争执,别上门碰一鼻子灰。他立刻想到江菊霞,可是史步云还没有回来,她知道的不一定多,但比自己要知道的多,打了电话去约江菊霞,棉纺公会的人说,她出去了,不知道啥辰光回来。他像是热锅上的蚂蚁,在总管理处走来走去,急得想不出一个办法来,一屁股坐在办公桌面前,点燃了一支雪茄,吸了一口,又烦躁地吐了出来。淡淡的青烟在室中飘荡开去,他的锐利的眼光透过团团的青烟,望到办公桌上的日历:星期四这三个黑体字出现在眼前。他想起了冯永祥。星期四是他教三位太太京剧的日子。他回家,很自然会遇到冯永祥,可以不露痕迹地领领行情。星二聚餐会结束,他那个建议虽然大家同意,可是除了冯永祥在新雅请了一次客,下面就没有人接上去。他想请,怕人家不敢来,又怕自己太突出。这次上海代表回来,大家叙叙,是个绝妙的机会。他打了个电话,告诉梅佐贤自己的意图,要他赶到家里来,一同和冯永祥商量。他有意不到大餐厅里去喝咖啡,一方面好等一下梅佐贤,另一方面考虑一下怎么和冯永祥把话题拉到这上头来。

他走进书房,坐在沙发上,右腿搁在左腿上,一抖一抖的,闭上眼睛动脑筋。

猛可地有人叫道:

"德公!躲在啥地方?"

冯永祥从外头一边叫一边找了进来。徐义德一听这声音霍地站了起来,迎出去,说:

"在这里……"

冯永祥满面春风,一摇一摆地走过来:

"啥辰光回来的?家里有客人,连招呼也不打一下?"

"刚回来,正要去找你,你来了。"

"那就不必劳驾了。"

"今天公司里没事,这两天精神不太好,就早点下班,回来休息休息……"

徐义德提早回家,冯永祥以为是来侦察他的行动,防备他和林宛芝搞啥鬼名堂,说是精神不好那是骗不了他的。徐义德身强力壮,哪个不知,谁个不晓呀!他不点破徐义德对他的监视,暗中打消徐义德的疑虑:

"三位太太今天学京剧十分认真,特别是朱瑞芳,进步真快!"

"哦,"徐义德心不在焉地听他说,眼睛却望着书房外边,心里想:梅佐贤这家伙怎么还不来呀!

冯永祥却以为徐义德不相信他的话,那眼光仿佛要找朱瑞芳对质。他坦然地说:

"她们喝完咖啡,到花园里看盆景去了。不信,你找朱瑞芳来问。"

"你老兄的话,我还有不信的。"

"那你……"

冯永祥的话给门外边伸进来的一张长方型的脸庞打断了。那个脸庞上露出两个酒窝,笑嘻嘻地对着徐义德:

"总经理,你可把我找得好苦,到处找不到你。我想你可能在家里,果然不错……"

他冲着徐义德走进去,好像不知道冯永祥在屋子里。徐义德指着冯永祥对他说:

"佐贤,冯先生在这儿……"

梅佐贤这才把眼光转到冯永祥身上,欠了欠身子,抱歉地说:

"对不起,没有看见,"他摘下鼻梁上那副玳瑁边框子的散光眼镜,用手帕擦了擦,证明自己眼光确实不好,说,"啥辰光来的?"

"今天礼拜四,来教她们的京剧。"

"我也想领教领教,京剧这玩意真不错。肯不肯收我这个笨徒弟?"

"你的戏唱得不错,"冯永祥语义双关地说,"还用我教?"

"这个……"梅佐贤不知道怎么说是好。

"找我有事吗?"徐义德问他。

梅佐贤站在他们两个人面前,恭恭敬敬地说:

"厂里工人这一阵子生产很积极,余静同志想找你商量商量……"

徐义德摆出一本正经的样子,思考了一会儿,说:

211

"最近不是开过劳资协商会议了吗？还有啥好谈的？"

"是呀，没啥好谈了，"梅佐贤顺着总经理的意思说，"不过，我看她的意思，是要总经理把生产管起来……"

"这个啊，我没兴趣，"徐义德摇摇头说，"不是要接受工人阶级领导吗？请工会直接领导好了，我们资本家一管生产，说不定啥辰光又有五毒呀，六毒呀。我看，还是请余静同志自己管吧，告诉她，我这两天精神不好，过一阵子再说。"他坐到沙发上去，指着旁边的空位子，对他们两个人说，"坐下来，歇会吧。"

"这样下去也不是个办法，"梅佐贤的眼睛注视冯永祥，"你是消息灵通人士，最近工商联开会，中央有啥决策没有？"

"这个，"冯永祥眼睛里的梅佐贤地位很低，他不想理睬他，但是徐义德坐在旁边，又不好太给他过不去，只是简简单单地说，"当然有。"

冯永祥不肯爽爽快快讲，徐义德知道梅佐贤头寸不够。既然开了个头，不好弄僵，他只好亲自出马了：

"慕韩兄回来了，你碰见他们没有？"

"碰见了。"冯永祥低低地对徐义德说，"他一回来，就打电话约我去谈。这次不但开了全国工商联筹备会，他还参加了民建二次扩大会议，听了许多首长的报告。他的情绪很好，看来，中央的政策和过去有些不同。"

"唔。"徐义德等他说下去。

他紧闭着嘴笑了笑，显得很神秘的样子，有意卖关子，不说下去。徐义德沉住气，望着墙上那幅《纨扇仕女图》出神，表示并不急于要听他说。梅佐贤相机凑上来说：

"他们都回来了，大家聚聚倒不错。"

"你的主意不错，大家也有这个意思，只是没有人出面……"冯永祥夸赞道。

"你是我们工商界的领导人物，"梅佐贤眯起眼睛，笑着说，"你出面最合适了。"

"我是小区区，——别烧坏我的骨头。"

梅佐贤听冯永祥的口气虽然很谦虚，可是没有拒绝的意思，他就进一步说：

"只要你肯出面，我来给你办。在啥地方都行。"他环顾了一下书房和外边的客厅，说，"在这里，也行。我想，总经理绝不会反对。你看，这地方怎么样？"

"这地方当然不错……"冯永祥说到这里停住了，他怕徐义德不答应，就没表示意见，好给自己留个退步。他装出好像还有问题要再考虑一下的神情。

"只要你不嫌弃，一切由我负责。"徐义德知道冯永祥经济不宽裕，他请客常常是别人出钱，但不能说出去，要给他保留面子。他不明说，只这么一提，冯永祥自然会懂得的。

冯永祥因为梅佐贤在旁边，不愿意应承下来，但也不拒绝，模棱两可地说：

"谁负责倒好办。"

他接着又想到徐义德这个铁算盘，比谁都精明，他的钱一定用在刀口上，不肯白扔的。他于是改口说：

"这样好了，我和德公两个人出面，怎么样？"

冯永祥分明是征求徐义德的意见，梅佐贤却插上来说：

"那再好也没有了。"

徐义德见梅佐贤答应得太快，怕露了马脚，他慢腾腾补了两句：

"你一个人出面最好，工商界的人没有不认识你的。"

"你认识的人头也不少……"

"全靠老兄的提携。"

冯永祥一听这句话，忍不住眉飞色舞，借此机会更好拉徐义德一把，不但徐义德满意，林宛芝也一定高兴的。他肯定地说：

"我们俩人出面好了。"

徐义德按捺住心头的欢喜，显出无所谓的神情：

"我追随老兄之后，由你派用场。"

"现在就开名单……"

冯永祥一口气开了二十多个人，他的笔在白纸上画圆圈，还准备开下去。

徐义德见他开了那么多的人，心头很不高兴。因为人多了，谈得不深，而且容易引起人家注意。他虽说希望恢复星二聚餐会，但不愿从他家开始，将来有啥问题，他承担不起。但冯永祥这样的人只能捧着走，反对不得。他用商量的口吻问：

"你看是人多一点好？还是人少一点好？"

冯永祥一经暗示，马上明白了。但他不承认自己有啥不对，好像早就胸有成竹，说：

"当然少一点好，我先开出一些名字来，好挑选一下。"

"是呀，你想得比我周到。"

冯永祥不再开下去，他一个个划下去，到后来只剩下十个人了。徐义德和冯永祥都认为很适当，梅佐贤却说：

"总经理这里地方大，其实还可以多一两个人……"

徐义德看见梅佐贤脸上有些尴尬的神情，想说又不想说，他再仔细看一下名单，发现梅佐贤的名字刚才给冯永祥勾掉了。他会意地说：

"再增加两位吧。"

"你圈两个好了。"冯永祥点燃了香烟在抽，想了想说，"你看，订在礼拜天晚上，好哦？"

徐义德圈了梅佐贤和柳惠光两位的名字，说：

"那再好也没有了。"

"我现在就先去和他们联系联系。"冯永祥表示请这些大亨来不是一件容易的事,同时,他感到徐义德和梅佐贤都在,他不能和林宛芝个人谈谈,留在徐公馆里的意思就不大了。他站了起来,握了握徐义德的手,说,"一切拜托老兄了,礼拜天见!"

冯永祥刚走没有一会儿工夫,朱瑞芳和林宛芝看过草地上的盆景,正好往客厅的玻璃窗外边走过,见冯永祥不在,便一同走了进来。

朱瑞芳看到徐义德满脸笑容,梅佐贤正好也在这里,这是一个绝妙的机会。她把朱筱堂母亲的信递给徐义德:

"无锡乡下有信来……"

徐义德抽出信来一看,两个眉头慢慢凑到一道去了,脸上的笑纹消逝了。他看完了,把信还给她:

"这是给你的。"

她见他不表示态度,事体有点棘手,但她紧抓住这个机会不放,逼他表示:

"难道我和你分了家吗?"

"这说到啥地方去啦?"徐义德不禁失声大笑。

"你看看这封信。"她把信交给梅佐贤,"你是场面上的人,见多识广,不像我们妇道人家,整天蹲在家里。"

梅佐贤一边看信一边想,这分明向他讨救兵,但是总经理的底盘摸不清,讲话也不容易,双方都不能得罪。他模棱两可地说:

"信么,确实寄给你的,不过么,也不能说和总经理没有关系,看上去,是想探探路,舅少爷很希望到上海来一趟。"

"说的是啊,"朱瑞芳抓住他后面几句话,紧接上去说,"义德,这一次不好再拒绝了吧?"

"上回也是不得已,正好碰上'五反'。"

215

"现在'五反'过去了,"朱瑞芳误认为他松了口,说,"让他来一趟吧。……"

徐义德拦腰打断她的话:

"这个……"

他没有说下去。朱瑞芳把脸一沉:

"怎么,这回又是不得已?"

徐义德因为梅佐贤在旁边,按捺住一肚子气,语调很缓和,态度却十分强硬:

"你看着办好了,何必问我!"

朱瑞芳瞪着眼睛望徐义德。她没想到现在也会碰他的钉子。如果在房间里两个人面对面,她真想和他大吵一通。她气得说不出话来。梅佐贤看情势不妙,连忙打圆场,把空气缓和下来,说:

"还是大家商量商量……"

"对,"朱瑞芳怕把事情弄僵,一则不好收拾,二则别影响朱筱堂又不能来,她以退为进,改口说,"把信拿出来,就是要和大家商量商量。我的处境也很困难,暮堂丢下这个孩子,不理他也说不过去。本来,我想回去一趟看看,一方面上海走不开,一方面这会乡下情形又不比以前,去了,惹人家注意,说不定要给筱堂增加麻烦,也怕影响到义德身上。上海究竟和乡下不同,比较方便些。筱堂能到上海来一趟,当面谈谈,我也放心一点。要是现在来不合适,给我把道理讲清楚,我也没有意见。我的一切,还不是为了义德。"

徐义德有了面子,调子也缓和了:

"大家商量吧,好在佐贤也在这里,他对市面上的行情比我还熟悉。"

梅佐贤见总经理把担子往他肩胛上一放,他知道朱瑞芳这个人碰不得,连徐义德暗底下也要让她三分,何况他这个小小的厂长哩。他后悔没有跟冯永祥一道走,阴错阳差地卷进了徐义德的家庭纠纷里，真是天大的不幸。他暗自想了想，把担子送回去。

"我不行，没有总经理知道得广，也没有总经理了解的透彻！"

"你别客气。"徐义德紧紧抓住他，要他打边鼓。

他想从徐义德的手里滑出来。他知道林宛芝和朱瑞芳是冤家对头，林宛芝一定不会同意的。不如往她身上一推，既满足总经理的要求，自己又跳出是非窝，而且还可以不得罪朱瑞芳。他拿定主意，望着林宛芝说：

"我倒想听听你的意见。你很仔细，想得一定比我周到得多。"

"那也不见得。"林宛芝想起刚才朱瑞芳在花园里和她商量这件事，认为帮她一下忙也有好处。最近冯永祥来得比较勤，万一有把柄落在她手里，那辰光可以得到她的谅解。她慢条斯理地说，"我的意见不一定对，说出来，给大家评一评。"

"你的意见一定没有错。"徐义德估计她不会赞成的，上次她曾经竭力反对过。他同意梅佐贤这句话，说，"讲吧。"

"说错了，别笑话我。"

屋子里静静的，大家的眼光都集中在她身上。大家把责任推到她的肩上，都盼望从她的嘴里听到自己所希望的意见。徐义德很有把握，态度非常冷静。

"你讲的一定不会错。"

"地主阶级现在不吃香了，很多人都怕和他们沾边，朱筱堂又是管制劳动……"

徐义德不等她说完，暗中望了朱瑞芳一眼，好像说：你听，连林宛芝也懂得这个道理。朱瑞芳没发现徐义德在看她。她的眼睛正对着林宛芝。她不相信林宛芝会讲出这样的话来。刚才她们不是商量好了吗？一眨眼的工夫，怎么就变了呢？她忍不住要插上去问，一想林宛芝还没有说完，就聚精会神地盯着林宛芝，听她说下去：

217

"可是亲戚究竟是亲戚,政府也没有规定不准和地主家属往来,瑞芳想念筱堂也是人之常情。朱家这会不得势了,想到上海来看看亲戚,要再拒绝,于情于理说不过去,何况'五反'也过去啦……"

朱瑞芳的心定了。她的眼睛慢慢从林宛芝身上移到徐义德的脸上。徐义德的眼睛里闪耀着惊奇的光芒,他没想到林宛芝会说出这一番话来。梅佐贤也感到出乎意料之外,内心有点惶恐,吓得紧紧闭着嘴,不敢吱声。林宛芝一口气说下去:

"还是让他来一趟吧,义德!"

"这件事,要好好考虑考虑。"徐义德心头一愣,不自觉地信口说出。

"是呀,"梅佐贤摸到总经理的心思,跟着说,"多考虑考虑有好处……"

"他来了,对我们有坏处吗?"

梅佐贤给朱瑞芳一质问,口吃地说不出话来了。他笑嘻嘻望着总经理。徐义德不慌不忙,想了想,说:

"坏处,很难说。要晓得朱暮堂不是一般地主,是反动分子,血债累累。朱暮堂枪毙后,筱堂又管制劳动,和他们往来,我看不会有啥好处!"

"亲戚朋友往来,还要考虑好处不好处,算盘打得太精了,怪不得人家叫你铁算盘哩!"朱瑞芳实在忍不住心头的气愤,又急于想今天把事体谈妥,言语之间就流露出不满的情绪来了。

林宛芝答应帮她的忙,如果谈僵了,事体办不成功,自己也没有面子。她按住朱瑞芳的火头,说:

"别急,慢慢商量。"

"他怕,我不怕。我叫筱堂来,不住在这里好了,有啥事体,我朱瑞芳一人承担!"她拍一拍胸脯,仿佛千斤重担压在肩胛上,也不在乎。

徐义德知道朱瑞芳说得到做得到,再不同意,来了,不小心注意,出了事,他也脱不了干系。朱瑞芳"将"了这一"军",逼得他只好让步,可是表面上还不松口。林宛芝在旁边却担心吵翻了,急着说:

"义德,就让筱堂来一趟吧。至亲往来,不会有事的。你不复信,瑞芳去封信,我看,没有问题的。"

"好吧。"徐义德把人情卖给林宛芝,显得自己并不是被迫的,幽默地说,"你说没有事,当然不会有事了。"

梅佐贤生怕刚才的话得罪了朱瑞芳,慌忙补上几句:

"当然不会有事的。舅少爷想来,还是让他来好,可能有事要请教也说不定。朱太太先寄封信来,还算好的。如果不寄信,舅少爷到了上海,还能不接待吗?"他讨好地望着朱瑞芳,说:"快寄信去吧,待会我带去给你发!"

朱瑞芳站了起来,瞪了他一眼:

"不敢劳你的驾,你忙你的吧!"

她匆匆上楼去了。梅佐贤讨了个没趣,望着她的背影,悔恨交集,说不出一句话来。

## 二十五

朱筱堂走到徐公馆那一片红色砖墙面前望来望去,生怕找错了人家,仔细看了看门牌号数,才对黑漆大铁门轻轻敲了两下。半晌,里面没有人应。他又敲了两下。黑漆铁门上面的一个四寸见方的小门开了。门房老刘从这扇小门望见站在外边的是一个青年,面孔黝黑,头发蓬松,两眼木瞪木瞪的,仿佛在找啥又怕人发现。他以为是大少爷的阿飞朋友,不高兴地问:

"你做啥?"

"我找徐公馆。"

"你找错了人家。"

咔嘟一声,老刘把小铁门关上了。朱筱堂在外边又看了看门牌!一点不错,二十八号。他鼓起勇气,焦急地敲打铁门。小铁门又开了,老刘气势汹汹地说:

"你怎么还不走开,老打门做啥?"

"找人。"

"告诉你找错了,再不走,我叫警察来抓你去……"

"你,你……"他的声音有些颤抖,想不到姑爹这样无情无义,翻脸不认人,让他到上海来,又要警察来抓他,好厉害!他愤怒地把脸一板,说:"你敢!"

"你不走,我就敢。"

"我就不走!"他站在门前,屹然不动。

老刘把大铁门打开。想起二太太曾经吩咐过,任何人来找大

少爷,也不要放进来,他的胆子更大了。他上前推了朱筱堂一把,威风凛凛地说:

"这不是你站的地方,快给我滚!"

"你是谁?"

"别管我是谁,反正你别站在这里!"

"我找人!"他的声音高了。

"找谁?"

"找徐义德。"

"徐义德?"老刘脸上露出轻视的神情,凭他多年看门的经验,任何人在他面前也蒙混不过去。他用一双饱经世故的眼睛,对朱筱堂浑身上下打量一番:他那一身灰布裤褂,龌里龌龊,满是皱褶,像是刚从箱子底下拿出来,显得十分褴褛。他眉目虽然清秀,可是风尘仆仆,憔悴不堪,也没有刮脸,看上去已经苍老了,但讲话神气却仍然是个倔强的青年。老爷从来没有这样的朋友,看他那身打扮也有些不伦不类,绝对不是工商界的上层人物,也不像机关干部,讲话流里流气,肯定不是徐义德的朋友。他说,"你别冒充!"

"谁冒充?你说话注意点。我真的找徐义德。"朱筱堂纹风不动,毫不畏惧地说。

老刘看他派头不小,口气很硬,有点拿不准了。他改变了口气,说:

"总经理出去了。"

"那我找姑妈。"

"谁?"老刘耳朵嗡的一声。

"朱瑞芳。"

老刘一听朱瑞芳三个字,他的脸色顿时发白了。他察觉站在他面前不是流氓阿飞,而是另外一个人,可是又有些怀疑。再朝那个人一看:果然不像阿飞。他半信半疑客气地问:

"您贵姓？"

朱筱堂回过头去向幽静的马路两边瞧瞧，一个人影子也没有，便压低嗓子说：

"我姓朱。"

老刘圆睁着眼睛，兀自吃了一惊，连忙放下笑脸，曲着背小声小气地说：

"您从无锡来？"

朱筱堂一肚子气没有消，板着面孔"唔"了一声。老刘弯着腰，抱歉地说：

"您早不说，我以为是别人哩。您看我这人，老糊涂了，连舅少爷也不认识，真是瞎了眼睛。我太莽撞了，请您多多包涵。"

"不认识么，也难怪你。"朱筱堂显出不在意的样子，说，"姑妈在吗？"

"在，在，您请里面坐。"

老刘伸出右手，让他进去，一边把门关上。老刘领他走到客厅门口，正好遇到老王从里面走出来，把他接进去。一会，老王从里面走出来。老刘一把抓住他的手，拉到门房，把刚才的事体给他说了一遍。老王说：

"这也怪我不好，早两天二太太写信给他，说是家里有人生病，要他在乡下请假来的。我忘记告诉你了。"

"这不能怪你。你进去看看，有机会给我在二太太和舅少爷面前说两句好话。"

"小心你的饭碗打碎！"

老王有意吓他一下。他惶恐地说：

"我实在不晓得是他。这一次，你无论如何给帮个忙，王二爷。"他向老王拱拱手。

老王噗哧一笑：

"看你吓得那个样子!没关系,这点小事体包在我身上好了。"

"你太好了,我从来没有见过你这样的大好人!"

"以后少在背后唠叨就好了,别恭维死我。"

老王做了一个鬼脸,撒开他的手,一溜烟似的走进客厅。这时,朱筱堂正在给姑妈发脾气:

"刚才我真想不进来,干脆回无锡去。现在我到啥地方都受气,连门房也不把我看在眼里。"

"何必生底下人的气呢?"

"这个气我可受不了。"

"那把他叫来,你当面训他一顿。"

"我现在还训人?只要别人不训我就好了。"

"看你这孩子,这么大了,脾气还没改!"

"我……"

没等朱筱堂说下去,老王欠了欠身子,插上来说:

"太太,老刘对我说,他不晓得是舅少爷,冲撞了他,实在太糊涂了。他要我给舅少爷赔个罪,怎么处罚他都可以。"

他低着头,暗中觑了朱筱堂一眼。朱筱堂面孔板得很紧,但是没有吭气,看样子,心头的气消了一些。朱瑞芳指着老王说:

"你给我狠狠骂他一顿,下次对我的亲戚敢这样放肆,叫他给我滚出徐公馆。"

"是呀,这家伙太岂有此理了,下次,我看他再也不敢了!"老王见朱筱堂的气平了,二太太也给他下了台阶,赶紧转过话题,关切地问,"舅少爷怕肚子饿了吧,要不要做点点心吃?"

"你不说,我倒忘了。"朱瑞芳问朱筱堂,"你吃甜的还是咸的?"

"随便。"

"到乔家栅买点芝麻汤团和猫耳朵来。"

老王应声出去。她指着朱筱堂那身灰布裤褂说:

"你到上海来,怎么穿这身衣服?也不换一套。"

她觉得娘家来的人总要穿得体面些,不然叫大太太和林宛芝她们看见会笑话的。

他深深叹息了一声,说:

"有这身衣服就不错了,在乡下还很刺眼哩,哪里还有好衣服?都叫那些穷泥腿子分了啊。"

"怎么,衣服也分了?"她对于乡下土改的情形不大清楚,诧异地问,"嫂子也没有衣服穿?"

"哪家地主都是一样,值钱一点的物事都分了。我们现在啥也没有了。那些穷光蛋泥腿子可真的翻了身,有地,有房子,有农具,也有衣服。我们倒变成穷光蛋啦!"他添油加醋愤愤地说。

"吃饭怎么办呢?"

他伸出两只手,摊开给她看:原来白生生的双手晒得黑黄了,上面满是厚茧。他怨怨艾艾地说:

"现在和泥腿子一样:不劳动,就没有的吃。每天和他们一道下地,连偷会懒也不行。"

"有人看着吗?"

"可不是,很多人在一起劳动,哪双眼睛不盯着我瞧……"

"我还坐在鼓里,不了解你们受的这个穷罪哩。"她看看自己的旗袍,再看看他的衣服,越发显得不像样子,幸好大太太和林宛芝她们还没有看见。她高声叫道,"守仁,守仁!"

徐守仁从外边飞也似的跑了进来,莽里莽撞地冲到妈的面前,把头上的橘红色的鸭舌帽子往后脑门一推,用右手的手背拭了拭额角上的汗珠子,伸出手来,粗声粗气地说:

"现在给我吗?"

今天上午他向妈妈要一百万块钱,想到淮海中路去买一支猎枪打猎白相。她怕他有了枪到处乱打,闹出事来,没有答应他。他

死皮赖脸地苦苦哀求,她给逼得没有办法,勉强答应他下午再说。她瞪了他一眼:

"看你没规没矩的,见了面就要钱。"

"没钱,哪能买猎枪?"

"看你,这么大了,偏爱玩枪舞棒,不学好。来了客人,也不晓得招呼……"

"谁?"

他向客厅一望:看见朱筱堂坐在沙发上不言语,可不认识。他不自然地点点头。她介绍道:

"这是你表哥朱筱堂,你们小的辰光见过,难道忘了吗?"

"我看很面熟么,就是一时没想起来……"他握着朱筱堂的手,说,"你会打猎吗?等我买了猎枪,一同到西郊去打猎白相。"

"打猎?——从前玩过。"

"那再好不过了。我今天就去买枪,明天早上我们一道去,好哦?"

"枪好随便白相的?你总是不听大人的话。"

"姑妈,猎枪没关系,我从前就有两枝。打枪很有意思,要打啥就打啥……"朱筱堂希望手里有一枝枪,那他就可以打村干部汤富海这些人的黑枪,给爸爸报仇了。

"他不能和你比,你会打。"

"妈,你不是说不会的事体要用心学吗?"徐守仁忽然变成懂事的孩子,挑妈喜欢听的话说。

"我叫你学好,没叫你学打枪。"她指着朱筱堂对儿子说,"你找套衣服来给他换一换。"

"西装,还是人民装?"

"当然是西装,挑好一点的。"她想,这样可以不叫人发觉他是从乡下来的地主的儿子。

"一句闲话。"徐守仁拍拍胸脯说,"我们是一家人,你的就是我的,我的就是你的。"

"要不要上楼去洗个澡?"

"也好。"

她望着他们两个人手挽手地走出客厅,从朱筱堂消瘦的背影,她想起他从小娇生惯养,好吃的好穿的,尽他享受;他要啥,暮堂给他啥;外边风稍为大一点,就不让他出来,怕他伤风感冒;在太阳底下,不是给他打把伞,便要戴上宽边大草帽,生怕他细嫩雪白的皮肤晒黑了;别说锄呀犁的没碰过,连打人也不用自己动手。他在无锡上了小学,朱暮堂另外还请了一位老先生,在家里给他讲四书五经,指望把他培养成一位有学问的人,继承朱家庞大的事业,把梅村镇永远统治下去。谁知道来了共产党,穷人翻身,坐了江山。朱暮堂带着他美丽的希望进了坟墓。朱筱堂落魄成这个样子,要不是事先写信来,在马路上遇见,一定不认识他了。他是独生子,朱暮堂留下来的唯一的根。朱延年又关在牢里,不知道吉凶祸福。煊赫一时的朱家,没想到死亡的死亡,坐监牢的坐监牢,活着的又是这副样子,只有她依靠徐义德,总算过得不错。她深深感到自己肩头的沉重,认为有不可推卸的责任,一要照顾朱筱堂,二要帮助朱延年。当她沉思的辰光,徐守仁拉着朱筱堂的手,一蹦一跳地回到客厅,得意扬扬地指着朱筱堂对她说:

"妈,你看,多么漂亮的一位年轻小伙子!"

徐守仁对着朱筱堂跷起了大拇指,晃了一晃。

她仔细打量他一番,从头看到脚,果然变成另外一个人了。他刮了脸,头发也上了英国发浆,乌而发亮。她心里想:人是衣装,马是鞍装。这话确实不错。从他身上,她仿佛又看到朱家未来的希望了。她暗自高兴地说:

"他的衣服,你穿着倒合身,就像定做的一样。"

徐守仁站在朱筱堂旁边,肩并肩地比了一比,说:

"我们俩人的个子差不多,你看。"

"他比你瘦一点,不过,倒有点像兄弟。"

"不,我哪能和他比!"朱筱堂无限感慨地说。

徐守仁拍一拍他的肩膀,像是一位老大哥似的,说:

"别客气,你要啥,我都给你。我们是兄弟。听说你学问很好,枪法也好,你有本事,别忘记教我。"

"这还用说。"

下午四点钟,是徐公馆用点心的时间。大太太准时带着吴兰珍下楼来了,紧接着林宛芝也下楼来了,可是老王买点心还没有回来。她们走进客厅,朱瑞芳给她们介绍了。朱筱堂不自然地望着身上的那件翻领的雪白府绸香港衫和浅灰色西装裤子,好像她们已经发现这些衣服不是他的,老盯着他望。他不好意思地低下头来。大太太关心地问:

"乡下生活好吗?"

"唔……"

朱瑞芳没让朱筱堂说下去,代他说道:

"和过去,当然不能比;不过么,现在也算不错……"

吴兰珍看见朱筱堂那一身漂亮的打扮已经感到惊异,再听朱瑞芳这么一说,更觉得奇怪了,难道土地改革以后,地主的儿子还这么神气吗?地主剥削农民多少年了啊,现在还在剥削吗?她用怀疑的眼光盯着朱筱堂。

"你们还住在老地方吗?"大太太成天在佛堂里生活,对外边发生的变化,一点也不知道。

"老地方?"朱筱堂不知道怎么回答好,他叹息了一声,没有说下去。

朱瑞芳代他说:

"还是那个老地方,——他今天刚才从无锡来的。"

"哦,你们今年收成好吗?"

"收成?"朱筱堂眼前出现的是一大片绿油油的田地,有无数的农民在锄草,可是这些肥沃的田地不是朱家的了。他含含糊糊地说,"乡下收成倒还不错。"

"老天爷保佑,阿弥陀佛。"大太太微微点点头,感谢上苍的恩赐。

"是呀,"朱筱堂听了这些话像是给刀剐似的难受,可是又不得不应付,说,"这会,泥腿子也比过去卖力气哩!"

"那当然,"吴兰珍忍不住插上来说,"劳动光荣么!土地分给了农民,不是给地主干活,还有不积极劳动的?"

"你在大学里读书,乡下的事体也很清楚?"朱筱堂兀自吃了一惊。

"土改辰光,我们学校里组织师生参加工作队,我还和农民一道斗地主哩。听农民吐苦水,我恨不得一棍子把地主打死!"

这一棍子仿佛打在朱筱堂头上。他不禁"啊"了一声,发觉大家注视他,马上若无其事地对她说:

"你真不含糊!"

"我……"吴兰珍感到他这句恭维话里有刺,冷冷地说,"地主的罪恶那么大,谁见了地主不恨?"

"地主也有好有坏,不能一概而论啊!"朱筱堂觉得吴兰珍跟共产党一鼻孔出气,幼稚得很。不是在无锡乡下,他没说话的地方;这是姑妈家,算起来和吴兰珍也是亲戚,不是外人,他可以发表自己的意见,倾吐积郁在心头的怨恨和冤屈。他大胆地说,"就拿梅村镇来说,哪家泥腿子不靠种朱家的田地过日子?要办红白喜事,谁家少钱不是向朱家借用?"

"这是剥削。"吴兰珍不客气地说。

"剥削？我再告诉你,逢年过节,很多穷人揭不开锅盖,过不了年,哪家不靠朱家的救济？每年三十晚上,朱家要散发很多粮,让穷人过年,这也是剥削？"

"当然是剥削。要不是地主剥削农民,乡下怎么会有穷人？把农民收的粮食都剥削到手里,再拿出一点来发给农民,不过是沽名钓誉,算啥好人？"

"照你这么说,地主做了好事,也是坏人？那还有啥是非黑白？"

"地主怎么有好人？好人不当地主。"吴兰珍一点也不让步。

"你根本不分是非黑白。"

"你没有阶级观点,你站在地主立场说话。"

"不管站在啥立场,总该分清是非黑白。"

"不站在无产阶级立场,永远分不清是非黑白!"

"你站在无产阶级立场?"

"这还用问?"

"哟!"朱筱堂轻蔑地撅撅嘴。

"哟啥?……"吴兰珍越讲越生气,认为朱筱堂的脑筋像花岗石,顽固不化。

大太太见朱瑞芳紧绷着脸,不吭气,不时用眼睛睨视吴兰珍,知道姨侄女失言。吴兰珍却不在意朱瑞芳微愠的脸色,还要说下去,大太太便打断她的话:

"少说两句,行不行？古人说得好:各人自扫门前雪,休管他人瓦上霜。你懂哦?"

吴兰珍嘟着嘴,鼓着红润的腮巴子,没有回答姨妈的话。

徐守仁最初听吴兰珍和朱筱堂谈话蛮有意思,土改,农民,地主,剥削和阶级观点等等一大堆新名词,他也闹不大清楚,但感到新鲜。谈到后来,他们两人你一言我一语,各不相让,使他听得头

229

都发胀了。他认为这么好的时光,不出去白相,争吵这些事体,实在枯燥无味。他想插两句,一时又轧不进。大太太一开口,正好给他一个机会:

"别再争吵了,啥农民地主,剥削救济,立场阶级,和我们全没关系。你们争啥?有工夫,一同出去荡荡马路,白相白相,何必把时间浪费在无聊争吵上?"

"这不是无聊争吵,这是原则问题!"吴兰珍熠熠的眼光对着徐守仁。

"原则问题?"徐守仁嬉皮笑脸,轻松地问。

"当然是原则问题。看事看人,都要用阶级观点分析,才看得准。啥阶级讲啥闲话。我们参加土改的辰光,讨论过这个问题。"

徐守仁见吴兰珍那股严肃认真劲头,不敢再开玩笑,怕吃她不消。啥阶级讲啥闲话,他似懂不懂,觉得这句话很奥妙。他闹不清是吴兰珍对呢,还是朱筱堂对,不好随便插嘴。大太太刚才没有制止住吴兰珍,怕吵下去闹得全家不欢,她进一步训斥,想压住吴兰珍:

"你们这些年轻人啊,一点道理也不懂,尽爱管闲事。尤其是你,啥事体都要抢在前头,一个女孩子不好好在学校读书,抛头露面参加啥土改!"

"这是好事么,上了一堂生动的阶级教育的课。"

"不在学校里上课,到乡下上啥救急的课?我活了这一辈子,没听说过。"

"这是实际教育……"吴兰珍在辩解。

"那你在苏州乡下好了,为啥还要到上海来考大学?乳臭未干,就不听大人的话了。哼,看你这丫头!"大太太气愤地说,"你给我闭嘴……"

"我……"吴兰珍还想辩解,见姨妈生这么大的气,嗫嚅地没有说下去。

"她不是有心说那些话……"林宛芝从旁调解。

"你不晓得,"大太太说,"这个丫头就是这个古怪脾气,爱管闲事,说过她不止一次了,也不晓得改。上回'五反',也是她!说啥不坦白就不认姨父哩!你说,这像亲姨侄女说的话吗?惹得她姨父到现在还生气哩。这丫头,就是不懂事!"

"年纪还轻哩。"林宛芝说。

"大学生啦,还是小孩子吗?"

"年轻人都是这样。"林宛芝也说不出个所以然来,含含糊糊地说。

"年轻,说的话可不轻!"朱瑞芳再也忍耐不下去,不满地撇一撇嘴。

"我……"吴兰珍刚一开口,就叫姨妈打住了!

"兰珍,你少开点口不行?"

吴兰珍嘟着嘴,谁也不理,安静地望着客厅里那架大钢琴。她心里一点也不安静,思潮如同奔腾咆哮的怒涛!想不到土地改革好几年了,地主还这么威风。无锡离上海不过一二百里路光景,地主在乡下还很有势力吗?土改不彻底吗?朱筱堂隐瞒了地主阶级的成分,农民一点没有发觉?不像。朱暮堂就在无锡乡下镇压的,朱筱堂当时也在无锡乡下,不可能隐瞒。但看到他那身打扮,这样神气,她又十分怀疑,猜不透是怎么一回事。她一见朱筱堂,就恶心,说不出来的讨厌,好像看见他那身衣服上染满了农民斑斑的血迹,恨不能狠狠斗他一家伙。姨妈不理解她的心情,反而训她一顿。她愤愤不平。难道她错了吗?她明明没错呀!林宛芝给朱瑞芳顺带说了一句,也不好开口。她原想给吴兰珍解围,没想到碰了朱瑞芳。这回朱筱堂来,朱瑞芳和她那么要好,她也想借这个机会拉朱瑞芳一把,无意之中得罪了朱筱堂。她想挽回这个局面,当时又不知道从何下手。朱筱堂昂着头,谁也不望一眼。客厅里静静的,可以听见窗外盛夏的热风吹着树叶发出沙沙的音响。树上不时发出吱吱的蝉声。

客厅里的空气表面虽说平静,可是大家都处于非常尴尬的境地,谁肚子里都有一大堆话,但谁也不愿意说,随时好像要爆炸似的。

幸好,老王走了进来:

"点心准备好了。"

"好吧,大家吃点心去。"朱瑞芳站了起来。她看到林宛芝脸上有点抱歉的神情,知道林宛芝并不是支持吴兰珍讲朱筱堂。朱筱堂来上海靠林宛芝帮忙,以后还要用着林宛芝哩。她过去笑着对林宛芝说,"今天点心特地为你买的……"

"哦……"林宛芝感激地笑了。

"乔家栅的芝麻汤团……"

吃过点心,朱瑞芳怕人多谈话不方便,把朱筱堂和徐守仁带到自己的卧房。朱筱堂一走进卧房,眼泪就像断了线的珠子,簌簌地滚落下来,干燥的面孔上挂着两串泪水,嘤嘤地哭泣了。朱瑞芳莫名其妙,诧异地问他:

"为啥哭啊?"

"我受不了这个气,想不到在上海也叫人看不起……"

徐守仁没有听清刚才吴兰珍的话,也不知道早一会老刘那一段经过,他摸不着头脑,挺着胸脯,说:

"谁敢看你不起?"

"自然有人……"朱筱堂没有说下去。

"谁?"

"你没听见吴兰珍说吗?她要一棍子打死我呢!"

"她啥辰光说的?"徐守仁不相信吴兰珍会说这种话,但他对吴兰珍也不满意，认为她傲慢，两眼朝天，不把他看在眼里，生气地问，"她敢打你？那我先给她一个飞刀，不死，也要她残废……"

"你看，又来这一套了……"朱瑞芳指着他。

徐守仁把身子一歪，右腿斜伸出去，不断地抖动，两只手的大拇指插在西装裤的口袋里，其余四个手指在外边摆动，像是长在大腿上的两只小翅膀似的，仿佛要从卧房飞翔出去。

朱筱堂霍地站了起来，激动地说：

"姑妈，我回无锡去！"

"刚来，怎么又要回去？"她大吃一惊。

"这个气，我受不了！"

"你别理那丫头，她讲话总是疯疯癫癫的，没人听她那一套……"

"我还是走了好。"

她挡住他的去路，抓住他的手，说：

"你忘记了，这是你姑妈家，也不是吴兰珍家。以后，她再闲言闲语的，我就不要她上徐家的门。"

朱筱堂听了姑妈这番话，心里舒畅了一点，但总觉得徐公馆里的一些人对他另眼相待，在这里待下去身上有一股压力似的。姑妈不让他走，他又不甘心留下，只好木然站在那里，无可奈何地叹息了一声。朱瑞芳转过身子，把门关紧，摸着他的肩膀，怜惜地安慰他：

"有啥心思，慢慢讲给姑妈听，不要哭……"

他拭去泪水，倔强地说：

"我不懂，为啥到处叫人看不起……"

朱瑞芳用右手的食指指着他的嘴，说：

"小声点，别给人听见了，我们家里人多口杂……"

她把他拉到沙发那里，让他坐在自己旁边。徐守仁站在侧面，歪着头，倾听他絮絮不休地诉说……

## 二十六

下午五点钟。朱瑞芳把徐义德拉到她的卧房里,谈了一会儿,她一个劲儿摇头:

"我不相信,你真的一点也不晓得。你总拿我们女人家不当人看,回来啥也不说,从来不谈正经的。"

"哪件大事体没和你商量?"

"我没有这个福气。"她否认道,"你啥也不和我商量,我蒙在鼓里过日子。"

徐义德并不把她的攻势放在心上,耸一耸肩膀,微笑地说:

"守仁到香港去,给你说了没有?'五反'厂里的事,和你商量没有?工商界消极不满的情绪,告诉你没有?你仔细想想看,哪件大事体没有和你谈过?"

她认真地想了想:这些事确实和她谈了,没谈的事,一时想不起来,可是不服。她说:

"反正我外边的事体一点也不晓得。"

"难道要我把肚子剖开给你看吗?"徐义德拍一拍他的满是脂肪的隆起的大肚子。

"那边的情形你从来没有讲过……"

朱筱堂到徐公馆那天,把乡下的情形详细给姑妈谈了一通。他诉说母子俩受苦难的熬煎,不知道哪一天才有重新出头的日子,像过去那样在村里威风凛凛地过舒服的生活。乡下闷塞得很,除了报纸上的新闻,啥消息也听不到。他想姑爹一定知道台湾那方面的消息,不敢当面问姑爹。姑母说,不要紧,有她在,别怕,有话当面说好了。

前天晚上,大太太和林宛芝已经上床睡觉了,朱瑞芳把徐义德带到楼下书房里,朱筱堂和徐守仁早在那里等候多时了。朱瑞芳走进去,反手关了书房的门,直截了当地对朱筱堂说:

"你姑爹在这里,有话,当面说好了。"

朱筱堂腼腆地望了徐义德一眼,见姑爹器宇轩昂,坐在沙发上,面孔对着书橱里的《万有文库》,连看也不看他一眼,心中好不高兴。他不愿低首下心,没有吱声。

徐义德给朱瑞芳硬拉进来,已经憋了一肚子气,进门看见朱筱堂和守仁这孩子在里面,更是气上加气,一听朱瑞芳开门见山两句话,越发恼怒了。他深深感到自己受骗了。朱筱堂到了上海,他设法避免和朱筱堂单独接触,总是拉着林宛芝或者大太太在一道,使得朱筱堂无从开口。朱筱堂到上海来的目的:一是打听台湾那边的消息,二是想弄点钱。他完全清楚。朱筱堂已不是当年的朱筱堂,朱暮堂不知道埋在啥地方去了,骨头怕已成了灰。朱家的天下早完了。朱家的人在乡下成了臭狗屎,谁见了他们都远远离开了。朱筱堂到上海,当然也不会是香的。朱徐两家是至亲,朱瑞芳又给他生了守仁这宝贝儿子,没法远远离开朱家,更不可能和朱家一刀两断。朱筱堂这次到上海来,他尽量不让亲友知道,怕出意外,沾惹到他的头上。他暗中远远离开朱筱堂。现在朱瑞芳把他和朱筱堂拉在一道,还有守仁,尽是朱瑞芳身上的人,叫他无从借口推却。更糟糕的是她要朱筱堂当面问姑爹,使他无处躲闪。他哪能和朱筱堂谈这些事?万一传扬开去,一定会连累到他的头上。他犯不着冒这个危险,并且这件事对他有百害而无一利。不告诉朱筱堂呢,对他有百利而无一害。朱筱堂生气吗?他才不放在心上哩。朱家人财两空,在乡下的势力完蛋了。今后他用不着朱筱堂了。

要是朱筱堂从此不再上徐家的门,谢天谢地,才巴不得哩。他下了决心,争取主动,封住朱筱堂的嘴,毅然地说:

"我们蹲在上海,和你们蹲在无锡差不多,那边的情形也不大清楚……"

朱筱堂一听这口气,他啥闲话也讲不出来了,心里又是生气又是沮丧。他不相信姑爹真的不清楚那边的情形,他在上海熟人那么多,会不听到一些吗?为啥不肯告诉他呢?地主不吃香了,朱家垮台了,姑爹不把他看在眼里了。这次白来上海一趟了!他嘟着嘴,决心不再问姑爹,干脆回到乡下去,听天由命,今后再也不跨徐家的大门。

朱瑞芳以为朱筱堂会追问下去,见他不说话,又皱着眉头,像有心思。徐义德呢,仿佛已经办完了这件事,掏出一支雪茄来,点燃,悠然自得地抽着。徐守仁见大家不吭气,他望着朱筱堂,莫名其妙地问:

"筱堂,你不是要和姑爹谈吗?怎么现在又不谈呢?"

"没有谈的。"朱筱堂发觉这句话有点过火,又收不回来,于是改口说,"姑爹已经谈了。"

朱瑞芳发现朱筱堂不满的情绪,而徐义德满不在乎,一点也不理睬他。她心里有一种说不出来的难受:在丈夫和内侄之间,谁也不好得罪。

书房里空气紧张。大家沉默着。窗外蛙声呱呱地叫着,更显得屋子里沉寂得可怕。朱瑞芳摘下腋下的手帕,拭去脸上的汗,打破沉默:

"今天真闷热,怎么一点风也没有?"

"可不是,"徐义德给她一说,好像也感到热了。他拿起一把纸扇子轻轻地搁了搁,漫不经心地说,"今年比往年热得早……"

"无锡热吗?"朱瑞芳有意逗朱筱堂讲话,想缓和一下紧张的空气。

"也热,闷得透不过气来。"

徐义德懂得朱筱堂这句话的含意,他说:

"热天过去就好了。"

朱瑞芳以为他们会从此谈下去,等了一下,朱筱堂又嘟着嘴了。她向他撅撅嘴。他闭紧嘴,不让一个字透露出来。她没办法,只好正面向他提了:

"筱堂,你不是要打听那边情形吗?你姑爹在这里,怎么不说呢?"

"我问过了。"朱筱堂忍着一肚子的气,简单地说。

"你啥辰光问的?"她点破他,说,"你不是要问你姑爹一大堆的事体吗?怎么忽然不问了呢?"

她这么一逼,他只好摊牌了:

"姑爹说那边的情形不大清楚么……"

"生我的气吗?"徐义德半开玩笑地说。

朱筱堂没有吱声,心里却说:你现在是上海滩上的红人,又是我的长辈,怎么敢生你的气哩!他姑妈说:

"你怎么好和孩子一般见识?义德,他老远从无锡来,就想听点消息,你多少给他谈一些好了。"

徐义德看到窗外的夜色很浓,咽咽的蛙声听不到了,轻微的凉风习习地吹进屋子里来。时间不早了。他得想法跳出这个对他不利的局面,不能让朱筱堂无休止地纠缠下去,那太不值得了。他若无其事地笑了笑,改口说道:

"我们是至亲,啥闲话不好讲呢?你从无锡老远跑来,也没有别的要求,就想打听点消息,我要是晓得,为啥不讲呢?"

"这一点,我心里完全明白。"朱筱堂并不低头。

"你明白,那就太好了。"徐义德也不让步。

237

"姑爹这样关心我,实在太感谢了。"

"那倒用不着。"

"其实那边的消息,我不过顺便问问,晓得不晓得也没啥关系。"

"你顺便问问?"朱瑞芳听朱筱堂的口气越说越不对头,诧异地问道。

徐义德从朱筱堂身上看到朱暮堂当年耀武扬威的派头。他心里好笑,徐义德不是过去乡下的泥腿子,不吃这一套。他不动声色,客气地说:

"筱堂从来不说假话。"

朱瑞芳的嘴叫徐义德封住,一时找不到词儿。朱筱堂丝毫不改变他的态度:

"一点也不错。"

徐守仁越听越奇怪了,不禁劈口问道:

"你不是想听那边的消息吗?"

朱筱堂没有吭气。

"是呀,"朱瑞芳接上去说,"姑爹也不是外人,有啥好客气的?"

"那是过去的事了。"朱筱堂开口了。

"有话快说吧,不早了。"朱瑞芳催促他。

徐义德看看窗外:夜已深沉,黑乌乌的,啥也看不见,只有天上稀疏的星星,仿佛也有点儿疲倦了,不断映着眼睛,一闪一闪的。他乘机有意对朱筱堂打了个呵欠,说:

"真的不早了,大家该睡了。"

朱筱堂给徐守仁戳穿,有点狼狈;让姑妈一催,他的心倒确实有点动了。一见姑爹暗示性的呵欠,他就打消了再问的念头,跟着说:

"确实该睡了。"

"再谈一会……"朱瑞芳设法挽回僵持的局面。

徐守仁精神抖擞地跷起右手的大拇指说：

"我三天三夜不睡觉也不在乎！"

"谁像你这个贱骨头？"徐义德站起来说，"我明天早上还有事体哩，——你们再谈一会儿吧！"

徐义德开了书房的门，迅速上楼去了。

局面已经无可挽回。朱瑞芳摇摇头，深深地叹了一口气，指着朱筱堂说：

"你这个阿木林，今天晚上这么好的机会，一个外人也没有，为啥不直截了当地问呢？"

"姑爹说不晓得么。"

"那是客气话。整天在市面上混的人，他哪件事体不晓得？"

"不肯讲也没用。"

"你不问他，他怎么讲呢？"朱瑞芳代徐义德解释。

"我已经问了，他不肯讲，我有啥办法？"

"你不会再问吗？"

"我不想听了，——我明天回无锡去。"

"你回去？"朱瑞芳从朱筱堂身上看到朱暮堂的影子，想起哥哥死的情景和他们在乡下艰苦的生活，一阵心酸，眼睛润湿，忍不住掉下几滴眼泪来。她用白纱手绢拭去，声音有点喑哑，抱歉地说，"你无论如何不能回去，这点事体我给你办。"

"不，姑爹是上海滩上的红人，事体太忙，我不能帮他的忙，不该再麻烦他老人家了。"

"我的心都碎了，你还和我说这些话？"

"我明天回去，再不说了。"

朱瑞芳用白纱手绢捂着发酸的鼻子，几乎说不出话来，只是伤心地说：

"你,你……"

朱筱堂站了起来,好像马上就要回无锡。徐守仁一把抓住了他,说:

"你放心好了,老头子慢慢会讲的。"

"筱堂,你在上海多住几天,这事交给我好了,我一定给你办到。"朱瑞芳觉得这点小事办不到,不单是对不起死鬼,也对不起内侄。

她在内侄面前夸下海口。从第二天起,她就暗暗观察徐义德的行踪,寻找有利的机会,好向徐义德再提起这件事。她知道今天晚上徐义德要在家里请工商界大亨们吃饭,希望她带朱筱堂和徐守仁去看马丽琳,表面上是为了关怀朱延年和马丽琳,实际上是调虎离山,好让林宛芝出面招待客人,也怕工商界朋友们知道他家里有一个地主的儿子。要在平时,朱瑞芳绝对不会答应的,可是今天,她要抓住徐义德的把柄,很快就答应下来了。她叫徐守仁陪朱筱堂在楼下白相,等候她的消息。她亲自和徐义德开谈判,要他答应把那边的消息告诉朱筱堂,然后再把朱筱堂叫上楼一起谈,免得又谈僵了。她威逼徐义德透露一些那边的消息。他却老练地闪开她的攻势,反而向她进攻,振振有词地说:

"我不了解,怎么说呢? 这不是逼尼姑上轿,有意叫人为难吗?"

她给反问得没有话说,可是她答应朱筱堂打听,不能一点名堂也谈不出来。但徐义德这边的门依然关得很紧。她不知道再怎么问是好。她正在为难,老王敲门了。徐守仁和朱筱堂在楼下白相得有点不耐烦,看看时间不早,急着要去看马丽琳,又不愿亲自上楼打听,就叫老王来问。朱瑞芳一见老王,就知道来意,暗示地说,要他们在下面再等一会。老王识相地退出他的卧房,在外边把门带上,然后从钥匙眼里向里面窥望,见他们两位很严肃地坐在那里,像是开谈判。他生怕给主人发觉,神秘地悄悄下了楼。

林宛芝站在客厅里,面对着墙壁镜框里的齐白石的墨虾,低声练习《宝莲灯》里那段二簧慢板:"站立在屏风外侧耳细听……"她唱了一遍,又唱一遍,仔细回味冯永祥所讲的:二簧慢板的声调,比西皮还要耐人寻味些,个个字都要使腔,要费好多时间,唱时不能性急……她觉得冯永祥真了不起,啥都懂,连京戏也唱得这么好,还会讲出一番行家的话。她在活蹦活跳的墨虾里隐隐约约看到冯永祥嬉皮笑脸的影子,竟没有发觉老王在一旁注视她。

老王听她唱一段忽然不唱了,轻轻地离开,连忙去泡了一杯浓茶,送到客厅来。快走到客厅,他有意放慢了步子,谛听里面的动静。客厅里传出李盛藻和雪艳琴唱的《宝莲灯》:"他父子因何故大放悲声……"雪艳琴唱一句,林宛芝跟着也唱一句,等到唱片完了,老王把那杯浓茶送到她面前:

"唱累了吧,喝点茶,润润嗓子……"

"京剧这玩意确是迷人,"她接过茶,喝了一口,坐在沙发上,喘了口气,说,"你看,雪艳琴唱得多好,特别是那段二簧慢板,个个字都使腔,比西皮声调够味得多了,你说是不是?"

老王对京剧是个十足的门外汉,但他谈起来却充满了浓厚的兴趣:

"那当然,我一听京剧就舍不得走开。你最近唱的比从前好得多了。"

她脸上热辣辣的,听了他的话心里又舒服又有点不好意思,谦虚地说:

"不,我还差得远哩,这段二簧慢板真难唱。"

"照我听来,非常好,和雪艳琴唱的差不多了。"

"怎么能和她比呢?"

"你要求太高了,就凭你刚才唱的那段,我看,就可以灌片子哪。"

"那可要笑死人了。"她望着窗外，阳台那边摆好了两张桌子，十几张椅子，一色大红的，给绿茵茵的草地一衬，越发显得耀眼。她问，"饭菜准备好了吗？"

"都准备好了。"

"怎么老爷还不下来？"

老王把声音放低，露出机密的神情，伸出两个手指，说："在楼上和她谈话哩！"

"早不谈晚不谈，偏偏要在请客的辰光谈？"

"好像谈重要的事体……"

"重要的事体？"她暗自吃了一惊，不知道是不是和自己有关系。

"谈啥，"老王见她有些紧张，怕自己卷到是非窝里，慌忙声明，"我不晓得。"

"你催他一下，别忘记待会有客人来。"她望着身上那件天蓝色的麻纱旗袍，觉得颜色深了一点，自言自语地说，"哎哟，我还要换衣服去哩。"

老王闪在一旁，让她走出客厅。他收拾好客厅，把她没有喝完的那杯浓茶端走，接着上楼，轻轻敲了一下二太太卧房的门。徐义德开了门，老王站在门外把头伸进去，低声地问：

"总经理，一会儿客人就要来了，要不要先下楼去看看？"

徐义德给朱瑞芳纠缠得脱不了身，刚才老王来敲门，失去了一个机会，这次见了老王，连忙答腔道：

"哎哟，真的不早了，我要下去看看。"

他把门完全打开，想趁势走出去，但怕朱瑞芳当老王的面发火，使他下不了台。他暗中望了她一眼：只见她横眉瞪眼，满脸怒容，紧紧闭着两只薄薄的紫红的嘴唇，一言不发。那神情好像说：

你敢走一步试试！徐义德装作不曾看见，放下笑脸，缓和紧张的空气，对老王说：

"我还有点事体，你先下去。"

老王慌忙退走，在甬道上伸了一伸舌头，庆幸自己没有挨骂。

朱瑞芳走到门口砰的一声把门关上，指着沙发，对徐义德说：

"老实告诉你，今天不把那边的情形告诉筱堂，你别想走出我的房门。"

"今天晚上我打算睡在这里。"他忍不住顶了一句。

"真的？"

"当然不是假的。"他沉住气。

"我陪你。"她进一步威胁道，"丽琳那里今天索性不去了！"

"去不去，由你。"

"我决定不去了。"

"你已经打电话告诉她了，你不去，你失信。"

"这不关你的事。"

"筱堂到上海来好几天了，不上延年家里去，说得过去吗？"

"那你陪他们去好了。"

"我今天晚上要请客。"

"我代你招呼。"

"还要商量事体……"

"告诉我，我和他们谈。"

"你，你……"他见她紧紧相逼，一步也不放松，有点忍耐不住了。

"我不是徐家的人？"

"谁说你不是的？"

"为啥我不能谈？"

"这是正经事体啊！"

243

"正经事体,我也可以谈。"

"不行。"

"那么,请客改一天。我告诉老刘,客人来了,都请他们回去!"她站了起来,准备出去。

徐义德心里想,万一她真的通知老刘,把客人都赶走,他今后在工商界就别想混了。他不能丢这个脸!他不能坍这个台!他不能出这个丑!这关系他一生前途的大事。但是告诉朱筱堂一些那边情形,如果传出去,是徐义德讲的,牵连起来,也不是一件小事。他不能答应!他不能泄露!他不能冒险。特别是"五反"以后,他更要谨慎小心。这也是关系他一生前途的大事。现在朱瑞芳卡住他的脖子,要他现在就要选择一条道路,二者必居其一,不容犹豫。他两条路都不愿意走。但又不能不走!她就站在他前面,稍一迟缓,她便要下楼去了,事情如果发生了,挽回就难了。他立刻先把她挡住,咽下这口气,勉强堆上笑容说:

"办事别那么鲁莽,考虑后果没有?"他指着沙发说,"坐下来,慢慢谈。"

"啥后果,改天请客不是一样吗?"她勉强坐了下来。

"我以后要不要在工商界混了?"

"谁不要你混?"

"你这样做,得罪了客人,我能混下去吗?我混不下去,对你有啥好处?"

"你为啥不肯和筱堂谈谈呢?"

"这些事哪能随便谈?亏你还是个聪明人哩!"

"筱堂也不是外人,告诉他有啥关系?"

"筱堂当然不是外人,可是你晓得,他是地主的儿子,现在管制劳动。他一举一动,一言一语,一定会有人监视,他听到了一些消息,走漏出去,追查起来,谁担起这个风险?"

244

"我要他不要对旁人说好了。"

"没那么简单。"

"有多复杂?"她听他口气还是不肯说,尽掉花枪,马上眉毛一竖,瞪他一眼,气生生地说,"不管简单不简单,今天你不和筱堂谈,你别想请客。"

她威胁地又站了起来。

他见辰光不早,花园里树梢上的蝉声吱吱地叫,仿佛告诉他客人快来了。他不能再和她扯皮下去,要寻找一条脱身的道路,既能满足朱瑞芳和她这位宝贝内侄,又不伤害自己。他冷静地想了想,今天不应付她一下是过不了关的,轻轻叹息一声,说:

"不是我不肯讲,我是考虑他的处境,也考虑我现在的地位,万一出了事,对他对我都不利,对你也不利。他们母子俩蹲在乡下,地主的罪不好受,希望有个出头之日,我心里何尝不明白?这样好了,我告诉你,你私下告诉他,可别提是我说的,叫他无论如何不能说出去。"

"你好好给我商量,我哪桩事不依你? 我一定叫筱堂不说出去。"她只要打听出那边的消息,是徐义德亲自对筱堂说,还是她说,都没有关系。她脸上漾开了笑纹,亲热地说,"上海滩是个大码头,往来的人很多,你又是工商界的红人,一定听到不少那边消息。"

"听倒是听到一点,"徐义德说到这里向屋子四周望了望,发现房门给风吹开了。他肥厚的手指着房门。她会意地过去把门关紧了,回来温柔地坐在他的身边。他低声说下去,"广东,湖南一带,常常有那边的飞机来散传单,有的地方还投下粮食……"

"传单上怎么说?"她眼睛里流露出兴奋的光芒,焦急地问。

"听说传单上讲,要大家团结起来,对付共产党,那边很关心大陆上的同胞,特别是老蒋,无时不想念大陆上的同胞,要大家安心等待。那边积极训练队伍,准备反攻大陆……"

徐义德说到后来声音更低。她心里充满了喜悦,压低嗓子问:

"上海来过吗?"

"上海?过去来过,"徐义德歪着头想了想,说,"你一提,哦,想起来了,不久以前也来过,那边对大陆的情形好像也晓得一些,传单上说,很同情我们资本家在'五反'中吃的苦头,还号召史步云、潘信诚和马慕韩这些巨头到那边去哩!"

"他们去吗?"她急着问。

"他们——"徐义德摇摇头,说,"不会去的。"

"为啥?"

徐义德紧对着朱瑞芳的耳朵,小声地说:

"解放初期,大家以为共产党占不长,蒋光头八月中秋要回来吃月饼,现在好几个中秋节过去了,也没点影子。共产党在朝鲜和美国佬打起来,大家以为共产党这下不行了,可是一直顶到现在,还打了胜仗哩。"

"那边还有希望吗?"

"这就很难说了。有人讲,有希望,因为有美国做后台老板,反攻大陆只是时间问题;也有人讲,解放了好几年都没有动静,大概没有希望了。"

"你看呢?"

"希望不大。"他摇摇头。

"美国还帮助那边吗?"她对那边寄托很大的希望,巴不得蒋光头早点回来,好给哥哥报仇。

"帮还是帮的,美国第七舰队就驻在那边,所以共产党到现在还没有解放台湾。"

"我也看到这一点,"她平时非常关心台湾方面的新闻,不解地说,"他们为啥不动手呢?"

"谁晓得!"徐义德把肩膀一耸。

"第三次世界大战会打起来吗?"

"更难说了……"

他有意看了看表,催问朱瑞芳:

"我听到的消息都告诉你了。你们该走了吧,时间不早了。"

"好的。"她指着他的腮巴子,关怀地说,"你放心好了,我不会耽误你请客的。"

徐义德讲了这些私房话,怕走漏出去,于自己不利,又补充了两句:

"我谈的这些,都是市面上的谣言,有些事体谁也闹不清是真是假。你告诉筱堂千万别对旁人谈起,不然追查起来,谁也吃不消的。"

"这事包在我身上。"

"客人快来了,我得去准备一下。"

徐义德走后,朱瑞芳下楼带着朱筱堂和徐守仁上朱延年家去了。

## 二十七

徐义德换了一件乳白色的府绸香港衫,一步一步走下楼来,刚一跨进客厅,一片喊喊喳喳的人声迎面扑来,他惊奇地向人声方向望去:阳台那边已坐了五六个人。他生怕潘信诚和马慕韩到了,三步并作两步,推开绿色的纱门,迈出一步去看:幸好这两位还没有来,他对冯永祥说:

"阿永,这么早就来了,还差半个钟点哩!"

"早点来,好准备准备。我是半个东道主,客人不满意的话,我也有责任哩。"

"那倒是的。"徐义德的眼光扫到唐仲笙身上,惊奇地说,"仲笙兄,你也早来了。"

"这是阿永的命令,要我早点来,有客人好招呼招呼。德公和阿永请客,我能迟到吗?"

"多谢你抬举。"

"以后有好处,德公别把小弟忘记了,我就感恩不尽了。"唐仲笙从口袋里掏出一包仙鹤牌香烟,抽出一支敬给徐义德。

徐义德接过烟来,对这种烟没有兴趣,没有抽,只是说:

"不管办啥事体,啥辰光也不会忘记智多星的。"

"承照顾,非常感谢。"他划了根火柴,巴结地给徐义德点烟。

徐义德看了看那支烟,说:

"名牌货,我晓得,早先在星二聚餐会抽过的……"

"这回不同,是加料的。"

徐义德勉强抽了一口,仍然感到有些呛嗓子,又不好当唐仲笙的面扔掉,那支烟成了一个负担,只好用食指和中指夹着,做出要抽的姿势。冯永祥听到"早先在星二聚餐会抽过的"这句话,感慨万端,叹了一口气说:

　　"我清清楚楚记得,那是延年兄头一回参加我们聚餐的事,我也抽过刚出笼的仙鹤牌。现在大家烟消云散,那种盛况再也没有了,要不然,今天也不会在这里请客了。"

　　梅佐贤来得更早,他一直站在林宛芝和江菊霞旁边,没有开口,见冯永祥谈到聚餐会,他以当事人的身份,非常惋惜地说:

　　"永祥兄说的真对!有个聚餐会,十分方便,大家到日期就可以碰头,也不用到处张罗。"说到这里,他有意停顿了一下,然后才说,"其实,照我个人看,工商界朋友在一道吃吃饭,有啥了不起,为啥不继续举行呢?"

　　梅佐贤这番话正合徐义德的心意,但徐义德不马上表示态度,要先听一听别人的意见,特别是冯永祥的。他对工商界人士的脉搏很熟悉,对党政首长的意图也比别人清楚。他说要搞聚餐会,那就大体差不多了。否则,就是自己提出来,也是白费心机。冯永祥没有开口,唐仲笙摇摇头,说:

　　"聚餐会不是不可以举行,坏就坏在重庆星四聚餐会上,不是他们利用它向政府进攻,我们星二聚餐会也不会自动结束。'五反'刚过去没有多久,现在恢复聚餐会不是时机,就是有人出来号召,我看,有些人会有顾虑。"

　　梅佐贤提出了异议:

　　"那倒不一定,只要永祥兄出来一号召,你说,哪个不愿意参加?"

　　他的话说得冯永祥心上像是有无数虫子在爬动,怪痒痒的。唐仲笙的嘴给这几句话堵住了,他不好压低冯永祥在工商界号召

的作用,但又不想放弃自己的见解。他眉头一扬,顿时计上心来,微笑地说:

"阿永出来号召,当然没有问题,我首先就报名参加。问题不在这个地方。问题在于阿永不到时机成熟,他决不轻易出山的。"

冯永祥看唐仲笙站在大红漆皮靠背椅子旁边,虽然比梅佐贤矮半个头,可是这一番话却比梅佐贤高明得多了。他俨然摆出工商界巨头的架势,庄重地说:

"仲笙兄说得对,现在还不是时机。"

"要过一阵,看看苗头再说。"

这是徐义德的声音。梅佐贤心里想:总经理私下给他说,不是希望恢复聚餐会吗?怎么调门忽然变了呢?他真摸不透总经理的心思。冯永祥给唐仲笙一捧,非常得意。他要林宛芝晓得他在工商界的地位是一天比一天高了。他转过身去,看看他右侧面的林宛芝。林宛芝低着头,不知道听见没有。他的眼光不巧碰到江菊霞的眼光,不好马上躲开,装出是找她的神情,说:

"江大姐,你怎么不开口?"

"我在看宛芝的旗袍料子,这颜色真好!"

冯永祥乘机会毫无顾忌地望着林宛芝,见她穿了一件鹅黄色的纱旗袍,里面是雪白绸子衬裙,领口那儿别了一只翡翠的别针,配上那旗袍颜色,十分引人注目。她那头乌黑头发用一个金黄的圈子套起,闪闪发光,头发翘得高高的。这是夏天流行的马尾式。大家给江菊霞一说,眼光也朝林宛芝身上看。林宛芝抬起头来,发觉大家的眼光,她转过脸去,谦虚地对江菊霞说:

"江大姐才会选料子哩,我这件旗袍还是早两年做的,一直没有穿,今天热得闷人,才拿出来穿上。"

江菊霞向她浑身上下打量一番,看看自己,又暗暗觑了徐义德一眼,心里有一种说不出来的酸溜溜的味道。但她竭力装出若无

其事的神情,说:

"像我这号子人,料子选得再好,穿到我的身上,还不是一个猪八戒。不像你,穿啥衣服都好看。你看,从头到脚,多么调和,多么美丽!你越来越年轻,越来越漂亮了!别说男的,连我们女人见了你也要多看两眼!"

"哎哟,别折死我了,江大姐!"

徐义德闻到江菊霞话里的醋味。最近江菊霞两次表示要约他出去白相,他借口"五反"以后,怕别人闲言闲语,要推迟一阵再出去。江菊霞自然很不满意,肯定徐义德是嫌她老了,也玩腻了,要调调胃口。她虽有一肚子苦说不出,可是不好对任何人提起,今天无意流露出来了。徐义德本来并没有仔细看林宛芝,江菊霞一赞美,留心了一下林宛芝打扮,果然和往日不同,确实比以前更加漂亮了。他想今天请客,也应该打扮打扮。他怕江菊霞发醋劲,叫林宛芝看到不好,让别人知道更不好,赶紧把话题拉到聚餐会上,问江菊霞:

"你听见刚才仲笙兄的高论吗?"

"智多星的话,谁能够不听!"

"江大姐别捧得我太高,摔下来,跌得重,我可吃不消啊!"

"不要紧,"冯永祥插进来笑着说,"你短小精悍,身轻如燕,就是摔下来,我保险擦不破一块皮的。"

"阿永,又拿我开玩笑了,矮小也不能怪我,是父母生的……"

"当然,生孩子也不能像工业品一样定货,不好事先规定多少重量多少尺寸,我绝没有要你老兄负这个责任。我们身体高大的人也有缺点,做起衣服来,料子就比你用得多,哈哈。"

唐仲笙挺起胸脯,态度轩昂,摆出威风十足的神情,坦然地说:

"人不可貌相,海水不可斗量。"

"在座各位,谁也比不过你诡计多端,"冯永祥伸出手,向大家指了指,说,"诸位明公,以为如何?"

"那当然,那当然。"梅佐贤曲着背说。

"阿永的话一定不错。"徐义德也捧了他一句。

江菊霞想趁客人没来的空隙,把徐义德拉出来谈。她望着花园里那些盆景,撇下林宛芝,对徐义德说:

"好久没上你们家来了,花园里添了不少新鲜玩意哩!这盆景布置得真好,像一幅画。"

她一边向盆景走过去,一边用眼睛暗示徐义德一下。徐义德走过去,但是走了两步就站住了,随便搭讪两句:

"最近在家里闲得无聊,弄了两盆来白相。"

江菊霞有意向前面又走了两步,希望徐义德跟过来,好给他谈,约个碰头的时间,免得他老是在电话里推三推四的。徐义德早察觉她的心思,不好拒绝,可是又不愿跟过去。他现在和工商界的巨头们已经混得厮熟了,有些人甚至比她关系还深,因此对她疏远了,认为没有必要和她过分亲热。他和史步云也碰过很多次面了。不过,她和史步云的关系究竟比任何人深,也不能和她一刀两断。他采取不冷不热的态度,和她保持若即若离的关系。

她站在争艳花店买来的山水盆景前面,暗暗向他招招手,他没办法再推辞了。他望见唐仲笙站在阳台上发愣,大概因为冯永祥挖苦了几句,心里很不高兴,又不能发泄,便一言不发,出神地盯着前面的碧绿草地。徐义德向他招呼道:

"仲笙兄,来看看我的盆景。"

徐义德和唐仲笙一同走到那个山水盆景前面,江菊霞脸上顿时变了色,讽刺地说:

"不到厂里去上班,在家里摆弄起盆景来了,真是玩物丧志!"

徐义德见她话不投机,怕引起她发脾气,按捺住心头的气愤,若无其事地说:

"是呀,有点玩物丧志的味道,省得到厂里去,别又犯啥五毒呀六毒的。"

唐仲笙不了解他们两人的谈吐为啥针锋相对,他望了盆景一眼,赞赏不已:

"德公,你在啥地方买来这样高雅的盆景?我在新城隍庙那边看的盆景庸俗极了!"

"一般花店里好盆景不多,买盆景要自己去选,有些人干脆自己创作。"

"你啥辰光给我介绍介绍,我也买两盆来白相。"

江菊霞一肚子气再也忍耐不住了,她把嘴一撇,哼了一声,说:

"大老板有钱,要买啥盆景就买啥盆景,白相腻了,往墙根一扔,再买盆新的。"

"这个……"足智多谋的唐仲笙给她几句话也弄得糊里糊涂了,信口便说,"不,我听说有的盆景可以摆设几十年哩!"

"在苏州拙政园里,我还看过四百年的盆景哩!"徐义德不和江菊霞争论,装出没有听懂她的话,赞美地说,"那些盆景比我这个可高明得多了。"

"照我看,你这个就很不错了。"

"人家大老板眼光高,"江菊霞见徐义德不理会她的话,越发叫她心头生气,可是又不好意思暴露出来,冷讽热嘲地说,"见了好的,还要更好的!"

徐义德站在那里实在难受,她一句话一句话就像是一根一根犀利的针刺在他身上,痛在心里,表面上却要保持镇静,又不好和她斗气,更不好走开。他希望有人救他一把。可是冯永祥和林宛芝谈得很高兴,梅佐贤听得入神,仿佛有意识把他放在这狼狈不堪的境地里。他恨不得把这个盆景砸碎,怪老王为啥不把它收起来,移到玻璃暖房里也比放在阳台旁边强。他急得满头是汗,冯永祥

253

的叫声救了他：

"德公,客人来了,快来招呼!"

徐义德连忙离开江菊霞和唐仲笙,走到阳台那边,恰巧马慕韩和金懋廉、柳惠光他们一同从客厅走出来。马慕韩握着徐义德的手,说：

"进门没见到主人,以为走错了地方。请客,怎么主人不在家呢?"

"里面热,外边凉快些。"徐义德招呼大家坐下,抱歉地说,"有失远迎。"

"都是自己人,不要客气。"冯永祥用右手向大家一指,最后拍一下自己胸脯,显得和马慕韩他们十分熟悉。他看见唐仲笙陪着江菊霞站在盆景那边不动,便大声叫道,"你们看,我们江大姐忽然变成诗人了,在游山逛水,欣赏大自然的美妙风景哩。"

江菊霞本来不想过来,给冯永祥一说,她只好和唐仲笙一道过来,指着冯永祥说：

"阿永,你又在编我故事?"

"看了那么久风景,作了多少诗啊?"

"哎哟,我这样的人不懂诗,怎么会作诗呢?不像你,读了不少文学作品,不但读鲁迅的诗文,连托尔斯泰的小说都可以讲得头头是道。"

"阿永是才子!"唐仲笙给江菊霞帮腔。

"我?说不上。"冯永祥摇摇头,说,"你们刚才站在那儿,一位是佳人,一位是才子,真叫做天生一对,地生一双,世上绝无仅有的佳偶!"

江菊霞把脸一沉,质问道：

"阿永,你是请我来吃饭的,还是来吃我豆腐的?"

冯永祥一看苗头不对,今天江菊霞的火气来得个大,他慌忙笑脸赔罪道：

"不敢,不敢。你是我和德公的贵宾。言语之间有啥冒犯的地方,还望大姐原谅则个……"

他向江菊霞拱拱手。她噗哧一声笑了：

"对你这样的人,真没办法。看你那个嬉皮笑脸的样子,多大的脾气也发不上。"

梅佐贤非常佩服冯永祥在工商界活动的能力,凭资本,他无产无业；讲业务,他不会经营；谈经历,他很年轻；但是到处吃得开,兜得转,啥场合都看见他。梅佐贤钦佩地说：

"永祥兄本事高强,能硬能软,啥事体一到他手里,就办得十分妥帖；多么复杂的问题,给他一讲,就非常明白透彻,真是了不起！永祥兄,啥辰光得闲,收我做个徒弟。"

"梅厂长,你的本事也不含糊,我倒想向你学习哩！"

"你们两位别互相标榜啦,我们都很钦佩。"马慕韩看看表,问冯永祥,"信老的电话昨天打通了没有？怎么过了一刻钟还没有来？"

"他昨天自己接的。"

"要不要打个电话催一下？"

"也好……"

冯永祥刚站起来,潘宏福推开阳台的门,笑嘻嘻地说：

"不用打电话,我爸爸来了。"

潘信诚慢腾腾地一步一步迈进来,他那对饱经世故的眼睛,能够洞察一切细微的事物,向大家望了望,一边微微点点头,然后不慌不忙地坐在靠墙的一张红漆皮椅子上。紧跟着走进来的是宋其文,坐在他对面。大家都围着红圆桌子坐下,成了个椭圆形。潘信诚对马慕韩说：

"这么热的天,你们到北京去开会,可辛苦了。"

255

"我们年轻,没关系。"

"那倒是的,上了年纪的人就不中用了,"潘信诚接连咳了两声,掏出雪白手帕来吐了口痰,说,"岁数不饶人啊,叫我去北京开会,我就吃不消。"

潘宏福知道爸爸对"五反"运动不满意,他们弟兄几个经营的几爿厂,那笔"五反"退款数字大得惊人,足足够办一个厂。虽说政府从宽处理,核减了一部分,还可以慢慢退,但究竟是一笔不小的数目啊。潘信诚怕到北京去不好讲话,推托身体不好,请假没去。潘宏福生怕别人不相信爸爸的话,站在爸爸旁边连忙补充道:

"爸爸在家里也很少走动,老是躺在躺椅上,闭目养神,连话也不大讲。"

"信老今年快六十了吧,"徐义德不大了解潘信诚的底细,关心地问。

"他比我大两岁,我今年恰巧六十,信老六十二……"宋其文代潘信诚回答。

"六十二岁的高龄,有这样的精神,也不容易了。……"

徐义德没说完,金懋廉插上来说:

"谁也比不过德公,到现在一根白头发也没有,真是越过越年轻了。"

江菊霞听金懋廉的赞美,暗中仔细地瞟了徐义德一眼:的确仍然没有一根白发,如徐义德所说"蒙了不白之冤",英俊潇洒,精神饱满,看上去不过四十来岁,绝对不像快五十的人了。她怕人发现,把眼光收回,望着自己手上的粉红色的挑花的纱手帕,静听潘信诚说话:

"要是早两年,我这次一定上北京,见见中央首长,听听报告,对中央的政策方针可以体会得深切些;可是精神不济,"他摸着下巴垂下的肉褶,感叹地说,"皮都发松了,稍为走动一下,就感到累。

不像其老,一年上两三趟北京,一点也不在乎。"

"我么,也比过去差了,不过底子还好,这副旧机器还可以用两年。"宋其文摸一摸下巴的胡须,很满意自己的身体还过得去。

"这次会听说开得很好,"梅佐贤望着太阳渐渐落下去,夕阳的光辉反映在花园外边的几座红色的洋房的玻璃窗上,闪闪地发着耀眼的光芒,照在草地上显得有点绿里发红。他看时间不早,怕这些大老板们漫无边际的闲扯下去,耽误了正事。徐义德不好开口,他不露痕迹地从侧面把话题拉过来,说,"你们当代表参加,这是非常幸福的事。"

金懋廉很关心这次会,特别很关心会后工商界的情绪。工商界不活跃起来,他的信通银行也没法放手做生意。他接上去说:

"听说陈市长在南京和大家见了面……"

"陈市长怎么到南京去了?"林宛芝低声问江菊霞。

"陈市长是华东军区司令员,司令部在南京,他时常到南京去的。"

"哦,"林宛芝自己感到惭愧,和工商界头面人物在一道,更显得知道的事情太少了。

"其老,你谈谈吧。"马慕韩说。

"不,我的记性不好,当时也没做笔记,慕韩老弟,还是你讲吧。"

马慕韩端起桌子上的一杯黄澄澄的冰冻橘子汁,一饮而尽,精神一振,慢条斯理地说:

"老实说,我们上了火车心还是噗咚噗咚跳个不停,代表们情绪很不安定。我们上次在新雅酒楼谈的那一大堆问题,没一个人放心得下。大家都担心私营企业没有前途,我们民族资产阶级永远被斗下去,既没有政治地位,又没有经济利益,到北京去开会,还得讲话,可是这次谁也不愿意发言,怕说错了,又要犯错误……"

"慕韩老弟所见极是。"潘信诚听他的口气,像是了解了上海工商界的心理,不像过去一直走偏锋,只顾自己往上爬,对政府首长尽说些好听的话,不管工商界的死活。他当了代表究竟和过去不同了。潘信诚忍不住赞扬了他一句。

马慕韩非常重视潘信诚的夸奖。但他眉宇间还有着当时忧郁的神情,继续说道:

"我们是低着头离开上海的,火车开了,每个人都是心事重重,不了解这次上北京,前途究竟怎么样。"

"大家都很担心,在车上,连话也不大谈……"

他想起当时的情景,不禁深深地叹息了一声。柳惠光低下了头。梅佐贤吃惊的眼光望着徐义德,好像问他怎么现在的调子还这么低呢?徐义德这时正聚精会神盯着马慕韩,没有注意到梅佐贤的眼光。林宛芝拉着江菊霞的手,附着她的耳朵,小声小气地问:

"想不到工商界有这么大的心事,不是说这次北京的会开得不错吗?"

"别忙,你听慕韩说下去。"江菊霞早知道风声,胸有成竹地说。

"一到了南京,情形就变了。"马慕韩说到这里,眉头开朗,声音也高了。柳惠光抬起头来。大家的眼光都集中在马慕韩的身上,他说,"下了火车,到了城里,住进招待所,省委统战部长来了,晚上陈市长请大家吃饭,出乎大家的意料之外。"

马慕韩讲到这里,有意卖一个关子,不说下去,他又喝了一口橘子汁。大家的头都伸过来,生怕漏了一句半句的。梅佐贤不好挤到头面人物前面,他走到马慕韩旁边,扶着他的椅子靠背,留心地听。宋其文从旁点了一下:

"妙的还在后头哩!"

"慕韩老弟,快说呀。"

"大姐呀,小弟言来听根由……"冯永祥哼了这一句京剧腔,问马慕韩,"要不要我给老兄拉胡琴?"

马慕韩摇摇手。冯永祥说:

"那么,你就自拉自唱,往下讲吧。"

"陈市长给大家做了报告……"

宋其文打断马慕韩的话,说:

"不,陈市长不是说了,这次是和大家谈谈家常,摆摆龙门阵……"

"对,是谈家常,"马慕韩更正说,"不过,讲谈心,恐怕更恰当。陈市长对我们工商界存在的问题完全清楚。信老,我们在新雅酒楼谈的那些问题,陈市长好像都晓得。他一开头,把我们心里要讲的话都说出来了……"

"啊!"潘信诚不禁有点吃惊,他误以为那次在新雅酒楼有人把谈话的内容汇报给陈市长,感到今后在工商界朋友面前讲话也得小心,别再给汇报上去。但一想那天参加的人,和政府首长比较接近的除了冯永祥,就数马慕韩,他们两个人不会汇报的,即使把工商界问题反映给政府首长也不会提到潘信诚名字。他深知这两位都是好强要胜的人物,工商界的事不包在他们身上,他们决不罢休的,任何人的好意见都要算在他们名下,怎么会提别人的名字哩。想到这一点,他稍为放心一点,但还有点猜疑。

冯永祥几句话打消了潘信诚的疑虑。他以熟悉政府内部情况的姿态,很有把握地说:

"陈市长是大战略家,身经百战,见多识广,著名的淮海战役就是他指挥的。孙子兵法说得好:知彼知己,百战不殆。我们工商界'五反'后这种消极情绪,厂里的党委会不向上汇报?市财委会不研究市场情况?市委统战部会不向他反映?他对我们工商界的情况,当然是了如指掌,因此指挥若定。你们不了解陈市长的作风,平常小事他不大管,到了重要关头,他抓得又紧又细致。"

他一口气讲完了,暗中觑了林宛芝一眼,看她是不是注意听自己的话。他发现她脸上露出钦佩的神情。他心里暖洋洋的。大家的眼光都从马慕韩身上转到冯永祥那边,连潘信诚也把眼睛睁得很大,注视冯永祥,暗中佩服他对政府首长脾气摸得那么准又那么深,真是不简单。他仿佛是政府的干部。冯永祥顿时感到他在工商界巨头当中地位提高了,至少比别人高出半个头。唐仲笙伸出大拇指来,对冯永祥说:

"这是统帅作风。"

"你说得对。"冯永祥点点头。

马慕韩说:

"陈市长分析批评我们消极情绪,打破我们的顾虑,指出我们的前途。他说,不犯五毒是有前途的,执行政府的政策法令是有前途的,接受共产党和工人阶级的领导是有前途的。整个国家是有前途的,而且是光明远大的前途;全国人民是有前途的,而且是光辉灿烂的幸福的前途。工商界是全国人民的一部分,自然也有前途的。凡是对国家对人民有贡献的人,人民是不会忘记他们的。"

柳惠光一边凝神地听,一边点头。徐义德不动声色,他仔细听陈市长还讲了啥。潘信诚的眼睛微微闭上,在思索陈市长话里的含意。马慕韩说:

"陈市长讲上海工商界过去做了一些工作,对国家有一定贡献的;在一些运动中,也能在全国工商界中起带头作用,希望这次大家上北京,在全国工商界中也起带头作用,努力工作,积极响应党和政府的号召,……"

"陈市长这番话,真是语重心长!"潘信诚慢慢睁开眼睛,赞叹地说。

"是呀,"宋其文不断点头,"信老说得对,陈市长这番话针对我们思想顾虑讲的,批评我们消极情绪,鼓励我们积极生产经营,谈得很深刻。看上去陈市长对我们上海工商界特别关心哩。"

"这还用说,"冯永祥显出深切了解党和政府方面情况的神情,说,"上海哪一件大事不是陈市长掌舵?!不但陈市长关心上海工商界,连中央也特别关心上海工商界哩!"

柳惠光圆睁着两只眼睛,惊奇而又钦佩地望着冯永祥,觉得他真是一个了不起的工商界的头面人物,不只是上海行情熟,连中央的行情也熟,简直像是政府的高级干部。梅佐贤和柳惠光一样,听了冯永祥这几句话,对他更加肃然起敬,暗暗佩服徐总经理有眼力,交上工商界这样人物,当然遇事要让他三分,结果决不会赔本的。林宛芝生平第一次和这些大老板坐在一块谈话,许多事都是闻所未闻,和过去冯永祥谈的工商界一些事体来比,仿佛了解得深了一层,更加透彻。同时,在工商界的大老板当中,冯永祥更显得出类拔萃,确是一表人才。她听得入神,头微微低着,马尾式的头发因此翘得更高。她的眼光注视着冯永祥乌而发亮的皮鞋,亮得皮鞋头那儿像是一面镜子,仿佛可以照见她的微微发红的脸。冯永祥的脚得意地一抖一抖,连他的脚和皮鞋也好像与众不同,高人一等。

"阿永了解政府方面的行情,究竟比我们多,他说的非常之对,连千分之三的差错也没有。"

唐仲笙听了宋其文最后一句话,不禁嘻着嘴笑了,他指着斜对面的冯永祥说:

"其老真不愧是光华机器厂的经理,啥辰光都想到机器的精密程度,钻研业务可精哩!"

江菊霞因为不满意刚才徐义德对她的冷淡态度,一直没开口。她坐在林宛芝旁边,有点自惭形秽,可是又没有机会走开。她怪冯永祥这次请客事先为啥不和她商量商量,不然她一定不赞成在徐

261

公馆请,使她在林宛芝面前显得黯然无光。现在正好有个机会,让她对冯永祥发泄:

"这么一说,阿永不是成了机器吗?"

冯永祥没有理解她的心情,毫不在意地说:

"我么,还不够当机器,"接着他把头摇摇,自鸣得意,语调也随之变了,谦虚里流露出自满,"我不过是工商界这副大机器上的一个小小螺丝钉罢了。"

"阿永,你未免太谦虚了。"徐义德说,"你是我们工商界的重要人物,哪件事也少不了你!"

冯永祥眉飞色舞,得意忘形地说:

"当然,少了我这个小小螺丝钉,工商界这副大机器也转动不起来。"

潘信诚讨厌冯永祥少不更事,目中无人,根本不把潘信诚和宋其文这些老前辈放在眼里。可是冯永祥在工商界是红得发紫的人物,又和党政首长经常接触,自己犯不着向他开第一枪,说不定啥辰光还要用上他。他不卑不亢地说:

"妙喻,妙喻!"

潘宏福站在他背后,见爸爸恭维冯永祥,他也赶上来凑热闹,跷起大拇指,对冯永祥说:

"祥兄确是了不起的人物!是我们年轻工商界的杰出领袖!……"

潘信诚回过头去,瞪了潘宏福一眼。潘宏福不敢再说下去。宋其文也不满意冯永祥这副腔调,他对潘信诚说:

"北京这两次大会,令人满意,也令人兴奋。这两次会议明确了民族资产阶级的地位,和国家经济建设的前途。这么来,国旗上那颗星一时还掉不了。"

金懋廉点头道:

"其老看问题从大处着眼,究竟是在市面上混了几十年的人物,比我们经验丰富,在重要关头,就看出与众不同的本事来了。"

宋其文得意地把眼睛眯成一条缝,嘴上却说:

"那不见得,那不见得……"

"其老在我们老一辈人当中也是不可多得的人材,见多识广,从光绪皇帝起,哪一个朝代兴衰,他不是亲眼看见的?做文章从大处落墨,大体是不会错的。我有许多事,都要先听听其老的意见,最后才拍板。"潘信诚说完了,望了冯永祥一眼。

"不中用哪,我这副机器已经超龄啦。"宋其文微笑地摇摇头。

冯永祥听出潘信诚的口吻有些不满,没想到刚才的话伤了他的自尊心。他是工商界的巨头,不但国内有影响,国际上也有声望,各方面都很照顾他。首长特别注意他的动向。冯永祥当然不好得罪他,可是又不好当面认错,那反而会把事情弄僵。他借着宋其文的话头,接上去说:

"不,其老这副机器虽说超龄,可是保养得好,我看,再用三四十年,一点问题也没有。信老说的一点也不错,其老见多识广,是我们前辈。以后有啥事体,希望老前辈多关心关心小弟!"

他偷偷地斜视着潘信诚:只见他微微一笑,不知道是满意的微笑呢,还是冷嘲的微笑。

"是呀,这次在北京开会,其老也给我很多启发。"马慕韩说,"民族资产阶级的地位明确不变,可以说根本问题解决了。郑主任的报告,对'三反'、'五反'以后工商界出现的新问题,像利润呀,税收呀,公私关系和劳资关系呀这些问题,都有了明确的解决,这对我们工商界是很大的鼓励。今后,我们要特别努力生产,对郑主任所指示的第七点,不要再犯五毒,应当特别警惕。"

中央人民政府政务院财政经济委员会[①]郑主任在中华全国工

---

[①] 当时国务院叫政务院,设财政经济委员会,现已撤销。

商业联合会筹备代表会议上的报告发表以后,徐义德就仔细看了三遍,他大体也摸出中央对民族资产阶级的政策没有改变,但有一些具体问题,他认为还有进一步明确的必要。他觉得马慕韩把问题看得过分乐观一些,可是又不便正面批评他。他摆出不大了解具体情况的神情,向马慕韩提出了疑问:

"有些问题,我还弄不大清楚。慕韩兄,我倒要请教请教。"

"哪一方面的?"

"比如说,利润吧。郑主任讲,按照不同情况,保证私营工厂按照资本计算,在正常合理经营情况下,每年获得百分之十左右,百分之二十左右,到百分之三十左右的利润。这个利润是按正常合理经营的中等标准来计算的。某些工厂成本低、质量高,便可以得到比较多的利润。"徐义德一字不漏地按照原文背出来,一谈到利润,他眼睛里就闪发异样的光芒,神采奕奕地说,"按照资本额计算,问题就来了。一般老厂在重估财产的辰光,资本调整受到了限制,资本额都缩小了。如果同样创办一爿新厂,就拿我们沪江纱厂来说吧,要比现在的资本额多三四倍。这样,无形之中利润也受到很大的限制。新办的厂,虽然需要资本更多,但是工缴和价格不会比老厂高,利润不能按照资本额比例增加。这样,怎么能够鼓励私营企业的发展呢?"

潘信诚的通达纺织公司所属的厂是老厂,他也认为重估财产把通达的资本估低了。他很欣赏徐义德的才干,真不愧是铁算盘,办厂精明,办事老练,只要他把算盘珠一拨,便把问题看出来了。他轻轻点点头:

"德公看问题看得尖锐,是我们棉纺业的一把手。中央规定的合法利润不能说低,资本额问题不解决,合法利润便有落空的危险。"

"信老说的,这是一个很大的问题。特别是我们棉纺业,对于重估财产不少厂有意见,这问题一直没解决。现在谈到合法利润,这个问题更突出了。"江菊霞表现她掌握更多的材料,昂起头来,理直气壮地说,"还有我们私营棉纺业资金积累不易,经营管理和技术改进方面,也远不如国棉厂,我看,私营企业的发展前途是有限的。"

潘信诚因为私营企业受政府的限制,不能自由发展,他巧妙地进一步把责任推到政府身上:

"接受国家加工定货的企业,能不能发展,会不会壮大,那要看政府给的工缴利润多少而定了。私营企业本身是无能为力的。"

"和这方面有关的,还有税收问题。"唐仲笙特别研究了郑主任报告的第五点,他说,"我看,今年征收的所得税计算有些偏高,别的行业我不十分清楚,拿我们卷烟业来说,不少厂商当面不讲,背后是有很多意见的。"

"我们的税法专家,怎么忽然变得这么客气了?"冯永祥看大家谈得有些忧虑,为了活跃活跃空气,他站了起来,拍拍唐仲笙的肩膀说,"你上通天文,下知地理,三百六十行,行行精通;谈到税法,更是只此一家,别无分号;别说在上海,就是在全国,你也是屈指可数的专家。"

"过奖,过奖!"唐仲笙侧着身子向冯永祥拱拱手。

"仲笙提的,确实是一个问题,我也听到不少厂商反映这方面的意见。"潘信诚马上想到潘宏福告诉他通达纺织公司系统下面的各厂所得税计算偏高的情形,希望申请复议,叫他止住了。他责骂儿子阅世不深,遇事都要冲锋陷阵,跑到别人的前头,弄不好,会碰得头破血流。所得税是普遍问题,别的厂商一定会提意见的,政府同意复议,自然有通达在内。他对徐义德说,"你们厂里这次计算怎么样?德公,是不是也有点偏高?"

"当然偏高,"徐义德生气地说,"'三反'以后,税局的人大变

265

了,一点也不好通融,连从前沪江驻厂员方宇也不和我们搭界了。他调回局里工作,就不和我们往来了。最近梅佐贤打电话找他,公事公办,口紧得滴水不漏。……"

"是呀,人变得真快!"

"我看这次所得税一定要向税局申请复议,——这笔数字可不小呀!"

柳惠光两只眼睛对徐义德愣着:

"德公,申请复议行吗?别又说我们进攻了。"

"惠光兄,别那么怕事。"徐义德看柳惠光太胆小,壮他的胆量说,"我们按税法办事,政府有啥错头好扳?只是申请复议,也不是不交税。交税是我们工商界神圣的义务,可是谁也没规定我们要多交税啊!复议以后,应该交多少,我们就交多少,这也算得猖狂进攻吗?"

"德公说的一点也不错,"潘宏福从爸爸那里得到指点,不提通达的事,给徐义德打气,好把他推上阵,说,"申请复议没有关系。"

唐仲笙伸过头来,扫了每人一眼,引起大家对他的注意。他知道:"五反"后工商界一些人都有点怕事,总觉得多一事不如少一事,宁可吃点小亏也不愿再提意见。别的问题他可以不表示任何态度,但这是税法方面的问题呀,税法专家怎么好不开口呢?他想了想,说:

"我看德公的意见对,所得税关系我们各行各业的切身利益,何况这也不是'五反'退补,可以缓交,这要现款的呀!'五反'以前,我们也申请复议过,只要意见提得中肯,政府也考虑修改的,从没说我们申请复议是猖狂进攻。'五反'以后,申请复议,和过去在性质上没有不同,为啥不可以呢?所得税有的厂计算偏高,有的厂计算偏低,我们都提出来,申请复议,这样更没有问题了。慕韩兄,你说对不对?"

马慕韩听徐义德谈了利润问题,又附和唐仲笙申请复议所得税的意见,他觉得上海工商界对中央的精神体会不够。他这次在北京开会,在中央首长面前拍过胸脯,认为郑主任的报告把工商界的基本问题都解决了,工商界"五反"后的消极情绪很快就会过去的。回来传达这两次会议的精神本来是史步云的事,因为史步云会后出国,参加世界和平大会去了,这责任就落在他身上。这两天市工商联准备传达,他先在核心分子当中谈谈,酝酿酝酿,所以很高兴接受徐义德和冯永祥的邀请。不料徐义德这班人思想上有这么大的距离,一般工商界的人更不必讲了,那他在中央首长面前讲的话不是变成空头支票吗?以后政府有事会不会再信任他?他能不能代表工商界拍板?这关系他个人利益和前途发展太重要了。他对工商界的切身利益并不是不关心,但和他个人前途发展比较起来,显得是次要的事了。他得首先说服核心分子,一般工商界的人就好办了。他刚才一直没有开口,想多听听大家意见,好针对每个人的思想顾虑,提出自己的看法,取得认识上的一致。他现在还不准备讲话,但叫唐仲笙逼上门来,躲闪不过去。他眼睛转动了一下,边想边说道:

"郑主任的报告,只是原则性的,不可能做具体的解答。中央首长讲话,要照顾到全国各地。中国地方这么大,各地区情况又不同,讲具体了,反而不能解决具体问题。我认为这次工商联筹委会开得好,民建二次扩大会议开得更好,把我们工商界的基本问题都解决了。郑主任讲的七点非常重要,我要详细传达的,大家也需要仔细研究研究。上海工商界一些问题,我和史步云一同向中央反映了,在郑主任的报告里都得到解决。"说到这里,他有意望了潘信诚一眼:一方面暗示他在新雅酒楼所提的问题都反映了,而且解决了;另一方面表明他年纪虽轻,但代表工商界说话和办事也很老成持重的。他接着说,"所得税问题,郑主任也讲到了,并且中央财委已经下令通知各地财委认真检查,对个别行业厂商计税不当的,不论是偏高或者是偏低的,都可以由各地税务复议委员会复议,多退少补。民主评议的工商业户,选择典型,要经过协商,求得适当。所得税计算偏高的厂商完全可以申请复议,保证没有问题。我同意德公和仲笙兄的意见。要是有问题的话,我马慕韩出面给政府交涉!"

徐义德听马慕韩这些话,又高兴又不高兴:高兴的是马慕韩支持他的所得税意见;不高兴的是从马慕韩的语气里流露出来的情绪还是太乐观。他暗示地说道:

"原则问题当然是解决了,就是这些具体问题解决起来麻烦。"

"德公这话也对。橡胶业有同样的感觉,中央原则问题解决了,执行起来,困难仍旧不少,首先是计划化问题,橡胶业产品种类繁多,建立成本会计制度有困难。这是计划化的致命伤。合法利润率也有问题,合法利润率规定以纯利比总资本额计算,但是各厂生产条件和资金周转率各有不同,怎样制定合理价格呢?"金懋廉一方面提出例子证明徐义德考虑得周到,另一方面又希望工商界的积极性快点发挥,别牵连到信通银行也没有生意好做。他很巧妙地把话一转,说,"不过,这些具体问题,只要地方政府帮助,我看也容易解决的。"

徐义德听金懋廉的前半段话脸上露出得意的神情,金懋廉究竟不愧是金融界的老手,熟悉各行各业的情况,提出橡胶业的例证,显得他刚才那两句话更加有力了。但他听到后半段,脸上得意的神情如同一阵急风似的消逝得无影无踪,可是又无从反驳,顺着金懋廉的话说道:

"问题就在这上面,中央的决定都很正确,担心的就是地方干部执行问题。希望地方财经干部也要把郑主任这篇报告好好学习一下。地方要切实执行,不能打折扣。"

马慕韩打通徐义德的思想顾虑：

"这没有问题，中央财委主任说的话，地方财经干部会不执行吗？"

"这个……"

唐仲笙想用税收问题来进一步说明还有不同的意见，可是老王走到阳台那儿来，弯着腰，附着徐义德的耳朵，低声地说：

"饭准备好了。"

徐义德站了起来，伸出手来，向客厅里让：

"进去吃饭吧，边吃边谈……"

"肚子倒真有点饿了。"潘信诚站了起来，首先走进客厅，宋其文他们接着一个个跟了进去。

约莫过了点把钟，潘信诚和宋其文他们陆陆续续从大餐厅那边走了出来，最后走出来的是江菊霞，唐仲笙和冯永祥。冯永祥以主人的身份，请大家在客厅里歇一会。大家刚坐下，江菊霞看了看手表，对马慕韩说：

"现在还早，你离开上海半个多月了，信老很久也没有上公会里来，要不要趁这个机会，向你们汇报汇报公会最近的一些情况？"

"这个……"马慕韩见还有别的行业的朋友在，谈起来，怕不方便。他知道潘信诚一过了十点就要准备睡觉，便说，"看信老的精神怎么样？快到信老睡觉的时间了，我倒无所谓。"

潘信诚今天精神特别好。他不大出来走动，每次出来，总希望多领领行情，恨不得一锄头挖个金娃娃。马慕韩从北京回来，他更希望深谈一下。他看出马慕韩不想谈的样子，不愿要求他谈，只是说：

"吾从众。"

徐义德想开口，却叫唐仲笙抢先了：

"其老，让他们谈谈棉纺业的事吧，我们与棉纺无关，先走吧？"

269

"好的,好的,"宋其文向徐义德拱拱手,说,"德公,叨扰叨扰,我们告辞了。"

柳惠光跟在宋其文后面走了。金懋廉料他们有话要谈,他并不点破,却说自己有个约会,也得先走。只有梅佐贤站在徐义德背后,他很想插一脚,听听他们谈谈。冯永祥老实不客气地对他说:

"佐贤兄,惠光兄没有车子,你开车子送他回去好不好?"

冯永祥的命令,梅佐贤敢不听从?那边江菊霞对林宛芝说:

"你忙了一天,很累了,上楼休息一会吧!"

徐义德今天要林宛芝当主人的。她不知道客人没走,该不该上楼,同时刚才在阳台上和餐厅里听他们谈的一些事体,虽说不完全懂,可是很新鲜,一种好奇的心理和想了解外边的愿望叫她要留下来。江菊霞又请她上楼。她的眼睛望着徐义德,征求他的意见。徐义德已经了解江菊霞的心思,他说:

"你累了一天,去休息一下也好,楼下我来招呼……"

那些人走了,冯永祥的右手向阳台一指:

"还是外边坐吧,凉爽些。"

大家在阳台刚坐下来,忽然唐仲笙又回来了。徐义德让他坐下,不禁脱口问道:

"仲笙兄,你没走?"

"我走了,可是又回来了。"

冯永祥见大家用惊奇的眼光对着唐仲笙,他向大家解释:因为今天人多,有些事谈起来不方便,刚才吃完饭和唐仲笙、江菊霞商量。唐仲笙说他有办法要宋其文他们走,只要江菊霞一提汇报最近棉纺公会的情况,他就带头告辞,把宋其文、柳惠光他们带走,然后再回来。徐义德拍着唐仲笙的肩膀说:

"老兄的妙计真多!"

"不然怎么叫智多星呢,"冯永祥哈哈笑了两声,说,"仲笙兄比吴用都高明……"

"我这人矮小,可经不住烧啊,阿永!"

"当然,军事方面神机妙算,你不如吴用,可是你给工商界运筹帷幄,吴用比你差多了,特别是税法,吴用一窍不通,更不能和你比。在座诸公,你们说仲笙兄是不是比吴用高明?"

"这还用说,"徐义德点头称是,说,"仲笙兄是我们工商界的吴用。"

"我?"唐仲笙连忙摇头否认,"顶多是个谋士,真正的军师是阿永。我不过是阿永手下一名小小的谋士罢了。是他提出来,要少一点人谈话方便,我才用了调虎离山之计。"

冯永祥听了唐仲笙的话心里非常舒服,眉头慢慢扬起。他认为唐仲笙这样的人要是多几个,那么,在工商界活动起来更方便,联系的人更广泛,发展起来更迅速。他并不反对唐仲笙这一番恭维,显出受之无愧的神情,说:

"闲话少叙,言归正传。还是听慕韩兄的高见吧。"

满天繁星,闪闪烁烁。夜风徐徐吹来,花园里的龙柏已融化在夜色里,马慕韩远远望去,只见模模糊糊的影子。紧靠阳台左边的屋沿上有一盏电灯,斜照下来,把阳台照得亮堂堂的。马慕韩听见冯永祥叫他,他的眼光从花园里移过来,对着灯光出神,想了一阵,反问道:

"从啥地方谈起呢? 阿永。"

"从啥地方谈起? 你倒给我出起题目来了,"冯永祥微笑地说,"信老,你看谈啥好?"

潘信诚并不重视全国工商联本身的组织问题,他不去北京,料想对他会有安排,果然工商联执委当中有他的名字。他关心的是要解决"五反"后工商界存在的切身利益的具体问题。但他不表露自己的心思,好像代表大家的意见,说道:

"我看工商界代表这次去北京,醉翁之意不在酒,工商联的组织已经定局了,这方面大家并不重视。大家有兴趣的倒是一些具体问题,是不是这方面还可以谈谈?"

"去的辰光问题很多,回来都解决了。今后的问题是怎样搞好自己的企业了。"马慕韩说,"中央对大型企业很重视,对棉纺的大企业更是特别重视。郑主任的报告里常常提到我们棉纺业。棉纺业工缴提高,大部分同业都有相当的利润,八厘股息可以笃定发放了。'五反'的辰光恨兴盛纱厂大,包袱重,现在看,厂越大,发展的前途也大。这次史步云出国,我看,厂大也是一个原因。"

在北京,他听说工商界有一名代表要参加中国代表团去出席世界和平大会,就希望派到他头上,结果却是史步云,使他感到失望。但他仔细一想,又觉得史步云去确实比他恰当,不仅在中国工商界声望高,资产也比他多,年龄更比他大,和国际上工商界的朋友也有过一些往来。他这次没轮上,并不灰心。他要在上海工商界扩大自己的势力,提高自己的威信,增加自己的代表性;政府自然而然会重视他。他在工商界便会一步步飞黄腾达。可是,这一次没去成,毕竟遗憾,现在谈到这件事,心里也还深深感到惋惜。

"步老现在是交运的辰光,代表我们工商界出国,也给我们增加了光荣;又当选了民建总会副主任委员,以后上海工商界在民建总会里的发言权提高了。"

潘信诚酸溜溜的醋味隐藏在赞美辞句的后面,嗅觉灵敏的冯永祥闻到了,他不戳穿,安慰潘信诚说:

"这次要是信老到北京去参加会议,我想,你也一定会当选总会副主委的,说不定会和史步老一同出国……"

潘信诚有意半闭上眼睛,好像看破了这些荣誉,淡然地说:

"不,总会的朋友了解我身体不好,凡事都照顾我,不让我担负繁重的工作;中央首长也清楚我身体衰弱,连北京开会都不能去,怎么肯让我出国呢?"

"确实这样,"马慕韩说,"酝酿正副主委名单,有人曾经提到信老,照顾到信老身体,也考虑到上海要是有两个人当选,怕影响别的地区不好安排。"

"是呀,中央考虑得全面。"江菊霞得到史步云当选民建总会副主委的消息,兴奋得一夜几乎没有睡觉。水涨船高。她感到她在工商界和民建会的地位也因此提高了。她顺着潘信诚的话说,"信老说得对,步老当选了总会副主委,上海工商界在总会的发言权提高了。"

"总会里代表我们说话的人越来越多了,赵副主委对我们上海工商界也很关心哩……"

"曹副主委是……"徐义德侧过身子,小声地问冯永祥。

冯永祥熟悉各方面人物的情况,他摆出是赵副主委老朋友的身份,说:

"大名鼎鼎的赵治国你忘记了吗?他是名教授,银行家,在国民党反动政府里还当过厅长,现在是民建总会的大理论家,写得一手出色的好文章,经常代表我们工商界讲话。"

"赵治国啊,当然晓得。我刚才听错了,以为又多出一个曹副主委来哩。"徐义德把"曹"字讲得很重。

坐在徐义德斜对面的马慕韩说:

"史步老当选了副主委,情绪高极了。他出国头一天,特地把上海民建临工会的一些干部和工商界少数代表约到北海公园喝茶,在漪澜堂商量今后上海临工会的大计。他对改进工作有很大信心,还准备成立召集人办公室哩。"

"上海解放三四年了,我们上海民建会还是临工会,实在不像话。"冯永祥虽然是临工会的委员,可是没有抓到实职,他一直不满意。他过去不把上海民建会放在眼里,精力主要花在工商联,认为

"民建会苗头缺缺"。他现在发现民建会地位很高,是重要活动的场所,很希望把大权抓过来,改选是个绝妙的机会。他说,"应该改选了,再不改选,有些人都要退出民建会了。"

"确实应该改选了,"马慕韩在北京就考虑到这个问题,回到上海更感到迫切,他笑着说,"再不改选,我这个临工会的常务委员也不好意思当下去了。"

徐义德对民建会也发生了浓厚的兴趣,他知道这是进一步站稳工商界代表地位的重要关键,可惜他现在连会员也不是。他附和冯永祥的意见:

"阿永说得对,临工会应该改选了。临工会过去吸收工商界人士太少了,这次改选以前,应该大量吸收一批,才真正有代表性。"

"那当然,应该吸收。"唐仲笙听出徐义德话里的意思,暗暗支持他。

"民建调子不要唱得太高,只能唱二簧,不能唱西皮。"冯永祥俨然以上海民建会负责人的身份在发表施政纲领,"少数积极分子,不能代表广大工商界实力派。工商界大多数人,老实讲,是比较落后的。曲高和寡,容易脱离群众。"

潘信诚很欣赏冯永祥这一番话:

"阿永这个话有见解。"

"以后还要信老多多领导。"

"领导?不敢当。我这匹老马,能够勉强追随大家,跟上时代,就算不错了。"

老王从里面送来两大盘平湖西瓜,黑子红瓤,红得像胭脂,给薄薄的绿皮一衬,越发娇艳。徐义德向大家说:

"昨天老王买了两担平湖瓜,倒不错,各位尝尝……"

马慕韩吃了一口西瓜,又甜又凉,赞不绝口:

"好瓜,好瓜!今年头一回吃到这样的好瓜!"

"凡事一好百好。"江菊霞说,"'五反'的辰光,吃啥也没味道。"

马慕韩想到目前工商界情形和"五反"以后完全不同了,他得意地说:

"这次我们在北京,认识到私营企业的前途,问题基本解决了,可以说是低着头走,抬起头回来!"

"对!"冯永祥说。

马慕韩趁着大家的兴致,是一个好机会,他说:

"民建的事,啥辰光再谈谈,——今天不早了,怕信老累了……"

"只要慕韩兄出面邀请,"冯永祥蓦地从椅子上站了起来,大声说,"小弟我听候吩咐。"

唐仲笙高兴得也站了起来,电灯照着他的脸,闪闪发光,左手拿着西瓜,右手指着大家说:

"这次会议传达之后,把民建会整顿一下,再开人代会,今年秋天必定大丰收,农民购买力提高,九月以后一定有好气象,眼望着旺季就要来了。去年因为'五反',没有好好过年。今年过年要多多'加料',痛痛快快地享受一番!"

"我举双手赞成:人生,享乐耳!"

冯永祥挺起胸脯,举起双手,在空中摇荡,一不小心,把右手上的一片西瓜摔在阳台上。他恣情地哈哈大笑,打破花园里的夜的沉寂,连天上的繁星仿佛也听到他的笑声,一个个在向他映眼。

## 二十八

汤阿英她们从无锡回到上海,一出了北火车站,就匆匆忙忙赶到家里。巧珠扑在奶奶的怀里,掏出口袋里的惠泉山上的小胖娃娃,卖弄地摇来晃去,又要奶奶看,又不让奶奶看,逗得奶奶眯着老花了的眼睛格格地笑了。巧珠把它放在怀里,一边拍着它,一边学大人的口吻哼道:

"宝贝,宝贝,好宝贝,乖乖的睡,乖乖的睡……"

奶奶抚摸着她的头,心里得意地说:"这孩子越长越可爱了。"巧珠在奶奶慈祥的抚摸下,两张小眼皮慢慢合拢起来了。小胖娃娃也在巧珠的怀里睡着了。玻璃窗外阵阵的向晚的凉风吹过,杨柳的枝条轻轻地摇摆着。小海在床上睡熟了,汤阿英饱看了一阵。她打开蓝色帆布提包,把惠泉山上的和平鸽、泥人和水蜜桃分成三份,准备送给余静、赵得宝和秦妈妈。她征求张学海的意见,他完全同意她的安排。她指着最多的一份对奶奶说:"这份等我们上工去,你带巧珠送给余大妈,好不好?"

"好哇!"奶奶怀念地说:"我好久没看余大妈了,听说她身体还没有好,这两天正念叨她,本想等你们回来去看看她。能带点桃子去,更好咯!"

"告诉她,过两天,我们去看她。"汤阿英说。

"是呀,你应该去看看她。"奶奶扭开卧室里的电灯,指着张学海说,"上了年纪的人,都希望有人去串串门子,余静又经常不在家……"

他们两个人走出屋子,便转到煤渣子的宽阔的路上,道旁的柳树在夏天的晚风中轻轻飘扬,合作社里购买货物的人声低了,收音机送出轻快的音乐,飘荡在空中。他们两人肩并肩地走着,一边低低地细语,像是花园中的一对还没有结婚的情侣。走到门口那里,正好赶上到站的公共汽车,他们一同上去了。她对张学海说:"你以后要多出来活动活动……"

"活动啥?"

"多到外边看看,见见世面……"

他歪过头来紧紧望着她面孔上严肃的表情,不像和他开玩笑。两只眼睛注视着她:

"你的话很对!"

"我从前很少出来走动,外边一些事体不大晓得。过去只听说乡下土改了,有了互助组,别的啥也不清楚。这趟回到家里,看到乡下完全变了样,真的是穷人当家做主了,连我爹也出头露面了。"

"我也是头一回到无锡乡下,看了许多新鲜事体。看上去,我们厂里比乡下落后一步哩,徐义德还骑在我们的头上啊。"

"这个,"她觉得他说得对,又觉得不对,可是说不出所以然来。乡下地主都打倒了,为啥城里资本家还留着不动呢?资本家和地主不都是剥削人的吗?资本家要留到哪一天呢?这里面大概有道理。她不置可否地"唔"了一声。她拿定主意,到车间去问张小玲。她认为张小玲啥国家大事都知道。后来一想,不如干脆去问余静,她回来也应该去看看余静,谈谈乡下的事体,顺便就问了。

"啥道理呢?"他也不了解,自言自语地说。

"大概总有道理的,"她相信这么大的事体,党不会忘记的。她附着他的耳朵说,"待会我问余静去。"

他们两人下了公共汽车,径自向厂里走去,过了运动场,张学海到保全部去了。汤阿英看还没到上班的时间,抽空到党支部办

277

公室去。远远听见里面一片杂乱的人声,乱哄哄的,像出了事故。她三步并作两步,飞也似的跑进办公室,在黑压压一片人头的后面站了下来。她一边像拉风箱似的喘着气,一边细听人群的声音。仿佛有几个人同时在说话,分不清是谁在说话。她从人群的空隙中看去,才慢慢听清是谭招弟的声音:

"一定是饭堂里的人不负责……"

"你说饭堂里啥人不负责?"钟佩文把右手向谭招弟一伸,像个演员似的,歪着头问她。

谭招弟可不知道是哪个人不负责,却又不服钟佩文的气,她眼睛一瞪,反问道:

"你讲是啥人?"

"啥人?我哪能晓得。"

粗纱间的吴二嫂说:"不要血口喷人,这不是儿戏,人命关天呀!"

谭招弟不满地瞪了吴二嫂一眼,气冲冲地说:

"啥人血口喷人?我不过这么说说,难道说和饭堂没关系?这样大的事体马上要查出来……"

"派人去查呀,快啊……"徐小妹站在谭招弟旁边,附和她的意见。

"我看不像饭堂里的人……"钟佩文想了想,很严肃地说。

"是啥人?"谭招弟追问了一句,她还没有完全放弃她的猜测。

大家给她这么一问,谁也答不上话来了。今天吃过晚饭以后,车间里忽然有人晕倒,人事不知。最初,只是一两个人,接着越来越多,医务室的人简直忙不过来了。余静把病人安置好了,叫赵得宝留在医务室照顾他们。她回到党支部办公室来,想料理今天夜班生产的事。有些工人不能上班,得想法调人补上。谭招弟随着她进来,一路吵吵嚷嚷和钟佩文抬杠。余静坐在办公桌上,考虑把预备工补上,算算人数差不多了,也在仔细分析为啥今天突然有不少病号。

汤阿英站在人们背后,听不懂他们在争论啥,见大家不吭声,她挤了进去,走到余静面前,劈口便问:

"厂里出了啥事体?"

余静把晚饭后发生的事简单地对她说了一遍,她正要问哪些人病倒了,忽然听见外边有人大声叫道:

"余静同志在吗?不好了,又有人病倒了……"

大家的眼睛转向门口,走进来的是郭彩娣,她满头满脸是汗,显然是刚刚从车间跑来的。她圆睁着两只大眼睛,冲向余静面前:

"正好,你在,又有人病倒了,不好了……"

"啥人?"钟佩文打断她的话,说,"你快说是啥人?"

"啥人?"郭彩娣眼睛一愣,仿佛忘记了是谁,仰起头来望着办公室的白色的屋顶,想了想,才说:"是,是张……张……小……玲……"

汤阿英一听是张小玲,大惊失色,歪着头,关心地问她:

"张小玲哪能?"

"她,"郭彩娣讲话有点吃力的样子,结结巴巴地说:"她……晕倒……地上……人事不知……"

"晕倒在地上?"汤阿英惊愕地问,"人事不知?"

郭彩娣"唔"了一声,底下的话还没有说出来,身子一晃,咚的一声,蓦地晕倒在地上,两只眼睛突然失去了光彩。她直苗苗躺着,一句话也说不出来了。汤阿英低下头去,高声叫她:

"郭彩娣,郭彩娣……"

郭彩娣好像没有听见,没答应她。谭招弟望着躺在地上的郭彩娣,她的口气变得坚决了:

"又是那个病,不是饭堂的人才有鬼哩!"

余静向谭招弟挥挥手,说:

"现在不是争论的辰光,救人要紧!谁到医务室去一下,叫他们快派副担架来。"

"我去。"汤阿英不等余静的同意,转身就跑出去了。

"这桩事体看起来很复杂,一定要仔细调查调查,也要听听医生的意见,看看究竟是啥病,为啥一下子病倒了这许多……"余静说。

"这才对呀!"钟佩文以为余静支持他的意见,眉宇间流露出得意的神情。

钟佩文的话没讲完,汤阿英领着医务室的担架来了。汤阿英和钟佩文把郭彩娣抬上担架,一同送到医务室去。余静又坐到办公桌前面,在统计各个车间病号的人数和今天能够调动预备工的人数。还有一刻钟就要开车了,她心里非常焦急。病号人数她老记不完全,徐小妹在旁边帮她算,算算又多了一个,再算算又多了一个,最后又漏了刚刚抬来的郭彩娣。徐小妹站在旁边心里非常忧虑:

"余静同志,这么多病号,今天夜里怎么开车呀?"

"总要想办法,不能误了生产,这是国家的任务。"

"啥地方有这么多的人补上啊?"徐小妹还是放心不下。

"总有办法想的……"余静也在担心这个问题。

汤阿英他们一头冲了进来。谭招弟对余静说:

"糟啦,老赵又晕倒了!"

"赵得宝他……"余静有点不相信自己的耳朵,赵得宝刚才在医务室照顾病号,人还是很精神的,怎么突然晕倒了呢?

汤阿英忧郁的眼睛望着大家。她担心这些人病倒了怎么办?她不忍离开他们,想到医务室去,坐在他们的旁边,招呼他们。她恨自己不是一个高明的医生,不能马上把他们治好。她叹息了一

声,说:

"要不要把他们送到医院里去?"

"不需要,我们医务室的人力现在还可以应付……"

余静的话没说完,办公桌子上的电话铃叮叮地响了。钟佩文伸过手拿过听筒,刚听了两句,他便睁大眼睛,提高嗓子问:

"粗纱间也有人晕倒?几个?五个?派担架来……好的……我马上告诉医务室……"

他放下电话要告诉余静,余静摇摇手,她全知道了。她叫他快通知医务室。他二话没说,一个跑步冲出了办公室的门,到隔壁医务室去了。余静坐在办公桌前,右手托着太阳穴,在静静地沉思。她从刚才这个电话预见事体发展越来越严重,今天晚上不是能不能开车生产的问题了,而是如何组织力量抢救这些病人,而更加复杂的斗争是民主改革的前夕突然发生这样严重的事故?这绝对不是偶然的。她准备召集党支部的紧急会议来研究怎样处理这些事。顿时想到赵得宝病倒在医务室里,别的委员不在,人手不齐,时间又来不及。她没有别的办法,只好亲自来布置了。她首先在电话上把情况向区委汇报,要求附近医院支援,然后打电话通知梅佐贤和韩云程。她又派钟佩文到传达室,要他们留心今天晚上出入的人。然后她自己到车间走了一趟。厂里的纠察队已根据她的吩咐在各个车间和交通要道站好了,密切注意往来的人。安排好了,她便匆匆回到办公室。一进门,就问:

"区里有电话来吗?"

汤阿英摇摇头,问:

"要不要再打个电话去催?"

余静还没有答她,电话铃响了。她指着电话,说:

"一定是区里的……"

汤阿英拿起听筒,听了没两句话,眼睛便睁得大大的,急着问:

"余大妈……怎么样？……病……上吐……下泻……要……余静快……快回来……唔……唔……马上就来……"

余静听到电话,心头一惊,一种不好的预兆闪上她的脑海。

这一阵余大妈的肠胃不好,老拉肚子,浑身发软,怎么忽然又上吐下泻？是不是病情恶化了？上了年纪的人,老拉肚子,身体已经顶不住了,现在又上吐下泻,怎么吃得消啊！

汤阿英告诉余静余大妈的病情,最后说：

"你快回去,余大妈在床上直叫唤哩！"

余静的心像是给犀利的刀子绞割。她从电话里巧珠奶奶的声音中仿佛听到母亲病倒在床上的呻吟。她恨不能马上飞回到母亲的身边,亲自给她找医生治疗,可是厂里这么多的病人,叫她哪能走开？何况赵得宝又病倒在医务室哩！她皱着眉头,有点为难的样子,迟疑地说：

"回去？"

"是呀,"汤阿英毫不犹疑地说,"巧珠奶奶刚才说余大妈在床上痛得很,直叫唤你的名字哩。你还不快点回去？"

"我怎么能去,——厂里的事体呢？"

汤阿英不假思索地拍一拍自己的胸脯：

"有我们！"

"我不能离开。"

"为啥不能离开？你是支部书记,要走就走,谁敢拦住你？"谭招弟说。

她听谭招弟提到"支部书记",心头说：对啊,我是支部书记,厂里病倒这么多的工人同志,一时还没弄清病情,车间里生产的人手,越来越不够,厂里上上下下乱哄哄的,在这样紧急的时刻,正需要我留下来亲自处理,我哪能离开？

"你快去吧,"汤阿英焦急余大妈的病情,听巧珠奶奶的口气,好像很严重。她怕去迟了出事,万一有个三长两短,那就太不幸了。她用着祈求的声音说:"快去吧,去迟了,怕不好……"

"阿英说得对,迟了怕不好,余大妈的病不轻哩,你做女儿的怎么能不去,你自己有病,哪一次不是余大妈亲自照顾,问寒问暖,送汤送水,日日夜夜守在床边,一步也不离。现在余大妈有病,你不去,不怕人说你吗?"谭招弟说。

余静陷在沉思里,没有言语。

"你想啥呢?不放心我们呢?"汤阿英问余静。

余静沉着地摇摇手,坚定不移的眼光对她们望了望,牙齿紧紧咬着下嘴唇,过了一会,说:

"我为啥不放心呢?你们都是热心工作的好同志,没有你们,啥事体也办不好;有了你们,啥事体都可以办好。"

"你为啥还不走呢?"汤阿英焦急地问。

"余静同志。"徐小妹亲热地叫了一声,接着说,"快去吧。"

汤阿英摆出像是一座大山也能掮起的神情,说:

"病号都交给我们,医务室收不下,待会区里来电话,该往哪个医院送,我们负责。"

"事体不是这样简单,"余静本想把她早一会的考虑和安排告诉她们,因为人多口杂,许多事体还没有弄清楚,也不好随便谈,她只是简简单单地说,"看样子,今天晚上病人一定还会增加,车间里的生产还没有安排,等梅佐贤和韩云程他们来,我还要和他们商量哩。"

"这倒是的。"谭招弟给余静一说,觉得工作确是很多,又很复杂。

"生产交给酸辣汤好了,他是厂长,能不负责吗?"汤阿英说,"病人我们负责。"

余静想把这次突然病倒这许多人的复杂斗争引起他们注意,

但怕消息走漏出去，就没吱声。梅佐贤到现在还没有来，他的态度怎么样，一时摸不清；老赵又病倒了，工人这方面没有一个头不行。她这个党支部书记兼工会主席无论如何也不能走开。想起病倒那么多的工人，越发觉得不能离开。她坚决地说：

"我不能走，我要留在这里。"

"你为啥不能走？"汤阿英感到奇怪。

"我回去，只能照顾一个病人；我在厂里，可以照顾这里所有的病人。我是党员，又是支部书记。我有责任，不能走开。"

"你回去一下不行吗？"汤阿英的眼睛红润了，她想到余大妈躺在床上呼唤的痛楚情形，哀求地说，"你快去快回，我们先在这里代替你一下，好不好？"

"不行。"余静果断地说。

"万一余大妈……"汤阿英的声音有点呜咽了，下面的话再也说不下去。

余静的眼睛也红了，眼睛里汪着泪水，透过泪水，她仿佛看到母亲睡在床上，翻来覆去，呼天唤地，哎哟哎哟地痛苦呻吟；又好像看到巧珠奶奶坐在母亲身边，一面安慰母亲，一面等待她回去。同时在她眼前出现了另一番情景，隔壁医务室躺着一个个病人，两眼深深地陷下去，昏昏沉沉的，连叫痛的声音也听不见了。而在车间里，更多的人在准备上工，就要开车了。她自言自语地说，像是对汤阿英她们解释，又像是希望母亲和巧珠奶奶原谅：

"厂里这么多的病人，我哪能走开，我无论如何要留下……"

汤阿英看余静态度很坚决，认为余静留在厂里也对，便不再劝她，自告奋勇地说：

"那么，我把余大妈接到厂里医务室来看，好不好？"

她在征求余静的意见。余静心里像是一把乱麻，一个又一个问题在她心头涌起，更大的问题要她在这短促的时间里处理。她没有回答汤阿英的话。汤阿英背后忽然有人开腔了：

"早就应该去了,还问啥？"

汤阿英回头看一看：是钟佩文。他在隔壁医务室安置好粗纱间的五个病人,悄悄走了回来,见她们在争论,就站在一旁,没有做声。他钦佩余静果断地留下,也赞赏汤阿英的办法,便从汤阿英背后走了出来,严肃地说：

"阿英,快去把余大妈接来。"

汤阿英匆匆走了。钟佩文对余静说：

"你还没吃晚饭哩,你去吃点,这里的事交给我。"

"我不饿,——也吃不下去,"余静见汤阿英去接母亲,心里稍为得到一点宽慰。她要他坐下来,商量今天夜班生产的事。

"梅厂长为啥还不来,厂里出了这么大的事,他也有责任呀！"钟佩文愤愤不平地说。

"是的,是的,我也有责任……"

从外边走进来的是梅佐贤。"五反"以后,梅佐贤脸上的笑容增多了,不管见了谁,他都笑嘻嘻地点头打招呼,显得特别亲热。走起路来,也不像过去昂首阔步了,总是曲着背,头微微低着,露出非常恭顺的样子。每逢到工会和党支部办公室里,他的背曲得更厉害,头也更低。他刚才接了余静的电话,就把厂里的事情报告给徐义德。徐义德知道这个消息,不但不关心,反而十分高兴；"五反"受的那口气,始终没地方出,现在工人一个个病倒,暗中给他出了一口闷气。他觉得大太太经常烧香拜佛不是完全没有道理的,冥冥之中大概确实有神灵支配人世间的祸福。虽然工人生病会影响生产,但比起出了这口气来说,微不足道了。他要梅佐贤晚点来,一则可以冷眼旁观,二则可以推卸责任。梅佐贤一进门就听见钟佩文责备他,他一点也不生气,对每一个人点点头,然后恭恭敬敬地对余静说：

"真不幸,厂里怎么出了这样的事体!"他皱着眉头,做出非常焦虑的神情,说,"接到电话以后,我就报告了总经理。总经理本想马上到厂里来慰问病人,因为事先有约会,一时分不开身,叫我代表他向全厂病人问候……"

余静已经看惯了梅佐贤的表演功夫,从他的虚情假意里洞察出他内心丑恶的活动。如果真的关心,为啥现在才来呢?她也知道徐义德一门心思只想赚钞票,不管工人死活,事先有约会,分明是骗人的鬼话。她忍住心中的不满,没有把内心的想法说出来,只是说,"不要客气了,想和你商量一桩事体!"

梅佐贤马上想到她要提病人,便抢先关怀地问:

"病人都找医生看了吗?要不要我再找医生来?"

"都看了,"谭招弟不满地插上来说,"要是等你来找医生,那病人早死了!"

梅佐贤一怔,现出一副狼狈的样子。他眼睛一转动,慢慢回击道:

"我是一片好心,谭招弟,你说这话是啥意思?"

"你为啥现在才来?工人的性命不值钱,死活你也不管,要不是余静同志亲自料理,不出事才怪哩!"

谭招弟这几句话的分量很重,梅佐贤不能随便受下来,竭力分辩道:

"你别误会,有话好好说。我接到电话,告诉总经理一声,就来了。因为司机出去了,等司机,晚来了一会,也不是有意的。"他刚才在车上关照过司机,万一他们去问也不怕。

谭招弟用鼻子"哼"了一声。余静不当面点破他,现在也不是计较这些事的时刻,说:

"还是先谈今天夜班的事吧……"

"好的,好的,余静同志说的对,这是大事。"他低声地问,"你看怎么样好呢？"

"我想照样开车……"

"行吗？停一班也不要紧。病人重要……"他虚伪地说了两句便不说下去，看余静的脸色。

"停一班，耽误生产。我看，能开几部车就开几部车，身体好的工人可以放长木棍，先把今天夜班凑合过去，看明天病人的情况再说……"

"你想得真周到，我完全同意，完全同意，嗨嗨。"他看谭招弟气呼呼地站在一边，形势有点不妙，马上又说，"你在这里照顾病人，我来布置今天夜班生产去……"

"也好。"余静把生产问题交出去，她好抽出时间安排别的事。

梅佐贤见余静答应，他连忙向他们拱拱手：

"偏劳各位，偏劳各位！"

他转身一晃便迅速溜出办公室。谭招弟走过去，"砰"的一声把门关上，对门外"呸"了一声，回过头来，对余静说：

"我看见他那副油头滑脑的样子就生气……"

"生气有啥用呢？"余静说，"他是资方代理人，我们要用他，要教育他，要改造他，还得防备他，别上他的当！"

"教育他，那是白费心血。一见他笑，我就要呕出来，恨不能对他脸上吐两口唾沫……"

谭招弟的话没说完，区里的电话来了。区里已经和附近的长宁医院联系好，救护车和医生马上就来，有多少病人都可以送去。余静刚放下电话，就听见清脆的当当的救护车的铃声从外边一路响进来了。她把钟佩文留在办公室里，有事体好处理，自己带着谭招弟和徐小妹她们去接救护车。她们走出门，后面钟佩文追了上来，急着问："你忘了，余静同志，今天晚上还有个会哩？"

余静给他猛一问，一时倒真的想不起来了，她诧异地问：

"啥会?"

"不是要动员党团员参加民主改革吗?"

"哦——"她想起来了,说,"你看,这些病人,怎么开呢?你快点通知一下,改一天开。"

救护车停在运动场旁边,随车来的刘医生和护士跟着余静一同进了医务室,听了厂里医生报告病人的病情,决定把病情比较严重的先送医院,继续抢救,好腾出床位来,预备接收新病人。头一趟先送赵得宝和郭彩娣。赵得宝和郭彩娣已经在医务室做了灌肠,也吃了药,还是昏迷不醒,水也不想喝,叫也叫不应。余静低下头去,望着赵得宝两只眼睁着,可是没有一点儿光彩,好像也不会转动,木愣愣地盯着一个方向,似乎不知道有人在招呼他。余静轻轻叫他,他没有反应;稍为提高一点嗓子叫他,他也不理睬。余静的眼睛里噙着泪水。她走到郭彩娣面前,早一会儿还是那么活蹦活跳的爽爽快快的人,现在也和赵得宝一样不言不语了,任你叫多少遍也不答应。余静暗暗用手帕拭去了泪水,悄悄走到医生面前,低声问刘医生要不要紧。刘医生很冷静地想了想,说:

"可能是中毒,要查出来就好办了。"

他这句话启发了余静。她像是开门找不到钥匙,急得满头满脸是汗,忽然找到了钥匙。她的脸上闪上了笑纹:

"那今天吃的饭菜和他们灌肠排泄出来的东西,要不要带去化验化验?"

"当然要带去化验,我已经通知他们了。"

余静送走了救护车,便到车间里去了解生产情形和工人的健康状况。她在钢丝车间,忽然听到有人叫道:

"可找到你了。余大妈来了,你快去看看她!"

"在啥地方?"余静回头一看是汤阿英,边走边问。

"在医务室里,——我和她坐三轮来的……"

余静走进医务室,看见母亲躺在床上,眼睛紧紧地闭着。她放轻脚步走过去,注视着母亲苍白的面孔。汤阿英对她摇摇手,小声说:

"睡着了。"

医生走了进来。余静问她母亲的病情。他说她最近一直肠胃发炎,消化不良,又受了些寒凉,可能吃了点不太干净的东西,所以上吐下泻,给她服了药,让她好好睡一觉,再看看。她便带了汤阿英到车间走了一转,然后一同回到办公室,一走进门,把她们俩吓了一跳:钟佩文直苗苗地躺在地上。余静走到他面前,弯着腰,用手放在他鼻子上一按:有轻微的呼吸。她马上站起来,要汤阿英到医务室把医生找来,抬去抢救了。

咯咯咯……附近人家的鸡打鸣了。夜已深沉,满天的星斗已经稀疏,窗外的凉风徐徐吹来。余静对着窗户接连打了两个哈欠。汤阿英劝她回去睡觉,她微微一笑:

"我哪能走开?"

"这里的事交给我好了。"

"不,"余静摇摇头,说,"你去休息好了,我留在这里。"

"你眼睛都红了,你的责任重,身体要紧,厂里许多事体都等你安排哩。"汤阿英恳切地说,"我做惯了夜班,一宿不睡也没关系。我恳求你去休息!"

余静又打了一个哈欠,看时间不早,别耽误了汤阿英的休息,她今天才从无锡乡下回来,一定够累了,余静说:

"你不去,影响我休息;你去休息,我也好在这里休息休息。"

"那你快休息吧!"汤阿英不好再坚持,轻轻走了。余静惦念躺在医院的同志们,她拿起电话,问长宁医院赵得宝和郭彩娣他们的病情。

"还没有脱离危险期,要等明天看看再说——"那边的人发觉现在已是深夜四点了,改口说,"看今天再说!"

"好的,我们今天来看他们……"余静放下电话,往椅子上一靠,四肢发软,两眼干涩,疲劳极了,上眼皮慢慢搭拉下来,一眨眼的工夫,便沉沉睡着了。

汤阿英并没有走。她站在门外等了一会,从门缝里窥见余静慢慢入睡了,便悄悄走了进来,脱下身上的罩衣,给余静盖上。她坐在旁边,守着电话,看余静发出均匀的呼吸,睡得很酣,心里十分高兴,就像是自己睡熟了一样的舒服。

办公室里电灯的光芒暗下去,窗外射进早晨第一线阳光,照着余静圆圆的脸庞和两个小小的酒窝,脸色显得有些疲乏,但十分安详。

## 二十九

　　昨天晚上,陶阿毛约管秀芬到一家小饭馆吃晚饭,她因为晚上要参加党团员会议,开头不想去,经不住他再三邀请,只好勉强去了。晚饭后,陶阿毛又要求管秀芬和他一同到大光明电影院看电影。她不肯,一定要回到厂里来。他只好送她回厂。一进大门,他们就一前一后走着。走到厂长办公室楼下,一张触目的通知显在她的眼前:"原定今晚召开的党团员会议,因故改日举行"。下面是"党支部"三个字。她看到这熟悉的笔迹,仿佛钟佩文就站在她的旁边,脸上微微发热。她回过头去看,陶阿毛笑嘻嘻地走了过来,他早看到那张通知,站在她旁边低低地说:

　　"你看,白来,还不如去看一场电影好!"

　　"你又来做啥?"她生怕旁边有人看见,想避开他,却又没法甩开他。她迈开大步,准备到党支部办公室去看余静她们。

　　他紧紧跟着她,见她朝党支部办公室那个方向走,脸上显出紧张的神情,仿佛她走进危险地带,追上一步,指着车间说:

　　"你看,现在啥辰光,车间这么忙,还不让人家休息休息,又要去麻烦人……"

　　她回头一看,运动场上静悄悄的,越发显得车间机器声音的嘈杂,姊妹们一定忙碌地做生活。路上静静的,没有一点人声,她心想余静许是到区上开会去了,所以今晚的会改了期。她怕碰到熟人,更怕陶阿毛跟她进党支部办公室。她深深叹了一口气,对陶阿毛这样的人真没办法,像个苍蝇似的,老钉着你。她看了他一眼：

"你别管我！"

"去,就去,我陪你去！"

她听到最后那一句,脚步马上停了下来,改口说：

"不去,就不去吧。"

她转身向大门走去,他像是她的影子,在后面一步也不放松地跟着。他企图再约她到大光明去,也许正赶上正片上映。她憋着一肚子的气,再也忍耐不住了：

"啥地方也不去！"

"好。"

"你回去吧。"她想离开他。

"你呢？"

"别管我！"

"这么晚了,一个人回去不好,我送你去。"

"不要你送！"

"外边也没熟人,怕啥！"

她是一个逞强好胜的女孩子,一听这话,哪能忍受得下,便把挂在胸脯前面右边的那根黑乌乌的辫子往背后一甩：

"怕？我啥也不怕！"

"不怕,就一道走吧。"

今天一早,她赶到厂里,手里拿着油衣裳,匆匆走向党支部办公室,想打听一下啥辰光开党团员的动员会。她一跨进去,见余静坐在椅子上发出鼾声,汤阿英静静坐在她的身边,感到有点奇怪,顿时放轻了脚步,问汤阿英是怎么一回事。汤阿英把昨天晚上发生的事简单说了一遍,她伸出舌头,一时说不出话来。幸好她昨天答应陶阿毛一道出去吃饭,要是在厂里吃饭,说不定也会病倒的。等了一会,她说：

"你不说,我还坐在鼓里哩!"

"说话轻声点儿,她刚睡着……"

管秀芬走到汤阿英面前,低声说:

"你一宿还没睡哩,你去休息一会,我来招呼她……"

"不,我不累。"

"也该休息一会儿……"

管秀芬的话没说完,办公桌上的电话铃叮叮地响了。汤阿英接过电话,听到对方说话,她面孔浮上了微笑:

"他们都很好,危险期算是过了,唔,只是……只是……谁?"她脸上的笑纹顿时消逝了,皱着眉头,急着问,"他……他怎么样?危险期没过……最好厂里有人来看看……好的,好的,……就来……"

她挂上电话。余静惊醒了,她伸了一个懒腰,连打了两个哈欠,揉了揉惺忪的睡眼,望着汤阿英:

"谁的危险期没过?"

汤阿英发现余静已经听她打电话,就老老实实告诉她:

"钟佩文!"

"钟佩文!"管秀芬大吃一惊。那件油衣裳掉在地上了。她虽然不太喜欢钟佩文,也不大高兴和他一道出去白相,但他对她一直表示慕恋的心情,有时也感到他有些可爱的地方。她虽然尽可能避免和他接近,但他在她心里占有的位置显然和一般人不同。

汤阿英不知道管秀芬的心思,弯身给她拾起油衣裳,送到她手里:

"看你,连油衣裳掉了也不晓得。"

"哦,"她眼睛里透露出惊奇,但马上镇定地接过来,说,"是呀,我晓得……真的……"

汤阿英没有注意她的神情,只是焦虑钟佩文的病情,对她说:

"我们一同到医院看看他去。"

"看他?"她圆瞪着眼睛对着汤阿英,好像问汤阿英:要我去看钟佩文吗?管秀芬去看钟佩文?这样好吗?如果是让别人知道了,特别是陶阿毛知道了,要责备她哩。不去,不能去。旋即她又问自己:为啥不能去看钟佩文呢?他是工会的文教委员,又是夜校的教员,她还听过他的课哩。他生了病,又没有过危险期,忍心不去看看吗?不去?余静和汤阿英一定会说:你看,管秀芬这人多没良心,知道钟佩文在医院里很危险,约她去看看也不肯,这太说不过去了。她定了定神,说,"好哇,当然要去看他,现在就去吧?"

余静察觉管秀芬神色有异,她也知道钟佩文很喜欢管秀芬,只是管秀芬不把他放在眼里。她看管秀芬先是很为难,现在又有点勉强。她出来解围,说:

"我和阿英到医院去看看就行了。"

"我呢?"越是不叫管秀芬去,她越要去,"我也去。"

"用不着了,"余静站起来说,"办公室里没人,你留下来,也许有啥事体……"

"不,我去看看他们……"

她把"们"字讲得很重,她随着余静向外边走去。刚走到门口,陶阿毛来了。他今天到车间去转了一下,摸了一下昨天夜里的情况,发现管秀芬不在,估计一定到了党支部办公室,便追踪而来了。他一见了余静,马上皱着眉头,露出十分忧虑的神情,用同情的口吻说:

"真不幸,昨天晚上……"

"你全晓得了吗?"余静问他。

"刚才听他们说的。"

"不晓得是谁搞的鬼。"汤阿英愤怒地说。

"是呀,不晓得是谁搞的鬼,也许是气候关系吧。不管怎么样,造成我们厂里很大损失,昨天夜里差点开不出车哩!这事一定要好好调查调查,余静同志,查出来,要重重地办!"

"你说得对。"

"你们到啥地方去?"陶阿毛看管秀芬她们站在余静后面,便问余静。

"上医院去看看他们。"余静边走边说。

"对呀,我也正想去看看老赵他们,听说病不轻哩。我们一道去吧。"

管秀芬看了他一眼,迈着犹豫的步子,默默地随着余静走去。她们走出大门,管秀芬发现陶阿毛不见了,她高兴极了,免得有他在,叫她难处,看钟佩文不好,不看也不好。她们站在公共汽车站上,管秀芬希望马上来一辆车,那就完全可以甩开陶阿毛了。偏偏公共汽车不来。一会,远远有一辆公共汽车来了,她真开心。可是,陶阿毛也跟着赶到了。他手里还拿了一个长长的报纸包儿。

她们走进长宁医院,首先到了钟佩文的病房。这是一间双人房,因为他毒中得深,要好好休息,特地从大病房搬到这里来的。白色窗帷拉开一半,阳光照着白色墙壁。钟佩文睡在床上,给白色的被子盖着,只有一个头露在外边。余静悄悄跟在刘医生后面走了进去。刘医生讲话的声音很低:

"钟同志的身体很结实,抵抗力很强,一般的病他不在乎。他抵抗不住的病,就比别人的重。昨天他是最后一批送到我们院里来的,经过诊断,他中的毒比别人深……"

管秀芬听到这里,下意识地"哦"了一声,透露出对他的关怀。陶阿毛在后面,脸色苍白,像是一个小偷突然被人捉到。他的腿有点发软,幸好他站在最后,没有任何人注意他。余静想起昨天晚上他和谭招弟争论的神气,同意刘医生对他的分析。她走到床边,见钟佩文闭着眼睛,回过头来小声问刘医生:

"现在怎么样？"

"拂晓的辰光，眼光四处寻找，嘴里胡言乱语，一会叫余静，一会叫赵得宝，一会儿叫管秀芬……"

管秀芬的脸刷的红了，像是一片晚霞，晚霞上面给乌云似的头发盖着，两只眼睛闪着羞涩的光芒。她努力保持镇静，不好意思站在那里，又不好意思走开，真是进退两难啊！她机灵地漫然插了一句："一定是催我给墙报写稿子。"

刘医生丝毫不知道他的话触动了一个少女内心的秘密，他平淡地往下说：

"一会又叫谭招弟，只听到这些名宇，含含糊糊的不晓得说啥……"

"哦……"余静皱着眉头，注视钟佩文睡熟了的面孔。

病房里一点儿声音也没有，只听见刘医生低低的声音：

"我们院里特别打电话告诉你们，希望你们来人看看，也许可以懂得他说的啥，给他一些安慰……"

"你们不打电话来，我们也准备来看看的。"汤阿英指着钟佩文说，"现在好像睡着了……"

"唔，刚安静一会，让他休息一下也好。"

刘医生看大家离开床位走了没两步，钟佩文在床上又叫了：

"余静同志……"

"小钟，我来了……"余静连忙应道，回转身去，钟佩文睁开两只眼睛正对着她望哩。她走上去，摸摸他的额角，汗浸浸的，安慰他道，"有啥事体吗？"

"我……我……余静同志……"钟佩文用手指着自己的胸口。

他像是有千言万语闷在肚子里，可是怎么用力气也说不出来。余静坐在他身边，按着他的手说：

"我晓得，你很不舒服，心里难过，对不对？"

他靠在枕头上的头吃力地点了点。刘医生站在余静背后,悄悄地告诉陶阿毛:

"他的病最重,看今天下午能不能退烧……"

陶阿毛显得很忧虑,忧虑中又有些慌张,一时不知道说啥是好。他木愣木愣地望着刘医生。刘医生宽慰他道:

"你不要急,我们一定想一切办法抢救。听说你们厂里忽然病倒很多人,别的医院也来支援我们,要药就有药,要医生就有医生,请你放心好了。"

"那太好了,那太好了。"陶阿毛脸上现出一副愁苦的笑容。

他说完话,走到钟佩文旁边那张空床位前面,打开那个长长的报纸包儿,里面是一束鲜花,预备送给赵得宝的。现在听说钟佩文是最重的病人,他灵机一动,把一束花分做两半。他把半束花送到钟佩文面前:

"小钟,这是我一点小意思,你收下吧。刘医生说,你很快就会好的,安心休养吧!"

"阿毛,你——"钟佩文看到那半束红色的月季花,不料是陶阿毛送他的,他惊喜交集,一时说不出话来了。

管秀芬的眼睛也是红润润的,最初由于看到钟佩文病倒在床上,接着出乎她意料之外地陶阿毛竟然向钟佩文献了花,而且那么关心他的健康,她很激动。陶阿毛究竟是陶阿毛啊,怪不得不少工人都说陶阿毛关心朋友哩!她早一会的顾虑,像是一片浮云,给一阵风吹得了无踪影。她说:

"安心休养吧,慢慢就好了。"

钟佩文的眼睛无限情意地望着管秀芬。她的一举一动,他都留心观察。见她在床前,他感到身上也轻松多了,等她一讲话,他病都忘了,好像马上变成了一个健康的人。他吃力地用手抓着床边,想坐起来,一把给余静按住了:

"你忘了,你还没有好哩!不要起来,好好休息,我们明天再来看你……"

钟佩文直点头,他的眼光一直盯着管秀芬脊背上的两根乌而发亮的长长的辫子。她们走出去,刘医生轻轻把门带上。钟佩文的嘴上堆着无限舒适的微笑。

刘医生和余静他们走到甬道尽头的左边,那是一间大病房,两边各摆着六张钢丝床。早晨灿烂的阳光从窗外射进,照得屋子里暖洋洋的。有些病人躺在白色的被子里,有的已经坐在床上了。进门右首第一张床上坐着的是赵得宝。他一看见余静和汤阿英她们进来,便快乐地招呼道:

"你们不在厂里工作,来做啥呀?"

"做啥,"汤阿英一宿没闭眼,也没有吃东西,浑身疲乏极了,勉强支持着,她看到赵得宝他们脱离了危险,心里十分高兴,精神抖擞,笑了笑,说,"来看我们老赵啊!"

"老赵不用你们操心,好了!"

"好了?"余静握着他的手,从他头上看下来,要证实他是不是真的好了似的,说,"真好了?"

"好了……"赵得宝望着余静。余静背后墙上挂着一幅毛主席在天安门开国典礼上的彩色国画。在古雅的大红宫灯下,毛主席站在红艳艳的地毯上,手里拿着一张讲话稿,面对着扩音器和天安门广场上的广大群众,宣布新中国的诞生。他盯着这幅画,眼睛一花,满眶热泪,雨似的流下来了。

"咦!"管秀芬敛去了脸上的笑容,有点莫名其妙了。

"老赵,"汤阿英也摸不到头脑,走过去,问,"你怎么啦,你怎么啦?"

赵得宝眼睛红红的,眼泪不断地流下,嘴紧闭着,一句话也说不出来。余静心慌了,因为刘医生告诉过她,赵得宝的病比较轻,难道忽然又重了吗？她不相信，但又说不出道理来。她问：

"心里不舒服吗？"

他摇摇头。

"究竟为啥？"

他用袖子拭去了泪水，呜咽地说：

"我，我想起了小鬼……"

"小鬼？"汤阿英诧异地问，"你说的是谁啊？"

"我那死去的儿子，他好命苦呀！……"说到这里，他又哇哇地哭了，这次简直是大哭了。

病房里病人的眼光都对着他，以为是出了事，刚才躺在被窝里的病人，也给惊醒了，伸出头来，朝赵得宝这边望。他床边给余静她们团团围住，别的病人看也看不清楚，叫人们更加焦急，睁大眼睛在静静地谛听。余静听他讲起死去的儿子，她顿时想起十二年前的往事：那年一百零五号车的滚筒坏了，当时他是穿油线的工人，抢着去修理，不巧钩子钩在滚筒上，胳膊给卷进去，受了重伤，送进医院。第二天，恰巧他老婆生了个儿子。他老婆听说他胳膊受伤要切断，不管月子里脆弱的身体，亲自赶到医院里来看他。为了这条胳膊，夫妻两个再三商量，决心不让割去，因为割了胳膊就等于割断了一线生机。哪个资本家要没有胳膊的工人呢？他的老婆心里像油煎似的难受，一边是生命危险的丈夫住在医院里，徐义德根本不管，她得奔走医疗费用，又要亲自去照顾他；一边是刚刚出生的婴儿，独自在家里，也需要慈母的抚养。她一心挂两头，哪能安心。后来看丈夫病在危急，如果他有个三长两短，他们全家活不下去了。她咬紧牙齿，下了决心：顾了大人，顾不了小孩。唉，小鬼头，早不来，迟不来，谁叫你这个辰光投生的哩。孩子没人管，也没有乳吃，等她照护丈夫做好手术回去，孩子早已直苗苗的躺在床上，离开了人间。她当时不敢告诉丈夫，等赵得宝回家，发现孩子

299

没有了,整整哭了一夜没有闭眼。他多么希望有一个男孩子啊!余静知道他这一段悲惨的历史,怕引起他的悲哀,安慰他说:

"过去的事了,现在你有病,不要想这些……"

"我,我哪能不想呢?"他鼻子一阵酸,差一点要哭出来,捂住鼻子,等了等,说,"他妈说,这孩子可逗人喜欢哩,生得肥肥胖胖的,活蹦活跳的孩子就……就……"

他再也控制不住感情,伤心得说不下去了。汤阿英不清楚赵得宝说的意思,奇怪地问道:

"你不是没有孩子吗?"

"我,我……我有……可是……"

余静扼要地把十二年前的往事对大家说了。汤阿英她们同情地望着赵得宝。

赵得宝不尽的语言像开了闸门的水一样涌出来:

"从前那辰光,我为了修理滚筒,受了重伤,徐义德来看过我吗?酸辣汤来看过我吗?连郭鹏也没有照个面。我住在医院里,死活厂里也不管!没有医疗费,我老婆到处去借。胳臂成了残废,也不敢让资本家知道,一边忍痛,一边做生活,有眼泪只好往肚里流。我敢对啥人诉说?昨天晚上,厂里这么多的人病倒了,送医务室的送医务室,送医院的送医院。刘医生告诉我,区委非常关心我们工人的病,杨部长又亲自来看我们,要长宁医院保证把我们治好,要尽一切力量抢救每一个病人。别的医院知道了,都说要药品给药品,要医生派医生,全力支援长宁医院给我们治疗。那么多的病人,病情又那么严重,医生护士整整忙了一夜没合眼,我们的病好了一大半,你们看,躺在床上的这些病人都好得差不多了。"

他指着床上的病人给她们看,刚才躺在床上的病人好像给他作证似的,霍地都坐起来了,纷纷地说:"我们都好了。"他滔滔不绝地说下去:

300

"你们亲眼看见的！亲耳听见的。我们现在进医院,再也不愁医药费用了,我们有'劳保'①。要是早解放,早有'劳保',我这只胳臂也许坏不了,我的孩子也不会死了。"

说到这里,他的声音变得低沉,那个没有见面的婴儿好像在他眼前哇哇哭哩。赵得宝一句句话都打动汤阿英的心弦,就像叙述她自己的事一样,她的眼睛有点润湿,泪珠要从眼眶里涌出来。她慢慢低下了头。赵得宝接着说:

"想想从前,看看现在,要不解放,我们能住在这样好的大医院里吗?"他望着墙上那一幅毛主席站在天安门上的画像,激动地说,"你说,看到你们来看我,想起这些事,我能不哭吗?"

"是呀,"汤阿英用月白色褂子的下摆拭去泪水,说,"老赵讲得对!"

陶阿毛随着余静她们进来,他一直站在最后面,听他们谈话,没有吭声。他的眼光却从余静和管秀芬的头上望过去,在窥视每一张床上病人的情况。起先,看到不少人躺在被窝里,他估计中毒很严重,加上赵得宝一哭,更证实了他的估计。但等到余静和赵得宝一说明白为啥哭,那些病人仿佛要从床上跳下来,证明刚才的估计完全错了。他见大家给赵得宝说得默默无言,马上走到床边,把那半束红色的月季花送到赵得宝的手里,严肃地说:

"你这番话给我很大的启发,等于上了一堂生动的阶级教育的课,叫我一辈子也忘记不了。现在我们工人翻身了,资本家再也不敢骑在我们头上作威作福了。我给你带了一束花来,希望你早日恢复健康。"

陶阿毛说了这几句话,暗中睨视了余静一眼,不料余静的眼光正注视着他哩。他就没说下去。余静觉得陶阿毛今天的举止有点异样,再加上昨天夜里纠察队向她汇报人员往来的情形,越发引起

---

① "劳保"指劳动保护条例。

她的注意。陶阿毛对钟佩文和赵得宝献花和讲话,也叫她感到奇怪。她没吭声,只是细心地观察他的举动。余静对赵得宝说:

"你好好休息……"

她准备去看别的病人,给赵得宝一把抓住了,把她拉到床边要求道:

"我今天想出院,你说好吗?"

余静感到有点奇怪,怎么对她要求出院呢?她回过头去,用眼光征求站在背后的刘医生的意见。刘医生道出了赵得宝的秘密:今天一早他就跟刘医生讲,说他已经好了,要马上出院。刘医生说:不行,还得休息两天。他说厂里许多人中毒病倒了,没人工作,他要出去帮助余静同志。刘医生还是不答应,他就向余静提出要求了。余静拍拍他的手说:

"你应该再休息两天,听医生的话,啥辰光叫你出院,你再出院……"

"我在这里闷得慌。我住不惯医院。"赵得宝老实地说出自己的想法,"我闲不下,一不做生活,二不做工作,好好的人,住在这里做啥呀?让你一人在厂里忙,说得过去吗?"

"你还没有完全好,赵同志,"刘医生笑着说,"刚才余静同志讲了,叫你听医生的话。我要加一句,你应该听党的话!"

赵得宝听到最后一句,他不好再提要求了。一个党员,能不听党的话吗?赵得宝组织观念从来就很强,难道生病还犯错误吗?管秀芬指着余静的背影,对赵得宝做了一个鬼脸,说:

"晓得哦?要听党的话!"

"这尖嘴薄舌的丫头!"赵得宝又好气又好笑。

余静看完了每一个病人,随着刘医生准备到护士室里详细地谈一谈病人的病情,忽然看见杨健迎面走来,低着头,满脸哀容,像是有啥心思。她迎上去,关怀地问:

"你那样忙,怎么也来了?刚才听老赵说,才晓得你来看工人了。"

杨健站了下来,没有做声。叶月芳从他背后走了上来,对余静说:

"他来看工人,也来看戚宝珍同志的。"

"哦,对了,宝珍也住在这里,——厂里工人中毒,尽顾忙工人的事,把她给忘了。现在一同看看她去,好不好?"

"用不着了。"杨健压抑住心头无限的悲痛,低沉地说道。

"为啥?"余静惊诧地问。

"已经过去啦。"杨健的眼圈红了,晶莹莹的泪珠忍不住从眼眶里掉下来了。

叶月芳热泪盈眶,用手绢一再拭去眼泪。余静听到这消息,愣得像一尊石雕像,发痴发呆地站在那里。她不相信自己的耳朵,杨健和叶月芳站在她面前,分明是事实,不容怀疑啊。等了一会,她呜咽地说:

"那更要去看看她。"

她向前走去,杨健随后一步步慢慢跟着。叶月芳赶上来说:

"刚才医生说,要送到太平间去,怕不在病房里了。"

"那到太平间去吧。"

余静和杨健他们迈着迟缓的步子,悄悄地向太平间走去。

## 三十

马丽琳热情地把朱瑞芳和守仁他们欢迎进客堂间,倒茶送烟,满心欢喜。朱瑞芳很久没上她家里来了,现在亲自上门,而且带着守仁他们,一定带来了朱延年的好消息。她一直相信姐夫徐义德在上海滩上有办法,保释朱延年是没啥困难的。她迫不及待地问:

"延年的事体,有消息吗?"

"延年的事……"朱瑞芳讲到这里就说不下去了。她向徐义德提起这件事,他总是说,案情严重,想了许多办法,都没有眉目。她又不愿意把真情实况告诉马丽琳,增添马丽琳的忧愁。她低声地说,"义德还在想办法。"

"姐夫这样帮忙,我心里实在过意不去。等延年出来,要好好谢谢你和姐夫。"

"至亲,谈不到这些。我们也盼望延年早点出来。"

马丽琳心里感到一阵温暖。这些日子来,很少有亲戚朋友上门了,兄弟姊妹究竟不同,朱瑞芳没有忘记她弟弟和弟媳妇。她说:

"我先代延年谢谢了。"

"我们家里的人没有一个不关心延年的。他刚到上海就问起你和延年。"朱瑞芳指着朱筱堂说。

马丽琳向朱筱堂看了一眼:只见他穿了一身西装,有点不大贴身,好像是个暴发户,坐在客堂间东张西望,面孔陌生,不像来过,怎么说一到上海就问起她来呢?善于看出陌生人身份的马丽琳,

这回也引起猜疑,摸不准了。但她没有表露出来,老练地对朱筱堂说:

"啥辰光到上海的?"

朱筱堂望了姑妈一眼。他一进来,马丽琳只顾和朱瑞芳打招呼,把他撇在一边,心里好不高兴。如果再不理他,真想站起来走了,他不能忍受这种冷淡。马丽琳现在问他,觉得应该先介绍一下,才好谈话,又不愿自我介绍。姑妈懂得他眼光的意思,马上说道:

"哎哟,倒忘记了,还没有给你介绍哩。"

"是呀,"马丽琳接着问,"这位是……"

徐守仁插上来说:

"你不认得吗?他是舅父的儿子,朱筱堂,从无锡乡下来的。"

她立刻想起过去朱延年告诉她朱暮堂的气派,梅村镇的头号富户,有钱有势,县长上任都要到朱家拜访拜访哩。她没想到他今天会来,真是从天而降,叫人喜出望外。朱筱堂到来,给她带来了新的希望。她现在像是漂流在茫茫大海上的一只孤舟,不知去向,没人相帮,只要遇到任何一只船,或者任何一个人,都会给她带来希望和喜悦。她说:

"啊哟,真是稀客,——早就想见你了。"

朱筱堂坐在红木太师椅上,望着客堂当中挂的那幅东海日出图和四周的陈设整整齐齐,白瓷的观音菩萨像前有刚才马丽琳点的香,一缕缕乳白色的烟在空中轻轻飘荡。妈妈说的不错,朱延年虽说已经关到监狱里,家里的经济情况确实不错,比他住在汤富海的房子里强多了。他发现在上海哪一家人家都比他的生活好,对上海更加羡慕,对汤富海那帮泥腿子就越发憎恨了。他说:

"叔叔在里面好吗?妈妈常惦记他,要我问候叔叔。"

"在里面的生活倒不错……"她告诉大家上次到提篮桥的经

过,一边说,一边眼眶红了,朱延年好像又在小洞面前出现。一会,小洞那边的人影消失了,回到牢房去了。她用天蓝色的手绢拭了拭眼角,低声地说,"最近没有再去。我想,他在牢里的日子一定很难受啊,可怜他命苦,好好做着生意,碰到'五反',落得这种样子,今后怎么样,还不晓得哩!"

"你不会给他写信吗?"朱筱堂关心地说。

"写信?"她感到这是一个办法。她从来没有想到这回事。但她还有点怀疑,说,"能和里面通信吗?"

"为啥不能?"朱暮堂关在牢里,朱筱堂曾经给他父亲通过信。

"筱堂不提起,我也忘记了。"朱瑞芳说,"我也给他写封信去。"

"给他写写信也好。"马丽琳欣赏他的主意,说,"以后,希望你多多帮助。"

"我？帮助你?"朱筱堂诧异地摇摇头。他想起妈妈的嘱咐,要婶婶还五十两金子。他说,"地主现在倒霉了,不能帮助你了。我倒有桩事体想和你商量,你能帮我点忙,非常感激你。"

她想不到自己对这位侄子有啥忙好帮,说:

"你说吧,我一定帮助。一家人,说啥感激呢?"

"我想向你借五十两金子……!"

不等他说完,她怀疑自己的耳朵一定听错了,问道:

"五十两啥物事?"

"金子。"

"金子?"

"唔,向你借五十两金子!"他几乎是一个字一个字说出来的。

"好侄子,怎么想起给我开这个玩笑呢?"她的眼睛睁得圆圆的,困惑地说。

朱筱堂料她不知道叔叔欠爸爸五十两金子的事,不然不会装得这么像。不点明,可能她真的以为开玩笑哩。他慢腾腾地说道:

306

"不是开玩笑,是真的。这五十两金子,我爸爸借给叔叔好多年了,一直没有归还。本来么,这五十两金子并不算啥,现在可不同了,我们田地房产叫泥腿子分了,手头很拮据,拉的饥荒不少,不得不向你提起。"

她越听越糊涂了。朱延年从来没有告诉过她欠朱暮堂五十两金子,怎么人进了监狱,忽然冒出这么一大笔债来?莫非是有意骗她吗?朱延年过去也是有钱的啊,怎么会借朱暮堂的金子呢?就算借了,过去不还,一直不要,等到现在才提?这也叫人怀疑,不管怎么样,她没法管这件事,也没有能力管这件事。她只好摊开:

"虽说伯伯过世了,你们过去究竟是有钱的人家,穷虽穷,还有三担铜。不怕你们笑话,我每天过三十晚上,日子很难打发。不瞒你说,我真想找你帮点忙哩!"

"找我帮忙?"朱筱堂心中暗自好笑,觉得她有意在讽刺他。地主的儿子,自己都顾不上,有能力帮助别人?他生气地说:

"你这才是拿我开玩笑哩!"

"不开玩笑,数目倒不一定多,看你叔叔的面上,能帮助多少就帮助多少。"

朱筱堂哭笑不得,看她那么认真,又不好给她争吵,无限伤心地说:

"你恐怕还不晓得我们乡下的情形,地主的财产全完哪!"

她不大看报纸,乡下也没有亲戚朋友,百乐门舞厅那帮姊妹,自从她嫁给朱延年,很少往来了。"五反"以前,朱延年回到家里有时还给她谈谈外边的事。他一进了提篮桥,她简直成了聋子,外边啥事体也听不到了。乡下的事体,她只晓得土改分了地,地主生活究竟怎么样,却不十分清楚。她奇怪地问:

"地主的财产一点不剩吗?"

"全分给那些穷泥腿子啦。"他一提起这件事就痛心,但为了讨还那五十两金子又不得不把乡下的情形说给她听。她听得出了神,想不到乡下的世界全变了样。他最后说,"别看我这身衣服,是守仁借给我穿的。"

徐守仁在一旁点点头。她认为在经济上能帮助她的人,原来是一个讨债的人!她刚才满腔热情,现在慢慢冷了下去,在考虑怎样把他们打发走。朱筱堂现在没有考虑到走的问题,一门心思在五十两金子上面。他说:

"过去我爸爸帮了叔叔的忙,现在我们母子两个落难,你总不能不帮我一下!"

"这不是小数目,五条黄鱼①啊!瑞芳姐姐了解,我哪有这个能力。"

朱瑞芳一直没吱声,在内侄和弟媳妇之间,她很难讲话。

"一时拿不出五条,先还两三条也可以。"朱筱堂说。

"你说的倒轻巧,两三条,到啥地方去拿?就是把你婶婶卖了,也没有两三条啊!"

朱筱堂见她门关得很紧,一点也不松口,非常生气,毫不客气地说:

"父债子还,夫债妻还。五十两金子今天一定要还,没有多的,也有少的。我朱筱堂虽然倒霉,可也不是好惹的。你给我哭穷,没用。老实讲,今天你不能让我空着手回去。"

她也很生气,头一回见面,说话这么不客气,简直不拿她当婶婶看待,没有个长幼尊卑。她不禁流露出不满的情绪:

"不管怎么说,我还是你的婶婶,可怜延年给关在牢里,多谢你们没忘记我,来看看我,我非常感激。你要是不能帮我忙,可也不应该给我讲这些话。"

"你的日子总比我好过,"朱筱堂的眼光贪婪地巡视着那一套

---

① 黄鱼,金子的代称。一条黄鱼,十两金子。

红木家具和挂在墙上的字画,放松了点口气,说,"你不能一点也不还。"

"别说我不了解你叔叔是不是欠你们五条黄鱼,就是真的欠了,当然应该还,不过,也得等他出来呀!"

朱筱堂从红木太师椅子上跳了起来,额角上暴出一根根青筋,焦急地说:

"你不相信,姑妈在这里,你问她好了。"

"她?"马丽琳见朱瑞芳一直没有开口,不知道是不是真有这回事。

咚咚,客堂间的门有人焦急地敲了两下。

客堂门开处,站着一位三十多岁的青年,长方形的脸庞上架着一副金边的平光眼镜,颧骨高耸,显得有点清癯,人很消瘦,头发可梳得乌而发亮,好像可以照见人影;身上的西装笔挺,没有一点灰尘斑渍。从那身打扮,就使人看出他是一位讲究生活而又会安排生活的知识分子。他发现客堂里有陌生客人,一肚子气忍着没有发泄出来,可是语调并不客气:

"哦,原来在这里,大概把我给忘记了。"

她看看天色不早,客堂间慢慢暗了下来。她扭开了电灯,用哀求的口吻对他说:

"对不起,我有客人,请你再等一会。"

"再等一会,再等一会,你究竟要我等到啥辰光呀?"

"请你楼上坐一会,我马上就来。"她既怕这位青年知道客堂间客人的底细,又不好意思让客人晓得那位青年来做啥。

"刚才你下楼来,也说是一会就来,你想想,你叫我等了多久?我不再上这个当了。"

"刚才因为有客人……"

"待会,你又有别的理由,反正今天你得给我一句话。我的皮

309

鞋都跑破了,今天谈清楚了,以后再也不上你家的门了。"

她听到最后那一句话十分寒心。过去朱延年走红运,他真是百依百顺,朱延年要他做啥便做啥,从来不说句二话。他一来就是表哥长表哥短,再三再四表示要和朱延年在上海滩上创造一番轰轰烈烈的事业。朱延年一进了监狱,他的态度立刻变了,今天变得更不像话了,不单不认亲戚,连"门"也不"上"了,人情竟这样淡薄!她怕争吵起来,咽下这口气,小声地说:

"我求你:真的再等一会就给你谈,好哦?"

"不行,我等得太久了,我不能再等了。现在为啥不可以谈?"他见她一再低声下气,以为抓住她的弱点,怕在客人面前暴露出来,没有面子,正好逼她一下,也许目的可以达到哩。

朱筱堂对于这位青年闯进来,不早不晚,正是他讨债的辰光,心中非常气愤,恨不能过去给他一顿拳头,打个痛快。但不知道他的来历,朱筱堂不敢轻易动手。徐守仁冷眼旁观,听到这位青年说话放肆,舅母再三恳求也得不到同情,他觉得自己有义务挺身而出,相帮舅母一手。他把右边的肩膀一耸,拍一拍自己的胸脯,威风凛凛地说:

"讲话识相点,不要有眼无珠,尽欺侮人。"

"我讲我的话,与你不相干。我同你一不沾亲,二不带故,怎么干涉起我来了!"

徐守仁见他态度强硬,言语相撞,知道不是好惹的。他要别别这位青年的苗头。他把眼睛一睖,大声问道:

"请问老大你贵姓?"

"什么老大老二?"

他以为对方有意不答他的话,又问了一句:

"请问老大香炉多重?"

"我不迷信,从来不烧香,我怎么晓得香炉多重?"

他不再问下去，只问他贵姓。

"我姓夏，叫亚宾，是福佑药房的 X 光器械部主任。你贵姓？"

他把头一歪，气势轩昂地说：

"我叫徐守仁。"

徐守仁从楼文龙那儿学了两句帮里的黑话，夏亚宾答得不对，知道他并不在帮，也就不把他放在眼里。舅舅店里的一个职员，没有啥了不起。他带着教训的口气说：

"你是我舅父店里的伙计，对老板娘讲话应该客气点才好！"

朱瑞芳狠狠瞪了夏亚宾一眼。

夏亚宾早知道徐守仁的大名，一直没有机会碰到。朱延年虽然进了监狱，可是徐义德在上海滩上还是赫赫有名的人物，说不定自己的职业可以从这位小开身上找到出路。他放下笑脸，彬彬有礼地欠了欠身，抱歉地说：

"刚才冒犯了，很对不起。不知不罪。我不知道是徐先生，希望多多原谅！"

徐守仁给他一说，浑身都酥了。他退了一步，指着红木椅子说：

"有话，坐下来讲吧。"

朱筱堂也跟着坐了下来，他一肚子气没消，郁郁不乐，闷声不响，听夏亚宾滔滔不绝地诉说：

"我也是实在困难，福佑出事好几个月了，一直没有发薪水，生意做不下去，X 光器械部的机器都叫法院贴了封条，看样子，一时不会启封的。我是五口之家的家长，一早起来，五张嘴，嗷嗷待哺，家里有点值钱的物事都送进了当铺。我们薪水阶级的人，每月全靠薪水过日子，平素又没有积蓄，能维持到现在已经很不容易了，要是还有一点点办法，我也不会来了。我的要求不高，只希望给我发个半薪，或者把欠薪发给我，也好再维持几个月。可是她，一文不给,老叫我等,等,等到啥辰光呀！我家里五口人不能饿着肚子空等呀！你说,徐先生,是不是？"

他这番话把徐守仁的心说软了。马丽琳接上来说：

"店里不是你一个人,大家也没有发薪水,别人却没有像你这样整天钉着不放！"她看纸包不住火,干脆把事体揭开,也顾不上面子不面子了,反正嫁到朱家,人都丢尽了。她说,"老实讲,店里能维持开三顿饭已经不容易了,朱经理还在牢里,叫我妇道人家有啥办法呢？"

"你无论如何比我强啊！不瞒你说,我家今天的锅盖差点揭不开！"夏亚宾发现她在望自己身上那套西装,连忙补了一句："我这身西装过不了几天也得进当铺,不过,出去找人也得穿得像样点,总不能太寒酸。老实说,我也不愿意随便开口,叫人家看不起。穷虽穷,我还有这点骨气。今天实在不得已,才上你这里来,无论如何帮我一点忙,没有多的,也有少的,不然,明天的锅盖真的要揭不开了。我也不好意思把老婆儿女带到你这里来吃大锅饭。"

他后面这句话很有分量。她感到严重的威胁。她没有别的办法,只好揭他的底：

"你不能这样对待我。延年常给我谈起你,你失业,常常向延年借钱,从来没有向你要还过。福佑生意发展了,让你做X光部的主任,把你这个中学生捧成X光专家,你也赚了福佑不少钱。延年待你这些好处都忘记了吗？想起这些事,真叫人寒心！延年一出事,你竟变了脸,连童进、叶积善都不如,他们也没有像你这样来逼我！你就是一点旧情也不念,欠薪的事也得等大伙一块解决啊！逼我有啥用？"

她的态度一强硬,夏亚宾的脸一阵红一阵白。再让她说下去,那一定会影响他通过徐总经理的少爷找职业。如果单独在楼上和她谈,他要老实不客气地刻薄她一顿,现在只好忍气吞声,微笑道：

"那些都是过去的事,有的也不是事实,提它做啥?我同朱经理的关系确实不错,我们可以说是亲兄弟,有事体大家互相帮助,正是因为这样,我才向你开口。我要是生活有点办法,也不会向你提了。今天想了又想,没有别的办法,才来的。"他很巧妙地把她的话反驳掉,叫徐守仁改变对他的印象,说,"如果我能找到一个职业,手头富裕一点,我绝对不会再提欠薪的。那时你有需要,我还可以帮助你一点。"

她听得心里好笑,冷冷看了他一眼。她想起早一会儿在楼上逼她的那个劲头,心头的愤怒还没有消逝,冷笑了一声,说:

"多谢你的好意,只要不来逼我发欠薪就好了,我不敢要你帮助。你有钱,你自己留着用好了。"

"一个人不能忘恩负义,延年过去待你那么好,怎么现在一点也记不得呢?"朱瑞芳气呼呼地说。

"我不是忘恩负义的人。"夏亚宾见朱瑞芳穿着华丽,仪态万方,来历一定不小,便向她欠了欠身子,然后转过来,对马丽琳说,"我和朱经理是多年的好朋友,不客气地说,福佑药房里也有我的一份心血。现在朱经理有困难,我怎么好袖手旁观?只要我有一点点力量,我也不会忘记帮助你们的。希望你不要辜负我这一片好心。你说,是不是?"

他的眼睛望着徐守仁。徐守仁顺着他的嘴说:

"夏先生同舅舅那么好,愿意帮点忙,也好。"

朱瑞芳对夏亚宾"哼"了一声。

夏亚宾悠然自得,对徐守仁说:

"你说的真好,好朋友有患难,怎么好不帮助呢?你是他的亲外甥,我是朱经理的表弟,算起来,我们也是亲戚哩!"

他说到这里停了停,观察徐守仁面部的表情。徐守仁有点惊愕,这位夏先生头一回见面,刚谈了没几句,忽然攀上亲戚来了,而

313

且那么热呼呼的,仿佛是多年的至亲好友。他感到一股热气从夏亚宾那边吹来,叫他有点不大好受,但又不好给他难堪,勉勉强强地说:

"你这么一算,我们倒是沾点亲哩!"

"希望你以后多多关照,有啥吩咐,我愿意效劳。"

"好哇。"

夏亚宾听了这两个字,以为徐守仁已经答应了他的要求,不禁心花怒放,兴高采烈地说:

"我虽然是学X光的,其实,我的兴趣很广,在纺织方面我也有兴趣,机械原理是一样的。沪江纱厂是上海有名的大厂,要用的人一定很多。如果你要我到贵厂去工作,我一定把我学到的一点本事,全部献给沪江和你。"

马丽琳在一旁听得心都要呕出来,冷眼看他还有啥花招使出来。徐守仁慢慢弄懂了他的意思,觉得使他的处境很为难:答应不好,妈妈不一定同意;不答应也有失小开的面子。他含含糊糊地说:

"这个……"

夏亚宾生怕他回绝,一见形势不妙,连忙打断他的话,暗暗改了口,退后一步说:

"你是年轻有为的小开,前途远大,手下一定需要一帮人协助你创立伟大事业。要是沪江纱厂暂时不需要人,也没有关系,将来需要我,我听你的使唤。"

这一番话把徐守仁说得浑身痒酥酥的,他正要开口,朱瑞芳插上来说:

"你是X光器械部主任,我们高攀不上,——你少找马丽琳一点麻烦就好了。"

夏亚宾撇下朱瑞芳,对徐守仁说:

"等你有空,找个地方聚聚,小弟做个东道。"他的眼光从徐守仁身上转到朱筱堂的脸上。他不知道朱筱堂是谁,但估计到一定是徐守仁的朋友,也要拉一把,说:

"请你一道来。"

朱筱堂讨厌夏亚宾闯进来,打断了他和马丽琳交涉五十两金子的事。他一直坐在太师椅上生气,没有说一句话,恨不能一脚把这个家伙踢出去。他冷冷地说:

"我没有空!"

夏亚宾冷不防碰了个钉子。因为徐守仁的关系,不能得罪这位青年。他知趣地给自己圆场:

"我还有点事体,你们谈吧,我先走一步。"

朱筱堂霍地站了起来,对马丽琳说:

"我们的事,怎么样?"

"等你叔叔出来再说。"

"那要等到啥辰光!"

她忍受着他的威逼,耐心地说:

"他总要出来的。一笔写不下两个朱字。你也看到了,我的日子不好过,外人不去说他了,你是我们朱家的人,这个忙总得帮一下呀!"

"我也有困难,做婶婶的,总不好意思看我们在乡下受罪。你的日子,要比我们好得多了。"他又羡慕地巡视了一下客堂间的陈设,那个瓷观音菩萨在电灯光下闪闪发亮。他逼紧一步,说,"没多的,有少的。"

"我连一钱金子也没有,做婶婶的不会给你瞎说。"

朱瑞芳看情势不妙,争吵下去不好。两边都是至亲,谁也不能得罪。她拉着朱筱堂说:"延年关在牢里,你婶婶焦急得不行。她手头困难也是实情。"

"我们比她还困难啊,姑妈。"

"我了解。"朱瑞芳点点头,说,"你和守仁先走一步。有话以后再谈。——我在这里再坐一会。"

马丽琳希望朱筱堂越快走越好,但又要避免伤害徐守仁的感情,连忙接上去说:

"不吃点饭就走吗?"

"不。我们还有事哩。"徐守仁暗示地碰碰朱筱堂的胳臂,说,"改天再谈吧。"

"守仁,你找个好饭馆,请他吃饭。"

徐守仁点点头,把朱筱堂拉走了。朱筱堂连招呼也没打,绷着面孔,气呼呼地跨出客堂间的门。

# 三十一

紧靠着外滩公园门口的江面上,停着一条趸船,有上下二层。下面是码头,外滩到吴淞去的旅客要在这里上上下下。一到夜晚,来往的旅客就少了,显得十分幽静。但船舷上挂着霓虹灯组成的四个紫红大字:水上饭店,十分引人注意。凡是走过外滩大马路的人,几乎没有一个人不看到这四个字。

一辆林肯牌的黑色小轿车穿过靠江边的快车道,转进外滩公园前面的广场,降低了速度,慢慢开到水上饭店前面停了下来。车门开处,徐义德从里边跳下来,走上趸船,穿过走道,向右一转,上楼去了。

服务员立刻迎上来,指着临江的那一排桌子,招呼道:

"这边坐,凉爽哩。"

徐义德径自的向外边走廊走去,在最后一张小方桌前面站了下来,点了点头,说:

"就在这里吧,安静点。"

"对,这里好。"服务员了解顾客的心理。这张桌子和里面客舱隔着一道窗户,不走到甲板上是看不见这一排桌子的,而这一张桌子又是这一排的最后一张,一般客人见桌子上有人是不会过来的。谈情说爱的少男少女们最爱选这张桌子。他指着黑沉沉的黄浦江面说,"这里不用电扇,也很凉爽。"

徐义德身上那件淡黄色的府绸香港衫有点汗湿了,他迎风坐着,拭去额角的汗珠,自言自语:

"今天好热！"

"你在这里坐一会，就凉快了。"服务员手里拿着菜单，低声地问，"吃点啥？"

"等一等。"

徐义德看一下手表，时间已经到了，听见里面传来橐橐的高跟皮鞋声，伸出头去向里面一看：江菊霞笑盈盈地走来了。她今天穿了一身西服，红黑相间的花格子细纱布短袖上衣，下面穿了一件浅咖啡色的西装裤，裤角几乎把高跟鞋的后跟都盖上了。头发也比过去短多了，加上这身衣服一衬，皮肤也显得白了，人也年轻得多了。她一进来整个甲板上像是忽然撒了香水，满是扑鼻的浓郁的香味。

徐义德向她浑身上下打量了一番，吃惊地说：

"我差点认不出你来了。"

她的长长的眉毛情不自禁地扬起，从心里发出一种甜滋滋的喜悦的感觉。为了到这里来，她整整忙了一天。单是考虑穿啥衣服，就想了一个上午，下午才最后决定穿西装，用她的话来讲，是出奇制胜。下午到理发馆洗了头，特地把头发剪短，回来换好衣服，在衣橱的镜子面前仔细端详。忽然一位穿着鹅黄色旗袍的少妇出现在她的眼前，她撇一撇嘴，哼了一声：

"她，算啥！"她望着大镜子，指着自己说，"你哪一点比不上她？谈到能力，她更没法比！"

她带着胜利者的微笑走了出来，到了水上饭店，眉宇间还留着得意的痕迹。等到徐义德对她这么一说，她不禁又笑了，娇滴滴地说：

"哎哟，我老了，还给我开这个玩笑。"

"不，"徐义德很严肃地说，"你今天至少年轻十岁！"

她含情脉脉地斜视了他一眼。她坐在他对面，指着桌子上的菜单说：

"点了吗？"

"等你哩，你看，喝点啥？"

"赤豆刨冰。"

"好。我也要一个赤豆刨冰。另外，再来两客冰激凌好不好？"

"冰激凌后上。"

服务员走了。徐义德在她正对面，讨好地说：

"你选的时间真好。"

今天见面的地点是徐义德选的，她并不满意，觉得水上饭店到了夏天，许多人喜欢去乘凉，谈话不大方便。他觉得这地方比较合乎理想，因为有人，她不好老纠缠着他不放，更不会对他放肆。他现在还有许多事要依靠她，但又不愿和她再过分接近，又不能太疏远，到这样的地方，可以达到他若即若离的要求。她因为好久没有约到他一道出来，他答应到这里来，就同意了，但时间却改在九点。九点以后，客人少了，倒也僻静，谈话方便。他在她面前像是永远猜不透的谜。她摸不透他的心思。说他不喜欢她吗？有时他对她的热情真像一团火；但更多的时候，他却比一块冰还冷，可又抓不到把柄，不是说厂里忙，就是讲家里走不开。她主要的冤家对头是林宛芝。她也不好公开表露出来，见了那三位太太还得敷衍敷衍。她把整个心都给了他，因此，一见不到他，感到十分空虚。她今天打算好好给他谈一谈。她要揭徐义德的谜底。她不愿意这样悬在半空中过日子。

她暗中细心观察徐义德的神色。他讲了那句话，在等她回答，嘴上浮着赞美的微笑。她也微微笑了笑，没有吭声。他从那一天看盆景的冷言冷语里已经觉察到她的不满，料想今天见面必然有一番谴责，果然见了面，她不大开口，那一股看不见但预感到的怨气在等待适当机会发泄出来。

他见她没有吱声,又讨好地问道:

"你说这地方好吗?"

她对着黑沉沉的黄浦江望了一眼。江面上有一条小火轮哗哗地驶过,船尾卷起两股浪花,使得后面的两条木船晃晃荡荡,木船上的灯光也随着摇曳不定。江对面的浦东整个埋藏在浓厚的夜色里了,只是星星点点的灯火,在夜雾里闪闪发光。凉风从浦东那边徐徐吹来。她认为这地方倒也不错,但嘴上却说:

"你推荐的地方当然好啦。"

他装着若无其事的神情,把话题引到那次在他家宴会所谈的问题上来,但并不马上把自己的意图暴露,低声地说:

"听马慕韩他们的口气,我们工商界确实还有前途。现在中央对大企业很重视,沪江这点锭子太少了,算不了啥。要想得到中央的重视,得发展企业,你说是哦?"

"企业大,当然好。"她淡淡地答了两句。她关心的是徐义德对她的态度,企业大小她并不在乎。暂时只好听他说下去。

"我想从两方面入手,把香港那六千锭子调回来,干脆叫我弟弟义信也回来,他帮我在公司里管业务,我好抽出工夫在外边活动……"

"这个,"她认真考虑他的意见,摇摇头说,"数目不大,无补于事。"

"单靠这一点自然不够,不过也有它的好处:一则人手可以多一点;二则从香港调回锭子投入生产,让政府方面知道了,晓得我徐某人思想进步,把国外资产调回来投入生产建设,这和在国内发展生产意义大不相同呀!"

"这一点你说的倒对。"

"国内,我还想活动活动。我在聚丰毛织厂,茂盛纺织厂和兴华印染厂都有些股份,也是这些厂的董事和董事长,可惜他们和沪江都没有直接关系。我想给他们商讨商讨,不如合在一块联营,那沪江的气势就大了,牌子也响亮了。……"

"这个,"她望着他的圆脸下巴那里往下垂的肌肉,觉得他很会看风头,也有办法,野心不小,想把这些中小厂吃过来,都放在徐义德名下,他在上海工商界的实力和地位马上就要提高了。她不禁流露出爱慕的心情,说,"你真会打算盘!"

"不过这两天在想点子,"他把头伸过来,声音放小了,说,"我这个想法没有给任何人谈,只是和你一个人商议,可不能泄漏出去。"

她心中忽然有一股暖流从周身经过,非常舒畅,感到他和她之间的距离一眨眼的工夫就变得很近了。她对他的不满的情绪慢慢消逝了。他的发展,她以为也是她的发展。她在给他想还有其它点子没有。等了一会,她说:

"还有些企业你怎么忘记了?"

"啥企业?"他心中已经知道她指的企业,但装出不了解的样子。

"永恒机器厂你不是董事长吗?还有苏州的泰利纱厂,你也是董事长,为啥不索性都归并到沪江来,成立一个更大的企业,你当总公司的董事长,不是更妙吗?"

"这个,"他其实早想到了,也列入他的发展计划里面了,不过,他不准备把内心所有吞并别人企业的打算都告诉她,防她一着,万一消息走漏出去,事情办不成功,反而落一个话柄在别人手里。他准备分两步走,先把三个厂弄到手里,然后再考虑永恒和外地的企业,特别是外地企业,隔着地区,风声又大,不容易下手,也难于成功。等上海这几个厂办理顺手,有点经验,再弄别的厂会容易些。他暗暗佩服江菊霞究竟是一位不平凡的女工商业家,想的和他差不多。他摆出惊诧的神情,摸一摸他那满头乌而发亮的头发,慢吞吞地说,"这个我还没想到,给你一提,倒是个好主意,就怕不容易办到。"

"你要办的事,还有办不到的吗?"

"那倒不一定,我没有你的本事大。"他恭维她一句,说,"你能文能武,人头熟,经验多!"

"还不是靠各位老板的支持,单我一个人也不行。"她并不推辞,说,"步老也给我很多帮助。"

"步老最近有信吗?"

"前天我接到他一封简单的信,是从莫斯科寄来的。他这次出国很兴奋,感觉新中国在国际上地位很高,重大的事情,各国都尊重中国的意见。他当上代表出国,十分光荣,过去在国内还没有这样的认识。"

"你不是对我说,他过去认为社会主义阵营的力量不如美国他们吗?"

"是呀,这趟出国,他的看法有点变了……"

"我曾经也有这个看法,朝鲜这一战,我看出共产党的力量确是不小……"他最后一句话的声音很低,生怕给别人听见。

"是呀,"她看到服务员捧着两杯赤豆刨冰来,眼光马上从徐义德身上转到刨冰上,暗示他说,"见了刨冰,我心里都感到凉爽。"

"吃下去就更凉爽了。"

她用调羹搅拌了一下刨冰,通过细黄的麦管吸了一口,精神一振,好像身上的热气全消了。

"晚上在这儿凉爽,喝点冷饮,就一点也不觉得热了。"

"坐了一会,身上的汗也没有了。"

"不骗你吧?这是上海乘凉最好的地方。一到夏天,马慕韩和冯永祥也是这里的老主顾。在这里可以经常碰到民建和工商联的巨头们。"

"民建分会也有人来?"她对民建分会的会员情况没有工商联和棉纺公会的人熟悉。

"可不是,我有时就在这儿碰到他们,因为不熟悉,不大谈话,偶尔听他们谈到一些民建情况。现在史步老当了民建总会副主委了,我们以后要好好帮他工作才是哩。"

她猜测出他的心思,怪不得今天对她这样巴结呢,原来是想活动民建的事。她知道他想利用她,内心深处也想帮他一手,就是讨厌他过了河就拆桥,不用她,就把她掼在一边。她得好好的牵住他的鼻子走,叫他听自己的话。她故意反问一句:

"你也不是民建的会员,怎么帮他呢?"

"参加就是了。"

"有那么容易?谁给你介绍?"

她讲完了话,暗中注视着他的眉头,渐渐皱起,在隐隐发愁。他竭力忍住内心的不满,赔着笑脸说:

"我有了你,啥事体办不成?"

他这句话像是一个火种,掉在她的心田上,立刻熊熊地燃烧起来,浑身发热,通身舒畅,一直反映到脸上,红艳艳的。她怕他发觉,微微低下了头,用白纱挑花手帕拭了拭额角头上的汗珠,冷静地想了想,按捺住内心的欢喜,小声地说:

"谁能比过你!"

"我,我……"他谦虚地说,"我不过管点厂,在市面上混却不行,特别是现在的工商界,要政治,我没有这方面的本钱,也没有这方面的经验。要不是靠你,上海工商界巨头们啥人晓得我徐义德?"

"这杯赤豆刨冰我已经灌饱了,别灌我的米汤了!"她笑了笑,说,"我在工商界大老板面前,算啥,给你介绍点人,也没多大用场。"

"你给我介绍史步老,这是我走进工商界巨头当中重要的关键,你再把我介绍进民建会,那我发展的前途就更大了。"

她见他和盘托出自己的愿望,使她不好当面拒绝,但她也不甘心一口答应,那样,一方面显得太容易,另一方面,进了民建会,一定又把她掼在一边了。她眼睛一转动,想出了一个主意,淡然地说:

"参加民建会有啥意思!那是个空架子,不如工商联,也不如我们棉纺公会。我们公会是实权,啥事体都在公会里办。上海工商界巨头们大多数都是我们棉纺公会的,他们同我一样,对民建会兴趣缺乏。"

"那是过去的事,现在恐怕不同了吧。"他不敢说得太肯定,那会显得他比她高明,而她是逞强好胜的人,要捧着抬着走。"你说,是哦?"

"这当然也有点道理。"她认真地想了想,说,"就是现在,我看大老板们兴趣也不大,谁愿意把身子泡在民建里?"

"这可是我们工商界的政党啊!"他的眼睛里忍不住流露出惊愕的神情,没想到她真的对民建这么冷淡,难道他想参加民建错了吗?他反复思考这个问题,认为自己还是对的,而她的想法错了,又不便给她提意见,也不能附和,只是说,"你的看法当然有根据,不过,就我来看哩,工商界不抓民建,让民建大权落在那批知识分子手里,也不是个办法。这次史步老出国以前,在北海公园召集民建的人开会,我看史步老回到上海一定会积极搞民建工作的。"

她注视着他那一头乌黑的头发,和那一张圆圆的脸,心里十分赞赏他的智慧和敏感,究竟是在市面上混了多年的人,看问题看得深。她发现他比过去更加英俊了,几乎想坦率地同意他的意见,一想到那天在他家看盆景的情景,她又忍住了,摇摇头,说:

"大老板就是比过去有点兴趣,我看,也不大。谁愿意到那里去受那些人领导呢?要么,把领导权抓在大老板手里,兴趣可能大些。"

"你的意见对极了,非常高明!真不愧是我们工商界的女才子!我在你面前显得太不了解工商界的气候了,看法也比较幼稚。"

她听了这些话心中很满意,但有意露出不赞成对自己的赞美。等了一会,她得意地说:

"老实讲,民建分会的工作,别说工商联可以包下来,就是我们棉纺公会也可以包下来。要是把它搬到棉纺公会,经费可以全由我们出。"

"这还用说!我看,就是你一个人也可以把它包下来。"

"我算老几?"她脸蛋儿红红的,不好意思地说,"那不行!"

"有能力的人都是很谦虚的。"

"你真会说话。"她忍不住露出了微笑。

"和你一比,我就太不会说话了。"他默察她的神情,可以把问题提出来了,不露痕迹地暗示说,"第一步,有些人得先参加民建会,然后才好插手。"

"那是啊,"她一说了这句话,马上就想到徐义德,并不点破他,暗中改口说,"不过,有些大老板马上不能轻易参加进去,等到条件具备,再进去,作用才大。"

他生怕她又岔开去,紧紧抓住时机说:

"你说得对,大老板们要等一等看,像我们这样的人,倒可以先进去,探探路,给史步老做个帮手。"

"你马上就想参加吗?"

"能够给史步老效劳的地方,我决不推辞。要是……"他说到这里,停住了,下面的话是:史步老给我介绍参加最好不过了。他想这样提出太露骨了。当面如果被拒绝,没有转圜的余地,立即改口说,"唔,前两天阿永碰到我,他倒有意介绍我参加,有的朋友觉得,如果史步老介绍我参加,那更合适。我还没拿定主意。你看怎么样好?"

他的话说得虽然婉转,可是他内心的意思她完全明白了。她紧接上去说:

"我看,还是阿永介绍好。"

他不经心碰了一个橡皮钉子,但竭力忍住,没动声色,一边想,一边说:

"为啥?"

"你还不了解阿永这人的脾气?"她的语气中流出对冯永祥的不满,因为有冯永祥在,啥事体都站在她的前头,经常还和她开个不大不小的玩笑。因此,显得她比冯永祥矮一个头。她说:"凡事不经过他的手,很难办!只要通过他,便十拿九稳了。"

"这一点我清楚。"其实他还不了解为啥一定要冯永祥介绍。

"你忘记了,你参加星期二聚餐会是谁介绍的?冯永祥早把你当他口袋中的人物,你也是他的政治资本,参加民建不要他介绍,他心里不吃醋吗?何况,他现在对民建会发生了很大的兴趣哩。"

"你说的有道理……"

"唔……"她没有再说下去,因为她已经出色地拒绝他要史步云介绍参加民建的事。

过了一会,他顿时想起参加民建会要两个人介绍,而她刚才闭口不提史步云,实际上是不愿帮他这个忙。他对冯永祥介绍并不重视,因为他头寸不够,有些大老板也不过是表面应付他,互相利用。要是史步云介绍他参加民建,那就完全两样了,跟在史步云左右,他在工商界的地位便可以步步高升,直上青云了。他不能放弃今天稀有的机会,说:

"我完全赞成你的意见,这件事离不开阿永,可是,参加民建要两人介绍,史步老和阿永两人给我介绍,那就是珠联璧合,再妙不过了!"

"这个……"出乎她的意料之外,他把问题摊在她的面前,使她没有回旋的余地,马上接受,心里不愿意;推却呢?也不行。谁不知道史步老和她的亲戚关系呢?同时,也没有任何理由可以批驳徐义德的打算。她望着杯子里剩余的紫红赤豆,愣了一会,慢吞吞地说:

"你的主意想得真不错!上海两位红人给你介绍,一参加民建马上就引起大家的重视:我们的铁算盘来了。"她注视他兴奋而愉快的表情,有意给他泼一瓢冷水,说,"可惜史步老不在上海。"

"他就要回来的。"

"回来,也不一定愿意介绍;他是总会副主任,又是上海分会的召集人。他介绍人一定要再三考虑,不然,引起别人的闲言闲语,他是不干的。"

"只要你说一声,我想一定没问题。"他举起玻璃杯,对她说,"让我先谢谢你的帮助。"

他们两人用赤豆刨冰的玻璃杯碰了碰。她说:

"先别谢,不晓得史步老肯不肯呢!"

"我的事就是你的事。你的事就是史步老的事。只要你一说,那还有问题。……"

他滔滔不绝地说下去。那边服务员送来两客冰激凌。她对服务员说:

"今天的赤豆刨冰不错。"

"今天的冰激凌做得也好。"

她用小调羹弄了一小撮冰激凌一尝,果然不错,细腻可口,一点冰碴子也没有。她一边吃着冰激凌,一边回味他刚才那两句话:我的事就是你的事。你的事就是史步老的事。这两句话的味道比

327

冰激凌更好,深深地留在她心上,散发出迷人的芬芳。她感到过去对他要求太多又太高,关心他太少又太不够了。他在别人面前对她有点矜持,并不是冷淡,而是内心爱她的一种表现。亲极反疏,大概就是这个意思吧。有时约他出来,他没来,正是说明他事业心很强,善于控制奔放的感情,而不忘记自己事业发展的前途。以前责备他,甚至于恨他,她现在想想道理越来越不多了,而他那样的做法,理由变得越来越多了。她希望史步云今天晚上就回到上海,马上找史步云给徐义德介绍加入民建上海分会。当然,今天史步云不会回来。她把自己的喜悦隐藏在内心的深处,用沉默来代替允诺。她谅解他在家里的处境,她关心他的生活,她考虑他的沪江纱厂的发展。

她觉得今天晚上选择的地方十分幽静美丽,向南望去,十六铺那边形成一个弓形,边上镶着一长串珍珠似的电灯,如同晶莹的项链套在黑沉沉的黄浦江上面,街心闪烁着的红红绿绿的霓虹灯,又仿佛是少妇头上的装饰,使荡漾的黄浦江增加了光彩。徐义德约她到这个地方来,实在是很理想的。来以前她的不满情绪,现在完全消逝了。她想到这里,更觉得应该给他一些帮助,仿佛才对得起他。史步云没回来,入会的事现在不能办。她想起最近各厂要进行民主改革,怕他没有思想准备,便伸过头去,关心地低声说:

"最近上海要进行民主改革了,你晓得吗?"

"听说了,底细还不大清楚。"他说完这句话,回过头去,看背后没有人,叹了口气,又继续说,"上半年'三反'、'五反',错过光阴;下半年民主改革,又要错过九月旺季。一年工夫花掉了,不但赔不起,而且影响生产。"

"不,"她摇摇手,说,"这次提出民改①生产两不误哩!"

"那不过是说说罢了,民改和生产哪能两不误哩?我们沪江已

---

① 民改即民主改革的简称。

经抽调了几十个职工学习,你说,怎么不影响生产?"

"这个,倒也是的……"她最近在上海市政治协商会议听了上海总工会主席关于民主改革的报告,只考虑民主改革的内容,从大的方面着眼,没有徐义德的切身体会。她在想他的意见。

"最好快点民主改革,九月底以前完成,十月新花登场,纺织业好迎接大生产。"他的眉头一皱,想起脱产学习的职工,不满地说,"这几十个职工脱离生产,参加民主改革学习,费用该由工会负担,可是现在谁也不提起,最后,我看,还不是厂方负担。"

"那倒是小事……"

他心里想她的手面真大,几十个职工的费用毫不在乎,反正不是从她口袋掏出来的。他也不好显得小气,马上改口说:

"这当然是小事,耽误生产的事却不小啊……"他近来到处探听民主改革的情况,可是没人知道,这里工商界的代表人物都在摸瞎弄堂,找不到一个头绪。他只从生产上着眼,对于又要搞民主改革内心是不满意的。

"最近青岛有信来,那边运动比上海先走一步……"

"你真了不起,哪里的行情都熟悉!"

"我不熟悉,是青岛那边有人写信给史步老!我昨天到史步老家里去,听他们说的。那边资方大多数表示满意,认为只有好处,没有坏处。民主改革就是为生产竞赛打下基础,工人们在红五月竞赛的积极性,今后又可以发展了。"

"你未免太乐观一点了。"他不好意思直接驳她,但又不完全同意她的意见,转弯抹角地说,"工人在总工会领导下,老早就有准备,可是,资方呢,还摸不清底细。我们厂里工人学习了个把月,工会主席余静一点风声不露。我也不便多问。运动范围怎样?由谁领导?资方和资方代理人是否都要参加?资方在民主改革当中应该做啥?应该起啥作用?都不大清楚。"

329

"最近上总主席在市政协做了报告,这些问题大体都谈了,区里没有传达吗?"她在思索他提的一些问题。

"还没有。"

她把上海总工会主席报告的内容扼要地告诉了他。他一边用右手的肥肥中指敲着太阳穴,一边分析报告内容的措词,眼睛里忽然发出光来,兴奋地说:

"这些地方就显出民建的作用来了。"

"和民建有啥关系?"

"关系可大哩!"

他卖了一个关子,不说下去。她睁大眼睛,在注视着他。他停了停,慢吞吞说:

"民建和工商联应该成立临时机构,在运动过程中,发现问题,能解决的,把它解决;须要反映的,马上反映。树立了威信,又抓了会员,正是活动的好机会。你应该写信告诉史步老,要他赶快回来,好抓这个工作。大好机会不可错过。我也好给史步老效犬马之劳。"

她微微笑了笑,没有马上回答她。她内心越发爱他的才干,许多问题别人没想到,总是他先想到了。他参加了民建,的确是史步老一个得力帮手。她对他望了一下,冷静地质问道:

"你要民建和工商联同'上总'唱对台戏吗?"

"这个……"他没想到她会提出这个问题,看她那严肃神情,顿时陷入尴尬的境地,叫他回答不上来。等了等,他眼睛一动,放下笑脸,说,"'五反'后,哪个敢和'上总'唱对台戏,民建和工商联成立临时机构,不过是配合政府宣传政策罢了,民主改革当然是工会方面领导。"

"看你那个紧张劲头,'五反'的余惊还没有完全消逝哩!"她忍不住噗哧一笑。

"我在你面前怕啥？"他嘻着嘴说。

她向他撇一撇嘴。

"照你刚才那么说,民主改革是工人的事,我们当然不想去领导,也没啥好怕的。'三反'整干部,'五反'整老板,民改整工人,是我们看他们的戏了。"他得意地吃着冰激凌,仿佛正在欣赏这出戏。

"你忘记资方也要参加哩。"她有意在他头上浇冷水。

"这个……"得意的神情马上从他脸上消逝得无影无踪。他想起早一会她谈"上总"主席的报告,里面确实提到资方,一时高兴,竟然给忘了。他说,"资方自然参加,那么,我们是不是也要参加诉苦？"

"资方诉苦？"她莫名其妙。

"中国民族资产阶级也受三大敌人的压迫,如果叫我们吐吐苦水,也可以提高提高阶级觉悟啊！"

他说得一本正经。她听得差点要把嘴里的冰激凌喷了出来,格格地大笑道：

"你不要揽七念三,忘记了资产阶级是剥削工人,压迫工人的。资产阶级再提高阶级的觉悟,工人不哇哇叫才怪哩！义德,你想得倒精哩,幸亏是给我说,要是叫工人听见了,一定要斗你哩！这回民改,小心工人诉苦诉到资本家的头上！"

"啊！"他调皮地把舌头伸了出来,马上又缩回去,说,"在别人面前我也不说了。"

"民主改革主要是废除不合理的旧制度,提高工人的阶级觉悟……"

"为啥要资方参加呢？"

"有些事体,和资方有关啊。"

"唔。"现在对民主改革他虽然了解一些,可是许许多多的事,还是摸不清楚。给她一说,他心里充满了喜悦和恐惧：怕的是运动

331

发展下去,会不会又整到自己头上?一想到"五反"的"大场面",他心里又惴惴不安了。他疑虑地皱着眉头说:

"我看,民主改革好比开西瓜,甜不甜,事先不晓得。"

"你这个比喻倒蛮有趣。"她看到浦东那边的夜雾越来越浓,像是给一层巨大无比的轻纱覆盖着,一切建筑物的轮廓都消逝在茫茫的夜雾里,连灯光也有点儿模糊了。江面的夜雾慢慢浓了起来,一只轮船闪着红灯,不时呜呜地鸣着汽笛,划破静静的夜空,慢慢向吴淞方面驶去。她说,"我们在雾里。"

"是啊!"他会意地叹了一口气。

## 三十二

党支部大会开完了。出席会议的同志陆陆续续地走了。办公室里留下了党支部委员和叶月芳。赵得宝说道：

"现在讨论一下中毒的事吧。"

早几天，杨健带民改工作队到了沪江纱厂，了解一下全厂的情况，在党支部书记余静的领导下，民主改革的准备工作做得细致，周密。赵得宝他们到区上学习回来，取了不少"经"，起了示范作用。比较差的是材料工作，在现支部掌握的政治情况，一类的有一百二十一个，二类的有七十三个，三类的有八个，四类的一个也没有[①]。从沪江厂的过去情况看，显然材料掌握得还不完全，需要进一步努力搜集。根据一般运动的规律，现在材料的一般比例是适当的，运动展开以后，还会陆续发现新的材料。他考虑到准备阶段的工作差不多了，可以正式展开，放手进行。刚才开了整整一个下午的会，先在党内进一步发动，准备明天召开职工代表会议，并且选举民主改革委员会，在党外全面展开。他认为赵得宝提出的中毒问题须要认真地讨论一下。他向赵得宝说：

"这个问题很重要。"

余静他们到医院第二天早上，赵得宝说啥也不愿意在医院里待下去了，一个劲向刘医生唠叨，要出院。刘医生笑了笑，问他是不是忘记了余静同志的话。他还是要求，并且在病房里走来走去给刘医生看，仿佛不给他出院便是刘医生的错误。他告诉刘医生，

---

[①] 这是民主改革的政治情况排队，"四类"指现行反革命分子。

厂里出了这么大的事,他是工会副主席,能安心在医院里住下去吗?何况厂里还要进行民主改革哩,怎么好把这么重的担子放在余静一个人的肩胛上?他的病没有好,也就算了;现在身体已经好了,为啥不让他出院呢?刘医生要他身体复原再出去,不然,回到厂里饮食不小心,又会送到医院里来的。赵得宝在刘医生面前忽然变得像个小孩子,为了要出院,刘医生的要求他都接受。他答应出院好好养身体,不乱吃东西,回到厂里还吃刘医生的药,如果出院真正不行,一定马上回到医院来。刘医生听到最后,不禁笑了。因为像赵得宝这样一天闲不下来的工人同志,出了院,会自动进医院,谁相信呢?刘医生觉得他倒的确恢复得快,就同意他办出院手续。当时他欢喜得跳了起来,左手紧紧抓住刘医生,不断地说:"你真是好人,你真是好人!"刘医生有意"将"了他一"军":"余静同志查问起来,我可不负责呀!"他用左手拍拍胸口:"有我!"刘医生讲完了,走出大病房,又给别的病人请了回来,提出同样的要求。这可难住刘医生。幸好赵得宝说话了,要他们听刘医生的话,经过检查,同意了才行。赵得宝那股要求出院工作的劲头,感染了医院里的兄弟姊妹。他们过了没两天,都由刘医生批准出院了,最后一个出院的是钟佩文。赵得宝一出院,就帮助余静准备民主改革工作。今天,他和余静谈起了这件事。余静已经从医院那儿得到消息,肯定病人是食物中毒,饭菜中化验出来有葡萄球菌和别的菌。医院不能确定是青菜中原有的,还是有意放的毒。这两种可能都存在。赵得宝急着要讨论怎样能够追查出原因来。余静同意在支委会上讨论。

"杨部长,这个问题很复杂啊。"余静沉思地说。

"确实很复杂呀!"杨健点点头。

党支部办公室里很肃静,只听见外边传来有节奏的哐隆哐隆的机器声和后面苏州河上小火轮的汽笛声不时划过长空。叶月芳

打破沉默,插上来说:

"医院里为啥不能确定是莱里原有的菌还是人放的毒?"

"应该首先把这个问题弄清楚。"余静说。

赵得宝的眼光望着叶月芳,认为她提得对。叶月芳却以为他在欣赏她胸前别的那个北京玉石做的和平鸽。这是最近中共上海市委统战部的同志到北京开会带来送给她的。她相信全上海只有这一个漂亮的徽章,谁见到了都要望一眼。

"要快点追查清楚……"赵得宝说。

"孤立地追查,不一定马上找到头绪。老赵,你忘记民改工作要纯洁我们工人阶级的队伍,通过民改,发动了群众,这些事体一定会暴露出来的。那辰光,中毒的事自然弄清楚了。"余静问杨健,"你说,对不对?"

"完全对。支部书记的话我当然赞成。"杨健说。

"不,现在你是我们的支书了。你认为不对,我可以放弃。"

杨健认为余静这样处理也好,没有其它的意见。他说:

"我同意你的意见。就凭这件事,可以断定我们厂里一定有四类分子,恐怕还不止一个!不过,现在我们不必打草惊蛇,可以慢慢收集材料,不动声色,好一网打尽!"

余静走过去机警地把办公室的门关上,低低地说:

"我看陶阿毛形迹可疑。"

杨健点了点头说:

"对,看上去他的行迹确实可疑。'五反'的辰光,我就觉得他与众不同。看来,最近有了发展。好在饭堂里已有了布置,同中毒事件有关系的人也在调查,我们先把陶阿毛搁在一边,让他多暴露一些。如果是他,等一阵子下手也不迟,现在先把情况向区里公安分局汇报一下,作为专案处理。"

赵得宝听他们两人议论,他的眉头扬了起来,觉得余静真有办法,许多地方比他看得深透。他和她一样,整天和这些人在一道,为啥就没引起自己的注意呢?他高兴得使劲把右胳臂一甩,得意地说:

"这个办法好!"

他用力过猛,把那只受过伤的胳臂甩痛了。他竭力忍住,没有叫出声来。

大家的眼光都集中在余静身上。余静得到杨健的支持,觉得更有把握。刚才杨健的话比她考虑的又深了一层,也看得更远一些。她感到和杨健在一道工作,自己的进步就快一些。如果能够常常和杨健一道工作,那多好呀。戚宝珍过世以后,杨健英俊的影子常常在她的脑海中出现。遇到工作上的困难,就想从他那儿得到指示和力量;工作顺利,也想到他给自己的帮助;工作告一个段落,或者一项工作完成了,更想向他汇报。她希望看到他,仿佛有许许多多的话要和他谈,每一次见了面,要谈的话又忘得干干净净,谈了一点工作,便离开了。分别以后,她又觉得有很多话没有跟他说。自己安慰自己:留在下一次谈吧。到了下一次,她又忘了。她一个人从厂里回家,想到杨健家里没人照顾,常想绕到他家,去看看他的小孩,想帮他料理料理。但怕去的次数太多,引起别人的议论,快走到宿舍的门口,甚至已经看到宿舍里的灯光了,她的步子趑趄不前了,徘徊了一阵,怕有人看到,迅速回到家里。她一个人寂寞地对着灯光。他的影子在她眼前闪来闪去,纵然闭上眼睛,他幽默的语言和爽朗的笑声也在她的耳边萦绕。她低下头去,慵懒地慢慢躺到床上,羞涩地用被子把头整个蒙了起来,不让任何人瞧见她。最近他带着民改工作队又到了厂里。她满心说不出来的欢喜,不但在思想上和工作上可以得到他的帮助,而且天天可以和他接近,可以向他学习。她说:

"杨部长见多识广,虽说好久没有到我们厂里来了,对我们厂里的事,了解得可清楚哩!"

"这还用说!"赵得宝的眼睛里露出钦佩的光芒。

"你就不必着急了,有杨部长亲自到我们厂里来,中毒的事还怕查不出来吗?"余静对赵得宝说。

"还有个问题,我们应该再研究一下。"杨健的话引起大家的注意,他说,"刚才钟佩文同志在会上反映资方和高级职员都有点紧张……"

钟佩文以为杨健怀疑他的反映,不等杨健说完,连忙插上来说:

"我没有一句假话,他们确实紧张。"

"紧张是可以预料到的。不紧张,才是奇怪哩。"杨健说,"余静同志,你看应该怎么办呢?"

"我?"她凝神想了一想,慢慢说道,"这件事我有责任。过去不了解在民改中对资本家和高级职员的政策,只想到这是我们工人阶级内部的事。你没来以前,我们从来没给徐义德、梅佐贤他们谈起这些事。一些会议,别说他们,连一般工人同志们也不大清楚。本来,我还以为保密工作做得好哩,刚才在会上听你这么一说,发现我们保密有点过头了。徐义德他们在厂里总会听到一些风声,可是详细情况不晓得,党的民改政策没有和他们见面,哪能不紧张?"

"你分析得对,应该把党的政策和群众见面,不但可以打消一切顾虑,更重要的是会把群众发动起来。说群众完全不晓得,那也不一定。市委统战部早在这方面做了工作,市政协和市工商联都开过会了。徐义德不是市政协委员,市工商联的会可能参加了,至少听了传达。民改这么大的事体,你说他能不关心?他不过不说罢了,冷眼旁观,看厂里怎么办。"

"厂里怎么办,这个底他还摸不透,就惊慌了。徐义德很世故,他不会表露出来,梅佐贤、郭鹏和韩云程他们紧张,正说明徐义德也紧张。杨部长,你说,是不是?"

杨健听了余静的分析,暗暗点头。杨健在思索,赵得宝开口了:

"余静同志的眼光真准,我赞成她的看法。资本家和高级职员穿一条裤子,他们紧张,徐义德不紧张才怪哩!"

"不,我不是这个意思。"余静立刻插上来,解释说,"资本家和高级职员原来是穿一条裤子的,经过'五反',他们开始分化了,韩云程不是归队了吗?他们当中,要区别对待。如果说资本家和资方代理人穿一条裤子,那倒是的。当然,也得看他们的利害关系,有辰光穿一条裤子,有辰光穿两条裤子。在民主改革这个问题上,徐义德和梅佐贤是一致的。"

"我不会分析,肚里明白,嘴上说不清爽。"赵得宝修改他的意见,说,"我赞你的成。"

他最后一句话,引得大家哈哈大笑起来,只有余静脸上没有一丝笑纹,眼光很严肃地对着杨健,怕自己分析的不对,想听听杨健的意见。杨健幽默地说:

"我也赞你的成。"他望了大家一眼,然后对余静说,"你去找他们谈一下,好不好?我在这里和赵得宝他们准备一下召开职工代表会议的事。"

余静立刻站了起来。

## 三十三

韩云程把试验记录收起,站起来,准备走了。郭鹏慌忙过去,想把他拉住。他跨了一步,踌躇地停了下来,感到忽然把韩云程拉住,显得有点儿唐突。眼看着韩云程要走出去了,又不容他犹豫,眼睛一动,开口叫道:

"韩工程师……"

"有啥事体?"韩云程惊奇地回过头来。

"等一等,我们一道吃饭去。"他看到韩云程的脚在移动,慌忙说道。

韩云程走了回来。郭鹏装出忙乱的样子,收拾了日报表,又从抽屉里拿出来仔细看了又看,可是日报表上面的字迹和数目他一点也没有看到,只见模模糊糊一片。他心里在考虑怎么给韩云程开个头。他的心情很乱,像是一把回丝,怎么也理不出一个头绪来。韩云程看他忙得那个样子,走过来,说:

"要不要我帮帮忙?"

"不要,不要。"他的眼睛从韩云程身上移到日报表上,又从日报表上移到韩云程的身上。他叹了一口气,说,"说忙,也实在太忙,生产这么紧张,民主改革又要开始了……"

说到这里,他暗暗注意看韩云程面部的表情,没有说下去。韩云程信口答道:

"民主改革也很需要。我们这个厂民改,像'五反'一样,属于七十四个重点厂,在全市先行一步,听说市委区委都很重视哩。"

"重视当然很好,不过像我们这样的人,过关就不容易了。"

"过关?"韩云程脸上忽然变得苍白,好像秘密被人发现。他立刻想起这几天萦绕在心中的一个难于解决的问题,难道说郭鹏已经知道了吗?从啥地方知道的呢?辞退的那个娘姨一定是她心里不满意,有意泄漏出去,这未免太狠心了。临走的辰光,多付她一个月的工资,现在看来,完完全全掉到水里去了。更可恶的是恩将仇报,太没有良心了。他冷静地一想,那个娘姨已经走了,郭鹏上他家去,怎么会碰到呢?郭鹏根本不知道他心里惦念着的问题。过关又是啥意思呢?他试探地问,"民主改革是工人阶级内部的事,我们要过关?"

"工人阶级内部的事?说是这么说,我们这些人,在厂里替资本家办事,能和工人阶级不发生关系吗?"郭鹏看他脸上有些紧张,有意夸大其词地说,"民主改革这把火会不烧到我们的头上?"

现在韩云程已经比较沉着了。他透过试验室的玻璃窗看看外边空荡荡的,工人都到饭堂里去了,一个人影子也没有,机器的声音也听不见。他问:

"啥火会烧到我们的头上?"

"啥火?可多着哩。"郭鹏一时也不知道有啥火会烧到头上,他的眼睛向玻璃窗外看了看,压低声音说,"不说别人,就说我吧。我过去压迫过工人,打过工人,也给总经理和厂长他们做过一些对不起工人的事体。这一下可好,他们是资方,没有出面。事体都是我做的。你说,工人们诉苦会不诉到我头上?"

"这个,过去每个工厂都有,不算啥。"

"不算啥?"郭鹏心里不禁好笑,韩云程还是用旧眼光看新问题,一股书生气,不晓得世道已经变了,是工人阶级的天下了。过去压迫工人认为是理所当然的事,现在连小孩子也知道是错误的了。他过去压迫工人的事体一一浮上他的脑海,心情沉重,深深叹了一口气,忧虑地说,"看来这把火还不小哩。"

韩云程表面非常镇静,好像很有把握,说:"无非是高薪降低吧,改革旧的规章制度吧,……这些我都有点准备。最近我辞了一个娘姨,就是减少我一点薪水,日子也可以过得去。有些事,我帮着做。改革旧的规章制度,对我说来,自然有些不方便,但是,慢慢会习惯的,也没有啥。"

"你别把事体看得那么轻松,"郭鹏说,"这些事当然好办,我也有了思想准备。"

"还有啥事体?"韩工程师惊诧地问。

"多着哩,有些事体,你也不是不晓得,过去我们对工人是啥态度?用啥手段?"

"这……这……"韩云程感到事情有些严重了。

"反正在厂里吃饭的时间不会太长了……"

"为啥?"韩云程打断他的话。

"你以后就晓得了。说不定,我还要上提篮桥!"

"进监狱?"

"唔。"郭鹏的声音有点喑哑。

韩云程脸上刷的变得苍白,像是落了一层霜。他想到自己的问题严重到极点,反动党团登记那一天,人不知鬼不觉地挺过去了。这次,看样子,来势凶猛,确实像郭鹏所说的不容易过关。他想立刻去找杨部长,相信杨部长一定会给他指出一条光明的道路。但旋即又想:别烧香招来了鬼。不烧香,反而平安无事。他脸上红一阵白一阵,心噗咚噗咚地急剧地跳动着。

郭鹏看他神色不对,宽他的心,说:

"现在还难说,要等一等看。"

韩云程眉头马上皱起,忧虑地说:

"老实说,对民主改革我虽然也有点担心,可没估计得这么严

341

重,从来没有想到要上提篮桥。我们两个人在一道工作多年了,听到你说这句话,怎么不叫人担心?你说,真的会上提篮桥吗?"

"这个,要看杨部长的意见了。"

"杨部长有这么大的权力吗?"

"你到现在还不了解杨部长吗?嗨,你这人,整天只关心自己的技术,外边的事体一点也不注意。"

"没有时间。我过的是两点一线的生活——从家里上工厂,从工厂回家。自家的事体都忙不过来,哪有时间管别人的事体?"

"只要你一到区里去开会,没有人不晓得杨部长的。他不但是区委统战部长,又是区政协副主席,又是区委委员,又是和大区分会的主席……啊哎,头衔一大堆,数也数不清。他在区里能当一半家哩。现在又亲自带领工作队下厂,更是大权在握,厂里哪桩事体不听他的?"

"这么说,"韩云程又想起自己的事,是不是要找杨部长谈一下呢?他既然有那么大的权力,不和他谈,万一他知道自己的事,真的要上提篮桥了。他隐藏着内心的秘密和恐惧,怕给郭鹏发觉,轻轻咳了一声,装出若无其事的神情,慢吞吞地说,"我们是不是找杨部长谈谈?"

"他并没有找我们去谈。"

"我们主动去找他,为啥不可以呢?杨部长这人给我的印象蛮好。'五反'的辰光,我和他有过接触。他很接近群众,常到车间里找工人谈话。我们去找他,绝对不会拒绝的。"

"你说的倒也有道理,但会不会感到有点突然?"郭鹏心里非常想去找杨部长,可是怕引起杨部长的怀疑,又有点犹豫。

"那就不去吧。"韩云程认为自己是技术人员,凭本事吃饭,哪个厂也少不了他这样的人。过去,杨部长和余静都是主动找他谈的,使他感到他在厂里高人一等,受到比别人更多的尊敬。如果现在突然去找杨部长,别给杨部长看不起,仿佛有事有求于他了。他下了决心,说,"我们吃饭去。"

"不去找杨部长了吗?"

"唔。"

郭鹏后悔刚才讲话冒失。要是韩云程去,他跟在后面,估计杨部长一定会重视他的。他可以见机行事,如果苗头不对,就不露痕迹地收篷。他站在那里没走,心里在转念头。他拉住韩云程的袖子说:

"去一去也好……"

"你不是说突然吗?"

"现在去吃饭,我们找到杨部长那一桌去吃,顺便就可以谈谈了。"

"他早吃完了,"韩云程看了看表说,"开饭已经过了十多分钟了。"

"不要紧。找不到他,我们吃完饭,到党支部办公室门口散散步,准碰上他。杨部长和你一样:也喜欢散步。"

"你真行,连杨部长的生活习惯都注意到了。"韩云程拍拍郭鹏的肩膀说,"你做工务主任有点委屈了,应该担负更重要工作。"

"要靠你培养,在技术上多教教我……"

"我是死脑筋,没有你的才能……"韩云程听郭鹏的话,心里感到十分舒畅,觉得郭鹏虽然好向上爬,但对他还是尊敬的。他得意地说,"快去饭堂吧,迟了,怕碰不上杨部长……"

他们两个人刚走出试验室,迎面来了梅佐贤,他笑嘻嘻地把他们推进实验室,问道:

"你们怎么不去吃饭?到处找不到你们。在这里做啥?"

"想去找杨部长……"韩云程说。郭鹏瞪了他一眼,他就没有往下说。

梅厂长看到韩云程说话吞吞吐吐,有点奇怪。他怀疑他们两人别是去告密,心想徐总经理真是经验丰富,眼光锐利,早就料到他们这一着了。幸亏他早来了一步,要是老在饭堂里等候,说不定他们已经找杨部长谈过了。他嘻着嘴,关心地问:

"找杨部长有啥事体?"

韩云程没有吭声,眼光望着郭鹏。郭鹏知道梅厂长是徐总经理的耳目。梅厂长这个人的能力成事不足,败事有余。他慢慢说道:

"梅厂长真关心我们,我们正要找你商量这桩事体哩。"他用眼光暗示了韩云程一下。

梅佐贤听了这句话,眉宇间隐隐露出得意的神情。他认为郭鹏这人确实如徐总经理所说的,应该提拔提拔。他说:

"有啥事体,说吧。"

"也没啥,我们想到杨部长办公室看看他……"

郭鹏没有说下去,他等候梅佐贤的吩咐。梅佐贤早就想好了,他连忙摇头,说:

"杨部长办公室是啥地方;那是民改工作队办公的地方,危险的政治地带。我们怎么能够去?不是无事找事,惹是生非吗?"他说完了,又回想一下,是不是把徐总经理交代他的话都说清楚了。

郭鹏一愣:他没想到事情竟然有这么严重。

"'五反'的辰光,我们不是去过吗?"韩云程不解地问。

"现在是啥辰光?"梅佐贤吃惊的眼光一个劲盯着韩云程。他看韩云程并不在乎的样子,便加重语气说,"杨部长现在正在找斗争对象,你们去找他,不是自投罗网吗?"

"我凭技术吃饭,有啥好怕的?"

梅佐贤没有答他。郭鹏本来心里就有点慌,给梅佐贤一说,更是慌慌张张,脸色有些发白,顺着梅佐贤的意思说:

"给你一提醒,倒是有道理。"

"厂里没人到杨部长办公室去吗?"韩云程相信刚才郭鹏的意见,杨部长是民改工作队的队长,重大问题都由他决定的。这次自己的命运就操纵在他手里。现在去看一下是有好处的,再不去,就迟了,出了事以后去,便难于开口了。但是梅佐贤一讲,他有点犹豫了。他说:"我想,总有人到杨部长办公室去的。别人能去,我们也能去,这有啥关系?梅厂长。"

梅佐贤以为他真的要去,那么徐总经理那边就交不了差啦。他一把拦住韩云程,对窗外撅一撅嘴,暗示韩云程要注意外边来往的人。他把声音放低,说:

"那也要看啥人。工人们去,当然没啥。我们是资方的人,是斗争的对象,去不得。"

"我已经入了工会。"韩云程笑着说。归队以后,他觉得许多方面都和过去不同了,想不到连找杨部长也比别人方便。他和杨部长的距离越来越近了。

梅佐贤忘记韩云程已经入了工会,可是话讲出了嘴没法收回,不动声色,朝韩云程微微一笑:

"你加入工会,啥人不晓得。可是,你这个工会会员和一般的工会会员不同,人家是亲生的儿子,你是晚娘养的,隔了一层肚皮哩。古语说得好,隔层肚皮如隔山。何况,你又不是党员,到政治地带去,万一有啥事体发生,找到你头上,跳下黄河也洗不清啊!"

"这个……"

"那就不去吧。"郭鹏劝韩云程。他心里想:韩云程这人真有点傻,如果一定要找杨部长,又何必取得梅佐贤的同意呢?当面应付梅佐贤两句不就过去了,省得费这么多口舌。

"要是在路上碰上杨部长呢?"韩云程像过去在学校里学数学似的,用各种方法在"求"答案。

"那是另外一回事。"

"要是杨部长找我去呢?"

"那就去,"梅佐贤给韩云程问得没有办法,信口答道,感到不对头,改口说,"也不是说不能到杨部长那里去,我不过是为了你们好。现在正在进行民主改革,别碰在风头上,小心一点好。要去,当然可以。杨部长他们来了,我也没有去看过他,要去,我们一道去吧。"

他们三个人怀着各种不同的想法走出了试验室,向饭堂走去。这时,上饭堂吃饭的工人们三三两两地回来了,有的到外边操场上去了。梅佐贤笑嘻嘻地和他们打招呼,暗中却加紧了脚步。忽然听到有人叫他,抬头一看,是钟佩文。他手里拿着两封信,举起双手向他们招了招手:

"恭喜,恭喜!"

"恭喜啥?"韩云程问。

"你和梅厂长当上了厂里民主改革代表大会的代表了,还不应该恭喜吗?这是通知书。"

韩云程连忙打开信来看,他心头一块沉重的石头掉下去了。他暗暗庆幸自己,刚才担心的事现在不成问题了,自己是代表,还会反自己吗?他感到现在急着去找杨部长有点多余了,别引起杨部长的疑心,以为自己有啥问题。郭鹏见他们两个人都收到通知书,心里酸溜溜的,觉得自己脸上不光彩,在厂里混了这么多年,连个代表也没捞上。他的腿也懒得向前迈了。韩云程不知道他的心事,奇怪地问:

"你怎么走不动哪?"

"没吃饭,怎么走得动?"

韩云程拉着他的手,跟着梅佐贤和钟佩文一同走。梅佐贤拿着通知书,嘻着嘴,感激地对钟佩文说:

"党对我们太好了,像我这样的人也当上了民改代表。"他歪过头来,对他们说,"刚才钟佩文同志说,下午杨部长还有会哩,他在党支部办公室,我们快去吧。"

"不,郭主任肚子饿了,还是先去吃饭吧。"

梅佐贤奇怪韩云程为啥忽然改变了主意,可是又不好当着钟佩文的面问他。钟佩文任务完成了,轻松地说:

"那你们吃饭去吧,我走了。"

梅佐贤无可奈何地跟着他们走进饭堂,心里十分纳闷。

## 三十四

梅佐贤转过身去,轻轻把厂长办公室的门关好,回过头来走到窗口,看看外边的动静;运动场上静悄悄的,路上也没人往来。他轻轻走到徐义德面前,弯着腰小声地说:

"杨部长他们连影子也看不见,大概又忙着开会了。"

"那当然,现在他们的会还会少!"徐义德斜躺在长沙发上,深深吸了一口烟,接着张开嘴,吐出一个圆圆的烟圈。他望着那个烟圈慢慢扩大,四散开去,过了一会,说,"现在看起来,民改也是一关。这一关很不好过!"

"民改也是关?"梅佐贤困惑地问,"不是工人阶级内部的事吗?"

"工人阶级内部的事,嗨嗨,"徐义德冷笑了两声,叹了一口气,说,"唉,你看见代表大会上那副对联吗?'千年的苦根要挖,万年的苦水要诉'。"

"我看见了。还有两条标语哩:'看看现在地位,想想过去痛苦'。"

"这就对了。共产党杨部长要他们吐尽苦水挖净苦根,能和我们资本家没有关系吗?"

"这个……"

"你注意余静在职工代表大会上的讲话吗?"

"我仔细听了,一句也没拉下,她不是检讨了?"

"她怎么说的?"徐总经理望了他一眼。

"她说开始搞工会工作没信心,觉得自己年轻,没有经验,没有能力,文化也低,怕搞不好工作给大家骂。不做也不好,她后来变成任务观点,搞一任再说,改选后就好了。经过'五反'运动,认识工会工作十分重要,过去观点不正确,没有把工作做好,很不对,以后要改正错误,克服缺点,安心工作,好好努力……"

他还要一句不漏地背下去,给徐义德打断了,说道:

"你的记性很好,特别是最后那四句话,一点也不错。现在不比刚解放那辰光,"徐义德说到这里停顿了一下,说,"不,连'五反'初期也不能比,余静这个黄毛丫头精明了,她再改正错误,克服缺点,我们更吃不消了。"

"这个……"梅佐贤恍然大悟,眼睛里立刻流露出十分钦佩的光芒,不断地点头称是,说,"总经理的眼光高明,非常敏锐,啥事体也瞒不过你眼睛,啥人讲话也经不起你的分析。你一分析,像是透视一般,啥都看得清清楚楚的。要不是总经理的指点,我虽说记住余静的话,可是话中的意思,却一点也不理会。"

徐义德抽了一口烟,把眼睛闭上,凝神在思索。梅佐贤望他那神情,回想刚才总经理的话,猜测他一定是在担忧余静,小声地说:

"余静这黄毛丫头,门槛越来越精了。看样子,经过这次民改,她要变得更精了。我们沪江,就是给这些人弄糟了,以后的事,更不好办了。"

他说完,接连唉唉地叹息了几声,对总经理的担忧表示无限的同情,对沪江的前途流露出无可奈何的焦虑。梅佐贤感到今后的担子一天比一天沉重,总经理不大到厂里来,一切的事体都落在他的肩胛上,说不定啥辰光再来个"五反","六反",他可承担不起。总经理对余静都说"吃不消",那么,梅佐贤在余静面前谈也不要谈了。他担心地站在徐义德旁边,弯下腰去,求援似的,说:

"对这个黄毛丫头,总经理,你得想点办法对付她。我可没有能力对付她!"

"你对付不了那个丫头?"

"那还用说,我的能力比总经理差远了!"他皱起眉头,说,"难,难啊!"

"更厉害的人还在她后面哩!"

"哦!"他惊慌地一屁股坐在沙发上,差一点踩了徐义德的脚。

徐义德看他一摊泥一样地躺在沙发上,头有点抬不起来,心中不禁好笑,但是没有表露出来,只是进一步问他:

"就是这样听人家摆布吗?"

"那要看总经理的了。"

"其实这个黄毛丫头也不难对付,就是我们许多事体不晓得,等到事体发展,再想办法应付,就来不及了。"

"这倒是的。"

"阿毛最近怎么没有音讯?"徐总经理说话的声音忽然放得很低,他刚才想了很久没有得到解答的问题,现在提到梅佐贤面前来了。

"上次不是报告总经理,他说过民改这一关要特别小心。他又说现在厂里流言很多,说民主改革要拉下工钿;要从八岁谈起;如果发现问题,就不准享受劳保。现在叫你们诉苦,控诉旧社会,将来改工资,就叫大家服服帖帖。说交代问题,卸下包袱,等于自己套绳子,套上了,就再也解不开了。二六轰炸的谣言,现在厂里又流行了;我们工人有力量,电灯不会亮,机器不会响,背了铺盖回家乡,老蒋回来再开厂。听说有些工人想回家了……"

"这是工人方面的情形,"徐义德听到这些消息暗自高兴,工人方面有问题,正好隔岸观火。他关心的是另外一方面,说,"关于资本家方面听到啥消息?"

梅佐贤歪着头想了想,好像要从他的脑海里挖点啥出来。挖了半天,啥也没有,他耸一耸肩膀。

"这两天碰到他没有?"徐义德问。

"自从厂里发生中毒事件,就不容易找到他。昨天我还和他通了电话,他说民改委员会开过会以后,有的车间里诉开苦了。许多人心里紧张,怕有问题让党晓得了。照他说,只要狠狠咬紧牙关,多大的事体也可以顶过去,共产党这阵民改风刮不了多久的。"

徐义德意味深长地"哦"了一声。他眉头皱起,不知道工人究竟诉的啥苦,担心工人诉到他的头上来。他想知道,可是谁告诉他呢? 他问梅佐贤:

"工人诉苦的情形,你有没有办法了解?"

梅佐贤在徐义德面前从来不说啥事体办不到,他要想尽一切办法给徐义德办到。这回他却感到有些为难了。他歪着头,想了半晌,也有了办法:

"有办法了解,阿毛会告诉我。我听说韩工程师要求参加小组诉苦,要是他能参加,我也可以向他了解。"

徐总经理听到这儿,猛地站了起来,打断他的话,怀疑自己的耳朵是不是听错了,惊诧地问道:

"你说啥?"

"韩工程师要求参加小组诉苦,我也可以向他了解……"

徐义德不再怀疑自己的耳朵了,他想到另外一个问题,压抑不住胸中的怒火!

"韩云程太对不起人了! 徐某人哪一点亏待了他? '五反'挖了我的墙脚,'民改'又想拆我的台,他也要参加诉苦,不是分明和我过不去吗? 佐贤,你马上给我把他找来,我要当面问他!"

梅佐贤很少看到徐义德这样激动。他当时心里有点吓丝丝,既不敢违抗徐义德的命令,又不敢把韩云程叫来,那马上会出事的。他走到窗口有意向外边张望了一下,回转身来,紧站在徐义德

351

身旁,附着他的耳朵,压低嗓子,说:

"这个地方谈话不方便,要不要约到你府上去谈?"

"也好,"徐总经理余怒未消,愤愤地说,"告诉他,无论如何今天晚上要到我家去,——就是有天大的事也要去!"

## 三十五

一辆红色的公共汽车远远驶来,一进入漕阳新村,就降低了速度,煤渣路上发出沙沙的音响,路边两排柳树上的枝条在夜晚的热风里前仰后合。车子在大门口那儿停了下来,汤阿英跳下车子,手里提着一个藤包,慢慢走着,路灯的灯光把她的影子照在路上,越照越长,移动得越来越慢了。

她顺着煤渣路踽踽地走着,没有回家,朝右边转去,不知不觉走到了桥上。她扶着木栏杆,低着头,默默地望着桥下的流水潺潺地在夜色中流去。她心中在盘算一个问题,怎么也拿不定主意。她看着水向一个方向流,流得那么舒畅,她真希望流水能够讲话,告诉她应该奔向哪个方向。

她想起杨健的话:千年的苦根要挖,万年的苦水要吐,觉得很有道理。她认为刚才在车上的考虑,是多余的。这个问题像桥下流水一样的清澈见底,还有啥犹豫的呢?

她慢慢移动脚步,向桥下走去,打算把积聚在心头的多年来的苦水尽情地倾吐。她信步走去,突然看到一座建筑物,它外表的轮廓溶化在茫茫的夜色中,但从屋子里透出来的电灯光芒,又清清楚楚可以看到操场上的滑梯和跳板。这是漕阳小学。巧珠现在已经是这个学校里的优秀生了。她顿时想到巧珠,大概已在奶奶的爱抚之下沉沉酣睡了。张学海也早已回到家里,说不定已经睡着了。可能只有奶奶一个人,坐在灯下缝补。想到这里,她踌躇了,步子迈不动了,干脆站在路边,手扶着柳树,眼睛望着静悄悄的小学。

她想：如果把那些苦水诉了，巧珠怎么有脸见人？小孩子们一定看她不起，也一定不肯和她玩，说不定老师对她会另眼相看。巧珠在小学里受了这样的冷遇，会回来躲在妈妈的怀里哭诉，怎么对他们讲呢？在厂里那些姊妹们面前也抬不起头来。汤阿英，变成谁也不理的人了。她在厂里当然蹲不下去了，细纱间也不能去了，只好回到漕阳新村。不在沪江做工，能在漕阳新村住下去吗？一定不能够，还得搬回那个草棚棚里，任风吹雨打，任里弄里的人讪笑："汤阿英哪能又搬回来了，她做了啥坏事体呀？"那她一辈子蹲在草棚棚里，给张学海管家务带孩子。到啥地方去？到别的厂？人家肯要吗？回无锡，种地，爸爸会骂：你这个小丫头，在上海过得蛮好的，为啥要回来呢？她仿佛已经看到自己孤零零一个人，没有人同情她，没有人帮助她，也没有人告诉她今后该怎么办。她好像走进死弄堂，眼前没有路了。

　　她下决心不诉苦，心头舒畅了，如同放下了千斤重担，步子也轻快了。她离开小学，转过身来，往回家的路上走去。走到桥上，她望着那潺潺的流水，杨部长在职工代表大会上报告的声音在她耳边萦绕：

　　"有问题的人，像是背了包袱。背了包袱走路，你说，多么吃力啊！为啥不把旧社会的苦水诉尽，放下包袱，那多么轻松愉快啊……"

　　她认为杨部长的话蛮有道理。她现在不去诉苦，难道说永远把苦水藏在心里，背一辈子的包袱吗？张小玲经常劝她：不但把生活做好，厂里的活动也应该参加；提高政治觉悟，青年团员凡事要带头。这不但是张小玲个人对她的期望，余静有时候也这样鼓励她，可见组织上对她十分关心。难道说，在民改这样重大的关头，汤阿英这个青年团员甘心落后吗？那不是辜负了组织对她的期望吗？你不诉苦，她不诉苦，大家都不诉苦，谁诉苦呢？民主改革怎么进行呢？

小学里的灯光灭了，合作社那边的灯光灭了，一幢幢房子里的灯光也逐渐熄灭了。她应该回去了，奶奶等门一定等得心焦了。她顺着煤渣路悄悄走去，快到自家门口，她发现秦妈妈房里的灯光还亮着，她心上忽然也亮堂了。她独自喃喃地：

"为啥不找秦妈妈商量商量呢？是呀？怎么把她忘记呢？"

她一跨进秦妈妈的卧室，抬头一看，马上愣住了。谭招弟坐在秦妈妈对面，两个人在谈啥严肃的事体。秦妈妈站起来招呼道：

"刚从厂里回来？"

她含含糊糊地"唔"了一声。在谭招弟面前，她避免谈自己的事，把话引到谭招弟身上：

"招弟，你啥辰光来的？"

谭招弟脸上的表情有点尴尬，好像正在做一件不愿让人知道的事，偏偏给人家撞见了，既不想告诉人家，又没法隐瞒。谭招弟不知道怎么回答。秦妈妈代谭招弟回答道：

"来了好久了，我们两个人正在斗争哩！"

"斗争？"汤阿英不解地望着秦妈妈。

"没啥，秦妈妈给你开玩笑的。"谭招弟企图掩盖。

"开啥玩笑？"秦妈妈严肃地说，"这是大事体呀，你说给阿英听听。"

谭招弟的脸上微微泛红了。她一方面怕秦妈妈暴露秘密，一方面觉得这桩事体没有先和汤阿英商量，有点对汤阿英不住。她进沪江纱厂是汤阿英介绍的啊！一会，她又原谅自己：秦妈妈是党员，知道的事情多；汤阿英不是，许多事连汤阿英也不知道，找她商量派啥用场？不过，她怕秦妈妈再说下去，使她处境为难，便站了起来，说：

"不早了，我该回去了。"

"事体没谈完,哪能好走?辰光还早,谈完了再走!"秦妈妈右手一把抓住她的左手不放。

"你们谈吧,别耽误你们的事,我回家去……"汤阿英说。

秦妈妈的左手抓住汤阿英的手说:

"你来得正好,我们一道谈……"

"别走,一道谈吧。"谭招弟连忙补了一句。

汤阿英没有吭声。秦妈妈和谭招弟面对面坐下,汤阿英坐在当中,一张八仙桌正好各人坐在一方。一盏电灯吊在当中,照着谭招弟的面孔,红里泛白。大家相互觑着,谁也不说话。秦妈妈望了谭招弟一眼,耐心地说:

"刚才没讲完,把你的道理都说出来吧。"

谭招弟的眼光盯着汤阿英,抱歉地说:

"本来,我打算来找你们两个人一道商量的,谁知道你下班到啥地方去啦,就先和秦妈妈谈起来啦。"

"有点事体,回来迟了。你们先谈也是一样。秦妈妈有经验,啥事体都比我们了解的清爽。"

谭招弟心中的疙瘩给汤阿英几句话解开了。她微微一笑,说:

"那是啊。秦妈妈走的桥比我们走的路还多啊。"

"别把我恭维死了,"秦妈妈眯起眼睛说,"我不过比你们多吃了几年饭罢了,别的也没啥。"

"你是老革命,经历可丰富哩!"汤阿英说,"啥辰光,能有你的本事,我睡着也会笑醒的。"

"别说那些,"秦妈妈单刀直入地催谭招弟说,"还是谈你的吧。"

谭招弟无从躲闪,只好马上说道:

"常言说得好,穷算命,富烧香,穷人越算越穷,富人越烧越富。这都是命里注定的,啥人也没办法。"

"真的一点办法没有吗？"

"办法自然有:穷靠富,富靠天。"

"穷人为啥穷呢？"

"穷人额角头低,命苦啊！"

"富人的额角头都高吗？"秦妈妈这一问并没有难倒谭招弟,她反问道:

"额角头不高怎么会富呢？富人当然额角头都高。"

"额角头怎么就高呢？有啥办法可以叫大家额角头高呢？"秦妈妈不慌不忙,仍旧不说出她自己的意见。

这件事谭招弟从来没有想过,给秦妈妈一问,她愣住了,说:

"这么大的问题,我可没有那么大的本事回答,叫阿英说吧。"

"我么,"汤阿英转过头来,看了谭招弟一眼,忸怩地笑了笑,说,"你这个能人都回答不上来,我更不必提了。"

谭招弟低下头去动了动脑筋,说:

"天生的。"

"那么,我们一辈子也没办法了吗？穷人永远受苦,富人永远享福？"

谭招弟以为秦妈妈同意她的意见,胆子壮了些,干脆说出自己的想法:

"这是命中注定的事。穷人前世不修,后世才吃苦;除非后世修修,来世才有指望。"

"今世无论如何没有办法了？"

谭招弟点点头。秦妈妈指着汤阿英说:

"你看,阿英的额角头不高吧？……"

谭招弟点点头。

"她的命也苦,吃了不少苦头,过去住在草棚棚里,常常揭不开锅盖……"

357

"是呀,"谭招弟赞成秦妈妈的说法。

"可是现在呀,从草棚搬到这里来住了,一日三餐再也不愁了,生活好过了。你看,她住的房子和我的一模一样,间数比我的还多,房子里添了新家具,床上添了新被单!再也不愁吃不愁穿了。"秦妈妈一边指着汤阿英一边问谭招弟,"你说,这为啥呢?难道说汤阿英额角头忽然变高了?"

谭招弟没想到秦妈妈举了这么一个活生生的例子,叫她怎么也驳不倒,可是又不同意她的意见,更没有办法岔开。

"汤阿英嚜,那当然啦,"谭招弟想不出理由来,却说,"阿英再好,也不能和徐义德比啊!"

"我们是工人阶级,怎么好同资本家比?"汤阿英在五反运动当中进一步认识了资本家的丑恶面目,一听谭招弟把她和徐义德比,好像受了侮辱,脸上露出不满的神情说,"你为啥要拿徐义德来比?为啥不和我过去比比看呢?"

"阿英这个话对啊!"秦妈妈笑嘻嘻地说,"阿英讲话真有斤两!"

"我哪能和阿英比!"

"穷人富人不是命好命不好,大家都是一样的人,谁都有两只眼睛一只鼻子一张嘴。我们穷是因为富人剥削我们压迫我们。农民劳动一年,打下粮食都上了地主的粮仓,农民就没饭吃。工人流血流汗,工厂赚的钞票,上了资本家的荷包,工人就受饥寒。解放前,阿英吃尽苦中苦,解放了,翻了身,工人当家做主,生活就一天天好起来了。她的额角头和过去一样,不信你看看!"

秦妈妈伸过手去,指着汤阿英的额角头,给谭招弟看。她不好意思看,忍不住噗哧一声笑了。汤阿英幽默地笑着说:

"我的额角头变了,我还不晓得哩!……"

"阿英,别讲那些不咸不甜的话。"

"那你为啥不把过去受的苦对大家诉诉呢?"秦妈妈追问她。

秦妈妈一步步前进,谭招弟一步步退却,最后简直没有办法去抵抗了,但还是不愿意接受秦妈妈的意见,支支吾吾地说:

"苦已经吃过了,现在生活蛮好了。讲良心话,阿英生活好,现在我的生活也不错,诉过去的苦派啥用场呢?还不是炒冷饭。"

汤阿英觉得谭招弟的话蛮有道理。

"这不是炒冷饭,"秦妈妈一点也不让步,对谭招弟说,"诉诉旧社会的苦,比比现在的生活,可以启发大家,提高阶级觉悟,对革命有好处,怎么不派用场呢?"

汤阿英觉得秦妈妈的话更有道理。谭招弟并不服气,她的两只脚在八仙桌下不断移动,可是又不好意思离开,一会伸出去,一会又缩回来。她满不在乎地说:

"啥人要诉苦,我也不反对。"

"招弟,你晓得车间姊妹们对你的意见吗?"秦妈妈耐心地说。

"意见?"谭招弟的面孔绷紧,神态有点紧张。

汤阿英担心谭招弟火样的脾气,别谈崩了。秦妈妈很有把握,一点不急,语调很慢:

"无心学习,虚心听讲,学习休养,坚决不讲。"秦妈妈威严的眼光盯着谭招弟,说,"你讲的这四句话在我们厂里传开了。你现在变了,在学习会上从来不发言,在民改小组上也不吭气,都说你是老油条?……"

说到这里,秦妈妈有意停住了。谭招弟把嘴一撇,显出不屑理睬的神情,生气地说:

"我晓得人家背后叫我老油条,叫我寻相骂大王。我就是老油条,我就是寻相骂大王!谁能把我怎么样?嘴生在别人身上,一张嘴两块皮,别人爱怎么讲就怎么讲,我拿它当做耳边风。"

"应该照顾照顾影响,招弟,"汤阿英感到有责任劝劝谭招弟。

她说,"这四句话,要是秦妈妈不讲,我还不晓得是你说的哩。你为啥不能改一改呢?你也不是没有能力的人。我晓得你,是个好胜逞强的人。为啥让人家这样讲你呢?"

汤阿英这几句话说到谭招弟的心坎上。她是个吃软不吃硬的人。顺着她的心意,她给你卖命都干。拗着她的脾气,碰她一根毫毛,也会跳起来。她感到究竟还是汤阿英了解她,晓得她的心意,知道她的能力。想到这里,她的眼睛不禁红了,眼眶里有点润湿,但她一想到郭彩娣她们,她的心肠又硬了,拭了拭泪水,硬朗地说:

"那四句是我编的。我还有四句哩。你们也许不晓得,干脆让我来说吧:落后分子老一套,积极分子去汇报,领导知道当活宝,拉到大会去检讨。"

"五反"的辰光,谭招弟打破顾虑,扯破脸皮,斗了徐义德。她以为"五反"斗争胜利了,该赶走徐义德,让工人当家做主人。谁知没有赶走徐义德,还要他戴罪立功,从宽处理,并且提升一级。秦妈妈没有能够说服她。她认为自己白扯破了脸皮,上了当,以后再也不干这种傻事了。她只埋头做生活,参加活动不大积极,就是出席会议也很少发言。人家说她变成落后分子了,她心里好笑,气不过,就编了这四句。

汤阿英兀自吃了一惊:

"这也是你讲的?人家说是你编的,我还代你辩护,想不到你……"

秦妈妈早就知道这四句是她编的,不过没有全摊出来,想看看她的认识怎么样。从她的口气里听来,有点横竖横的意思,点到她的痛处,满不在乎。倒是汤阿英那一番话,说动了她的心。秦妈妈改了口:

"你成了诗人了,招弟,你一张开嘴就是四句诗。你从哪儿学来这套本领?"

"我是啥诗人？我是落后分子，给人家看不起，心里怄气不过，顺嘴哼哼，念给小组姊妹们听听。她们有时给我改上一句半句，就凑出四句来了。"

"你有本领大家都晓得。就是这套本领没用在正道上，尽刺人了。"

"人家刺我，你为啥不说话呢？"谭招弟反问秦妈妈。

"你说的是啥人？"

"郭彩娣，"谭招弟一说出口，马上便停止了，她不满意郭彩娣已经很久了，从车间生活不好做，经过"五反"，一直到现在，有一股子气憋在肚里。她怀疑筒摇间有些事领导上知道就是细纱间捣的鬼，特别是郭彩娣从中挑拨。只有徐小妹知道她的心思，平时，她不大同别人讲，但是别人在旁边是看得清清楚楚的。徐小妹告诉她，别人背后说她是落后分子，她把眼睛一瞪：我就当一辈子落后分子，看他们能把我怎么样？说空话没有用，有本事在生产上见。她在生产上日日完成计划，有时还要超额，这一点谁也没有话说。她怕把郭彩娣这些人的名字讲出来，秦妈妈她们一定会来劝和，那可叫她为难啦。她希望不和郭彩娣她们在一道做生活，假如能够一辈子不照面，那再好也没有了。

"还有啥人，你说下去呀！"秦妈妈果然注意这一点。

"没啥，我和郭彩娣也没啥……"她想把刚才讲的话收回来。

秦妈妈看她那股焦急的劲儿，不禁笑了，眼角上扇形的皱纹越发深了。她劝谭招弟：

"同我讲，没有关系。"

"是呀，"汤阿英越听兴趣越浓了。她也劝谭招弟，"给我们讲，没有关系。秦妈妈是自己人，她是党员，领导细纱间的，给她讲，别有顾虑，招弟！"

谭招弟感到让党组织知道也好，今后就不会再听郭彩娣她们的一面之词了。她吞吞吐吐地说：

"她们老是说我落后,老实讲,我心里不服气。我谭招弟哪一点落后？你们不信,可以看看我的生产纪录！我不会说话,我讲的别人也不听,我有啥好说？别人嘴上说得漂亮,生活做得马虎。会上不发言,也不是有啥用意,听到别人闲言闲语,我就干脆不开口,让她们说去吧。我们挡车工,到厂里来是做生活的,光会讲话,不能当饭吃！"

"你生活做得巴结,大家都晓得。有些活动,现在你不大参加,就是参加了,也不大发言。人家说你变了,也不是没有道理的,说你现在政治上落后,也不是说你生产上落后。你不虚心听别人的意见,你还编词刺伤别人……"汤阿英说。

"我啥辰光编词刺伤别人的？"

"你没刺别人？"秦妈妈皱起眉头,想了一阵,说,"我念给你听：'团结生产,调皮捣蛋；嘴上积极,脱离生产！'这是不是你编的？"

这四句词给秦妈妈一提,谭招弟想起来了：

"是我编的。我看那些人经常不生产去开会,反而说我是落后分子,我气不过,才编的。"

"别人不是不生产,有事体开会也是正当的。你生产上积极,当然很好。你政治上要是也积极,不是更好吗？"秦妈妈说到这里,眼睛望着谭招弟。

"我不是团员,也不是党员,我到啥地方去积极呀！"

"你这话说得就不对了,招弟,"汤阿英用她切身的体会说,"不一定党团员才可以积极,群众也可以积极参加活动,努力学习,搞好生产,将来争取当个团员、党员。秦妈妈今天给你讲的话,句句有道理,我字字听得进。心里有啥事体,应该说开了,别老是闷在肚里。"

谭招弟紧紧闭着嘴,细想秦妈妈和汤阿英她们讲的话,语重心长,道理都对,找不出反驳的理由。屋子里悄悄的,不时从隔壁房间里传来均匀的鼾声。秦妈妈和汤阿英两个人的眼睛都盯着谭招弟,在等待她说话。半晌,她果断地说:

"要诉苦还不容易吗?明天我报名。"

汤阿英一把抓住她的手,高兴得站了起来:

"招弟,你太好了,说干就干!真干脆!"

"我晓得你们都是为我好,我也不是木头人,还有啥犹豫的呢?"谭招弟也站了起来,对她们说,"辰光不早了,我该回去了,明天厂里见。"

## 三十六

"好。"秦妈妈送谭招弟出去,回到屋子里,问汤阿英,"你找我,有啥事体?"

"我……"汤阿英给秦妈妈猛地一问,愣得张不开口。她回想刚才秦妈妈给谭招弟谈的那一番话,好像句句都可以用在她的身上,民主改革是件大事呀,工人阶级和过去不一样了,现在是领导阶级了。要提高工人阶级的觉悟,纯洁工人阶级的队伍,才能领导资本家经营生产,也才能领导革命呀!有苦怎么好不诉?有包袱为啥不卸下?她有嘴劝谭招弟,为啥没嘴劝自己呢?难道说要等谭招弟来劝吗?她关心地说,"诉苦放下包袱,还能在厂里做生活吗?"

"这和做生活有啥关系呢?"

"人家听到谭招弟吃过啥苦有过包袱,一定会看她不起,组织上也不会信任她,能让她再在厂里做生活吗?"

"不管她吃的啥苦,不能怪谭招弟啊,只怪旧社会不好。她也不是自找苦吃的。包袱也是旧社会给的,有包袱的人过去都可以在厂里做生活,放下了,更应该让她做生活。"

汤阿英仔细想秦妈妈每一句话,还有点不放心,见屋子里没有别人,窗外静悄悄的,夜已深了,便把内心的顾虑向秦妈妈倾吐了,最后问:

"朱暮堂给我吃的这些苦,诉出来,怎么有脸见人?"

"这是地主阶级的罪恶,你是受苦人,诉的是朱老虎的罪恶,你为啥没脸见人？听了你诉苦,别人只会同情你,不会笑话你的。"

"不会笑话我吗？"

"不会,你放心好了。"

汤阿英默默地点了点头。

走出秦妈妈家的门,汤阿英匆匆向回家的路上走去。心上一块石头放下了,秦妈妈的话使她打消了顾虑；诉了苦,放下包袱,不影响在厂里继续做生活。她可以放下包袱了,走起路来也感到轻松了。她一步紧一步,赶回家去快点睡觉,明天一早进厂做生活,准备诉苦。

当她快走到家门口的时候,屋子里透出电灯的亮光,墙上挂的大幅风景秀丽的日历也隐隐约约可以看到了。她仿佛看到张学海像往常一样坐在屋子里在等她回去哩。她从来没给张学海谈过自己的往事,在厂里细纱间诉苦张学海会不会参加？大概不会的。不参加,别人听到不会告诉他吗？他知道她那些见不得人的事以后,还会和过去那样对她很好吗？他不会生气吗？不会怪她吗？要不要先告诉他,和他商量商量,得到他的同意再诉苦就没事了。他会同意吗？他一定不同意。他不同意,自己就不好诉苦了。没有诉苦,他反而知道那些见不得人的事了,这样好哦？她回答自己：不会。不能先告诉他。不先告诉他,好哦？这一点她自己可回答不上来了。张学海知道了,不会不生气的。结婚后和睦幸福生活的情景,一幕一幕地闪现在眼前,张学海从来没有和她吵过架,她也没有对他寻相骂过,难道为了诉苦,把家庭和睦幸福的生活断送吗！

她站在煤渣路上,步子迈不动了。她望着闪闪发着电灯光亮的玻璃窗,好像看到张学海等门等得十分焦急的面容。过去,有什么事,她和他一商量,很快就取得一致的意见,从来没有发生过口角。这一趟,能不能和他商量？那些见不得人的事怎么好张口呢？

365

不和他商量也不行呀！明人不做暗事，反正迟早他总要知道的，与其晚知道，不如让他早知道，凭她和他多年的亲密无间的关系，想来会得到他的谅解的。他自己不是也积极参加民改吗！积极参加民改，光嘴上积极，行动上不积极，那不是假积极吗？先从大道理给他说起，然后再给他谈谈自己的事，也许会同意她诉苦哩。

拔起脚来，她又向家门口走去了。走到家门口，她掏出钥匙，准备去开门，抬头一望，巧珠奶奶屋子里黑洞洞的，她们早已睡觉了。

巧珠奶奶一副严峻的面孔在她眼前出现了，好像在质问她：你上啥地方去啦？为啥这么晚才回来？

她怎么回答巧珠奶奶的质问呢！不能告诉她上秦妈妈那里去了，一告诉她，她一定要打破沙锅问到底。准备诉苦的事不能告诉她，自己那些见不得人的事更不能让她知道。巧珠奶奶知道了，一定会拿它做话柄，整天要在她耳边唠唠叨叨，她就别想在家里过一天安静的日子了。

如果先和张学海商量，学海会不会告诉巧珠奶奶呢？叫学海不要讲，他可能同意的。可是沪江厂这么大，人多口杂，人来人往，说不定啥辰光会传到她的耳朵里去，她一定不会甘休的。要是闹翻了天，哪能收拾？她能在这个家里蹲下去吗？蹲不下去，到啥地方去呢？

她望着那扇黑乌乌的门，往后退了两步，手上的钥匙也自然而然地放到口袋里去了。她喃喃地说：

"不能进去，要好好想一想后果！这可是桩大事体呀！那些见不得人的事怎么好张口呢？一说出去，就再也收不回来啦，怎么有脸见学海和奶奶？要再三考虑考虑，不能轻举妄动。"

像是一个痴子一样，她站在煤渣路上，不时望着家里那扇门，顿时产生一种可怕的感觉，一时不知道怎么是好了。

这时,秦妈妈刚才说的话,在她耳边回响:

"这是地主阶级的罪恶,你是受苦人,诉的是朱老虎的罪恶,你为啥没脸见人?听了你诉苦,别人只会同情你,不会笑话你的。"

真的不会笑话她吗?别人不笑话她,学海不会笑话她吗?就算学海不笑话她,难道巧珠奶奶也不笑话她吗?奶奶的脾气,她还不知道吗?一桩小事体,翻来覆去不知道要唠叨多少遍,何况是这样见不得人的事体,还会不唠叨一辈子吗?一说出去,她一辈子在巧珠的面前再也抬不起头来了。

她嘱咐自己:

不能说!

她掏出钥匙,向门口走去。她刚要拿钥匙去开门,秦妈妈关切的声音又在她的耳边响了:

"不会,你放心好了。"

真的不会吗?不一定吧!哪能放心呢?她拿钥匙的手垂了下来。她笔直地站在门前,凝神思索,得不到肯定的回答。正在她迟疑难决的当儿,猛然想起:为啥不去问问秦妈妈呢?

"对!应该再找秦妈妈商量商量。"

她对自己说,转过身来,向秦妈妈的住处迈开沉重的步子。她一步又一步走到秦妈妈家门口,屋子里的电灯已经熄了,房屋的轮廓在迷蒙的夜色里看不大清晰了。

夜深了。

她走到门口,伸出手去想打门,在空中却停留了,对自己说:

"秦妈妈已经睡了,怎么好打搅她呢?她明天还要到厂里做生活哩!"

她深深叹息了一声:为什么受到这样的折磨?一桩不幸的事体接着一桩不幸的事体,朱老虎把她一家人害得好苦呀!朱老虎虽然镇压了,可是留在她身上的耻辱的伤痕还没有痊愈哩!一个

367

年纪轻轻的妇女,一位有两个可爱孩子的母亲,而且巧珠已经懂事了,怎么好张开口谈那些见不得人的事体呢?

她一边踱着迟缓的步子向家里走去,一边下决心对自己说:

"不能!绝对不能!"

## 三十七

乌云布满天空,臃肿的云片微微移动,好似压在韩云程的心上,叫他喘不过气来。一阵浓厚的乌云慢慢飘过,云层稍为淡薄一点,天空灰蒙蒙的,空隙的地方漏下一线淡淡的下午阳光。

韩云程的心绪不宁。他向党支部要求参加工人小组听听诉苦,不过是一种试探,摸摸领导的意图。最初怕没有希望,工人诉苦怎么会让他这个曾经给资本家服务过的工程师听呢?等到钟佩文通知他民主改革委员会接受他的要求,把他编在细纱间的小组里,又怕诉到自己头上。他现在倒希望领导上不批准他参加工人小组,那就省事了。既然批准了,他不好不去。眼看着三点钟快到了,他望着沉闷的天空叹了一口气,匆匆走进车间。一到细纱间,他远远望见大路①上已经坐满了人,大部分工人都坐在地上,只有少数人坐在车头上。人圈当中放着一张凳子,管秀芬坐在旁边,把凳子当桌子用,右手拿着铅笔,在等待记录。那边一片嘈杂的人声,叽叽哇哇,听不清楚她们在说啥。他看见那么多人,转过身子想退出去,刚刚迈出两步,忽然听到背后有人大声叫唤:

"你们看,韩工程师不是来了吗?"

他不管三七二十一,径自走去,耳朵里乱哄哄的,听不清谁的声音。他还没有走到门口,匆忙的脚步声从他身后赶上来了,接着有人高声叫道:

"韩工程师,你到啥地方去呀?"

---

① 大路指细纱间当中的路。

他回过头去一看：是郭彩娣。他镇静地站下来,说：

"你们究竟在啥地方开会呀？"

"在大路上。你刚才不是来了吗,怎么又走呢？"

他的眼睛向四处张望,在寻找会场,含含糊糊地说：

"我以为走错了,准备到党支部去。"

"哎哟,"她满头满脸是汗珠子,用手背拭了拭,摘下头上的白色工作帽,喘了口气,说,"就等你一个人了,要不,我们早开会了。"

他一走到会场那边,人们都站起来,热情地欢迎他。秦妈妈把她坐的一张小板凳让出来,送到韩云程面前,说：

"坐吧。"

韩云程把板凳退回去,不好意思地说：

"这怎么可以,我坐在地上一样的。"

秦妈妈和韩云程把板凳推来推去,郭彩娣看不过去,把板凳接过来,用责备的口气对韩云程说：

"秦妈妈一片好意请你坐,你客气啥？别耽误我们开会！"

韩云程不好再坚持,但看到大家都坐在地板上,却又不好意思马上坐下。郭彩娣的嘴向板凳一撅：

"坐下！"

秦妈妈站在管秀芬旁边,说明今天的会议筒摇间小组和细纱间小组合开,好互相启发,互相帮助,希望大家细心地听。谭招弟站了起来,她望着大家,许久说不出一句话来。郭彩娣低声对她旁边的张小玲说：

"她也要诉苦？"

"在旧社会,啥人没有受过苦？有苦当然要诉啊。"

"她尽会骂人,说不定今天又要编词儿骂人了。"

"她要诉苦,怎么会骂人呢？"

"那张嘴呀……"

郭彩娣觉得谭招弟凭自己有手艺,生产上能按计划完成任务,不把别人看在眼里。筒摇间生活不好做了,总怪细纱间,不睁开眼睛看看究竟是啥原因。余静动员大家重点试纺,好容易查出原因,拿出真凭实据,这才堵住她的嘴。可是她心里还不服,私下讲话仍旧说细纱间做生活不巴结。虽说后来谈开了,但郭彩娣和谭招弟心中还有疙瘩。她们两个人尽可能避免见面,见了面也尽量不说话,万不得已,讲两句,也是冷言冷语,没有一次谈得融洽的。表面上,他们两个人很少接触,两个人的事相互都知道,不但知道得清楚,并且知道得很快。仿佛大家都有顺风耳,只要谁讲了话,马上就刮进对方的耳朵里。这当中,徐小妹起了不少作用。秦妈妈曾经要汤阿英问过谭招弟对郭彩娣有啥意见,谭招弟一百个不承认,郭彩娣也说她对谭招弟没啥意见。等到她们两个人一照面,连别的车间的人也看出她们两个人神情不对头。郭彩娣不愿意听谭招弟诉苦,可是又不好走,这是车间小组会呀!她低下头来,故意不看她。

谭招弟从来没有感到像今天说话这样吃力,她过去说话像开机关枪,出名的快。今天张开嘴,怎么也说不出来。她最初以为只在筒摇间小组诉,没想到细纱间小组和筒摇间小组会在一道开!当着郭彩娣诉苦,多么不好,叫她看笑话。不诉,已经站起来了,这么多的人围着,黑压压一片,怎么好意思走开?谭招弟把眼光从右前方移向左边,背着郭彩娣,从她对诉苦的认识谈起,想一句说一句。开头的声音很低,听不大清楚,有的人就移近一点。郭彩娣右手托着自己的下巴,稳稳坐在原来地方不动,好像在听,又仿佛没听。等到谭招弟谈到"一贯道",郭彩娣抬起头来,发现大家聚精会神地注视谭招弟,仔细在听,她不禁吃了一惊,好奇地侧着耳朵听谭招弟说:

"……我家原来住在浦东,娘带我们姐妹两个在乡下种田,日子过得不错。有一天,我娘给骗进了一贯道。道首说,入了道,可以躲灾避难,死后可以不受地狱之苦,要我妈在外传道。娘整天在外边忙一贯道的事体,没有工夫劳动,家里没有收入,每月还要交许多香火钱,行动费,说出钱行动,钱多功大,活着神仙保佑,死后可升理天①哩……"

"啥一贯道?"张小玲生气地说,"就是骗钱道。"

管秀芬非常欣赏张小玲这个名词,一边飞快地记录,一边忍不住望着张小玲笑,直点头。谭招弟接着说:

"有一回,娘去听道,开坛的辰光,在沙盘里开出了四句仙诗:招弟姑娘有佛缘,无奈前世孽重重,转眼将要临大难,七七行功得超然。念完仙诗,道首在道徒中找叫招弟的。娘说我叫招弟。道首说,仙佛下凡救招弟姑娘,要拿出功德费七十七块银元,才能躲灾避难……"

"仙佛这么灵?"郭彩娣歪过头来问张小玲。

"那是骗人的。"

"四句仙诗可不假啊,里面还有她的名字哩。"郭彩娣有点迷惑了。

"一贯道训练三方②,专门编诗骗人。你也相信那一套鬼话?"

"我才不信哩。"

"我娘怕大难临头,"谭招弟说,"赶快回来变卖东西,东拉西借,凑了七十七块银元送去,就是这样弄得我们倾家荡产。娘本来要给我上学念书的,那辰光连吃饭也困难,哪里有钱上学呢?娘没有办法,只好托人把我送到纱厂里去做工。没两年,我害了一场大

---

① 一贯道邪说:天有两重,一为气天,一为理天。气天是普通仙佛、历代忠臣、孝子、贤妇所居;理天只有道行大的仙佛才能进去。

② 一贯道的"三方",分为天、地、人三方,教给读训书和经典成语之类的书,要能背诵,闭目横书,出笔成章,既要押韵,又能"藏头露尾"、"玄虚莫测"。天方要聪明机灵,地方要笔录迅速,人方要口齿伶俐,所谓"天不言,地不语,人报话",成为三位一体的整套骗术,是一贯道最主要的骗人工具。

病,工厂把我开除了,整天躺在家里,啥事体也不能做,也没有钱请医生吃药,全靠娘拉饥荒过日子。这辰光,道首又对我娘说:你家只有两个女儿,没有儿子,一个女儿现在又病在床上,这是前世修德修得不够,还是修修来世吧。只有相信了一贯道,可以保佑今世安宁,来世享福。娘相信道首的话,要我入道。我不肯。娘说:现在走投无路,还是入道的好,今世受灾受难,修修来世吧。娘就介绍我入了道。入道要交'挂号费','功德费','免灾费',在'明明上帝无量清虚'之前发下守密的宏誓大愿:上不告父母,下不传子女,如果有泄露,天打五雷轰。我家里已经穷得叮叮当当响了,入了道,这个钱,那个费,弄得我家生活更是难上加难了……"

"我看连骗钱道也不是,"张小玲修改她刚才说的话,"是害人道。"

"当然是害人道,"郭彩娣接着说,"癞痢头上的苍蝇,——明摆着么!"

徐小妹的眼睛一直同情地盯着谭招弟。她没想到谭招弟这么有本事的人,居然上了一贯道的当。管秀芬停下笔来,问谭招弟:

"后来生活怎么又好起来呢?"

"解放后,我身体好了,汤阿英介绍我进了沪江厂,这辰光,钞票值钱,物价便宜,生活慢慢就好起来了。……"

汤阿英听了谭招弟这一番话,兀自吃了一惊:想不到谭招弟竟然是个一贯道的道徒。她慌忙插上来说:

"招弟,这些事,你不说,我还坐在鼓里哩!"

秦妈妈看汤阿英紧绷着脸,有些紧张;谭招弟住口不说,好像有啥顾虑,便说道:

"上海受一贯道害的人不少,有的人受的欺骗比谭招弟还厉害哩!"

谭招弟顺着秦妈妈的口气,接上去说:

"是呀,我受了他们的欺骗也不少。上海解放那年,他们说八路军来了,要共产共妻,你的就是我的,不管啥物事,一律没收归公。……"

管秀芬记到这里实在记不下去了,她气愤愤地放下手里的铅笔,质问道:

"你信这些骗人的鬼话吗?"

"我信。"谭招弟看管秀芬那个神情,她心中非常不满,便挺着胸脯,满不在乎地承认。

管秀芬给她简单有力的回答愣住了。她以为谭招弟不敢承认。谭招弟却毫不惧怕。她没法再追问下去,马上拿起铅笔飞快地写上两个字:"我信。"汤阿英的眼光一直盯着谭招弟,听她斩钉截铁的话,叫她又钦佩又激动,同时感到内疚,对余静不起,把这样一个人介绍到厂里来,她也有责任呀!幸好碰到民主改革运动,要不,不知道会发生啥事体哩!想到这里,她的汗毛都竖了起来。

谭招弟给管秀芬一问,更加坚决了。她心里想:一个人做事一个人当,做错了的事,赖也没用。她镇静地说下去:

"那会没有解放,我没有见过八路军,也没见过共产党,人家把八路军共产党说成三头六臂,我都相信。我以为共产党要共富人的产,有啥不好?解放了几年,共产党到现在还没共产,我们这个厂还是徐义德的,老实讲,我心里还不满意哩。好容易搞了'五反',三权还是徐义德的,评他半守法半违法户,又提升为基本守法户,真是泄气。八路军共妻,我知道是谣言。解放那天,八路军在南京路上困马路,没有惊扰一个老百姓,对妇女很规矩。这个谣言,谁也不信。他们还说世界大战快爆发了,大难临头了。我想这话有道理。我们不是派志愿军到朝鲜,抗美援朝吗?和美国打起来,不是大难临头吗?打了两年,没料到美国赤佬叫中朝军队顶住了,没有发生世界大战。这也是谣言。他们说,捐献飞机大炮子弹是伤阴德。这个道理对。那会捐献运动我不大积极,就是这个原故。我想:何必拿钱去害别人的性命哩!"

汤阿英听到这里,想起那次"五反"团结会议谭招弟气生生跑出会场,又到她家里争吵,在工会里主张工人领导厂里行政事务这些情形。原来她打算"共"徐义德的"产"啊!她惊奇地说:

"一贯道真会造谣,亏他们想得出!"

"一贯道么,"张小玲点点头,说,"啥坏事都做得出!"

"还有更坏的谣言哩……"

谭招弟说到这里停了停,大家惊愕的眼光都对着她。郭彩娣心里想,难道还有比"共产共妻"更毒辣的谣言吗?徐小妹低着头,右手的大拇指和食指握着左手的食指,不时抬起头来暗暗看谭招弟一眼:谭招弟今天掏出这么多肮脏话,担心她在众人面前下不了台。郭彩娣她们也在场啊!谭招弟毫不在乎往下说:

"他们说:草头将军不出世,社会永无安宁日,一九五二年,应该改皇元。"

"这是啥意思?"汤阿英不懂这四句话。

"你解释解释给大家听。"秦妈妈说。

"这是仙诗,扶乩扶出来的。"谭招弟回忆地说,"草头将军指的是老蒋,就是蒋该死,蒋介石,说他不回来,社会不会太平。一九五二年要改朝换代,也就是说共产党的江山坐不长了。……"

管秀芬听了谭招弟的解释暗自吃了一惊,她仿佛曾经听谁讲过这句话,一时可又记不起来,皱着眉头在思索。

"简直是胡说白道……"郭彩娣像个皮球,给人一拍,登时跳了起来,不等谭招弟说完,质问道,"共产党的江山为啥坐不长?"

郭彩娣的两只眼睛愤愤地对着谭招弟。谭招弟理直气壮地说:

"当然是胡说白道,——我早说过是谣言么。"

"是呀，我听见的。"徐小妹帮腔道，"别打断她，让她说下去啊！"

"谁打断她的？"郭彩娣狠狠地瞪了徐小妹一眼。

"你们两个不要寻相骂，"秦妈妈说，"听招弟的。"

"我说这些谣言很坏么。过去听说是仙诗，谁敢不信？眼看着一九五二年快过去了，从前讲的那些事，没有一样是真的，越来越叫人怀疑。"

"你为啥不早讲？"汤阿英想起这些事真可怕，质问她。

"过去我怎么敢讲。我怕天打五雷轰啊……"

"你做啥？"张小玲见管秀芬歪着头想心思，没有记录，便碰了一下她的胳臂。

管秀芬从沉思中抬起头来：

"只顾听！竟忘记记录了。"

"你现在还怕天打五雷轰吗？"张小玲问谭招弟。

"要怕，我就不讲了。过去，我以为参加一贯道可以走好运，没想到弄得倾家荡产，不单没走好运，连日子也过不下去啦。一贯道搞这些鬼名堂，的的确确是反动会道门，我越想心里越怕，一步步往下陷，像是走烂泥坑，越陷越深，再走下去，就陷在里面爬不起来了。这次，多亏秦妈妈挽了我一把，我才走出烂泥坑，放下了一个大包袱，身上一定还有泥巴，希望大家帮我洗洗清爽，我好重新做人。"

谭招弟说完了，在徐小妹旁边的空地上坐了下去。徐小妹想给她讲话，她没有让徐小妹说下去，用手碰了碰徐小妹的膝盖，小声地说：

"听大家的。"

大家原来有不少意见要提，听了谭招弟最后几句话，反而没有意见了，连管秀芬和郭彩娣也挑不出眼来。管秀芬暗暗钦佩谭招弟有胆量,啥事都敢摊出来,啥思想都敢暴露,原先准备等她讲完了给她提几条意见,现在一条意见也提不出来了。郭彩娣一直不满意谭招弟的,听她吃了这些苦,上了人家的当,同情地望着她。

谭招弟等候大家提意见。车间里静静的,坐在地上的,坐在车头马达上的,和坐在小板凳上的韩云程都沉默着。韩云程非常钦佩谭招弟,自己交代了,最后还要大家帮助她,真是光明磊落。这和"五反"辰光徐义德的态度比起来却有天渊之别了。他从谭招弟想到自己的问题。他留心会场上每一个人的表情,大家都不是那么气势汹汹的,而是安静平和。秦妈妈站起来了,她慈爱的眼光扫了大家一眼,然后落在谭招弟的身上,满意地说:

"招弟很好,自觉自愿地把苦水吐出来。她参加一贯道,听信反动宣传,自己也散布过这些谣言,问题是严重的。大家都晓得这是敌人利用反动会道门来破坏我们,欺骗招弟,是旧社会害了她。招弟不懂事,上了当。现在把问题谈清楚了,就没事了……"

"没事了!"韩云程一再思索这句话。他起初以为谭招弟犯了这么大的罪,一定要上提篮桥吃几年官司,原来没有事了。他想离开会场到党支部交代自己的问题,但听到会场上有人讲话,便稳稳坐在板凳上没有起身。他向四周望望,看不清是谁在讲话。

一阵墨黑的乌云从西边漫上来,越聚越多,越来越厚,像是排山倒海的怒涛,把阳光全部遮住,天空暗下来了。细纱间里的光线顿时也暗淡了,车面上的粗纱和细纱显得白得刺眼,远一点的事物都看不大清楚了。张小玲过去扭开了电灯,照亮了车间,也照亮了汤阿英。她站在人圈的左边,背对着韩云程,身上穿着一件短袖蓝底白花布褂子,下面是深蓝布的宽裤脚的裤子,给雪白的油衣裳一衬,再加上头上那顶白色工作帽,浑身上下显得朴素大方。她态度安详,很自然地站在人圈当中,一点也不拘束,更没有顾虑。她把额角上披下的一绺头发理到耳朵后面去,那一双充满了智慧的机灵的眼睛向车间大路上看了看。大家聚精会神地望着她。

那天晚上汤阿英看到秦妈妈屋子里的电灯熄了,没有惊扰秦妈妈,回到家里睡了。第二天一到厂里,听到各个车间都在酝酿诉苦的事体,她的心有点动了,可是一想到张学海和巧珠奶奶,便从人群中匆匆走开,整天在车间里埋头做生活,避免和人接触。车间的红灯一亮,她收拾好车面,做好清洁工作,换了油衣裳,连饭堂也没去,就不声不响地向厂的大门走去。她低着头,生怕碰到熟人,叫她不好说话。快到大门的时候,忽然听到有人叫"阿英,阿英!"声音好熟悉,她回过头去一看:原来是秦妈妈,一边向她跟前赶上来,一边问她:"今天你为啥走得这么早?"她讲不出原因来。路上人来人往,她心里的话怎么好让不是知心的姊妹听见呢?她站了下来,没有回答秦妈妈的话。秦妈妈问她是不是回家有事,她摇摇头。秦妈妈拉着她的手,肩并肩地走了回来,低声地问她诉苦的事准备好了没有。她没有吱声。秦妈妈感到奇怪:为什么不说话呢?歪过头去,望着她的面孔。等了一歇,她惭愧地说:"我不想诉苦了。"秦妈妈大吃一惊:谈好了的事体,怎么忽然变卦了呢?刚才到车间找她,没碰见,幸亏在厂门口追上了她,否则开诉苦会的时候,少了一个典型发言,那不要影响民改运动的开展吗?秦妈妈沉住气,放慢了脚步,压低了声音,耐心地问她是不是有什么顾虑。她轻轻点了点头。"那天晚上不是谈好了吗?你回家以后,发生了啥事体?"她摇摇头。"那你顾虑啥呢?"她坦率地告诉秦妈妈,把苦诉了,学海知道了,还会像过去一样和她要好吗?秦妈妈觉得她顾虑得有她的道理。这些事体男人知道了,不会没有反应的。但张学海是工人,和汤阿英结婚以后,一直相处得和睦融洽;他参加民改也是个积极分子,了解民改的意义,一定会谅解她在旧社会所受的苦,只会同情她,不会不和她要好,更不会不理她。她听了秦妈妈的分析,感到有道理,她诉了苦,张学海大概不会对她怎么样。可是巧珠奶奶不是工人呀！巧珠奶奶也没有参加厂里的民改,更不了解民改的意义和重要,张学海好说,巧珠奶奶难办。秦妈妈说：巧珠奶奶也不难办,她虽不是工人,可也是穷苦人啊！大家是一根藤上的苦瓜,她自己也受过旧社会的苦哩。汤阿英叹息地摇摇头,顺着进厂里来的那条煤渣路,和秦妈妈慢慢走到俱乐部后面的墙边站了下来,羞涩地说："我受的苦和巧珠奶奶受的苦不同呀！"说到后来,她的声音有点呜咽了,她说,"这个苦,我不能诉啊！"秦妈妈抚摩她的黑乌乌的头发,用绢头拭去她眼角的泪珠,同情她的处境,一时竟说不出话来了。秦妈妈安慰她,巧珠奶奶可能会有些意见,这也是难免的,但是不要紧,巧珠奶奶这几年来进步不小,可以给她解释,把前因后果说清楚,就不会责怪阿英了。何况这次民改,也不是一个两个人诉苦,有苦都要诉出来,比阿英受的苦还多的人有的是,让巧珠奶奶知道这些情况,她即使有些不同的看法,也会改变的。汤阿英听秦妈妈说得有条有理,心动了,想答应诉苦,可是一想到巧珠奶奶的脾气,她有点犹豫了,怕自己说不过巧珠奶奶,诉了苦,说出去,就收不回来了。秦妈妈把胸脯一拍,理直气壮地对汤阿英说,你做媳妇的说不过婆婆,要是她有什么意见,我给你去说。汤阿英还有点担心：要是她不听你的话呢？秦妈妈说：有余静同志,有杨部长,还有区委哩！……秦妈妈一口气说下去,汤阿英从秦妈妈的话得到鼓舞的力量,但她还有顾虑：那些见不得人的事体,怎么好在大庭广众面前张口呢？秦妈妈鼓励她,只要她诉苦,有办法帮助她。她勇敢地下了决心："那好吧,我诉苦！"

刚才谭招弟诉苦,问题那么严重,汤阿英暗暗给谭招弟捏了一把冷汗。可是谭招弟不但没有受到指责,却得到鼓励,秦妈妈还说"把问题谈清楚了,就没事了"。那她还怕啥呢？她一没有参加一贯道,二没听信过谣言,三没跟坏人一道做坏事,只是自己受苦受难啊。她想起杨部长号召诉苦的话,不等秦妈妈叫她,便鼓足勇气地站了起来。郭彩娣以为她向谭招弟提意见——汤阿英把个一贯道的道徒介绍到厂里来,也有责任呀!至少她也应该检讨两句。不料汤阿英却说:

"我也要诉苦!"

"你也要诉苦?"管秀芬不相信自己的耳朵,手上的铅笔没有记,用惊愕的眼光望着她。

汤阿英有啥苦要诉?郭彩娣怕汤阿英说错了话,同时又希望她对谭招弟提提意见,大声说道:

"你是不是给谭招弟提意见?"

"不是,"汤阿英毫不含糊地说,"我有一肚子苦水要吐!"

秦妈妈听郭彩娣的口气还紧紧抓住谭招弟不放,她们两个人不和的事别在这时爆发。她站起来,对郭彩娣说:

"你有意见给谭招弟提吗?"

郭彩娣很高兴听到谭招弟那些事,认为这样一来,她心里的气出了一半,仿佛过去争吵的道理全在她这一边了。她希望多一些人给谭招弟提意见,自己却提不出意见。秦妈妈一问,她只好说:

"这些事体全靠自觉自愿。"

"没啥意见?"秦妈妈等了一会儿,没有一个人吭声,她对汤阿英说,"你讲吧。"

汤阿英低着头,眼睛时不时望着雪白的油衣裳,说得很慢,声音很低。她讲了家乡情形之后,接着说道:

"……就是这样剥削,硬说我爹欠了他一百一十多担租,朱老虎看准了,非要我去抵债不行。我娘不愿意,我爹也不答应,他们两人整整哭了一夜。我想,我不去,全家日子过不下去;我去呢,家里日子可以勉强打发。我一人吃点苦,做牛做马,只要爹娘活下去,我也心甘情愿。我对娘说,就让我去吧。娘半天没有说话,眼泪直往下流,哭不成声了。过了一会,娘一把鼻涕一把眼泪对我说:好孩子,娘不忍割去心头肉,可是朱老虎要你爹的命,留了你,就留不了你爹;留着你爹,好好谋生,可以养家活口,等你爹赚了钱,娘一定把你赎回来。……"

管秀芬的手记得有点累了,她的眼睛也酸了。她没想到人间竟然还有这样的事:利滚利,硬说汤家欠朱半天一百一十多担租,简直是岂有此理!更可恶的,还要阿英去抵债,真是无法无天了!她同情地听汤阿英说下去:

"我跨进了朱家的门,算是进了虎口,跳下了苦海。我日日夜夜给他们做活,他们不是用鸡毛掸帚抽,就是用棍子没头没脸地打,抽打得我身上青一块呀紫一块的,做了一天活,累得要死,饥一顿饱一顿,连牛马也不如。朱家的牛马喂的比哪一家的都好,在梅村镇上是出名的,长的膘好毛亮。朱老虎经常关心牲口夜里上的料够不够。可是他们从来不关心我吃饱了没有。有辰光,硬说我活没有干好,还要饿我一顿哩。我饿得头昏眼花,面黄肌瘦,爹娘见我都吓了一跳。他们以为我到了朱家,要比在家里吃得多吃得好,谁知道还不如在家里啊……"

"朱暮堂真没有心肝肺!"郭彩娣闷在肚里的气再也忍不住了,猛的讲了这一句。

"是呀,"管秀芬气愤愤地说,"朱老虎一点人味也没有!"

"是畜生!"郭彩娣同意她的意见。

车间外边更加昏暗下来,乌云压在心上,怒涛似的翻腾。一霎眼的工夫,大雨如注,哗哗地下了,落在车间的屋顶上,发出清脆的吧嗒吧嗒的音响。

"苦日子还在后头……"汤阿英说到这里停了停,头微微抬起来,暗暗巡视了一下出席会议的人:除了细纱间的,就是筒摇间的,只增加了一个韩工程师,保全部没有一个人参加。她稍为放心了一些。

管秀芬听汤阿英说"苦日子还在后头哩",露出惊诧的眼光,左手摸着垂在胸前的那根黑乌乌的辫子梢,感到十分奇怪:难道还有比这更苦的日子吗?她托着腮巴子,凝神地听汤阿英说:

"一天夜里,满天乌云,伸手不见五指,哗哗地下着倾盆大雨。我累了一天,疲劳极了,两条腿好像不是自己的,好容易走过火巷,一步步挨到牛房,走进那间小屋,点燃了煤油灯,蹲在屋里,四面墙壁阴森森的,有点怕人。我连忙熄了灯,倒在床上,想好好睡一觉,谁知道……"

汤阿英听着车间外边的雨声,往事忽然涌现她的眼前,一张满脸胡须的丑恶面孔龇牙咧嘴,晃来晃去。她羞得满脸绯红,再也说不下去了。管秀芬看她神情,好生奇怪,不禁问道:

"说下去啊!为啥不说了?"

汤阿英低下了头,眼泪像断了线的珠子,从红润的腮巴子上不断滚下来了。管秀芬看她脸上的泪珠落在雪白的油衣裳上面,更加莫名其妙了:

"哭啥?"

汤阿英幽幽地哭泣,没有吱声。

秦妈妈代汤阿英说了:那天夜里朱暮堂闯进汤阿英那间小屋子,用不着多说,大家全明白以后发生的事。管秀芬记到这儿,点了许多虚点,不好意思写下去。她眼眶红了,低着头,落了几滴眼泪在纸上,那上面钢笔的字迹润湿漾开了。

韩云程一直在摇头叹息,对于地主的罪恶,过去他毫无所知。早两年听到土地改革的消息,他内心深处是同情地主的,认为对地主那样没收土地、财产是不是有点过火?今天听汤阿英受地主那样的苦,朱老虎竟然做出这样令人发指的事,就凭这一点,他便要举起双手,完全拥护土地改革了。现在看来,土改不是太急,而是慢了一点,早土改那要减少多少人的痛苦啊!他像是在听神话故

事一般,越听兴趣越浓,入迷一般的在凝神倾听汤阿英的诉说:

"……我当时拼命想逃出那间黑暗的小屋,要大声喊救命,朱老虎一手捂住我的嘴,对我说:你爹把你抵了债,你生是朱家的人,死是朱家的鬼。我要你活,你就活;我要你死,你不敢活!你的小命捏在我的手掌心里。你敢叫唤出去,我就要你这条狗命!朱老虎这种野兽,他说得出做得到啊。见了爹娘,有眼泪只好往肚里咽啊。可是……可是呀……"她激动得又说不下去了。

秦妈妈代她说下去:"她的肚子一天天大了。"

汤阿英喘了喘气,慢吞吞地说:

"这件事再也没法隐瞒下去了。我对谁说呢?朱家的墙那么高,谁看见里面的罪恶啊!朱家的墙那么厚,谁听见里面的哭声啊!我见了娘,就淌眼泪,一句话也说不出来。娘以为又出了啥事体,看看我身上没有伤痕,她哪里晓得,我身上的伤痕比毒打的更惨痛啊。我眼泪哭干了,嗓子叫哑了,娘再三追问,我偷偷告诉了娘。娘抱着我的头一同放声大哭了。后来,我爹也晓得这件事,不让我到朱家去了,连村里也不叫我呆下去。在村里,朱半天会来抓人的。爹要娘带我跳出火坑,他留在村里顶着。爹说:不怕朱半天是老虎,千斤的重担,他挑;有油锅,他下;有刀山,他上!要救出女儿这条命。娘想不出别的主意,只好带着我逃到上海,找秦妈妈。……"

汤阿英说到这里,郭彩娣从朱半天的罪恶,想起方家丢失那副银镯头的事。天下有钱的人都欺负穷人,不管是在乡下的地主还是在城里的资本家。这些有钱的人都是一个娘养的。那副银镯头分明是主人家孩子丢的,硬要说是她偷的。天下哪有这个理?她没有汤阿英那样耐心,要是她,登时就要离开朱家。她听汤阿英诉说在乡下受苦的情形,心里很难受,恨不能拉她到上海来。听到汤阿英跟娘出来了,她这才放下心,松了一口气。

383

秦妈妈想起过去的情景。汤阿英的娘出现在她眼前：穿着一件蓝布罩衫，浑身潮湿，站在刺骨的北风里，冷得直抖索。她娘身上那股难闻的臭味，秦妈妈好像还可以闻到。随着汤阿英的诉说，往事一幕幕在秦妈妈面前重现。当汤阿英诉说到她娘躺到床上瘫了似的动弹不得，秦妈妈不禁皱着眉头摇摇头，深深地叹息了一声。大家听秦妈妈这声叹息，都有一种不祥的预感，全神贯注地听汤阿英说：

"……娘病倒在床上，吃不下茶饭，睡不着觉，放心不下乡里的事，我待在上海没生活做，她一心挂两头，人一天一天瘦下去了。没有钱请医生，没有钱吃药，也没有办法帮助家里，娘抓住我的手，两只眼睛盯着我，直掉眼泪。我望着娘，她皮薄得像层纸，紧紧贴着骨头，瘦得一点肉也没有了。她两只眼睛凹下去，眼皮慢慢搭拉下来，直到最后闭上眼睛，娘的手还按在我的手上哩。我晓得，娘不放心把我们丢下啊。娘要和我们一道活下去，可是，狼心狗肺的朱半天哟，害了我，又逼死了我的娘，弄得我们东逃西散，家破人亡啦……"

汤阿英满眶热泪，顺着腮巴子滚下，像个泪人儿似的。

车间里静悄悄的，没有一点声音，只听见外边淅淅沥沥的雨声，和萧瑟西风的唿哨，越发显得悲凉。檐头雨水点点滴滴地落下，发出低沉的叮咚叮咚的音响，一声声扣着人们的心弦。

郭彩娣不了解汤阿英的身世，看她在车间里做生活，一天里头听不到她讲几句话，感到奇怪。原来汤阿英有这样一段悲惨的经历，沉重地压在心头，难怪她心情不开朗，不愿意多说话。现在汤阿英说出过去悲惨的经历，郭彩娣对她的了解深了一层。她们两人的心顿时贴近了。郭彩娣同情她的遭遇，心头一酸，哇的一声，放声大哭了。

谭招弟诉苦以前，想先找汤阿英谈谈，可是没找到机会。她和汤阿英有多年的交往,她到沪江纱厂是汤阿英介绍的,一直没告诉汤阿英参加一贯道的事,感到对汤阿英不住。听到汤阿英诉说的那些事,她更加了解汤阿英,觉得比自己受的苦还大。她眼睛润湿,但竭力忍住泪珠,一听见郭彩娣的哭声,她没法再忍,跟着嚎啕大哭了。

徐小妹一边劝谭招弟不要哭,一边歪过头去,暗暗拭去盈眶的热泪。管秀芬听汤阿英的娘病倒在床上,临死还按着女儿的手,她用手绢捂住发酸的鼻子,忍不住嘤嘤哭泣了。

韩云程在一片哭泣声中,紧锁着眉头。他自命比较理智的,但理智的闸门也阻挡不住激动泪水的冲击。他用右手托着额头,眼睛也有点儿润湿了。

细纱间里一排排车子上的雪白的纱锭仿佛也听懂汤阿英诉的苦,同情地对着她。哭声响遍车间,外边的雨声一点儿也听不见了。秦妈妈看大家哭成一条声,会开不下去了,站起来,大声问道:

"哭成这个样子,听不听阿英诉下去呀?"

"不是我好哭,"郭彩娣擦了眼泪,抬起头来说,"阿英她娘死得这样可怜,谁听到了不伤心!"

"是呀,"秦妈妈刚说了这两个字,汤阿英她娘临死的苍白脸色又在她脑海里出现了,是她用了两张草纸把死鬼的脸盖上的。想到这里,她自己也忍不住老泪纵横了,话也说不下去。

张小玲没有哭。她觉得了解一个人真不容易。党支部分配给她帮助汤阿英的任务,在细纱间里,她算是比较了解汤阿英的。余静同志在党支部会上再三说要做人的工作,实在是太重要了。这方面的工作,她做得肤浅,今天汤阿英打开了内心的秘密,现在才算对汤阿英有了比较深一点的了解。她放眼向四面看了看:会场上的人都低着头,一个劲地还在幽幽地哭泣。谭招弟的哭声是最高的,嚎嚎啕啕,十分悲哀。张小玲对着秦妈妈大声问道:

"这成啥会啊,大家哭起来了,连主席也哭了,会还开不开呀?"

秦妈妈给她一说,马上揩干了眼泪,眼睛还是红红的,但情绪已经平静得多了。她硬朗地说:

"别哭了,继续开会吧。"

没人理她。哭声压倒她的声音。张小玲用两只手做了一个话筒,罩在嘴上,提高嗓子,叫道:

"你们听见秦妈妈讲话没有?别哭了!"

韩云程朝她点点头。管秀芬拭去眼泪之后,仍旧用手绢捂住发酸的鼻子,拿起铅笔准备记了。可是,大部分人还在哭哩,秦妈妈走过去抱着谭招弟的肩膀摇了摇:

"招弟,开会了。"

谭招弟猛地听到"开会"这两个字,心头一愣,立刻停止了哭,抬头一看:秦妈妈正站在她的身边。秦妈妈用油衣裳的下摆给她揩揩额角头上的汗水,又拭去腮巴子上的泪痕,附着她的耳朵说:

"别再哭了!"

谭招弟的哭声一停,会场上的哭声就低多了,声势也大大减弱。秦妈妈回到原先站的地方,大声说道:

"现在听阿英继续讲下去。"

哭声完全停止了。她的话大家全听见了。但是汤阿英还在伤心地流着眼泪,想念着死去的娘,要是活到现在,住在朱半天的大厅里多么宽敞啊;到上海来,住在漕阳新村也非常舒服啊。她越想,心里越难过。秦妈妈的话,她一点也没有听见。过了一会,她还木愣木愣地站在那里,没有吭声。管秀芬歪过身子去,用铅笔碰一碰她的胳臂:

"大家等你哩!"

汤阿英这才发现大家都望着她。她不知道接着该谈啥。秦妈妈见她半晌没吭声,便暗示她:

"你忘记了吗？还有育婴堂……"

"育婴堂"这三个字像是一枚炸弹，轰的一声炸开了记忆的大门，往事涌上她的心头。她忍住盈眶的泪水，慢慢说道：

"我娘死了，没有钱埋葬，幸亏秦妈妈帮我忙，左邻右舍借了一点钱，东拼西凑买了一口薄皮棺材，才把娘下了葬。我在上海，就靠秦妈妈过日子，一天天混下去，可是肚子……"她现在虽然没有早一会儿那样羞答答地难于开口，但还有点含羞蒙垢的神情，一提到这件事，她的话便停留在唇边了。

郭彩娣见她又说不下去了，焦急地插上去说：

"阿英，别拖泥带水的，有啥，痛痛快快地掏出来吧！有苦水，尽量地吐吧！别老是说说停停，停停说说，听你诉苦，真的要把人的肠子急断了。"

汤阿英还是不说，又低下头，堕入深沉的思念里。大家的眼光都注视着她。张小玲特别心急，她认为汤阿英今天诉苦的教育意义大极了，不能半途而废。她的眼光直向秦妈妈望。秦妈妈懂得张小玲的心情，等了半响，汤阿英仍旧不好意思说，一定是想起小鬼，过分悲伤，一时讲不出话来。不能再等下去，秦妈妈代她说：

"阿英的肚子一天天大了，过了几个月，生下一个男孩，可是一个闺女怎么好有小孩？上海没处放，也不能送到乡下，是我出了主意，夜里把他抱了出去，扔在徐家汇育婴堂的门口……"

"我们离开育婴堂，听见小鬼哇哇地哭，"汤阿英忍住悲伤，小声地说，"我想回去看看，又不敢看，怕育婴堂有人出来，只好硬着头皮走了。……"

她用雪白油衣裳的角拭去眼泪。

窗外的雨大了，瓢泼一般的落下，闪电在沉闷的云端里闪现，接着是雷霆响彻长空，震撼人们的心灵。铺天盖地的狂飙掠过原野，发出不平的怒吼，吹得车间的玻璃窗发出哗啷哗啷的响声。

郭彩娣越听越气愤,到后来,她的牙齿忍不住紧咬自己的下嘴唇,简直听不下去了。她霍地跳了起来,上气不接下气,激动地说:

"朱半天是畜生,把阿英一家害得好苦呀,阿英这条命差点也送了!"

汤阿英讲的虽然断断续续,却充满了动人的感情,感染了大家的情绪。秦妈妈顿时想起自己跨进沪江纱厂的悲惨情况,便接上来说:

"地主没有一个好东西,资本家也是一样。我十五岁那年给带工老板骗到沪江纱厂当包身工,徐义德挖空心思剥削我们,压迫我们。我们童工和男工一样做繁重生活,起五更、睡半夜,两头见星星,每天做十几小时的生活,吃不饱,穿不暖,还经常挨打受骂。徐义德拿我们当牛马一样使唤,唉,我们连牛马也不如,牛马吃饱了才干活,我们饥一顿饱一顿,饿着肚皮给他卖命⋯⋯"

秦妈妈的话顿时使汤阿英回想起五反运动中秦妈妈那次在夜校教室和篮球场上的诉苦大会,怎样受带工老板的欺骗,跨进沪江纱厂当包身工的痛苦生活情景。秦妈妈的话句句讲到汤阿英的心上,照亮了她走过的道路。她跨进沪江纱厂大门的悲惨遭遇,一幕又一幕在她眼前出现,像是汹涌澎湃的怒涛冲击着她的心田。当秦妈妈的眼光对着她,她忍不住插上去说:

"秦妈妈讲得对啊。我在厂里也吃了很多苦头哩。娘死了,孩子丢了,乡下不能回去,上海也蹲不下去,没有办法,靠秦妈妈帮忙,介绍我进沪江纱厂当养成工。我以为今后的日子好过了,可是啊,逃出了朱半天的虎口,又掉进徐义德的狼嘴里。说是养成工,做的和正式工一样的生活,只是工钿拿得比正式工少,受的罪吃的苦完全是一模一样,每天六进六出①,车间里的花衣雪片一样,到处飞飞扬扬,没有一块干净地方,头上、车上、地上都是。夏天热得要

---

① 六进六出,系指每天早上六时进厂,晚上六时出厂。

命,车间像个蒸笼,空气龌龊得透不过气,连口水也没有喝,干得喉咙里直冒烟。一天做上十几个钟头的生活,吃饭也不准关车,断头又多得要命,顾上接头就顾不上吃饭,等接好了头,再从饭盒里抓把冷饭往嘴里塞。这时饭上沾满了一层龌龊的花衣,不吃吧,肚子饿,支持不下去;吃吧,那些花衣也得吞下肚里去了,久了,就要生病。有时饭馊了,更没法吃了,不吃,又顶不住,只好用冷水洗洗,硬着头皮往肚里咽。在车间里待上一整天,累得头昏眼花,连手脚也不灵活了,可是还得做生活。一做十几个钟头,谁也顶不住啊,铁打的身子也吃不消啊!我的身子就是这样坏下来了。那个小鬼,还没有足月,因为太累了,害得我在车间里早产了,没有几天,小鬼走了,我到现在还想他哩!"

汤阿英说到这儿,沉思在痛苦的回忆里,一个逗人喜欢的活蹦活跳的婴儿在她眼前晃来晃去。车间里静下来了。窗外的狂风过去了,大雨停了,檐头叮叮咚咚地滴着雨点。沉闷的乌云在慢慢散开。

郭彩娣见大家不吭气,她憋不住心里的愤怒,像是开了闸门,哗哗地说道:

"徐义德最刮皮了,一心要赚钞票,把我们工人不当人看待,当他的工具,整天关在车间里给他劳动,连喘气的工夫也没有。他还亲自订了许许多多的厂规:迟到要罚钞票,打瞌睡要罚钞票,在厕所梳头要罚钞票,离开车间要罚钞票,连站在窗口看看外边也要罚钞票,在车间上小间去大便小便一定要领牌牌登记,不准超过规定的时间;吃饭也给我们规定了时间。一顿饭不准超过十分钟,超过了就要罚钞票;轧坏一只梭子,徐义德就要罚我们一块工钿;我们工人在车间做生活,动不动就罚钞票,有时把一个号头的工钿罚光了还不够,做了一个号头的生活,一个铜钿也见不到!……这样的厂规,东一条,西一条,有的一项就是七八条,有的一项多到十几

389

条,徐义德在厂里一共订了多少条厂规,啥人也说不清,啥人也数不清。每一条厂规就像是一根根粗绳子,捆住我们工人的手,捆住我们工人的脚,捆住我们工人的身子,绑得紧紧的,东也动不得,西也碰不得,把我们当做会讲话的机器使用。我们工人因工受伤了,死掉了,徐义德就订一条厂规:因工伤与厂方无关;赵得宝同志因工负伤,一条胳臂差点给机器轧断了,徐义德硬是不管,还想把他解雇,我们工人再三再四交涉,才勉强留下来,换了工种;徐义德还规定:厂方有权开除工人。整个沪江纱厂就像一座监狱,我们这些工人进了厂,马上就成了囚徒。那辰光,当一天工人,好像吃一天官司,坐一天牢房。我们从早站到晚,没有一会闲着,这样强的劳动,一做就是十几个钟头,谁吃得消!我一天生活做下来,就头晕眼花,腰酸背痛,脚肿得连路都走不动了。就是机器吧,开了一天,也要关车,让它休息休息啊!机器坏了,保全部工人还来修理修理哩!我们连机器也不如,病了,徐义德根本不管你死活!"

"徐义德只晓得从我们工人头上刮,他才不管你死活哩。他常说,在上海找一百条狗困难,找一百个工人却很容易!我们给他流血流汗,做了一个号头,那点工钿给他横扣竖扣,还要我们工人'进一储蓄',剩下来一点钱,谁也不够养家活小……"张小玲说。

董素娟年纪小,进厂迟,过去厂里许多事不清楚,她打断张小玲的话,问:

"啥叫进一储蓄?"

"进一储蓄是徐义德发明的剥削办法,强迫我们工人把当月的工资百分之十存在厂里,一年后整数发还,中途不能提用,工人有急用,还要厂方批准,才能提用。……"

"这样,一年有一大笔存款了?"董素娟天真地问。

"徐义德说得好听,叫啥零存整取,厂方代工人保管,工人有急用,可以有钱花,实际上是骗我们的钞票。名义上他按月发了工资,又挖空心思,想出这种花样经,再把工资扣回一部分,刮我们工人的皮。百分之十的工资存在厂里,他就去买棉花,趸货物,投机倒把,他白手拿了我们的工资,又发了一笔横财!"

"怪不得哩,我还以为徐义德为我们工人着想哩!原来是刮我们工人,给他自己打算盘啊!"董素娟气愤地说。

"这个进一储蓄剥削我们太厉害了,工人个个反对。徐义德和酸辣汤看看强制不行了,才被迫取消的。"张小玲说。

"徐义德就是刮我们工人起家的。"秦妈妈想起当年沪江纱厂的情景,接上去说,"我进沪江的辰光,徐义德还在隔壁厂里当先生哩,借用了隔壁厂里的一个车间,这里摆了几部细纱车,那些锭子数都数过来的,靠我们工人流血流汗,越做越发,从前纺到后纺,扩充了又扩充,买了地皮,盖了新厂房,连仓库也有了,办了沪江纱厂,发了财,又办别的厂,在上海滩上他有好几个纱厂和花行了。你们看看,这些机器怎么来的?都是我们的血汗换来的啊!你们看看,这些弄堂里,不知道倒下去多少姐妹了!徐义德啥活也不做,没有我们流血流汗,钞票会自动跑到他口袋里去吗?"

汤阿英接上去说:

"是呀,我们劳动生产,赚了钞票,都上了徐义德的口袋里去了。徐义德的钞票上尽是我们的血汗啊!徐义德屁事不做,只晓得坐汽车,住洋房,一个人讨三个老婆,过着荒淫无耻的生活,花天酒地,整天讲究吃吃喝喝,玩玩乐乐,闲下来了,就动我们的脑筋,刮我们的皮。"

窗外的乌云慢慢淡薄了,露出蓝湛湛的青天,像水洗过一番,那上面飘浮着几朵云彩,有如雪白棉花一样的柔和。

"徐义德刮我们的皮,敲我们的骨,吸我们的髓,还把我们踩在脚底下,不拿我们当人看待。"秦妈妈从汤阿英的诉苦里,想起了厂里那些清规戒律,特别是抄身制,越想越气,涨红着脸,说,"对待我们,像是对待贼骨头一样,从来不相信我们工人,每次出厂,要走四个弯弯曲曲的铁栅栏,叫狗腿子对我们抄身,污辱我们的人格,有次,我月经来了,又做夜班,整整站了一夜,累得腰酸背痛,脸色发青。好容易挨到下班,走到厂门口,抄身婆拦住我不准出厂,从上身摸到下身,好像发现宝贝,又见我脸色发青,以为抓到我的把柄了。她指着我的下身,恶狠狠地问:这是啥?我告诉她身上不干净,她哪里相信,硬要拿出来看。我怎么好意思当着众人的面抽出月经带来呢?这不是有意污辱我吗?我就上去和抄身婆讲理,告诉她的的确确是身上不干净。她还是不相信,硬要看,我一气就把月经带抽出来,往她面前一摆,问她这是啥?是纱?还是月经带?她反咬我一口,说我把月经带冲着她摆,是污辱了她,啪的一下,伸手打我一记耳光。我走上去,也打了她两记耳光。她还要打我,细纱间的姐妹们,相帮我走出了厂门。当天夜里,车间的姐妹们都传开了,余静同志气急了,大家商量,派了代表去找酸辣汤,要求撤换抄身婆,废除抄身制。酸辣汤和徐义德看到工人气愤很大,不得不答应工人一部分要求,换了那个抄身婆,抄身制却没有废除。上海解放了,人民政府下命令废除了抄身制,又改了八小时工作制,我们工人才受到尊重,不再抄身,可以自由出入厂门了。"

秦妈妈的话说得大家的眼睛里露出愤怒的光芒,想起过去的生活又是气又是恨。这些事,谁不是亲受的?最初大家还是听谭招弟、汤阿英诉苦,用旁观者的身份同情她们两个人的悲惨遭遇,秦妈妈以苦引苦,汤阿英又诉到厂里做生活所受的苦,个个都发现自己心里也埋藏着一汪苦水哩,给秦妈妈和汤阿英一引,那陈年积聚在心头的苦水都要从嘴里涌出来了。

韩云程听到许多闻所未闻的事,使他惊心动魄,万分气愤。他没料到不仅仅乡下地主压迫农民的残酷情形不知道,即连在他身边的厂里这些事,有些他也不清楚哩!他再也不能整天蹲在实验室里了,应该到各处走走看看。他凝神望着窗外的夕阳,感到自己知道的事太少了,懂得的道理也不多,在工人队伍里一比,显得十分落后了。

汤阿英从秦妈妈的诉苦里,她又想起一些惨痛的事情,她生气地大声说:

"工人进厂,哪个不是身强力壮?哪个不是眼明手快?在厂里长年累月的折磨,许多人身体垮了,不是骨瘦如柴,就是面无血色,要么,病倒了,受伤了,有的就死了。和秦妈妈一道来的六个姐妹,病的病了,死的死了,到现在只有秦妈妈一个人留在厂里。就是不死的,像我们这些人活着,谁身上大小没有毛病?赵得宝的胳臂受了伤,永远弯不过来;郑兴发师傅,在清花间做了二十年,天天呼吸飞尘飞花,得了肺病,现在还是带病做拼花。秦妈妈也有不少病,每逢刮风下雨,她身上就酸痛了。徐义德不顾我们死活,不拿我们当人看待,吸了我们的血汗,累垮我们的身体,还要压迫我们,抄身制虽说废除了,拿摩温还骑在工人的头上哩!这次民改,应该把拿摩温取消!"

张小玲见大家的眼光都聚集在汤阿英身上,个个脸上露出愤懑的神情。她站了起来说:

"姊妹们,你们听见了吗?汤阿英吃了多少苦,受了多少罪,在乡下,给地主糟蹋;到上海,受资本家剥削!这些苦,这些罪,我们当中很多人都受过。"

张小玲的话点燃了大家愤怒的火焰,人们从汤阿英的身上看到自己的苦难和悲惨的过去。张小玲进一步说:

"阿英她们的苦,就是我们大家的苦;阿英她们的仇,就是我们大家的仇。她们的苦难是一个阶级的苦难。她们的苦难,说出我们大家的苦难。我们受的苦难,自己也要诉啊!"

张小玲的话十分有力,每一句话都打动人们的心弦。汤阿英她们诉的苦水,洗亮了大家的眼睛,经张小玲一指点,回过头去看看自己走过来的道路,谁都有诉不完的苦难。谭招弟和汤阿英一比,觉得自己诉得不彻底,心里还有些苦水没有吐哩。她要学汤阿英那样,把苦水吐尽。郭彩娣想诉方家主人的苦。连在旧社会生活不长的管秀芬也认为有苦要诉:拿摩温动不动就给人吃麻栗子、立壁角①,揩工人的油,给工人脸色看,当资本家的狗腿子,解放前的威风还没有完全打下去哩!应该取消!

郭彩娣举起手来要诉苦,管秀芬举起手来要诉苦,连董素娟这个小女工也举起手来了,许许多多的手都举起来了。秦妈妈的眼睛看花了,满眼都是手,数不清有多少手在她面前摇晃。激昂悲壮的情绪,弥漫了整个车间。

从窗外反射进来的夕阳斜晖,染红了纱锭,染红了机器,染红了整个车间。浸透了工人血汗的纱锭和机器,给阳光一照,仿佛显出鲜红的斑斑血迹来了。

无数的手在空中晃动,给夕阳一照,红光闪闪,像是熊熊的烈火,在车间里急剧地跳跃,愤怒地燃烧。秦妈妈看到那些闪着红光的机器,想起和她从无锡乡下一同来的六位姐妹,面孔气得像猪肝,红里发紫。她按捺住心中仇恨的火焰,激昂地对大家说:

"你们要求诉苦,非常好!现在时间不早了,大家回去先想一下,明天再开会,诉他个痛快!"

韩云程坐在小板凳上激动得说不出一句话来。他见大家举手,也跟着举起手来,但看到大路两边的车子和车子上一堆堆粗纱,他才意识到自己是来参加车间小组,听她们诉苦的。怎么好在这儿举起手来呢?他不动声色把手放下,听完秦妈妈宣布明天继续开会,霍地站了起来,迈开坚决的步子,走出细纱间。他没有回试验室,径自到党支部办公室去了。

---

① "吃麻栗子"即挨打,"立壁角"即罚站。

## 三十八

  西方一片晚霞烧红了半个天空,一朵朵云彩火焰似的浮动着。一转眼的工夫,晚霞变得发紫了,有的地方像是有人用了一支巨大的画笔在天空涂了几笔墨绿色,暮霭慢慢降落下来。工人们有的在球场上打球,有的在俱乐部唱歌,有的顺着人行道走来走去,一路说说笑笑。韩云程匆匆忙忙的步子在人群中显得十分突出。一望他那神色,不用问,谁都知道他有紧急的事体。他没有留意别人注视的眼光,只顾低着头放开步子走去,一边考虑怎么对余静说。他一头闯进党支部办公室,发现满屋子的人,顿时愣住了。

  杨健看他一脸仓皇的神色,木愣愣站在那里,估计一定有重要的事体。但当时并没有点破,他摆出不在意的样子,站了起来,走上前去,指着靠门的一张长板凳说:

  "请里面坐。"

  韩云程为了掩饰异常的神态,微微一笑,机智地说:

  "你们正在开会?不打扰你们!"他想借口退出去。

  "闲聊天,坐下来聊聊吧。"余静拍一拍她旁边那张长板凳。

  "那好,"韩云程心里稍为定了一些。他觉得马上退出去不好,不过,在这许多人的面前,实在难于开口。他坐到余静旁边,看到钟佩文一个劲盯着他看,好像知道他心事一样。钟佩文意味深长地望着他,并没有开口。大家的眼光停留在他身上,连四面高大的白生生的墙壁也仿佛长出眼睛来望他。他浑身感到不自然,埋怨自己来的不是时机。言行一向谨慎的人,发觉这一次行动有点鲁莽了。

杨健倒了一杯开水,送到韩云程面前,打破了沉默,说:

"刚才从啥地方来?"

韩云程喝了一口水,面部的肌肉稍为松了一点,说:

"我参加细纱间的诉苦会去了,刚刚散会。"

"哦,"杨健会意地点点头,说,"她们会开得怎么样?"

"好极了!"韩云程的态度比较自然一点了,赞叹不已地说,"我生平第一次参加这样的会,实在太好了!"

"谭招弟诉苦怎么样?"

韩云程惊奇杨部长啥事体都知道。

"好极了!"他定了定神,说,"她参加了一贯道,上了当,受了骗。一贯道不但是个迷信组织,而且反动。过去,我可闹不清楚,现在才了解一贯道的丑恶内幕,真是骇人听闻……"

"说得对,"赵得宝坐在韩云程斜对面,微微举起他那只残废了的手,赞成他的意见,说,"我们厂里有不少人参加了一贯道,指望升理天享清福哩!"

"那是骗人的鬼话!"韩云程愤愤地说,"今天汤阿英也诉苦了……"

"汤阿英诉苦得很好吧?"钟佩文问道。

"汤阿英诉苦动人极哪!她诉得既生动又富于感情,许许多多的事体,我从来没有听说过,真是旷古未闻。我们在书本里长大的人,整天和数字、生产打交道,不了解世上还有那些悲惨的事体。不要说我这个知识分子了,就是工人同志听了也很感动,大家都哭了!……"

"大家都哭了,那是诉啥苦?"钟佩文忍不住又插嘴。

"原先我担心开不下去,但是秦妈妈、张小玲她们很有办法,让大家哭了一阵,擦干了眼泪,又继续开会,开得很成功,许多人举起手来要求报名诉苦……"

"你也举手了?"钟佩文问。

韩云程冷不防钟佩文问他这一句,使他狼狈不堪。他装作没有听见,赶紧把话题岔开:

"这个会开得真是再好也没有了。参加这样的会,是我生平第一遭儿。比我在大学里读四年书的收获还要多哩!"

"你说得很对。每参加一次运动,我们的阶级觉悟程度就会提高一步。我们也是逐步认识现实社会的。我们和你一样,还需要继续学习,提高自己……"

"工人的品质高贵极了!我们职员不知道要比她们低多少倍哩。谭招弟和汤阿英真了不起,有啥说啥,干干脆脆,一点不含糊。这种无产阶级的气派,我们可比不上。……"

"比不上,"钟佩文严肃地说,"可以学习啊。"

"你说得对极了。我们应该向工人阶级学习,"韩云程怕钟佩文纠缠下去,面孔朝向杨健。

"汤阿英她们诉的只是一部分的苦,工人同志受的苦可多哩。有些苦,她们还没有诉到哩。"

"是呀,"韩云程马上想到过去职员和拿摩温压迫工人的情形,他怕杨健以为他也欺负工人,便不露痕迹地说道,"拿摩温他们对待工人确实不好,要是他们了解工人受这样的苦,要骂他们,也开不了口;要打他们,手也会发抖的。"

"那不一定,"杨健摇摇头说,"老板要他们干,他们不得不干;有辰光,对他们自己还有好处哩!"

"你说得对极了,杨部长。"韩云程马上改口说,"过去是锄头敲凿子,凿子敲木头,一级吃一级。上面要你干,你不干也不行啊。杨部长看问题看得深刻极了!"

韩云程怕杨健问到自己身上,没法闪开,便站了起来,对杨健

和余静点了点头,说:

"你们谈吧,我还有点事体,先走一步。"

钟佩文的眼光送走了韩云程,反转身来,带着质问的口气问杨健:

"你怎么把他放走呢?"

"不放走?"杨健幽默地说,"把他关起来吗?"

"不是这个意思。"

"啥意思呢?"

"这个,"钟佩文给杨健一问,感到自己想法不一定有把握,说出来怕大家笑话他,特别是看到叶月芳坐在杨健背后的角落那边,他更不敢说出来。叶月芳不大说话,但好像啥都知道。她这个区委统战部的秘书,杨健许多事体都经过她的手,她知道的事体比谁都多。她事事都记在心里,谁讲过的话,她也永远忘不了。他怕自己想法不对,说出来,成为叶月芳的话柄,传到管秀芬的耳朵里,又要看他不起了。他向杨健撅一撅嘴,说,"你晓得。"

"我不是神仙,"杨健开玩笑地说,"你没有说出来的事,我哪能晓得?"

余静认为韩云程无事不登三宝殿,这回突然到党支部办公室来,一定有事。她替钟佩文解围:

"小钟的意思是不是说韩工程师有话要讲?"

钟佩文发觉余静也看到这一点,马上眉飞色舞,高兴地说:

"对,对,就是这个意思!"

"既然有话要讲,为啥又不讲呢?"杨健有意问钟佩文。

钟佩文说不出所以然来。望着余静,好像余静一定会知道。可是余静不吭声。

杨健感到余静究竟比钟佩文老练多了。他朝余静仔细看了一眼:那圆圆面孔上两个酒窝里好像蕴藏着智慧,越来越闪发着耀眼

的光辉。她的眼睛看事物比过去深入一层。他的眼光转到钟佩文身上,说:

"看上去,他有话要说……"

"为啥不讲呢?"赵得宝不解地说,"我们大家都在这里。"

"问题就出在'我们大家都在这里',"杨健富有风趣地说,"不然,他可能要讲的。"

"有这样的怪事!"赵得宝不禁脱口叫道。

"对韩工程师说来,这并不是怪事。他可能有事要向党支部谈,但又不愿意让别人听到。他一进来看见大家都在,又不便退出去,只好不讲,随便聊聊。"

"他给党支部讲,我们都会晓得的。"赵得宝摇摇头,认为不可理解。

"你是党员,了解我们党内集体领导,重大的事都是集体讨论的。可是韩工程师是党外人士,党外人士有党外人士的想法;特别是韩工程师,爱惜羽毛,他宁可多吃点亏,也不肯损伤自己一点面子。"

"和知识分子打交道,真麻烦!"赵得宝说,"有话要讲,又不讲,憋在心里,不闷得慌?"

"天下没有不麻烦的事。干革命,可以说,就是找麻烦!推翻旧世界,改造旧世界,建设新世界,可麻烦哩。我觉得韩工程师五反运动以后进步很快,在民改当中,主动找上党支部办公室,比'五反'又前进了一步!"

赵得宝经杨健一提,心里平静了一些:

"那是的,要在解放初期,你把他打死,也不肯到车间和工人一起开会的。平时在车间,连他的影子也看不到。凭良心讲,韩工程师确实比过去进步得多了。"

余静关心韩云程走了,怕放过了大好机会。她想了想,说:

"我现在去找韩工程师谈一谈,好不好?有些事,他肯给我谈的。"

"他可能就是来找你的。"杨健点了点头,说,"你现在去找他谈谈也好。"

## 三十九

韩云程参加厂里民主改革代表大会，又选上民主改革委员会的委员，心里比较笃定了，以为自己的事没有任何人知道。郭鹏所担心的这一关不容易过，当时看来，已经过去了。可是每次民主改革委员会开会，杨健的眼光常常对着他，讨论都要征求他的意见，这里面大概一定有问题。杨健知道他的事吗？从啥地方晓得的？不会知道的。那一双洞察一切事物的敏锐眼睛为啥常常看他呢？这里面准有原因。说不定杨健知道一些风声，但是不完全，也不能肯定，特地观察他的声色。最近他的心像悬在半空中，忐忑不安，老是惦记心里的事。

他想从侧面了解一下组织上知不知道这件事。他曾经想找杨健聊聊民主改革的问题，因杨健经验丰富，自己说话如果不小心，滑出句把，露出破绽，那不是送上门去吗？余静倒容易接近，也没有杨健那么敏感，但现在的余静不比过去的余静，不要轻易去碰。钟佩文却经常见面，海阔天空啥都肯谈，这是一个对象。他想起钟佩文不过是工会文教委员，兼夜校的教员，既不是党的负责人，也不是工会的负责人，更不是民主改革的负责人，许多事体一定不知道。可是负责人他又不愿去找，把党和工会的负责人默默数了一下，念叨到赵得宝，他喃喃地说：

"这是一个理想的对象。他是一个诚朴的老工人，又是工会的副主席，地位不低，厂里每次运动都参加，重大的事体他不会不知道。"

他寻找机会接近赵得宝。在试验室里等了两天,他没有看到赵得宝下车间。在饭厅里,他有意把吃饭的时间拉长,也不见赵得宝的影子。他不得不改变他的生活规律,下班以后,不马上回去,在运动场上转来转去,等赵得宝路过。可是老见不到。他感到赵得宝有意避着他,不然,为啥忽然见不到呢?他想上工会去找,又觉得突然,他一个人在篮球场上走来走去。天快黑了,他正在焦急,一眼看见赵得宝从车间的大门走了出来。他稳步紧紧赶过去,热情地招呼道:

"老赵……"

赵得宝迎上来,见他一个人在篮球场上,奇怪地问道:

"怎么到现在还没回去?——我们厂里的标准钟不准了!"

"唔……"他感到赵得宝发现他内心的秘密,一时竟不知道怎么解说好。

赵得宝见他愣在那儿,不知道是怎么一回事,随便问道:

"找我,有事体吗?"

"没啥事体,"他信口答道,心里又怕失去这难得的机会,接着又补了一句,"你刚才到车间去,是不是找我?"

"找你?不是,我到车间摸摸工人的思想情况,看他们对诉苦的工作准备得怎么样。"

"哦。"韩云程的态度稍为自然一点了,说,"诉苦?"

"唔,诉苦。"

"民改工作忙吗?"

"这一阵可忙啦,群众发动起来,要做细致工作,整天待在车间里,找工人谈话……"

韩云程这才明白为啥这几天看不见赵得宝。他想当面和赵得宝谈,又怕路上碰到人,站在篮球场的白线上,不知道说啥好。

暮色从四面袭来,煤渣路两边的路灯已经亮了。赵得宝惦记

回到民主改革办公室汇报车间工人的思想情况,急着说:

"韩工程师,你该回去休息了。"

"是呀,我该回去休息了。"

韩云程向赵得宝告别,一个人在煤渣路上沙沙地走去,思索赵得宝最后这句话的意思,认为非常深远。"该回去休息了",分明是组织上准备解雇,一定不要他这个工程师了,一联想起郭鹏曾经劝他辞职,越发不容怀疑了。想不到郭鹏这家伙竟比他知道的还多。既然要解雇,当然知道他的问题了。不然,他在厂里工作好好的,生产技术上也少不了他这样的人,为啥要解雇呢?解雇,就解雇吧。学会数理化,到处都不怕。凭他在纺织上的技术,不愁没有吃饭的地方。沪江纱厂不要,还有别的纱厂,真正不行,当个教员,也能混一辈子。想到这里,心里比较安定了。

他走出大门,顿时想起自己已经加入了工会,应该归赵得宝管,那么,赵得宝一定知道他的事。应该向赵得宝探听探听解雇的原因,也许赵得宝可以透露一点风声。他回过头来,想跨进大门,抬头一望:煤渣路上一个人影子也没有,赵得宝早走了。

传达室的人见他在厂门口徘徊不去,上去问道:

"韩工程师,你丢掉啥物事?"

"物事?"

"咯,丢了啥,告诉我们,相帮你找啊。"

他清醒过来,发现自己在厂门口待得太久了。他微笑说:

"谢谢你们的好意,——没有丢掉物事。"

他径自走了。

回到家里,他猜想:自己虽是工会会员,究竟是高级职员归队,恐怕和一般工会会员不同,名义上是,领导上暗中可能还拿他当高级职员看。谁管职员工作呢?杨健,他是最高领导,当然管。余静她一直是党的负责人,自然管。可是这两个人都不能找。找谁?

他仔细回想一下过去接触过的人,钟佩文活蹦活跳的身影出现在他的眼前。几乎每一次余静和他谈话都带着钟佩文。钟佩文管职员工作,至少知道这方面的情况。得找钟佩文。

第二天进厂,他四处寻找机会,希望很自然的碰上钟佩文。钟佩文不用找,在厂里,每一个地方都可以看到他。上午下班,别的人都到饭厅去了,他收拾好东西,也准备出去,恰巧钟佩文哼着歌子走进车间来了。他举起右手,大声叫道:

"小钟,到车间里做啥?"

"做啥?——找你!"

"找我?"韩云程心里想:他估计得不错,果然是钟佩文分工管职员工作,而且说时迟,来时快,刚一想到他,他就亲自来了。

"你不能找吗?"

"当然可以找,——我们文教委员,啥人都可以找。"

"可以找,我倒不找了。"钟佩文从试验室前面走过,向里面去了。

韩云程知道他和自己开玩笑,不是真来找他的。韩云程见钟佩文欢快的背影慢慢远去,生怕钟佩文转弯进去,就看不见了。他提高嗓子叫道:

"小钟!"

"啥事体?"钟佩文转身走了回来,微微歪着头问他。

"你不找我,我倒想找你哩。"

"韩工程师找我?我可是啥纺织技术也不懂啊!"

"别客气,作家哩,啥都懂,不然,你怎么写文章呢?"韩云程说,"不开玩笑,你到车间里真的做啥?"

"利用休息时间,教工人唱点歌子。"钟佩文板着面孔,严肃地说。

"哦,这个,"韩云程有点失望,冷静地问,"民改这么忙,你还有时间教人唱歌？"

"杨部长说,民改生产两不误,我给他加了一句,民改,生产,文娱都不误！"

"你不是还要参加民改工作吗？"

"每一个人都要参加的。"

"每一个人都要参加？"韩云程暗自有些吃惊,那他也不例外了。

"还亏你是民改委员哩,这个还要问。"

"我晓得。"

"这就对了。"钟佩文的脚在移动。

"你管……"韩云程感到有些话很难开口。

"我管唱歌！"

钟佩文倏然飞一般的走了,一霎眼的工夫,就消逝在甬道那边。韩云程怅惘地站在试验室门口,眼睁睁望着一个绝妙的机会丧失了。他颓唐地回身走进试验室,竟忘记吃饭了。他痴想等候钟佩文从里面出来,好再一次抓住机会,了解一下有关自己的情况。左等不来,右等不来,试验室和车间里的人渐渐多了起来,他叹了一口气,无可奈何地又走出试验室。

几天以后,他参加了细纱间和筒摇间诉苦会,心里更嘀咕了。当他听谭招弟诉到参加一贯道,他心里打鼓了。他仔细想领导上同意他的要求,让他参加细纱间和筒摇间小组诉苦,肯定知道他的事情,特地让他来听,启发他的自觉。他感到不能像反动党团登记那次一样滑过去了。秦妈妈说得好："把问题谈清楚了,就没有什么了。"谭招弟参加了反动会道门,讲出来,一点事也没有,还受到大家的欢迎,无形之中给了他的勇气。等到一散会,他一鼓作气闯进了党支部办公室,准备交代自己的问题。

没想到办公室里有那么多的人,他不好意思当着众人的面交代自己的丑事,幸好支支吾吾勉强应付过去,脱身出来。回到试验室,他喝了点开水,才算安定了一些,望着桌子上的棉纱检验计分方法出神。

他认为刚才是一次冒险的行动,鲁莽地闯入了危险的政治地带。他要找的人,全在那里。见了这些人,他反而说不出话来了。他跨出党支部办公室,暮色更浓了,路上的电灯亮了。在路上和操场上走动的人,不是回家去了,就是走进车间,上班去了。他回到试验室,本来预备换好衣服,把那篇棉纱检验计分方法带回家去看,可是还挂念着心里那件事,便坐下来了。他的右手中指不断敲着桌子,发出有规律的哒哒声,考虑要不要向党谈那件事。

余静赶到试验室,韩云程坐在那里,心里非常犹豫。他望着管纱成绩计分:主要成绩是三十六分,其中格林,强力,排度各十二分;均匀成绩四十分,其中条杆,格林差异,捻度差异各十分;品质成绩二十四分,棉结,杂质,羽毛各八分。虽说他曾经考虑过这样的计分方法是否适当,但现在心里想的不是这些数字,数字在他眼前逐渐模糊起来,甚至看不清文章里讲的内容。他沉思在另一个重大的问题里。

余静悄悄走进去,有意大声叫道:

"韩工程师,你在考虑啥问题呀?"

"我?"他兀自一惊,回头见是余静,脸色顿时发白,仿佛他的心事被余静发觉了。他站了起来,定了定神,指着桌上那篇文章说,"是的,在考虑棉纱检验计分方法……"

他的眼睛一边望着文章,一边用手指又敲了两下桌子,好像继续思考刚才没有解决的计分方法。余静关心地劝他:

"你忙了一天,现在还要研究问题,太累了。"

"谢谢你的关怀,本来打算看完这篇文章就回去……"

"车间太闹,以后要看书可以到俱乐部图书室去。"

"这里方便些,有仪器,有同志们,"他指着那些在仪器面前检验花衣和棉纱的工作人员,说,"有事好商量。"

那边郭鹏走过来,答话:

"是啊,我们欢迎韩工程师常在试验室里,他有时下班不回去,就坐在这里办理一些未了的事,试验室成了他的家了。"

"韩工程师这么专心研究问题,回家一定不会闲着,将来韩工程师的家也会变成试验室了。"余静说。

"那倒好,到处是试验室。……"

余静怕郭鹏闲扯下去,试探地对韩云程说:

"韩工程师有空吗?"

韩云程见试验室里人的眼光都注视着他,怕别人知道他那件事,便举起手里那篇棉纺检验计算方法,像煞有介事地说:

"我正想研究一下这个问题。"

"好的,你研究吧。"余静走到试验室门口,说,"等你研究完了,我们聊聊。"

## 四十

韩云程回到家里，很早就上床睡觉了。他虽然躺在床上，可是一点睡意也没有，思索余静意味深长的话："等你研究完了，我们聊聊。"平常余静找他谈话，总是事先约好，这次突然而来，显然知道他的问题了。他明天一早到厂里去，应该亲自向余静交代，不能再犹豫了。余静要和他聊聊，在民主改革的运动中，不是聊他那个问题，还聊啥问题呢？他不把这个包袱放下，怎能安心工作？也不能安心休息，连走路仿佛也很吃力，在人们面前更抬不起头来，总感到有人在他背后指手画脚，议短论长。

他下了决心，明天向余静交代自己的问题。

他闭上眼睛，准备好好休息一下，明天谈话有精神。可是清清楚楚听到太阳穴那里跳动，他怎么也平静不下来，更没法入睡。沪江纱厂"五反"工作检查总结大会那一幕在他眼前出现了。他代表职员，在会上发言。他说："我很惭愧，归队以后，得到大家的信任，我一定要好好工作，来报答党和工会。我代表全体职员表示：一定和资产阶级划清界限，在工会的领导下，做好工作，搞好生产。"这一段像是誓词的话，经常在他的脑海里翻腾。这不仅是他个人的誓词，而且是代表全厂职员的誓词。他受到党和工会的信任，在厂里，荣誉的事体都有他一份。大家都羡慕他，有技术，有本事，"五反"以后又比过去进步，厂里的生产离不了他。他如果把自己的问题交代出去，人们知道了，都会奇怪地问：韩工程师原来是这样的人呀！他的面子搁在啥地方去？他怎么有脸见人？他能在试验室里工作下去吗？党和工会以后再也不会信任他了。他受不了百口嘲谤，也忍不下万目睢眦。他这一生全完了！他不能交代。不能，绝对不能！他宁可背着包袱到棺材里去，也不能丢掉这个面子。

他身上感到沉重，好像给啥东西压着，连翻个身也很吃力。他心里很烦躁，老是要翻身，辗转反侧，宁静不下来。他怀疑地问自己："真的背着包袱到棺材里去吗？"今后的工作怎么做呢？今后的日子又怎么过呢？他寻找不到一个正确的答案。他后悔在一九四六年一月跨错了一步。如果不走那一步，做个无党无派的工程师，现在多么轻松啊！他不能把时间拨倒过来，也没法把七年前的历史一笔抹掉。他无可挽回地陷在罪恶的泥坑里，不能自拔。

他睡不着，干脆睁开眼睛，向窗口一望：天已经蒙蒙亮了。一眨眼的工夫，蔷薇色的曙光照着窗户，房间里的陈设逐渐看清楚了。他接连打了两个哈欠，霍地跳下床来，匆匆洗了一个脸，便到厂里去了。

像往常一样，他一进厂，就低着头直奔试验室。还没有跨进车间大门，他忽然听见有人叫他，抬头一看，不是别人，却是余静。她笑嘻嘻地问：

"昨天晚上回去，休息得好吗？"

"休息？"他一听余静的问话，浑身毛骨悚然了。他昨天回家以后，没有任何人去看他，也没和任何人谈过问题，他的心事更没人知道，不用说，早上出来也没碰见熟人。余静怎么知道他昨天晚上没有休息好呢？他不动声色说道，"休息得还好。"

"昨天你回去很晚了，又研究棉纱检验计分方法，太累了，怕你休息不好。"

"哦，"他心里释然了，知道是一般的问候，心定了一些，镇静地说，"习惯了，也没啥。"

"怎么这么早就来上班？"

"还早?"他看了一下手表,才七点,恍然地说道,"哎哟,看错了一个钟点。"

"离上班还有一个钟点,我们聊聊,好不好?"

"好,当然好。"

余静把他引到俱乐部办公室,那里一个人也没有,早晨的阳光照着墙上各种锦旗红艳艳地发光,和南面墙角落那边堆得整整齐齐的红色腰鼓互相辉映。东面墙边放着一张办公桌。余静和韩云程在那张桌子前面坐了下来。她开门见山地说:

"我早想找你聊聊,因为忙,一直没有空,恰巧今天你来了,我们可以随便谈谈。"

"可以,可以。"

"汤阿英和谭招弟她们诉苦,好不好?"

"太好了。她们放下了包袱,又教育了大家,我就是受教育的一个。"

"这样诉苦也不容易,她们做了出色的典型示范,特别是汤阿英,应该成为大家的表率。"她伸出大拇指晃了晃,赞赏地说,"她是我们的榜样。"

"是呀,汤阿英是我们的榜样。"

"不过,有些人不是完全懂得这个道理,在重要关头犹犹豫豫,包袱越背越重,最后自己吃亏。"

"最后自己吃亏?"韩云程思索余静这一句很有斤两的话。他坐在她的对面,没法躲闪。他说:

"如果一个人受到党和工会的信任,他却犯了错误,余静同志,你看怎么办才好?"

"把错误讲出来,克服它!"

"今后怎么做人呢?"

"有错误,不讲,又怎么做人呢?"

"这当然也是一个问题。"韩云程接着又问,"讲出来,党和工会仍然信任这个人吗?"

"不讲的辰光,党和工会都信任他,给他工作,给他荣誉。讲出来,当然更信任他。这一点不必顾虑。"

韩云程见余静的眼睛一直注视着他,心里有些胆怯。那眼光好像可以洞察幽微,仿佛啥事体也蒙混不过。她的眼睛从来没有这样明亮过,今天一直看到他内心的秘密。他再也不能隐瞒下去,看上去,今天非讲出来不可了。特别是最后那句话,简直是对他讲的。"这一点不必顾虑",还有比这再明确的话吗!他的脖子红了,耳朵有点儿发烧,准备干脆和盘托出,但嘴上却说:

"余静同志说得对,我也认为不必顾虑,党和工会总是帮助每一个犯了错误的人。"

"主要靠自己。自己有了觉悟,党和工会才好帮助他。"

"是呀,靠自己。"

"要是大家都像韩工程师这样认识问题,事体就好办了。"余静昨天晚上见试验室里有很多人,韩云程又不打算谈,没有深问下去。她和杨健商量:准备今天约好韩云程,下班以后谈一谈。不料在车间大门那里碰上,看他行色仓皇,便抓住机会约到俱乐部来谈。果然韩云程提了上面那些问题,恰是火候,不能放过。她说,"你有事找党支部,现在可以谈。"

他没有吱声。他暗中瞟了一下俱乐部办公室的门,屋子里除了他以外,只有余静一个人,现在是再理想不过的时刻。她察觉他顾虑的眼光,便说:

"不要紧,有话,你说好了。现在没有人来。"

"哦。"他说不下去,他问自己:余静怎么知道他的心事呢?他暗自考虑她的话:"现在没有人来",断定余静知道他的事。工人们说得好:国民党把人拉到泥坑里,越陷越深;共产党把人从泥坑里

拉出来,洗洗清爽,重新做人。他低声地说:

"余静同志,我有一件事想告诉你,你可不可以给我保守秘密?"

"可以。"

"不告诉任何人。"

"行。"

"那你答应我了。"

"你说吧。"她觉得他忽然变成小孩子似的,忍不住要笑出声来,说,"我答应你。"

箭在弦上。话在嘴边。他不能不说了,可是这桩事体怎么好开口呢?党和工会待他那么好,他把这事隐瞒了这么久,怎么对得起党和工会?他没有这个脸开口。但现在不说,更不对了。他两眼发酸,泪光模糊,按捺住激动的心情,说:

"我做了对不起党和工会的事……"

讲到这里,他再也忍不住了,哇的一声哭了,眼泪簌簌落下,一直流到他深蓝色的人民装上。

余静悄悄地注视着他。等他呜呜地哭了一阵,她低声地说:

"不管做了啥错事,只要讲出来,改正错误就好了。"

"我做了这件事,没有脸见人……"说着说着,他又嘤嘤地哭泣了。

余静等他说下去。他情绪很乱,像是一堆紊乱的麻,找不到一个头,不知道从何说起。一提到这件事,他忍不住要哭。在重要关头,总是她挽救自己,受到她无微不至的关怀。余静见他哭哭啼啼,快上班了,就说:

"下班以后再谈也可以。"

他觉得对不起余静,在她面前难于启齿,话到嘴边又缩回去了。可是也只有在她面前,自己才愿意谈这件事。他想了一个办

法,说:

"我写给你,好不好?"

"也好。"

当天回到家里,等家里的人都睡了,弄堂里五香茶叶蛋的叫卖声消逝了,他才提起笔来。单是开头,他就写了七遍,别的更不用说了。改了又涂,涂了又改,比他写大学的毕业论文还要艰难十倍光景。他生平头一遭儿遇到这样难做的文章。好容易写好了,他在灯下仔细地再三斟酌每一个字,然后又用毛笔楷书端端正正抄了一遍。他把报告装进信封,放在口袋里,才安心躺到床上去睡。

第二天下班,在俱乐部的办公室里,他又见到了余静。按照他的要求,屋子里没有别的人。他一进去,就把门关好,生怕有人闯了进来。他坐到余静对面的木板凳上,伸手到口袋里,拿出写好的那封信。那上面写着:呈交党支部余静同志亲启;左上角另外有两个字:绝密,旁边画了四个圈。他双手把信封捧到她面前,忸怩地说:

"就是这个,你看吧。"

他的头慢慢低了下去。她接过那封信,仔细看了,字迹端正,一笔不苟,可见得写得十分认真。她抽出里面的报告来看:

余静同志:

伟大的民主改革运动在我们厂里展开了。听了杨部长和你的报告,给了我很大的启发。每一个有包袱的人都应该在这次运动中放下,不然越背越重,最后对自己不利。

现在,我想向你报告我自己的事——我恳求你给我绝对保密,否则,厂里的人知道我的事,我就无脸在厂里工作下去了。这一点,请你务必注意。

我也有一个包袱。过去,我不认识它是一个包袱,以为这是个人的私事。所以反动党团登记时,我没有告诉你。这次运动开始,我想这也许是个包袱,但是一个"滑稽"包袱,已经过去的事,谈它做啥哩!

听了大家诉苦,我日日夜夜想到我自己的事,虽然是一个"滑稽"包袱,也应该向你交代。我不应该失去组织上再一次给我的机会。

在抗日战争胜利后,即一九四六年一月,我参加了国民党。你知道,我对政治和政党没有兴趣。但我为啥要参加呢?因为那辰光,不是国民党员,我这个工程师的饭碗就保不住。为了生活,我不得已才参加的。起初以为参加,不做事,不卷入政党的纠纷,对我工程技术工作也没有妨碍的。谁知参加以后,每半个月要开一次会,我心里就有点不安。不久,又要我注意厂里和里弄有没有共产党,这使我思想模糊了。我想起了古人说的"君子不党"那句话。我不幸卷入了政党纠纷的漩涡。当时,我真想退出国民党,可是失业的危险又在威胁我。我徘徊在十字路口。我希望和谈成功,两党合作,我们学技术的人不再卷入政党的纠纷中,好给国家多做点事。

和谈破裂,内战的炮声响了。我在上海亲眼看到国民党的腐败政治,通货膨胀,民不聊生,怨声载道。我很惭愧我是国民党的一个党员,人民受这些灾难,我感到也有一份责任。

上海解放,使我对国民党有了进一步认识:是误国误民的反动派。而共产党为国为民的高尚精神给了我深刻的印象。从此,我怕人在我面前提到国民党,我也不敢在任何人面前提到我和国民党有啥关系。我是国民党的特别党员,厂里没有人知道我的。所以,反动党团登记的辰光,我没有勇气去办登记手续。理由是自己决定不再和国民党有关系就好了。我私下断绝了这个关系,实际上是背着沉重的臭包袱过日子,一天到晚都提心吊胆。

五反运动中,大家欢迎我回到工人阶级的队伍,给了我很大荣誉,又吸收我当工会会员,更增加了内疚。我曾经想把这件事告诉你,又怕讲出来会断送自己的前途。

通过这次民主改革,听谭招弟和汤阿英她们吐苦水,挖苦根,放下包袱,想到解放战争时期,上海人民所受的灾难,自己也不能幸免,全亏共产党和解放军打倒了国民党反动派,解放了上海,不然,人民还在水深火热之中;而我呢,做了他们的帮凶。应该说,我是一个犯了罪的人。这次,我认识了共产党,人民政府的政策,不但要交代自己问题,放下包袱,控诉反动派,还要批评自己,重新做人。

从此以后,我坚决与反动派一刀两断,永远跟着共产党和毛主席走!

我衷心感谢党对我的挽救。

最后,再一次请求不要把我的事告诉旁人。

此致

敬礼

韩云程上

"你的报告很好。"余静看完了,说。

他一直低着头,不敢抬起来。担心余静看了,不知道自己的前途怎么样。他不敢往下想。但是把报告交给了余静,心里反而安定了,一切问题交给余静去处理吧。在静悄悄中,忽然听了余静这句赞扬的话,他猛地抬起头来,望着她,许久说不出话来。她站起来,走过去,紧紧握着他的手,说:

"我一定给你保密。"

他激动得说不出话来,一股热泪簌簌流下。

## 四十一

张学海谈到汤阿英在朱暮堂家里的生活,一天夜里,忽然发生了一件事……看巧珠奶奶神情不对,又想起汤阿英对他再三嘱咐,便不敢再往下说了。

巧珠奶奶听得出神,放下手里给巧珠做的棉鞋底,一笃一笃地走过来,等了半晌,还不见儿子说下去,不耐烦地催促道:

"你究竟说不说?"

"不是告诉你了吗?"

"哼,你拿我当三岁小孩子吗?"她心里已猜到三分,但没有把握,这么大的事体要弄弄清爽,不是鸡毛蒜皮的小事呀。

"讲完了,我不能瞎编。"他怕汤阿英回来怪他嘴不紧,仍想蒙混过去。

"儿子大了,讨了老婆,养了儿女,把亲生娘当成外人,有话给老婆讲,也不告诉亲生的娘。再过些日子,恐怕还要嫌我碍手碍脚哩!"

"你说到啥地方去啦?娘。"

"你别叫我。"

张学海让娘几句话说得目瞪口呆,愣在那儿。她不放松,硬要寻根问底,表面上却又不急不忙,怨怨艾艾地说:

"你不讲,其实我也晓得……"

"你晓得啥?"他心头一惊。

"阿英这丫头还会做出啥好事来!"

"你既然晓得了,我也不必瞒你了。"他对阿英结婚以前没告他这件事,心中十分不满,感到上了阿英的当。他激动地一五一十地对奶奶讲了。

巧珠奶奶听完儿子的话,回头一想汤阿英近来的情形,忽然发现她身上有许许多多的毛病:原先她不大讲究衣饰的,现在到厂里去总是穿得整整齐齐,到了厂礼拜更是打扮得漂亮,有时还在头上插一只白玉兰花哩。这成啥个体统!本来她没事总呆在家里,现在像一张喜鹊嘴,到处吱吱喳喳,简直没一个停。不管是女的还是男的,她都和人家谈得来。动不动还要出去开会,一开会就是半天,谁知道她到啥地去开会,是不是真的开会,大可怀疑。反正她的心野了,在家呆不住了,即使人在家里,她那颗心啊,也一定在外边晃晃悠悠。巧珠奶奶把眼睛一睖,她对儿子说:

"哼,我早看出来了。"

"你早晓得了?"

她看儿子有点惊奇,有意点点头:

"这些事体,瞒不过我的眼睛。"

"那你为啥不告诉我呢?"

"告诉你,"她"哼"了一声,说,"这种事体我说不出口。"

他见娘生气,不好说下去,也没有办法把话收回来。他从陶阿毛嘴里听到这些事,陶阿毛挑拨说:"诉苦会真好,把见不得人的丑事都说出来,要是我,可没有脸去说这些肮脏话,让别人晓得了,成了话柄,怎么有脸见人?她们说,这是汰脑筋,可是再汰脑筋也没有用,归根到底,还是钞票要紧。没有钞票,脑筋汰得再清爽也没用。汤阿英本来倒不错,现在和张小玲这一帮人混在一道,当女青年团员,啥活动都参加,听说,她还旁听区里的党课哩。你晓得哦?"张学海说这是好事呀,党在培养她,有人还旁听不上哩!陶阿毛见他语气不对,马上改了口,说:"旁听党课自然是好事啊,我有机会也想去旁听哩,只是工作太忙,没有时间去。余静同志给我提过两回了,要我去听。我也答应了,到现在还没有捞上时间去。旁听党课参加青年团,都是好事。只是有些人不大愿意去,说青年团是烂泥团,共产党是开会党,只要和党呀团的沾上边,整天跟着团团转,没有一点闲工夫,家里堆成山的事甩下,没人管。听说阿英出去开会,叫你在家里管孩子,这也不像话呀!"张学海的心有点给陶阿毛说动了,同意他的意见,说:"这桩事体倒是有过,最初我不肯,张小玲又再三劝说,我就同意了。到了后来,她出去开会,老要我在家里,心里真不舒服,想想她出去是正经事,也就算了。"陶阿毛耸一耸肩膀,讪笑地说:"你真是个老好人,要是我啊,才不听她那一套哩。为啥男的呆在家里带孩子,女的出去串门子,这不是反常吗?就是你太听话了,让阿英到处跑,现在可好,把丑事都掀出来了,亏你有涵养,要是我的老婆有这些事,我第二天就没脸见人!"陶阿毛对于汤阿英的变化是不满的。上海解放前,陶阿毛对她说啥,她比较听,可以从侧面了解细纱间的一些情况。解放以后,情况变了,最近更不大容易接近了,即使碰到,搭上两句话,她便迅速地走开了。他怕她再变,尤其是汤阿英诉苦的影响,在厂里扩大,说不定谁都把心里话倒出来,那对陶阿毛是不利的。他从管秀芬那里探听出汤阿英诉苦的情形,立刻就在保全部和张学海谈开了。他有意在张学海面前给她下了烂药,用张学海的手拉住她前进的后腿。张学海并没有察觉陶阿毛的用意,相反的,认为陶阿毛真关心他,是个知心朋友。他听到那些谣言,信以为真。同时,陶阿毛还在巧珠奶奶面前挑拨,说汤阿英经常出去,跟不三不四的男人在一道鬼混,名义上说是开会,实际上谁也不了解她做些啥事体。他又隐隐约约地暗示张学海,汤阿英有好几个男朋友,含含糊糊地把汤阿英说成是一个烂污货。这样的女人在会上能诉苦,私下啥样的丑事体做不出来?他,尽情挑拨,同时故意表示怀疑汤阿英怎么会变成这样的人;接着又说无风不起浪,要巧珠奶奶留心汤阿英的行踪。张学海回到家里,闷声不响。巧珠奶奶看他神色不对,问长问短,他回避不了娘一个又一个问题,就把汤阿英诉苦的事说了。现在娘说早知道了,只有他一个人蒙在鼓里,他更感到受了污辱。他深深叹了一口气,喃喃地说:

"真想不到,真想不到!"

"哼,想不到的事体多着哩!"

陶阿毛说的那些事,大概是真的,连娘也知道哩。他怕娘讲出来给别人听见,但又希望知道阿英还做了啥丑事。他惊愕的眼光对着娘:

"还做了啥事体?"

"这个,"巧珠奶奶想起陶阿毛讲的话,把那张有了皱纹的嘴一撇,显出不屑一提的神情,说,"可多哩,她这种女人,啥坏事体做不出来!"

"简直太可怕了!"张学海暗暗对自己说。他自从认识汤阿英到现在,两个人没有吵过一次嘴,也没有啥事体争执不下,不是汤阿英让他,就是他听她的话。做日班,他们两个人一同到厂里去;她做夜班,也总是按时回来。他从没有发现她有可疑的地方。在厂里很少听到她的声音,就是回到家里来,也不大讲话,更少有人往来,她老是埋头在家里干活,从来不闲着,也很少出去白相。不但张学海称心,连巧珠奶奶也满意,没料到这样的人竟然会有那种事,听巧珠奶奶的口吻,还有些丑事他不知道呢,怪不得陶阿毛也说她哩。人对人不能过分相信了。他不断摇头:

"真没想到。"

"天下想不到的事可多着哩,学海,你这孩子,太老实了,看人都往好处想,从来不存小心眼。现在事体出了,可不能再老实了。你倒想想看,平时在厂里,她同啥人常来往?"

419

"秦妈妈,谭招弟,郭彩娣……"

她认识这些人,全是女的,不满意他的回答;

"这些人,我晓得,还有啥人?"

"余静,赵得宝,张小玲……"

"张小玲?"她听到这三个字立刻引起了注意,埋怨地说,"就是那个疯疯癫癫的丫头吗?我想,一定是她,把阿英带坏了。本来么,她在家里很安心,就是这个丫头来勾引,出去参加什么团日党日,男男女女混在一道,打打闹闹,吵吵嚷嚷,像啥样子!日子久了,阿英不变坏了,才有鬼哩!我就不赞成她出去开会,参加活动,我看过做厂的人千千万,哪个像阿英这样的?"

"现在做厂和从前不同,"他心里想陶阿毛说的大概不是谣言,连娘也知道了。他嘴上却说,"别的人也参加活动。"

她不大了解究竟该不该参加活动,反正汤阿英出了事,那么,汤阿英的一切举动都不对。她越说越认为自己有理,指责儿子道:

"别人参加活动,一定不像她。她坏到这步田地,你,你还给她说好话?"

他没有回答。她见儿子不吭气,大概儿子也知道阿英在外边做了丑事,可见自己的理由充足,越发相信陶阿毛对她说的话了,说:

"我看你啊,叫人把你卖了,你还以为人家带你出去白相哩!"她进一步说,"这样的女人,你今后别理她!"

"娘,阿英她……"

"你别给我啰里啰嗦,你好意思,我可没有脸见人。我们张家再穷,也要有个志气……"

"那是过去的事……"他一看到娘的两只眼睛凸凸的,好像要从眼眶里跳出来似的,就不敢往下说了。

"你哪能晓得她现在不?戴了绿帽子,还坐在鼓里哩!趁着新村里没人晓得这件事,让她回乡下去,省得吵翻了脸,大家没有光彩!"

他后悔不该把汤阿英诉苦的事告诉她,可是现在没有办法收回了。他生怕汤阿英回来,娘真的给她说,就不好办了。正在这紧要的关口,门外忽然传来一阵清脆的歌声:

> 我们新中国的儿童,
> 继承着我们的父兄,
> 不怕艰难,
> 不怕担子重,
> 为了新中国的建设而奋斗,
> 学习伟大的领袖毛泽东!

歌声越来越近,歌唱完了,余音袅袅。

接着巧珠一蹦一跳地走进了屋子,一头扑到奶奶的怀里,睁着两只圆圆的眼睛,报喜似的叫道:

"娘回来了!"

巧珠几乎成了习惯,每逢汤阿英做日班,她总是在外边跳绳白相,等娘回来。她跳一阵便向大路上望望,看娘回来没有。等娘的影子一出现,她就飞也似的跑上去,一把紧紧抱住娘。娘在厂里一天的疲劳,顿时都消逝了,沉醉在巧珠的笑声里。

巧珠奶奶刚才和儿子在屋里谈话,外边的天快黑尽了都没发觉,等到看见巧珠模模糊糊的面影,才知道天时不早,伸手扭开电灯,发觉巧珠身上湿淋淋的,对窗外一看:正浙浙沥沥地下雨。她准备给巧珠揩干,看见汤阿英从外边走了进来,怒从心起,指着巧珠的额角头数说道:

"到啥地方白相去哪?这么晚了,也不晓得回家!连鸟也晓得回巢。看你,整天在外边疯疯癫癫,这个家你还要不要啦?"

巧珠喜悦的心情有如盛开的花朵,忽然受到奶奶这一顿狂风暴雨般的训斥,花朵顿时萎谢了。她圆睁着眼睛,小小的心灵感到莫名其妙了。奶奶最宠爱她的,她要啥,奶奶就给啥,真个是百依百顺。奶奶从来没有骂过她,连大声对她讲话的辰光也很少,别人对巧珠恶言恶语,头一个出来给她撑腰的便是奶奶。奶奶今天突然变成另外一个人了。她盯着奶奶望望,还是那个奶奶,但阴沉着脸,像是有一肚子的气,随时要爆发出来。她幼小的心灵寻思不出其中的道理。她受了委屈,愣在那里,哇的一声,放声大哭了。

"看你身上湿成啥样子?死丫头!"奶奶嘴上虽然这么说,可是心里非常爱惜她。

汤阿英和巧珠一样,感到奶奶和往常不同,她也不知道其中原因。经奶奶一说,她才发现巧珠那件水红上衣落了雨,像是印了一条条花纹似的,拖在背后的两根小辫子也淋了雨,湿濡濡的。她拉过巧珠的手,说:

"来,我给你换一件……"

巧珠一边用手背拭去眼泪,一边朝娘这边走来,刚走了没两步,半路上给奶奶拉了回去:

"你忙去吧,孩子不用你管……"

汤阿英听了这话,有点蹊跷。她寻思是啥原因。奶奶脱下巧珠的上衣,用毛巾给她揩了身子,又揩了揩头发,从一口黄嫩嫩的樟木箱里拿了一件绿褂子,边给她穿,边说:

"你以后少到外边去,别跟那些坏人学。我们张家穷虽穷,可是有骨气,宁可饿肚子,也不做坏事体。晓得哦?"

奶奶这些话,巧珠一点也不懂。但她对奶奶的话就像是对老师的话一样尊敬。她接二连三地说:

"晓得了,晓得了。"

汤阿英望见张学海坐在窗口,面向窗外,仿佛不知道她回来似的。她和他结婚以后,每次回来,他都热呼呼地问长问短,从没有像今天这样冷冰冰的不理她。这个温暖的家庭,忽然变成冰窖,汤阿英站在冰窖里,浑身发冷。她不知道是不是这两天有什么事得罪了婆婆又对不起丈夫。她一回到家,就像是突然掉下迷离的深渊里。想起刚才奶奶说"坏事体",可能指的是她。她也曾料到自己诉苦,奶奶她们会看不起的,但没料到事情来得这么快又这么严重。真叫她丈八和尚摸不着头脑。她以为有啥过失,自己做错的应该由她承担,不应该让小孩子听那些不干不净的话。她实在忍耐不下去,便坐到桌子面前的板凳上,努力保持着平静,虚心地说:

"巧珠奶奶,我有啥不是,对我讲好了,何必骂孩子呢?"

"孩子是张家的,我是她亲奶奶,连讲两句,你也不答应吗?我看你,越来越放肆了。我不是那种懦弱的男人,可不吃你那一套!"

张学海后悔今天回来早了,更不该把阿英诉苦的事泄漏出去。现在汤阿英回来了,真叫他左右为难。他没有别的办法,只好望着窗外细雨,给对面人家的电灯一照,那雨像是在窗外挂了一副帘子。迷迷蒙蒙的天空忽然打了一个闪,随着轰轰的雷声从远方传来,雷声传到头顶上,仿佛房屋也给震动得摇摆起来了。他正苦于跳不出这个是非窝,听到奶奶那句"我不是那种懦弱的男人",他的脑海里打了一个响雷,身子也像房屋一样的震动得晃荡了。他的脸热辣辣的发烧,他的面孔更贴近窗口的玻璃,装出没有听见的神情。

"孩子是张家的,汤阿英不也是张家的吗?为啥突然把汤阿英和张家分开呢?"汤阿英问自己,想不出其中的道理。她说,"你对巧珠讲啥都可以,我怎么会干涉你呢?可是听你的口气,不像是讲她……"

"你说我讲谁,我就讲谁。人若不做亏心事,半夜敲门心不惊。"

"我有啥亏心事,"汤阿英硬朗地说,"你讲好了。"

"自己做的事,自己晓得,用不着别人讲。"

汤阿英感到今天和奶奶讲话十分吃力。不理她吧,她在指桑骂槐;要是问她呢,她的嘴却闭得很紧。汤阿英不能受这个委屈,她要把事体谈清爽:

"我没有啥亏心事。我做的事体对谁都可以讲。奶奶认为我有啥不对的地方,直说好了,错了我就承认,不是我的错,也好让奶奶晓得。"

汤阿英的话虽然说得委婉,态度却很强硬,毫不畏惧。奶奶以为抓住了汤阿英的把柄,没有想到汤阿英并不低头,这就出乎她的意料之外,也叫她气胀了肚皮。她大声"哼"了一下,用声音来增加她的威严,说:

"说得倒轻巧,错了就承认,这种事体,承认一下就完了吗?亏你说出口,我可听不入耳!"

"啥事体呀?"

"别装糊涂了,自己做的事体,难道忘了吗?你不说,还等别人替你说吗?"

"要我说啥呀?"

"你能当着厂里那些人说,就不能在家里说给你婆婆丈夫听吗?"奶奶考虑到不点破她,她是不会服帖的。她望着汤阿英,那锐利的眼光好像告诉汤阿英,啥事体也逃不过她的眼睛。她自以为道理很充足,气呼呼地说,"好呀,把婆婆当成外人,连丈夫也不放在心上,一到厂里,有说有笑,啥肮脏事体都可以当着厂里人讲。回到家里,就成了哑巴了,啥也不晓得了。古话说得好:若要人不知,除非己莫为。你以为婆婆丈夫还坐在鼓里吗?你的算盘打错啦。就是婆婆丈夫过去眼睛瞎了,现在也亮了,把你看透了。大家都说你是好人,整天在家里不声不响,啥人晓得你做坏事也是不声不响,厂里都传开了,还想瞒人吗?哼,别再做梦了!"

汤阿英不知道婆婆从啥地方知道的。诉苦的当天晚上,她在枕边低低告诉了张学海。当然,谈得很简单。要他暂时不要告诉奶奶。张学海没有反应,因为电灯熄了,也看不见他脸上有啥表情。没有多久,张学海便发出了鼾声。她曾经想找个机会,详详细细对他说一遍,一直忙着,没有空。她打算先和他谈好了,自己再和婆婆谈,这样可以免掉一些不必要的误会。谁知道还没有谈,误会就这么深呢?现在想补救,那裂痕可是越来越大了。她想不如一口气把过去所受的苦一塌刮子倒出来,表明自己的心迹,免得受婆婆的奚落。她拿定了主意,慢慢地诉说:

"我爹种朱暮堂的地,因为年成不好,欠了两石租子,朱老虎吃人不眨眼,利滚利,一倍一倍加上去,后来硬说我家欠了他一百一十多石租子,和他有理讲不清,硬要我爹归还。也不是石把租子,一百一十多石租子呀,我家从来也没见过这么多粮食啊,拿啥去还?不还租子,朱老虎逼着要人去抵债,爹娘没有办法,才把我抵押到朱家,我也是不愿去的呀……"

开头,巧珠奶奶还凝神听听,想从她嘴里听到一些新的东西,听到后来只是表明她到朱家去是朱老虎强迫的。巧珠奶奶听不下去了,不耐烦让她撇清,拦腰打断她的话:

"这些事体,我晓得了,别给我讲。再讲,也没有人听你的。自己做了坏事体,还想推在别人身上,哼……"

"不是这个意思……"

"不是这个意思,是啥意思?亏你说出口,我都给你害臊!"

巧珠见奶奶的声音越来越大,看样子非常生气;娘呢,急得满头满脸都是汗,好像肚里有好多话要说,可是又说不出来。她替娘着急,但看着奶奶绷着脸,便不敢吭声,躲在奶奶的怀里,却聚精会神地听她们一来一往地争吵。

汤阿英给巧珠奶奶这几句话羞辱得实在忍不下去了。要奶奶

爽爽快快地说吧,奶奶又闭口不谈。她摸不清奶奶究竟是啥意思。她要把问题谈清楚,不能够这样不明不白地过去。她说:

"有啥话说出来好了,不要这样含含糊糊地污辱人,想不到解放了,还要受欺负!我可不吃这一套!"

奶奶一听这话,无名火跳得三丈高,小小的汤阿英,在她手下长大的,现在公然对婆婆一句顶一句了,那还了得?不怕媳妇放刁,正投合奶奶的心意。她并不着急,悠然自得地冷笑了一声:

"好啊,小池塘养活不了大鱼。我早晓得你不想在张家待下去了。"

"你,你……"汤阿英紧紧皱着眉头,急切说不出话来。

奶奶拿她的话只当耳边风。她越是急,奶奶越笃定。她没有办法,想求救张学海:

"学海,学海……"

她连叫了两声。他仿佛没有听见,连头也不动一下,像是一座泥塑木雕的神像稳稳地坐在窗前。他的心情如同一堆乱麻,陷在难于解脱的苦恼中:陶阿毛对他说的那些话,加上巧珠奶奶的怀疑,他便以为汤阿英真的有啥不正当的行为了。但他看到汤阿英的处境,有点同情她,听到奶奶那一番话,也不能说没有道理。理不理阿英呢?他下不了决心,又没法反驳奶奶的意见。他恨不能从窗口跳出去,好像一离开屋子,便和这件不名誉的事脱离了干系。

漕阳新村一幢幢房子的电灯熄了,人声也听不见了,窗外的雨声显得大了起来。一阵阵迷迷蒙蒙的夜雾越聚越浓,混混沌沌,窗外事物看不清楚,连窗口的柳树和对面的房屋都消逝在夜雾中了。

汤阿英的求援没有得到反响。她不相信忠厚温柔的张学海一下子变得这样冷酷无情。她满怀希望叫道:

"学海,我有话对你说……"

他想回过头来,但一想起刚才巧珠奶奶的话,又稳稳地不动声色了。巧珠奶奶怕儿子动了心,见夜已深,说:

"明天还要上班哩,学海,上床去睡吧。"

奶奶的话解脱了他的苦恼,上床一睡,正好百事勿管。他站了起来,径自上床,脱了衣服,倒在枕头上便呼呼大睡了。奶奶满意听见儿子的鼾声。她也站了起来,搀着巧珠的手,说:

"走,跟奶奶睡觉去。"

巧珠走到娘面前,伸出小手,说:

"娘,你也睡吧……"

奶奶拉过她伸出去的那只小手,好像汤阿英是一个不祥之物,碰了就要玷污似的,气生生地说:

"别管她,人家的心早不在张家了……"

"你这是啥闲话?"

汤阿英跟上去质问。奶奶马上站住,回过头来白了她一眼,冷冷地说:

"哼,看你那样子,还想动手打婆婆吗?啥闲话,就是这个话。"

巧珠慢慢听懂了一些,她用恳求的眼光望着奶奶,小声小气地说:

"奶奶,你不要……"

她的话还没有说完,就给奶奶打断了:

"小孩子,少插嘴,快走!"

奶奶把巧珠一拉,笃笃地到隔壁房间睡觉去了,把汤阿英一个人留在房子里。她顿时感到十分孤单,丈夫睡了,奶奶睡了,巧珠睡了,小海也早躺在摇篮里睡了。谁也不理她了。她坐在窗口,把头伏在桌上,心头一酸,一股热泪夺眶而出,忍不住幽幽地哭泣了。

窗外秋雨淅淅沥沥,凄凄切切,如怨如诉,下个不停。屋子里越发显得孤寂和萧瑟。

## 四十二

夜已深了。

汤阿英伏在桌子上慢慢睡着了。她梦见娘站在一个高高的山上,脸上露出慈祥的笑容,好像要说什么,可又不做声。她连忙迎了上去,把诉苦后的遭遇详详细细地告诉了娘。娘知道了,心中愤愤不平,对女儿说道:

"巧珠奶奶哪能这样不讲理?别人受了地主的罪,吃了地主的亏,她一点不同情也就罢了,为啥不分是非,还要冤枉好人呢?我带你评评这个理去。"

娘真的带着阿英上巧珠奶奶这里来了。娘把事体的经过告诉巧珠奶奶。开头,巧珠奶奶也不耐烦听下去,娘一定要她听下去。最后,娘质问她:

"你说这桩事体啥人不对?是我的女儿,还是朱老虎?"

"朱老虎当然不对,可是你女儿也不能说是好人。这是丑事啊。"

"的确是丑事,可是,你晓得,这是朱老虎的罪恶啊!"

"朱老虎强迫她,她当时为啥不叫嚷呢?"

"你知道朱老虎住的是灰砖高墙大花园,在他家叫嚷派啥用场?外边的人永远也听不见。"

"那你们第二天为啥不到县里告状呢?"巧珠奶奶瞪了娘一眼。

"你说得倒轻巧。朱老虎和县老爷穿一条裤子。告状,不是送到虎口去吗?再说,县里衙门八字开,有理无钱莫进来。我们连吃饭也没有钱,全靠东拉西扯,哪里有钱去告状呢?你不晓得朱老虎的威风哩,在乡下,谁敢碰他一根毫毛!"

"不管怎么说,做出这种事的,总不能说是好人。"

"你不能眉毛胡髭一把抓,不分青红皂白。我倒要问问你,阿英这孩子到了张家,有啥不规矩的行为吗?"

"当然有。"

"你举出一件来!"

巧珠奶奶想了半天,举不出具体的例子来。娘抓紧机会,反问道:

"我晓得你举不出来,你为啥要冤枉好人呢?阿英自从到了张家,省吃俭用,埋头苦干,早出晚归,哪点亏待过张家?有些人来人往,也是厂里的党员团员,要末就是车间的姊妹。你为啥不想想呢?这样的好媳妇到啥地方去找?"

巧珠奶奶仔细一想:阿英到张家以后,确是如她娘所说的,既然举不出证据,也不好再怀疑了。她放下笑脸,缓和了紧张的空气,平静地说:

"把事体弄清爽了,我晓得是朱老虎的罪恶,不怪阿英了。我因为住在城里,不了解乡下的情形,说了一些冲撞的话,请你原谅。"

"这也没啥。不知不罪。好在我们是至亲,不是外人,今后有啥事体,大家包涵点。"

"是呀,"巧珠奶奶拍着阿英的肩胛说,"这回你受委屈了,怪我一时没想开,别记在心上。"

汤阿英一直站在旁边,听她们两人一来一往地辩论,见娘把事情说清楚,心里十分舒畅,高兴得跳了起来,大声说道:

"张家和汤家都是穷苦人,一根藤上的苦瓜。在旧社会里,我们两家不晓得受了多少罪,吃了多少苦,大家应该互相同情。我们都是一家人,说这些做啥,也怪我没有早把事情详细经过告诉奶奶……"

她的话没有说完,忽然一脚不小心,从一个高耸入云的悬崖上跌了下来,身子晃晃悠悠的,下面是黑洞洞的无底的深渊,不禁大声叫道:

"啊哟……"

她吓得浑身汗涔涔的,睁开眼睛一看:发现自己仍然坐在窗前的桌子旁边,巧珠奶奶从后面的屋子里发出均匀的鼾声。全家的人都睡得很舒适,只有她一个人还没有睡。刚才的梦境是那样的真切,问题解决得是那样的顺利,慈母和蔼的面容还依稀如在眼前,可是梦里的喜悦和欢快都消逝了。她虽没跌下黑洞洞的无底的深渊,但她又坐在冰窖似的卧室里。她多么想念娘啊。娘要是能活到现在,一定会像梦里那样帮她说话的啊。可是,娘啊,撒手离开了人间,永远也不回来了!她清清楚楚记得那天夜里的情景。

她守在娘的床头,两只大眼睛盯着娘。娘嘴巴一动一动的,像是有千言万语要对女儿诉说,可是动了很久,一句话也没有说出来。她一见这情形,忍不住落下泪来,低低地叫了一声:

"娘……"

"你爹在乡下不晓得怎么样,朱老虎一定不会放过他的……阿贵年纪又轻,不懂事,我们汤家就这样四分五裂哪……"

她怕娘越说越伤心,有意打断她的话头,说:

"娘,你喝点水吧!"

"不,啥也不要了,我的路走到头了。你长大成人,找个事做,好好养活家里,我就放心了。"

"你放心好了,我一定听娘的话。"

"听娘的话,好好照顾阿贵,这孩子,不懂事……全家就靠你了……"

娘的话没讲完,呼吸忽然短促无力,眼皮慢慢搭拉下来,最后停止了呼吸。娘那一只抓住她的手已经松开了,但还压在她的手上,好像不甘心遽然离开人间。

她伏在娘身上,放声嚎啕大哭。……

娘要是能活过来,那该多好啊!巧珠奶奶不理她,丈夫冷淡她,巧珠听奶奶的话也不敢亲近她,小海年纪太小,不懂人事,更不知道她受了多大的委屈。她变成孤单单的一个人了。她现在多么希望有个娘啊。没有娘,她有千言万语对谁倾吐呢?没有娘,她受了冤枉,谁给她洗刷呢?没有娘,她跳下黄河也洗不清啊。只有娘最知道她,也只有娘,最了解这件事。可是,娘呢?娘呢?她真想大声呼唤,也想回到刚才的梦境。她情愿留在甜蜜的梦境,永远也不要醒来。可是谁有办法让她再回到梦里去呢?

人死了不能复活。没有娘了,她想起了爹。爹知道她,也了解这件事。她不能忍受这样的委屈。她要回到无锡乡下告诉爹去。夜深了,不知道有没有火车去无锡。她准备等到天亮,赶到北火车站,买张车票去无锡。但一想到爹的脾气,她犹豫了。爹一定会怪她:事体已经过去很久了,为啥要诉苦呢?不是自找麻烦,自寻苦恼,这能怨谁呢?有些话不便给爹讲,爹也不一定听,一句话不对头,他就会跳得三丈高。阿贵呢?他倒是可以帮助姐姐的,可是那辰光他还小,对这些事不大清楚。爹也不把他放在眼里。弟弟有力无处使,帮不上忙啊。爹就是肯听她说完了,肯不肯到上海来呢?到上海能起啥作用呢?他和巧珠奶奶见到,两个牛脾气碰在一块,说不定吵得更凶。何况爹不一定肯来呢?到无锡去,不是白跑一趟吗?

她向四面一望,雪白的墙壁冷冰冰的对着她。电灯的灯光很暗淡,萧瑟的秋风从窗户缝里透进来,在屋子里到处乱窜,身上感到冷浸浸的。屋子显得阴森可怕,仿佛不祥的事要发生似的。这

431

辰光,巧珠奶奶的锋利的话又在她耳边回旋:"小池塘养活不了大鱼,我早晓得你不想在张家待下去了。"这些话多么刻毒啊!她做了啥坏事,犯了啥国法,要她走?巧珠奶奶对过去的情谊一点也不讲了,说出这样无情无义的话!张学海也不吭声,谁知道他肚里想的啥?张学海是个老好人,难道也和巧珠奶奶一样吗?可是他的态度比冰还冷,他的嘴比密封的铁桶还紧。他大概下了决心,冷眼旁观,永远不和她要好了。过去夫妻的恩情都完了吗?这个家不是她的家了。在这个家里,她待不下去了。看上去,事体永远弄不清楚了。这样的事一传出去,任何人也没法把它追回来,谁听到都要加上点酱油呀醋的。别说是她只有一张嘴,就是有一百张嘴,也永远说不清啊!"好事不出门,坏事传千里"!她现在不但感到这个家冰冷,而且觉得可怕极了,好像明天一早,整个漕阳新村的居民们,都指着她的脊背议短论长!

她不能在这样的家里待下,也不能在漕阳新村待下。她越想越觉得可怕,霍地站了起来,毫不留恋地走出去了。

门外,家家户户的灯全熄了,只有她家的电灯还孤孤单单的亮着。墨黑的夜,伸手不见五指。啥物事也看不见,只是黑乌乌的一片。她熟悉地走上煤渣路,发出细碎的沙沙的音响。这是在深夜里唯一可以听到的声音,显得特别清晰,特别刺耳,也特别凄凉。她在黑暗中走了一段,慢慢辨认出道路和房屋的柔和的轮廓来了。顺着煤渣路信步走去,不知不觉到了新村的大门那里,看到拱形门的轮廓,她惊异了。到厂里去吗?人家问到她,怎么回答呢?人家笑话她,怎么办呢?她没有脸见人。不上厂里去,到啥地方去?偌大的上海,她一时竟想不出一个可以去的地方。

她颓唐地往回走,一步,一步,腿迈得十分吃力,还是勉勉强强走去。她慢慢走到桥边。

在桥上,她扶着木栏杆,低着头,望着桥下的河水汩汩地流着,在夜色中发出一片微弱的闪光。就是在这座桥上,她考虑过要不要诉苦的事。仿佛是昨天的事,只隔了短暂的时间,世界都变了样。现在没有人了解她,没有人同情她。这确是一件不名誉的事体啊,可是哪能怪她呢?娘知道,这不是她的罪过啊。她身上留下了耻辱的烙印,怎么也洗刷不掉了。厂里不能去了,家里住不下,乡下也没法蹲,她仰起头来,瞅着茫茫的夜雾,在夜雾里隐隐约约看到宽阔的煤渣路,她该走哪条路呢?她低下头来,看见桥下那条河,在黑暗中隐隐发出微光,又发出汩汩的音响,好像是对她低低私语。

她移动脚步,迟缓地在河边漫无目的地走着,顺着水流的方向望去:村里悄无人声,一片茫茫夜雾覆盖在河上,使她看不到尽头。她的眼光慢慢可以望到河那边一座建筑物,它的轮廓在茫茫的夜色中,模模糊糊地看到操场上的滑梯和跳板,一阵熟悉而又亲切的歌声在她耳边萦绕:

不怕艰难,

不怕担子重,

为了新中国的建设而奋斗,

学习伟大的领袖毛泽东!

接着她好像看到一个天真活泼的女孩子站在她的面前,胸前飘着鲜艳的红领巾,高高举起右手,亲热地叫了一声"娘!"。汤阿英回过头去,看到她住的方向,想起熟睡在床上的小海,想起小海圆圆的红润的脸蛋。她们明天一起床,一定要找娘。她们太小,需要母亲的温暖和抚养。她要回去看看她们,是不是睡得很香,小手是不是放在被子外边,小腿是不是把被子踢开……

她想马上回去,但自己的事体哪能办法呢?她不能吞下这个天大的冤枉,她要把事体真相说清楚啊。连巧珠这样小的少先队员都知道不怕艰难,不怕担子重,她是个挡车工,又是青年团员,怕啥艰难呢？多重的担子她也要挑起来！

她顺着河边的小路一步一步走去，转到煤渣路上，坚强的脚步踏出沙沙的音响。

夜雾，夹着牛毛似的小雨，悄悄地落在她的身上。习习的秋风吹拂着树梢枝头，发出窸窸窣窣的声音，增加她心头的苍凉的感觉。她匆匆走回去，一跨进家里的大门，她便愣住了，想起巧珠奶奶无情的言语，她的心冷了半截。早上巧珠奶奶起来，再谈起这桩事体，她怎么有脸见巧珠奶奶呢？

她走出大门，漫无目的地走去，没有几步，蓦地听到孩子哇哇的哭声，一声高似一声，好像十分悲伤。这哭声在寂静的夜空中显得格外清晰，一声声仿佛在叫唤她。她想起了小海，可能要撒尿了，该回去看看他啊。她又向家里走去了。

进了大门，她走上楼梯，孩子哇哇的哭声听不见了。她眼前忽然出现一副冰冷的面孔，这个人坐在窗前，不望她一眼，紧闭着嘴。她的腿忽然变得一点劲也没有了，两条腿好像不是她的，跨不上楼梯了。她靠着墙勉强待了一会，懊丧地下了楼，一步一步迈出去，有气无力地在夜雾中走去。

茫茫的夜雾越来越浓，霏霏的小雨越来越密。雨雾中的新村，迷迷蒙蒙，只是一片看不透摸不着的灰白色的混沌。新村的建筑物，似有若无，笼罩在飘动着的轻纱一般的夜雾里。在雨雾稀薄的地方，有时露出墨色建筑群的模模糊糊的轮廓，隐隐约约的变幻多姿。

在煤渣路上，汤阿英迈着犹豫的脚步。"就是这样不明不白的离开吗？"她对自己喃喃地说，"不，不能够！"巧珠熟悉而又亲切的歌声又在她的耳边萦绕："学习伟大的领袖毛泽东！"她想起余静给她谈过漫长的中国革命斗争的历史，经过无数的艰难困苦，越过荒凉的雪山草地，在强大的敌人面前，许许多多的同志牺牲了，倒下去了,但是更多的同志从地上爬起来,揩干净身上的血迹,掩埋好同志们的尸首,又继续战斗了。同志们走了二十二年曲折坎坷的斗争道路,五星红旗终于在天安门前飘扬了!比起伟大的革命斗争来,她个人这点事体又算得啥艰难?她想起了余静,她想起了党,她浑身充满了力量和勇气!她振作起精神,在茫茫的雨雾里,迈着坚强的步伐,一步比一步快了。

## 四十三

　　早晨的阳光射到玻璃窗上,把屋子照得亮堂堂的。昨天一夜绵绵的秋雨仿佛给大地洗了一个澡,窗外的柳树在阳光中绿油油的发亮,柳条儿在晨风中得意地飘飘荡荡。

　　巧珠躺在床上,一睁开眼就想起昨天晚间的事体。她跟奶奶上床睡觉,打算等奶奶睡了,她自己下床去问问娘,为啥奶奶忽然对她不好了。她还没有想好该怎么和娘谈,自己便沉沉入睡了。巧珠现在有点后悔,对娘不住,让娘一个人留在屋子里,没一个人理她。巧珠在床上轻轻叫了两声"娘!娘!"没有应声。她不敢放大嗓子叫,怕惊醒了奶奶。她悄悄跳下床,披着衣服,来到了隔壁房间,一进门便大声叫道:

　　"娘!娘!"

　　奇怪,娘不答应她。难道娘生气了吗?她昨天夜里确实想起来看娘的呀,只怪自己睡着了。她迅速走到床前,用着恳求原谅的语调说:

　　"娘,娘,我来了。"

　　还是没人应。娘不理巧珠了吗?昨天巧珠不是不想理娘,是奶奶把巧珠硬拉走的啊!娘当面看见的呀!她拉开蚊帐,兀自吃了一惊:娘不见了,只是爸爸一个人在那儿熟睡。她上去推爸爸的胳膊,惊慌地高声喊叫:

　　"爸爸,爸爸,娘不见了!"

　　张学海从梦中惊醒,霍地坐了起来,揉了揉惺忪的睡眼,迷迷糊糊地问：

"啥事体呀？这么大惊小怪的！"

巧珠指着床外边空的地方，急着说：

"你看，你看！娘不见了！"

他惊愕地跳下床来，眼睛向屋子里一扫：不见汤阿英的影子，这才意识到问题的严重，不禁失口叫道：

"阿英，阿英！"

没有人答应。他拉着巧珠的手，想带她去找阿英，匆匆走去，到门口那里，猛可地给一只皮肤发皱和点点黑斑的手拦住了：

"到啥地方去？"

巧珠奶奶挡住去路，两只眼睛威严地盯着儿子。张学海心头一愣，慌忙退后一步，说：

"阿英不见了。"

"不见了？"巧珠奶奶也有点吃惊。

奶奶径自走到屋子里，用眼睛巡视了一下陈设，床上的被单没少，衣箱没动，桌子上的东西不缺，知道汤阿英是空着手走的。她一屁股坐在靠窗口的板凳上，气呼呼地说：

"这样的女人，你还留恋吗？"

"娘，"他看了娘一眼，看她的脸绷得紧紧的，便慢慢说下去，"找阿英要紧，别出事体。"

巧珠奶奶一听这话，像是饮了一副清凉剂，头脑顿时清醒，说，"你说的倒也是的。谁晓得她到啥地方去呢？"

"我去找她回来……"

"我也去，"巧珠一直惦记着娘，看奶奶那一副可怕的神情，她站在爸爸身边，没有敢吭声。听说要去找娘，她心里可高兴了，早就该去找了。她暗暗碰一碰爸爸的手，小声地说，"快走吧！"

"好，"他还站在那里不动，两只眼睛望着巧珠奶奶，听她的意见。

"上海这么大,到啥地方去找呀?"

奶奶一松口,他马上接着说:

"会不会到谭招弟那里去? 也许到张小玲的家里? 我们从前住在草棚棚有不少熟人……"

"要找,你就去吧。"巧珠奶奶点点头。

"我也去。"

"你?"奶奶瞪了巧珠一眼,说,"你不上学了吗? 野丫头。"

"我,我……"巧珠嘟着小嘴,哀求道,"我去……去……"

"不准去!"奶奶严厉地说,"快洗脸打辫子,吃了饭,去上学!"

巧珠侧过脸去,从爸爸的胳肢窝的空隙看到空荡荡的床,抱住爸爸的腰,忍不住哇的一声哭了。巧珠奶奶走上去把巧珠拉过来,向儿子噘了噘嘴,他会意迅速地走了出去。

张学海跑到谭招弟家,她上班去了。她家的人说:汤阿英没有去过。张学海赶到张小玲家,张小玲昨天住在厂里,没有回来。汤阿英也没有上她家去。张学海料想一定是到他们原先住的草棚棚那里去了。他到了几家老街坊,都说没有见到汤阿英,大家正惦记她哩,问长问短。他不便多说,支支吾吾地搭讪了几句,算是马虎过去,生怕她们再往下追问,慌忙告辞了。

他望着原先住的草棚,冷静地想起昨天晚上的情景。奶奶那个脾气,使她无路可走,他自己也不该对她那样冷淡。人心是肉长的。他要是汤阿英,这个气也受不了啊。可是,也不能怪他哇。他们相识以来,他没有错待过她,也没有对她说过一句不好听的话。巧珠奶奶说的那些事体,他也闹不清是真是假。阿英自己诉的苦总不能说是假的,他没有办法替阿英辩护。巧珠奶奶叫他不要理她,他有说不出的苦衷,也是没有办法才冷淡她啊! 阿英啊,这一点都不能原谅吗? 想到这里,他自己好像也受了委屈似的。他不是这样狠心的人,越想越觉得对不住汤阿英,不禁流泪了。

天色不早,太阳当头照,草棚棚里升起了做午饭的炊烟了。一阵阵乳白色的炊烟,在黄黑黄黑的草棚棚上面袅袅飘浮。他想巧珠奶奶在家里一定等得心焦了,得早点赶回去。

回到家里,张学海还没谈完在草棚棚寻找的经过,奶奶便不耐烦听下去了,打断他的话,说:

"你别痴心去找了。她做了丑事,哪能有脸见人?她一定不回来了。你瞧,阿英这丫头多厉害,她到张家来,我们没有亏待她,好吃的尽她吃,好穿的尽她穿,家务事没让她操过一天心,不管是大人小孩的活,都是我一个人在家做。平时,我这个婆婆也没有冲撞她一句。我们有哪点对她不住?她自己做了丑事也就罢了,一撒手就走了,不晓得她底细的人,还以为我这个婆婆逼她走哩。"

"你别急,也许——"

"学海,她一定不回来了。要不,一夜到啥地方去了?今天上午又到啥地方去了?"

"我再去找找看……"

"别再白跑了。现在还是想想我们自己的事体要紧。这事传到乡下去,汤富海一定会到上海来,向我们要人。不出事是亲家,出了事就变成冤家了。汤富海那老头子可不是好惹的!"

"是呀!"张学海没有想到这一层,给巧珠奶奶一提,好像汤富海就要到来,声音有些颤抖,焦急地说,"这可怎么好?"

"你到派出所报告去,就说她逃走了。"

"逃走?"张学海怀念地说,"她也许回来哩!"

"她早把这个家忘哪,还会回来?人家把你的好心当做驴肝肺,叫你丢尽了脸,你还惦记她,帮助她?你这个阿木林,还不快点给我到派出所去!"

他站在那里没动,觉得这样对不住汤阿英。巧珠奶奶见他纹

风不动,火了:

"你去不去?"

"我先到厂里打听打听,说不定她在厂里哩。"

"厂里? 今天轮到她上夜班,那么早到厂里去洗煤吗?"

"到厂里打听一下也不要紧。"

"你要去,我也不拦你。厂里人问到你,我这个婆婆可没亏待她,是她没脸见人,自己逃走的,怨不了谁。这些话记住了吗?"

他不置可否地"唔"了一声。

"你快去快回,找不到她,你不敢报告派出所,我自己去!"

## 四十四

夜雾慢慢淡了,颜色变白,像是流动着的透明体,东方发白了。浮动着的轻纱一般的迷雾笼罩着漕阳新村,新村的建筑和树木若有若无。说它有吧,看不到那些建筑和树木的整体;说它没有吧,迷雾开豁的地方,又隐隐露出建筑和树木部分的轮廓,随着迷雾的浓淡,变幻多姿,仿佛是海市蜃楼。

一眨眼的工夫,红彤彤的朝暾从东方地平线升上来了,雾逐渐稀薄,像是透明的轻纱,远方的事物看得稍为清晰一点了。一辆红色的公共汽车远远驶来,车上的黄灯还亮着。它一进入漕阳新村就降低了速度,在拱形大门旁边停了下来。秦妈妈从车上跳了下来。

秦妈妈做完夜班,身体有些疲倦,浑身发困,眼皮也有点发涩,匆匆向家里走去。她走了一段路,忽然看见一个熟悉的背影。她站了下来,叫了一声:

"阿英!"

汤阿英抬起头来,眼光在四处寻找是谁叫她。秦妈妈走过来,一把抓住她的左手,看她神色异常,吃了一惊,急切问道:

"你怎么啦?"

她紧紧闭着嘴,看见公共汽车上下来许多人,陆陆续续正面走来,便指着右边通向河边的小路,和秦妈妈一同走过去。她们走到小路上,来往的人少了,烦杂的人声低了。秦妈妈感到有些奇怪,阿英这么早出来做啥?关切地小声问她:

"有啥心思？"

汤阿英在夜雾中走着，不知不觉天已经亮了。她受了一肚子的冤枉，烦闷得很，像是密封在铁桶里，透不出一口气。她咬紧牙关，承受巧珠奶奶对她的污蔑，郁结在心头的烦恼和忧愁无从排解。她见了秦妈妈，好像见了家里的亲人。秦妈妈又再三关怀，她眼圈一红，再也憋不住了，嘤嘤地哭泣了。

她站了下来。秦妈妈也站了下来，紧紧握着她的手，同情地问她：

"有啥话给我说，不要哭。"

她哭得更厉害，可是压低了声音，一抽一抽地哭泣。秦妈妈掏出雪白的手绢，扶起她的头，拭去她的眼泪，慈祥地对她说：

"对我有啥话不好说呢？讲吧。"

她哭了一阵，好像在密封的铁桶里透了一口气，心里稍为舒畅了一点。秦妈妈温暖的手使她感到有了依靠。她毫不犹豫地向秦妈妈提出：

"你给我到别的厂做生活去！"

"你想离开沪江吗？"秦妈妈感到惊愕。

"我在沪江厂待不下去了！"

"酸辣汤要辞退你吗？"

"不是的。"

"那为啥想离开呢？"

"我没法在沪江做生活。"

"啥人不让你在沪江做生活？"

"是我自己在沪江蹲不下去了。"汤阿英想起诉苦前的那些顾虑，现在都变成现实了，她回不了家、在沪江也没法做下去了。怎么好和张学海在一个厂里做生活呢？见了面不说话不好，说话也不好，又有什么话好说呢？她决心"跳槽"——托秦妈妈另外给她找一个厂,就住在厂里,什么熟人也见不到,永远也不回家去,一个人在这个厂里孤独地过一辈子算了。

"为什么在厂里蹲不下去了?"

"我诉了苦,怎么有脸在厂里蹲下去?我在家里也蹲不下去了。"

秦妈妈感到问题越来越严重,问她发生了什么事。

她低低诉说昨天晚上发生的事体。秦妈妈最初觉得奇怪,接着又感到困惑,心中愤怒,最后流露出同情,说:

"苦孩子,你受委屈了。"

"我不能吞下这个冤枉啊!"

"夜里为啥不找我?"

"你上夜班,不在家。"

"为啥不找余静同志呢?"

"是的,我要找余静同志。"汤阿英含着泪水的眼睛闪着希望的光芒。

"你有天大的冤枉,她可以给你洗刷。不用到别的厂去做生活,党有办法帮你说清楚。你别急!"

"党!"一个充满了无穷力量的高贵的字眼在汤阿英的脑海里发出春雷般的巨响!她身上生长出充沛的力量,浑身疲乏也一扫而光,精神抖擞地望着秦妈妈说,"党有办法,对!"

"你没有错,这是地主的罪恶,不应该怪你。"秦妈妈肯定地说。

"是啊。"汤阿英说,"我现在就找余静同志去。"

"要不要我陪你到厂里去?"

"你刚下夜班,早点回去休息吧,我自己去好了。"

"不,我陪你去。"

秦妈妈和她一同又跳上公共汽车。秦妈妈把她送进厂里,才回去休息。

汤阿英走进党支部办公室,余静不在。她焦急地走了出来皱着两个眉头,不知道该到啥地方去。她刚走到门口,郭彩娣和管秀芬迎面走来了。郭彩娣看见汤阿英一脸忧愁,直率地问道:

"啥事体不高兴?阿英!"

汤阿英四顾无人,深深叹了一口气,不知道从啥地方谈起,便没有开腔。

"拿我彩娣当外人吗?我们姊妹有啥不好讲的?"

"不是拿你当外人……"

"那么,是拿我当外人了,"管秀芬多心地说,"那好,我走开,让你们自家人谈谈。"

"小管,"汤阿英讲到这里,几乎要哭出来,说不下去,紧紧咬着下嘴唇。

"小管,谈正经的,别和阿英开玩笑。你这张嘴总不饶人!这样好说话,来世叫你变个哑巴。"

"好,好好,我现在就变,"管秀芬紧紧闭着嘴,等了一会,又忍不住,说,"阿英,有啥闲话,讲吧。"

"哑巴哪能说话了?"

管秀芬给郭彩娣一问,真的紧紧闭着嘴了。

"到里面去坐坐,"汤阿英指着党支部办公室说。她们都进去坐下。她看到管秀芬那两片薄薄的嘴唇,它能够把黑的说成白的,它会叫胆小的人勇敢,也能让英雄怯懦,它甚至可以把死人说活。啥事体到了她嘴里,加油添醋,会说得活灵活现。她不能在她们面前提起家里的事体,又怕郭彩娣再问,机灵地把话题岔开,"你们这么早到厂里来,做啥呀?"

郭彩娣粗心大意,没有注意汤阿英的表情,听她一问,就不假思索地说:

"做啥?你还不晓得吗?搞运动呀!你诉苦诉得很好,不只是感动了细纱间和筒摇间的姊妹们,连别的车间同志听了也掉了眼泪……"

汤阿英心里想:这事越传越开,不好收场,让巧珠奶奶知道,更不好办了。

"阿英,我同你认识了这么久,"郭彩娣只顾说她的,"我还不晓得你肚里有这么多的苦水呢?你真沉得住气,憋在肚里这么久,可不容易!要是我,早把肚皮胀破了。看你平时不大说话,有不少人不了解你,啥人晓得你有这么大的心思啊。"

管秀芬心里好笑郭彩娣,只从小处着眼,没有看到诉苦的影响。她插上去说:

"阿英姐诉苦推动了民改,不只诉了她个人的苦,也诉了我们大家的苦。老实讲,我的心肠比别人硬,从来不掉眼泪,那天,我也忍不住掉了泪,差点耽误了记录……"

"是呀,我看了你那天记录,有些地方记得不全!"

忽然门外有人应话。管秀芬没有说下去。

钟佩文兴冲冲地走进来,他以为管秀芬在向杨部长和余静同志汇报,进来一看,没有他们两个,更加活泼了,得意地摇着头说:

"不过,你记得可真是好,除了个别地方,几乎一字不漏,整理出来,就是一篇出色的报告文学!"

"我可没有那个福气当作家,不懂得之乎也者!"

管秀芬虽然暗暗拒绝了他的恭维,他却并不在乎,用着充满了欣赏的调子说:

"不要客气,你很有才能,将来是我们工人阶级当中优秀的作家。你的字也很秀丽。我绝不跟你开玩笑,汤阿英诉苦的记录,的确记得再好也没有了,只要稍为润饰一下,便是一篇出色的报告文学。"

钟佩文把他能够想到的赞美的词句尽可能用上,态度非常恳挚,语调十分有力,一句句讲出来,就像是朗诵一篇散文。管秀芬听得浑身起鸡皮疙瘩,听也不是,走也不好,她的脸红一阵白一阵,很不好受。郭彩娣听他说话那么文绉绉的,虽说有的地方她并不完全懂,可是觉得蛮有意思,赞扬道:

"你倒是一位作家,出口成章!"

"我么,算不了啥,"他一心一意想念着管秀芬,他并不知道她们在谈什么,抓到这个稀有的机会,紧紧不放。听到郭彩娣那句话,他更加眉飞色舞,又把话转到管秀芬身上:

"小管也是出口成章。你这篇记录,如果你同意,我帮你修改修改,可以投给《劳动报》去!"

"不敢当,别让我出丑。登报是你们作家的事体,我们记录工不想那一套!"管秀芬怕他不知趣地纠缠下去,马上把话题转到汤阿英身上,说,"这次阿英姐的诉苦,起了很大作用,我们阶级觉悟提高了,认识也提高了。从前,我没想到旧社会有这样黑暗的事体。"

"可多着哩!过去受的苦,一件件想起来,有的是,不过没人像阿英这样敢说。"郭彩娣接上去对管秀芬说,"你到别的车间去听听,他们讲还有比阿英苦的哩。"

"啊?"管秀芬吃了一惊:竟然还有更苦的事!她对着汤阿英说,"从来没听你说过,这次怎么肯说的呢?我倒要向你学习学习!"

"这没啥好学习的。"汤阿英谦虚地说,"开头,我也不好意思讲,后来想到大家都不说,运动怎么开展呀!我是青年团员,党的号召,应该响应啊!杨部长和余静同志要我们诉旧社会的苦,放下包袱,是件好事体。秦妈妈又再三劝我,我就决心把肚里的苦水吐出来了。"

"真了不起,你做了我们运动的带头人!"郭彩娣用羡慕的眼光望着她。

"汤阿英成了我们厂里著名人物啦,"管秀芬说,"黑板报上都登了你的名字啦。阿英,大家都要向你学习哩。"

"哦,"汤阿英听到这消息十分新鲜,她匆匆赶到党支部办公室,没有留心外边的黑板报,也没有心思去看黑板报。她想不到诉了一次苦,引起厂里这么重视。郭彩娣过去很少给她谈这些,管秀芬对她的态度也和以往不同。她感到周围的人对她比过去亲近了,郁结在心头的乌云慢慢散开,心里也开朗一些了。但一想到巧珠奶奶,她又冷了半截,散开的乌云逐渐聚拢了。她忧虑地说,"我有啥好学习的?"

"这是党支部的号召!我们应该向你这样先进的人物学习!"刚才管秀芬接二连三给钟佩文的钉子碰,他郁郁不乐地坐在一旁。他虽然不满意她,可也不想离开她,就是碰钉子吧,只要是她的,他也是心甘情愿的。她对他越是保持距离,他更觉得她高不可攀,孤傲可爱。

"我算啥先进人物?不过是把肚里的苦水吐出来罢了。"

"难道不让我们响应党支部的号召吗?"管秀芬笑着说,"敢把苦水吐出来,就了不起!"

汤阿英没想到自己诉了苦,受到同志们这样的热爱和敬仰。她坐在党支部办公室里,感到一股热力在浑身流转。她盼望余静马上来,有许许多多的话要向她说哩。她谦虚地说:

"这也没啥。"

"为啥这样谦虚?"

杨健和余静在饭堂里吃过早饭,一同走了进来。他听到管秀芬和汤阿英的话,一进门便插上来问。汤阿英一见了杨健,立刻站了起来。杨健过去握了她的手,说:

"你在细纱间诉的苦很好,教育了大家,推动了运动。现在各个车间都在诉苦,许多有问题的人敢于放下包袱了,有的人反动党团登记的辰光没有交代,这次也准备交代了。"

余静知道杨健指的是韩云程。她补充说:

"有的人在会上放下包袱,有的人个别交代,都很好。"

"这样一来,我们厂里的民改运动顺利开展,可以缩短时间,进行普遍交代了,为了把运动展开,搞得深一点透一点,最近准备开一个大会……"说到这里,杨健停了下来,注视着汤阿英,从她身上他想到谭招弟,这两个典型培养得比较成熟。他准备要她们两个人在大会上再诉一次苦,进一步动员大家,一定会有更多的人报名诉苦,可以造成运动的声势,形成高潮。但不知道汤阿英的意见怎么样。他和汤阿英商量道,"阿英,刚才我和余静同志还谈到你,你来了,正好。……"

"谈到我?"汤阿英奇怪杨健和余静怎么已经知道她的事哩。

"唔,谈到你。最近厂里准备召开大会,想请你在大会上再诉一次苦……"

"再诉一次苦?"汤阿英吃了一惊,不禁脱口说出。在小组上诉苦已经给她带来了复杂的家庭纠纷,还没有解脱,哪能再诉苦?她摇摇头,说,"我不诉了。"

郭彩娣和管秀芬感到诧异。钟佩文莫名其妙。余静发现其中有问题,但不知道是怎么一回事。杨健没有吭声。他注意到汤阿英眉头隐隐皱起,一定有心思,诉苦可能给她带来了麻烦。是不是车间的姊妹有人看她不起,郭彩娣和管秀芬和她谈得很好,细纱间也没有反映呀。他试探地摸她的思想情况:

"在大会上诉苦,和在小组上一样,只是再诉一遍,不要准备的。"

"这个,我晓得。我不诉了。"

"有困难吗?"杨健耐心地问。

"说出来,杨部长好帮你忙。"郭彩娣见汤阿英不吱声,便催促她。

汤阿英还是不做声。她的眼睛向大家望望。杨健懂得她眼光的意思,说:

"没关系,都是自家人,有啥事体,你说好了。"

汤阿英迟迟疑疑的,见了杨健和余静感到有了依靠,又不愿当着管秀芬她们的面把家里的事说出来,怕成了她们的话柄。郭彩娣看她嘴嗫嚅的想说又不说,有意给她点破:

"杨部长,刚才我看阿英满面忧愁,肚里一定有心思,问她,又不肯说,真把人急死了。天大的事,阿英,有杨部长给你撑腰,你怕啥呀?"

"我个人么,没有这么大的本事。"杨健微笑地说,"不过党有这个力量。天塌下来,党可以把它顶住;地裂开了,党可以把它补起。党就是领导斗争的。阿英,你有心思,说出来,没有解决不了的。"

"不是这个意思。"汤阿英急得有点口吃,讲话结里结巴。杨部长是她最尊敬的首长,五反运动的领导,没有一个工人不服帖的。她没有理由闪开不谈,等了半晌,便把昨天回家的情形原原本本地向杨健和余静说了,最后道,"我回不了家了。"

"为啥?"郭彩娣劈口问道。

"人家笑话。"汤阿英低着头,羞愧地说。

"笑话谁?"钟佩文不解地问。

"当然是笑话我呀。"汤阿英对杨健说。

"不,"杨健肯定地说,"该笑话的不是汤阿英,而是巧珠奶奶和张学海。严格讲起来,也不能完全笑话巧珠奶奶,她究竟是上了年纪的人,一直蹲在家里,两耳不闻窗外事,她当然会用老眼光看新问题。这方面,我也有责任,你诉了苦,没有考虑到你家里的环境,如果早派人给巧珠奶奶和张学海谈谈,也许不至于有这场风波。

不过,坏事走向反面,也可以变成好事。余静同志,看来,工人家属的工作,我们要抓一抓。"

"是呀,尽忙运动了,不说别人家,就讲阿英吧,我和巧珠奶奶可熟悉啦,从前他们住在草棚棚里,还可以经常碰头。自从她们搬到漕阳新村,我就去过一趟,最近没有去。我了解工人家属的情况,这方面工作没做好,是我的责任,不能怪你。"

"我也有责任,如果事先抓一下,或许会好些。"

"你们别老是自我批评了,"这是郭彩娣焦急的声音,"快给阿英想办法吧。"

"你说得对,"杨健想了想,说,"这桩事体,看起来,张学海是受巧珠奶奶的影响,首先要和他谈通,然后再一起同巧珠奶奶谈就容易了。"

"争取张学海,孤立巧珠奶奶,然后形成家庭统一战线,最后取得胜利!"

钟佩文暗暗欣赏自己这个分析。他说完了以后,觑了管秀芬一眼。她却一点表情也没有,使他怀疑她是不是完全听见了。杨健完全听见了,他对钟佩文说:

"你的统一战线政策可用到家啦!"

杨健把钟佩文说得心痒痒的。连杨健都称赞他,管秀芬会不引起注意吗?她还是没表情。钟佩文安慰自己:她一定很高兴,只是不便流露出来,怕人家知道。钟佩文谦虚地说:

"我还差得远哩,要向杨部长学习。……"

"杨部长,张学海是死心眼,"汤阿英插上去说,"他倒是个好人,就是有时听信别人的话,死心塌地信到底,要把他说服过来,可不容易哩。"

"这样的人也有他的好处。阿英,把他思想打通了,也是死心塌地信到底,比那些拿不定主意的人好办得多。有种人表面答应得好好的,转过脸去就变卦,说话不算话,反而难办。"

钟佩文一见杨健住口,立刻跟上来说:

"我们厂里就有这样的人,犯了错误,深刻检讨,坚决不改。杨部长说得对,对一切事物要看两面,这就是马列主义……"

杨健没有理睬钟佩文,转过来,对余静说:

"看样子,要先找张学海谈谈,干脆把阿英诉苦的全部内容都告诉他,免得别人传来传去,加酱油加醋,走了样子。给他谈通了,找巧珠奶奶就好谈了。"

"这事要我自己去,"余静站了起来,走到门口,回过头来,对汤阿英说,"你先在厂里休息休息,暂时别回去,等我的消息。"

## 四十五

深蓝色的天空上,繁星闪闪。徐公馆那条幽静的马路上,越发显得幽静,附近花园洋房的灯光像星光一样闪闪。朱筱堂躺在弹簧单人床上,翻来覆去睡不着。他到了上海,姑母待他不错,守仁经常带他出去白相,姑母又告诉他台湾那边的一些消息,但听口气,好像那边暂时不会反攻大陆,第三次世界大战一时又打不起来,使他未免有点失望。上海生活固然比乡下好多了,老这样住下去也不是一个办法,娘在乡下还等他的音信哩。他想向姑妈借点钱,早点回去。想到这儿,他眼皮慢慢合起,沉沉入睡了。

一阵阵急促的铃声把朱筱堂惊醒了。铃声响后,是啪啪的打黑铁大门的声音。他警惕地爬了起来,想起自己在上海好久了,一定走漏了风声,说不定有人来抓他了。他惊愕地睁着眼睛,凝神谛听窗外的动静。

哗啷一声,老刘把黑铁大门开了。朱筱堂的窗户上忽然闪现手电筒的光芒。这光芒说明了一切。他霍地跳下床来,走到窗口,隔着鹅黄色的纱布窗帘,望到两个人民警察手里拿着手电,一边照着楼上,一边向屋子走去。不容他有丝毫怀疑,不是来抓他的,人民警察来做啥呢?黄豆大的汗珠马上从他额角上渗透出来。

他连忙退到屋子当中,又摸到窗前,在纱布窗帘的空隙中往外一看,黑铁大门敞开着,外边是街灯,没有一个人影。他眼前现出了一线希望:从窗口跳出去,赶快逃走。再往窗下一看:他踟蹰了,楼房那么高,下面是光滑的水门汀,跳下去,不摔死,也一定跌伤。

他望着窗下水门汀的地轻轻叹息了一声。

另一个念头在他脑海里闪过:打开卧房的门,冲出去,逃走。他蹑着脚走,走到门口,听外边的动静:外边的脚步声好像正向他的卧房走来,打开门,不是正好给抓到吗?他向卧房环视了一下。这间卧房原来是徐公馆的客房,一些内亲往来住的,白天看起来,相当宽敞,现在却感到十分狭小,竟没有朱筱堂容身的地方。他感到待在这里非常危险,却又没法离开,转身看到卫生间,好像忽然得救,立刻退到那里面去了。马上把门锁上,他觉得还不够保险,顺手抓起卫生间里那张白漆小凳子,双手把它举起,雄赳赳地冲着门站着。准备万一两道门给打开了,他便用凳子打人民警察,拼个你死我活。

奇怪得很,卧房里没有一点动静。他想一定是打听他住哪一个房间,或者正在找钥匙。他屏住呼吸,紧紧抓着凳子的腿,在准备迎击。

人民警察确实走进客厅,可是没有上楼。楼上的人给刚才一阵铃声和打门声惊醒了。徐义德穿着一身紫红色绸子的晨衣,走下楼来,望见两个人民警察,兀自一惊,不知道是怎么一回事。不满地瞪了老刘一眼:

"有人来,怎么事先也不通报一声?"

老刘吓得退后一步,怯生生地说:

"是两位同志自己进来的……"

"当然是自己走进来的,这还用说!"

"是,是……"老刘不敢往下说。

"以后要注意,"徐义德暗暗看了人民警察一眼,见他们站在客厅那里没动,好像知道他心中不满意,便进一步说,"我明天一早还要到政协开会哩。"

徐义德新选上长宁区政治协商会议的常务委员,他想用政协

453

常务委员的身份暗中压一压人民警察,让他们知道徐家是不好随便动手的。人民警察并没有给吓住,毫不在乎地说:

"这不能怪刘同志,是我们自己进来的。"

徐义德放下笑脸,故作镇静地问:

"有紧急的事体吗?"

他心里怀恨朱瑞芳。朱筱堂在乡下好好的,为啥要同意他到上海来呢?来了,又要守仁陪他出去白相,招摇过市,人家会不知道吗?徐义德自己的事已经够忙了,再加上一个"窝藏地主",这个罪名可不小呀!朱筱堂一到上海,他心头就蒙上一层暗影:料想会出事的,却没料到来得这么快,又这么突然,简直叫他措手不及。要是早一点知道,可以把朱筱堂送走,有事出在路上,他就不负责任了。现在人就在他家里,徐义德和朱筱堂能脱掉干系吗?这真叫人束手无策。他接着想到,今天夜里给抓去也好,虽然沾上一点嫌疑,凭他在上海各方面的关系,可以把问题说清楚,好歹他是朱瑞芳的内侄,把事情推在她身上。他稍为定了定神,看人民警察怎么回答。

"当然有要紧的事体,否则也不会来打搅了。"

徐义德不等对方说完,立刻插上来表白:

"最近厂里很忙,我不常在家,不大了解家里的事,有啥亲友往来也不大清楚……"

朱瑞芳听到外边的动静,连忙穿好衣服走到楼下来了。她听到徐义德的话,知道他的用意,接上去说:

"是呀,义德这一阵子可忙坏了呀,早出晚归,连我们也很难和他照面。有啥事体,你对我说好了。"

"我们找徐守仁。"年轻的人民警察说。

朱瑞芳听到儿子的名字,惊诧地大声问道:

"徐守仁?"

中年的人民警察肯定地点点头。

"找他做啥?"徐义德不解地问。

"他作的案子告发了。"

"案子?"

"偷窃案,"中年人民警察说,"还有别的问题。"

"偷窃案?"徐义德还是不相信,说,"不会的,你别找错了人。也许是同名同姓?"

"一点也不错,待一会,你就晓得了。"

徐守仁枕边放着一本《基度山恩仇记》。临睡前,他贪婪地读着这本小说,简直入了迷,一边看着,一边想着明天是礼拜六,准备换一身最漂亮的西装,早点溜出去,找楼文龙玩他一个痛快。他看着《基度山恩仇记》慢慢入睡了。妈妈上楼把他从甜蜜的梦中叫醒了。他睁开眼睛一看:房间里的电灯亮了,妈妈脸色慌张,不安地站在他的床前。他揉一揉惺忪的睡眼,不解地问:

"我睡得正好,叫我做啥?"

"快起来!"

他惊慌地跳下床来,扣着白底红条府绸睡衣的扣子。朱瑞芳严厉地问他:

"你偷了别人的物事吗?"

朱瑞芳衷心地希望得到否定的回答,她好和人民警察办交涉。徐守仁没有吭声,但是羞涩地把头低了下去。不用再问,她心里完全明白了。她气呼呼地瞪了他一眼:

"没有出息的下流坯!"

那天离开朱延年家,徐守仁带朱筱堂到南京路"大三元"粤菜馆吃了饭,徐守仁要朱筱堂先回去,他给楼文龙拉走了。他们两人走到大光明电影院隔壁又一村小吃店,里面人声嘈杂,乱哄哄地嚷成一片。他们走得有点疲乏了,肚子也饿了,便走了进去,叫了两笼包子和两碗鸡粥,一边吃着,一边向左右张望。楼文龙发现有个青年扶着一辆簇新的飞马牌自行车走到饭店门口,把车子放在门外,匆匆进来,也叫东西吃。楼文龙暗暗碰了一下徐守仁的大腿,眼光向门外一望,徐守仁会意地点点头。楼文龙叫他先走一步,楼文龙自己付了钱,站在那个青年面前,挡住他的视线。楼文龙慢腾腾掏出一包香烟,抽了一根出来,拿着那个青年桌上的洋火,擦了一下,没有点着,又擦了一根,才点燃了一支香烟,叼在嘴角上,用劲吸了一大口,然后在那个青年面前吐出一阵浓烟,悠然自得地一步一步走了出来。

那边徐守仁已经迅速而又熟练地把飞马牌的自行车偷到了手,像是自己的东西一样,骑在上面,转到僻静的黄河路上去了。

楼文龙跨出又一村,飞也似的向黄河路上跟过去。徐守仁骑到北京路上才跳下车来,等到楼文龙赶来,他们两人脸上浮着微笑,得意地扶着那辆车子边走边谈。他做楼文龙的助手,偷自行车和别的东西已不止一次了。有时楼文龙帮他巡风,他自己动手。这次两人商量好,车子先让楼文龙骑回家去藏起来,第二天在新城隍庙碰头。

楼文龙设法给自行车改了装,原来是黑漆的,现在变成深蓝色了。楼文龙要徐守仁推到寄售商行里卖了一百万元,当天晚上两人又碰在一块了……

徐守仁跟朱瑞芳下楼,走进客厅。青年人民警察走过去从口袋里掏出一张逮捕证,给徐守仁看,说:

"你被捕了!"

"真的偷人物事吗?"徐义德问徐守仁。

徐守仁低着头,没吱声。朱瑞芳暗暗点了点头。

"人民政府不会冤枉好人的,我们有了人证物证才逮捕他的。"中年的人民警察说。

"那好,我也相信人民政府是不会冤枉好人的。大家应该依法办事。我在区里和市里也常和首长们接近,只要有人证物证就好说话……"徐义德愤愤不平地说。

"徐总经理的话说得对,"中年人民警察感到徐义德想威胁他,他并不怕,暗示地说,"你经常和首长们接近,一定懂得政府的政策法令,我们是奉上级命令办事的,绝对不会错的……"

他还要说下去,青年人民警察有点不耐烦了,插上去,对徐守仁说:

"走吧!"

朱瑞芳把徐义德的一套灰咔叽布的人民装拿给他。他不喜欢穿人民装,不过进监狱穿啥衣服都一样。他勉强穿上,稍为嫌大一点。朱瑞芳又给他收拾牙刷,牙膏,漱口杯子和毛巾这些物事,放在一个口袋里。他拿了,跟着人民警察走去。徐义德送他们出去,老刘早就等在门口,恭恭敬敬地守候着。

他们刚走到大门口,朱瑞芳从后面匆匆赶来,怕徐守仁在监狱里受凉,又递给他一件圆领大红绒线衣,还塞给他一百万元人民币。

黑铁大门外边停着一辆黑色的小汽车,人民警察把徐守仁关进汽车,他们自己也跟着上去。徐义德和朱瑞芳望着汽车迅速消逝在远方。她的泪水簌簌地从腮巴子上滚落下来了。

朱筱堂雄赳赳站在卫生间里,许久许久听不到一点动静,心里不禁纳闷起来,但不敢放松警惕,生怕万一冲进来,他得拼命抵抗。他高举凳子,冲门准备着。等到门外响起了汽车喇叭声,他的神经才慢慢松弛下来,悄悄打开卫生间的门,轻轻走到窗口,只见姑父和姑母站在门外,向远方瞭望。他放心了,知道和自己没有关系,连忙把手里的那张凳子还回卫生间,躺到被窝里,蒙头大睡,准备明天一早起来,赶快回无锡乡下去。

## 四十六

"昨天夜里你睡得那么早?"老刘神秘地望老王笑了笑。

"出事了吗?"

"唔,"老刘想起了二太太的嘱咐,马上改口说,"徐公馆里会出事?你别担心。"

老王在市面上混了快二十年了,他的眼睛见过无数男女老少,只要眉毛眼睛一动,啥人的心思他都摸得很准。看老刘那神情,就断定他肚里有话不敢说。老王并不向他恳求,只是说:

"你现在用不着我老王了,把我当外人看待,有事怎么肯给我讲哩!"

老刘给老王一激,有点口吃了:

"我,我啥辰光拿你当外人看待?哪桩事体没有告诉你?你想想看。你,你不能冤枉我呀。"

"昨天夜里的事。"

"你已经晓得了?"老刘心虚地说。

"多少晓得一点——徐公馆的事,上上下下,里里外外,不管哪个人的事,谁也瞒不过我老王。"

"那是呀,徐公馆的事,有本账在你肚里哩。"

"可是你想瞒过我,也好,以后老爷他们骂到你头上,可别要我老王给你求情……"老王不等话讲完,有意甩了一下袖子,迈步走去,好像从此不再理他了。

老刘见他一走,心里发慌,连忙赶上来,把老王拉到房里,低低对他说：

"不是我不告诉你，昨天夜里，她亲自关照的。"他伸出两个手指来，说，"叫我别跟外人说，不准传出去。"

"你把我当外人看待？"

"我们是自家人，……"

"你告诉我，我也不会对旁人讲，你怕啥呀！"老王笑了笑。

"你真的不对人讲吗？"

"那还用问。"

老刘一五一十把昨天夜里发生的事告诉了老王。老王的眉头慢慢皱起，听到后来，又渐渐舒展开来，露出一种快适的感觉。他恍然大悟地说：

"二太太今天神色不对！"

老刘伸过手去捂住他的嘴，警告地说：

"叫你不要讲，你怎么又讲了？"

"我没有讲啊……"

"老王！"

二太太在客厅里高声叫唤。老王走出门房，老刘紧紧跟上来，对他耳根子又加了一句：

"千万不能讲啊！你装作不晓得好了。"

老王一边点头，一边向客厅走去。他走进去，见大家都坐在客厅里，慌忙走到二太太身边，弯着腰，嘻着嘴，低声地说：

"您早！"

"到啥地方去哪？"二太太望了他一眼。

"在客厅外边……"

他的话还没有说完，二太太打断他的话，训斥道：

"又和老刘瞎嚼蛆去了，整天不做事，唠唠叨叨的做啥？"

"没和老刘谈啥。上次您讲了我们，我再也没和老刘谈话了。

他一个人在门房里,闷得慌,老喜欢聊聊天,我劝过他不止一次了,他最近也不和人聊天了。"老王怕二太太在客厅里听到他们谈啥,又补了两句,说,"他一人有时在门房里自言自语,不晓得讲些啥。"

"你在外边做啥?"

"我正在扫地,听见您叫唤,就进来了。"

"下边的人应该多做事,少闲言闲语的。"

"您说得一点不错。"老王懂得在二太太气头上,得找个机会溜走,一见客厅里没有茶,他笑着问,"我去沏点茶来。"

"早就该拿茶来了,——我们下楼好半天了。"

老王听了这句话,匆匆退了出去。

坐在二太太斜对面长沙发上的吴兰珍等老王走出客厅,她关心地说下去:

"守仁为啥给抓了去呢?"

大太太叹息地说:

"平常不好好念书,贪玩,和那些阿飞往来,给勾引坏了!"

吴兰珍恍然大悟地说:

"现在上海阿飞横行霸道,一定上了坏人的当,胡作非为,叫政府发觉了,警察才来抓他!"

朱瑞芳听了这位姨侄女的话,心里十分生气,因为刺到她心上的痛处。她绷着脸,说:

"守仁从来不和阿飞往来。你哪能想到那上头去了?幸好守仁不在,要是他听到了,可不依你哩!"

"这个,"吴兰珍心里好笑,觉得这位二太太真是睁着眼睛讲瞎话,徐守仁整天和那些阿飞厮混,徐公馆里上上下下哪个不知道?她一见到守仁那股流里流气的样子,就想呕,只好对他敬而远之。守仁却像一只苍蝇似的老是盯着她,打它不散,轰它不飞。为了这,她最近很少回来,星期六宁可一个人蹲在宿舍里看看书,或者和女同学出去看看电影。她一想到明年要毕业了,更感到自己的知识不够,贪婪地在图书馆里一本又一本地啃书,恨不能一口气把图书馆里那些书吞个干净。一进了实验室,她就舍不得出来,不但一定要把实验做完,私下还希望通过实验,自己也能发明一个公式啥的。学校简直成了她的第二个温暖的家庭。可是大太太常想念她,不用到礼拜六,礼拜四五就叫老王打电话催她回来了。她不好拒绝姨妈的盛情,今天没课,昨天下午便回来了。一到徐公馆,她在姨妈的卧房里时间多,不大愿意出来和守仁白相,但是看到朱瑞芳和姨父的面上,又不好对守仁过于冷淡。她自己划了一个界限:在徐公馆里谈谈玩玩是可以的,有姨妈她们一道和守仁出去也是可以的,就是不单独和守仁一道出去。守仁最近约她几次,她都借故推却了。守仁在她眼里,就是一个阿飞。她在朱瑞芳面前说话,留有余地,只说他和那些坏人在一道,没想到,连这一点朱瑞芳也不承认。徐守仁被捕了,朱瑞芳一定很伤心,不便在这个当口和朱瑞芳争论。她改口说,"我不过这么讲讲。"

朱瑞芳见她改了口,面孔的表情也松弛了,缓和地说:

"对我讲讲倒也没啥。"

"我想人民警察来抓他,一定有事,人民政府不会无缘无故抓人的。"

"这个么,也很难说。"朱瑞芳紧紧皱起眉头,不好意思把徐守仁的丑事说出来,撒谎说,"天下冤枉的事可多哩!"

"这孩子,受了冤枉?"大太太信以为真。她自己没有子女,对二太太和三太太虽然不大满意,但是喜欢守仁,不管是谁生的,总是徐家一条根呀!她焦急地对徐义德说,"义德,你在外边熟人多,你的办法也多,快点想想办法呀!"

徐义德坐在双人沙发上,从他面前的矮脚小圆桌上抽了一支香烟,点燃了,衔在嘴上,深深吸了一口。他觉得徐守仁不争气,在

他脸上抹黑,使他无脸见人,生气地说:

"这畜生,谁晓得他搞的啥鬼名堂,关两天也好,落得家里清静……"

"你不能这么说啊,义德,好歹是自己肚皮里掉下来的。我们徐家就是这一条命根子,先设法弄出来再说。"

"让这孩子吃两天苦头,他就听父母的话了。"

大太太见他生气,怕守仁在里边吃苦,同情守仁。她怪义德心肠太硬了,不能眼睁睁望着不想办法。吴兰珍对自己再亲热,大了,总要嫁出去的。嫁出门的女,泼出门的水,再也不会回来的。守仁虽说不是自己亲生的,总是徐家的人,自己老了,也有个依靠。她比谁都焦急。她于是望着林宛芝,希望她出来说两句话,想法把守仁弄回来。她对林宛芝说道:

"你看,是不是想法把守仁弄出来?"

昨天夜里,朱瑞芳交代了老刘,不让他把风声走漏出去。她和徐义德商量,由她到公安局进一步了解真实情况,徐义德到人民政府活动活动,把徐守仁弄出来。这样神不知鬼不觉地就把事体办哪。徐义德回到林宛芝的卧房,原原本本告诉了林宛芝。现在只有大太太和吴兰珍不知道徐守仁被捕的原因。林宛芝等了半晌,故作不知地皱着眉头,忧虑地说:

"人民政府既要抓他,一时怕不容易弄出来。"

大太太不死心,进一步对徐义德说:

"不能想想办法吗?"

徐义德紧紧闭着嘴。大太太又说:

"到公安局去打听打听,问问究竟是啥原因,不能让这孩子受冤枉啊!"

老王送茶进来。听大太太说的话,心里忍不住要发笑,但竭力忍住,把茶送到每一个人面前,识相地拿着托盘退了出去。

吴兰珍喝了一口茶,赞成姨妈的高见,仿佛找到了线索,高兴地说:

"这个主意倒好,要不要叫老王去一趟?"

朱瑞芳一听到公安局三个字神经立刻紧张起来,如果让老王一去,西洋镜不是马上拆穿了吗?她转过脸去,望着窗口,透过汕头的抽纱窗帷看到早晨的阳光照着绿茸茸的草地。她盼望窗外有人给她出个好主意,把大太太的意见挡回去。客厅里静静的,没有人吭声。挂在窗外的鹦鹉,听客厅里主人谈话,它也饶舌地叫道:

"守仁,守仁!"

朱瑞芳听到这声音,心都快碎了,可是又不能透露出来。她想了一阵,说:

"案子没弄清,公安局的人不会说的。义德,你说,是不是?"

徐义德心里十分惦念儿子,嘴上却说:

"这孩子心野了,越来越不听话,别去管他!"

朱筱堂坐在靠墙的沙发上,面色发白,显得疲乏。昨天夜里极度紧张,徐守仁给抓去以后,他虽然躺在床上,可是老睡不着,脑袋枕在枕头上,不断感到自己太阳穴急剧地跳动,觉得蹲在徐公馆里不是一个保险的地方。徐守仁为啥给抓了去?他寻思来寻思去,想不出理由来。如果说共产党像消灭地主阶级一样要消灭资产阶级吧,可是徐义德又安然无事;那么,徐守仁是国民党吧,看上去一点也不像;这真是一个猜不透的谜。上海确是一个奇妙的地方,意想不到的事随时都可以发生。他自己说不定哪一天夜里也许同样被抓进去,可能一会人民警察又来了。他忽然听到有人敲门,额角头上顿时吓出冷汗来,难道说徐守仁被捕以后,告了密,马上来抓他?他躺在床上,圆睁着眼睛,凝神细听门外的动静,悄悄的,夜风吹着窗外树叶子发出沙沙的响声。斜对面林宛芝的卧房里,传来姑父的咳嗽声,刚才的响声并不是敲门,是从林宛芝卧房里发出来的。虽然还没有人来抓朱筱堂,他也认为不能在上海再待下去了。蹲在上海时间久了,乡下那些泥腿子会起疑心,万一出了事,谁照顾娘呢?他下决心准备回去,死活同娘在一道。今天一早醒来,跳下床,伸了一个懒腰,打了一连串的哈欠。他下楼来,本想向姑妈打听表弟的事,见姑妈装作不知道的样子,料想其中一定有奥妙,知趣地不插嘴,闷闷地坐在一旁。现在听姑父讲,别去管他,更加困惑了。他说,"姑爹亲自出面,我想一定有办法。"

徐义德正在考虑找人把守仁保出来。他想找冯永祥给政府首长说一声,大概没有问题,但怕冯永祥到处宣扬。他又想通过江菊霞找史步云,和政府首长打个招呼,把握更大。不过,也有问题:一则江菊霞会抓住他这条小辫子不放,以后更要和他纠缠不清,甩不掉;二则他和史步云的交情不够,同时史步云的头寸太大,这点事用不着惊动他,万一碰个钉子也不好。他正在两难中,下不了决心。他听朱筱堂叫他,不愿讲出自己的考虑,摇摇头,说:

"现在不比从前,共产党办事,公事公办,不讲人情,我亲自出面也不顶事……"

"你不出面,托别人不行吗?"朱筱堂认为姑爹一定有办法。

"也难啊!"徐义德未置可否。

朱瑞芳见大家问个不休,生怕误了给儿子奔走营救,暗示地对徐义德说:

"不早了,义德,你不是说今天早上有事吗?"

"是呀,我要出去了!"徐义德马上站了起来。

徐义德匆匆走了。林宛芝独自上楼去了,吴兰珍陪姨妈到花园去了,朱筱堂急着要回无锡去,向书房一指,对姑妈说:

"我想跟你商量一件事……"

他们两个人走进书房,朱筱堂转身把门关上,谁也听不清他和姑妈谈话的声音。

## 四十七

徐义德的汽车一开出大门,司机回过头来问他"到啥地方",他还没拿定主意,是找江菊霞还是冯永祥。这两位都是洋派头,事先不约好,不大容易见到。突然上冯永祥家里去了,也有点冒失;江菊霞那里不但需要约好时间,还得选择好地方,不然她会撒娇的,话也谈不进去。他于是对司机说:

"到厂里去。"

熟悉总经理脾气的司机降低了车速,等候吩咐,听说到厂里去,顿时加足油门,那辆白克小轿车在衡山路平坦的柏油路上一阵风似的急驰过去。

他一到厂里,匆匆忙忙直奔经理室,好像有人在等他。经理室里空空洞洞,一个人也不在,他把门关上,连大衣也来不及脱下,便抓起听筒,打电话。他首先打给江菊霞,娘姨说江大姐出去了;再打给冯永祥,也说出去了。他看看手上白金的劳莱克斯手表:十一点还不到,怎么都出去了呢?难道今天工商界有紧急的事体吗?他为啥不知道?党和政府有集会吗?他并没有收到通知。

他脱下大衣,往沙发上一扔,在室内不安地踱来踱去,走到窗口,望见余静向车间走去,他马上想起杨健。守仁的事拜托杨健想想办法,可能有点苗头。仔细一想,他觉得杨健只管长宁区,徐汇区的事他管不上,而且头寸不够,要找市里首长才行。市里首长他认得太少,就是认识的,也不太熟悉,何况这些事,不便亲自出马,要由第三者讲话才方便。他再打电话给冯永祥和江菊霞,家里不在,办公地方也没人。他急得像是热锅上的蚂蚁,走投无路。他不断搔着头皮,望着经理办公室的门发愣。

门忽然开了,露出一个长方形的脸庞,透过那副玳瑁边框子的散光眼镜向室内窥视。一见徐总经理站在屋子当中,那长方形的脸庞上立刻堆上笑容,腮巴子上露出两个深深的酒窝。他一进门,便弯腰鞠躬:

"总经理,您早!"

"到啥地方去哪?佐贤。"

"到试验室找郭鹏他们去了。刚才碰到余静同志,说您来了,我就赶紧回来了。"

"我说怎么看不见你哩。"

梅佐贤听总经理的口气缓和一些了,他走过去说:

"没想到您这么早来上班,早晓得,我就在门口等您了。为这片厂,您真辛苦,日夜奔忙。"

"只要把厂办好了,倒也没啥,就是不断出事。"徐义德把徐守仁的事告诉了他,希望他动动脑筋,出点主意,说,"早晓得如此,就让他上美国,或者留在香港也好,省得让我操这份心。"

"现在要想办法先把他弄出来再说。"

"你说的是,我打了一早上的电话,谁也没找到。"

"马慕韩不在吗?"

"我没有找他。找到他,他会给我讲一套大道理,最后,还是不肯帮忙。"

"冯永祥和江菊霞呢?"

"都找过了,一个也没找到。"

"我今天倒可以见到他们……"

"你!"徐义德大吃一惊。他想不到梅佐贤现在比他吃得开了,梅佐贤可以见到他们,而他自己一点还不知道哩。他勉强镇静,淡然地问道,"你们有约会吗?"

"唔,今天下午两点钟公会执监委员会召开资方代理人座谈会,马慕韩、冯永祥和江菊霞他们都要去的。我刚才收到通知,到试验室去,就是约韩工程师、郭主任一道去的。"

徐义德把眉头一扬,怀疑地问:

"棉纺业同业公会召开座谈会,为啥没有通知我呢?我大小也是个委员啊!"

"也许通知还没有送到……"

"再过两个多钟点就开会了,现在没有通知,就不会送来了。"

"是不是送到总经理家里去了?"

"不会,我刚从家里来……"

梅佐贤设想都不对,他既怕总经理生气,又怕自己突出,给总经理又想出一个理由:

"可能只找资方代理人,要我们这些三四流人物去。巨头们没有请。"

徐义德心中十分不满,认为是冯永祥捣的鬼,挖他的墙脚,还不请他去参加,简直是岂有此理,手段未免太毒辣了。梅佐贤的解释给他留个面子,他顺口应道:

"你说得对。我今天还有事,就是通知我,我也没有空去。"他说,"可惜冯永祥和江菊霞现在找不到……"

"没关系,守仁的事体,总经理,你交给我好了。我给你去办。"

"那你早点去,好找机会给他们谈谈,先摸摸对方的态度,不要一下子就摊牌。"

"这个我有数,总经理,你放心好了。"

下午一点钟刚敲过,梅佐贤根据总经理的指示,便赶到棉纺织业同业公会去了。

在南京西路卡德路口那边,有一座乳黄色的西式洋楼,梅佐贤走到那里,院子里已经停了好几辆汽车了。马慕韩那辆黑色白克车子停在靠门口那里。梅佐贤匆匆走了进去。

马慕韩从北京开会回来,对上海民建临工会发生了浓厚的兴趣。他从全国工商联筹备会和民建二次扩大会议上摸到了中央的底盘,认为过去上海工商界怀疑私营企业没有前途,民族资产阶级马上就要消灭,这种想法是不对的。现在看来,民族资产阶级不但马上不会就消灭,而且私营企业也有可为,要振作起来。现在正是好机会,站稳上海工商界的阵地,有了广大的代表性,便可以一帆风顺,在工商界平步青云。他想把上海民建会和工商联抓到手里,就有了讲话的资本。工商联问题不大,绝大多数是工商界的巨头,问题在民建会。工商界巨头们过去对它太不热心,让工商界一些青年和知识分子在那里指手画脚,目前插脚进去不大容易。但也有个空隙:民建上海分会不能再是临工会了,应该改选。改选是变动人事的绝妙机会。他要团结工商界的朋友。冯永祥向他献了一计:五反运动以后,资方代理人问题成为劳资关系中比较突出的一个问题。资方代理人当中普遍存在怕负责任的苦闷心理,一直还未消除。正好把这批资方代理人拉过来,同时还可以把问题反映给政府和市委统战部。由他出面召集一次座谈会,顺理成章,一点也不露痕迹。他约了江菊霞和唐仲笙,通过江菊霞可以沟通史步云的意见,有了唐仲笙这位智多星,可以帮助他谋划。不但这些人和他没有利害冲突,而且他抓到上海民建会,总得有些人搭班子,也需要他们。在今天座谈会以前,他们约好在棉纺织同业公会楼上碰头,先交换交换意见。

在公会的主任委员办公室里,马慕韩坐在靠近窗户的写字台面前,像煞有介事地发了一大通关怀资方代理人的议论,然后问冯永祥道:

"阿永,你看今天怎么谈法?"

冯永祥很久以来就想抓到民建上海分会,但他知道自己头寸不够,正副主任委员轮不到他头上,顶多不过是二把手。不得已,退而求其次:不计较名誉地位,抓实权,这比较实惠。上面有那些大老板顶着,让他们高高在上,大权却抓在自己手里,这么一来,啥事体也离不了冯永祥。最近他观察出马慕韩不甘心只挂一名中国民主建国会上海临时工作委员会常务委员的空头衔,野心勃勃地想把民建抓在自己手里。他忖度史步云继续当选民建上海分会的主任委员是众望所归,已成定局,而马慕韩是在可能当选与可能当选不上副主任委员之间。自己呢,却更没有把握,这得看几位巨头的态度。史步云那方面,他早就通过江菊霞献过殷勤,希望史步老提携提携。估计问题不大。马慕韩这方面要下点功夫。他是实力派,思想比较进步,党和政府的首长都很器重他,认为是民族资产阶级当中年轻有为的人物。能和他配搭上,不消说,冯永祥的前途也就有了。在冯永祥看来,与其说他献计,倒不如说他领导马慕韩前进。但表面上,他又让马慕韩三分。他意味深长地一笑,谦虚地说:

"慕韩兄胸有成竹,还不耻下问,真是我们工商界的领袖人才。"

"阿永,你怎么吃起我的豆腐来了?"马慕韩嘴上虽然这么说,心里却很乐意。他也暗暗捧冯永祥一下,说,"阿永一定在思考,等一会,必有惊人之论。现在先听听我们江大姐的高见。"

江菊霞今天来,担负了双重任务:一方面要拉马慕韩,给他出点力,自己的靠山多一点;另一方面,她还要把资方代理人存在的问题搜集起来,反映给史步云。史步云很重视自己的身份,一般场合是不大容易看到他的。同时,他也知道自己在工商界巩固的地位,不必去找别人,别人都要登门求教的。有些场合,他不去,会有人告诉他的,至少有江菊霞这个耳目,工商界的基本情况,他是了

如指掌的。江菊霞就是有啥妙计高见,也不轻易透露,她要首先告诉史步云的。她嫣然一笑,客气地说:

"阿永都不说,啥人敢开口。"

"我给你介绍一位……"冯永祥对江菊霞说。

"谁?"江菊霞环顾办公室里,除了他们三个人以外,只剩下唐仲笙一直没言语,她想一定指的是他,便说,"我晓得了。"

"你说是谁?"

给冯永祥这么一问,她又有点怀疑,不敢肯定,改口说:

"还是听你的吧,你说是谁?"

"这人远在天边,近在眼前……"

江菊霞会意地点点头:

"对。"

冯永祥又说下去:

"提起此人,大大有名,上海滩上无人不知无人不晓,仪态万方,能文能武,……"

"确实不错,……"江菊霞差点要给他说出是唐仲笙来了。

冯永祥得意扬扬地用脑袋在空中划了一个圆圈,伸出一个大拇指来,眉飞色舞地说:

"此人姓江名菊霞,大名鼎鼎的劳资专家!"

她撒娇地把嘴一撇:

"不来了,你又拿我这个大姐开玩笑。"她举起手来,想打冯永祥。

冯永祥眼明手快,早就看见了,连忙站起来,合起双手,向她一揖到底:

"恕罪,恕罪。"

她给弄得又好气又好笑,望了他一眼,说:

"阿永,以后谈正经的,不要再开玩笑了。"

"快谈吧,别闹了。"马慕韩望着唐仲笙说,"还是我们的智多星先谈吧。"

唐仲笙早就想好了主意,但并不抢在冯永祥和江菊霞前头说。他们是工商界的红人,自己不能和他们竞争,只好等待马慕韩请他谈。他不慌不忙地说:

"我先提个意见,不对的地方,请各位指教。我看,今天的会先请慕韩兄讲讲座谈会的目的,号召大家有啥说啥。这一点非常重要。'五反'过后,工商界朋友发言没有过去踊跃。言多必失。虽然到了同业公会,大多数人也不肯随便讲出心里话的。这就要引——事先要暗定几个人带头发言,启发大家。这个关一过,问题摊开,那就好办了。"

马慕韩点头称是,大家自告奋勇,每人布置一个人,会前谈谈。冯永祥向马慕韩伸出两个手指:

"我找两个。"他不满意唐仲笙毫不客气抢了先,但又要摆出领导者的身份,既要用唐仲笙,又不得罪他,还得高他一等。他眼睛一转,沉思地说,"单找了人还不够,要进一步研究谈啥问题,把大家引到哪里去,座谈有个结果才好。"

唐仲笙伸出大拇指在冯永祥面前一晃,露出五体投地佩服的神情,说:

"阿永究竟比我们高明,问题看得深刻。"

"那还要听吴用的高见。"

江菊霞诧异的眼光转过去看主任委员办公室的门,以为有人进来了,没有见到人影,困惑地问:

"吴用?谁?"

"我的江大姐,劳资问题专家,你没读过'水浒',吴用的绰号不是叫智多星吗?"

"哦,你指的是仲笙兄,差点把我闹糊涂了。仲笙兄,你看,谈啥问题好?"她自命棉纺织业的行情数她最熟悉了,为了在马慕韩面前表现表现自己,有意先不说,推在大家身上。等大家说不出来,她再说不迟。

唐仲笙听说马慕韩约他参加今天这个座谈会,他找了几个棉纺界的朋友聊了聊天,心中早就有数,给她一问,便从容不迫地说:

"首先是个定义问题。目前资方代理人大体可以分为三类:一类是本身占有大量股份的董事兼总经理,经理,或者是厂长;一类是本身虽然没有投资,但是兼了董事职务;另外一类是既无投资,也非董事的纯资方代理人。我看第一类很难算做资方代理人,不过他们自己都愿意从资方降为资方代理人,只是一种愿望。这个问题的产生是因为《私营企业暂行条例》规定得不清楚。"

冯永祥暗自吃了一惊,他这两天稀里糊涂地和林宛芝在一块鬼混,教了京剧就吃饭,吃了饭又教京剧。他脑海里除了京剧就是林宛芝,除了林宛芝就是京剧。他刚才还和林宛芝通了一个电话,足足讲了二十分钟才来的。他根本没有查看《私营企业暂行条例》,但又不能露出自己不知道,他点点头,说:

"你说得对,给大家讲讲你的看法。"

"我认为'条例'规定得不清楚也有好处,我们就按照它来解释。《私营企业暂行条例》第二十三条说:企业中执行业务之负责人或其代理负责人(经理人厂长等)如有违反政府法令、合伙契约、公司章程或股东会决议而致企业亏损资本达三分之一以上未向股东会报告者,应负法律责任。"他一口气背下来后,喘了一口气说,"条例中所称的经理人厂长范围如何?资方代理人是否指不占有股份的资方代表人,占有股份的董事等负责企业工作,是否也包括在内?资方代理人和资方的区别何在?应该要求政府修改《私营企业暂行条例》,把资方代理人的定义明确规定在条例之内,这方面的问题就可以得到解决。"

"名不正,言不顺。仲笙兄的意见很对。"冯永祥捧了他两句。

江菊霞发现唐仲笙早有准备,谈得头头是道,显然要在马慕韩面前亮一手,实际上是想压倒江菊霞。她不能退让,也不能再等待,按捺住心头的嫉妒,嘴角上浮着微笑,用粉红的纱手帕拭了拭有点发酸的鼻子,故作镇静地说:

"定义当然很重要,但更重要的是阶级成分问题。资方代理人究竟属于哪个阶级呢?是资产阶级还是工人阶级?大家认为把资方代理人列入资产阶级范围,心中不服帖。资方代理人既然是以薪给收入为生活主要来源,所做工作和所获的待遇与高级职员相同,为啥不能属于工人阶级?因为阶级成分不明确,资方代理人在企业中的地位很尴尬,是介乎劳资双方之间的'半天吊',劳方当你是资方,资方当你是伙计,两面不讨好,有苦无处说。只有挨批评,没有受表扬。这个问题不解决,一大堆问题就来了,生活保障呀,政治待遇呀,学习呀,文化娱乐呀……都没法解决。棉纺业资方代理人发牢骚,说劳方有'劳保',资方代理人也应该有'资保',使生、老、病、死有保障,有的纱厂参照劳保条例准备进行……"

马慕韩听到这里,忍不住插进去说:

"我们兴盛纱厂也可以参照劳保条例实行资保……"他希望由他带头,既可以笼络资方代理人,又可以做给政府看,两面讨好。

"个别企业实行,还不能满足资方代理人的要求。有的资方用'资保'作为要挟,'资保'和'归队'两者不可得兼。如果资方代理人要求归队,工会不同意,那么,两头落空,最后还要被迫回到'资方阵营'。一般资方代理人认为'资保'个别实行是不够的,要求政府明文规定。"

"个别厂先实行也没有坏处。"马慕韩一门心思想从兴盛纱厂先实行,不但在上海滩上,说不定在全国可以大大出个风头,也许连中央也会知道,究竟马慕韩进步,带头实行"资保"。他准备待一会打个电话给自己厂里,抢先实行,不可错过机会。他没对大家说出自己的想法。他很高兴今天约的三位朋友,真不愧是工商界杰出的军师。开会前了解这些情况,对他掌握会议大有帮助。他满意地鼓励大家,说,"你们提供这些情况和意见,很有价值,对今天开的座谈会大有帮助。从这些问题可以看出,今天这个座谈会是非开不可了,看来资方代理人的问题很多,不组织起来,以后有问题不好商量,也不好解决。请大家考虑考虑,是不是趁热打铁,借这个机会,先把棉纺织业的资方代理人组织起来,然后再进一步组织上海的资方代理人,这是一股不小的力量。"

"当然要组织起来。"唐仲笙刚才见江菊霞侃侃而谈,简直不把智多星放在眼里,心里有一股说不出的酸溜溜的味道。但她对棉纺织业究竟比自己熟悉,一时又找不出岔子,只好给她一只耳朵,听她的。他发现马慕韩的兴趣在于组织资方代理人,放在自己口袋里,作为个人发展的资本,便投合他,接上去说,"早就应该组织起来,不过,现在还不晚。问题是用啥名义好,'五反'以后,聚餐会这些名义搞臭了,而且不能容纳这许多人……"

冯永祥伸出右手,指着唐仲笙,点醒他:

"就是容纳得下——过去,我们不是也有几百人的聚餐会吗?但是容易引起政府注意。还是要想一个名称,使它合法化,给政府方面打个招呼,就没有问题。"

"阿永究竟和政府首长接近,他们的脉搏摸得清楚,"唐仲笙赞赏地说,"今后要进行合法斗争了。"

他们两人的话正合马慕韩的心意,他说:

"你们两人的意见很对。工人阶级有工人文化宫,我们民族资产阶级为啥不可以有个资产阶级文化宫呢?我想办文化宫没有关系,因为这和《共同纲领》并不抵触,搞搞学习,交流经验是好事体,对同业也有帮助,只要不做非法活动就是了。"

"妙,妙!"江菊霞高兴得鼓起掌来了,娇声娇气地说,"妙!好一个资产阶级文化宫!这名称想得真好!"

"私营纺管局没办成,江大姐的办公室主任也没当上。"冯永祥笑着对江菊霞说,"现在成立资产阶级文化宫,这一回江大姐该是公主了。"

江菊霞瞪了冯永祥一眼:

"你,你……怎么封我当起宫主来了?满脑筋的封建思想。"

"公主不坏呀,是金枝玉叶啊!"

"'五反'过去不久,全国工商联筹备会和民建二次扩大会议刚开过,目前可做的事体正多,上海工商联和民建临工会改选工作就够我们忙的,用不着另搞新的组织,引起党和政府注意,以为我们和工人文化宫唱对台戏,又要说工商界猖狂进攻了!"

马慕韩站起来,非常欣赏唐仲笙的远见,简直像是自己肚里的蛔虫,把隐藏在自己内心深处的想法给暴露出来了。马慕韩觉得唐仲笙比冯永祥和江菊霞高明得多了,对他要另眼相看。但冯永祥和政府首长接近,江菊霞是史步云的至亲,也不可以得罪。对马慕韩来说,这些人都可以派用场。不过在运筹帷幄方面,要依靠唐仲笙。他走过去,拍一拍唐仲笙的肩膀说:

"这一层我还没有想到。"

唐仲笙知道马慕韩想掩饰自己的意图,他并不戳穿,反而恭维道:

"你是从大处落墨,我是从小处着眼。"

"不,你比我想得仔细,周到。"

"这么说,资方代理人就不组织了吗?"冯永祥有点担心,他问唐仲笙。

"那也不是,资方代理人也还要组织,可以先筹备个资方代理人联谊会,巨头不必出面,由二、三流人物登场就行,探探路,摸摸政府的行情,我们躲在后面观察观察。如果可以,就作为资产阶级文化宫的底子。先来个有实无名,看行情,到时机,换块招牌不就行了吗?"

冯永祥笑嘻嘻地向唐仲笙拱拱手:

"山人真是高明,小弟只有服帖,无话可说!"

"不,我不过出点小主意,这些事还要依仗阿永的大力,在政府首长面前说情,才好办事。"

马慕韩从窗口望见马路上一辆又一辆小汽车开到院子里,知道快开会了。他说:

"就这么办吧,两点钟快到了。我们还要下楼去,先找人聊聊。现在把每个人要找的对象确定,免得重复。"

冯永祥早想好了,他说:

"我找梅佐贤和郭鹏,你们商量吧,我先走一步……"

冯永祥一走出主任委员办公室,梅佐贤便从走廊那边迎了过来,远远点头招呼道:

"冯先生,您早。"

"你早来了?"

"唔,来了快一个钟点。听说你和马总经理他们在里面谈话,不敢打扰,就在这里等您,有点事想和您商量商量……"梅佐贤没有说下去,暗中觑了冯永祥一眼,看他满脸笑容,心情十分愉快的样子,才又说下去,"不晓得您有没有工夫?"

"有,有,"冯永祥笑着说,"梅厂长找我,能没有工夫吗?天大的事也得摆下和你谈。来,我们进去谈谈。"冯永祥指着靠东边的一间写字间说。

梅佐贤估计今天冯永祥一定答应徐义德的要求,设法把徐守仁保释出来;而冯永祥则以为梅佐贤今天这么恭顺,要归功于自己想的好主意:不邀请徐义德参加,徐义德手下的人自然而然地要投靠他。他要梅佐贤他们讲啥做啥,一定会遵命照办,没有二话可说;.反过来,徐义德更要紧紧依靠冯永祥。冯永祥要把徐义德紧紧抓在自己手里,既要提拔徐义德,又不能让徐义德超过自己,必要时,挖他一点墙脚,叫他哑巴吃黄连,有苦说不出。冯永祥对待梅佐贤,就像是关怀自己的亲信一样,紧紧握着他的手,肩并肩地走进了写字间。

## 四十八

徐义德站在林宛芝卧房的窗前,望着窗子下面那一大片如茵的草地出神。他觉得马慕韩和冯永祥他们召集资方代理人座谈,不邀请他出席,偏偏又邀请了梅佐贤他们,无形之中给了他一个沉重的打击。特别是正在酝酿上海民建临工会改选,有意撇开他,更是一个不祥的信号。而梅佐贤早在电话里告诉他,给冯永祥谈徐守仁的事体,冯永祥推三推四,也是一个不好的兆头。他仔细想来,最近没有对不住冯永祥的地方,总设法找机会和他亲近。他有任何要求的暗示,也尽量满足他。他要抓住目前重要的时刻,好好做他的工作。他在电话里听了梅佐贤汇报,便决心请冯永祥今天晚上到他家里来便饭,好摸摸冯永祥的底牌。为了讨好冯永祥,他要林宛芝陪他们一道吃饭。林宛芝不了解他这个走方郎中葫芦里卖的啥膏药,说她今天不舒服,要在楼上安安静静地休息一下,不想下楼陪客人。徐义德考虑到今天晚上这顿饭十分重要,简直可以说是决定他和徐守仁命运的关键。他站在窗前想了半晌,看看太阳已经从西边高大楼房后面沉落下去了,花园里光线暗淡下来,料想冯永祥他们的座谈会快结束了。他匆匆走到林宛芝面前,体贴地问:

"要不要请个医生来看看?"

"用不着找医生,休息一下就会好的。"

"你心里怎么不舒服?"

"我心里……"她不清楚今天他为啥一定要她下楼。他在家里,她矜持地和冯永祥保持一定的距离,有时还表现出淡漠的态度。她防止他窥察她和冯永祥的暧昧关系,有意说心里不舒服,可没想到他一再追问。等了一下,她才说,"胸口有点痛,休息一下就好了。"

他已经看出她并没有病,就是不愿意下楼。他并不点破,指着她的胸口说:

"我给你吃点止痛药,好不好?"

"你倒变成医生了。"

"在你面前,可以算做半个医生。"

"谢谢你,走方郎中。"

"休息一会,我们一同下楼去吃饭……"

"为啥今天偏要我和你们一道吃饭呢?"

"这个,"他不能把自己的用意告诉她,一时又找不到理由,支支吾吾地说,"这两天没有和你在一道吃饭,很想念你。今天叫老王添些菜,约阿永、老梅来,大家喝点老酒,痛痛快快地过他一个晚上。"

她一听到那亲热的"阿永"两个字,脸上微微发热,故意地说:

"请瑞芳陪你们吃饭不好吗?"

"瑞芳?她哪里有心思和我们一块吃饭!吃饭的辰光,我还想和阿永谈守仁的事,请他帮帮忙。瑞芳参加不方便,让她在楼上待着吧,还是你和我一道下去。"

她不再坚持自己的意见,也不马上满口答应,妩媚地望了他一眼,娇嗔地说:

"我总是听你摆布,一点自由也没有。"

"你可不能这么说。你在家里可以说是太上皇,上下人等,哪个不听你的指挥?你如果没有自由,那我更没有自由了。"

"哎哟,把我捧得这么高,可别把我折死啦!反正说不过你,到头来都是依你的。"

"我在外边这样奔波,你说是为了谁?"

"啥人晓得。"

"你说说看。"

"为,为——徐义德!"

"你猜错了,我只为了一个人……"

"江……"

她还没说下去,他生气地反问道:

"我不是早就告诉你了吗?在业务上,我不能不和江菊霞往来。她是史步云的亲戚,也是史步云的耳目,在上海工商界混事,没有一个人不想高攀她。她厉害得像个雌老虎,我一点也不喜欢她,难道你还吃这个醋吗?"

"那么,你为了谁?"

"我全心全意为了你。你不能辜负我这一片好心。"

她没有言语,不相信地向他瞟了一眼。

"德公不在家吗?"

楼下传来冯永祥洪亮的声音。徐义德和林宛芝一同走下楼去,冯永祥一见林宛芝,精神抖擞地说:

"我以为德公唱了空城计,原来诸葛亮在楼上和夫人谈心啊!"

"我们在等你,正要下楼,恰巧你就来了。"

"永祥兄开了座谈会没有回家,我就把他拉来了。"梅佐贤从冯永祥背后闪出来,邀功地说。

"德公有请,小弟怎敢迟到。"他脉脉含情的眼睛暗中望了林宛芝一眼。

林宛芝有意避开他的视线,把脸转过去,望着大客厅的窗帷。冯永祥和徐义德他们一同走进大客厅,坐了下来。徐义德忍不住问道:

"今天的会开得很不错吧?"

"慕韩兄出马,会当然开得不错。"

"问题不少吧?"

"问题成堆,相当严重。"说到这里,冯永祥有意卖关子,不说下去。

徐义德看冯永祥嘴很紧,不便再问下去,但又想从他的嘴里听听马慕韩的想法和作法,好考虑自己的下一步棋。梅佐贤坐在冯永祥左侧,他向徐义德挤眼睛耸鼻子,暗示冯永祥肚里有好多话;同时,他把肩膀一耸,表示自己也了解不少,可是当着冯永祥的面,他不能抢先。徐义德并不急于要梅佐贤谈,冯永祥一走,梅佐贤自然会点滴不漏地向他报告。他这时要从冯永祥的嘴里听出言外之音来。徐义德胸有成竹地说:

"慕韩兄这次亲自出来抓资方代理人问题,抓对了,也抓得及时。五反运动以后,资方代理人是个突出的问题,我听到不少同业反映……"

徐义德说到节骨眼上,也学冯永祥,闭口不谈下去了。这一来,勾起了冯永祥浓厚的兴趣。他准备明天一清早抢先到中共上海市委统战部去反映资方代理人的问题,如果能从徐义德这里再听到一些新情况新意见,他可以反映得更完整一些,问题提得更高一点。徐义德这人,不给他一点甜头,他是不肯轻易谈的。他紧接上去说:

"德公看问题真敏锐,啥重大的问题也瞒不过你的眼睛……"

"过奖,过奖。我和你比起来,不过是小巫见大巫。"

"你是铁算盘,我连木算盘也不是……"

"你是掌舵的,我不过是做点具体工作,打打小算盘。"

"对,永祥兄是我们的领袖。"梅佐贤向冯永祥面前伸出了大拇指。

冯永祥毫不推辞,口气还算谦虚:

"我不过和大家一道尽点力量罢了。今天帮帮慕韩兄的忙,摸出资方代理人的问题不少,大家感到很苦闷,阶级关系不明确,所处的地位不明确,前途也不明确,甚至连苦闷也没有地方去诉。……"

"这是一个大问题。资方代理人不安心工作,普遍怕负责任,不肯在劳资协商会议上代表资方,有的还想辞职。他们连提拔也怕,我们长宁区有一家棉纺厂,董事会准备把襄理提升副经理,把副经理提升经理,可是他们怕提升后更加孤立,谈了两个多月还没有谈妥。"

"你这个例子好极了,很典型,很有说服力。"

"这种例子多得很,俯拾即是。"徐义德得意地说。他要在冯永祥面前露一手,说明徐某人对上海工商界的行情不是不了解,许多事体如果找到他,可以办得更好。他显出肚里的货色很多,却又不说出来。

"今天我本想请你参加的,慕韩兄说,人少点,可以谈得深一点,我就没有坚持了。"

徐义德真的以为是马慕韩拒绝邀请他,流露出不满的情绪,说:

"慕韩兄当然不欢迎我去的。有我在,他会感到碍手碍脚的。有些不同的意见,怕我当面开销。"徐义德不愿意在梅佐贤面前降低自己在工商界的地位,接着说,"不过,就是请我,我今天恰巧有事,也不能出席。"

"能者多劳。"

"不过是穷忙罢了。你去了,也等于我去了。"

"我怎能代替德公?你足智多谋,算盘珠子一动,要啥计策有啥计策。比方说吧,今天资方代理人在会上提出了一大堆问题,最后落到组织问题上,要成立资方代理人的文娱馆。慕韩兄当时便有点紧张,不知如何处理。"

"有你在,一定会处理得好的。这是一个抓群众的好机会。慕韩兄想在工商界施展他的本领,不是很好的机会吗?"

冯永祥听了徐义德这番话,心头不禁一愣:铁算盘果然名不虚传,凡事经过他的算盘一算,没有不清楚的。为了掩饰马慕韩的企图,也保护自己的用意,他故作不知,惊诧地说:

"这一点我倒没想到。"

"徐总经理想得深远。"梅佐贤露出钦佩的眼光望着徐义德。他刚才在座谈会上还以为马慕韩真是工商界的代表人物,连别的厂资方代理人问题也那么关心,原来还有他自己的目的啊!

"要成大事,实力越雄厚越好。"

"德公高见,小弟十分佩服。"冯永祥说,"我当时跟慕韩兄说,问题越多越好,这样才能引起当局的重视。成立文娱馆也是应该的,工人有文化宫,资方代理人为啥不可以有文娱馆呢?"

"这个道理对呀!把资方代理人组织起来,力量大了,有事就好办了。"说到这里,徐义德暗示地望了梅佐贤一眼。

梅佐贤领会他眼光的意思。在棉纺织同业公会的写字间里,梅佐贤刚把徐守仁出事的经过简单讲了,冯永祥就打断他的话,要他以后再谈,先研究资方代理人座谈会怎么开法,并且要他在座谈会上发言。梅佐贤当然愿意遵命照办,再要提徐守仁的事体,已经到了开会的时间。徐义德和梅佐贤在电话中商量好了,要梅佐贤约到徐公馆,在适当的时机,再把徐守仁的事体提出来。梅佐贤马上插上去说:

"一方面把我们这些资方代理人组织起来,一方面还要工商界的巨头们出面领导。有些事体,只要大老板们讲一句话,比我们的作用大多了。"

"那是啊,阿永一句话的分量和老梅的简直不能比。如古人所说的,阿永讲话,一言九鼎!"

冯永祥的脸上露出骄傲自满的笑容。梅佐贤抓紧机会,进一步说:

"徐守仁的事体,只要永祥兄一句话,问题便解决了……"

冯永祥脸上的笑容顿时消逝了,像是给一阵大风刮走了。他陷入深沉的思索里。梅佐贤约他来,他就料到有这一着。他本来不想来,但到徐公馆吃顿饭喝点老酒,有珍馐美味,连小账也不用付,还有人两厢侍候,何乐而不为?梅佐贤来请,正中下怀。可是梅佐贤不早不晚,在他兴头上提出徐守仁的事体,真扫兴。他谦虚地说:

"我可没那么大的本事!"

梅佐贤发觉冯永祥的眼光里含有责备他的意思,不好再一个劲上。但总经理委托的事又不好不卖力气。他摘下鼻梁上那副玳瑁边框子的散光眼镜,用嘴在镜面上哈了一口气,拿雪白的手帕擦来擦去,一边说:

"永祥兄太客气了……"

冯永祥有意不搭腔,从面前的矮脚的圆桌上抽出一支香烟,叼在嘴角上,燃起,悠然自得地抽着。徐义德生怕失去这个机会,接上去说:

"那天夜里的事,我连做梦也没想到,忽然来了两个人民警察……"

冯永祥不让徐义德说下去,打断他的话,说:

"我听老梅说了,真是不幸。现在人民政府根据法律办事,不会错的。守仁在外边搞的啥名堂,恐怕你老兄也不大清楚。"

"那是呀。"徐义德怕他推辞,迫不及待地恳求道,"不过父子总是父子,抓进去,到现在一点消息也没有,希望老兄大力帮个忙……"

"我?"冯永祥惊愕地说。

"唔,你和政府首长很熟,最合适不过了。"

徐义德抓得很紧,叫冯永祥躲闪不开。冯永祥心里想:这个人情不能轻易许诺,何况徐义德这个人像一匹没有笼头的野马,不上紧笼头,是不会听指挥的。他沉思地说:

"这可是桩大事体呀!我的头寸太小,派不上用场。"

"我看你最合适了。"

"不,我倒想起了一个人,你找他试试看。"

"谁?"

"马慕韩。"

"马慕韩?我同他不够这个交情。"

"早两天你不是还请他吃过饭吗?交情也不错哩。"

徐义德听冯永祥说到这里,闻到一股酸溜溜的味道,心头不禁一怔。他请马慕韩吃饭,没有告诉工商界任何人,冯永祥怎么知道的呢?那次没有请冯永祥,听他口气,是有意见的。怪不得今天资方代理人座谈会请了梅佐贤他们,不请徐义德哩,原来是给徐义德一点颜色看看的。徐义德感到在冯永祥手下办事不容易,老是把他放在自己荷包里。他想多投奔一些门路,对今后发展会有帮助。没想到请了一次客,就触动了冯永祥的虎须。偏偏在这个当口,徐守仁又出了事,不得不请冯永祥帮忙。他慌忙辩解道:

"谢谢你和江大姐介绍我参加了民建会,早两天在民建分会碰到马慕韩,他说我家的无锡菜好吃,便一道吃了便饭。本来想约你和江大姐一道来的,打了电话,没有找到你们。"

"不用约,我是常来打扰的,倒是江大姐你应该请请她,不然人家说,你过河拆了桥。"冯永祥讲到这里意味深长地望了林宛芝一眼。

林宛芝向徐义德盯了一眼,责备他最近又找江菊霞去了。徐义德脊背骨一阵凉意掠过,他感到很窘,不仅是冯永祥当着林宛芝的面公然提到江菊霞的事,而且是指着和尚骂秃子,叫他既不好否认,也不能承认。他觉得冯永祥有一根无形的绳子紧紧捆着他的身子,使他动弹不得,只能让冯永祥牵着走。他不甘心俯首帖耳地仰人鼻息,可是目前处在这狼狈的境地,又不得不依仗冯永祥的大力。他忍气吞声,表明自己的心迹:

　　"我不是过河拆桥的人。永祥兄对我的好处,我一辈子也不会忘记的。守仁这件事,希望老兄帮个忙……"

　　徐义德虽说暗暗低了头,但他还怕冯永祥不答应,想起守仁现在不知道在哈地方,吃怎样的苦头,心头一阵辛酸,话也说不下去了。

　　响鼓不用重槌。冯永祥一点,徐义德就明白了。冯永祥不松口,再逼他一步:

　　"我知道德公不是那种人。我就怕江大姐多心。守仁的事,我不是不帮忙,就怕头寸不够,说话不生效力,叫你失望,反而不好……"

　　徐义德暗中碰了碰林宛芝的胳臂。林宛芝喝了一口茶,慢慢地说:

　　"冯先生是上海滩上的红人,同政府的首长又很熟,这个忙请冯先生帮一帮!"

　　"这个,"冯永祥一见林宛芝开口,他心里早就软了。林宛芝拜托的事,冯永祥哪有不奉命办理的道理?他望着她微微一笑,说,"德公的忙,我当然要帮,不过,慕韩兄出面说一句话,那就更有力量了。"

　　她从他的微笑里,知道他心里已经答应了,用不着再催。她看到梅佐贤那一双眼睛在眼镜后面滴溜溜地注意他们两个人的表

情,心里有点发慌,惟恐被他发现内心的秘密。她撇清地把人情推到徐义德的身上:

"对啊,你和义德是要好的朋友……"

徐义德见冯永祥死揪住马慕韩不放,要打开这个结。他想出了一个妙法:

"永祥兄说的也有道理,你们两位出面,守仁的事一定没有问题了……"

"十拿九稳。"梅佐贤在一旁打边鼓。

"慕韩兄那里,还得依仗你老兄的大力,"徐义德接着说,"我同他提,怕碰钉子。"

冯永祥正愁不好急转弯,听了徐义德的话,暗暗钦佩他想的好主意:

"德公的事,我不能不帮忙,一定遵命办理。最近慕韩兄要请工商界朋友们聚聚,我把你的名字开上,吃完饭,我们慢点走,一同跟他当面谈。我想,他会答应的。"

冯永祥对徐义德说完,毫无顾忌地注视了林宛芝一眼,要她领这份人情。她羞答答地避开他的眼光,微微低下了头,心急剧地跳动着。

# 四十九

马慕韩请客的名单曾经和冯永祥商量,原来列了徐义德的名字。虽然徐义德和他顶撞过几次,但是徐义德精明强悍,在重大问题上,特别是对政府方面,他们是一致的,今后和政府进行合法斗争,是一把手。何况徐义德最近又参加了上海民建分会,在民建分会改选上,他也能起一些作用。马慕韩从北京回来,徐义德在家里请他们吃饭的那天晚上,希望他出面邀请工商界朋友们谈谈民建分会改选的事,表面上他没有一口答应,但也没公开拒绝,心里觉得当仁不让,是义不容辞的。利用传达全国工商联筹备会和民建二次扩大会议的机会,他已经分别请了工商界各方面朋友吃了便饭,还把冯永祥、江菊霞和唐仲笙约到他家里深谈了几次。最近又开了资方代理人的座谈会,阵势已经布置好了,他认为到了应该出面邀请大家来谈谈的时机。不料冯永祥不赞成请徐义德,使他莫名其妙。现在正是要用冯永祥这帮人,徐义德是冯永祥推荐到星二聚餐会的,宁可得罪徐义德,也不能不买冯永祥的账。他没有深究其中的原因,就接受了冯永祥的意见。但他心里有些纳闷,不知道冯永祥葫芦里卖的啥药。

晚上六点半钟,马慕韩根据冯永祥的建议,准时到了江西中路莫有财厨房。这是上海一家著名的淮扬菜馆,过去是银行家出入的地方,现在是棉纺业老板们碰头的场所。莫有财名气虽大,但是外表并不堂皇,也不引人注目,陌生人走过那座灰色的大楼下面,绝对想不到夹在许多写字间当中,有这么一家著名的菜馆。马慕

韩上楼走进去,像是回到自己的家一样熟悉,跨进靠马路的那间房间里,不禁大声叫道:

"阿永,你倒比我先来了。"

"前后脚——约好了,怎么敢迟到?"

马慕韩脱下身上深灰色的克什米冬大衣和头上的咖啡色丝绒呢帽挂到衣架上,一屁股坐在长沙发上,紧紧靠着冯永祥,指着那间僻静的房间说:

"这儿很安静,谈话方便些。"

"菜也有名——你挑的地方真好。"

"听你的话,今天请的人不多,可以敞开谈谈。"

"星二聚餐会取消了,碰头没有过去那么方便,多少总有点别别扭扭的。"

"那也没啥,多选几个地方碰头,调调胃口,也蛮有意思的。"马慕韩接着问他,"你说起星二聚餐会,我倒想起德公来了,不是你介绍他参加的吗?这次请客,你说不要请他了,怎么你今天又把他的名字添上了?"

"唉,这位德公,不晓得从啥地方听到你今天晚上请客,向我打听。我本来不想告诉他,因为你讲过请他,就大胆代你请来了。你该不会反对吧?"

"你给我办事,谢谢你还来不及,怎么会反对?"

"慕韩兄真是统帅风度。"

"但比不上你——既能代表我们工商界,又能代表人民政府,真是四面灵通,八面威风。"

"要讲代表工商界,我提不上,只有你才真正是我们工商界的代表,有实力,有地位,头脑清爽,年纪又轻,前途远大!老实说,上海工商界那些老老,哪个也比不上老兄。"

"阿永,你别把我捧到天上,摔下来可不轻啊!"

"不要紧,我们来保驾!"

说这话的是唐仲笙,跟在他身后进来的是江菊霞。她娇声滴滴地质问道:

"阿永竟敢欺侮慕韩兄?"

"我也没有吃豹子胆,怎么敢欺侮慕韩兄?"

她把身上那件紫色素缎面子的灰鼠斗篷递给服务员挂在衣架上,里面露出夹绒的大红旗袍。她像一团火似的走上来,对冯永祥说:

"谅你也不敢!"

"大姐驾到,小弟更加不敢!"

"大姐不来,阿永就要放肆?"

"不是这个话,我们的军师,别在小弟身上做文章。"冯永祥向唐仲笙拱拱手,他一眼望见门外挤满了人,为首的是徐义德,他连忙把目标转移,说,"有本事的,和铁算盘斗斗……"

徐义德不知道冯永祥那句话的意思,见江菊霞站在旁边,她的脸和她的旗袍一样的通红了,故作惊诧地问道:

"我刚到,就惹到我的头上来了。"

江菊霞怕徐义德上了冯永祥转移目标的诡计,慌忙插上来说:

"别听阿永的鬼话,我们正在讲他哩!"

紧跟着徐义德进来的是潘信诚父子两个。他们身后是宋其文和柳惠光,最后一个走进来的是金懋廉。马慕韩查点客人已经到齐,便让大家就座,把一张大圆桌子坐得满满的。桌上的酒菜早就摆好,四大碟子的拼盘不但味道鲜美,色彩也配得很好。每个人面前那杯陈年白兰地,地道的法国货,是马慕韩要司机从他家里带来的。他知道冯永祥最喜欢喝这种洋酒,今天特地好好灌他一下。冯永祥这个酒鬼一闻到那香味,口水差点要流出来,忍不住端起酒杯,向大家敬了一圈,一饮而尽,然后拿起筷子,说:

"今天是慕韩兄请客,大家用不着客气。"

"阿永请客,我们也不会客气,"江菊霞用筷子夹了一片凉拌腰片送到嘴里,赞赏不绝地说,"这腰片真嫩!"

"不然怎么叫做莫有财?"金懋廉在上海解放以前,就是这里的老主顾。江菊霞赞赏莫有财,好像就是赞赏他自己。他说,"好的还在后头哩!"

马慕韩听到客人赞赏,很高兴,说:

"懋廉兄是行家,常上这里来的。他的话没有错。"

"不是行家,是吃家。从前倒常来,银行界的朋友喜欢在这里碰头,现在来的次数少了。"

潘信诚抬起头来看看房间四周挂的字画,迎街的白布窗帷早已拉起,房间的门也关得紧紧的,屋子里的暖气烧得正合适,很暖,但是不太热。屋子里一个闲杂人也没有,仿佛在自己家里一样。门开了,服务员端进来一碗鸡丝煮干丝和一大碟红白相间的肴肉。他随大家夹了一筷子干丝吃了,等服务员走出去,才说:

"在吃的方面,银行界的朋友最精不过了。过去,我们有事请银行界朋友吃饭,得请他们自己带厨子来;就是现在,到银行界朋友家里吃饭,也比外边饭馆好。"

"对,对。"冯永祥年纪轻,他并不知道工商界老一辈的情况。潘信诚说了,大概没有错,他就信口同意,摆出对过去工商界情况也很熟悉的神情,说,"懋廉兄,啥辰光请我们到府上叨扰?"

"阿永赏光,十分欢迎。"

"那我们这些人是不受欢迎的啦。"

金懋廉看了唐仲笙一眼:

"有智多星在座,讲话真不容易,一不小心,就要挑剔。只要大家赏光,啥辰光都欢迎。"

"那很好。"唐仲笙说,"从北京开会回来,我以为传达之后,再开人代会贯彻,今秋一定丰收,农民购买力提高,必然有好气象,旺季就要到来,过年要好好'加料'。现在看来,问题还多,今年私营企业业务不如去年。拿今年上半年来说,每月平均营业额只有三万多亿,和去年同期就相差很远。下半年比去年同期也不如,现在到年底不足两个月,估计不会好。过去,大家说淡季不淡,旺季更旺。现在情况完全不同了。眼看着年就要到,这个问题不解决,过年'加料'也就成了问题,只有靠懋廉兄了。"

"请到懋廉兄府上'加料',"冯永祥向大家拱拱手,笑着说,"希望大家赏光。"

"阿永办事真快,"徐义德奉承地说,"马上就发请帖。"

他很愿意和金懋廉多打交道。金懋廉对他也特别照顾,沪江纱厂向信通银行轧头寸,金懋廉没有一次不帮忙的。大家一听到"加料",个个神采焕发,只有宋其文无动于衷,他抹一抹胡须,摇摇头,叹了一口气,说:

"请客当然是好事,就怕顾不上,今年的这个年怎么过法,还是一个大问题哩!"

他这几句话吸引了大家的注意力,人们的眼光都集中到他身上来了。他今天出席马慕韩的宴会,事先曾经仔细考虑了一下机器业目前的处境,还没有引起政府当局的注意,利用今天的集会商量一下,找到出路自然很好,不然,一定有人听了之后反映给统战部,至少冯永祥会去反映的,党与政府了解了,事体便有了眉目。他见大家都望着他,便抓住这个机会,把心里的话倾吐出来:

"我们机器业过去倒还不错,'五反'以后,一直没有恢复元气。我最近参加审查牛头刨床的工缴问题,同业说:到底国家要我们怎么做,不清楚,这个日子等不到民主改革和生产改革了。大家不知道生产些啥。八种牛头刨床,每年总产量是二百部。工业部说不要做了,做了也不要。国家不定货,自己无成本,没有做存货的能力。工缴要两千万一部,工业部只付一千七百万,虽说利润不多,但是还可以拖几年。可是工业部不定货了,日子更难过。工资、伙食占成本四分之一还多,差不多要到三分之一,利润多少倒无所谓,现在只求勉强发出工资,就心满意足了。资金短绌是个大问题。同业们都担心,过一天算一天,不晓得能不能混到年底。各位情况比我们机器业好,我们年关怕过不去。"

潘信诚听了这番话,心情很沉重。通达纺织公司虽然主要经营棉毛丝绸,通达纺织机械厂只占他企业当中一小部分,但机器业的困难不会不影响到他头上。而工商界有困难,他都感同身受。他怕冯永祥这些青年不注意,吵吵闹闹滑过去,有意把问题提得大一点,引起大家关心:

"机器业本来不是还不错吗?怎么也有这些问题,这可不是一件小事呀!"

"资金短绌不是机器业的个别现象,"金懋廉说,"听说最近所得税议定中等经营、中等技术标准的辰光,发现不少厂只有设备,没有资金。"

"对呀,对呀,懋廉兄说的对极了!究竟是金融界,看问题比我们全面。我还以为只是我们机器业困难哩,原来别的行业也有问题。"宋其文得到金懋廉的支持,更加振振有词了,"资金问题不解决,生产积极性提不起来,机器也转动不了。"

"不但工业困难,商业方面资金也有些问题。有的行业希望人行①开放流动质押,或者贷款;有的要求人行做押汇,并且要求免收保证金。"

潘宏福坐在爸爸的下首,他听金懋廉对工商界资金问题了如指掌的议论,心中暗暗佩服。"通达"方面,一向资金充足,不但在人行有大批存款,海外也有外汇,从来没感到过资金短绌的问题。

---

① 人行,指中国人民银行上海分行。

493

他不解地问金懋廉：

"为啥不少行业资金短绌？"

"这个问题相当复杂，照我粗浅的眼光看，'三反'、'五反'以来，有些厂店长期坐吃山空，加上'五反'中货价跌落，打六折七折出售，无形之中，减少了资金。物价跌落对消费大众来说，是好的，但对工商业就有影响了。同时，有些货销路不旺，积压很多，也减少了资金。不晓得我这个看法对不对？"

"这当然也是原因，可是还有其它原因，"唐仲笙向金懋廉微微笑了笑，说，"税收也是一个原因。去年所得税期末存货估计和标准纯益率，照我看来，都偏高了，而且滞纳金数字又太大。今年'三反'、'五反'过后，刚刚松一口气，却又碰上估缴所得税。你说，资金怎么不枯竭？"

"税法专家究竟高明，我在这方面没有研究。"金懋廉表面谦虚，实际上并不同意他的看法，转了一个弯，说，"不过，所得税每年都要缴的，为啥今年影响到资金枯竭呢？"

"这个问题提得对。"潘宏福说。

"滞纳金数字很大呀，有的厂滞纳金，听说占五分之一哩。全上海算起来数目不会少。税收任务完成了，工商界的资金也就枯竭了。"

金懋廉心里想：唐仲笙这位税法专家，在条文研究上确实高人一等，但对实际情况的了解，却并不高明。对金融界的情况，老实不客气地说唐仲笙更不能和他比。他看到工商界的心情虽说从北京开会回来以后好了些，但是还相当沉重，许多人对企业经营兴趣仍然不大，对某些行业暂时的困难顾虑过大，如果不理出个头绪来，寻找一条出路，工商界是振作不起来的，信通银行也要牵连进去。可是他也不好和唐仲笙这些人唱对台戏，便顺着唐仲笙的口气说：

"滞纳金过多,当然要影响到周转资金。不过,我了解许多厂商不断向银行提取存款,按期交税,是用不着交滞纳金的。仲笙兄说滞纳金占正税五分之一,怕也是估计'偏高'了。我看,资金枯竭还有其它原因。"

"估计'偏高'?"唐仲笙不相信地望着金懋廉。他一时又提不出反证,也不愿接受金懋廉的意见,怕追问下去,金懋廉提出具体数字,他更站不住脚,便给自己留有余地,说,"也许是各人的看法不同。"

他停了停,又追了一句:

"懋廉兄说还有其它原因,我倒愿意领教领教。"

金懋廉感到唐仲笙诡计多端,在税收问题上提不出根据,把身子一闪,反而向他提出问题。他正愁不知道怎么答复他,徐义德挺身而出:

"拿我们'沪江'来说,'五反'以后,劳保福利增加了,安全卫生设备也增加了,单是降温设备一项就把几年来赚的钱用光了,资金无形中日渐短绌。这次北京开会,郑主任提的那几条原则都很好,实行起来就不大容易。比如利润吧,最近染织业反映:要是以百分之二十五的利润计算,实得股息红利还不如银行利息;何况没有百分之二十五的利润,又何况要达到这个目标要保证百分之百的开工率,万一出了点岔子,利润不但没有,而且还要亏本。百分之百的开工率能有几家呢?这样下去,资金怎么会不枯竭?"徐义德讲到后来,简直有点气愤了。

"纺织业得天独厚,怎么也有这些问题?"柳惠光困惑地问。

"每家有一本难念的经。"徐义德不胜感慨地摇了摇头。

金懋廉深知徐义德的内幕,沪江纱厂在信通银行放的头寸很多,资金不但不枯竭,而且十分充裕。徐义德最近在给资金找出路,听说这次北京开会企业越大越受到中央的重视,曾经向金懋廉表示过：对同业的困难，沪江一定要想办法帮助。这是徐义德的老办法：名义上是救困扶危，实际上是准备把别人的厂"吃"过来。徐义德有意叫嚣资金短绌，给他提了两条理由，很有力量，实际上驳斥了唐仲笙的意见，所以他并不揭露徐义德的内幕。

"比起纺织业来，我们商业的困难就更大了。"柳惠光没有讲到正题，两道细细的眉毛便紧紧凑到一道去了。他字斟句酌地说，生怕说错了一个字，给别人抓住把柄，"最近朋友们碰到，总关心差价问题。广州榴花牌砂糖价格五十八万，运到上海的运费要三万五，可是上海牌价只有六十三万，所以要亏本。我们商业'难'字当头，资金也短绌……"

他说到这里，声音低沉，一方面怕说错，另一方面感到经营商业实在不容易。他怯生生地注视一下圆桌四周的人。大家都放下筷子，凝神听他诉说，连桌子当中那一盘肴肉也被冷落了。徐义德见柳惠光停住了，怕他胆小不敢往下说，特地给他助威：

"差价确实是个大问题，棉布业也认为坯布差价百分之八，色布差价百分之十，花布差价百分之十二，都太低了。惠光兄究竟是从事西药业多年，对商业行情很熟悉，提的是中心问题。"他希望调整差价，可以获得更多的利润。

"惠光兄说的确实是事实，"金懋廉知道差价一般规定是合理的，不过没有暴利，所以有些行业不满意。他不直接点破，以免得罪别人，只是说，"不过，各行各业情况也不完全相同……"

马慕韩插上来说：

"是的，各行各业情况不同。这次我和三百多位工商业家到浙江参加土产交流大会，名牌货热门货销路的确好。这次特点是到了初级市场，和农村消费者直接见了面。我们轻工业前途大有希望……"

"轻工业前途不错，但是私营商业缺乏资金，经营困难，也会影响我们私营工业的发展!"

徐义德这两句话如同奇峰突起,叫柳惠光摸不着头脑,他睁大眼睛说:

"我们商业困难竟会影响到私营工业头上来了。这一点,我这个迟钝的脑筋还没想到,难道说你们工业方面的困难,要怪我们商业吗?"

他深深感到肩胛上担子沉重,望了各位工商界巨头们一眼,在座完全从事商业的只有他一个人,更加感到严重。他心里想不通,认为工业有困难,应该和政府算账,怎么找到商业的头上来呢?认为徐义德有意和他寻开心,叫他当着众人的面下不了台。他不会说话,也不大敢说话,如果在座有一位商业方面的巨头,那该多好呀!他这时唯一的希望只有冯永祥了,阿永了解商业方面的行情,也和商业方面有联系。冯永祥察觉柳惠光的眼光向他身上扫来,真的发言了,但没正面支持柳惠光,不过对问题的了解却有帮助:

"惠光兄,德公的话还没有说完,先听他的。"冯永祥伸出右手,向徐义德一摆,邀请道,"德公有何高见,小弟愿闻其详。"

"过去商业对工业的影响有两个方面:第一,可以起蓄水池的作用,淡季的辰光,商业向工业订货,储蓄起来,这样,就加速了工业资金的周转。第二,可以帮助工业推销产品,工业上的新产品和非名牌货,都可以靠私营商推销,逐渐打开市场销路。可是目前的商业呢?国营公司掌握了批发环节,私营营销商垮了,零售商橱窗里的货色也摆不齐,自己困难重重,怎么有力量起这些作用,不是影响了我们私营工业的发展?"

徐义德的妙语惊动了在座的巨头们。冯永祥觉得这意见十分新鲜。他自己还没有想到这一层,不禁露出钦佩的神情,说:

"德公高见,令人钦佩!"

"区区之见,算不了啥。"

"不,这可是大问题呀!"冯永祥伸出大拇指在徐义德和大家面前晃了晃。

金懋廉也同意徐义德的意见,说:

"这笔数字很可观!所以我说资金短绌这个问题很复杂,原因是多方面的,商业困难,也可以说是一个原因。"

金懋廉不仅赞扬了徐义德,实际上也捧了自己,更加证明他的看法对。马慕韩欣赏徐义德的才干,发觉徐义德确实有不少高人一等的地方,看问题尖锐,算盘打得精,事情办得高明,有事把他拉到一道商量是有好处的,只是他不像唐仲笙那样听从指挥,他的实力又比唐仲笙雄厚,个人野心更比唐仲笙大得多。冯永祥老是把他放在自己的口袋,压在他手下,在区里活动,虽说可以接触中小工商业,但有点大材小用,埋没了他的才能。要是把他放在自己圈子的外面,可是一个劲敌,不如把他拉过来,一同合作,特别是民建分会改选,更需要这样的人材。他于是暗中拉了徐义德一把:

"究竟是德公,问题看得深透。"

"不敢当,不敢当。"徐义德心里却认为马慕韩的恭维是受之无愧的。除了在资产方面不如潘信诚和马慕韩他们,别的方面自以为并不逊色,他在工商界老是寄人篱下,是不甘心的。

"那当然,德公么。"潘信诚说。

唐仲笙见大家捧徐义德,心里早就不舒服了。马慕韩活动民建会和工商联的事,很多方面是他出的主意。这么一来,徐义德要压倒他的样子,自然不服,最后连潘信诚也捧起徐义德来了,更叫他受不了。现在正是马慕韩招兵买马的辰光,他不能让步,叫徐义德红起来;可是又不好正面对付徐义德,打狗看主面。马慕韩欣赏徐义德,区区唐仲笙怎么能反对呢?他眼睛一转,想了个主意,说:

"德公看问题确实深透,高人一等。不过,问题也有两个方面,商业困难影响了工业,不能起蓄水池的作用,反过来,工业困难,生产成品减少,资金短绌,也影响了商业的发展。"

"这个道理很对。拿我们西药业来说,制药厂有不少成品制不出,开工率不到百分之七十,我们门市就受了很大的影响。"柳惠光敬仰地望着唐仲笙,暗中责怪自己为啥没想到这一层。

唐仲笙显得比徐义德更高明,给柳惠光一支持,心里越发得意洋洋。马慕韩听了,也认为唐仲笙不含糊,和徐义德比起来,各有千秋,不相上下,特别是在税法上,徐义德不如唐仲笙。他看见服务员推门进来,把一大碗红烧狮子头送到桌子当中,这是莫有财的名菜。快吃饭了,民建和工商联的问题再不谈,就要耽误了。他怕两将相争,坚持不让,误了他的大事。他喝了一口陈年白兰地,兴奋地说:

"我们私营工商界的事,总是息息相关,互相影响的。商业困难影响到工业,工业困难也影响到商业。这些困难都是'五反'以后的暂时现象。谁也不能怪谁。我们希望私营工商业都好。私营工商业存在着许多问题,说句老实话,和我们消极情绪很有关系,大家积极起来,有困难的行业完全可以克服的。当然,公私关系没有完全调整好,也是一个原因。政府在这方面已经注意了,也调整了,可是,工商界像个得了重病的人一样,不是马上可以调养好的。根据郑主任的指示办,这些问题完全可以解决。另外还有一个原因,怕是主要原因,就是私营工商业者过去有一套生产经营的方式方法,我们也习惯了这一套资本主义的方式方法。现在是新民主主义的社会,要进入社会主义社会,这一套东西行不通了,应该加以批判。目前是青黄不接的时期,旧的要批判掉,新的还没有吸收来,大部分工商界朋友彷徨等待,对生产经营产生消极情绪。国家要实行计划经济,很好,那么,等国家有了计划,我们照做,一点也不主动。主要原因是老一套不行了,新一套没有,一下子改变也不容易。不但我们资方消极彷徨,资方代理人也感到事体难办,想辞职;职员也是这样,原来那一套经营管理方式不行了,新的还没有学会。转变的过程是困难最多的时期,旧社会遗留下来的缺点不是一下子就能改造好。我们工商界的困难也不能完全依靠各行各业自己解决。"马慕韩看大家的注意力都给他这一番话吸引住了,连潘信诚也闭着眼睛凝神谛听,一边听,一边深思。他趁着大好时机,急转直下,立即谈到本题,喘了一口气,说,"要共同解决,最最关键的问题是要组织起来。上海工业过去是在帝国主义和官僚资本主义压迫下生长的,各式各样都有,种类繁多,相当复杂;大规模的,基础好的,非常之少。解放后,生产关系改变,生产力发展了,千头万绪的工业不好好组织起来,一不好领导,二不会发展。要是能够在国营经济领导之下组织起来,一定能够发挥很大力量。我记得去年机器业曾经组织过专业联营,用大厂作为核心,带动小厂,通过联营争取国家经济的领导和帮助,可以大大发挥潜在的生产力。"

"这个事可别提了,"宋其文一提到联营就有点汗毛凛凛。他抹了抹胡须,摇头说,"'五反'当中,暴露了联营有问题,容易搞'海底篱笆'。千万搞不得。"

"那是因噎废食。为啥不可以又联营又不搞'海底篱笆'呢?政府不信,可以检查。"马慕韩气宇轩昂,毫不在乎。

"慕韩兄的意见可以考虑,组织起来力量大,我想没有坏处。"冯永祥支持马慕韩的意见,说,"慕韩兄水平高,每天都要读几页《毛泽东选集》。他把问题提到马列主义的理论上来了,谈的是生产力和生产关系。党的方面最关心的就是这个大问题,革命就是要改变生产关系,发展生产力。这可是一个根本问题呀,是根本问题中的根本问题。慕韩兄真不简单,整天在家里啃马列主义,是上海工商界的出色人物!"

"不,"冯永祥接着更正道,"是全国工商界的出色人物,是工商界第一流人物,是一流人物当中的这个!"他伸出大拇指来,在桌子当中晃了晃。

潘信诚看马慕韩和冯永祥那股盛气凌人的样子,厌恶地闭上了眼睛,拒绝看冯永祥那一副腔调。他深知马慕韩学习《毛泽东选集》,是为了学习共产党那一套,好对付政府,进行合法斗争;不是真的学马列主义理论。

"慕韩兄是我们工商界的理论家。"江菊霞不甘寂寞,也捧了一句。

"我谈不上理论二字。"马慕韩向江菊霞拱拱手,敬谢不领。

"大姐钦定,你怎么敢推辞!"冯永祥笑着说。

潘宏福听了"钦定"二字,有点诧异,便问冯永祥:

"江大姐也不是皇帝,怎么好说'钦定'?"

"你忘记了吗?我们江大姐的名字原来叫 Marry Kiang,有位皇后不是也叫玛丽吗?玛丽皇后封的理论家,怎么不可以叫钦定呢?"

"绕了这么一个大弯子,我才明白。以后还希望你多多指教。"

潘信诚睁开眼睛,斜视了儿子一下,斥责道:

"你不明白的事体多着哩,以后要用心听,少打断别人的话。"

潘宏福不知道父亲为啥突然给他这一闷棍,他不高兴地嘟着嘴,不再吭声了。

马慕韩抓紧时机接着说下去:

"千言万语,总之一句话,组织起来非常重要。不但工业要组织起来,我们工商界也要组织起来。过去民建会、工商联的性质和任务不明确,这次在北京开会,听到中央首长的指示,看到了光明大道,民建会和工商联的性质和任务明确了。全国工商联筹备会开会后,又发表了组织通则,上海市工商联组织已经发展到区。工商联包括了国营、私营、公私合营和合作社等各种经济,小到摊贩和手工业者,在国营经济领导下发展生产,改善经营,各得其所。民建会代表民族资产阶级的合法利益,一方面指导工商业者发展生产,繁荣经济;另一方面,工商界有啥困难,有啥意见,也可以统一反映给有关单位,这样就很有力量。民建会对工商界做好工作,在新民主主义的建设中,就会起更大的作用。问题是上海分会是临工会,从解放一直'临'到现在,还没有改组领导机构。"

潘信诚听到这里,明白马慕韩今天这一桌酒席的用意了。他睁开眼睛注意人们的表情,看大家对马慕韩这一番话的反应。徐义德的嘴唇动了动,急切地想讲话,但马上又紧紧地闭住了嘴,好像要看看行情再说。宋其文不断抓住右边嘴角的胡须搓来搓去,对民建会很有兴趣,不愿意随便暴露,私下在动脑筋。唐仲笙和江菊霞非常沉着,仿佛早就知道马慕韩要提这件事,而且也拿定主意不说话,准备先听别人的意见。他们两人暗暗向别人偷觑的眼光,叫潘信诚发觉了。潘信诚迅速地避开,以免和他们两人的眼光碰上。柳惠光只想保持住利华药房目前的小康状况,明知道民建会和工商联不可能有他的职位,自己也不希望抛头露面,那会遇到风险。他满足目前的地位,和工商界巨头们保持一定的联系,有啥好处绝对不会捺下"利华",碰上坏处,也可以闪开,不让"利华"沾上。他很笃定,静听大家的宏论,不准备表示意见。金懋廉倒想在民建会插一脚。他善于看市场的变化和观察别人动静,见大家冷场,便打破沉寂的空气,冲着马慕韩说:

"民建扩大会以后,民建会员的认识提高,积极性也提高了。上海不是准备召开会员大会,要改组领导机构吗?"

"是呀。"马慕韩感到下面的话由自己来说不大方便,一边思索,一边望了冯永祥一眼。

冯永祥为了活跃一下刚才沉闷的空气,同时也借机会想一想怎么搭腔,他指桌子当中微微冒着热气的狮子头,馋涎欲滴,说:

"只顾谈话,这么好的菜放在一边,再不吃,冷了,太可惜了。"他举起筷子夹了一小块狮子头往嘴里一送,很快就吞下去了。他赞赏地对大家说,"别人喝酒是先饮为敬,我吃菜,也是先吃为敬。这个狮子头嫩得像豆腐,诸位明公如若不信,一尝便知!"

大家都夹了一块红腻腻的狮子头吃。江菊霞怕胖,不敢多吃肉类和脂肪,只夹了一点,慢慢咀嚼。她见冯永祥这个饕餮之徒狼吞虎咽的吃相,心里忍不住好笑,嘴上又不得不捧他,便对金懋廉说:

"这菜,只要阿永评定,包你没一个错。"

"阿永是大吃家,那还有啥好说的。"

"但我比不上懋廉兄。"

"一个八两,一个半斤,你们都是美食之徒。"马慕韩说完了,又望了冯永祥一眼。

冯永祥会意地接着说:

"今天聚会难得,民建会的事体倒要借这个机会好好议论一下。今后上海民建会工作,不管是选举委员也好,整编小组也好,调整机构也好,制定组织规程也好,都需要和大家协商协商。"

徐义德见大家都不想发言,他迫不及待,只好先说了:

"慕韩兄的意见很对,组织起来十分重要。工商界过去对民建会太不热心了,连入会也不肯。现在要改变过去那种消极的态度,不但要改选领导机构,小组的成员也应该是工商界的会员为主;小组生活,要侧重工商界的实际问题谈。"他心里想,自己是新会员,领导机构里大概没有份,不如先抓小组,倒比较实惠。

"德公的意见很好,工商界要参加民建会的实际工作。最好中型企业的工商业家多出点力,因为他们既能接近大资本家,也容易和小资本家联系……"唐仲笙恐怕大家的眼睛都朝大资本家身上望,把他这样不大不小的资本家给忘记了。

他的话没说完,冯永祥就封官许愿,一句话说到他的心里:

"德公和仲笙兄的意见很对,民建会是我们民族资产阶级的政党,组织路线要发展资本家入会,特别要以大资本家为主,适当照顾中小资本家。我们指导思想应当代表资本家的合法利益。要做好民建工作,必须网罗工商界各方面的人材,像仲笙兄这样的人最适当,我看他担任上海民建会的组织处长,或者副秘书长,对我们工商界的帮助一定很大。"

"我,我,"唐仲笙给冯永祥点破,有点不好意思,脸上发烧,怕人看见,他低下头去,用筷子把自己碟子里的狮子头弄碎,夹来夹去,可是不吃。过了一会,他才说,"我不是给自己宣传,不过提出来请大家考虑考虑。上海中型企业的工商业家比我强的人多得很,我不够资格当处长、副秘书长这些工作。"

说完了,他又怕得罪冯永祥,赶紧补上两句:

"当然,阿永有事体要我做,我一定效劳。"

"阿永有啥吩咐,我们没有一个人不听指挥。"金懋廉不露声色地表明自己的愿望。

宋其文是老民建会员,一九四五年在重庆成立民建会,他是发起人之一,当选了总会的常务委员。因为在工商界实力不厚,代表性也不大,一直是个常务委员。在上海要数他是老资格了,不过在史步云面前他还得退让一步。他对这次改选抱了很大的希望。他估计,一个副主委大概不成问题。但从今天的形势看,潘信诚没有表示态度,他的话没有摸透。马慕韩请客不是简单的事体。冯永祥又跃跃欲试,这位少不更事的青年,目中无人,像一匹脱缰的野马,在上海工商界驰骋,谁也奈何他不得。他要想点对策,首先要把他笼络住。他的手从胡须那里放下来,说:

"阿永是难得的人材,应该在改选的民建会里多负一些责任。"

冯永祥毫不推辞,老实不客气地说:

"要靠其老的领导。"

马慕韩见大家对民建会兴致勃勃,蠢蠢欲动,他高兴上海工商界大有可为,这两次会一开,许多人对民建会的态度转变了。他可以在这方面多出点力量,让政府首长知道,有事交给马慕韩,没有办不好的。但大家都从自己的利害关系谈,好像忘记了马慕韩是今天的主人。他也不好意思给自己吹嘘,望见潘信诚默默不语,便说:

"大家关心上海民建会很好。中央对大型企业特别重视。阿永说的对,我们的组织路线应该以大资本家为主,组织路线要和组织面貌相适应才对。但是大资本家自由散漫惯了,吸收一些大资本家参加不是一件容易的事。大资本家进来了,也得要人领导。民建会章上规定的权利,一般大资本家是不满意的。今后民建会要找些机会,做几件对工商业家有利的事,特别是对大资本家有帮助的事,这样才会引起他们的兴趣。我看,信老要是肯出来领导我们,大家一定很满意的。"

潘信诚向马慕韩瞟了一眼。他料到史步云虽然当选民建总会的副主委,但决不会放弃民建上海分会主委的实职,否则变成明升暗降。他不必出面和史步云争夺这个职位。有些非做不可的事,可以叫潘宏福出面。他叹息了一声,接着谦虚地说:

"上了年纪啦,不中用了。步老和慕韩老弟出来,一定比我还不负众望。"

"不,这回民建改选,信老非出马不可。"冯永祥哪方面的力量都想拉拢,同时,潘信诚出来不过当一名副主委,和他的职位并无矛盾。他自己完全清楚:像他这样的头寸,副主委是摆不上的,最多也只是秘书长、处长一类的角色。他说,"信老不出马,我们不干。"

他转过脸看见马慕韩盯着他望,立刻又补了两句:

"当然,慕韩兄是没问题的,一定要直接领导我们。"

"我年纪轻,做点实际工作还可以。讲到领导,那非步老、信老不可。"马慕韩谦虚地说。

"我身体实在吃不消,有事,叫宏福这孩子做做倒可以。"

"宏福老弟一定要参加民建工作,这没有问题,他欢喜活动,在联络处工作倒顶适合……"冯永祥又在封官了。

给爸爸瞪了一眼以后,潘宏福一直没开口,连吃狮子头也没味道,一个人沉默地坐在爸爸身边。现在爸爸提到他,他心情顿时开朗了,又活跃起来:

"我给永祥兄当名秘书吧,听你的指挥,你要我做啥,我就做啥。"

"可别折死我了。"冯永祥向他拱拱手,"怎么敢要大老板当我的秘书,这不要埋没你的人才吗?"

"宏福,阿永的秘书可不好当啊!"江菊霞从旁挑拨。

"难道我当秘书的资格也不够?"

"不是这个意思,完全不是这个意思……"

马慕韩见冯永祥老是突出自己,仿佛他是今天的主人,可是又不好指责他。他忍住这口气,设法把大家团结在自己的周围,提高嗓子说:

"大家的意见都很好,这一次改选,应该把诸位的意见尽量吸收进去。关于改组领导机构问题,准备拟一个草案,交给各个小组去讨论,经过常委会民主协商,然后再来改组。"

"慕韩兄想得真周到,又民主又集中!"

马慕韩听了冯永祥这句话,心里稍为舒服了一些。他站了起来,举着酒杯,以主人的身份对大家说:

"祝贺各位将来都参加民建分会领导机构,来,我们大家干一杯!"

大家举起杯来,一饮而尽。马慕韩又在大家的杯子里斟满了酒,发现第三瓶白兰地喝完了,于是对门外叫道:

"再来一瓶白兰地!"

## 五十

巧珠奶奶听完秦妈妈说明汤阿英诉苦的详细经过,脸上没有一丝表情,仿佛没有听见。她心里想:汤阿英做了丢脸的事,在家里说不过她,现在搬来了救兵,秦妈妈来了,连余静也来了。无事不登三宝殿。余静好久不来了,这回来了,一定和汤阿英的事体有关。不怕秦妈妈说得天花乱坠,她稳坐钓鱼台,不动声色。她看了坐在她斜对面的儿子一眼,张学海低着头,好像留心在听,又似乎没听。大家都不言语,屋子里静静的,只听见窗外秋风嗯哨着。

巧珠奶奶不满意秦妈妈这一番话,可又不好意思当面得罪她,恨汤阿英不在场,不然,可以训汤阿英一顿,好出出她郁结在心头的闷气。她拿过热水瓶,倒了两杯开水放在秦妈妈和余静面前,冷冷地对秦妈妈说:

"你也说累了,该喝口水歇歇。"

秦妈妈开了一个头,决不能叫巧珠奶奶三言两语挡回去。她知道这个"头"不好"剃",要耐心和巧珠奶奶谈。她笑了笑,说:

"我一点也不累。"

"不,你累,嘴都讲干了,快喝点水吧。"

秦妈妈端起茶杯,喝了一口水,直截了当地说:

"现在你对阿英该清楚了吧?"

巧珠奶奶暗暗看了余静一眼,只见余静坐在她的侧面,窗外射进来的阳光照着余静的和蔼的面孔,那一双机灵的眼睛正对着她,嘴角紧紧闭着。她心里稍为安定了一些。停了一会,她含含糊糊地说：

"唔，你讲的，我全听见了。"

"那么，你明白了。"秦妈妈十分老练，决不轻易放过，进一步问，"你对阿英该没有意见了？"

"对阿英……"她竭力避开正面回答，企图混过去，没想到秦妈妈抓住不放，而且逼着她回答。她心一狠，憋着一肚子气，把门关得紧紧的，漫不经心地说，"你忙得很，我们家里这些琐琐碎碎的事体，不劳你操心哪。我自己会料理的。"

"讲句不客气的话，你这么说，可把我秦妈妈当成外人了。"秦妈妈按着桌子，正对着巧珠奶奶，激动地说，"你忘记了吗？阿英是我介绍她进厂的。学海和她结婚，我也喝了喜酒。阿英的事，我没有功劳，也有苦劳。她家在无锡乡下，在上海，我算是她最亲的人了。她被人误会，你说，谁能挡住我秦妈妈不过问呢？"

巧珠奶奶听得心头有些气愤，几句话没有挡住秦妈妈，反叫她质问起来了。她忍受不了这口气，把脸一沉，不客气地说：

"汤阿英嫁到张家，就是张家的人。秦妈妈待她好，我是晓得的。学海是她丈夫，该不是外人吧？我这个婆婆一向对她很好，就拿她当亲生女儿一样看待，也不能说是外人吧？"

"没人说你们是外人。"秦妈妈连忙补充一句。

巧珠奶奶瞧自己这一着成功，按捺不住内心的喜悦，得意地又向秦妈妈反攻：

"清官难断家务事。阿英的事，我们自己会处理的。"巧珠奶奶把"我们"这两个字说得很重，并且望了儿子一眼。

学海看到母亲的眼光不自然地轻轻点了点头。巧珠奶奶心里很满意。秦妈妈见巧珠奶奶门关得紧，干脆把她推在门外，拒绝她的帮助，她忍受不了，霍地站了起来，指着巧珠奶奶说：

"我和你们多年的交情，想不到你翻脸不认人，把过去的交情都忘记了。张家的事,姓秦的自然管不着,我也不想管。可是这桩事体和汤阿英有关系,汤阿英娘家上海没有人,我算得半个汤家的人,谁要是对汤阿英不住,我秦妈妈一定要站出来说话的,想堵住我的嘴,可办不到。"

巧珠奶奶仍旧坐在那里不动,似乎很平静,但她布满深深皱纹的额角,在阳光的照耀下,一根根青筋在微微跳动。她鬓角上的银丝似的白发,给窗口一阵阵凉爽的风吹起,飘荡在空中。她并不把秦妈妈放在眼里,冷言冷语还过去:

"谁堵住你的嘴哪?我没做亏心事,坐得端,行得正,怎么说我也不在乎。"

"那么,谁做了亏心事呢?"秦妈妈走上一步问。

"自然有人啦。"

"你是说阿英吗?"

"谁做了亏心事,自家晓得。"

"你,你……"秦妈妈气得半天说不出话来。等了一会,她才接下去说,"你不能冤枉好人!"

"谁冤枉好人,那些丑事,不是她自己当着众人说的吗?"

"我不是告诉了你,那是过去的事,是地主的罪恶,不能怪阿英,阿英是受害的!……"

巧珠奶奶怕秦妈妈又扯开谈下去,心里好笑秦妈妈太老实,真的以为是过去的事。从最近阿英的行动上看,谁知道阿英和那些男朋友在一道做啥?她不愿意和秦妈妈谈下去,冷冷地说道:

"怪不怪阿英,是我们张家的事!"

"你,你,"秦妈妈涨红着脸,生气地说,"你这是啥闲话?"

巧珠奶奶依旧不动声色,胸有成竹地微微一笑。秦妈妈看到她这种态度越发生气,求救的眼光望着余静。余静一直观察巧珠奶奶的神情,仔细听她的意见,希望尽量让她发泄出来,好给她分析。等了好久,巧珠奶奶不但没有说出心里的话,而且一再关紧了门,左说是张家的事,右说是张家的事。秦妈妈虽然很生气,但没有打开巧珠奶奶谈话的大门。这样下去,会闹成僵局的。她把秦妈妈拉到桌子跟前坐下,说:

"大家都不是外人,别急,有话慢慢谈。"

秦妈妈一屁股坐在板凳上,脸红脖子粗,气呼呼地说:

"真叫人生气!"

"大家心平气和地谈。"

"余静同志说得对啊,"巧珠奶奶得意地望着秦妈妈,说,"天大的脾气我也见过,生气可吓不倒我这个老太婆。"

"你……"秦妈妈又急了。

"你们暂时都别说话,听我讲两句,好不好?"余静用手向双方一按。

她们两人这才住嘴,听余静说:

"阿英是我们厂里的工人,她这次诉苦是响应党的号召,在民改运动中起了带头作用。她的品行有啥不好,巧珠奶奶应该过问,我们厂里的党支部和工会也要过问。我们要用共产主义的思想教育职工。这是我们的责任。"

"余静同志说的对呀!"巧珠奶奶看了秦妈妈一眼。

"啥人讲余静同志说的不对?阿英的事体想不让厂里管,那可不行。"秦妈妈气呼呼地说。

"谁说不让厂里管的?"巧珠奶奶听余静那番话,心里有点发慌,又有点喜悦:一方面觉得余静的道理驳不倒;另一方面又高兴余静要教育职工,一定会帮助她教育阿英一下。

"你不是说,这是张家的事,不用旁人管吗?"

"我啥辰光说不让厂里管的?幸亏有余静同志在场,不然,我给冤枉了,还无处去诉说哩!"

"清官难断家务事,是不是你说的?"

"姓秦的管不着,也不想管,不是你说的吗?"巧珠奶奶避免正面回答她。

秦妈妈觉得巧珠奶奶这个老太婆真难缠,上海解放几年了,她蹲在她的小天地里,变化不大。余静见谈话的大门已经打开,不让她们再纠缠下去,单刀直入地说:

"奶奶,最近发现阿英有啥不对的地方吗?"

巧珠奶奶"唔"了一声,听余静说下去:

"哪些地方不对,希望你告诉我们,我们有责任帮助她改正。"

"余静同志说的对,"巧珠奶奶感到余静站在她这一边,不像秦妈妈帮助汤阿英说话,现在正是一个机会,说不定从余静的嘴里可以知道阿英在厂里的一些不正当的事体。她想了想,说,"我晓得的也不多。她整天在厂里,你比我了解的多。她年纪轻,不懂事,一定有些不对的地方,请你告诉我。我们家里也要好好帮助她哩。"

"不,还是先听你的。你们最近不是闹了一阵,有啥事体,给我说,没有关系。"

巧珠奶奶觉得躲闪不过去了,看样子阿英一定把家里的事告诉了余静,瞒也瞒不过去,别让余静听一面之词,借机会赶紧表白表白自己:

"自从阿英到我们张家来,我这个做婆婆的可没有亏待过她,就拿她当亲生的女儿一样看待,问她寒,问她暖。家里大小事体,我都做在头里。他们小夫妻两个上班去,家里的事全靠我这双手顶着。他们从厂里回来,早就给他们准备了热茶热饭,好的尽挑给他们两口子吃。阿英生下了巧珠,身体不好,多少事都放在我一个人的肩胛上,照顾大的,又要养活小的。解放前那几年日子过得像黄连,吃了上一顿,没有下一顿;外边下大雨,草棚棚里下小雨;好容易巴到外边不下了,草棚棚里还是下。穿没穿的,吃没吃的,全靠我这个婆婆一手维持。年轻人上班不吃饱,没有力气,哪能把生活做好?我宁可少吃点,让他们多吃点。有时我就饿一顿两顿,让他们吃,好做活。你说,我那点亏待过阿英?"

"我晓得,你待他们很好。"

秦妈妈跟着余静说:"我也晓得。"

巧珠奶奶心里舒畅一些,接着又唠唠叨叨地说:

"我们家里穷虽穷,过的倒也欢乐。啥事体,我都让阿英一步,有时在气头上讲她两句,过后也就算了。学海这孩子,你们都晓得,他是个老好人,宁可自己吃亏,从来不跟别人计较,对待阿英更是体贴,遇事总是让她三分……"

秦妈妈见巧珠奶奶尽说自己好,也代儿子说好话,显然想把一切过错都推到阿英身上。她不耐烦听巧珠奶奶这样巧嘴巧舌地夸耀自己,忍不住问道:

"阿英呢?"

"阿英吗?"巧珠奶奶一肚子话还没有讲完,给秦妈妈一问,打断她的话头,差点忘了下面要说的话,怔了一下,说,"我正要说到阿英,凭良心讲,阿英这孩子到了我们张家,也不错。她在厂里做生活巴结,回到家里来,手脚不闲着,相帮我做这做那,也不大出去串门子。生了巧珠,下了班就回到家里,忙了饭菜,就洗洗补补,做点针线。人也贤慧,我有一句说一句,不能冤枉人。"

"这才是呀,"秦妈妈插上来说,"为啥吵闹呢?"

"谁说我们吵闹的?"

秦妈妈微微一笑:

"纸包不住火。闹得阿英都不能回家了,还说没有吵闹吗?"

"就是有点争吵,也怪不上我这个婆婆。她现在变了,能说会道,谁晓得她把我这个老婆子编成啥样子呢?她有两条腿,哪个能挡住她回家?她不回张家来,那是她自己的心变了。我这穷老太婆也没有办法想啊!不能强迫她回来哟。现在不是讲平等了吗?婆婆媳妇平起平坐嘞。"

"你看她的心啥辰光变的呢?"余静撇开别的不谈,抓紧她无意当中流露出来的这句话问。

"那要问她自家呀!"

"你们天天在一道,总看出一些苗头啊。"余静不让她躲闪,说,"阿英最近常和啥人往来?"

"这个,"巧珠奶奶见余静问到节骨眼上,她认真想了想,并没有看见阿英和不三不四的人往来,提不出具体的人来,但她不愿说,反问道,"你比我清楚啊,她整天在厂里。"

"厂里的事,我很清楚。家里的事,你可比我清楚啊。"余静一点也不放松,"你看到她和啥人往来吗?"

"这个……"巧珠奶奶说不下去了。

"说吧,没有关系。"

"对余静同志有啥不好说的?快说吧。"秦妈妈感到余静真有办法,一方面顺着巧珠奶奶谈,一方面又抓住要害,不放过重要的关节,使得巧珠奶奶不得不谈。她坐在旁边静静听她们谈。看巧珠奶奶一再不答,她才忍不住插了一句。

张学海觉得今天自己的地位难处,这边是威严的母亲,只要她固执地看定一个人一件事,就很难改变她的看法;那边是敬爱的党支部书记,在他脑筋中有无上的威信,认为她做的事讲的话都十分正确,没有一点不对。夹在这两边当中,他自己很难说话了。一开头,他就怕任何一方面问他这个那个,幸好,大家谈论,都没有提到他。他原先低着头,不大看别人,好像这样别人就忘记他也坐在屋里了。现在余静和奶奶正面谈论,也还没有提到他,他稍为放心了,微微把头抬起。

巧珠奶奶给问得无处躲藏,她不得不讲道:

"在家里么,往来的人倒不多,张小玲呀,谭招弟呀,郭彩娣呀,管秀芬呀……"

"这些大半是细纱间的姊妹们。"余静说,"还有男的来吗?"

"男的有,赵得宝老师傅呀,还有一个姓钟的青年,名字我可忘记了。"

"是钟佩文吗?"秦妈妈问。

"对,对,就是他。他和赵师傅一同帮我们搬家的……"巧珠奶奶一提到钟佩文,眼前便显出一个活泼的青年来了。

"那次是老赵带他们来的,你忘了吗?"

"我没忘记,"巧珠奶奶对余静说,"真要谢谢他们,给我们搬家,连杯水也没喝。"

"这不算啥。"余静说,"还有啥人?"

"没有了。"

"你觉得这些人和阿英的关系怎么样?"

"这要问你了,余静同志,他们都是厂里的。"巧珠奶奶想起陶阿毛对她说的风言风语。

"有没有厂外的人来?"

巧珠奶奶仰起头来,望着雪白的屋顶和汤阿英卧房的门,仔细想了想,说:

"这倒没有。你觉得那些人怎么样?"

"这些人,我都熟悉。我可以告诉你,巧珠奶奶。他们都是规规矩矩的人,有的还是党员,他们和阿英往来,主要是谈工作谈学习,没有别的事。"

"这些人,我也晓得是好人。"巧珠奶奶放低了声音,生怕窗外有人听见,"你不晓得,近来她不按时回家,厂礼拜也不待在家里,每次出去都讲究穿戴打扮了,不像过去那么随便了,老实说,我都不好意思告诉你。"

"你说吧,都是自家人,没啥关系。"

"她一出去,谁也不晓得她到啥地方去了,连他也坐在鼓里。不是见不得人的事体,为啥不告诉我们呢?"巧珠奶奶指着张学海。张学海马上又低下头了。他怕妈妈问他。她叹了一口气,说,"谁晓得她和哪些人在一道鬼混呢?在乡下都有那样的丑事,到了上海这样的花花世界,你说,她的心会不变吗?"

"你看出苗头吗?"余静并不马上提出自己的意见。

巧珠奶奶给这么一问,振振有词地说:

"这些苗头还不够吗?她没有在厂里诉苦,我就发觉苗头不对了,哼,真没想到。"

"你还看到别的吗?"

巧珠奶奶很奇怪余静还要追问,她再也没有看到别的,但她做出看到却不愿讲出来的神情,说:

"别的不必说,这些尽够了。"

"别的没有了吗?"秦妈妈学着余静的口吻,耐心地问。

巧珠奶奶认为单是这些,任你秦妈妈和余静怎么说,也驳不倒了,她于是含含糊糊地"唔"了一声。余静不慌不忙,亲切地说:

"巧珠奶奶,我觉得你疑心是多余的。阿英这一阵,确实经常出来,连厂礼拜也常常不在家。我晓得她到啥地方去了。厂礼拜,张小玲她们约她去过团日,姊妹们在一块儿谈谈,也是好事。有时她去上党课。从'五反'到民主改革,我们厂里的工人都提早到厂里,很晚才回去,学海也是这样,他们夫妻两个经常在厂里开会呀谈话的。特别是党员团员和积极分子,工作更忙。不信,你问学海。"

巧珠奶奶望着张学海。他抬起头来,对巧珠奶奶"唔"了一声。巧珠奶奶怀疑的眼光对着余静。余静说:

"别说我们沪江厂,别的厂的职工也很忙。我忙得好几天不回家,就住在厂里,最近连我娘生病,也顾不上回去看,还是阿英到我家把娘接到厂里来的,靠了她,我娘的病才慢慢好起来的。"

"她整天在厂里吗?"巧珠奶奶怀疑地问。

"是呀!"

"不到别的地方去吗?"

"唔。"

"脚长在别人的身上,你哪能晓得呢?余静同志,你又那么忙。"

"她哪里有时间到别地方去?她上班下班常和学海一道走,不信,你问他。"余静指着学海。

"是吗?"

"是。"他望望巧珠奶奶,又望望余静,回忆陶阿毛给他讲那些话,仔细想想,觉得没有根据。

"到厂里去那么忙,为啥现在那么爱好打扮呢?"巧珠奶奶自信在这一点上,余静是驳不倒的。

余静笑了笑,对巧珠奶奶说:

"别说阿英啦,就是秦妈妈和我,也包括你在内,不是都比过去爱打扮吗?过去没吃没穿,有啥好打扮呢?现在生活好了,出门收拾收拾,也是很自然的事啊。别说人啦,连屋子也不同了,过去你们住在草棚棚里,现在住在工人新村里,你看,屋子不是比过去也收拾得漂亮了吗?"

出乎巧珠奶奶意料之外,连这一点也叫余静驳得无话可说了。她看看自己身上那件蓝细布褂子,和住在草棚棚里的穿着也不一样了。可是她心里还是不服帖,嘴上却说:

"你真会说话,我这个老太婆说不过你们年轻人。"

"不,讲道理么。你说的对,我们就听你的。现在你该不怀疑阿英了吧？"

"这是他们小夫妻两口子的事体，我管不着，也用不着我夹在当中管这些闲事。"说完了，她的严厉的眼光盯着张学海，那眼光非常坚定，非常有把握，因为她和他说好了，不要再理阿英这丫头，家里的事，她一个人完全可以顶住。

张学海一见奶奶的眼光，他就微微转过脸去。余静对秦妈妈说：

"你看，巧珠奶奶多开明，和过去完全不同，究竟是解放了好几年，有了很大进步。年轻人的事由年轻人去管，真对。"

秦妈妈却认为她进步不大，但顺着余静说：

"当然啦，在新社会里，大家都变了，巧珠奶奶也进步哩！"

"再过两年，要超过我们哩！"

"余静同志，你这话可要把我折坏了。我哪能和你们比？你们都是党员，你们进步，带我老太婆一把，别把我扔下就很好了。"说到这里，她不放心地望了儿子一眼。

"阿英的事，由学海他们自己去处理，好不好？"

"好哇，余静同志，只要他们小两口子好，我这个老太婆还有啥闲话讲？"巧珠奶奶心里笃定，认为儿子一定听她的话，不会理阿英的，她乐得做个顺水人情。

秦妈妈心里很高兴，忍不住问道：

"真的吗？"

"这么大年纪的人，难道说话不算话？"

"巧珠奶奶说的对，"余静说，"她说一句派一句用场。"

"一点不错。"巧珠奶奶见余静恭维她，更加高兴了。

张学海在旁边急得满头满脸是汗珠子。他知道妈妈的脾气，一件事唠叨来唠叨去，要是不如她的意，她要在你面前说一辈子哩。现在她说好听的，等余静和秦妈妈一走，那他的日子可不好受啦。他急得结结巴巴地说：

"不，你有啥意见，趁余静同志她们在这里，说出来，好商量……"

"我的话不是早说了吗，还有啥闲话要讲？这孩子！"巧珠奶奶狠狠看了他一眼。

余静看出她眼光的意思，紧接上去说：

"你还有啥意见？巧珠奶奶，也许我们没想到的，希望你老人家指点指点。"

"我没有意见了。他自己倒是有意见，你让他说。"

"我，我……"张学海没有说下去。

"说呀，余静同志在这里，怕啥！"

"我没有意见。"

"你说啥？"巧珠奶奶把眼睛一瞪，质问儿子，"你说啥？"

"我没说啥。……"张学海吞吞吐吐地又想把话收回去。

巧珠奶奶放心了，刚才大概是她的耳朵听错了。她的口气缓和一些了：

"你说吧。"

张学海默默地坐在那里，许久说不出一句话来。

"要是学海没有意见，"余静打破了沉默，说，"你还有意见吗？"

"他都没意见，我还有啥意见呢？"巧珠奶奶等了一会，暗暗望了他一眼。他还是紧紧闭着嘴。她不得不说道，"不过，我晓得他有意见的。"

"我有啥意见？"他急了，怕她说出一些不得体的话。

"你忘了对我讲的话？"巧珠奶奶也急了，怕他不肯讲，有意点他一下，说，"你不是不愿意再理阿英了吗？"

"我对余静同志都讲了……"

"啥辰光讲的？"巧珠奶奶睁大两只眼睛，吃惊地问。这样大的事体,她竟然一点风声也不知道,简直是大逆不道。

"就是今天上午……"

"讲了更好,余静同志晓得你不愿和阿英好,她也好从旁相帮相帮……"巧珠奶奶还没有完全失望,她怕儿子噜里噜嗦和余静没说清楚,特地把主要意思说出来,同时也让余静了解,并不是她有意和阿英为难。

"我,我……"张学海吞吞吐吐说不下去。

余静开口了:

"学海的意见谈了,我们谈了一个上午,经过解释,他对阿英的误会消除了,对阿英没有意见了,愿意永远和阿英好下去。你也没有意见,那么,你们一家人像过去一样好下去,不,应该比过去更好。阿英进步了,在厂里是积极分子,在家里也一定是积极分子。你们也进步了,大家自然生活得比过去更好。"

巧珠奶奶听得晕头转向。完全出乎她的意料之外,儿子居然变了,而且变得这么快!她对阿英很多猜疑,给余静一一解说,也渐渐冰释了。这桩事体,确实是地主朱暮堂的罪恶,不能怪阿英,而且事体过去许久了。不过阿英不该在大庭广众中去说,把丑事说出来叫做进步,她确实想不通。大家都这么说,她也没有办法。她自己又说不干涉小两口子的事,话说出去了,再也收不回来。现在没有理由一定要小两口子不好,余静和秦妈妈又坐在她身边,想来想去,没有好说的。她说:

"只要小两口子好,我还不情愿吗?"

余静暗示地望了秦妈妈一眼。秦妈妈站起来,不声不响地走出去了。一眨眼的工夫,秦妈妈和汤阿英一同走了进来。巧珠奶奶大吃一惊,她像是做梦一般的,怎么阿英在这个辰光突然出现呢?秦妈妈好像是位魔术师,手一招,阿英就来了。她不知道余静和秦妈妈来谈,事先和阿英说好,要她在秦妈妈屋子里等消息。余

静走上去,紧紧握住汤阿英的手,笑嘻嘻地说:

"一切误会过去了,巧珠奶奶对你没有意见了,学海愿意永远和你好。"

"怪我不好,"阿英哭着说,"我没有及时和奶奶谈清楚,难怪她误会。"

"是呀,"巧珠奶奶觉得对汤阿英不住,不该乱怀疑她,抱歉地说,"鼓不打不响,话不说不明么。"

"你们多谈谈,"余静站了起来,说,"运动快到民主建设阶段,厂里的事山样地堆着,我得赶快去办。"

## 五十一

　　拿摩温制度取消了，
　　我伲工人呀大翻身，
　　民主团结大家好，
　　搞好生产决心高。

随着这嘹亮而又清脆的歌声，人们有节奏地鼓着掌。汤阿英走进俱乐部立刻给亲切的歌声吸引住了。歌声起处，那边围着一大堆人，下棋的看报的人都去凑热闹，连打乒乓球的青年们也拿着红色的海绵球拍，在人群后面踮起脚尖，睁大眼睛向人圈里看。汤阿英自然而然地跟过去，透过人群的空隙，凝神地看。喃，原来是谭招弟，她一边唱，一边踏着拍子扭秧歌，前进三步，后退一步，前仰后合，两只手摇来摆去，真行，简直是一名舞蹈演员啊！唱完了，扭完了，她向大家拱拱手，还弯着腰，谢幕哩！别瞧她不起，不知道是从啥地方学来的这一套，可真有两下子啊！人群中忽然有人叫道：

"好哇，再来一个！"

这是钟佩文，他指着谭招弟说。她忸怩地摇摇头：

"献丑，献丑！"

"活跃文娱生活，丑啥！你这首歌编得真好，简直是一首诗。"

"不过是顺口溜，不是诗！"

"这首歌编得确是好。"张小玲说，"秧歌扭得也好。"

"唱得也不错！"徐小妹在一旁附和。

靠在人群旁边的郭彩娣见谭招弟给大家围住,又唱又扭,那么欢腾,心里有些不高兴,再听徐小妹一捧,她马上转过头来,把嘴一撇,自言自语地说:

"这有啥稀奇!"

"彩娣,你同啥人讲闲话?"

郭彩娣没注意到汤阿英就站在她旁边,经她一问,当时脸上发烧,好像被发觉了内心的秘密,惭愧地说:

"不同啥人讲闲话。"

"我听你讲的。"

"不过这么说说。"

"是讲招弟吗?"

她没法抵赖,但也不愿承认,只是说:

"这里闷得很,出去走走吧。"

人群里面有人欢呼道:

"欢迎钟佩文唱一个!"

钟佩文高声说,企图压过众人的嗓音:

"我唱得不好,还是请谭招弟再来一个!"

"好!"

谭招弟不含糊,她的嗓门盖过了钟佩文:

"大家欢迎小钟先来一个!"

她带头鼓掌,大家跟着热烈地鼓起掌来了。

郭彩娣把汤阿英拉出了俱乐部,气呼呼地说:

"这么大的人啦,还疯疯癫癫的,成个啥体统!"

"彩娣,你这话说得不对,如今我们厂里废除了拿摩温,你说,哪个不从心里欢喜呢?"

"欢喜就欢喜,要扭啥秧歌呢?还要编那些词儿,不是硬要出风头吗?"

"人家要把心里的欢喜唱出来,有啥不好?党号召民主团结,你有嘴说别人,无嘴说自家。成天嘟着嘴,你这个情绪对头吗?"

郭彩娣不知道谁这么没头没脑地训她一大顿,回过头去一看:原来是管秀芬。她在人群中听到大家欢迎钟佩文唱歌,怕给人家开玩笑,也不愿听钟佩文唱歌,独自悄悄溜了出来,暗暗跟在郭彩娣和汤阿英背后。听郭彩娣讲了那段话,她忍不住插上来说了。郭彩娣站下来,转过身子,指着管秀芬的鼻子说:

"你这张嘴,啥辰光也不饶人,来生叫你变一个哑巴,看你说去!"

"那我就给阎王打个报告,我以后再不批评郭彩娣了。阎王看在你的面上,一定不让我变哑巴。"

"啥人也说不过你。"汤阿英赞赏她的口才。

"那当然,管铁嘴么!"

管秀芬对准郭彩娣的肩膀,使劲打了一记,又好气又好笑,说:

"你给我起的这么好的名字,别人听到了,以为我管秀芬多么厉害哩!"

"怕嫁不掉吗?到我家里养老,我养活你一辈子!"郭彩娣拍拍胸脯说。

管秀芬并不在乎,她脸红红的,把披在胸前的那根黑油油的辫子往后一甩,说:

"凭我两只手,我啥辰光也不求人。"她怕郭彩娣再追下去谈到陶阿毛或者是钟佩文,便难于招架了。她顿时把话题转到郭彩娣身上,说,"我给你讲老实话,彩娣,我过去对招弟也是不满意的。她骂我们细纱间,看不起我们,总说我们做生活不巴结,哪个心里不难过呢?……"

"这才像人说的话呀!"郭彩娣打断她的话说。

"刚才是鬼说话?"

"有话好好谈,小管。"汤阿英怕她们抬杠,赶紧劝解。

"说吧,"郭彩娣知道自己失言,暗中缓和下来,说,"我听你的。"

管秀芬吃软不吃硬,郭彩娣口气一改变,也就不计较了。她接着说:

"凭良心讲,我们两人没有人家进步快,她在我们车间诉苦,可起了带头作用。"

"带头作用?"

"你不是也诉了吗?"

郭彩娣"唔"了一声,说:

"是谭招弟引起来的。"

郭彩娣说话不小心,管秀芬听话可仔细,她马上抓住这句话,说:

"那不是谭招弟带头启发的吗?"

"你这个丫头,尽钻空子!"

"不是钻空子,是人家比我们强。诉了苦,还提了保证,你忘记了吗?"

汤阿英见郭彩娣答不上来,代她说道:

"是提了六条保证,我记得清清楚楚的:一是努力学习,二是积极生产,三是认真工作,四是克服暴躁脾气,五是不发冷热病,六是响应工会及上级号召,在群众中起带头作用。"

"对,一点不错,阿英姐的记性真好!"

郭彩娣吃了管秀芬一顿批评,心里不舒畅,想寻找机会报复。见管秀芬那股得意劲,像个老大姐似的夸奖人,她挑剔地说:

"你真会说,张三李四全凭你三言两语说好说坏,可惜这回说错了,单凭记性不行,余静同志说,凡事要靠政治热情。"

"我也没讲不要政治热情。"管秀芬强辩地说。

"横说竖说,总归是你对!"

"也不是这么讲,我也不是不讲理。你看招弟,承认了错误,又提了这六条保证,你为啥还要记住过去那些事呢?"

"谁记住那些事的?"郭彩娣矢口否认。

"你别赖账,刚才你不是批评招弟出风头吗?"

郭彩娣红着脸,等了半响,才说:

"你,你,你能把黑的说成白的,不跟你说了。"

"我没那个本事,你把黑的说成白的给我看看。"管秀芬放慢了脚步,故意"将"她一"军"。

"谁吃饱饭,不做事体,乱嚼舌头根子!"郭彩娣知道自己说错了话,给管秀芬这丫头又抓住了把柄,不正面和她辩论,讲了两句,便放快了脚步。她没料到谭招弟进步这么快,显得自己落后了。她想和谭招弟她们和好,但面子一时还抹不过来,又不好同管秀芬说,便一边飞快走着,一边喃喃地说,"我还有事体哩!"

"把话讲清楚了再走!"管秀芬从后面赶上来。

"我没有工夫和你磨牙!"

郭彩娣径自向车间走去,管秀芬一把抓住汤阿英的手,两个人站了下来。管秀芬用右手的食指划一划自己的腮巴子,指着郭彩娣耿直的背影,说:

"她有点害臊哩!"

"你这张嘴也太不饶人。"汤阿英的眼光不时朝党支部办公室那个方向望去,心里等得有些焦急。

"我有意逗她白相的,郭大姐是个好人,一根肠子通到底。"

当谭招弟在俱乐部纵情歌唱的时候,在工会办公室里,赵得宝慷慨激昂地说:

"现在问题完全弄明白了,医院里送来的报告说明这个细菌不是菜里原有的,是人放的毒。他们反复化验结果,从病人大便里化验,和那天吃的饭菜里化验,都认为一般蔬菜里不会有这种菌类,还有什么怀疑的呢?"

"这一点是肯定的,"叶月芳说,"我看了三遍报告,同意老赵的意见。"

赵得宝的眼光望着余静圆圆的脸庞,仿佛要从她的脸色上看出她是不是同意他的意见。可是她在沉思,面部没有透露同意或者不同意的神色。他的眼光从余静的脸上移到杨健的身上。杨健看出他眼光的意思:

"中毒事件查明是人故意放的,这一点没有什么可疑的。"

"放毒的人,我看大概就是陶阿毛,这也没有什么怀疑的。"

"你有什么根据呢?"杨健冷静地问。

"陶阿毛每天晚上都是吃过饭才回家的,有时吃过饭也不回家,呆在厂里,可是那一天他没有在厂里吃饭。"

"对!"叶月芳同意赵得宝的分析,肯定地说,"他放了毒,自己当然不会吃有毒的饭菜,老赵的分析有道理。"

秦妈妈提出不同的意见:

"老赵怀疑的不能说没有道理,可是那天晚上没有在厂里吃饭的人不少,可能有别的原因。你们忘记了吗?那天晚上,不是有人看见他和管秀芬一同到厂里来了吗?来了一歇工夫,又走了。陶阿毛这一阵子和管秀芬经常往来,好像在谈恋爱,可是谁也不承认,很可能是陶阿毛约小管到啥地方白相去了。"

"白相去了,怎么又回到厂里来呢?"赵得宝不解地问。

"大概是请小管上饭馆,吃完饭送她回来的。"

"你讲的也有理,"赵得宝心里其实并不相信秦妈妈的解释,想了一下,怀疑地问,"为啥偏偏那天晚上请小管上饭馆,不早一天,也不迟一天?"

"你问的有道理,这里面可能有问题,也可能是碰巧了。"

"不会那么碰巧,是不是陶阿毛有意避开不在厂里吃饭,有意请小管上饭馆,好打掩护?"

"这个……"秦妈妈没说下去,陷入沉思了。

余静一直没有吭声,可是她在不断动脑筋:那天晚上陶阿毛的活动她已经完全弄清楚了,但是陶阿毛后面还有什么人指使呢?绝对不会是他一个人在活动,一定还有其他的人,这只是一种估计,还没有材料足以证明她的估计是否正确。

"杨部长刚到厂里来的辰光讲得对,通过民改,发动了群众,中毒的事体自然会弄清楚的。食堂的群众早已发动起来了,他们那天买的菜也向小菜场和农民调查过了,那方面没有问题。我看,中毒事件,可以定案了。"

"现在还不是时候。"余静果断地摇摇头。

"怎么还不是时候?民改都快结束了,再不定案,还要拖到什么时候?"赵得宝惊奇余静的态度,认为她在这个问题上不免有点优柔寡断,不像"五反"辰光办事那么果断。他觉得在民改结束的时候,把全厂工人关心的中毒大事宣布处理,一定振奋人心。杨部长进厂时认为四类一个也没有的问题也解决了,定陶阿毛是四类估计不会有错。他问杨健道:

"杨部长,你看现在是不是时候?"

"是时候……"杨健笑着说。

赵得宝不等杨健说下去,马上歪过头去,对坐在写字台正面凳子上在沉思的余静望了一眼,那眼光说:你听见杨部长的话了吗?

余静听了杨健的话兀自一惊,陶阿毛的事她曾经详详细细向杨健汇报过,区里公安分局转来的"绝密件"杨健也仔细看过,为什么同意赵得宝的意见要现在定案呢?正在她纳闷的辰光,杨健不慌不忙地往下说道:

"也不是时候……"

这回是赵得宝感到惊异了：

"杨部长,你这话是啥意思？"

"就是这个意思。"杨健幽默地说,"你不懂吗？"

"话,我懂；意思,我不明白。"

"那就奇怪了,话懂,意思却不明白,说明还是不懂啊！"

"也可以说是不懂。"赵得宝用困惑的眼光望着杨健,希望解开这个谜。

"你不懂,请余静同志给大家解释解释。"杨健笑眯眯地望着余静,"可以吗？"

"工作队长交待的任务,我当然应该完成。"

"别说我强迫命令,你不接受这个任务,也可以提出不同的意见。"

"我很愿意完成这个任务,也是我应该尽的义务。赵得宝同志提的中毒事件,的确是全厂群众关心的问题,民主改革结束以前,宣布破案,一定会鼓舞人心,提高群众的积极性,也可以提高群众的警惕性,现在宣布中毒事件的确是时候了……"

赵得宝轻轻点了点头,认为自己的看法终于得到杨健和余静的支持,但是不知道为什么"也不是时候"。余静接下去说：

"中毒事件不是那么简单,从现在的材料看,说明是陶阿毛下的毒药,个别材料还要进一步核实,陶阿毛为啥要下毒药？只是陶阿毛一个人,有没有其他的人？有没有后台？指使陶阿毛干的又是谁？这些材料我们并没有完全掌握。现在就公布中毒事件的经过,可以说'也不是时候'。我分析不对的地方,请杨部长纠正。"

"我完全同意余静同志的分析。"杨健望着赵得宝说,"从中毒事件来说,材料也够了,个别材料能够进一步核实一下,当然很好,已经初步核实了,不再核实,也可以定案。只是陶阿毛的案情很复杂,还牵涉别人,中毒事件一定案,别人的问题就不好办了。"

"别人的事体,我们管不着,只要我们厂里的事体办了,就好了。"

"这话不对了,老赵。"秦妈妈从杨健的话里听出音来了,她发觉自己的看法不对头,最初余静对中毒事件抓得很紧,一桩桩一件件,过问得可仔细哩,找人谈话,分组开会,启发群众回忆那天晚上开饭前后的情景,自己记笔记十分详细,内查外调,忙得团团转,大头朝下,问题搞清楚了,不知什么原因忽然搁下来了。她以为问题搞不下去了,大概没有什么证据确凿的材料,一时定不了案。经不住赵得宝再三追问,今天赵得宝又在党支部会上提出中毒事件,她以为不一定和陶阿毛有多大的关系。听了余静的分析,杨健的语气非常肯定,原来问题已经搞清楚了。她就提出和老赵不同的意见来了。她说,"中毒的事件虽说发生在沪江厂,杨部长说这里面牵涉到别人的事体,我们不能单顾沪江厂一家,现在全上海私营厂都在进行民主改革,不能自顾自,要把整个上海工人阶级队伍搞搞清爽!"

"我没有自顾自啊,我也没有经手陶阿毛的案子,是余静同志亲自抓的。厂里群众都希望把中毒事件弄清爽,不然,群众以为我们党支部和工作队没有能耐,经过民主改革,连中毒事件也没弄清爽,怕影响不好。"

"你是一片好意,也反映了群众的情绪,很好呀。"叶月芳耐心地劝解。她知道杨健的脾气,一个问题到了他手里,不解决彻底决不罢休的。"秦妈妈并没说你自顾自,她只是说全上海都在搞民主改革,应该互相配合,把所有的问题都弄弄清爽。"

"就是这个意思,就是这个意思!"秦妈妈接二连三地说,"我没有别的意思,没有讲你自顾自。"

"讲我,也不承认,我没有这个意思么!"

"因为这一阵子实在太忙,有些问题牵涉的面很广,没顾上和支委谈清楚,所以决定召开个支委会,大家摆一摆还有些什么问题。我本来请余静同志在会上谈一下中毒事件怎么向群众交待,不然,我这个民改工作队长也不好意思走出沪江厂的大门呀!老赵反映群众情绪,很好,更加引起我们的注意。是不是请余静同志在总结报告里谈一下这问题,让群众知道领导上继续抓这个问题!"

"怎么要我做总结报告?杨部长,这是你的事体啊!"

"为什么一定要我做呢?"

"你的修养好,你的水平高,你是民改工作队长,你还是临时党支部书记,当然应该你做!"

"那倒不一定。"杨健转过脸去,问坐在他右边写字台那儿的叶月芳,"稿子准备得怎么样?"

"总结报告大纲已经拟出来了,只等你们两位审查一下,就可以动手写了。只要大纲定了,写起来倒不要多少时间。"

"今天晚上我和余静同志一定看完,中毒事件要着重谈一下。"

"这么一来,杨部长,我们厂里一个四类也没有了?"赵得宝以为把中毒事件向群众交待,可能定一个四类,现在不公布,要继续抓,他担心地说,"杨部长带工作队到厂里,连一个四类也没有弄出来,怕不好吧?"

"为什么不好呢?"杨健笑着问。

"我听别的厂,抓了好几个四类,成绩很大,我们沪江厂一个四类也没有,多泄气!"

"是呀,"秦妈妈接上来说,"至少有一个四类分子也好呀!要不,和别的厂比起成绩来,沪江厂显得没有劲道!"

"是不是我这个工作队长的脸上也没有光彩?老赵。"

老赵没有回答,可是他暗自对自己说:"是呀!"

杨健等了一会,见老赵不吭气,他问秦妈妈:

"你看呢?"

"我看,"秦妈妈不掩饰她的想法,"不能说工作队长脸上没有光彩,我们支委都有责任。"

"我应该负主要责任。"余静坐在木凳子上,伸直了腰,好像要把这个责任挑起。

杨健冷静地摇摇头,"你们都不要负责任。"

"不能把这个责任放在你一个人的身上,"老赵坦率地说,"我同意秦妈妈的意见,我们支委都有责任。"

"我要不要负责任,还要看以后的事实。"杨健慢慢地对大家说,"这牵涉到怎么看民主改革的成绩问题。从数字来说,沪江这次民主改革,一类有九十八个,二类有八十五个,三类有九个,四类,目前一个也没有,将来会有一个或者更多,和别的厂比,成绩确实不能算大。但从沪江情况来说,这个数字是符合实际的,运动初期所掌握的材料,到运动末期来看,基本上没有多大的变化:一类少了二十三个,因为有的材料,经过反复核对,有的与事实不符,有的是同名同姓,其实并不是我们厂里的工人,因此数字下降;二类八十五个,比初期掌握的材料增加了十二个,说明放手发动群众以后,以苦引苦,有的工人主动交待了问题,上升的数字是可靠的;特别值得注意的是三类增加了一个,这就是韩云程工程师,他是秘密加入国民党的,初期我们并没有掌握他的材料,也是主动交待的。四类分子,在支委会上可以说,已经有了一个,但目前还不能向群众宣布,到一定的时机,再宣布。别的厂四类分子多,因为别的厂有四类分子;沪江厂只有一个,因为沪江厂原来只有一个陶阿毛,而且目前还不能公布。民主改革,主要是纯洁工人阶级的队伍,改革不合理的规章制度,还要进行生产改革。看一个厂的民主改革成绩,不能看一、二、三、四类分子的数字,要看这个厂原有的一、二、三、四类分子是不是都搞出来了,特别是三、四两类分子,如果都搞出来了,这是很大的成绩;如果这个厂原来没有四类分子,运动结束,还是没有四类分子,这当然也是很大的成绩,因为同样达到纯洁工人阶级队伍的目的。要是这个厂根本没有四类分子,用逼供信的办法,搞出几个来,这不但不是成绩,可能还是错误。当然,我的意思不是说,那些厂搞出四类分子来是用逼供信的办法。我的意思是说,要实事求是,有就有,没有就没有,都是成绩。你们看,我这个说法对不对!"

赵得宝凝神谛听杨健侃侃而谈,分析得有条有理,摆事实,讲道理,很有说服力,眼睛里流露出敬佩的光芒,感到自己看问题不免片面,羞愧地说:

"我只看到数字,没有想到各厂具体情况不同,不能用数目字来比成绩。"

"杨部长讲的实事求是,对我们教育很大。在运动中,我曾经追求过数字,杨部长老提醒我要从实际出发,要实事求是,今天听了,体会得更深刻了。"余静经常注意从杨健领导工作中学习他的经验和注意政策方针,自己的工作能力和政策水平也随之不断提高了。她感激地说,"杨部长对我们的帮助太大了!"

"实事求是不是我讲的,是毛主席在延安中央党校讲的,我不过是根据毛主席的指示办事,按照他老人家的教导去做罢了。"

"毛主席的指示我们知道,也学习过,可是在实际工作中有时就忘了。"余静惭愧地说,"这次在区里上民主改革学习班,记得也学习过实事求是,可是没有像杨部长这样坚决贯彻执行!"

"党中央毛主席的指示,就是要坚决贯彻执行,决不能疏忽大意。党支部以后要坚持每天学习马列主义和毛泽东思想的制度,全体党员都要学,能带动群众和积极分子学习,那就更好了。"谈到这里,杨健想起过去余静曾经要求区里派党员干部到沪江厂来,加强沪江厂的工作。他说,"会后党支部要把发展党团员工作提到议事日程上来,上次我和余静谈过发展党团员加强领导问题,这次在厂里工作一段时期,觉得你们在发展党团员上的保守思想还没有完全克服,群众当中涌现的许多积极分子,至今还站在党团大门之外。经过民主改革,纯洁了工人阶级队伍,许许多多工人的政治历史都进一步搞清楚了,应该放手吸收一批已经具备入党入团条件的人到党团里来,吸收新的血液,充实党团力量,加强骨干,提高领导水平。"

余静接受杨健善意的批评和帮助,她说:

"主要是我的责任。上次在区里,听了你的指示以后,党支部认真研究了,也布置了,落实到人头上,每一个党员都分配了培养对象,可是对培养对象要求高了一点,发展的速度慢,到现在发展的数字也不大,主要是保守思想作祟。"

"现在加速进行也不晚。"杨健安慰余静说,"民主改革以后,发展党团员的对象更多了。"

"是呀,有些工人早就具备入党条件了,就是没办手续,就说汤阿英吧,民改前就应该吸收了,可是到今天还没有办手续哩!"

"你说得对,秦妈妈。"余静向她点点头,抱歉地说,"阿英找了我几趟,老是没有挤出时间来,我答应今天下午一定和她谈一次,没料到支部会开了这么长,她还在俱乐部等我哩,你们继续开会,我去和她谈一下就来。杨部长,好哦?"

"你答应她的约会,应该去!支部会主要议程也讨论完了。"

余静霍地站了起来,匆匆忙忙地走出去,听管秀芬和汤阿英在谈郭彩娣,便插上去说道:

"好人,就应该欺负她吗?"

余静看见管秀芬指手画脚讲郭彩娣,她便打抱不平。管秀芬一见了余静,收敛了脸上胜利的笑容,肃然起敬地望着余静,抱歉地说:

容易的事,要先了解我们的党章,了解党员的权利和义务,党员要事事带头,要为共产主义事业奋斗到底。中国解放了,要继续革命,要进行社会主义建设,还要帮助没有解放的国家!革命的事业可多哩。"

"我一定听党的话,学你那样,为中国革命和世界革命,奋斗到底。"

"革命道理,你过去上党课已经懂得不少了……"

"我识的字不多,还不会写申请书哩!"汤阿英惭愧地说。

"这不要紧,我让张小玲讲给你听,要她帮助你。有空的辰光,我和秦妈妈也可以给你谈谈。"

"这太好了。"汤阿英两只手紧紧抓着余静的右手,兴奋得跳了起来,说,"我现在找张小玲去……"

"不忙,晚上找她也可以……"

"这可是一桩大事体啊,越快越好!……"

汤阿英按捺不住内心的喜悦,恨不得立刻见到张小玲,可是张小玲还在俱乐部里啊。她顾不得和余静谈话,盼望的眼光向俱乐部望去。

俱乐部的歌声停止了,人们陆陆续续走了出来。张小玲也随着人群走出来了。她一边走着,一边手里打着拍子,在唱歌哩。

汤阿英一看见张小玲,飞也似的跑过去,气喘喘地叫道:

"张小玲,张小玲……"

(第三部完)

一九六五年初稿,北京。
一九七六年十月改稿,汉口。

"我不过说说，怎么敢欺负她！"

"我晓得你，嘴上总爱占别人的小便宜，你一天不挖苦别人两句，大概心里不舒服的。"

余静这几句话说到管秀芬的心里了。她不否认，但也不愿承认，理一理鬓角上披散下来的头发，娇嗔地说：

"看你把我说成个啥样子了？余静同志。"

"你以后少说两句，别人就不会讲你了。"汤阿英劝她。

"别人讲我的辰光，"管秀芬不服气地说，"你们怎么不开口呢？"

"用不着我们帮忙，谁也讲不过你。"余静指着操场旁边那一排柳树下面的椅子对汤阿英说，"我们到那边去坐一歇。"

她们三个人慢慢走过去。

俱乐部里欢快的歌声萦绕在操场的上空，最初是一个人唱，现在许许多多的人跟着一道唱，声音高亢，直冲云霄。这歌声有一股感染的力量，听到的人忍不住要随着歌唱，连柳枝仿佛也听得十分高兴，在下午的阳光里摇来摆去。管秀芬一边低低地随着俱乐部的歌声哼着，一边看到余静和汤阿英好像有事体要商量，怕夹在当中妨碍她们谈话。她说：

"我到俱乐部看看他们去……"

"也好。"余静看管秀芬大步向俱乐部走去，便小声地问汤阿英，"巧珠奶奶这两天对你好些了吗？"

"好倒是好些，就是还有些别扭，讲话不是那么投机。"

"这也难免，别说她那么大年纪的人，就是学海，我开头和他谈，他也扭不过来，觉得脸上没有光彩，人前人后抬不起头来。我给他好说歹说，谈了足足有三个钟头，举了许多例子，他才认识到这是朱暮堂的罪恶。我又把你和他结婚以后的情形，给他再三再四地谈，你照顾一家老少，在厂里生产也好，近来政治上进步很大，

535

就是和张小玲她们出去参加青年团的活动,厂里党支部都了解的。他这才打消了对你的怀疑。那天幸亏他的态度很好,虽然没讲话,可是帮了我们的大忙,叫巧珠奶奶没话可说,不好再推在他身上。你想想看,学海是工人,又是青年,一直在厂里做工,现在还积极参加民改,一时都不大容易想得通,何况巧珠奶奶哩。讲话投机,就是有共同语言,你要求太高了。我看巧珠奶奶有不小的进步哩。"

"你这么一说,我心里亮堂得多了。你看事体比我高明,我为啥想不到这些呢?"

"你现在看事体比过去高明多了。这个,要慢慢来,不能急。我的水平也很有限,在厂里还可以勉强应付,一到杨部长面前,或者到区里去开会,我发觉自己更不行了。"

"余静同志,你太客气了。我要是有你这样的水平,那我睡着了也要笑醒的。不说别的,就说这次吧,听了巧珠奶奶闲言闲语,心里乱得很,幸亏你,不然这件复杂的事体,谁也谈不清爽的。你一谈,学海通了,连奶奶也通了,真叫人服帖。"她眼睛里露出感激和敬佩的光芒。

"这不是我的本事,是党的力量……"

"党……"一个崇高的尊贵的字眼又在汤阿英的脑海里发出春雷般的响声,接着是耀眼的闪电的光芒,照亮了一切事物。她见过不少党员,也不止一次到过党支部,更听过多次党课,但都没这一次给她这深刻的印象。她听到这个字,眼前像是升起了太阳,万道霞光照着前进的道路。有了它,天下没有克服不了的困难;有了它,世界上没有办不成的事。她激动地说,"是的,这是党的力量。"

她说完了这句话,眼眶润湿,忍不住流下了感激的泪珠。党比娘还亲啊!如果没有党,她不能回到张家去;如果没有党,她不能在厂里工作下去;如果没有党,爸爸在乡下永远也不会翻身;如果没有党,爸爸他们也不会住在朱暮堂的大厅里;如果没有党,她也不会成为民主改革运动带头的人啊！如果没有党,旧中国不会推翻,新中国不能建立起来;劳动人民仍旧生活在苦海里啊！想到这儿,她的眼泪雨似的直往腮巴子上流,再也按捺不住激动的情绪,忍不住放声哭了。

余静不了解她内心的感触,让她哭了一阵,抚摩着她的头发,亲切地低低问她:

"巧珠奶奶对你又不好了?"

汤阿英摇摇头。

"那是学海对你不好吗?"

汤阿英又摇摇头。

"为啥哭呢?"

她哭了一阵,心里感到无比的舒畅,擤了擤鼻涕,拭去泪水,微微地笑着,说:

"不是为了别的,我太激动了,谢谢你,谢谢党……"

"用不着谢,这是我们的义务。"

汤阿英紧紧抓住余静的手,感到那手上发出无穷的热力。使她浑身暖洋洋的。她望着余静许久许久说不出一句话来。余静也激动得说不出话来,只是紧握住她的手。汤阿英嗫嚅地想说啥,半晌又没说。余静问道:

"有闲话,说好了。"

"我……"汤阿英从俱乐部出来,虽然和郭彩娣、管秀芬谈话,可是她心里老惦记着余静约她谈话这件事,心头又一次升起了希望,她长久盼望实现的心愿不知道这一回有没有可能,她焦急地等待着余静。余静一见面就那么关心她和她家里的事,她觉得应该说出自己的心愿,可是又有点腼腼腆腆,张开了嘴,又激动得说不下去。

"啥?"

"我可以不可以……"说到这儿,话已经到了嘴边,怕自己不够条件,汤阿英又说不下去了。

"怎么样?"

"我可以不可以入……"

余静见她好久没说出来,已经猜出七八分了,便接上去说:

"你想入党?"

汤阿英一个劲点头,恳切的眼光停留在余静的脸上:

"行吗?"

"只要决心为共产主义事业革命到底,可以申请入党,阿英……"

余静伸出手去,按着她的肩膀,几乎把汤阿英完全搂在怀里了。她感到汤阿英比过去更加可爱了。她们两人靠得那么紧,仿佛变成一个人了。党支部一直在培养汤阿英,并且要张小玲专门帮助汤阿英,眼看着汤阿英一天一天成长起来。她在五反运动中积极参加斗争;在民主改革中,当了运动带头人;现在又亲自提出入党的要求。整天在一道的人,往往察觉不出一个人逐渐的变化。余静猛地回头一想,才发现汤阿英巨大的发展,和她刚入厂那几年一比,简直判若两人了。她仔细朝汤阿英浑身上下端详,越看越可爱,高兴党又可以增加新的血液了,内心的喜悦忍不住从眼睛里流露出来了,竟忘记说下去。

汤阿英见余静的眼光不断地望她,有点奇怪,怕自己不够做个党员,说道:

"真的可以申请吗?"

"可以。"

"我怕不够条件,余静同志,哪方面不够,你告诉我,你帮助我,我一定努力争取!"

"你这样的想法很好。"余静严肃地说,"做一个共产党员不是